KB058877

전생했더니 슬라임이었던 건에 대하여 10

Regarding Reincarnated to Slime

유우키와 요한이 떠난 뒤에도,
마리아베르는 계속 생각했다.
마리아베르에겐,
시간만큼은 충분히 있으니까.
기획하고 입안하고,
그리고 실행으로 옮긴다.
마리아베르의 장기말은 많이 있다.
이번에도 마찬가지다.
(기대가 되네, 정말로 기대가 돼.)
누구도 믿지 않는 마리아베르는,
오늘도 혼자서 깊은 생각에 잠겼다.

전생했더니 슬라임이었던 건에 대하여 10

Regarding Reincarnated to Slime

목차 ― 마인암약 편

서장

움직이기 시작하는 자들

Regarding Reincarnated to Slime

후우, 이것 참——. 소년은 그렇게 말하면서 한숨을 쉬었다.

"꽤나 우울해 보이는데, 뭔가 문제라도 있습니까?"

그렇게 물었던 사람은 좌우비대칭의 마스크(가면)를 쓴 남자.

중용광대연합에 소속된 마인, 라플라스였다.

소년—— 카구라자카 유우키가 신뢰하는 동료 중의 한 명이다.

"응. 초대받았기 때문에 방해를 해봤는데, 어이가 없을 정도로 대단했어. 그래서 조금은 자신이 없어졌다고 할까, 계획을 수정할 필요가 있을 것 같다는 생각이 들어서 말이지."

"계획을 수정한다고요?"

비서 역할을 맡고 있던 전(前) 마왕 카자리무, 즉 카가리가 되물었다. 그 질문에 유우키는 우울한 말투로 대답했다.

"그래. 역시 그 슬라임하고는 가능한 한 적대하고 싶지 않다는 생각이 들거든."

"그러면 이대로 친밀한 관계를 유지하면 되지 않나요? 저도 유적을 조사하러 갈 예정이니 당분간은 우호관계를 유지할 것으로 생각하고 있었는데요?"

"아니, 계획은 그대로 진행할 건데? 단지 그 난이도가 올라가 버린 거지."

"어째서요? 얌전히 있으면 싸우게 될 일도 없는 거 아닙니까?"

라플라스도 바보는 아니다. 동료였던 클레이만이 살해당한 원한은 남아 있지만, 그들의 보스인 유우키의 명령을 거역하면서까지 리무루와 적대하려고 생각하지는 않았다.

그렇게 생각하는 자는 라플라스뿐만이 아니다.

풋맨이나 티어도 그랬고, 광대들의 회장인 카가리도 또한 감정에 따라 행동했다간 위험하다는 것을 충분히 이해하고 있었다.

이 세상의 진리는 약육강식.

라플라스와 동료들은 지금까지의 경험을 통해 반드시 이길 수 있다는 확신을 얻기 전에는 무리하게 일을 벌여도 좋을 게 없다는 것을 배웠다.

마왕 레온에게 복수를 하기는커녕, 이번에는 클레이만이 죽었다. 모처럼 카자리무가 카가리로 부활했는데 이래서는 다시 처음으로 되돌아간 꼴이다.

더구나 마왕 리무루가 본격적으로 적으로 돌아서버리면, 마왕 레온에 대한 복수를 생각하고 있을 때가 아니게 되어버린다.

그걸 충분히 이해하고 있기 때문에 광대들은 유우키의 명령을 따라 얌전히 굴고 있었던 것이다.

그런데 문제가 발생했다고 유우키가 말했다.

"그런데 말이지, 아무래도 그렇게 지내는 것도 어려워진 거 같아."

"그게 무슨 말인지?"

"아무래도 그 슬라임이 나를 수상하다고 의심하는 거 같단 말이지……."

"뭐라고요? 설마 꼬리를 붙잡힐 만한 실수를 한 겁니까?"

"설마~! 라플라스도 아니고, 보스가 그런 실수를 할 리가 없잖아!!"

"홋홋호. 그렇습니다, 라플라스. 보스만큼 조심성이 많은 인물을, 저는 달리 알지 못합니다. 그런 보스가 경솔한 짓을 했으리라는 생각은 들지 않는군요."

늘 신중한 유우키가 자신의 실수를 인정하는 듯한 발언을 했다. 그 말을 듣고 놀란 라플라스가 되묻는 말에 티어와 풋맨이 부정하는 듯한 반응을 보였다.

그 정도로 유우키는 광대들로부터 신뢰를 얻고 있었던 것이다.

"진정하세요, 다들. 유우키 님이 실수했다기보다 그 슬라임이 단지 신중했던 것이겠죠. 저도 직접 대치해보고 느낀 거지만 그 슬라임은 보통이 아니었어요. 온몸을 빈틈없이 감시당한 듯한, 도저히 진정되지 않는 기분을 느껴야 했으니까. 그 실력까지 파악할 수는 없었지만 방심할 수 없는 상대라는 느낌이 들더군요."

광대들을 타이른 자는 그들의 회장인 카가리다.

카가리는 리무루와 한 번 대면한 적이 있다. 그때 실제 리무루를 직접 눈으로 보고, 본능적으로 리무루의 위험성을 감지하고 있었던 것이다.

실력으로 따지면 레온만큼은 못하다고 느꼈으면서도, 그 모든 것을 꿰뚫어 보는 듯한 시선은 위협적이라고 생각하고 있었다.

그런 카가리를 보면서 유우키가 고개를 끄덕인다.

"야아, 그 슬라임—— 마왕 리무루는 정말 위험하다고 생각해. 그 축제 자리에 우리의 출자자인 평의회의 중진이 있었는데 말이지, 선불리 수작을 부리다가 꽤나 아픈 꼴을 당한 모양이더라고.

교활하고 신중하면서, 적대자에겐 인정사정이 없지. 평소엔 온화하지만 화를 내게 만들었다간 대책이 없겠다는 생각이 들어. 그리고 우리는 그 사람을 이용하려고 했다가 실패했지. 경계를 당하는 것도 당연했던 거야."

어깨를 으쓱하면서, 유우키는 그렇게 말했다.

"하지만 보스, 아무리 경계한다고 해도 증거가 없잖아요? 그렇다면 시치미를 뚝 떼고 당당히 굴면 상대도 그 이상은 아무것도 못할 것 아닙니까?"

"확실히 물적 증거는 남기지 않았어. 하지만 시즈 씨의 정보를 히나타에게 흘린 건 나이니, 그걸 정황 증거로 삼으면 충분하지 않을까. 실제로 마지막에 관계자들이 모여서 앞으로의 일을 논의했는데 말이지, 그 자리에는 마왕 리무루—— 리무루 씨가 수상쩍게 여기는 인물들을 전부 모아놓은 것 같더라고. 완전히 들켰다고 생각해도 틀리지는 않을 거야."

"그럴 수가……."

아연실색이 된 채, 일동은 유우키의 설명을 들었다.

"그렇겠군요. 들키는 건 시간문제였겠네요. 그 슬라임은 정말로 귀찮은 존재로군요. 그래서 보스, 어떤 식으로 계획을 수정하겠다는 거죠?"

가장 빨리 충격을 털고 마음을 다잡은 인물은 역시 카가리였다. 전 마왕으로서 수많은 수라장을 빠져나온 경험이 있다 보니 회복도 빨랐던 것이다.

"응. 얌전히 구는 건 지금까지와 마찬가지로 그래도 유지할 거야. 마왕 리무루도 확실한 증거가 없는 이상, 우리와 노골적으로 적대관계가 되는 걸 선택하지는 않겠지. 빈틈투성이인 것처럼 보이면서도 상당히 신중한 성격인 것 같고, 손익계산에는 철저하니까 말이야."

"과연. 고대유적에 관한 이야기를 우리 앞에서 한 것도, 우리가 어떻게 반응할지를 살펴볼 심산이었군요. 우리가 뭔가를 꾸미려 들면 그때는 용서하지 않겠다는 생각을 하고——."

"그럴 거라고 생각해. 인간이란 존재는 생각이 계속 바뀌는 생물이야. '어제의 적은 오늘의 친구'라는 말이 있을 정도니까, 사정이 달라진 지금은 적대할 필요가 없다. 그런 생각이 들게 만들 수 있다면 우리가 승리했다고 할 수 있겠지."

유우키는 그렇게 말하면서, 이 자리에 모인 자들의 얼굴을 둘러봤다. 그리고 각자의 반응을 살폈다.

"그러면 당분간은 협력관계를 유지한다, 그 말씀이군요?"

"힘으로 굴복시키는 건 간단하지만, 보스가 그렇게 말한다면 따르도록 하죠."

"바보 아냐, 풋맨? 그럴 수가 없으니까 이 고생을 하는 거잖아?"

"자자, 사실 풋맨의 말도 수긍은 가잖아. 신참에게 얕보이는 건 누구라도 좋은 기분이 아니니까. 하지만 뭐, 총력전으로 붙으면 이길 수 있을지도 모르지만 상대에겐 '베루도라(폭풍룡)'까지 있다고. 지금 당장 위험한 내기를 시도할 필요는 없어."

"그렇긴 하네. 우리는 어려운 건 생각하지 말고, 보스랑 회장의 명령을 따르는 게 제일 좋겠어!"

"나 참, 처음부터 따르겠다고 했잖아요? 저도 회장과 보스의 의견에는 이견이 없습니다."

세 사람은 불만이 있어 보이기는 했지만, 방침 그 자체에는 이견이 없는 것 같았다. 그걸 확인한 유우키는 카가리와 눈짓을 주고받은 뒤에 고개를 끄덕였다.

서방성교회, 그 배후에 있는 신성교황국 루벨리오스.

자유조합의 상부조직인 카운실 오브 웨스트(서방열국 평의회). 그 중추를 좌지우지하는 로조 일족.

이 두 세력이 서방열국에서 패권을 쟁취하는 데에 있어 장애가 되는 존재였다.

거기에 지금, 마왕 리무루가 다스리는 템페스트(마국연방)가 추가되었다. 유우키는 이번에 템페스트 개국제를 직접 눈으로 보고, 마왕 리무루와 대치하는 것이 어리석은 짓이라는 것을 깨달은 것이다.

(내가 리무루 씨와 적대하지 않겠다고 선언했다 한들, 그걸 이 녀석들이 순순히 받아들여줄지 약간 걱정이 되긴 했는데 말이지.)

그런 걱정을 했었지만, 보아하니 그건 지나친 걱정이었던 것 같다.

옛날에는 어땠는지 모르겠지만, 레온에게 한 번 패배하면서 냉정함을 익힌 카가리.

오랜 세월을 참고 견디면서, 그 야망을 달성하고자 하는 광대들.

보아하니 유우키의 믿음직스러운 동료들은 생각 없이 폭주하는 어리석은 자들은 아니었던 것 같다.

"믿음직스럽네. 그러면 너희는 다무라다에게 맡겼던 임무를 이어받았으면 좋겠어."

유우키는 미소를 지으면서 그렇게 말했다.

"잠깐…… 설마 특정기밀상품 말입니까?"
"뭐?! 그 일을 우리가……?"
"홋홋호, 그래도 되겠습니까, 보스?"
광대들 세 명의 안색이 바뀌었다.
그들을 바라보는 유우키는 여전히 미소를 짓고 있었다.
"그래. 지금의 너희라면 괜찮겠지?"
"맡겨두시라고요! 보스가 걱정하는 건 우리가 폭주하지 않을까 하는 거죠? 안 합니다, 안 해요. 비록 이길 수 있다고 생각해도 절대로 손을 대지 않겠다고 맹세하죠!"
"그래, 맞아! 클레이만도 최후의 최후에는 신중함을 잃어버려서 그런 꼴이 됐으니까……. 우리까지 같은 실수를 해버리면 저 세상에서 그 녀석을 놀릴 수가 없는 걸."
"그렇죠. 분노가 시키는 대로 움직여봤자 실패할 겁니다. '앵그리 피에로(분노의 광대)'인 저야말로 그 사실을 기억하고 있어야겠죠. 마왕 레온은 언젠가 반드시 복수하겠다고 맹세한 상대지만, 그건 아직 시기상조라고 봐야 할 테니까요."
세 사람은 각자의 입을 통해서 유우키에게 괜찮다고 대답한다.
유우키는 그 말을 듣고 살짝 웃더니, "생각한 것 이상으로 성장했네"라고 중얼거렸다.
그런 뒤에 유우키는 문득 마음에 걸리는 사실을 떠올렸다.
"그러고 보니 특정기밀상품이란 말이 나와서 생각이 난 건데…… 내가 보호하고 있던 아이들을, 마왕 리무루가 데려가고 말았지."
"아아, 이자와 시즈에가 개입하는 바람에 손을 댈 수 없게 된──."

“그래, 맞아. 의도적으로 축제를 명분으로 내세웠는데, 잘 생각해보면 나는 완벽하게 의심을 받고 있는 모양이야. 뭐, 그건 상관없지만, 마음에 걸리는 건 마왕 리무루가 한 말이야.”

유우키는 깊이 생각하면서, 자신이 내린 결론을 입 밖으로 낸다.

아이들은 점점 강해지고 있었다.

마왕 리무루가 아이들을 도와주기 위해서 했던 행동이 원인인 것이 틀림없다.

리무루는 비밀이라고 말했지만, 이번에 ‘정령에 대해서도 좀 더 자세히 알아두는 게 좋겠다’는 말을 했던 것이다.

“예전에 들었을 때는 적당히 얼버무리면서 넘겨버렸지만 말이지.”

“아이들이 지나치게 강해져서 적당히 넘기는 게 무리라고 생각한 걸까요?”

“글쎄, 어떨까? 어쩌면 어떤 책략이 숨겨져 있을지도 모른다는 생각이 들어서 약간 가슴이 두근거리더라고. 하지만 정령을 사용해서 에너지(마력요소) 양을 중화시킨 것은 틀림없는 것 같아.”

마왕 리무루는 방심할 수 없는 상대다. 어떤 계책을 꾸미고 있어도 이상할 게 없다고 유우키는 생각했다.

어깨를 으쓱하면서 유우키가 그렇게 말하자, 카가리도 납득했다는 표정으로 동의했다.

“그 말이 맞겠죠. 그러고 보니 이자와 시즈에도 불꽃의 상위정령을 부리는 엘레멘탈러(정령사역자)였죠. 그렇다면 불완전하게 소환된 ‘용사가 되지 못한 자’는 정령을 통해서 재이용할 수 있다는 뜻이 되나요?”

그런 카가리의 추측을 듣고, 라플라스 일행도 짐작이 가는 것이 있었던 모양이다.

"그렇군, 그게 마왕 레온이 노리는 건가? 소환에 실패한 '이세계인'을 모으는 것 같던데, 레온이라면 전사로 키울 수 있다는 이야기 아냐?!"

"으—음, 기억났어! 이플리트(불꽃의 거인)도 원래는 레온의 부하였지? 클레이만이 부하에게 명령을 내려서 몇 번인가 습격하도록 시켰지만 전부 이플리트에게 당하고 말았지."

"홋홋호, 비슷한 수법으로 이자와 시즈에 같은 엘레멘탈러를 늘리고 있는 걸지도 모르겠군요. 그렇다면 특정기밀상품을 넘기는 건 좀 생각해봐야겠는데요."

그렇게 각자 자신의 생각을 밝혔다.

풋맨의 말이 맞을지도 모른다고 유우키는 생각했다. 하지만 그렇게 생각하면 이상한 점이 있다.

특정기밀상품이란 것은 실은 불완전소환으로 불려온 아이들을 말하는 것이다.

어떤 장소에선 아직도 몇 번이고 몇 번이고 불완전소환이 벌어지고 있었다. 이자와 시즈에의 눈까지도 속이고, 서방열국에도 알려지지 않은 채…….

시행횟수가 많아지면 실패사례도 수없이 발생한다. 그걸 회수했던 자가 비밀결사 '케르베로스(삼거두)'의 다무라다였다. 결코 밖으로 드러낼 수 없는 아이들을 실험소재라는 명목으로 양도받았던 것이다.

하지만 그건 명목상의 이유였으며, 실제로는 다른 목적이 있었다.

그게 바로 마왕 레온의 요구였다.

마왕 레온은 '열 살 미만의 이세계인 아이들'을 찾아서 모으고 있었던 것이다.

(으—음, 레온의 목적은 전력증강인가? 그렇다면 납득은 가지만, 그렇다면 자신들의 힘만으로도 충분할 것 같은데……. 동쪽제국이랑 서방열국에까지 소환술식의 새로운 이론을 몰래 유출시키고 있는 점을 보더라도, 아무래도 다른 목적이 있는 것 같단 말이지. 일단은 주의하는 게 좋을 것 같군.)

결론은 나오지 않았다.

그렇다면 마왕 레온의 계약에 따라, 지금까지 했던 대로 움직일 수밖에 없다.

유우키는 굳은 표정으로 세 명에게 명령을 내렸다.

"그럼 너희에게 마왕 레온과의 거래를 맡기지. 그 목적이 전력증강인지, 아니면 다른 목적이 있는지, 그걸 알아낼 수 있으면 알아봐줘. 로조와의 교섭은 미샤가 후임을 맡을 테니까, 그녀로부터 상품을 전달받아서 움직이도록 해."

"알겠습니다. 맡겨주십쇼!"

"응응! 나도 열심히 할게!!"

"홋홋호, 잘 알았습니다."

의욕으로 불타는 세 사람을 보고, 카가리는 쓴웃음을 지었다.

"너무 열심히 일하다가 레온에게 정체를 들켜서는 안 되는 거 알죠?"

"알겠지? 어디까지나 신중하게 행동하라고. 지금의 우리에겐 마왕 레온까지 적으로 돌릴 여유는 없으니까 말이야."

유우키의 다짐을 놓는 말에, 세 사람은 알겠다는 듯이 몇 번이고 고개를 끄덕였다.

라플라스를 비롯한 세 명의 광대들은 바보가 아니다.

믿음직스러운 동료들을 믿기로 하고, 유우키는 작전의 세부사항을 설명했다.

*

라플라스 일행에게 명령을 내렸으니, 이번에는 카가리 차례다.

카가리가 유우키 쪽으로 돌아보면서 진지한 표정으로 물었다.

"그럼 보스, 전 뭘 하면 되는 거죠?"

카가리가 물은 것은 유적조사에 대한 것이었다.

유적이라곤 했지만 사실은 그렇지 않다. 카가리와 동료들의 입장에선 친숙한 도시인 것이다.

카가리가 마왕 카자리무였을 때, 마법기술을 구사하여 도시방위기구를 구축했다. 그게 바로 유적도시 '암리타'의 진정한 모습이었던 것이다.

아다루만을 이용한 거점방위기구를 통해서 지켜지고 있던 표층도시와는 달리, '암리타'는 카자리무가 걸어놓은 주술과 다수의 골렘(마인형)을 통해서 보호받고 있었다. 카자리무의 기술을 이어받은 클레이만의 최고걸작인 비올라조차도 유적을 수호하는 골렘을 기준으로 봤을 때, 상급 골렘 중에서 하위에 속하는 성능밖에 지니고 있지 않았다.

이 정도 수준의 방위기구를 지닌 유적── 즉, 이 '암리타'라는 유적이야말로 괴뢰국 지스타브의 숨겨진 본질이었던 것이다.

암리타라는 유적은 왜 이렇게까지 고도의 방위력을 자랑하고 있는 것일까?

그 이유를 말하려면 아득히 먼 옛날로 거슬러 올라가야 한다.

먼 옛날, 번영을 누렸던 엘프의 초마도대국은 자신들의 어리석음으로 인해 멸망의 때를 맞았다.

당시에는 마왕이 아니었던 소녀── 용황녀 밀림의 분노를 사는 바람에, 하룻밤 만에 이 지상에서 사라졌던 것이다.

그 뒤에 남은 것이 고대유적인 '소마'였다.

살아남은 엘프들은 소마에서 부흥을 맹세했다. 그러나 그 소원은 이뤄지지 않았다.

자신들의 손으로 만들어낸 최악의 마물── 카오스 드래곤(혼돈룡, 混沌龍)의 위협적인 힘에 저항하지 못하는 바람에 고향에서 도망치듯이 쫓겨난 것이다.

카오스 드래곤의 힘은 카타스트로프(천재, 天災) 급에 준하는 것이었다. '용종'의 수준에는 미치지 못하지만, 엘프가 감당할 수 있는 존재가 아니었던 것이다.

살아남은 엘프들은 각지로 흩어지면서, 각자의 길을 걷기 시작했다.

갑작스러운 불행을 탄식하던 무지한 자들은 엘프의 조상에게 의지했다.

힘이 있는 자들은 황야를 개척하고 나라를 세웠다.

숨듯이 달아나서 목숨을 유지한 자들도 있었다.

극소수인 일부의 자들 때문에 엘프의 번영은 끝을 맞았다.

그리고——,

그 죄로 인해 저주를 받아서, 다크엘프가 된 자들은 밀림의 눈을 피해 머나먼 신천지로 도망쳤다.

카가리——마왕 카자리무——도 그들 중 하나였으며, 마왕 밀림의 공포를 경험하고 살아남은 몇 안 되는 엘프의 왕족이었다.

당시에는 아직 마왕이 아니었던 카자리무는 살아남기 위해 도망쳐온 땅에 고향을 모방한 도시를 세웠다. 엘프의 기술을 잃어버리기 전에, 모든 것을 형체가 있는 것으로 남겨두기 위해서.

그렇게 태어난 도시가 바로 괴뢰국 지스타브의 수도인 암리타였던 것이다.

카가리는 과거를 떠올리다가, 고개를 저으면서 그 기억을 떨쳐버렸다.

"암리타의 방위기구는 살아 있어요. 그걸 이용해서 마왕 리무루를 덫에 빠뜨려볼까요?"

리무루와의 약속에 따르면, 클레이만의 영지에 있는 고대유적을 카가리가 같이 동행하여 조사하는 걸로 되어 있다. 그때 리무루를 덫으로 유도하기만 하는 거라면, 지금의 카가리라 하더라도 어려운 일이 아니었다.

그리고 위협이 되는 존재는 밀림이랑 베루도라뿐.

리무루만이라면 처리할 수 있지 않을까. ——카가리는 그렇게 생각했던 것이다.

방위기구를 작동시키는 것뿐이라면 의심을 받지 않고 실행할 수 있다. 그런 생각을 했기 때문에 제안해봤지만, 유우키는 조금도 고민하지 않고 바로 부정했다.

"그것도 재미있을 것 같긴 하네. 하지만 괜찮겠어? 마왕 밀림이 동행할지도 모르는데?"

"뭐, 어떻게든 실행은 할 수 있을 것 같은데요. 기구를 작동시키는 것뿐라면 제가 의심을 받을 일은 없을 테니까요."

먼 옛날에 조국의 멸망을 겪은 적이 있는 카자리무── 아니, 카가리.

그 사실이 트라우마로 남아 있는 게 아닐까 하고 유우키는 걱정이 되었지만, 정작 장본인은 그다지 마음에 두지 않는 것 같았다.

엘프에서 다크엘프로 변질되었고, 그 뒤에 데스맨(요사족, 妖死族)으로 변화하여 마왕이 되었다. 그런 과정을 거치면서, 카가리는 밀림에 대한 트라우마를 극복한 것이다.

애초에 이길 수 있는지를 따진다면, 그건 무리라기보다 무모함에 가깝다고 카가리는 생각하고 있었지만…….

"좋아! 그렇다면 부탁할게. 물리치는 건 아마 무리일 것으로 생각하지만, 마왕 리무루의 실제 전투능력이 어느 정도인지에 대한 정보가 필요하다는 생각을 하고 있었으니까."

"그 정도로 대단한 상대란 말인가요?"

"응, 틀림없다고 생각해. 그러니까 카가리, 절대로 정체가 들키지 않도록 해. 내가 의심을 받고 있는 건 확실하지만, 너는 아직 확실하지 않은 상태이니까. 오히려 상대에게 정보를 주지 않도록 부디 신중하게 행동해줘."

"알고 있어요, 보스."

그런 대화를 나눈 뒤에, 유우키와 카가리는 서로를 바라보면서 미소 지었다.

"좋았어! 그럼 우리는 미샤 씨와 접촉하겠습니다."

"저는 이대로 준비를 진행하죠. 그러면 보스는 어떻게 할 예정인가요?"

"나 말이야? 나는 다무라다에게 연락을 취한 뒤에, 동쪽에서 활동할 거점을 확장시킬 예정이야. 만일의 경우에는 그쪽으로 도망칠 수 있도록 말이지. 하지만 그 전에──."

"뭐야, 뭐야. 역시 뭔가를 꾸미고 있었군요? 우리한테는 자중하라고 말했으면서 자기 혼자만 약삭빠르게 굴다니."

놀리듯이 말하는 라플라스를 보면서, 유우키는 쓴웃음을 짓는다.

"그런 게 아니야, 라플라스. 단지 동원할 수 있는 수단은 전부 시도해보자고 생각했을 뿐이지. 그도 그럴게, 나는 아직 서쪽에서 패권을 쥐는 것을 포기한 게 아니거든."

그렇게 말하면서 유우키는 씨익 웃었다.

그리고 그 후로.

어둠속에 숨어든 마인들은 조용히 행동을 개시한다.

제1장

순조로운 미궁 운영

Regarding Reincarnated to Slime

템페스트 개국제는 대성공으로 막을 내렸다.

정신없이 분주했던 나날은 지나갔고, 열흘 정도의 시간이 흘렀다.

내빈들이랑 근처 국가들에서 모인 사람들도 이미 이 도시를 떠난 뒤였다.

휴즈랑 블루문드 왕 일행도 마찬가지. 자신의 나라로 돌아간 뒤에 앞으로의 일을 논의하기로 하고, 바삐 귀국길에 올랐던 것이다.

드워프 왕 가젤은 자신의 나라로 돌아가면 기술연구반을 준비하겠다는 약속을 하고는 빠르게 우리나라를 떠났다.

살리온의 천제 에르메시아는 영빈관 부근의 가장 비싼 땅에 세워진 여관 하나를 구입해주었다. 그 여관의 방 하나에 전이마법진을 설치해서 언제든 놀러올 수 있게 만들어두고 싶다고 했다.

역시 부자는 다르다. 하려고 마음을 먹으면 아낌없이 돈을 쓰는 모습이 보기 좋았다.

가젤이 부러워하는 표정을 보고, 에르메시아는 우월감으로 가득 찬 표정을 짓고 있었다.

아마 가젤도 자기 나라에 돌아가서 예산을 얻어내는데 성공하면, 우리나라에 별장을 구입할 거 같다. 그러므로 내 입장에선 에르메시아에게 감사해야 할지도 모르겠군.

그리고 거기서 일하고 있던 우리나라의 주민들도 지금까지와 같은 조건으로 고용하겠다고 했다. 정기적으로 청소를 하거나, 에르메시아가 머무를 때 식사를 준비하는 등 세세한 조건이 들어간 계약을 리그루드가 맡아서 처리해주었다.

"뭐, 다음에 올 때는 호문클루스(인조인간)에게 의식을 옮긴 상태로 오겠지만 말이지. 그 몸으로는 진심으로 느긋하게 쉬는 기분이 들지는 않겠지만……."

"폐하, 그렇게 원하시는 대로만 행동하실 수는 없습니다!"

이번만 해도 에르메시아가 나라를 나간다는 사실만으로 터무니없는 대소동이 일어났다고 한다. 우리에겐 관계없는 이야기지만, 에라루도의 입장에선 말도 안 되는 소리겠지.

에르메시아를 호위하는 수호기사들——메이거스(마법사단, 魔法士團)——을 움직이는 것만으로도 국가방위의 시점에서 봤을 때는 엄청난 일이었다고 한다.

"그렇군. 그럼 혹시 에렌도 호문클루스——?"

에렌도 에라루도의 딸이니까 당연히 엘프이다.

그러나 그녀의 귀는 평범한 인간의 것이었다.

"아아, 에렌은 자신의 몸을 쓰고 있어. 호문클루스도 만능은 아니라서, 장시간 빙의하고 있으면 본체 쪽이 위험해지거든."

"폐하! 그렇게 기밀을 쉽게 누설하시면 아무리 저라고 해도 감당하기가 힘듭니다!!"

에르메시아가 슬쩍 해준 이야기에 따르면 에렌은 약으로 외모를 바꾸어 자신의 몸으로 직접 여행을 하는 중이라고 했다. 그러므로 에라루도가 걱정이 되어서, 상당한 수의 호위를 몰래 보내놓고 있는 모양이다.

참고로 카발과 기도, 이 두 사람 말인데, 놀랍게도 메이거스의 일원이라고 한다.

한 명을 동원하는 것만으로도 국방이 어쩌고 하면서 시끄럽게 굴었던 주제에, 자신의 딸을 위해서라면 두 사람이나 파견한단 말이지…….

에라루도는 진짜 딸바보였다.

"하지만 그 두 사람이 그렇게까지 대단하게 보이지는 않던데……?"

내가 이전에 '해석감정'을 시도했을 때는 그렇게까지 강하게 보이지는 않았다. 그렇게 생각하여 질문해봤더니, 에라루도가 씁쓸한 표정으로 대답해주었다.

"이것도 기밀이지만 뭐, 말해도 괜찮겠죠. 그 두 사람은 마법의 반지로 인해 능력이 제한되어 있습니다. 에렌이 정말로, 정말로 위기상황에 처했을 경우에만 그 제한이 풀리도록 되어 있지요."

그렇다고 한다.

그러면 내 '해석감정'보다도 살리온의 마법기술의 수준이 더 높단 말인가—— 나는 그렇게 생각하면서, 약간 놀랐다. 하지만 잘 생각해보니, 당시와 지금의 '해석감정'의 정밀도도 크게 달랐다. 어쩌면 지금의 나라면 은폐되어 있는 힘을 알아차렸을지도 모르지.

한 번 조사했으니 됐다는 생각에 안심하지 말고 더 조심스럽게 접근하는 것이 좋을 것 같다. 다음에 카발 일행을 만나면 몰래 '해석감정'을 시도해보자고 생각했다.

"그럼 제 딸을 잘 부탁드립니다."

"그럼 또 봐!"
그런 말을 남긴 뒤에, 에르메시아 일행은 마도왕조 살리온의 수호용왕이 끄는 비룡선을 타고 돌아갔다.

마왕 루미너스는 여유 있게 움직였다.
그 방대한 마력을 통해 원하는 대로 실컷 '공간이동'을 할 수 있기 때문에 바로 돌아간 것이다. 악단의 교류에 관해선 나중에 연락을 주겠다고 했다.
히나타는 아직 이 도시에 여전히 머무르고 있다. 교회에서 아이들의 공부를 봐주거나, 전투훈련에 어울려주고 있다.
현재 아이들의 교사를 맡길 만한 적임자가 없는 상황이었다.
그때 나타난 사람이 히나타였다.
히나타는 지금까지는 성기사단장으로서 서방열국의 치안을 지키고 있었지만, 앞으로는 우리도 그에 협력을 하게 되었다. 남부 방면을 우리가 맡게 되었으므로, 히나타에게도 여유가 생긴 것 같다.
"만약 괜찮다면 아이들을 상대해주지 않겠어? 나도 일단은 마법을 쓸 줄 알지만 남을 가르치는 건 서툴러서 말이야."
"좋아. 이 도시를 원소마법 : 워프 포털(거점이동)에 등록했으니까 시간이 되면 아이들을 봐주도록 할게."
히나타는 그렇게 말하면서, 내 부탁을 흔쾌히 받아들여 주었다.
이게 정말로 큰 도움이 되었다.
애당초 나는 처음부터 아이들을 돌려보낼 생각이 없었다.
유우키가 의심스럽다고 생각하는 지금, 아이들을 잉그라시아 왕국에 맡겨두지 않는 게 좋다고 생각했던 것이다.

그래서 축제를 핑계 삼아 데리고 나온 것이고…….

잊지 않고 전학수속도 이미 마쳐두었다.

그리고 어차피 잉그라시아 학원에선 아이들을 가르치는 것이 어려운 상황에 처해 있었다.

아이들에게 정령을 '통합'시킨 결과, 지금은 상당히 강해져 있었다. 일반적인 교사는 상대가 되지 않으니, 제대로 가르쳐줄 사람이 필요한 시기가 된 것이다.

정령이라면 성기사가 가장 적합하다고 유우키도 말했었다.

그때 나도 모르게 정령에 관한 말을 뱉고 말았지만, 유우키는 처음부터 알고 있는 듯한 반응을 보였지.

어쩌면 비밀로 하고 있을 생각으로——.

《알림. 비밀로 하고 있었습니다.》

그, 그렇겠죠.

내가 생각 없이 다 까발리는 바람에, 라파엘(지혜지왕)은 어이없어 하는 것 같다.

아니, 아니, 내가 말하지 않아도 어차피 다 들통 났을 거라니까.

내 생각엔 라파엘이 너무 민감하게 반응하는 것 같으니까, 그렇게 걱정하지 않아도 괜찮을 거라고.

《………….》

네, 죄송합니다.

유우키가 의심스럽다는 말을 들었으면서, 나도 모르게 그만 입을 잘못 놀리고 말았습니다.

역시 마음속 어딘가에선 믿고 싶다고 생각했기 때문일 것이다. 유우키에게 필요 없는 정보를 흘려버리는 바람에 지금은 한껏 반성 중이다. 앞으로는 좀 더 신중하게 행동하도록 하자.

아이들은 내가 책임을 지고 보호할 것이다.

그런 상황이었기 때문에, 히나타의 협조는 바라마지 않던 것이었다.

아이들도 축제를 통해서 히나타를 아주 잘 따르게 되었으니, 만족스러운 인선이라고 할 수 있었다.

그건 그렇다고 쳐도 히나타가 교사라.

나도 학생이 되어서 이것저것 좀 배워볼까?

그런 생각을 하면서 아이들과 나란히 자리에 앉았더니, 히나타가 차가운 눈길로 노려봤다.

"당신, 지금 뭐 하는 거지?"

"아니, 그러니까 시찰을 좀……."

"방해되니까 나가 있어."

"아, 네."

이렇게 나는 싱겁게 쫓겨나고 말았다.

너무나도 아쉽다는 생각이 들었다.

뭐, 이런 식으로 1주일 정도의 시간을 들여서 축제의 뒤처리도 끝마쳤다.

교역용 도로의 상황도 진정된 기미를 보였으며, 주민들이 맡은 일에도 여유가 생겼다. 그때를 기다렸다가 조정을 마친 던전(지하미궁)을 시험적으로 개방하기로 한 것이다.

던전을 탐색해보고 싶어서 손꼽아 기다리고 있던 모험가들이 많았는지, 문의가 엄청 몰려들었다. 그런 요청에 응하기 위해서라도 때를 기다렸다가 개방하기로 한 것이다.

그리고 그게 바로 엄청나게 바쁜 나날의 시작이 되기도 했다.

………………….

…………….

…….

던전의 시험개방 첫날, 몇 시간 만에 문제가 드러났다.

그 문제는 바로 예상했던 것 이상으로 도전자들의 공략 방법이 치졸하다는 것이었다.

개국제 때 미궁을 공개한 시점에서, 이건 이미 예상되었던 사태였다. 그러므로 제대로 대책을 세워서 난이도를 낮춰놓았던 것이다. 그럼에도 불구하고 공략 속도는 너무나도 느렸으며, 이대로는 위태롭다는 걸 깨닫게 되었다.

첫 번째 층에는 덫이 없다.

자연 발생할 가능성이 있는 마물도 잘해야 F랭크인 잔챙이뿐이다. 전투능력 따윈 없기 때문에 웬만한 수준의 마을사람이라도 쓰러뜨릴 수 있을 정도의 마물이었다.

미궁의 분위기에 익숙해지라는 의도를 담아서 만들었기 때문에, 보물이 있는 방과 그걸 수호하는 마물이 배치되어 있을 뿐이다. 단, 라미리스가 설치한 밑으로 빠지는 함정은 모두 철거가 끝난 상태다. 그렇기 때문에 그 층을 돌파하려면 지도를 제대로 작성해야만 했다.

그래도 내 감각으로는 아무리 느려도 하루만 틀어박혀 있으면 클리어할 수 있는 레벨이라고 확신했었다.

그런데 최근 3일 동안 2층에 도달하는 데 성공한 자는 전무했다. 그 밧슨이 속한 팀조차 1층에서 헤매던 끝에 결국 리타이어하는 지경이었다.

아니, 밧슨의 팀은 미궁의 넓이를 미리 체험하면서 알고 있었을 텐데, 아무런 대책을 세우지 않은 모양이었다.

정말로 어이가 없다고 해야 할지, 아니면 달리 뭐라고 해야 할지…….

하지만 밧슨의 팀은 그나마 나은 편이었다.

방에 배치되어 있던 D랭크의 마물에게 살해당하는 파티도 존재했다.

아니, 사실은 많았다.

욕심에 눈이 멀었는지, 방구석에 숨은 마물을 알아차리지 못하고, 보물 상자에 쇄도하는 바보가 대다수였던 것이다.

이런 반응에 스켈레톤 아처도 깜짝 놀랐을 것이다. 신이 나서 보물 상자를 노리고 달려가다가 뒤에서 화살을 맞는 모험가들뿐이었으니까.

즉, 그들은 아예 기본이 되어 있지 않았다.

위기감이 부족한 것이다.

그러나 파티로 행동하는 자들은 그나마 나은 부류의 바보들이다.

인간의 멍청함은 한계의 바닥이 없거나, 상상을 훨씬 넘어서는 것 같았다.

놀랍게도 우리 미궁에 혼자서 도전한 자도 있었던 것이다.

무리의 수준을 넘어서 아예 무모한 수준이다.

1층에서는 마물의 발생이 적거나, 있다고 해도 F랭크 인 것은 앞에서 말한 대로다. 하지만 그래도 그런 마물이라고 해도 무리를 지으면 위협적인 존재가 된다. 아니, 되는지 아닌지 잘 모르겠지만 그들에게는 위협이 되는 것이다.

애초에 혼자서는 휴식을 취하는 것도 어렵다. 감시할 사람도 없으니 가수면을 취할 수도 없다.

아무리 F랭크가 잔챙이라고 해도 위험이 없는 것은 아니다. 자고 있는 인간을 습격하는 타입도 있으므로, 방심했다간 목숨을 잃게 되는 것이다.

뭔가 대책이라도 있는 줄 알았더니, 아무런 생각도 없는 것으로만 보였다. 무모한 바보들은 아무런 성과도 올리지 못한 채 차례차례 곧바로 퇴장하고 말았다.

어찌됐든 이 상태로는 아래층으로 내려간다고 해도 통하지 않을 것이다.

2층부터는 통로의 마물도 늘어나고, E랭크도 출현한다. 5층을 넘어섰을 때에는 D랭크에 해당하는 마물도 출현할 것으로 예상되었다.

이런 곳에서 발목이 잡혀 나아가지 못하는 수준이라면, D랭크와 마주치게 될 경우엔 더 볼 것도 없이 살해되고 말 것이다.

그중에는 한심한 이유── 배가 고파서 항복을 선언하는 자도 나오는 지경이다.

세이브 포인트(기록지점)은 10층마다 있으며, 안전지대가 있는 5층마다 물을 공급하는 곳도 준비했다.

많은 식량을 미리 준비해서 오라고, 에둘러서 주의도 주었다.

다른 모험가들은 밧슨 팀의 행동을 분석해서 착실하게 대책은 세웠지만, 그것만으로는 부족했던 모양이다.

모험가라는 존재는 자존심이 강한지 남의 말을 전혀 듣지 않았다. 아니, 다시 살아날 수 있다는 확신 때문인지, 아니면 자신의 실력을 지나치게 과신하고 있기 때문인지, 보존식량조차 준비하지 않고 도전하는 자들이 제법 많았던 것이다.

길을 헤매면 출구로도 돌아갈 수 없으므로 굶주리게 되는 것도 당연한 것이다.

아무리 생각해도 자업자득이었다.

보물 상자에서 얻을 수 있는 아이템을 조금이라도 더 많이 회수하고 싶다――는 마음은 나도 이해가 되지만…….

진심으로 이 인간들을 죽일 생각으로 우리가 이 미궁을 준비했다고 하면, 100년이 걸려도 공략하는 자가 나오지 못할 것 같다.

하지만 굳이 따지자면 이번에 도전하는 자들은 일거리를 얻지 못한 호위꾼이나 용병이며, 탐색에 능하지도 않다.

아직 함부로 미궁을 고치거나 건드릴 단계는 아니라고―― 생각하면서, 이 3일 동안 상황을 살펴본 것이다.

그 결과가 바로 누구 하나 5층에 있는 안전지대까지도 도달하지 못하는, 참으로 눈뜨고 보기 힘든 참상이었다.

…………………….

……………….

…….

뭐, 우리 입장에선 참가비를 벌었으니까 손해는 보지 않았다고 할 수 있다. 하지만 이대로 가면 모험가들의 의욕이 감소할 것이고, 단골손님은 생기지도 않을 것 같다.

이건 근본부터 다시 재고해볼 필요가 있을 것 같았다.

이런 생각지도 못한 사태에 닥치자, 나는 머리를 감싸 쥐고 싶어졌다.

*

그런고로, 긴급회의를 소집했다.

참가자는 나, 베루도라, 라미리스, 그리고 옵서버 자격으로 불러온 마사유키였다.

운영담당인 묘르마일도 호출했다.

모두 모인 것을 확인한 뒤에, 나는 입을 열었다.

"일단 미궁을 개방한 뒤로 3일 정도가 경과했는데, 현 상황은 그리 좋지가 않아. 아니, 완전히 글렀어. 우리가 즐기는――게 아니라, 미궁을 이용하는 자들이 몇 번이고 공략에 도전하고 싶다는 생각을 하게 만들기 위해서라도, 어느 정도는 공략하는 방법을 지도해주는 게 좋을 것 같은데."

우선 이대로는 10층에 도달하는 자가 나타날지도 의문스럽다. 이런 상태라면 우리의 미궁 운영계획은 정체되고 말 것이다.

적어도 어느 정도는 공략방법을 지도해준 뒤에 손님을 받아야겠다는 것이 결론이었다.

"음! 리무루 말이 맞아. 이대로는 아무리 기다려도 내가 나설 차례가 없을 것 같으니까."

"그러게. 50층 이하에 있는 우리의 역작을 빨리 선보이고 싶으니까. 힌트를 약간은 줘도 좋을 거라 생각해!"

그런 식으로 베루도라와 라미리스의 동의는 얻었다.

마사유키는 생각에 잠겨 있는 중——이 아니라, 난감해 하고 있군. 왜 이 자리에 불려온 건지 이해가 안 돼서 당혹스러운 모양이다.

갑자기 불려왔으니까 무리도 아니다.

뭐, 좀 있으면 마사유키도 진정하게 될 테니까, 그 뒤에 의견을 듣기로 하자.

마사유키에게서 묘르마일 쪽으로 시선을 옮긴다.

묘르마일은 동경하던 마사유키를 만난 것을 너무나 기뻐하고 있었다.

그래서일까, 나와 눈이 마주치자 의욕적인 모습으로 입을 열었다.

"말씀을 드려도 괜찮겠습니까?"

"의견은 대환영이야. 뭐든 기탄없이 말해주게."

내가 그렇게 말하자, 묘르마일은 고개를 한 번 끄덕였다.

"힌트를 주자는 의견 말입니다만, 어느 정도는 적당한 선이 좋을 것 같습니다. 아직 3일밖에 안 됐고, 현재 도전 중인 자들은 원래부터 랭크가 낮은 자들뿐입니다. 자유조합을 통해서 숙련된 모험가들도 불러 모으고 있으니, 앞으로는 C랭크 이상의 모험가들도 늘어나겠지요."

"잘 진행될 것 같은가?"

"네. 유우키 님의 의도는 잘 모르겠지만, 약속은 확실히 지켜주실 것 같습니다. '마법통화'로 각국각지의 자유조합과 연락을 취하면서, 대대적으로 홍보를 해주신 것 같더군요."

"뭐, 조합에게도 이득이 생기는 이야기니까. 그래서?"

"네. 제 연줄을 통해서, 상인들의 입소문도 널리 퍼지고 있습니다. 실력이 좋은 호위꾼이랑 그들이 알고 있는 주먹 좀 쓰는 자들에게까지도 말이죠. 올라오는 보고에 의하면 반응은 아주 좋은 것으로 보입니다."

전달, 그리고 정보 수집은 중요하다.

묘르마일에게 소우카를 소개하고, 그 임무를 돕도록 분부해두었다.

'쿠라야미(람암중, 藍闇衆)'의 두령인 소우카는 묘르마일과 같이 사회를 본 적이 있는 사이다. 묘르마일 본인도 사람을 다루는 것이 익숙하다 보니, 두 사람은 금세 의기투합한 것 같았다.

차별 의식 같은 게 없어서 정말 다행이었다.

그런고로 현재는 소우카의 부하 중에서 몇 명이 묘르마일의 지시에 따라 움직이고 있는 것이다.

그리고 사실은 소우에이도.

소우에이는 지금 뮤제 공작 주변의 동향을 조사하고 있다. 그러는 김에 넌지시 우리나라를 홍보하도록 명령해두었다.

그 결과, 자유조합 지부가 없는 시골마을에까지 던전(지하미궁)의 소문이 퍼졌던 것이다.

"즉, 각지에서 실력자들이 모이는 것을 기다린 뒤에 판단해도 늦지 않다는 말인가?"

"그렇습니다. 이제 기획을 막 세웠을 뿐입니다. 지금 당장 성급하게 성과를 추구하는 게 아니라, 차분히 돌아가는 모습을 살펴야 할 때라고 생각합니다! 그리고 각국의 귀족이 출자에 나서기 시작하면 B랭크 이상의 자들이 참전하는 것도 기대할 수 있을 테니까요."

열심히 말하는 묘르마일. 마사유키가 감탄한 표정으로 고개를 끄덕이는 것을 보고 아주 기뻐하는 것 같았다.

멋진 모습을 보여주고 싶어서 몸이 근질근질했던 모양이로군.

하지만 그 주장에는 납득이 된다.

베루도라랑 라미리스가 하도 시끄럽게 구니까 나도 덩달아 조바심이 났단 것 같다.

밧슨 일행도 팀 기준으로 따졌을 때야 B랭크에 해당된다. 지금의 장비 상태로는 개개인의 실력은 C나 C+랭크일 뿐이며, 결코 우수하다고는 말하기 어려웠다.

개인 랭크가 B 이상인 자들이라면, 힌트를 그다지 주지 않더라도 미궁에 익숙해지지 않을까.

우리 미궁에선 안전을 돈으로 살 수 있으니까, 일부러 이리저리 지도하지 않더라도 몸으로 직접 겪으면서 공략방법을 찾아낼 것이 틀림없다.

"그렇군. 조바심을 내도 소용없다는 말인가."

미궁에 흥미를 가진 자는 많다고 한다.

'마정석'은 물론이고 마물로부터 얻을 수 있는 재료가 있다. 그런대로 돈벌이가 될 것으로 보고 미궁에 들어가는 자가 끊임없이

나타났다.

귀족들의 반응도 생각했던 것 이상으로 호의적이라고 했다.

눈치가 빠른 자들도 있었으며, 그런 자들은 귀국하자마자 모험가를 고용하여 미궁공략을 의뢰했다고 한다.

그렇게 고용된 모험가들은 내키는 대로 행동하지 않는다. 제대로 준비를 갖추고 행동목표를 세워서 활동한다.

그런 자들은 소수지만, 앞으로는 더 늘어날 것으로 예상되었다.

"그러면 어떻게 할 건데?"

"처음 나오는 1층에 접수처를 설치해두었으니, 거기서 다양한 체험을 시키게 할까?"

"체험이라고? 어떤 식으로 하겠다는 거야?"

라미리스뿐만 아니라 다른 사람들도 모두 잘 이해가 안 된다는 반응을 보였기 때문에, 나는 내 생각을 설명했다.

"여러 가지를 시험해볼 수 있는 훈련장을 준비하는 건 어떨까 하는데. 덫에 대해서 배운다거나, 마물과의 전투훈련을 해보는 식으로 말이지. 그냥 힌트를 주는 것보다는 의의가 있지 않을까?"

기왕이면 운동장도 준비해서, 최근에 늘어난 템페스트의 신병들 훈련에도 도움이 되게 만들고 싶다. 미궁 안이라면 사망사고가 일어나지 않으니 상당히 의의가 큰 전투훈련을 할 수 있을 테니까.

그런 생각을 하면서 의견을 말하자, 의외의 인물이 찬성을 했다.

마사유키였다.

"그렇다면 미궁공략에 대한 강습도 같이 하는 게 좋을 지도 모르겠군요."

그렇게 자연스럽게 발언한 것이다.
나는 놀라면서 마사유키를 바라봤다.
"아, 멋대로 발언을 해선 안 되는 것이었습니까?"
"아니, 아니, 그렇진 않아."
"아아, 그럼 다행이네요. 저도 내용을 이해할 수 있는 재미있는 화제였기 때문에 그만 말이 나오고 말았습니다."
그렇게 말하면서 쓴웃음을 짓는 마사유키. 생각했던 것보다 적응하는 속도가 빨랐지만, 꽤나 유들유들한 성격을 갖고 있는 것 같군.
"그래서 어떤 강습을 하자는 거지?"
강습이라면 설마 모험가들을 대회의실에라도 모으는 건가?
거기서 시간을 들여 미궁의 구조를 설명하는 것도 나름대로 도움이 될 것 같긴 하지만.
"게임에 자주 나오는 튜토리얼 같은 겁니다."
"튜토리얼? 그게 뭐야?"
"맛있어 보이는 이름인데 먹는 건가?"
마사유키의 발언에 베루도라가 즉시 반응을 보였다.
베루도라는 알고 있을 거라 생각했는데, 모르고 있었나.
이 세계의 언어는 상당히 친절하게 번역해주고 있지만, 두 사람에게 공통된 인식이 없으면 뜻이 통하지 않는다. 베루도라가 모른다면 라미리스도 알지 못할 것이다.
그래서 나와 마사유키가 튜토리얼에 대해 설명했다.
"내 생각은 애슬레틱하게 실제로 체험하도록 시키는 것에 가까운데."

"리무루 씨가 말한 것처럼 미궁에 들어가기 전에 여러 가지를 체험하게 만드는 건 중요하다고 생각합니다. 미션 형식으로 기초 지식을 강의하면 모험가 분들도 이해하기 쉽지 않을까요——."

길게 설명해봤자 모험가에겐 전해지지 않는다.

자유롭게 체험할 수 있는 훈련장을 준비하는 것만으로는, 진지하게 임하는 자들 말고는 이용하지 않을 것이다.

——이상이 마사유키의 의견이었다.

그래서 나온 게 미션 형식이다.

입장허가증을 발행하기 전에 간단한 미션을 받도록 시킨다는 이야기다.

그렇게 하면 최소한의 지식을 몸에 익힌 상태에서, 모험가들이 미궁에 도전하는 형태가 될 것이라고.

우리 설명을 듣고, 베루도라와 라미리스는 납득한 것 같았다.

"괜찮을지도 모르겠군. 내가 생각하기에, 이대로 가면 너무 반응이 시시해서 재미없을 것 같거든. 수행할 수 있는 자리를 마련해줄 테니까, 어느 정도는 실력을 좀 키웠으면 좋겠단 말이지."

"나도 그렇게 생각해! 밀림이 보면 격노해서 그 녀석들을 몽땅 날려버릴 거 같아!"

베루도라와 라미리스도 동의해주었다.

그리고 묘르마일까지.

"그 튜토리얼 과정이 끝난 뒤에라도 템페스트에서 만든 무기나 방어구를 시험착용해보는 것도 괜찮을 것 같군요. 공략에 막힌 자들을 대상으로 난이도가 높은 미션을 준비하는 것도 재미있을 것 같습니다."

제법 참고가 될 만한 의견을 제시해주었다.

그렇군, 가이드북을 발행하는 것도 재미있겠는데. 이 도시를 소개할 수도 있으니, 누군가 적임자에게 기사를 작성하도록 시키는 것도 재미있을 것 같다.

익숙하지 않으니까 효율도 안 좋은 것이니, 최소한의 지식을 알려주기로 했다. 그렇게 하지 않으면 정말로 난이도가 높아지는 50층 이하에선 통하지 않을 것이다.

그리고 진심으로 그 다음 과정을 목표로 삼는 자에겐 좀 더 상세한 체험코스를 준비해주는 것도 좋겠지.

뭐, 진짜 무대라고 할 수 있는 50층 이하에는 크루세이더즈(성기사단)에서 도전자가 선행적으로 파견될 예정이긴 하지만.

당분간은 모험가들에게 기대할 수는 없을 것 같으니, 라미리스랑 베루도라의 놀이상대는 크루세이더즈(성기사단)에게 부탁하는 모양이 될 것 같다.

그런 의견들을 거치면서, 1층은 훈련장으로 개장하는 것으로 결정되었다.

도전자용과는 별도로, 신병전용 출입구도 준비해두는 것을 잊지 않는다.

"그러네, 따로 있는 게 좋겠어. 알았어. 당장 새로 만들게!"

라미리스가 흔쾌히 받아들였다.

그런 식으로 이야기를 정리한 뒤에 회의를 끝낼까 했는데.

"아, 잠깐만요. 그것 말고도 새로 떠올린 아이디어가 있습니다."

놀랍게도 마사유키가 눈을 반짝반짝 빛내면서 스스로 의견을 말해주었다.

"지금은 안전지대에만 여관과 식당이 있는 것 같은데, 각층마다 준비해놓는 것도 괜찮지 않을까요? 그리고 말이죠, 화장실 같은 곳도 없어서 곤란하더군요. 어차피 공간을 연결시킬 수 있다면, 각층의 계단 부근에라도 문을 설치해두는 것이 좋을 것 같습니다. 침낭도 준비하지 않은 채 공략에 나서는 사람도 있으니까, 웃돈을 받고 이용할 수 있게 제공할 수도 있을 것 같은데요?"

뭐라고?

이 녀석…… 천재 아냐?!

그건 그렇고 화장실이라. 나 자신이 배설할 필요가 없어졌기 때문인지, 그런 배려를 완전히 잊어버리고 있었다.

생각했던 것보다 유용한 의견이 나오는 바람에 크게 놀랐다.

라미리스 쪽으로 눈길을 돌리자, 힘차게 고개를 끄덕이면서 수긍했다.

"마사유키 군. 그 의견은 바로 채용하겠네!"

"역시 마사유키 님이로군요. 착안점이 아주 훌륭합니다!"

"응응! 안전지대를 없애고 계단 부근에 휴식 장소로 연결되는 문을 준비할게!"

역의 화장실에 휴지가 없어서, 거기에 설치되어 있는 자판기를 고액으로 구매하게 만드는 그 수법.

비겁하지만 실로 효과적인 것도 또한 사실이다.

마사유키는 실로 뛰어난 착안점을 가지고 있는 것 같다.

"다른 아이디어가 있다면 사양하지 말고 더 말해보게."

나는 미소를 지으면서, 마사유키의 발언을 재촉했다.

그러자, 자신이 해왔던 게임을 떠올리는 듯한 표정으로 마사유

키가 깊이 생각하기 시작했다.

"음—, 그렇군요……. 한 번만 사용가능한 세이브 포인트를 준비할 수 있을까요? 저는 운이 좋게도 10층까지 도달했지만, 빠지는 함정이 없어진 지금은 상당히 시간이 걸릴 것 같더군요. 도전자들에겐 이건 게임이 아니니까, 갇혀 있는 시간이 길어지는 것도 난이도가 높은 요소 중의 하나라고 생각합니다."

흠, 그렇군.

확실히 마사유키의 말도 일리가 있었다.

이 상태라면 10층에 도달하기까지는 며칠은 걸릴 것 같다. 방금 전의 아이디어를 들어보니, 미궁 안에서의 장기 체류도 장삿거리가 되기엔 충분한 것으로 판명되었다. 여기서 한 번 더 깊이 생각해볼까?

"음, 거기 있는 애송이 말도 일리가 있군! 나도 그렇게 생각했어. 인간은 허약하니까 조금은 배려를 해줘야겠지."

베루도라가 맨 먼저 마사유키의 제안에 찬성했다.

그 허약한 인간을 대상으로, 희희낙락하면서 이런 악마 같은 미궁을 만든 건 대체 어디의 누구시더라?

"일회용 세이브 포인트라면 내 힘으로 준비할 수 있는데? 하지만 여관을 사용하는 게 더 이익이 나오지 않을까?"

아이템을 준비하는 것은 가능하다고 한다.

그건 그렇고 라미리스, 너도 돈이 얽히면 머리가 쌩쌩 돌아가는 모양이구나. 지당한 의견이라 약간 놀랐어.

"아니, 아니, 꼭 그렇지만은 않습니다, 라미리스 님. 그 문제는 반대로 고액으로 설정해두면 해결됩니다. 볼일이 없다면 여관에 머무르겠지만, 고용조건상 정기보고를 요구받은 자도 있을 테니까요. 그리고 미궁 안에서 불시의 사태가 일어날 경우에 대비해서 하나쯤은 보험으로 소지해두고자 하는 자도 있을 겁니다. 그와 병행해서 '귀환의 호루라기'의 매상도 늘어나겠지요."

묘르마일은 승산이 있다고 봤는지, 제품화에 나설 기세다.

그 말을 듣고 보니 확실히 다양한 용도가 떠올랐다.

미궁 안에서 며칠 동안 머무르게 된다면, 밖의 상황이 신경이 쓰이는 경우도 있을 것이다.

앞으로 귀족으로부터 고용된 자들도 참전할 테니까, 의무적으로 보고를 해야 할지도 모른다.

그리고――,

"제 경우는 동료들이 쉽게 물리쳐주었지만, 10층의 세이브 포인트 앞에는 강한 마물이 지키고 있었잖습니까? 그 마물에게 도전하기 전에 세이브 포인트를 이용하고 싶어 하는 사람도 제법 많이 있을 거라는 생각이 드는군요."

마사유키의 말을 듣고, 나도 크게 고개를 끄덕였다.

가디언(계층수호자)―― 보스에게 도전하기 전에 세이브를 하는 것은 게이머라면 당연한 사고방식이다.

그런 줄도 모르고 최종보스에 도전했다가, 몇 시간 동안의 데이터가 허망하게 날아간 기억이 되살아났다.

그런 슬픈 사건은 게임이기 때문에 웃고 넘길 수 있는 이야기였다. 그러나 그게 현실이었다면 얼마나 분하게 느껴질까.

"그렇군. 생각해보니 좀 지나치게 불친절했는지도 모르겠어."

내가 동의하자, 베루도라와 라미리스도 고개를 끄덕거리며 수

긍했다.
“애송이, 아니, 이름이 마사유키라고 했던가? 네 의견은 제법 큰 참고가 될 것 같다.”
“응응. 대단해, 대단해. 역시 리무루와 같은 ‘이세계인’이야. 앞으로도 잘 부탁할게, 마사유키!!”
그리고 어느새 마사유키를 동료로 인정한 것 같았다.
그리고 마사유키도.
“진짜 무대인 50층 이하에선 그런 편의를 없애도 괜찮을 것으로 생각합니다. 하지만 적어도 숙련된 모험가가 적은 층에선 약간의 편의를 남겨놓는 것도 좋은 방편이라는 생각이 드는군요.”
완전히 운영자의 시점에서 의견을 제시하고 있다.
이런 높은 적응력이야말로 마사유키의 진면목이 아닐까 하는 생각이 들었다.
뭐, 내 입장에서도 반대의견은 없다.
“좋아, 그러면 각층의 계단 앞에 휴식용 방을 마련하기로 할까. 그리고 요금을 지불하면 95층의 일부 구역으로 나갈 수 있도록 만들자고.”
“그 구역에 여관과 식당을 준비한단 말씀이군요?”
“그렇지. 아무리 그래도 특별회원용인 엘프의 가게를 일반에게 개방할 생각은 없으니까, 모험가 전용의 가게를 만들도록 할까. 더 말할 것도 없지만 할증 요금으로 말이야!”
“훗훗후, 잘 알겠습니다.”
관광지에선 물가가 올라간다. 후지산의 정상 같은 곳도 캔 커피의 가격이 몇 배 더 비쌌다.

그런 장소에서 먹는 불고기 도시락은 최고지만, 맛과는 상관없이 그 가격은 으레 상당히 올라가는 법이다.

그와 마찬가지로, 미궁 내부에서 이용 가능한 시설은 바깥의 도시보다 가격이 더 붙는 게 당연한 것이다.

이것으로 95층에 있는 도시의 유용성도 더 늘어나는 셈이다.

"그리고 라미리스. 일회용 세이브 포인트 말인데, 정말로 준비할 수 있어?"

"물론이고말고! 여유야, 여유. '현상의 기록구슬'이라는 아이템이 있는데 말이지, 일회용으로 등록 가능해."

라미리스가 만들어낸 아이템은 너무나 편리한 물건이었다.

미궁 안의 어디에서든 사용할 수 있으며, 그 용도는 세이브 포인트와 같다. '현상의 기록구슬'에 등록한 뒤에 죽으면 기록된 지점에서 복귀가 가능해진다.

'귀환의 호루라기'로 미궁 밖으로 나갔을 경우에는 다시 입장했을 때의 출발 장소가 '현상의 기록구슬'에 등록된 지점이 되는 것이다.

이건 미궁의 내부구조가 바뀌어도 적용된다. 동일지점은 아니지만, 가장 가까운 안전지대로 전송된다고 할 수 있겠다.

"매점에서 높은 가격으로 판매하도록 하죠."

"그거 말인데, 홍보용으로 약간은 풀어놓는 게 좋을 것 같군."

"그러면 보물 상자의 레어(희소) 급 드롭 아이템에 포함시켜둘게!"

그런 식으로 이야기는 척척 진행되었다.

"크앗——핫핫하, 이제 조금은 즐거움이 늘어날 것 같군."

"그 기대는 아직 이른 것 같습니다만, 공략을 포기하는 자는 줄어들 것으로 생각합니다.”

베루도라와 마사유키도 기쁜 표정으로 대화에 가담하고 있었다.

이런 식으로 문제점을 차례로 분석해 밝혀내어, 모두가 낸 의견을 정리한 개선안이 제시되었다.

*

좋아, 좋아, 생각했던 것 이상으로 쓸 만한 의견이 많이 나왔다.

1층은 소개를 포함해서, 사전 체험을 하기 위한 훈련장으로 삼을 것이다. 미션 형식으로 안내하여 최소한의 지식을 익히도록 만든다.

이용할지 말지는 손님에게 맡기자.

억지로 시켜봤자 좋을 게 없으며, 무슨 일이건 자기 책임이 중요한 것이다.

그리고 이 1층에선 사망하는 일이 없도록 설정해두었다. 문제를 일으킬 모험가가 있을지도 모르고, 그로 인해 담당직원에게 무슨 일이 생기면 곤란하기 때문이다.

또한 그 자리에서 사망을 체험해보라는 의도도 있다. 그 자리에서 즉시 부활하게 되어 있기 때문에 어린아이들 놀이터로도 최적일지도 모른다.

상급자용으로 여러 종류의 마물과 전투훈련을 할 수 있는 방도 준비해둔다.

포획해둔 마물에게 몇 번이고 부활이 가능해지는 목줄을 채워 놓았다. 여기서 싸우는 방법을 배우면서 자신의 실력을 키울 수 있도록 했다.

넓은 면적을 이용하여 우리나라의 신병들이 이용할 운동장도 만들었다.

때로는 대량의 마물을 포획한 뒤에 대규모의 집단전투를 벌이는 것도 재미있을 것 같다.

진짜 던전은 2층부터 시작된다.

하지만 4층까지는 즉사할 수 있는 덫은 배제했으며, 돌아다니는 마물도 E에서 F 수준의 낮은 랭크로 채워놓았다. 방에 딱 하나만 D랭크를 배치했고, 보물 상자에서는 미궁 공략에 유리하도록 로우 포션(하위회복약) 등이 나오게 준비해두었다.

장비품 같은 고가의 아이템은 5층 이하부터 출현하게 만들 것이다.

이런 식으로 재조정을 하여 난이도를 변경했다.

이걸로 내일부터는 공략 페이스도 빨라질 것이다.

게임을 개발할 때도 클로즈드 테스트 같은 것을 하는 법이니, 바로 본격적인 개장을 하는 건 역시 무리가 있었다고 하겠다.

……아니, 사실 테스트는 했었다.

하지만 공략을 위해 보낸 자들은 시온의 부하인 '부활자들(자극중, 紫克衆)'의 병사 여섯 명이었기 때문에, 데이터가 참고가 되지 않았던 것이다.

그들은 별문제 없이 지하 40층까지 공략해버렸다. 거기 있는 보스 몬스터(계층수호자)인 템페스트 서펜트(람사, 嵐蛇)에게 전멸되었지만, 그 덕분에 우리는 미궁의 난이도가 적당하다고 착각하고 말았던 것이다.

아예 덫이나 잔챙이 마물에겐 크게 고전하지도 않은 채, 척척 진행해나갔으니까.

그 모습을 보고 우리는 이 정도면 괜찮다고 납득했던 것이다.

조금만 경험을 쌓으면 곧바로 50층까지 도달할 것이라고 믿어버렸다.

테스트 요원은 신중하게 고를 필요가 있었다.

'부활자들'은 시온이 스스로 단련시킨 자들이기 때문에 예상 이상으로 우수했던 모양이다.

그건 뭐, 나중에 생각해봐야 할 과제라 할 수 있겠지.

"그러면 회의는 이쯤에서 끝내면 되겠나? 뭔가 다른 의견은 없나?"

나는 충분히 만족하면서도, 일단은 모두에게 확인 차 질문했다.

의견도 나올 만큼 다 나왔으니, 오늘은 이 정도면 충분하겠다고 생각했지만.

"한 말씀 드려도 되겠습니까?"

그 말을 한 사람은 묘르마일이었다.

"어라? 아직 의견이 남았나?"

"네. 그렇긴 합니다만, 이 의견은 미궁 운영에 관해 드리는 것이 되겠습니다."

아아, 미궁의 내용이 아니라 미궁의 홍보와 요금 회수에 관한 것인가.

확실히 그쪽도 신경이 쓰였다.

아직 3일밖에 안 되었기 때문에 수익은 그다지 많지 않겠지만.

라미리스도 돈 냄새를 맡았는지, 눈을 빛내면서 묘르마일을 보고 있다. 너무나도 속물적인 요정이라 오히려 웃음이 나오는군.

"하하, 그렇게 기대하는 눈빛으로 바라보셔도 자금 회수는 이제 시작되었을 뿐입니다. 제가 드릴 보고는 홍보에 관한 것입니다."

라미리스에게 변명하듯이 말하면서, 묘르마일은 쓴웃음을 지었다. 그런 뒤에 묘르마일은 다시 진지한 표정을 지으면서 설명을 시작했다.

"귀족 분들의 흥미를 끌기 위한 포상금의 금액을 산정했습니다. 금화 100개면 어떨까요?"

호오?

"그러면 당연히――."

"물론, 지불은 성금화 한 개로 대신할 예정입니다."

묘르마일은 내 뜻을 미리 읽고 움직이고 있었다.

예전의 실수를 통해서 나는 한 가지를 배웠다.

성금화를 빨리 쓸 수 있는 금화로 바꿔야겠다고 생각했던 것이다.

그건 그렇다 쳐도 금화 100개라면 내 금전감각으로 따져서 1천만 엔 정도가 되려나.

"하지만 그건 너무 낮지 않은가?"

서민의 기준에서 보면 큰돈이지만, 부자인 귀족들이 움직이기엔 금액이 너무 낮은 것 같다. 그야 마정석이나 보물 상자의 레어 드롭 아이템도 있지만, 그것만으로는 수지가 맞지 않을 것이라고 나는 생각했다.

그런 내 의문에 묘르마일은 씨익 웃으면서 대응했다.

“훗훗후, 그 의문은 당연한 것이긴 합니다. 이 포상금은 50층을 돌파한 자에게 주겠다고 광고를 해놓았습니다. 초회 한정으로, 매달마다 선착순 한 팀. 한 사람이라면 전부 다 가질 것이고, 파티를 꾸렸다면 다 같이 배분을 받는 형식이 되겠지요. 포상은 이것뿐만이 아니라——.”

묘르마일의 설명에 의하면 각 보스 몬스터(계층수호자)를 토벌할 때마다 포상을 주도록 준비했다고 한다.

10층의 보스 몬스터는 난이도 B랭크의 블랙 스파이더다.

이걸 토벌하면 선착순으로 다섯 팀에게 포상으로서 금화 세 개가 주어진다.

20층은 B+랭크의 이블 지네.

광범위의 강력한 ‘마비 브레스’를 뿜어대는 상당히 강한 마물이다. 이걸 토벌하면 선착순으로 다섯 팀에게 포상으로써 금화 다섯 개가 주어진다.

30층에는 B+랭크의 오거 로드와 그의 부하 다섯 명을 배치했다.

이 녀석들은 베니마루 일행과는 달리 본능대로만 움직이는 흉포한 마물이다. 힘이 굉장하며, 나름대로 연계 전법을 익히고 있다. 집단전투가 벌어질 것이므로 파티를 꾸려서 도전하지 않으면 어려울 것이다.

포상으로써 금화 열 개. 이것도 선착순 다섯 팀까지였다.

그리고 여기서부터 본격적으로 어려워진다.

40층에는 예정대로 A-랭크인 템페스트 서펜트를 배치했다.

이 녀석은 ‘독무 브레스’라는 아주 강력한 공격을 보유하고 있어서, 어리숙한 파티는 순식간에 전멸할 것이다. 솔직하게 말해서 가이 정도 되는 A랭크의 모험가 수준으로는 혼자서 이 녀석을 쓰러뜨리는 것은 어려울 것으로 생각된다.

포상은 금화 스무 개. 선착순 세 팀이라곤 하지만, 토벌자가 그리 쉽게 나타나기는 어렵지 않을까.

50층의 가디언은 고즈루와 메즈루가 교대로 맡을 예정이다. 그들은 A랭크 오버의 마인으로 진화했으므로, 그들을 쓰러뜨릴 수 있는 자는 극히 한정될 것이다.

그런 50층을 돌파하면 포상으로 금화 100개를 받는다. 단번에 금액이 올라가는 셈이지만, 난이도를 생각해보면 당연한 것이다.

"과연, 깊이 고려한 배분이로군. 그렇게 하면 홍보효과를 기대할 수 있으니, 귀족들의 경쟁심을 부추길 수 있다는 뜻이지?"

"바로 그겁니다. 달마다 토벌자를 발표하면 모두의 경쟁심도 향상되겠지요. 포상을 주는 것은 처음 한 번뿐인 초회 한정이므로, 같은 자가 몇 번이고 같은 포상을 받을 수는 없습니다. 이렇게 하면 과잉경쟁은 억제할 수 있겠지요."

과연.

처음 한 번만 받을 수 있다면 포상금을 노리고 보스에만 얽매일 의미가 없다. 매달마다 새로이 준비되는 상금을 같은 자가 독점하는 것을 막을 수 있는 것이다.

그리고 달마다 인원수에 제한을 두고 선착순으로 지급할 것이니, 그 상금도 고정비용으로 계산할 수 있다.

"그러면 채산은 맞출 수 있겠나?"

"문제없습니다. 3일 동안의 매상을 통해 계산해보면, 조금 더 늘려도 괜찮을 것 같습니다."

수익을 기준으로 보면 푼돈일 뿐이며, 사행심이나 경쟁심을 부추길 수 있다고 한다.

우리 주머니는 손해를 볼 일이 없으니, 실로 훌륭한 작전이었다.

50층이 돌파되는 것은 당분간 먼 미래의 일이 될 것이고, 지불할 돈은 최소한도 선에서 마무리 될 것이라고 한다.

"정 뭣하면 마사유키 님께 50층을 돌파하도록 부탁하고는, 그 사실을 대대적으로 홍보하는 방법도 동원할 수 있겠습니다만――."

"네?!"

"마사유키 님의 실력이라면 시간문제일 테니까요."

호오.

역시 묘르마일, 언제나 강공책으로 나서는 인간이다.

그럴 듯하게 계획은 짠 것 같으니, 이대로 진행하도록 시키자.

"좋은 계획이로군. 그렇게 하면 마사유키의 명성도 더 높아질 것이고, 던전의 홍보도 되겠지. 공략이 정체되는 시기를 봐서 그 작전을 실행하도록 할까."

"저도 그렇게 생각하고 있었습니다. 역시 리무루 님은 대단하시군요. 쿠후훗."

"그 정도는 아닐세, 묘르마일 군. 음훗훗."

나는 만족하면서, 묘르마일과 마주 보면서 웃었다.

"저기이, 제 의견은……."

마사유키 군이 뭔가를 말하고 싶어 했지만, 그 말은 못들은 척을 했다.

*

묘르마일의 이야기는 그걸로 끝이 아니었다.

아니, 오히려 지금부터가 본론이었다.

"그래서 리무루 님께 허락을 받고자 합니다만, 좀 더 크게 포상금을 걸고 싶습니다!"

묘르마일이 더할 나위 없이 사악해 보이는 웃음을 짓고 있다.

지금 이 순간, 그 웃음이 믿음직스럽게 느껴졌다.

"말해보게, 묘르마일 군."

나는 부처의 미소를 지으면서, 묘르마일의 요청에 응했다.

"주변각국의 귀족들이 깜짝 놀라도록, 최하층을 돌파한 자에겐 포상으로 성금화 100개를 주겠다는 내용을 공표하고자 합니다!"

"——?!"

"호오?"

"뭐?!"

"저기, 그게 일본 돈으로 환산하면 어느 정도가 되는지요?"

일본 돈으로 환산하면 대략 10억 엔 정도가 되려나?

물가가 낮은 이쪽 세계에선 더 대단한 가치가 있을 것 같지만 말이지.

"터무니없이 비싼 값을 부르는구먼, 묘르마일 군?"

"훗훗후. 이 정도를 부르면 엉덩이가 무거운 자들도 움직이겠죠. 미궁 공략에 참전하기 위해서 일제히 모험가들을 고용할 것이 틀림없습니다."

그렇게 되면 훨씬 더 큰돈이 움직인다.

사람이 많이 모이는 곳은 번영하기 마련이다. 모두가 흥미를 가진다면 그 붐에 늦지 않게 편승하기 위해서, 관심이 없었던 자들까지 흥미를 보이게 될 테니까.

"하, 하지만 그런 큰돈을……."

걱정스러운 표정으로 라미리스가 소리치지만, 자신만만한 표정의 묘르마일은 동요하지 않는다.

"이 미궁의 지배자가 누구이십니까?"

도발하듯이 그렇게 말하면서, 슬쩍 베루도라를 바라봤다.

그에 반응하는 베루도라.

"크크크, 크앗———핫핫하! 바로 나지. 위대한 '용종'인 바로 나, '폭풍룡' 베루도라다!!"

그리고 잘난 척을 하면서 자신의 이름을 밝혔다.

"응?! '폭풍룡' 베루도라라면 어디선가 들은 기억이……."

마사유키는 뭔가가 마음에 걸렸는지 깊이 생각하는 표정을 지었지만, 묘르마일은 사악한 표정으로 고개를 끄덕이고 있다.

"물론, 잘 알고 있지요. 베루도라 님을 쓰러뜨릴 자는 어디를 찾아봐도 나오지 않겠지요?"

"당연하다마다. 묘르마일이여, 너는 정말로 현명한 사내로구나. 크앗핫핫하!"

"훗훗후, 아닙니다. 이것도 평소에 리무루 님께 많은 가르침을 얻은 덕분이지요."

잠깐, 나한테 배웠다고?

베루도라와 묘르마일의 웃음소리가 울려 퍼지는 가운데, 나는 묘르마일의 제안에 대해 생각해봤다.

제시한 포상은 성금화 100개.

파격적인 금액이지만, 최하층 돌파가 조건이다. 그건 즉, 베루도라를 쓰러뜨릴 필요가 있다는 뜻이다.

응. 무리야, 그건.

사기인 것처럼 보이지만 거짓말을 한 건 아니다. 아니, 그 이전에 100층까지 도달할 수 있는 자가 있을 지 없을 지조차도 의심스러운 것이 현재의 상황이었다.

"그 말이 맞아. 우리 미궁은 공략이 불가능하다고 생각해."

"응응."

"실로 당연한 이야기지."

"그렇습니다. 50층까지라면 또 모를까, 그보다 아래층의 난이도를 생각해보면 저는 도저히 상상이 되지 않습니다. 드래곤도 여러 마리가 있다지요? 대체 어디에 드래곤을 쓰러뜨릴 수 있는 모험가가 있단 말입니까?"

그렇게 말하면서 약간 어이없다는 표정을 짓는 묘르마일.

이 대담하고 탐욕스러운 남자조차 어이가 없어 할 정도이니, 우리가 만든 미궁의 방어력은 지나쳐도 한참 지나치다고 할 수 있을 것이다.

"성금화 100개는 지불할 일이 없을 것 같군."

"애초에 그럴 생각입니다. 이건 귀족들을 위해 뿌리는 떡밥이므로, 통 크게 금액을 제시해도 문제가 되지 않을 것으로 생각합니다. 홀리 나이트(성기사) 분들이 도전한다고 들었습니다만, 그 결과가 실로 기대가 되는군요."

묘르마일은 입으로는 그렇게 말하지만, 절대로 공략할 수 없다고 확신하고 있는 것 같았다.

나도 동감이다.

금액을 듣고 놀라긴 했지만, 진정하고 다시 생각해보니 공략이 될 걱정은 전혀 할 필요가 없었던 것이다.

"묘르마일 군, 그렇게 진행하도록 하게!"

"네, 알겠습니다."

"앞으로 참가 희망자가 늘어나도록 확실하게 홍보해주길 부탁하네."

"마왕이 보낸 도전장이라는 명목으로, 부추길 수 있을 만큼 부추기도록 하겠습니다!"

그걸로 광고가 된단 말인가?

아니, 잠깐.

앞으로도 마왕이란 이름을 쓰는 이상은 목숨 아까운 줄 모르는 자가 무모하게 내게 도전해올 가능성은 크다. 그런 자들을 일일이 상대하는 것도 귀찮으니, 100층을 돌파한 자에게 도전권을 부여하겠다고 미리 정해놓는다면……?

그렇지. 그렇게 하면 놀기만 하고 있는 베루도라의 가치도 높아질 것이다.

좋아, 그렇게 하자.

"그 도전을 극복하는 자에겐 나와 싸울 수 있는 권리를 부여하겠다는 내용도 알려주도록 하게. 그렇게 하기로 정했으니까, 마사유키도 만약 주위에서 나와 싸우라고 부추김을 받아도 적절히 이야기를 얼버무릴 수 있을 거야."

"알겠습니다. 솔직히 말해자면 저도 리무루 씨와 싸울 마음은 없으니까요. 덕분에 저도 살 수 있겠습니다."

"그 정도는 나도 알아. 그럼 묘르마일 군, 부탁하겠네!"

"맡겨주십시오. 그럼 저는 이만 실례하겠습니다."

정말로 일에 빠져 사는 인간이라니까, 묘르마일은.

이야기가 정리되자, 묘르마일은 재빨리 자리에서 일어났다. 그리고 그대로 우리에게 인사를 한 뒤에 방에서 나갔다.

그런 묘르마일의 뒷모습을 보는 우리.

그대로 해산해도 좋았겠지만, 왠지 마사유키가 심상치 않은 표정을 하고 있었다.

그게 약간 마음에 걸려서 물어보기로 했다.

"왜 그러지? 뭔가 신경 쓰이는 일이라도 있나?"

"아아, 방금 전에 했던 이야기가 마음에 걸려서요. 지금은 사람들이 상황을 보고 있는 것으로 생각하겠지만, 언젠가는 때가 되면 싸워야만 하는 걸까 하는 생각이 들어서——."

싸운다——는 것은 무투대회 때 했던 약속 말인가.

"고즈루와의 승부 말인가?"

"그렇습니다……. 그렇게 위풍당당하게 허세를 부렸으니, 도망치고 싶어도 도망칠 수가 없게 되었으니까요. 하지만 싸우면 확실하게 질 것이 뻔하고……."

그렇겠지.

마사유키의 유니크 스킬은 말도 안 되게 특수하고 고성능이지만, 실전 면에선 그렇게 도움이 되진 않을 테니까.

아니, 싸우지 않고 승리를 거둘 수 있으니, 어떤 의미에선 전투에 적합하다고도 할 수 있으려나?

뭐, 어찌됐건 고즈루와의 승부는 생각해볼 일이로군.

묘르마일이 그랬던 것처럼, 관객은 마사유키가 승리할 것을 믿고 있을 테고.

마사유키 자신은 그런 자신을 꽤나 그럴 듯하게 연기했었다.

이제 와서 승부를 겨루지 않겠다고 말할 수는 없을 것이다.

"히나타가 머무르는 동안 아이들과 함께 수련을 해보겠나?"

"틀림없이 죽을 텐데요. 저는 그냥 편하고 평화롭게 살고 싶습니다."

상당히 잔인한 내용의 이야기를, 마사유키는 상큼한 미소를 지으면서 딱 잘라 말했다.

이 녀석은 한 번쯤 따끔한 맛을 보는 게 좋을지도 모르겠군——.

그런 생각을 하기도 했지만 평화로운 일본에서 살았던 요즘 아이이니만큼 호전적인 게 더 이상하긴 하다.

그리고 나도 잘 생각해보면 비슷한 인간이기도 하고.

"뭐, 네가 지는 것도 난감한 일이니까, 그 건에 대해선 나도 생각을 해보기로 하지."

"정말입니까? 그럼 잘 부탁드립니다, 리무루 씨!"

"그래. 그 대신 너도 날 도와주는 걸 잊지 말라고."

"물론이죠!"

마사유키는 협조적이었고, 지금은 그 명성의 도움을 받고 있다. 마사유키가 고즈루에게 패하면 내 입장에서도 손해가 큰 것이다.

귀찮은 문제지만 어떻게든 해결해야 한다.

고즈루를 설득하는 것도 좋겠지만, 그건 좀 아니라고 생각한다. 뭐, 천천히 생각해보기로 하자.

그 후에 잠시 잡담을 나눈 뒤에 긴급회의를 끝냈다. 그리고 그 날 안에 미궁의 재조정을 실시했다.

*

가슴을 두근거리면서 관찰을 계속하는 우리.

내가 생각하기로는 마사유키에게 지적을 받은 곳을 개선한 덕분에 난이도는 상당히 쉬워진 것 같다.

하지만 묘르마일로부터 받은 충고도 있었기 때문에 너무 쉬워지지는 않았을 것이다.

자, 과연 반응은 어떨까?

우선 첫 번째를 언급하자면, 설명을 듣지 않는 바보는 어디에나 있었다.

지금까지와 마찬가지로 미션을 무시하고 바로 다음 단계로 넘어가고 말았다.

하지만 당연히 그렇게 쉽게 층을 돌파할 수 있을 리가 없다.

그래도 우직하게 몇 번이고 도전을 반복하는 자들,

대체 무엇이 그들을 저렇게까지 몰아세우는 걸까?

고용주의 존재?

그들의 긍지?

그 답은 그렇게 고상한 것이 아니었다. 현실은 훨씬 더 타산적인 이유에 근거한 것이었다.

미궁을 처음 선보였던 그날, 밧슨 일행이 보물 상자에서 얻은 레어 급의 검 말인데, 밧슨 일행의 기준으로는 정말로 엄청난 무기였던 모양이다.

아무래도 내가 생각했던 것 이상으로 인식의 차이가 존재했던 것 같다.

레어라는 것은 원래 오랜 세월을 거친 '마강'제의 우수한 무기와 방어구가 진화함으로써 특수한 성능을 발현하게 된 것을 가리킨다.

우리나라에서 만들어내는 '마강'은 산악지방의 하이오크가 채굴한 철광석을, 베루도라가 방출한 마력요소에 노출시켜서 변화시킨 것이다. 미궁 안의 보관고에 옮겨놓기만 하면 저절로 변하는 것이다.

쉽게 조달할 수 있는 것뿐만 아니라, 그 질도 양호하다.

그렇기 때문에 아낌없이 무기와 방어구의 재료로 이용하고 있었다.

서방열국에서 유통되는 것과는 달리 '마강'만으로 만들어내는 무기와 방어구. 재료부터 이미 틀리기 때문에 우리나라의 일반병사가 장비하는 검만 해도 스페셜(특상)급이 보편적이었다.

더 말할 것도 없이 도전자들의 장비보다 몇 단계 더 뛰어난 성능을 자랑한다.

그런 우리나라 병사의 장비는 쿠로베의 제자들이 제작을 담당하고 있다.

공방에는 십여 명의 제자들이 있으며, 쿠로베의 지휘 하에서 날마다 망치를 휘두르고 있었다.

양산되는 무기와 방어구.

그런 제자들이 만드는 무기라고 해도 서방열국에서 시판 중인 노멀(일반) 급보다 질이 좋으며, 스페셜 급에 필적하는 성능을 지니고 있는 것이다.

그리고 현재, 그들의 작품이 보물 상자에 담겨 있다.

실패작은 파기되며, 실제로 쓰일 수 있다고 인정받은 물건은 미궁의 보물 상자에 각각 들어가 있었다. 최상품부터 최하품까지 존재하는 그런 작품들 중에는 상당히 우수한 것도 포함되어 있다.

그런 무기 중의 하나이자, 아슬아슬하게 레어 급에 속하는 작품을 밧슨이 손에 넣은 것이다.

그 비율은 백 자루 중에 하나 정도이다. 대박이 당첨될 확률로 생각해봐도 딱 적당한 안배라고도 할 수 있겠다.

참고로 쿠로베가 만든 것이라면, 실패작이라고 해도 레어 급에 해당되는 작품이 나온다.

얼핏 보기에는 괜찮은 물건으로 보이지만, 본인이 말하길 실패작은 실패작이라고 한다.

"명확한 차이가 있습니다."

쿠로베는 그렇게 말했다.

그래서 나도 자세하게 조사해봤다.

그랬더니 한 가지 사실이 밝혀진 것이다.

같은 클래스의 무기와 방어구라고 해도 성능에는 개체차가 존재한다는 것을.

쿠로베는 그걸 파악하여 성공과 실패를 판단했던 것이다.

사실 쿠로베의 제자가 만든 검과 쿠로베의 검을, 같은 레어 급으로 비교해봤다. 그랬더니 그 차이가 명백했다.

이건 내 '해석감정'의 정밀도가 올라갔기 때문에 알아차릴 수 있는 차이점이다. 쿠로베에게 지적을 받지 않았다면 구분하지도 못했을 것이다.

알기 쉽게 구체적인 예를 들어보겠다.

쿠로베의 작품을 내가 카피(복제)한다고 치자.

그렇게 하며 만들어진 물건은 당연히 같은 클래스이다. 그러나 조금 전에도 말했듯이, 그 성능을 완전하게는 재현하지 못한다. 언뜻 보기에는 같더라도 실제로는 열화판이라고 할 수 있을 것이다.

이게 그 '차이점'이다.

아마 이것은 쿠로베의 대장장이 기술과 비교해서, 내 대장장이 기술이 모자라기 때문에 일어나는 현상으로 생각된다.

이런 사례에서 판단할 수 있는 것이 바로 무기에게도 레벨이 존재한다는 사실이다.

초보자는 물론이고 무기 상인조차도 구별하지 못하겠지만, 내게도 그 레벨이 보이게 된 것 같은 기분이 들었다.

무기에 목숨을 맡기는 자에게 있어서 그 성능의 차이는 중요하다.

이 세계에선 언제 마물이 습격해 올지 알 수 없다. 질이 좋은 무기나 방어구는 자신의 생명줄이라고도 말할 수 있으니까.

개국제가 개최되었을 때, 쿠로베와 제자들의 전시회도 화제를 불러 모았다고 하며, 작품을 팔기를 원한다는 의뢰가 쇄도할 정도였다고 한다. 그 의뢰에 대해선 검토 중이며, 시장조사를 좀 더

해본 뒤에 판단을 내릴 예정이다.

10층의 보스가 드롭하는 레어 급 장비는 쿠로베의 제자들이 현 시점에서 만들어낼 수 있는 최고걸작이다. 쿠로베의 작품보다는 못하다고 해도, 이 세상에 유통되는 무기와 방어구 중에선 질이 좋은 쪽에 속했다.

모험가가 더 질이 좋은 무기와 방어구를 원하는 것은 당연한 사실이니, 밧슨이 크게 기뻐했던 것도 납득이 간다.

기본적으로 노멀 급의 무기라고 해도 질이 좋으면 열 배 이상의 가격이 붙는다고 한다. 하물며 스페셜 급이라도 되면 50배 이상으로 가격이 올라간다고 들었다.

레어 급이라도 되면 입수 자체의 여부조차도 운에 좌우된다고 한다. 물건 자체가 그 수가 적기 때문에, 돈만 있으면 살 수 있는 것도 아니라는 것이 현실이라고 했다.

눈이 뒤집혀서 미궁으로 뛰어드는 자들이 속출하는 것도 당연했던 것이다.

그런 밧슨 일행이 술집에서 광고까지 해주었다.

'헤헤, 너희들, 이걸 보라고! 나에게 잘 어울리는 멋진 검이잖아!'

그런 식으로 밧슨 일행이 실컷 자랑을 했던 모양이다.

10층의 보스가 레어 급 장비를 드롭했다는 사실은 순식간에 도전자들 사이에 퍼졌다. 그 뒤에 상인들의 귀에도 들어갔으며, 각국의 자유조합에서도 소문이 무성하게 퍼졌다.

눈 깜짝할 사이에 일확천금의 꿈을 꾸는 자들이 대거 몰려들었다. 그 결과가 현재의 미궁의 상황이었다.

우리나라를 위해 대신 홍보를 해준 결과가 되었으니, 밧슨 일행에게는 감사를 하고 싶다.

하지만 아무리 성급하게 돌입한다고 해도 미궁 공략은 불가능하단 말이지.

설명을 듣지 않은 자들은, 미션을 달성한 뒤에 미궁에 도전한 자들보다 뒤처지게 되었다.

조금만 똑똑하다면 설명을 꼼꼼하게 듣는 쪽이 더 이득이라는 것을 이해할 것이다. 그리하여 진지하게 미션에 도전하는 자가 늘어났고, 1층에서 훈련을 벌이게 되었다.

거기서 배운 것을 활용하여, 준비를 제대로 마친 도전자들. 접수처 옆에서 판매 중인 많은 비품을 구입해준 덕분에 우리의 지갑 사정도 윤택해졌다.

그리고.

미궁을 개장한 뒤 며칠이 지나자, 5층까지 도달하는 파티가 나오기 시작했다.

2층은 단지 넓기만 할 뿐이고, 4층까지의 덫은 화려하기만 할 뿐이지, 실제로는 그렇게까지 악질적이지는 않다. 통로의 매핑(지도작성)만 제대로 하면 5층까지 도달하는 건 쉬운 일인 것이다.

그러므로 이런 결과도 타당한 것이었다.

그리고 5층 이후부터는 실력과 관계된 문제가 된다.

덫도 위험 수준이 올라가며, D랭크 이상의 마물도 돌아다니게 된다.

그 대신, 보물 상자에서 고가의 아이템이 나올 확률도 높여두었다.

부디 열심히 공략해주길 바란다.

그렇게 생각하면서 응원을 하긴 했지만, 역시 5층부터는 고전을 했다.

단순히 말하자면 피로도의 문제라고 하겠다. 마물에 대한 경계를 하느라 정신적으로도 상당히 피로가 쌓이기 쉽게 된 것이다.

일단 계단까지 돌아가서 휴식 장소를 이용하는 자가 많았다. 95층에 있는 여관도 대성황을 이뤘으니, 우리 입장에선 계획대로 된 셈이다.

그런 식으로 도전자들이 5층에서 8층까지 발을 들이기 시작했을 무렵.

각국의 자유조합에서 소문을 듣고 찾아온 모험가들이 도착했다.

귀족과 계약을 맺은 상급 모험가들의 모습도 보이면서, 도시는 이상할 정도로 활기에 넘쳤다.

그리고 시작된 던전 공략의 격렬한 움직임.

제2진이 참전하면서 선행했던 자들의 의욕도 다시 불타올랐다.

그러던 중에 진지하게 공략을 하는 것이 아니라, 꼼수를 부리는 자도 나타나기 시작했다. 미궁 내부의 지도가 공공연하게 거래되기 시작한 것이다.

나 같은 방향치도 있는 만큼, 그저 실력만 좋아서는 공략할 수 없는 것이 미궁이다. 그러므로 그런 꼼수를 부리고 싶어지는 기분은 잘 이해가 되지만…… 그 문제는 동료들을 모아 역할을 분담해서 해결하기를 바라는 부분이다.

그러므로 미궁 내외에 공지로 알린 뒤에 내부구조의 변경을 실시했다.

도전자들은 아비규환에 빠졌으며 상당한 불평과 분노가 터져 나왔지만, 나는 마왕이다.

그런 목소리에 귀를 기울일 의무는 없다.

지도는 스스로 작성해야만 의미가 있는 것이라고, 초기 단계에서 깨닫게 해주었다.

애초에 지도를 작성할 줄 모르면 미궁 공략 중에 일어나는 구조변경에 대응하지 못하게 된다. 그러므로 어떤 의미에서 이건 자상한 배려인 셈이다.

사랑의 채찍이란 것이지.

구조변경은 대충 잡아서 2일이나 3일마다 한 번 실시한다.

한 층을 돌파하는 것은 아무리 짧게 잡아도 몇 시간이 걸린다. 아무리 생각해봐도 10층에 있는 세이브 포인트(기록지점)까지는 도달하지 못할 것이다.

그런고로 미궁 구조의 변경은 대성공이었다. 도전자들은 지도의 매매를 포기하고 진지하게 공략에 임하게 되었다.

변경 직후에 공략을 개시하여, 하루 동안 할 수 있는 만큼 지도를 작성해서 팔려고 하는 자도 있었던 것 같지만, 그 점은 알아서 하게 놔두기로 했다.

우리는 구조 변경을 도입하여 도전자들의 꼼수를 막은 것에 만족했다.

그러나 상대도 쉽게 얕볼 수 없었다.

나중에 공략을 시작한 자유조합의 모험가들. 그들 중에는 원소마법 : 오토매핑(지도작성)의 사용자도 있었기 때문에 아주 익숙한 모습으로 던전의 탐색을 진행한 것이다.

자유조합 소속의 모험가는 역시 격이 달랐다.

마물과의 싸움도 익숙했으며, 숙련된 기술이 빛을 발했다.

그리고 제대로 역할을 분담하는 모습이 아주 대단했다. 밧슨 일행은 전투용 멤버들로만 이뤄진 파티였지만, 후발주자인 그들은 각종 상황을 깊이 고려한 멤버로 구성되어 있었던 것이다.

마물을 상대할 때는 전투에 특화된 토벌계의 모험가.

덫이나 미로 대책에는 탐색계의 모험가.

그리고 다양한 지식을 보유한 채집계의 모험가.

실로 밸런스를 중시한 파티를 꾸리고 있었다.

역시 임기응변에 능한 모험가들이라고 생각했다.

쉽게 미션을 달성하면서, 점점 미궁의 깊은 곳으로 도전하는 모험가들.

유적조사가 특기인 자는 덫을 해제하는 것도 쉬운 일이었다. 보물 상자를 봐도 냉정하게 대처하며, 호위꾼이나 용병들에 비해서 신중했다.

기대한 것 이상으로 프로다운 일처리를 보여줬다.

바로 규칙을 이해한 그들을 보고, 난이도를 너무 쉽게 잡아놓지 않은 게 다행이라고 생각했다.

이렇게 후발 주자들이 참전한 뒤로 며칠이 지나자, 10층을 돌파한 자까지 나타났다.

이렇게 되면 도전자들은 갑자기 기세가 강해진다.

앞서서 공략에 도전한 자들의 결과를 통해 연구를 거듭하여 대책을 면밀히 세웠고, 차례로 각층의 공략이 진행되기 시작한 것이다.

한 번 공략되면 바로 소문이 퍼진다. 그리고 모두가 그 수법을 흉내 내게 되었다.

아마도 공략정보의 거래가 행해지고 있는 것 같다.

참으로 억척스럽다고 해야 하나.

지도가 소용이 없다면 그 다음은 정보란 말인가. 이번 일은 대단하다고 칭찬하기로 생각했다. 우리 입장에서도 활기가 늘어나는 것은 바라마지 않는 일이기 때문이다.

도시에 있는 자들도 도전자들의 활약상을 술안주로써 즐기게 되었다.

상점, 여관, 식당.

소문은 사람들의 입을 통해 퍼졌으며, 희비가 교차하는 이야기가 만들어진다.

그러던 중에 갑자기 한 파티가 맹렬한 기세로 진격을 시작했다는 내용이 화제가 되었다.

그 파티는 밸런스가 잘 잡힌 열 명으로 편성되어 있었다.

우선 맨 처음에 그들이 시도한 것은 10층에 있는 세이브 포인트에 등록하는 것이었다. 이미 공략을 끝낸 파티에 가담하여 한 명이 등록한다. 그런 뒤에 '귀환의 호루라기'로 입구까지 돌아가서, 진짜 동료들과 같이 10층으로 향한다.

이건 미리 상정해둔 사태였기 때문에 불만은 없었지만, 이 뒤에 이어지는 그들의 공략속도에는 놀랄 수밖에 없었다.

놀랍게도 불과 3일 만에 20층의 보스 몬스터(계층수호자)를 토벌한 것이다.

그들은 진정한 실력자들이었다. 개개인이 B랭크 정도의 실력을 갖고 있으며, 파티로 따지면 B+랭크에 해당했다. 열 명의 연계도 잘 어우러지는 걸 보니, 실제 파티 전력으로 따지면 A-랭크에도 해당할 것 같았다.

하지만 이 정도로 빠른 공략속도라면, 어떤 조작이나 속임수 같은 게 없으면 설명이 되지 않는다.

왜냐하면 그들은 전혀 망설임 없이 최단 코스를 선택했었으니까…….

《해답. 정령의 간섭을 확인. 엘레멘탈러(정령사역자)에 의한 '정령교신'을 쓰는 것으로 판명되었습니다.》

아, 그랬나…….

엘레멘탈러는 정령을 부릴 수 있는 특수한 마법사다. 그 마법 스킬 중의 하나에 정령의 말을 들을 수 있는 '정령교신'이 있다고 한다.

바람이나 대지의 정령과 깊이 교신할 수 있으면, 계단까지 이어지는 정확한 길을 쉽게 찾아낼 수 있다. 그 내용을 물어서 알아낼 수 있으니 엘레멘탈러에겐 미로 따윈 무의미한 것이었다.

치사해! 치사하다고, 엘레멘탈러!

그런 생각이 들었지만, 이건 규칙을 어긴 것이 아니다.

사역하는 정령의 속성에 따라선 '정령교신'을 해도 정확한 길을 알아내지 못할 것이다. 기본적으로 엘레멘탈러는 극수소의 존재이므로, 그런 비기가 있을 줄은 미처 생각하지 못했다.

이건 정당한 공략마법으로 생각하므로, 대책을 세울 일도 아니다. 오히려 그런 방법을 떠올린 센스를 칭찬하고 싶을 정도였다.

그리고 그들의 파티는 빠른 속도로 진격을 계속했다.

한 층을 돌파할 때마다 도시에서도 공지로 알려주는 구조로 되어 있다. 그렇기 때문에 그들의 이름은 일약 유명해지게 되었다.

팀 '녹란(綠亂)'—— 정체불명의 엘레멘탈러를 리더로 삼은 정예 파티였다.

그리고 마사유키가 이끄는 팀인 '섬광'을 곧바로 따라잡을 듯한 기세로 인기를 얻기 시작했다.

우리의 의도대로 실력자들이 모이기 시작했다.

유명해져서 큰돈을 벌기를 꿈꾸며, 아직 젊은 도전자들도 도시를 찾아오게 될 것이다.

그렇게 도전자의 수도 점점 늘어나면서, 미궁운영도 점차 제 궤도에 오르기 시작했다——.

*

우리는 다시 모였다.

미궁 구조를 변경한 뒤에 열흘이 경과했으므로, 어떤 문제가 없는지에 대한 의견을 나누기 위해서였다.

예전과는 다르게 이번에는 순조롭게 진행되는 것이 기분 좋게 느껴졌다.

저절로 웃음이 흘러나왔다.

"여, 마사유키라고 했던가. 나는 전부터 네가 보통이 아니라고 생각했지만, 역시 대단한 남자였던 것 같군."

다 모이자마자 베루도라가 기분 좋은 표정으로 마사유키를 칭찬했다.

"아, 그런가요? 감사합니다……."

갑자기 칭찬을 받는 바람에, 마사유키는 당혹스러웠던 모양이다.

이 사람은 누구죠? 그런 표정을 하고 나를 바라봤다.

전에도 같이 있었고 소개도 했지만, 마사유키는 긴장하고 있었으니까 말이지. 기억하지 못해도 이상할 건 없다.

"전에도 소개한 걸로 생각하는데——."

"아뇨, 그러니까 전에는 이런 식으로, 자연스럽게 회의가 시작되었기 때문에……."

어라, 그랬었나?

《해답. 개체명 : 혼죠 마사유키의 말대로 자기소개는 한 적이 없습니다.》

어머나, 저런.

내 기억도 애매하긴 하네.

마사유키가 당혹스러워 하는 것도 무리는 아니라고 생각하면서, 바로 소개하기로 했다.

"그럼 늦었지만 새로이 소개하지. 이 사람은 내 친구인 베루도라야. 이 미궁에서 100층의 주인을 담당하고 있지."

"음, 베루도라라고 한다. 난 널 인정하겠어. 앞으로 잘 부탁하겠다, 마사유키."

이미 마사유키를 인정한 것으로 보이는 베루도라가 기분 좋은 미소를 지으면서 그렇게 인사한다.

그 순간 마사유키의 얼굴이 바로 새파래졌다. 그리고 말했다.

"저, 저기이…… 베루도라라면, 파르무스 군대를 몰살시켰다고 하는 그 카타스트로프(천재) 급의――?"

아아, 그런 소문을 퍼트렸었지.

사실을 설명하는 것도 좋겠지만 귀찮군. 설명해봤자 의미도 없을 테니, 지금은 적당히 수긍하고 넘어가기로 하자.

"그랬었지. 엄청난 사람이니까 너무 크게 화를 내지 않도록 행동을 조심하라고."

"크아하하하! 나는 관대하니까 웬만한 일로는 화를 내지 않는다고. 그리고 네가 내게 간식을 바치겠다면 내가 흔쾌히 너에게 가호를 내려주지!"

신이 난 표정으로 그런 멍청한 소리를 지껄이는 베루도라.

나는 노트를 빙글빙글 말아서 따악 하고 한 대 때린다.

처벌완료.

길들이는 것은 중요하다.

놀랐는지 "무슨 짓이야?!"라고 소리치는 베루도라는 내버려 두고, 라미리스를 소개하기로 했다.

"이쪽은 라미리스. 이 미궁의 지배자라고 할 수 있는 요정이야."

마사유키는 "역시 내 착각이 아니었나……"라고 넋이 나간 표정으로 중얼거렸지만, 내 말을 듣고는 제정신을 차린 것 같다.

그리고 팔랑팔랑 날갯짓을 하면서 날고 있는 라미리스 쪽으로 시선을 옮겼다.

"헤, 헤에…… 라미리스 씨는 요정인가요. 그건 그렇고 저렇게 훌륭한 미궁을 만들다니, 정말 대단하네요."

그렇게 말하면서 라미리스를 칭찬하는 마사유키.

그 말을 듣자, 이번에는 라미리스가 신이 나서 까불기 시작했다.

"잠깐! 너, 아주 마음에 드는데. 내 사제로 삼아줄게. 그리고 리무루!! 들었어? 이 녀석이 날 보고 대단하다고 칭찬한걸!!"

나에게 드롭킥을 날리면서, 완전 흥분한 표정으로 자랑을 시작한 것이다.

짜증난다.

상대해주면 한없이 잘난 척을 할 것 같다.

나는 가볍게 드롭킥을 피하면서 적당히 넘기기로 했다.

"그래, 그래, 대단해, 대단하다고. 뭐, 마사유키가 사제가 되겠다고 한다면 네가 원하는 대로 하지, 그래?"

그렇게 대꾸해줬다.

마왕의 사제가 되는 용사. 나와는 딱히 상관없지만.

하지만 마사유키 본인은 상당히 혼란에 빠진 것 같은데?

"저, 저기이…… 라미리스 씨는 어떤 사람인가요?"

마사유키가 작은 목소리로 물었기 때문에 나도 작은 목소리로 대답했다.

"그렇게 보이지 않을지도 모르지만, 이래 봬도 나와 같은 마왕 중의 한 명이야."

"네?!"

놀라서 굳어지는 마사유키.

그런 마사유키에게, 라미리스가 미소를 지으며 다가온다.

작은 목소리로 나눈 대화였지만, 라미리스의 쓸데없이 밝은 귀에는 다 들렸던 모양이다.

"얏호—!! '옥타그램(팔성마왕)' 중의 한 명인 라미리스야. 마사유키, 잘 부탁해!!"

"네, 네? 라미리스…… 씨가, 마왕? 그리고 베루도라 씨가 용이고…… 으에엑?! 정말로요?!"

마사유키…….

제대로 알지도 못한 사이에 자기와 인사를 나눈 자가 마왕과 '폭풍룡'라는 것을 알자 마사유키는 넋이 나간 표정으로 방심하고 말았다.

처음부터 확실하게 설명해주고 소개해줄 걸 그랬다.

이건 완전히 내 실수다.

하지만 마사유키에게도 잘못이 있다고 생각한다. 전에 회의를 했을 때는 쓸데없이 당당한 표정으로 앉아 있었단 말이야.

그래서 나도 마사유키가 두 사람을 알고 있다고 착각하고 말았던 거니까.

대담한 녀석이라고 생각했더니, 단지 두 사람을 몰랐던 것뿐이었을 줄이야…….

무지는 죄이지만 때로는 위대한 것이로군.

자신도 모르는 사이에 인정을 받다니, 이 녀석의 행운은 얕볼 수 없다는 걸 재인식했다.

그런 마사유키에게 구원의 손길을 내밀어준 자는 묘르마일이었다.

"라미리스 님, 너무 억지스러운 요구를 하시면 안 됩니다. 마사유키 님이 곤란해 하고 계시잖습니까."

묘르마일은 마사유키의 팬이었기 때문인지, 라미리스와의 일련의 대화를 농담으로 생각한 것 같다.

라미리스의 요구를 받고, 자상한 성격인 마사유키가 난감해 하고 있다——고 인식하고 있으리라.

평상시라면 환멸을 해도 이상할 게 없는 상황이지만, 그 점은 마사유키의 스킬(능력)이 작용하고 있는 걸까.

——아니, 아니겠지.

굳이 말하자면, 묘르마일은 진심으로 마사유키를 믿고 있는 것 같다.

그런 묘르마일의 마음이 전해졌는지, 마사유키는 쓴 웃음을 지었다.

"이 사람은 묘르마일이야. 내 믿음직스러운 의논 상대이자, 템페스트(마국연방)의 재무총괄부문을 맡고 있지. 말하자면 재무장관이 되겠군."

"묘르마일이라고 합니다. 앞으로 잘 부탁드리겠습니다."

"앗핫하, 묘르마일 씨는 좋은 사람이로군요."

"아, 아닙니다, 저 같은 놈은 암흑가의……."

"묘르마일 씨가 말한 대로 저는 라미리스 씨의 사제는 될 수가 없습니다. 왜냐하면 저는 이미 미카미——가 아니라 리무루 씨에게 협조하기로 약속했으니까요."

마사유키는 그렇게 말하면서 라미리스에게 가볍게 고개를 숙였다.

그 말을 듣고 묘르마일은 “역시 그렇겠지요, 리무루 님께선 남을 따르게 만드는 능력이 있으니까요”라고 말하면서 납득하고 있다.

무슨 말인지 이해가 안 된다.

그리고 라미리스도.

“아, 그렇다면 어쩔 수 없지! 그건 그렇다 쳐도 리무루는 정말로 빈틈이 없네.”

“일찍 일어나는 새가 벌레를 잡아먹는 법이니까.”

시치미를 떼고 그렇게 대답하는 나.

그러자 무슨 이유인지 베루도라가 잘난 체 하면서 자랑스럽게 말했다.

“크아하하하. 리무루 만큼 믿음직스러운 자는 그렇게 흔하지 않지. 라미리스, 네가 리무루보다 앞서 가려는 건 포기하는 게 좋을걸. 그보다 어서 마사유키를 소개해달라고. 이야기가 진행되질 못하잖아!”

이 녀석이 내게 가지고 있는 인식은 대체 어떤 것인지가 마음에 걸리지만, 그러고 보니 아직 소개하던 중이었다.

이미 이름을 알고 있으니, 이제 와서 새삼스레 할 필요가 있을까 싶지만.

“그렇군. 그럼 마사유키, 자기소개를 부탁하지.”

내가 그렇게 말하자, 마사유키는 “네”하고 말하면서 고개를 끄덕였다.

“알고 있는 사람도 있을 거라 생각하지만, 마사유키라고 합니다. 리무루 씨와 같은 세계에서 온 인연으로 인해 리무루 씨를 도와드리게 되었습니다. 일단 '용사'로 불리고 있습니다만, 그 점은 신경 쓰지 말기를 바랍니다."

마사유키는 모두를 향해 돌아서면서, 단정한 자세로 자기소개를 했다.

'용사'라고 자칭할 때, 사실은 말도 안 되는 소리라고 말하고 싶어 하는 얼굴이었다. 하지만 묘르마일의 눈이 있었으니 자중한 것 같았다.

마사유키는 적응력이 상당히 높은 건지, 이미 태연한 태도로 돌아와 있었다.

완전히 받아들이기로 한 모양이다.

이미 예전 회의에서 서로 얼굴을 본 사이라고는 해도, 베루도라랑 라미리스를 앞에 두고 미소까지 보일 정도면 정말 대단한 것이다.

역시 마사유키는 거물이라는 생각이 들었다.

어쩌면 주위에서 보이는 반응도 유니크 스킬 '선택된 자(영웅패도)'에 의한 효과가 아니라, 단순히 마사유키 자신의 성격에 기인한 것도 크지 않을까?

유니크 스킬에 의존하는 것만으로는 이 정도의 영향력을 행사할 수는 없다고 생각한다.

하지만 뭐, 그건 나중에 천천히 검증하면 될 것이다.

그런 생각을 하면서, 모두의 자기소개를 마쳤다.

모두 자리에 앉았다.

예전에는 긴급회의를 했었지만, 이번 회의는 여유가 있다.
다른 사람들도 느긋한 분위기를 띠고 있었다.
"그건 그렇다 쳐도 마사유키, 넌 정말 대단해. 이 성공은 네 덕분이야!"
자리에 앉자마자, 라미리스가 흥분한 표정으로 그렇게 소리쳤다.
"그렇게 말한다면 묘르마일도 대단하지. 그의 제안대로 미궁의 난이도를 낮추지 않기를 정말 잘했어!"
베루도라도 그렇게 말하면서 묘르마일을 칭찬했다.
나도 두 사람과 같은 의견이었다.
역시 모두가 함께 지혜를 동원했기 때문에 성공한 것이라고 생각했다.
"야아, 도움이 될 수 있어서 기쁩니다."
"저는 딱히 대단한 일을 한 게 없습니다. 여러분의 힘이 있었기 때문이지요!"
그렇게 서로를 칭찬한 뒤에, 미궁의 현재 상황에 관한 이야기를 나눴다.
매상은 순조롭다.
묘르마일이 즐거운 비명을 지를 정도로 미궁은 대성황을 이루고 있다. 더구나 이 도시에 찾아온 자들이 여관을 이용하게 되면서, 음식점도 포함해 크게 번창하고 있는 것 같다.
"여기 보고서가 있습니다."
묘르마일이 그렇게 말하면서 내게 자료를 건네주었다.
베루도라와 라미리스도 흥미가 있는 것 같았기에 복사해서 넘겨주었다.

자잘한 숫자에 관해서는 라파엘(지혜지왕)을 시켜 계산하기로 한다.

내가 할 일은 내용에 문제가 없는가를 확인하는 것이다.

보고서를 대충 눈으로 훑어봤다.

이런 때에는 인간의 모습으로 변할 수 있는 게 다행이라고 생각했다.

슬라임 형태로도 서류 정도는 볼 수 있지만, 그래도 사무작업의 효율 면에선 인간의 모습이 압도적으로 더 편리한 것이다.

미궁을 개선한 이후로 성과는 순조롭게 나오고 있는 것 같았다. 그 사실을, 이 보고서에 기록된 데이터가 가르쳐주고 있었다.

"홍보효과는 아주 좋은 것 같군."

"네! 날마다 너무 바쁩니다."

기쁜 표정으로 고개를 끄덕이는 묘르마일.

내용을 이해하는지 아닌지는 모르겠지만, 베루도라와 라미리스도 보고서를 눈으로 보고 있었다.

그 내용은 최근의 수입명세가 대부분이었지만, 특기사항도 적혀 있었다.

예를 들자면 모험가 카드에 관한 사항.

묘르마일이 유우키의 협력을 받으면서, 모험가 카드로 미궁의 입장허가를 확인할 수 있게 되었다.

이건 일종의 마법 카드라서 본인의 컨디션 관리도 할 수 있다. 그때그때의 상태도 기록된다고 하니 아주 편리한 것이다.

카드의 이용방법은 조합 창구에서 듣는 설명과 같으므로, 모험가들에겐 아주 친숙하다. 조합에 소속되지 않은 호위꾼이나 용병은 거의 없기 때문에 비교적 별 어려움 없이 도입할 수 있었던 것이다.

미궁으로 들어가는 입장료는 1회당 은화 세 개.

카드 작성은 자유조합에게 위탁하여, 접수업무의 경감을 꾀했다.

우리나라에서도 간이 카드를 발행하고 있지만 그 가격은 은화 아홉 개다.

대부분은 조합을 통해서 발급받지만 때로는 간이 카드를 구입하는 자도 있는 모양이다. 그런 이익도 포함해서 입장료만으로도 제법 수익을 거두고 있군.

그 외에도 라미리스가 만든 3종의 아이템에 관한 기록이 있었다.

'부활의 팔찌'는 처음에 딱 한 번 무료로 배포한 적이 있었다.

서비스로 제공하여, 그게 얼마나 편리한지를 인식하게 만드는 수법이다.

두 번째부터는 구입을 해주길 바란다.

가격은 은화 두 개이며, 꽤나 합리적이었다. 왜냐하면 이 '부활의 팔찌'는 사망했을 때에 입은 심각한 부상 같은 것도 모두 완치시킨 뒤에 부활하게 되어 있기 때문이다.

많은 논의 끝에 그 정도 서비스는 괜찮겠다는 결론을 내린 것이다.

참고로, 재입장을 할 때 '부활의 팔찌'를 장착하지 않은 경우엔 미리 주의를 주는 안내방송이 나가게 되어 있다. 자기 책임이라고는 생각하지만, 부주의로 죽으면 영 떨떠름한 기분이 들기 때문이다.

구입하기 쉽도록 사망했을 때에 부활하는 장소를 접수처 옆으로 설정해두었다. 이런저런 이점이 있다 보니 이 '부활의 팔찌'는 필수아이템이라는 이유로 상당한 양이 팔리고 있다. 세 종류의 아이템 중에서 가장 많은 매상을 자랑한다고 한다.

'귀환의 호루라기'는 한 사람을 대상으로 한 아이템이다. 즉시 지상으로 돌아갈 수 있는 것이 이점이며, 길을 잃었을 때 특히 중시된다.

보험의 의미가 강하므로, 가격은 할증이 붙어서 은화 30개.

'귀환의 호루라기'를 아낀답시고 죽은 뒤에 '부활의 팔찌'를 써서 돌아갈 것을 선택하는 것은 그다지 현명한 방법이라고는 말할 수 없다. 죽은 사람이라도 입구까지 돌아갈 수는 있지만 장비 같은 것을 떨굴 수 있는 가능성이 있기 때문이다.

방어구 같은 건 착용한 상태라고 해도 손에서 떨어진 무기까지는 회수가 불가능한 것이다.

전투 시에 전리품을 끌어안고 싸우는 자는 없으므로, 통로에 놔두는 경우도 있을 것이다. 그런 아이템도 회수할 수 없기 때문에 그게 데스 페널티가 되는 것이다.

굳이 그런 리스크를 감수하면서까지 죽어서 돌아가는 것을 선택하는 자는 적다. 그런고로, 이 아이템도 나름대로 매상을 올리고 있는 것 같다.

'현상의 기록구슬'은 생각했던 것만큼 팔리지 않았다. 하지만 거액으로 구입된 이력이 있다.

가격은 높으며 금화 한 개다. 일본의 기준으로 생각하면 10만 엔에 해당한다.

그런 고가의 아이템을 다수 구입하다니 선견지명이 있는 자들인 것 같군.

무엇보다 이 아이템을 이용하면 죽어서 돌아가는 것이 아주 쉬워진다. 보스에게 집착하는 자도 나오기 시작했을 터이니 안이하게 배포하는 건 위험하다고 생각했다. 그렇기에 고가로 설정한 것이었다.

그래도 수요는 있을 것으로 생각하고 있었다.

깊은 층에서는 한 층 내려갈 때마다 난이도가 부쩍 올라가므로 10층마다 존재하는 세이브 포인트까지는 한없이 멀게 느껴질 것이다.

언젠가는 흑자로 전환될 것으로 생각했지만, 이렇게 얕은 층에서도 이용하는 자는 이용하겠지.

그 외에도 무기나 방어구를 대여해주자는 아이디어도 있었지만, 그쪽은 아직 이익이 나오지 않을 것 같다.

쿠로베가 준비해준 무기와 방어구이므로 나름대로 품질은 좋다.

죽어서 돌아가는 바람에 무기를 잃어버린 자들이 이용하는 것 같은데, 평가는 괜찮은 모양이었다. 그 유용성이 입소문을 타고 퍼지면 이용객도 상당히 늘어날 것 같았다.

전체적으로 호평이라 할 수 있다.

하지만 지금 성공하고 있다고 해서 방심할 수는 없다.

이런 때야말로 더욱 신중하게 행동하지 않으면 안 되는 것이다.

가장 앞서 있는 공략 팀도 순조로워 보인다. 탈락자를 발생시키지 않은 채, 점점 더 깊은 층에 도전하고 있다.

그 덕분에 다른 도전자들도 순조롭게 의욕을 보이고 있는 것 같았다. 실패해도 미궁으로 다시 발을 들이고 있으니, 매상도 늘어나고만 있다.

이 흐름을 유지할 필요가 있다.

몇 번이고 몇 번이고 미궁을 공략하고 싶다——. 그런 생각이 들게 만들 수 있다면 하루에 1,000명 이상의 입장객수가 목표라고 해도 의외로 쉽게 달성할 수 있을 것 같았다.

"흠, 묘르마일 군의 보고를 보면 현시점에선 성공적이라고 할 수 있겠군. 하지만 여기서 만족해선 안 되지. 뭔가 부족한 게 있다고 생각하면 사양하지 말고 말해주게."

모두의 긴장을 유지시키기 위해서라도 나는 그렇게 서론을 꺼냈다.

그 말에 맨 먼저 반응한 것은 라미리스였다.

"할 말 있어!"

"그럼 라미리스."

"저기, 엘레멘탈러의 '정령교신' 말인데, 저런 식으로 정령으로부터 정보를 얻을 줄은 미처 예상 못했어! 하지만 내 힘이라면 방해할 수 있는데. 어떻게 할까?"

"으—음, 방해라……."

방해하고 싶은 마음은 있지만, 그건 좀 비겁한 것 같다.

무엇보다 상대는 정공법으로 공략하고 있는 셈이니, 정당하지 않은 방법을 쓰는 건 규칙 위반이라는 생각이 드는 것이다.

딱히 전쟁을 하는 것도 아니고, 승부를 겨루는 것도 아니다.

"하지만 정령도 싫은데 억지로 따르는 건 아니잖아?"

"그렇긴 하지. 그 정도로 정령과 신뢰관계를 맺고 있다는 건 상당히 호감을 사고 있다는 증거야."

"그렇다면 방해는 하지 않겠어. 그런 건 내 취향이 아니야."

"알았어! 리무루라면 그렇게 말하지 않을까 하고 생각했어."

라미리스는 깔끔하게 물러섰다. 제안은 했지만 본심은 그렇게 나설 생각은 없었던 모양이다.

"그래, 거짓말은 해선 안 되지. 하지만 라미리스, 정령이 없는 구역을 만들면 어떨까? 그 '정령교신'이라는 건 그 땅에 사는 작은 정령들의 목소리를 듣는 스킬(능력)이잖아? 거기에 정령이 없으면 발동할 수 없는 것 아냐?"

오오, 의외의 발언을 꺼낸 자는 베루도라였다.

평소에는 아무런 도움이 되지 못했는데, 제대로 된 발언을 할 때도 다 있군.

"리무루, 그 의외라는 눈으로 바라보는 건 대체 무슨 뜻이지?"

날카롭구먼, 이 인간.

"아니, 아니, 역시 베루도라는 대단하다고 감탄한 거야. 그 의견은 좋다고 생각해!"

약간 동요하면서, 그렇게 대꾸했다.

그러자 베루도라는 곧바로 기분이 좋아졌다.

"그렇지? 내 지혜가 도움이 되었단 말인가. 크앗———핫핫하!"

쉽게 속여 넘겼다.

"베루도라의 의견은 어때, 라미리스?"

"응, 괜찮아! 정령에게 부탁해서 장소를 옮기도록 할게. 자신의 의지가 있는 정령이 사라지면 '정령교신'은 발동하지 않으니까 말이지!"

들어보니 괜찮은 것 같다.

베루도라 덕분에 엘레멘탈러에 대한 대책을 세울 수 있을 것 같았다.

"그렇게 해줘. 그건 그렇고 역시 의견을 내는 자리를 가지는 건 좋군."

"정말로 동감이야. 내 지혜가——."

"자, 그럼 다음. 누구 의견을 낼 사람은 없어?"

이 이상 베루도라가 까불게 놔두면 안 될 것 같다.

당장 다음으로 넘어가기로 했다.

그리고 그 다음으로 의견을 제시한 사람은 이번에도 또 마사유키였다.

"쓰러뜨린 마물로부터 아이템을 획득하게 만들 수는 없을까요?"

마물이 아이템을 드롭한다——. 게임에선 자주 있는 일이지만, 현실에서라면 그런 의미가 애매해진다.

마물로부터는 재료나 '마정석'을 얻을 수 있으며, 그걸로 충분하다고 생각하는데…….

"왜 그런 짓을 할 필요가 있지?"

베루도라가 묻었다.

그 질문에 대한 마사유키의 대답을 간단했다.

"네? 아니, 회복약은 의외로 비싸거든요. 높은 랭크의 모험가는 돈에 여유가 있으니까 아낌없이 약을 쓰지만, 평소에는 무리하지 않고 도망치기를 선택하죠. 혹은 이 미궁에선 죽어도 상처 없이 부활하게 되므로, 약을 아끼려다가 패하는 사람이 많을 겁니다. 그러므로 로우 포션(하위회복약) 같은 걸 드롭하게 만들어서 모두가 부담 없이 사용할 수 있게 한다면 어떨까? 하는 생각을 했습니다."

으—음, 일리가 있는 의견이로군.

우리나라의 회복약도 홍보를 하는 중이라 그 유용성은 조금씩 널리 알려지고 있다.

그러나 가격이 좀 비싼 것은 확실하다. 그 가격이 발목을 잡는 바람에 이용자가 잘 늘어나지 않고 있었다.

우리나라에선 로우 포션의 가격이 은화 네 개다.

하이퍼 포션(상위회복약)은 은화 서른다섯 개에 판매되고 있다.

풀 포션(완전회복약)은 직접 판매하지 않는다. 판다고 해도 은화 500개 정도, 금화 다섯 개 이상의 가격으로 책정할 예정이다.

우리나라에서 가장 싼 여관의 요금이 순수하게 숙박만 하는 것이 은화 세 개. 목욕과 한 끼 식사를 제공하면 은화 다섯 개가 된다.

상인이 이용할 만큼 어느 정도 수준이 괜찮은 여관이라면 요리는 별도로 계산하여 은화 열 개 정도가 평균이었다.

D랭크 정도의 실력자가 미궁 안에서 하루 정도면 벌 수 있는 금액.

그 금액은 평균적으로는 은화 열다섯 개 정도가 된다. 파티를 꾸려서 효율을 올린다고 해도 은화 스무 개가 될까 말까한 정도였다.

지금 당장은 괜찮다. 하루하루를 살아가기에는 충분한 벌이가 된다.

그러나 만일의 경우를 대비하기에는 불안했다.

병에 걸리거나 큰 부상을 입을 수 있다.

충실한 사회보장제도 같은 건 그들에겐 인연이 없는 이야기이기 때문이다.

또한 무기랑 방어구를 관리하는 것도 중요하다.

망가지면 새로 사야 하고, 더 강력한 장비를 조달하기 위해 저금도 해야 한다.

낮은 랭크의 모험가들은 마물을 사냥하는 것만도 벅차다. 생활수준을 높이기 위해선 자신의 실력을 갈고 닦을 수밖에 없다.

그런 그들에게 있어서 은화 네 개를 투자하는 건 힘든 선택이다. 미궁으로 들어갈 입장료도 남겨놓아야 하니, 구입을 보류하는 심정도 이해가 되는군…….

보물 상자를 발견하면 일확천금도 노릴 수 있지만, 함부로 돈을 쓸 수 있는 여유가 있을 거란 생각은 들지가 않았다.

"게임에서도 종종 있는 설정이지. 마사유키의 말도 이해는 되지만 그래도 말이지…… 미궁의 마물은 자연 발생하는 것이라 아이템을 지니게 만드는 건 어려울 거라 생각해――."

부탁도 받지 않았는데, 국민도 아닌 자들에게 그런 편의를 제공하는 것은 좋지 않다.

어떻게든 해주고 싶다는 생각은 들지만 자급자족하려는 노력을 먼저 해야 하지 않을까.

그런 때를 위해서 자유조합이 존재하는 것이다.

이 도시의 주민도 아닌 그들에게 국가차원에서 나서서 지원해줄 수는 없다.

안 됐지만 실력이 없는 자는 도태되는 것이 현실――.

“가능할 것 같은데.”

내가 그렇게 생각하며 포기했을 때, 라미리스의 느긋한 목소리가 들려왔다.

“정말이야?”

“응. 갓 태어난 마물에게 아이템을 억지로 삼키게 만들면 되지!”

그게 가능하다면 여러 가지가 가능해진다.

보물 상자에서는 어느 정도는 괜찮은 물건이 나오게 하고, 마물에게선 허름한 것을 나오게 만들어도 좋을 것이다. 비록 허름한 것이라고 해도 랭크가 낮은 자들에겐 자금원이 될 테니까.

랭크가 낮은 자들의 수입이 윤택해지는 것은 미래를 위해서라도 바람직하다. 노력하면 보답을 받을 수 있는 환경이야말로 내가 이상으로 삼는 상황인 것이다.

“그렇다면 문제가 없겠군. 마물을 쓰러뜨리면 수입이 되는 셈이니까 지금보다 더 열심히 공략해줄 것이고 말이야.”

그렇게 되면 마물에게서 얻은 재료의 유통량도 늘어나면서, 우리나라의 특산품의 하나가 될 것이다.

그리고 수익에 여유가 생기면 그 일부를 복리후생으로 돌릴 수 있게 될지도 모른다.

병은 어쩔 수 없더라도 큰 부상은 어떻게든 대처할 수 있겠지.

일본에서 존재했던 국민건강보험 같은 걸 실현하는 것도 꿈은 아니다.

이런 제도는 건국초기에 마련하지 않으면 불공평이 커지게 된다. 만약 가능할 것 같으면 조기 실현을 목표로 삼아야 할 것이다.

어디까지를 국민으로 규정할 것인가, 그것도 문제가 되겠지.

미궁에 도전하는 자들이랑 흘러들어 온 상인들, 그런 자들은 국민이 아니다. 이참에 주민등록을 실시하여 명확한 권리의 차별화를 실현해놓아야 할 것이다.

지금 현재의 템페스트(마국연방)는 발전도상국이다. 그러므로 이민도 대환영이지만, 국가가 성숙기를 맞이하게 되면 이번에는 반대로 이민을 배척하는 분위기가 생길 가능성이 있다.

나라라는 존재는 말하자면 거대한 상호협동조직이다. 사람은 혼자서 살아갈 수 없으니 공동체를 형성하여 서로 도우면서 살고 있다.

그러므로 국가에 기생하고만 있는 자는 필요 없으며, 귀속의식을 지니지 않은 자를 보듬어줄 마음은 없다. 가치관이나 사상이 다른 자는 같은 공동체에서 받아들이기가 곤란하기 때문이다.

국가에 소속되어, 국가를 위해 일할 의무를 진다. 그렇게 함으로써 국가에서 제공하는 서비스를 향유할 권리.

어느 나라에도 소속되지 않고 의무도 없이 자신의 자유를 관철할 권리.

선택하는 것은 내가 아니라 템페스트를 찾아오는 자들이다.

템페스트에 소속되고 싶다면 환영할 것이고, 그렇지 않다면 손님이 된다. 국민과 동등한 서비스는 제공할 수 없으므로 그 점은 명확하게 해놓아야 한다.

이 점에 관해선 나중에 리그루도와 시간을 들여서 논의할 필요가 있을 것 같다.

──가끔은 나도 그런 진지한 생각을 한다.

그런 나에게 마사유키의 목소리가 들려왔다

"정말입니까? 그렇다면 용도가 불명확한 약이나 성능을 알 수 없는 무기랑 방어구를 섞어서 어떤 게 정말 가치가 있는 것인지 모르게 만들 수는 있을까요?"

그랬지.

아직 회의 중이었다.

나는 황급히 마사유키의 의견을 검토했다.

그렇군, 마사유키가 무슨 말을 하고 싶은 건지는 이해했다.

"그거 말하는 거지? 감정을 받지 않은 도구나 무기는 접수처에서 감정을 받을 때까지 사용하지 못하는 식으로 만들자는 거지?"

"바로 그겁니다! 하지만 대개는 효과를 모르는 약을 마시지는 않겠지만 말이죠."

"마시는 인간이 있을지도 모르지. 독약을 섞어두면 그것도 덫이 되겠군. 습관적으로 감정을 의뢰하도록 주의를 주는 역할을 할 수도 있으니, 그 의견은 꼭 실행해보고 싶군."

"저주가 담긴 장비 같은 건 실현하기 어렵겠지만, 마법무기는 재미있을 것 같군요. 쓸모없는 것이라고 생각해서 감정해봤더니 진짜 모습이 드러난다거나."

"그거 좋군! 쓰레기로 보여도 버리지 못하게 될 것이고, 감정을 하려면 미궁 밖으로 나갈 필요가 있게 되니까."

나와 마사유키는 게임에서 얻은 지식을 언급하며 불타올랐다.

의외로 실현가능할 것 같은 아이디어가 떠오르면서 의욕이 샘솟았다.

우리 대화를 듣고 있던 라미리스랑 베루도라도 상기된 표정을 짓고 있었다.

"진짜 모습을 감추는 거라면 내 〈환각마법〉이 도움이 되겠는데!"
"크아하하하. 도전자들이 일희일비하는 모습은 보고 있으면 심장이 두근거리지. 앞으로도 즐길 게 많아지겠군!"
신이 났군, 이 두 사람도.
"흠흠. 쓸데없는 장비라 해도 짐의 무게에 압박을 줄 것이고, 팔기 위해서라도 도시로 돌아와야 하겠군요. '귀환의 호루라기'가 더 많이 팔릴 것 같습니다!"
현실적인 의견을 제시한 사람은 묘르마일이었다.
듣고 보니 그 말이 맞다.
감정이 되지 않은 무기나 방어구는 버리기가 망설여진다. 그런 생각을 하도록 만들 수만 있다면, 계속 미궁 속에 틀어박혀서 대박을 노리는 자들도 골치가 아파질 것이다.
미궁에 입장할 때마다 입장료를 받을 수 있으니, 드나드는 횟수가 늘어나는 것은 이익과도 연결되는 것이다.
게다가 우리만 즐기는 것이 아니다.
아직 감정을 받지 않은 것── 그건 너무나 매력적으로 느껴지는 물건이다.
심장이 두근거리고 한껏 들뜬 채 감정결과를 기대하며 기다리는 즐거움.
머릿속이 짜릿해질 정도의 흥분이 존재한다.
쓸모없는 쓰레기인줄 알았던 것이 보물로 바뀐다. 그러면 사실은 쓰레기라고 해도 소중히 느껴질 것이다.
대박의 수는 적은 게 좋다고 생각하지만, 그만큼 로우 포션 같은 것들의 수를 늘려주기로 하자.

그렇게 하면 랭크가 낮은 자들에 대한 지원도 될 것이다.

그 점은 조정이 필요하겠군.

“그거 좋군. 슬슬 그 단계로 들어가기로 할까.”

“업데이트라는 거군요!”

내가 그렇게 말하자, 마사유키가 맞장구를 쳤다.

슬슬이고 뭐고 지금 막 납득했을 뿐이지만 말이지.

하지만 업데이트라는 건 좋은 표현이었다.

“그게 좋겠네.”

다 이해한다는 표정으로 라미리스도 고개를 끄덕인다.

야.

너, 정말로 이해하고는 있는 거야? ――그런 의도를 담은 눈길로 바라보자 재빨리 시선을 돌려버렸다.

분위기에 맞춰서 적당히 말해봤을 뿐인 것 같다.

정말 약삭빠른 녀석이라니까.

묘르마일은 사악한 표정을 짓고 있으며, 베루도라는 평소와 마찬가지로 크게 웃고 있었다.

어찌됐든 간에.

우리는 서로의 얼굴을 바라보면서 고개를 끄덕였다.

*

그리고 다음 날 밤.

오늘도 성실하게 일을 했다.

나는 낮에는 현지를 시찰――결코 놀면서 돌아다닌 게 아니다——했으며, 밤에는 보고를 받는 나날을 보내고 있었다.

장소는 내 집무실.

업무의 대부분은 리그루도가 처리하고 있지만, 내 결제가 필요한 안건도 있었다. 그걸 처리하기 위한 방을 집무실로 만들도록 시켰던 것이다.

"리무루 님, 이것이 묘르마일 님이 올린 보고서입니다."

그렇게 말하면서, 시온이 내게 종이뭉치를 내밀었다.

시온이 성실하게 일을 하고 있다.

마치 진짜 비서 같아서 조금은 놀랐다.

"음, 수고가 많군."

나는 살짝 거드름을 피우면서 그렇게 말한 뒤에, 시온에게서 보고서를 받아들었다.

어제 회의에서 나온 의견을 바탕으로, 묘르마일이 재빨리 행동으로 옮긴 것 같았다.

"순조롭군."

"참으로 바람직한 일입니다."

내가 중얼거리는 소리를 듣고, 디아블로가 고개를 끄덕였다.

"어제와 오늘 사이에 술집의 매상이 1할이나 늘었다고 하는군. 랭크가 낮은 도전자들의 주머니에 돈이 들어가니, 도시의 주민들에게도 좋은 영향이 나오는 것 같아."

"네. 모든 것이 리무루 님의 예상대로입니다."

내 말에 고개를 끄덕이면서, 디아블로가 홍차를 조용히 따라주었다.

딱히 내가 전부 예상한 것은 아니지만, 기대했던 성과가 나온 것 같아서 기쁠 따름이다.

디아블로는 언제나 날 지나치게 과대평가한다.

하지만 빈말이라도 기분이 나쁘지는 않았다.

홍차를 한 모금 마신다.

"어라? 평소와는 맛이 다른데, 찻잎을 바꿨나?"

"입에 맞지 않으십니까?"

"아니, 그건 아니지만……."

그렇다. 딱히 맛이 없다는 건 아니다.

단지, 평소 마시던 것보다 약간 쓴맛이 강하다고 할까.

"바, 바로 다시 끓여오겠습니다!"

시온이 당황한 표정으로 말한다.

하지만 딱히 그렇게까지 할 필요는 없다.

정말로 맛이 없어서 그러는 게 아니라, 평범하게 맛있으니까.

아니, 늘 슈나가 끓여주는 홍차가 너무나 훌륭할 뿐이지——잠깐, 설마?!

"혹시 이건——."

"네. 그건 제1비서께서 무슨 일이 있어도 자신의 손으로 끓여드리고 싶다고 부탁하여 직접 준비한 것입니다. 제가 독이 있는지 미리 맛을 보았고, 문제가 없다는 것은 이미 확인했습니다."

으, 응.

놀라운 걸, 시온이 끓여준 홍차가 이렇게까지 맛있어지다니.

하지만 그 이상으로 놀라운 건 디아블로가 시온을 도와주었다는 사실이다.

"설마 네가 시온을 도와줄 줄이야."

내겐 독이 듣지 않으니, 디아블로가 독이 있는지 확인했다는 것은 맛이 있는지를 확인했다는 뜻이 되겠지만, 그렇기에 그게 더 놀라운 일이었다.

"베니마루 공도 매일 맛을 보는 건 싫다고 하셨으니, 어쩔 수가 없었습니다. 그 탓에 컨디션 불량이라는 경험도 처음 해보게 되었으니, 무슨 일이든 일단 시도해보는 게 중요한 것 같습니다."

웃으면서 대답하는 디아블로.

난 그런 체험은 할 필요가 없다고 생각하는데. 하지만 이번 일은 솔직하게 감사하기로 하자.

왜냐하면 시온도 너무나 기뻐하는 것 같았으니까.

그건 그렇다 쳐도 시온도 많이 성장했구나.

웬만한 독극물보다도 더 강력한 요리밖에 만들지 못했던 시온이 스킬도 쓰지 않고 홍차를…….

연주회 때 보여줬던 바이올린을 켜는 모습에도 놀랐고, 최근에는 계속 날 놀라게만 만든다.

감개무량하다는 말은 이럴 때 쓰는 것 같다.

"디아블로, 고맙다."

"아닙니다."

"시온, 잘했다. 고생했구나!"

"네! 정말 감사합니다!!"

이번에는 시온의 손으로 직접 차를 따라 잔을 채워주었다.

역시 약간 쓴맛이 강했지만 나는 너무나도 만족스러웠다.

그때 문득 디아블로에게 아직 상을 내리지 않았다는 것을 떠올

렸다.

“그러고 보니 너에겐 상을 내리지 않았군. 파르무스 공략도 훌륭히 해냈고, 돌아온 뒤에도 잡일을 맡기고 말았는데.”

“아닙니다, 리무루 님께 도움을 드리는 것이 제가 바라는 바이니까요——.”

“그렇다고는 해도…….”

하쿠로우에겐 휴가를 주었다.

지금도 기쁘게 딸인 모미지의 수행을 봐주고 있다.

고부타는 95층에 있는 특별회원전용의 엘프 가게로 데려가주었다.

회원증을 주기에는 아직 이르다. 고부타에겐 이것을 미끼로 삼아 앞으로도 더 노력하게 만들 생각이다.

뭐, 지금은 밀림이 데려간 채 아직 돌아오지 않았지만…….

베루도라도 고부타를 단련시키고 싶다고 말했지만, 아무리 그래도 그건 너무 불쌍하니까 그러지는 말았으면 좋겠다.

가비루에겐 새로운 연구실을 주었다. 100층의 가장 안쪽, 베루도라가 수호하는 문 앞에 마련해주었다.

가비루가 소장이고 베스터가 부소장이다. 연구원도 늘어났으니, 크게 출세한 셈이다.

다른 자들에게도 각각 이정도면 적당하다고 생각되는 상을 주었다. 가장 가까이 있으면서 열심히 일해준 디아블로에게 아무것도 주지 않는다는 건 역시 좀 아닌 것 같다.

“그럼 하나 들어주셨으면 하는 부탁이 있습니다.”

내가 난감해하자, 디아블로가 그렇게 말했다.

이런 분위기를 바로 알아차리는 능력은 역시 대단하다고 할 수 밖에 없다.

"말해봐라."

"네. 그럼 허락을 하셨으니 감히 말씀드리겠습니다만, 저도 잡일을 맡길 수 있는 부하를 갖고 싶습니다."

"아, 차를 준비하는 것 말인가?"

역시 내키지 않았나. 그야 그렇겠지.

디아블로 같이 강력한 데몬(악마족)이 뭐가 좋아서 슬라임에게 차를 준비해서 내놓아야 하겠는가.

나도 그 점은 좀 이상하다고 생각하고 있었지.

"아, 아닙니다. 그렇지 않습니다. 리무루 님을 돌봐드리는 것은 저의 가장 중요한 일입니다! 그게 아니라 다른 나라를 멸망시키는 것 같은, 그런 잡일을 대신 시킬 수 있는 부하를 마련할까 하는 생각을 하고 있습니다. 그렇게 하면 저는 늘 리무루 님의 곁에 있을 수 있으니까요."

웃는 얼굴로 그렇게 말하는 디아블로.

…………이봐.

그건 잡일이 아니라, 보통은 큰 임무라고 부르는 거야.

하지만 디아블로에겐 나를 돌봐주는 것이 다른 나라와의 전쟁보다 더 중요한 일인 모양이다.

나는 이 녀석의 생각이 이해가 안 된다니까.

"그렇군. 하지만 그 정도의 힘이 있는 자를 네 밑에 둘 수는──."

한 나라를 멸망시킬 수 있을 정도의 지략과 무력을 겸비하고 있는 자라면, 그야말로 베니마루나 소우에이 정도밖에 없다.

디아블로의 부탁은 들어주고 싶지만, 역시 그건 무리가 있었다.

하지만 그렇게 생각한 것은 내 지레짐작이었던 모양이다.

"아뇨, 베니마루 공보다 더 위에 서고 싶다는 생각은 눈곱만큼도 없습니다. 오랜 지인 중에 조건이 맞는 자가 있으니 잠깐 권유를 해볼까 합니다만."

즉, 외부에서 부하를 조달해오고 싶다는 뜻인가.

그렇다면 딱히 문제는 없을 거라 생각한다.

"그렇다면 딱히 상관은 없지만, 자금이 필요한가?"

권유를 한다면 돈이 필요할 것이다. 그렇게 생각해서 물어봤는데, 디아블로는 웃으면서 그 말을 거절했다.

"아닙니다, 돈에는 흥미가 없을 것입니다. 그 대신이라고 말하기는 좀 그렇습니다만, 대용할 수 있는 육체를 마련해주시면 좋겠습니다."

아아, 그렇군.

디아블로의 지인이라면 아마 데몬이겠지.

"알았다. 베레타에게 준 것과 비슷한 것이라도 괜찮겠지?"

인간의 시체, 같은 요구를 하는 건 곤란하다.

디아블로를 소환했을 때와 지금은 상황이 다른 것이다.

"네, 불평은 하지 않을 것입니다."

그러면 좋다.

마침 라미리스도, 트레이니 씨의 자매들이 이용할 육체를 마련해주면 좋겠다는 부탁을 했었다. 미궁의 운영을 도와주고 있으니 나는 그 부탁을 받아들였던 것이다.

이왕 만드는 김에 여분을 몇 개 더 만들어놓기로 하자.

"그렇다면 문제는 없는데, 정말로 상은 그것만으로 충분한가?"
"문제없습니다. 하지만, 제가 부하로 삼으려고 생각하는 자들에게도 부하가 있었던 것으로 기억하고 있습니다. 그자들도 이참에 같이 빼오려고 합니다만, 괜찮겠습니까?"
여전히 대단한 자신감이다.
상대가 거절할 것이라는 생각은 전혀 하지 않는 것처럼 말한다.
"급료는 주지 못할 것 같은데, 괜찮은가?"
"그자들도 육체를 받을 수 있다면, 다들 기꺼이 리무루 님을 따를 것입니다!"
다른 경우는 있을 수도 없다는 듯이 디아블로가 단언했다.
그렇다면 나는 더 할 말이 없다.
하지만 물어볼 것은 미리 물어봐야겠지.
"그런데 몇 명 정도를 부하로 부릴 생각이지?"
디아블로의 말을 들어보면 여러 명이 있는 것 같다. 대용할 육체를 만드는 이상, 이건 확인해놓아야겠지.
"그렇군요. 잘해야 수백 명, 많아도 천 명까지는 가지 않을 것 같습니다만."
"많아!!"
뭐가 천 명까지는 가지 않을 것 같다는 거야.
그자들 전부가 데몬이란 말이지?
대체 얼마나 많은 수의 전력이냐고?!
"너는 겨우 혼자의 몸으로 전쟁이라도 벌일 생각이냐?!"
"아뇨, 아뇨, 저와는 전쟁이 되지 않을 것으로 생각합니다. 전쟁이 일어난다고 해도 고전은 하지 않을 것으로 예상합니다."

태연하게 그리 대답하는 디아블로.

이 녀석의 이 자신감은 대체 어디서 오는 건지.

"그거, 정말 괜찮은 건가?"

"말씀하신 대로 숫자만 많아도 소용은 없겠군요. 알겠습니다. 제가 엄선하여 필요 없는 자들은 처분한 뒤에——."

"아니야, 그런 뜻이 아니라고! 너 자신이 괜찮으냐고 묻는 거다!"

내가 그렇게 묻자, 디아블로는 기쁜 표정으로 웃었다.

"아무것도 문제될 게 없습니다."

그렇게 단언하는 디아블로를 보고 있으려니, 걱정하는 것도 바보 같이 느껴졌다.

어쩌면 디아블로는 나보다 강할지 모른다. 그런 상대가 괜찮다고 한다면 내가 굳이 끼어들 필요는 없겠지.

"그럼 천 명 분의 육체를 준비해놓겠다."

"괜찮으시겠습니까?"

"그래, 이건 상이니까. 그러므로 너는 다치지 않도록 조심해서 다녀와라."

걱정할 필요는 없겠지만, 일단은 그렇게 말해두었다.

그러자 디아블로는 감격한 표정으로 고개를 숙인다.

"잘 알겠습니다. 애를 끊는 것 같은 심정이지만, 잠시 동안 리무루 님의 곁을 떠나게 되는 것을 용서해주십시오."

그리고 지나치게 거창한 인사를 했다.

그 모습을 보니 '그래, 알았다'는 기분이 들고 말았다.

"뒷일은 나한테 맡기고 어서 가라."

방해자를 쫓아버리려는 것처럼 시온이 말했다.

나와 같은 기분이 들었을 것이라는 생각이 들어 시온에게 살짝 공감했다.

'쇠뿔도 단김에 뽑아라'는 말이 있듯이, 디아블로는 그 자리에서 바로 떠나기로 한 모양이다.

사실을 말하자면, 시온 혼자만 비서를 맡는다는 건 조금 불안하긴 하다.

하지만 뭐, 여차하면 슈나도 있으니 그렇게까지 골치 아픈 일은 일어나지 않겠지.

그렇게 생각해서 나는 웃으며 디아블로를 보내주었다.

제2장 떠들썩한 나날

Regarding Reincarnated to Slime

전에 가졌던 회의가 끝난 후 며칠 뒤.

드디어 30층을 돌파한 자가 나타났다.

마사유키 일행이다.

묘르마일과 사전에 논의한 대로, 순조롭게 공략을 진행시키고 있었던 것이다.

완전히 담합이지만 들키지만 않으면 문제될 것도 없다.

마사유키에겐 유니크 스킬 '선택된 자(영웅패도)'가 있으므로, 어느 정도 실패하더라도 상대가 알아서 좋게 받아들인다. 실로 우수한 홍보모델이었다.

미궁 안의 안내방송으로 30층의 보스 몬스터(계층수호자)인 오거로드와 그 부하 다섯 명이 쓰러졌다는 것을 대대적으로 발표했다.

그게 제대로 먹혔다고 할 수 있었다.

많은 사람들이 모인 여관이나 술집에서 큰 환호성이 일어났다.

『마~사유키, 마~~사유키——!!』

그렇게 외치는 함성과 함께 도시는 환희에 가득 차게 되었다.

그 목소리를 듣고, 웃는 얼굴로 응해주는 마사유키.

그 표정은 굳어 있었지만, 주위의 사람들에겐 빛나는 미소로 보였던 것 같다.

마사유키의 명성은 점점 더 높아졌으며, 그 인기는 하늘을 찌를 듯 했다.

그 분위기에 편승해서 '용사 마사유키 님의 30층 공략 기념 세일'같은 걸 벌이는 가게도 있었고, 상인들의 눈빛도 바뀌었다. 그에 따라 도시는 한층 더 떠들썩하게 바뀌었다…….

미궁 안의 회의실에서 우리는 다시 모여 있었다.

"야아, 대중의 인기는 절대적인 것 같군, **용사** 마사유키 님!"

"잠깐만요, 리무루 씨, 그만 좀 놀리세요. 이건 정말 큰일이라고요!"

인사말 대신 살짝 그렇게 말해본 것뿐이었지만, 마사유키는 진심으로 난감해 하고 있는 것 같았다.

"아닙니다. 실로 훌륭하게 싸우는 그 모습에는 저도 감동했습니다!"

묘르마일이 대화에 끼어들었다.

그건 진심에서 나온 말처럼 들리는지라, 마사유키가 쓴웃음을 지으면서 응해주었다.

그렇군.

이런 반응만 받는다면 역시 지치는 것도 당연하겠지.

"하지만 실제로 저는 거의 아무것도 한 게 없는데 말이죠."

"또 그런 말씀을……. 참으로 겸손하십니다, 마사유키 님은."

마사유키의 말은 겸손이 아니라 진담이겠지.

오거 로드는 B+랭크에 해당하는 마물이었다.

그 부하들도 각각 B랭크.

B랭크 하나만으로도 작은 마을은 존망(存亡)의 위기에 빠진다.

그런 강적이 집단으로 대기하고 있으니, 30층을 돌파하려면 확실한 실력이 필요하게 된다.

그런데 마사유키 일행은 딱히 고전하지도 않고 집단전에서 승리했다.

내가 선물한 미스릴 아머(마은(魔銀)전신갑옷)를 장비하면서 진라이의 방어력이 올라갔다. 그 덕분에 마물의 주의를 진라이 혼자서 끄는 작전이 효과를 발휘했던 모양이다.

다른 동료들도 나름대로 실력이 있었는지, 공격에 집중할 수 있게 되면서 위력이 큰 마법을 사용할 수 있게 되었다고 한다.

버니의 〈원소마법〉과 지우의 〈정령마법〉, 그리고 마사유키의 '영웅패도'에 의한 보정효과. 이것들이 합쳐지면서 그들의 실력은 기본적인 위력이 상승했던 것이다.

마사유키는 아무것도 하지 않았다고 말했지만, 실은 가만히 서 있는 것만으로도 도움을 주고 있었던 것이다.

"그건 그렇고…… 제 입으로 말하는 것도 좀 그렇지만 대단한 홍보효과가 있더군요. 특히 레어(희소) 급 장비가 보물 상자에서 시리즈로 나온다는 건 엄청나게 매력적이었던 것 같아요."

"그렇지? 그건 내가 생각한 거야."

다 모으면 특수효과가 발휘되는 무기와 방어구―― 그것도 쿠로베와 이야기를 나누면서 교환했던 아이디어 속에 있었다.

그걸 쿠로베가 기억하고 있다가 시험 삼아 만들었던 것이다.

그게 바로 오거 시리즈다.

30층에 있는 보스 방의 보물 상자에선 이 시리즈 중의 하나가 랜덤으로 출현한다.

이게 또 들으면 짜증이 날 정도의 스펙이었다.

무기는 랜덤으로 액스, 소드, 보우, 사벨, 나이프, 이렇게 다섯 종류 중 하나.

방어구도 랜덤으로 헬름, 브레스트, 건틀렛, 레깅스, 부츠, 이렇게 다섯 종류 중 하나.

실드는 없다.

뭐가 나올지는 운에 달렸다.

확실한 것은 반드시 오거 시리즈의 무기와 방어구가 나온다는 것뿐이었다. 그러므로 무기가 나올지 방어구가 나올지, 그것조차도 운에 달린 것이다.

더구나 매번 반드시 무기와 방어구가 드롭되는 것도 아니다.

보스가 지키는 보물 상자의 레어 급 장비가 출현할 확률은 2퍼센트 정도로 설정되어 있다.

한 시간에 한 번 쓰러뜨린다고 해도 보물 상자는 하루에 스물네 번 밖에 열 수가 없다. 그러므로 이틀에 하나라도 레어 급 장비가 출현한다면 그나마 다행인 것이다.

사행심을 자극하기에는 최적의 드롭 확률이라 하겠다.

시리즈로 나오는 것이라면 모으고 싶어지는 것이 자연스러운 인간의 마음이며, 같은 부위가 나온다면 교환하거나 팔면 될 것이다.

이로 인해 미궁에 도전하는 이유를 더 그럴 듯하게 갖다 붙일 수가 있게 됐다.

"제가 뽑은 건 오거 부츠였어요."

"음, 그건 말이지. 방어구가 다섯 개 다 모이면 마법에 대항할 수 있도록 강력한 '마력방해' 효과가 발동돼. 40층에 있는 다음 보스와 싸울 때 많은 도움을 줄 거야."

예전에 카발에게 선물한 스케일 실드와 같은 효과가 있다. 그건 단품으로도 효과가 발휘되게 만들었지만, 이건 시리즈를 다 모아야 비로소 효과가 발휘된다.

그게 유니크(특질) 급와 레어(희소) 급의 차이다.

솔직하게 말하자면 오거 시리즈는 카리브디스의 비늘을 가공한 뒤에 남은 것들을 모아서 혼합한 '마강'으로 만든 무기와 방어구였던 것이다.

그러므로 마법에 대항하는 효과가 아주 크다.

템페스트 서펜트(람사)의 '독무 브레스'에도 유효하기 때문에 무슨 일이 있더라도 다 모아주기를 바란다.

"그런가요?"

"그래. 그러니까 그걸 다 모은 뒤에 다음 보스에게 도전하는 것이 향후 공략의 전제적인 맥락이 되기를 바라는 바야."

마사유키 일행이 30층을 돌파하면서, 오거 시리즈의 존재가 알려지게 되었다.

이 정보가 세상에 퍼지는 것도 시간문제일 것이다.

이로 인해, 도전자들은 당장이라도 의욕에 불타오를 것이 틀림없다. 그리고 미궁 공략을 노리는 자들이 한층 더 늘어날 것이다.

파티는 최대 열 명까지. 아무리 강력한 마물의 집단이라고 해도 B랭크 이상의 모험가들이 파티를 꾸리면 쓰러뜨리지 못할 적은 없게 된다.

몇 번은 여기서 실패를 반복하게 되겠지만, 강력한 마물과의 집단전에 대한 훈련이 될 것으로 생각한다면 좋은 경험을 쌓을 수 있을 것이다. 그런 식으로 강력한 장비를 모은 뒤에 다음 층으로 내려가 주면 좋겠다.

모든 것은 계획대로다.

빈틈이 없는 작전이다.

"그런 의도가……. 그럼 저도 그 시리즈를 모으는 게 좋을까요?"

"음, 그건 어려운 질문이로군. 진라이에게 준 미스릴 아머는 같은 레어 급이지만 특수능력은 없어. 하지만 오거 브레스트보다 방어력은 높지. 그대로 억지로 밀어붙여도 템페스트 서펜트를 쓰러뜨릴 수 있을 것 같은데."

템페스트 서펜트는 강하지만 한 마리만 출현한다.

파티를 꾸려서 도전한다면 미끼가 될 자를 회복시키면서 싸우는 작전이 먹힐 것이다. 이 경우에는 진라이가 그 역할을 맡겠지만 그 남자라면 괜찮을 것이라고 생각했다.

"그럼 그대로 다음 층으로 가겠습니다."

"알았어. 자네 활약은 아주 큰 홍보가 되고 있으니까 열심히 해 주게!"

"저보다 진라이와 다른 동료들이 더 열심히 싸우고 있는데 말이죠. 역시 마물도 아이템을 드롭하게 되면서, 즐거움이 늘어났다고 할까요. 물론 보물을 발견하는 것도 기쁘지만요."

마물이 다양한 아이템을 드롭한다——. 이 제안은 그야말로 정답이었다.

스켈레톤 같이 재료를 얻을 수 없는 마물도 있으며, 마정석의 질이 좋지 않은 경우도 많다. 그러면 푼돈밖에 벌리지 않으니까 상위에 있는 자들일수록 귀찮게 여기게 될 것이다.

하지만 상황이 변했다.

예전까지는 싫어도 억지로 마물과 싸워야 했던 자들도, 적극적으로 마물을 사냥하게 된 것이다.

*

재료의 거래 등으로 인해 시장도 활기를 띠게 되었으니, 그 결과는 실로 훌륭했다.

미궁에서 발생한 마물에게 아이템을 쥐어주는 것은 의외로 쉬운 일이었다.

트레이니 씨를 필두로 드라이어드들이 도와준 것이다.

갓 태어난 마물에게 아이템을 억지로 삼키도록 시킨다——. 그렇게만 들으면 쉽지 않은 일로 느껴진다.

미로 안의 어디에서 발생하는지가 불명인 마물. 그걸 찾아내는 것은 힘든 일이다.

하지만 실제로는 그런 일을 할 필요가 없었던 것이다.

각층에 흐르는 마력요소는 특수한 배관을 통해서 오가고 있었다. 그 배관을 경유시킨 방을 5층 이하의 각층에 설치했다.

그렇게 함으로써, 그 방에 대량의 마물이 발생하는 구조로 이뤄져 있다.

소위 몬스터 하우스다.

미궁관리자인 트레이니 씨 일행이 내가 준비한 아이템들을 각 방으로 배분해주었다. 그런 뒤에 아이템을 집어삼킨 마물들을 풀어주는 식이었다.

미궁 안에서 발생한 모든 마물을 관리하는 건 귀찮지만, 마물의 방을 둘러보기만 하는 거라면 그렇게 많은 수고를 하지 않아도 된다. 통로에서 발생한 마물은 아이템을 지니지 않지만, 그건 꽝이라고 치면 아무런 문제가 없다.

이렇게 효율적으로 아이템을 지니고 다니게 만든 마물들을 각 층에 배치해두었던 것이다.

내 의도에 따르면 마물의 방은 덫의 한 종류였다.

그러나 지금 그 목적은 마물을 관리하기 위한 방이라는 의미가 더 커지게 됐다.

당연히 마물이 대량으로 발생했을 때 그 방에 들어가 버리는 불운한 자도 있겠지만…….

하지만 그것도 긴장감을 높일 수 있는 요소 중의 하나.

그 너머에 이득이 될 만한 것이 있기 때문에, 모두가 미궁에 매료되고 있는 것이다.

"감정소도 아주 만족스럽습니다! 한 회당 은화 한 개를 받고 있는데, 행렬이 줄지를 않고 있었습니다."

며칠 동안은 썩지 않도록 보존마법을 걸어둔 과일 주스나 우유. 그런 물건들 속에 로우 포션(하위회복약)이 섞여 있다.

며칠이 지나면 썩어버리는 음료수도 있으므로 감정은 필수이다.

쿠로베의 제자들이 만든 실패작도 있다. 그런 쓰레기 같은 무기는 싼 가격에 사들이고 있었다.

손해를 입는 것처럼 보이겠지만, 경품과 마찬가지다. 손님을 끌어들이기 위해 이익의 일부를 환원하는 것으로 생각하면 된다.

그리고 환원하는 것은 바로 대박 아이템이다.

때때로 쿠로베의 제자들이 만든 걸작을 간간이 섞어놓았다. 이게 좋은 평판을 얻었으며, 미궁에서 얻은 스페셜(특상) 급을 자랑하는 자가 늘어난 것이다.

이렇게 아낌없이 베풀면서 모두의 마음을 단단히 붙잡아놓았다. 설탕에 이끌려 모여드는 개미들처럼, 그들은 몇 번이고 미궁에 도전하게 되었다.

각종 보물 상자에서 획득한 물품.

10의 배수로 끝나는 층을 돌파했을 때의 포상금.

그리고 마물이 내놓는 전리품.

그런 다양한 매력을 알게 되면서, 도전자들은 단골이 되어준 것이다.

그런 반응을 얻으면서, 미궁의 운영은 순조로웠다.

필연적으로 도시는 아주 시끌벅적해졌다.

“95층도 대성황이야!”

그렇게 말하는 라미리스의 말을 듣고, 모두 기쁜 표정으로 고개를 끄덕였다.

그렇다, 95층에 새로이 준비한 여관.

이것도 또한 대성공이었다.

각층의 계단 앞에 눈에 잘 띄도록 방을 만들었다. 그곳에 ‘여관’이라고 적힌 부자연스러운 문을 설치해두었다.

그 문 옆에는 초인종을 놓아두고, 미궁관리자를 부를 수 있게 해놓았다.

그리고 미궁관리자들에겐 그 문을 통해 들어가면 무엇이 있는지, 어떤 이점이 있는지를 그 자리에서 설명하도록 시켰다.

그 문을 열려면 은화가 세 개 필요하다.

미궁의 입장료와 같은 금액이지만, 미궁 안에서 공략을 계속해오던 자들에겐 그건 아깝지 않은 금액이라고 할 수 있을 것이다. 왜냐하면 설명을 들은 대부분의 자들이 그 서비스를 이용하고 있으니까.

거기에는 분명한 이유가 있었다.

미궁 구조의 변경이다.

이틀이나 사흘에 한 번 일어나는 미궁 구조의 변경으로 인해 미궁 내부는 실제 넓이 이상의 공략난이도를 자랑한다.

광대한 맵을 헤매지 않고 전진할 수 있는 자는 적으며, 엘레멘탈러(정령사역자)의 '정령교신'에도 대책을 세워놓았다.

따라서 최단 루트를 확인하는 것이 어려워진 것이다.

그렇게 되면 10층까지 도달하는 건 하루만에는 불가능할 것이고, 아무래도 미궁 안에서 노숙을 할 필요가 생기는 셈이다.

"정말로 노숙 같은 건 처음 해봤어요."

"어떻던가? 제법 재미있을 것 같던데?"

"아뇨, 아뇨, 리무루 씨는 그렇겠지만 차갑고 딱딱한 돌바닥 위에서 자면, 컨디션이 망가지기 쉬운 건 물론이고 근육통도 생긴다고요. 저와 버니외의 두 사람은 익숙하다는 듯이 편하게 드러누웠지만요……."

여자아이인 지우도 노숙에 불만을 제기하지 않았다고 한다. 그러나 마물의 습격을 대비하여 교대로 자는 것은 마사유키의 입장에선 고통 그 자체였던 모양이다.

"그렇군. 많이 힘들었겠군."

"남의 일인 양 말하지 말아주세요! 저는 앞으로는 절대 사양이니까요."

그때 일이 떠올랐는지, 마사유키는 싫은 표정으로 말했다.

요즘 아이에겐 상당히 힘든 일이었던 것 같다.

이 문제는 '이세계인'뿐만이 아니라, 현지인도 마찬가지로 힘들었던 것 같지만 말이지.

보물 상자가 있는 방을 확보하고 그 안에서 잠을 잔다고 해도 망을 볼 사람은 필요하다. 자지도 쉬지도 않고 미궁을 떠도는 경우도 있으니, 안심하고 쉴 수 있는 장소를 제공한다는 건 생각보다 훨씬 더 기쁘게 느껴질 것이다.

또한 미궁 안에서 얻은 장비품은 버리고 가기엔 아깝다. 이것도 우리의 계획대로 된 셈인데, 설령 쓸데없는 아이템으로 보여도 대박인 것이 섞여 있을 가능성이 있기 때문이다.

그 외에도 며칠 동안 먹을 식량과 장비용품.

그런 필수품을 들고 다녀야 하므로, 획득한 아이템을 운반할 수 있는 양에는 한계가 있었다.

여유가 없는 가운데에서 가장 절약할 수 있는 것은 식량이다.

장비가 없어지면 즉시 물러날 수밖에 없지만, 쓰러뜨린 마물 중에는 식량이 될 수 있는 것도 있다. 물은 마법으로 어떻게든 보충할 수 있기 때문에, 최소한의 식량으로 참고 버티는 자가 많았다.

최악의 경우라도 '부활의 팔찌'가 있으면 죽어도 돌아갈 수가 있다. 그런 경우엔 아이템을 잃어버릴 가능성이 있지만, 굶주림으로 괴로워하는 것보다는 낫다고 판단한 모양이다.

그런 유용성 때문에 재평가 받고 있는 것이 '귀환의 호루라기'이며, 이게 있으면 손에 넣은 아이템을 전부 가지고 돌아갈 수 있다는 이유 때문에 최근에는 구입자가 늘어나고 있다는 이야기를 들었다.

그런 식으로 더 많은 아이템을 옮길 수 있도록, 가지고 다니는 식량을 줄이는 것이 주류가 되어 있었다.

그런 상황에서 미궁 안에 이용 가능한 여관이 있다고 한다면?

계단으로 돌아가기만 하면 거기서 여관을 이용할 수 있다. 그러면 일부러 식량이나 침구를 들고 다닐 필요가 없어지며, 가볍게 움직일 수 있게 된다.

여관이 있다면 그걸 이용하고 싶어지는 것은 당연한 일이었다.

미궁의 입장료와 같은 은화 세 개로 안전한 휴식장소를 이용할 수 있다. 지상과 비교하면 세 배의 금액이라 조금 비싸지만 식사도 할 수 있다.

그리고 은화 세 개를 지불하면 여관을 이용해 하룻밤 묵을 수가 있게 되어 있었다.

남자용과 여자용으로 건물을 분류해놓았으며, 캡슐호텔 급의 좁은 장소에 침대가 있을 뿐이다.

솔직히 말하자면 지상의 여관보다 서비스는 좋지 않다.

이 장소의 관리는 트렌트에게 맡기고 있으며 실제 작업은 신참 종업원이 담당하는, 일종의 교육장소로 운영되고 있었다.

청소, 세탁, 요리, 그리고 접객.

아직 연수중인 미숙한 자들에게 여기서 연습을 시키고 있다.

그리고 여기서 합격하게 되면 드디어 지상에서 일할 수 있게 되는 것이다.

그래도 이용할 사람은 이용했다.

돈으로 안전을 살 수 있으니, 불만을 제기할 처지가 아니라는 뜻이 된다.

또한 돈이 있는 사람들이 이용할 수 있게, 훨씬 더 질이 좋은 서비스도 받을 수 있게 되어 있다.

의류 세탁은 은화 세 개.

대중탕의 이용은 은화 세 개.

장비의 청소 및 보수는 은화 다섯 개.

이상의 금액으로 각각의 항목을 이용할 수 있게 되어 있다.

이것도 의외로 이용하는 손님이 많았다.

미궁 안에서 계속 전투를 벌이다 보면 피와 땀으로 잔득 더러워지기 마련이다. 여자라면 냄새도 신경이 쓰일 것이니, 목욕은 대환영을 받았다.

그런고로, 지상보다 미궁 안이 더 높은 요금을 받아냈기 때문에 이익률은 압도적으로 더 높았다.

여관으로 이용하지 않더라도, 휴식만을 위해 이용하는 경우도 있었다.

안심하고 안전하게 화장실을 이용할 수 있다는 것이 큰 매력으로 느껴졌던 모양이다.

마사유키의 지적을 받고 조사해봤더니 모두 상당히 고생을 했던 것 같다.

미궁 안에는 화장실 같은 게 없다.

늘 죽음이 곁에 있는 것과 마찬가지이니, 여차하면 그냥 싸버릴 각오가 필요했다.

청소할 필요는 없다.

미궁에서 발생한 마물이 알아서 처리해주니까.

미궁 안에서 태어난 슬라임은 뭐든지 먹어치운다.

배설물이나 마물의 사체와 잔해 등등 뭐든지 먹어치운다.

그런 마물이 모험가의 공격을 받고 죽어도 또 금방 새로 태어난다. 그러므로 청소를 걱정할 필요는 없었다.

그리고 미궁의 구조가 변경될 때엔 불필요한 쓰레기들은 사라진다. 그러므로 의외로 미궁은 청결한 상태를 유지하고 있는 것이다.

하지만 그렇다고 해서 적당한 곳에서 대충 처리해버릴 수가 없는 것이 화장실 문제다.

미궁을 운영하는 입장에선 미궁의 내부가 더러워지는 건 달갑지 않다. 하지만 그 이상으로 도전자들도 난감한 문제로 느꼈던 것 같다.

무방비한 상황에서 마물의 습격을 받는다면 정말 울고 싶어질 것이다.

타임! 이라고 말해봤자 마물에게는 통하지 않을 테니까.

큰 쪽뿐만 아니라 작은 쪽의 문제를 처리하는 경우에도 망을 볼 사람이 필요하다. 동료의 보호를 받으면서 빨리 볼일을 해결하려면 심리적으로도 안정이 되지 못하겠지.

그나마 작은 쪽이라면── 아니, 역시 둘 다 싫을 것 같다.

만약 마물과 마주쳐서 전투라도 벌어지면 최악이다.

질질 흘리면서 싸운다니, 상상하고 싶지도 않다.

그런 상황을 겪었다면 그 시점에서 바로 돌아가고 싶겠지만, 귀환하여 도시 한가운데서 아랫도리를 다 적신 모습을 남들에게 보인다니, 그건 대체 무슨 수치 플레이란 말인가.

남자라면 또 모르겠지만, 여자라면 사활이 걸린 문제다.

자칫하면 죽는 게 더 낫겠다고 생각할 자도 있을 것이다.

남녀 혼성 파티도 드물지 않으므로, 그런 경우의 화장실 문제를 생각해봐도 여관의 이용이 늘어나는 것은 당연한 것이었다.

참고로 마법으로 어떻게든 대응하는 자들도 있었다.

생활마법 : 헬스 케어(건강관리)나 클린 워시(상태청결화)를 이용하여 미궁 안에서의 컨디션 관리를 한다고 한다.

헬스 케어로는 배뇨시기를 관리할 수 있다고 한다. 한도는 있지만, 3일 정도는 문제없이 참을 수 있게 된다고 들었다.

전투 중에 싸더라도 신경 쓰지 않는 호탕한 자를 제외하면, 모험가에겐 필수적인 마법이라고 한다.

그렇다곤 해도 효과는 어디까지나 한정적이다.

장기간동안 미궁 안을 방황할 것을 생각한다면 마법에만 의존하는 것은 위험하다.

그러므로 그 마법을 쓸 수 있는 자들도 점차 여관을 이용하게 되었다.

*

이렇게 미궁의 운영은 아주 순조롭다.

묘르마일이 희색이 만면한 표정으로 모두에게 손익보고를 했다.

"순조롭습니다, 여러분. 수익은 계속 상승하고 있습니다. 미궁에서 배포하고 있는 드롭 아이템 등의 필요경비를 제해도 이익은 충분히 나오고 있지요. 투자에 대한 이익률은 현재 10퍼센트 정도라고 하겠습니다. 20퍼센트를 목표로 잡고 있지만, 이용자가 늘어나면 달성할 수 있을 것으로 예상됩니다."

그렇다고 한다.

흠흠, 대충 예상한 대로 나왔군.

제공한 아이템들도 원가가 아니라 판매가로 계산하고 있다. 그러므로 실제로 이익률은 더 높다.

게다가 관련된 일을 하고 있는 도시의 주민에게 급료를 지불하지 않고 있기 때문에, 이 몫은 그대로 국고로 들어가는 형태를 띠고 있었다.

"투자를 좀 더 늘려도 될 것 같군."

"그러면 국가적인 이익이 나오는 것은 좀 더 기다려야 하겠지만, 흑자로 전환되기까지는 그렇게 시간이 걸리진 않겠지요."

단지 이익을 내는 것뿐이라면 만든 것을 고가로 팔기만 하면 된다. 하지만 그것만으로는 국가로 성립이 되지 않는다.

도시에는 다양한 직업에 종사하는 자들이 있으며, 적절하게 역할이 분담되어야 모두 열심히 일할 수 있다. 그러므로 더더욱 누구나가 만족스럽게 일할 수 있도록 환경을 갖춰주는 것이 중요하다고 생각하고 있었다.

이 나라에 사는 주민 모두에게 일거리—— 즉 살아가는 보람을 주는 것이야말로 왕인 나의 임무인 것이다.

——그렇기는 하지만, 현재 상태로도 충분하다고는 생각할 수 없었다.

"하지만 무임금이라는 것도 좀 그렇단 말이지……."

"실제로 블루문드 왕국의 평균임금으로 환산해서 계산해도 노동자에 대한 임금은 충분히 지불할 수 있습니다. 모두가 받지 않고 있을 뿐이죠……."

그렇게 말하면서 묘르마일이 쓴웃음을 지었다.

상인인 묘르마일의 기준으로 보면 무임금으로 일하는 건 아예 말이 안 되는 일일 것이다.

나도 그 기분은 잘 이해가 된다.

급료가 없다는 것은 깊이 생각해보지 않아도 큰 문제다.

의식주는 보장하고 있으니, 다들 그것만으로 만족하는 것 같지만…….

이 문제는 내가 생각해도 완전히 블랙 기업에 가까운 수준이기 때문에, 멀지 않아 주민들에게 환원해주자는 생각은 하고 있다.

생각은 하고 있지만, 라파엘(지혜지왕)이 완벽하게 관리하고 있단 말이지.

그 덕분에 다들 불평불만을 느끼지 않는 것 같다.

그 건에 관해선 리그루도와 다른 세 명의 장관들과도 논의를 할 필요가 있겠다.

그렇게 주민들이 임금을 받지 않아도 만족스럽게 생각하는 한편, 자신의 욕망에 충실한 자도 있었다.

"그, 그러면 나한테 줄 돈은 큰 문제가 없단 말이지?"
침을 꿀꺽 삼키면서, 라미리스가 그렇게 물었다.
무임금이란 화제가 나오면서, 자신이 받을 보수가 없어지는 건 아닐까 싶어서 걱정이 되었던 모양이다.
나는 약속은 지키기 때문에 그런 걱정은 할 필요가 없다. 그래서 묘르마일에게 눈짓으로 신호를 보냈다.
그에 맞춰서 묘르마일은 씨익 웃으면서 힘차게 고개를 끄덕이기 시작한다.
그리고 짐짓 거드름을 피우는 듯한 태도로 입을 열었다.
"기대하셔도 됩니다! 상당한 금액을 지불해드릴 수 있을 겁니다."
그 말을 듣고 라미리스는 씨익 웃었다.
"드디어 왔네."
"응? 뭐가?"
"시대 말이야, 시대! 드디어 내 시대가 온 거라고!"
글쎄, 과연 그럴까?
그런 시대는 오지 않은 것 같은데.
그렇게 말하면서 새된 목소리로 웃는 라미리스를, 차를 가져온 트레이니 씨가 흐뭇한 표정으로 바라보고 있다.
조금 과보호가 지나치다고 할까, 사랑이 너무 지나친 것 같은 느낌이 들지만…… 내 일은 아니니까 내버려 두기로 하자.
"지불한다는 이야기가 나와서 묻겠는데, 내 몫은 없는 건가?"
귀찮게도 베루도라까지 돈에 관심을 가지게 된 건가.
하지만 지불은 해야 한다고 생각한다.
내 쪽으로 시선을 돌린 묘르마일에게 가볍게 고개를 끄덕여 신호를 주었다.

"물론, 준비해두었습니다. 라미리스 님과 같은 금액이면 되겠습니까?"

실은 이에 대해선 이미 묘르마일과 사전에 논의를 끝마친 상태였다.

어쨌든 베루도라는 이 미궁의 주인으로 일해주고 있다. 실제로는 아무것도 하지 않는 것처럼 보이겠지만, 베루도라의 마력요소에 의존하여 미궁의 환경을 유지하는 것은 사실이다.

철광석을 '마강석'으로 변하게 만들어주는 것만으로도 막대한 이익이 생기는 셈이니까. 지금은 구두쇠처럼 굴지 말고 제대로 보수를 지불하자고 생각했다.

"오, 오오! 그렇단 말이지. 역시 리무루로군. 너에게 맡겨두면 나도 안심할 수 있겠어."

"쓸데없이 낭비하진 마."

"무, 물론이고말고!"

"무, 물론이지! 나도 저금이란 말 정도는 알고 있어!"

그건 알고 있기만 해선 의미가 없는 건데.

그리 생각했지만, 기뻐하고 있으니 괜히 좋은 분위기에 찬물을 끼얹지는 말자.

"하하하, 어느 정도는 쓰셔도 괜찮다고 생각합니다. 돈이란 건 쓰는 즐거움을 알아야 모으기 위해 노력하려는 생각을 하게 되는 법이니까요."

"그렇지?! 묘르마일, 당신은 역시 뭘 아네!"

묘르마일, 라미리스를 편들어주다간 그 녀석은 주제를 모르고 까불게 된다고.

트레이니 씨를 반면교사로 삼아서 그 점을 배웠으면 좋겠다.

"네 말도 일리는 있지만, 나도 타코야키 가게에서 일한 경험이 있어. 일이란 것이 얼마나 가치 있는 것인지 이해했고, 돈의 소중함도 배웠다고. 리무루, 너는 걱정이 너무 지나쳐!"

뭘 그리 잘난 듯이 지껄이는 건지.

그 타코야키 가게를 준비해준 건 나이고, 실제로 많은 일을 도맡아서 처리해준 사람은 묘르마일이라고.

너는 그저 타코야키를 만들었을 뿐이잖아!

그렇게 쏘아주고 싶었지만 자중했다.

뭐, 무슨 일이든 경험해보는 건 중요하다.

한동안은 두 사람이 마음대로 하도록 내버려 두자. 비록 실패한다 해도 거기서 뭔가를 배울 수 있으면 그걸로 충분하다.

"그건 그렇고 묘르마일 군, 미궁 밖의 상황은 어떤가?"

도시가 활기를 띠고 있다는 것은 알고 있지만, 자세한 내부사정은 과연 어떨까. 그게 마음에 걸려서 확인해보기로 했다.

묘르마일은 씨익 웃었다.

"활발하다. 그 한 마디로 표현할 수 있겠군요. 축제도 벌써 끝났는데, 인구수에 큰 변화가 보이지 않았습니다. 상인들의 출입도 어느 정도 궤도에 올랐으니, 안정되었다고 봐도 틀림없을 겁니다."

"즉, 이 도시는 교역의 중심지로도 기능하기 시작했다는 뜻인가?"

"그렇습니다. 거래를 트고 싶다면서, 상인들이 저에게 면회를 오게 되었습니다. 연줄을 통해 오는 자들만 있는 게 아니라서, 리그루도 공도 그에 대응하느라 바쁜 것 같습니다. 자유조합에 소속된 자들부터 서방열국에 소속된 대상인까지, 가게를 열어도 되겠는지에 대한 문의도 해오고 있습니다."

그건 또 생각했던 것 이상으로 순조롭군.

개국제를 계기로 사람들을 끌어들이는데 성공했다.

그리고 놀이 삼아 만든 미궁이 평판을 얻게 되면서, 찾아오는 자들의 환심을 사게 된 것이다.

남은 것은 돈이 잘 돌아가게 조정하는 것뿐이다.

미궁에 도전하는 자들에겐 돈을 벌게 해주고 우리나라의 상품을 소비하게 만든다.

상품이란 것은 숙소랑 식사뿐만 아니라 무기나 방어구, 그리고 소모품 등도 포함된다. 당연히 그 소비행위에는 다른 나라에서 온 상인들도 한몫 해줄 것이다.

자유조합은 마물에서 얻은 재료를 사들이면서, 우리나라에 돈을 넘겨줄 것이다.

다른 나라에서 온 상인들은 갖가지 진기한 물건들을 가져오겠지. 그렇게 되면 도시는 더 번창해질 것이 틀림없다.

그리고 그러다 보면 이 나라에서 만들어진 물건들이 얼마나 우수한지가 널리 알려지게 될 것이다.

우리나라에는 많은 특산품이 있다.

귀한 식재료와 술.

슈나가 개발한 수많은 요리.

쿠로베의 공방에서 만들어내는 다양한 무기와 방어구. 지금은 카이진의 제자들도 같이 활동하고 있기 때문에 다종다양한 물건들이 갖춰져 있다.

그 외에도 많은 것들이 있지만, 앞으로는 더 많이 늘어날 것이다.

그것들은 입소문을 타고 퍼질 것이고, 상품의 홍보에 힘을 들이지 않아도 원하는 손님들을 불러들이게 될 것이다. 그리고 그 결과, 이 나라는 많은 사람들의 인정을 받으면서, 그들이 필요로 하는 존재가 될 것이 틀림없다.

그리고 그에 그치지 않고.

쿠로베의 공방에서 만들어진 무기와 방어구의 일부는 이 도시의 특산품으로 가게에 진열되어 있다. 거기서 거래되는 무기와 방어구도 많은 사람들의 눈길을 끌게 될 것이다.

상품마다 취급하는 가게는 다르지만, 돈만 내면 고성능의 무기와 방어구를 손에 넣을 수 있다. 레어 급 이상의 무기와 방어구는 미궁의 95층에서만 선보일 예정이지만 말이지.

그 성능을 의심하는 자도 있겠지만, 큰 문제는 없다. 왜냐하면 구입한 상품을 시험해볼 수 있는 장소가 바로 옆에 있으니까.

아직은 이용자가 적은 것 같지만, 미궁에 도전하는 자에겐 대여도 해주고 있다. 그걸 이용해본 자의 입을 통해 그런 물건들의 성능이 얼마나 우수한지가 전해지는 것도 시간문제다.

그런 식으로 조금씩 이 나라의 신용도를 착실히 쌓아갈 것이다.

이익보다 중요한 것은 신용이다.

적자를 내면서까지 신용을 얻으려는 생각은 하지 않지만, 종합적으로 봐서 흑자가 나온다면 우선은 성공이라고 해도 좋을 것이다.

우리 목적은 돈을 버는 게 아니라, 이 나라를 인정받게 받드는 것이니까.

"노리던 대로 됐군. 템페스트(마국연방)가 마물의 나라라고 해도 거기서 이익이 발생한다는 것을 알면 상인들은 찾아올 거야. 미궁에 도전하는 자도 계속 늘어나는 중이고, 우리도 서방열국과 대등하게 어울릴 수 있겠군."

내 뜻을 받아들이면서, 묘르마일도 고개를 끄덕인다.

"문제는 없겠지요. 손님들의 발길은 계속 늘어나고 있습니다. 이 나라가 마왕이 다스리는 마물의 나라임을 알고도 말이죠. 리무루 님의 의도대로 우리는 신용을 얻고 있다고 봐도 틀림없다고 생각할 수 있겠습니다."

그리고 힘찬 고갯짓으로 수긍했다.

그건 그렇고 묘르마일도 재미있는 남자다.

우리, 란 말이지.

그 발언을 통해서 보면 인간임에도 불구하고 완전히 우리의 시점에서 모든 걸 생각하고 있다는 걸 엿볼 수 있다.

반가운 일이다.

신용은 원한다고 해서 바로 얻을 수는 없다.

신용은 '얻기는 어렵고 잃기는 쉽다'고들 하니까.

그 말은 전적으로 옳다고 할 수 있을 것이다.

욕망을 자극해서 사람들을 불러 모으고 있지만, 이만큼 신용과 연결시키기는 어렵다. 자신의 욕망을 만족시켜주는 상대라고 우리를 판단할 수 있게 된다면, 그건 신용을 얻었다는 것과 같은 뜻이다.

묘르마일이 좋은 예이며, 우리는 욕망이라는 신뢰관계로 맺어져 있다.

이익이 남는 일거리를 소화하고 올바르게 그 이익을 향유한다.

——이게 중요하다고 생각한다.

물론 일방적으로 욕망을 추구할 것을 강요당하는 것은 달가운 일이 아니다.

인간됨을 제대로 살피고 상대가 신용할 수 있는지 아닌지를 확실하게 파악해야만 할 것이다.

그런 안목을 기르기에 지금의 환경은 정말 적절하다고 할 수 있다.

묘르마일이라는 선생도 있다.

앞으로도 이런 식으로 많은 것을 배우기로 하자.

*

그런 뒤에 라미리스와 베루도라에게 급료를 지급했다.

기뻐하는 두 사람.

쓸데없이 낭비하지 말라는 말은 했지만, 과연 그들은 어떻게 쓸 것인지를 생각해두고 있는 걸까?

그런 의문을 느끼면서도, 논의를 계속 진행시켰다.

미궁의 운영이 궤도에 오른 지금, 나도 좋아하는 일에 시간을 들일 수 있을까 하는 것이었다.

100층에 새로이 마련한 연구시설, 그곳은 여러 구역으로 나뉘어 있다.

지금 존재하는 것은 가비루를 소장으로 삼은 연구소와 라미리스가 자신에게 필요한 연구를 하고 있는 시설이다.

"저기, 내 전용 시설도 준비해줄 수 있을까?"

"그건 괜찮지만 리무루도 뭔가 연구를 하려고?"

"아니, 내 경우는 개발에 가깝겠지. 여러 가지로 떠오른 아이디어가 있으니까 그걸 한번 만들어보려고 생각해."

연구에 관해선 나보다 쿠로베가 더 열심히 노력해주고 있다.

도시의 남서쪽 구역에 쿠로베의 공방이 있으며, 그 주변에는 한 사람의 장인으로 인정받은 제자들의 공방이 세워져 있다.

소문을 듣고 찾아온 장인들까지 터를 잡고 살게 되면서, 공방을 여는 자까지 있다고 들었다. 그런 자들이 장비의 수선을 해주면서, 지금은 일종의 공방구역을 이루고 있었다.

그러므로 거기서 개발된 기술은 숨기려고 시도하는 것도 어렵다. 모두가 공유하면서 절차탁마하는 자리로 만들어졌기 때문이다.

그런 장소에서 비밀리에 뭔가를 개발할 수는 없다.

쿠로베에게 부탁하는 것은 누구도 흉내 낼 수 없는 기술이 동원된 무기와 방어구에 그치고 있었다.

더구나 내 경우는 연구를 하는 데에 장소를 필요로 하지 않는다.

왜냐하면 나에겐 라파엘 선생이 있으니까.

그런고로, 머릿속으로 완성한 도면을 바탕으로 개발시설을 설치할 장소가 필요했던 것이다.

"오케이! 오늘 안으로 준비해둘게!"

라미리스에게 부탁하자 쉽게 승낙해주었다.

이로 인해 최하층인 지하 100층은 베루도라가 머무는 커다란 방에서 시작하여, 각종 연구시설이 갖춰진 대공간이 된 것이다.
방어의 관점에서 봐도, 기밀누설방지의 관점에서 봐도 이 이상 안심할 수 있는 장소는 없다.
그야말로 난공불락.
앞으로 중요한 개발은 이 장소에서 하기로 하자.
"그런데 리무루, 대체 뭘 만들려는 거야?"
"비밀이야."
"뭐? 너는 늘 터무니없는 걸 만드니까 엄청 신경이 쓰이는데?"
"그러게 말이지. 너와 나 사이에 무슨 비밀이 있다는 거야!"
무슨 말도 안 되는 소리를…….
라미리스랑 베루도라도 나에겐 비밀로 별별 짓을 다하고 있으면서.
하지만 이렇게 나오면 이 두 사람은 포기할 줄을 모른다.
얼버무려 넘기는 것도 귀찮으니까 적당히 하나만 가르쳐주기로 하자.
"몸이야. 트레이니 씨의 여동생들이 쓸 수 있는 육체를 만들려고 해."
사실은 디아블로가 의뢰한 분량도 준비할 생각이다.
1,000개나 되면 손으로 일일이 만들고 있을 수는 없다. 그렇게 생각하니, 대량생산이 가능한 시설을 마련하고 싶어진 것이다.
"넓게 만들어줘. 시험해보고 싶은 게 좀 많거든."
"알았어. 내 부하를 위한 거니까, 뭐든 협조할게!"
부하라는 부분을 강조하면서, 라미리스가 내 부탁을 받아들여줬다.

후훗, 일부분만 정보를 주길 잘했군.
이것으로 나도 다양한 시도를 해볼 수 있게 될 것이다.
그동안 생각만 했을 뿐이지 실제로 만들 여유가 없었지만, 이제 겨우 개발을 시작해볼 수 있을 것 같다.
그렇게 생각하면서 나는 씨익 웃었다.

*

그리고 며칠이 지났다.
나는 열심히 개발용 기재를 설치하고 있었다.
오랜만에 라파엘의 도움을 받아서 '위장' 안에서 많은 것들을 잔뜩 복제하고 있었다.
후세에 전해야 할 기술이라면 이런 짓은 절대 할 수 없다. 하지만 이쪽은 유출시킬 생각이 없기 때문에 자제 같은 건 아예 내다 버리고 마음껏 저지르고 있었다.
그런 나를, 문밖에서 부르는 자가 있었다.
모처럼 한창 신나게 즐기고 있었는데——.

《알림. 최근 며칠 동안 외부와의 연락이 단절되어 있었습니다. 무슨 일이 일어났을 가능성이 있습니다.》

그러고 보니 식사도 하지 않고 있었다.
좀 지나치게 열중하고 있었다는 것을, 라파엘의 지적을 받고 깨달았다.

무슨 일이 일어나지 않았다 해도, 시온이나 슈나가 걱정하고 있는 것이 이상할 게 없었다.
마침 일단락이 지어진 참이니, 슬슬 얼굴을 보여주기로 하자.

날 부르는 소리에 대답한 뒤에, 나는 개발시설에서 나왔다.
거기 있던 것은 예상했던 대로 시온과 슈나였다.
"리무루 님, 무사하셨습니까?!"
"걱정했습니다. 매일 기대하시던 식사 자리에도 모습을 보이지 않으셔서, 무슨 일이 일어난 건 아닌가 하고."
역시 걱정을 끼치고 말았나.
"미안. 나도 모르게 그만 연구에 푹 빠져 있었군."
"아, 아닙니다! 무사하시다면 그걸로 충분합니다——."
"시온의 말이 맞습니다. 계속 힘들게 일해오셨으니, 리무루 님이 좀 더 자유로이 지내셔도 아무도 뭐라고 하지 않을 거예요."
내가 무사하다는 걸 알자, 시온과 슈나도 웃는 얼굴을 보였다.
정말로 걱정을 끼쳤다는 것을 깨닫고 나는 반성했다.
"앞으로는 매일 빠짐없이 얼굴을 비추도록 하지."
"그렇게 해주신다면 저도 기쁘겠습니다."
그렇겠지, 자신의 취미에 몰두하는 것도 적당히 해야지.
걱정해주는 사람이 있다는 건 그것만으로도 기쁜 일이다.
내가 그렇게 반성하고 있으려니, 시온이 뒤늦게 기억이 났는지 넌지시 중얼거렸다.
"그러고 보니 어제부터 묘르마일 공이 리무루 님을 찾고 있었습니다."

뭐?

"그렇다면 날 부르면 좋았을 것을."

"불렀습니다만, 반응이 없었기에……. 죄송합니다. 좀 더 크게 소리를 내어서 부를 걸 그랬군요."

"아, 아니야. 그건 알아차리지 못한 내가 잘못한 거지. 앞으로는 초인종이라도 준비해두도록 할게."

큰일은 아닐 것이라 생각했는지, 시온도 그렇게까지 중요하게 받아들이지 않았던 것 같다.

하지만 오늘까지도 날 찾아다니고 있는 묘르마일을 보고 불안해져서 슈나에게 의논을 했다고 한다.

참고로 묘르마일의 용건은 미궁과 관련된 것이라고 하며, 시온은 그 내용을 묻지는 않았다고 한다.

이야기를 해도 이해하지 못할 것이라 생각했는지, 시온에겐 말할 수 없는 내용이었는지—— 묘르마일이 무슨 생각을 하고 있는지 신경이 쓰였다.

그건 그렇고 디아블로는 생각했던 것보다 우수했던 것 같군.

디아블로라면 이럴 때엔 틀림없이 날 불러냈겠지. 아니, 아마 안에까지 따라왔을 것이다.

그렇게 생각하면, 시온보다 디아블로 쪽이 더 마음대로 구는 건지도 모르겠다.

아, 그건 일단 넘어가고.

지금 바로 묘르마일을 만나러 가기로 하자.

슈나로부터 샌드위치가 담긴 도시락을 건네받았다.

시온이 홍차를 준비해주었다.

그것들을 즐기면서, 묘르마일이 오기를 기다렸다.

"오오, 리무루 님! 찾고 있었습니다. 큰일입니다. 큰일이 일어났습니다!"

느긋하게 앉아 있던 나와는 달리, 묘르마일이 크게 당황한 표정으로 그렇게 말했다.

"왜 그러나, 무슨 일이 있었지?"

무슨 클레임이라도 들어왔나. 그런 생각을 하면서 물어보는 나.

"마사유키 님에 이어서 30층을 돌파한 자가 나타났습니다."

"오오, 대단하군. 예상보다 빠르잖아."

"그렇게 느긋한 말씀을 하실 때가 아닙니다! 그들은 파죽지세로 이미 40층의 목전까지 와 있으니까요!!"

오, 오오.

그렇다면 확실히 여유를 부릴 때가 아닐지도 모르겠다.

하지만 그렇게까지 당황할 일도 아니라고 생각한다.

나는 그렇게 생각했지만, 묘르마일이 그다음에 한 말은 그런 생각을 접게 만들었다.

"그들은 미궁의 규정을 아슬아슬하게 위반하지 않는 선에서 공략하고 있습니다. 예를 들자면——."

그렇게 말하면서 묘르마일이 알려준 내용.

그건 정말로 예상외였다.

…………………….

……………….

…….

그들은 라미리스의 아이템을 멋들어지게 활용했다고 한다.

우선 20층의 보스 몬스터(계층수호자) 바로 앞에서 '현상의 기록 구슬'을 사용했다. 이 아이템은 파티에 적용되기 때문에 보스에 도전해서 패한다고 해도, 모두가 등록지점에서 부활할 수 있다.

이건 예상한 대로의 사용방법이다.

여기까진 좋았는데, 그 다음에 그들은 '귀환의 호루라기'를 사용하여 모두 미궁 밖으로 나갔다고 한다. 그리고 파티를 해제한 뒤에 각각 상한선인 열 명을 채워서, 각자가 파티를 새로이 결성했다고 한다.

"잠깐, 그렇게 하면 사람 수가——."

"그렇습니다. 이미 파티 수준이 아니라 소규모 부대라는 표현이 더 정확한 규모가 되었습니다."

분대규모의 파티가 열 개이며 전체 인원은 100명. 개개인의 실력은 C+에서 B+랭크인 실력자들이라고 한다.

그런 그들은 어떤 문장이 자수로 새겨져 있으며, 디자인이 같은 외투를 착용하고 있었던 모양이다.

재빨리 정렬하는 일동. 주위에 그 '위세'를 보여주려는 듯이 당당하게 미궁으로 돌입했고——.

당연히 모두 다 30층의 보스 몬스터 앞에 도달한 것이다.

보스 몬스터에 대한 도전도 파티 단위로 치르게 된다. 이리 하여 열 개 파티의 도전자들이 연속으로 보스에게 도전하는 사태가 벌어진 것이다.

오거 로드와 그 부하 다섯 명은 상당히 강력한 집단이었다. 그러나 그들에게 도전하는 자들도 또한 확실한 실력을 지니고 있었던 모양이다.

그 결과, 고전을 거듭하면서도 세 번째 파티가 도전했을 때에 비로소 30층을 돌파했다고 한다.

…………………….

…………….

…….

"왠지 전에도 그거랑 비슷한 이야기를 들었던 것 같은데."

"그 말씀이 맞습니다. 그자들은 팀 '녹란'이었죠."

역시 그랬나.

통일된 문장과 디자인의 외투. 어딘가의 귀족이 부리는 자들이란 뜻인가.

아낌없이 '현상의 기록구슬'을 사용하는 그들의 이야기를 듣고, 나는 전율을 금하지 않을 수 없었다.

'시간은 금이다'라는 말이 있지만, 가격이 금화 한 개나 되는 아이템을 그 정도로 태연하게 쓰고 버린다니…….

"그 문장을 조사해서 어디 사는 귀족인지는 알아냈나?"

"소우카 공에게 조사를 맡겼습니다. '벨트(녹색의 사도)'라는 이름으로 유명한 용병단이라고 합니다. 돈을 대는 곳은 잉그라시아 왕국으로 보인다고 하더군요."

'벨트'라는 이름은 들어본 적이 없군.

그보다 서방열국의 중추국가가 우리의 미궁에 눈독을 들이고 있었다는 것이 놀랍다.

개국제에는 방계의 왕족이 참가했던 것 같은데…… 분명 직계는 누구 하나 참가하지 않았을 것으로 기억한다.

다른 나라에게 선두를 뺏겼다고 생각한 걸까, 아니면 또 다른 의도가 있는 것일까──.

"굳이 말하자면 그렇군. 돈으로 모든 걸 때운다는 느낌이 들어서 그다지 좋은 인상은 안 느껴지지만, 규칙을 위반하는 건 아니란 말이지."

난감하지만 금지시킬 이유가 없다.

묘르마일이 당황하는 것도 이해는 되지만, 현시점에선 아무것도 할 게 없다는 생각이 들었다.

"이익은 늘어나고 있으니, 이의를 제기하는 건 경우가 아니겠지요. 하지만 이대로 가면 리무루 님이 덫을 설치해둔 층이 순식간에 공략당할 것 같은지라……."

그러니까 묘르마일은 내가 틀어박혀 있는 동안에 미궁이 공략되어버리는 것이 두려운 나머지, 서둘러 날 찾아다녔단 말인가.

"걱정을 끼치고 말았군. 하지만 괜찮네. 진짜는 40층 이하부터니까. 그 전에 템페스트 서펜트를 쓰러뜨리는 것도 힘들 것 같지만 말이지."

팀 '녹란'의 연계는 훌륭했으니, 파티 전력으로 따지면 A-랭크에도 해당될 것이다. 하지만 개개인의 실력은 B랭크이니까 강력한 범위공격 앞에선 버티지 못할 것이라 생각한다.

템페스트 서펜트는 A-랭크 중에서도 상위에 속할 만큼 강하기 때문에 B+랭크가 열 명이 덤벼도 이기는 건 어렵다.

"하지만 말입니다. 라미리스 님과 베루도라 님의 말씀으로는 팀 '녹란'의 리더가 실력을 속이고 있는 게 아니냐고 하셨습니다만……."

뭐?!

확실히 영상을 보는 것만으로는 정확한 '해석감정'을 할 수는 없다. 그뿐만 아니라——,

《알림. 전투영상을 '해석감정'하는 것만으로는 에너지(마력요소)양을 산출할 수 없습니다.》

라고, 라파엘이 충고를 했었다.

그 영상의 움직임을 기준으로 자유조합이 규정한 마물의 등급으로 환산하고 있을 뿐이지, 그 파티가 실제로는 어떤 랭크에 속하는 것까지는 명확하지 않은 것이다.

예를 들어 내 경우는 자유조합에서 정해준 랭크는 B+이지만 진짜 실력은 S랭크에 해당한다.

그런 식으로 실제 실력과 랭크가 맞지 않는 경우도 있다. 하물며 위장을 하고 있었다면, 이건 대책을 생각할 필요가 있을 것 같다.

"베루도라와 라미리스의 이야기도 들어보고 싶군."

"맡겨주십시오. 이미 연락을 해두었으니 장소를 옮기기로 하죠!"

역시 묘르마일이다. 내가 방에서 나온 것과 동시에 베루도라 쪽에 연락을 취했던 모양이다.

나는 고개를 끄덕인 뒤에, 자리에서 일어섰다.

*

미궁의 회의실에 다들 모였다.

늘 보던 멤버들이다.
"늦었어, 리무루!"
"그래, 맞아! 네가 리더니까 제대로 좀 하라고!"
내가 리더였어?
처음 듣는 얘긴데.
하지만 지금은 그건 어찌됐든 상관없다.
"그래서, 현재 상황은 어떻지?"
"큰일이야, 정말로. 38층까지 돌파했어."
라미리스가 그렇게 말하면서, 공략상황을 영상으로 보여줬다.
왠지 상당히 초조하게 보였으며, 꽤나 다급하게 현재 상황을 영상으로 보여줬다.
투명한 상자 안에서 미니어처가 움직이고 있는 것 같은 느낌이다.
지극히 정교한 3차원 영상이다.
이걸 보는 것만으로 '해석감정'을 할 수 있다면…….

《——제안. 개체명 : 라미리스의 고유능력인 '작은 세계(미궁창조)'에 대한 간섭이 허용된다면 더 정확하고 정밀한 정보수집이 가능해집니다.》

오오, 보기 드물게 라파엘이 제안을 해줬다.
시험해볼 가치가 있을 것 같으니, 바로 물어봤다.
"라미리스, 부탁이 있는데 괜찮을까?"
"응? 새삼스럽게 뭐야?"
"실은 말이지 너의 '작은 세계'에 내가 간섭을 해보고 싶은데,

괜찮을까?"

"간섭? 그건 어떻게 하는 건데?"

어떻게 하는 거냐――고 물어도 나도 잘 모른다.

"간섭이라면 간섭인 거야. 이 미궁에서 좀 더 다양한 정보를 모으고 싶다고 표현하면 얼추 맞으려나?"

대충 설명해서 라미리스를 속여 넘기기로 했다.

《알림. 크게 보면 맞습니다.》

오오, 역시 나는 대단해.

라파엘 선생의 설명을 정확하게 이해한 것 같군.

"딱히 상관없는데, 넌 괜찮아?"

"응, 나? 왜 날 걱정하는데?"

"아니, 왜냐하면 내 미궁의 정보는 진짜 방대하거든? 나도 다 파악하지 못하니까 전부 그 자리에서 파기하는 걸."

으음, 잠깐만?

방대한 정보. 그 말을 들으니 정말 많을 거 같다. 이 미궁을 이용 중인 1,000명 이상의 도전자들, 각층의 정보, 그 외에 여러 가지가 추가되는 것은 물론이고 95층에는 주민들까지 있다.

그 모든 것을 파악한다니――.

《해답. 문제없습니다.》

아, 네.

문제없다고 한다.

"으—음, 괜찮은 것 같은데……?"

"왜 네가 의문형으로 말하는 건데?"

"자, 자, 라미리스, 이런 일은 전부 리무루에게 맡겨두면 돼. 우리가 걱정할 일은 아니라고!"

내 자신이 불안한 지경인데, 베루도라의 설득을 듣고 라미리스는 간단히 납득하고 말았다.

"알았어! 그럼 리무루에게도 내 '작은 세계'에 대한 간섭권을 줄게!"

그렇게 말하면서 내게 접촉하는 라미리스.

그리고 나는 미궁에 아무 지장 없이 접속 가능하게 되었다.

《알림. 개체명 : 라미리스의 고유능력인 '작은 세계'에 접속했습니다. 지금부터 정보 수집을 시작하겠습니다.》

마치 기다렸다는 듯이 라파엘이 행동을 시작했다.

그 순간, 뭔가 엄청난 양의 정보가 머릿속을 빠르게 돌아다니는 것 같은 느낌이 들었지만 나는 아무렇지도 않다.

잔뜩 대비를 하고 있었는데, 허탕을 친 것 같은 기분이다.

《알림. 팀 '녹란'의 '해석감정'이 종료. 리더는 A랭크 오버지만 그 외는 사전 검색결과와 큰 차이가 없었습니다.》

순식간에 라파엘이 필요한 정보를 찾아낸 모양이다.

정말로 믿음직스러운 분이라니까.

그건 그렇고 라파엘이 왠지 '해석감정'을 계속하고 있는 것 같은데, 뭔가 걸리는 거라도 있는 걸까?

《해답. 미궁 안에서 벌어진 모든 전투를 해석 중——.》

방해하지 말라는 듯이 말한 것 같았다.

그렇겠지. 나 같은 평범한 인간은 라파엘 선생의 생각은 이해하지 못한다. 분명 또 엄청난 일을 하고 있을 거라고는 생각하지만, 지금은 그냥 맡겨두기로 하자.

그런고로, 본론으로 들어갔다.

"과연, 그렇군."

"뭔가 알아냈나, 리무루?"

"빠르네. 역시 무리였던 것 아냐……?"

베루도라는 아니라고 쳐도, 라미리스는 나를 의심스러운 눈으로 보고 있었다. 그야 그럴 것이라는 생각은 들었지만 약간은 석연치 못하다.

그래서 나는 살짝 자랑하듯이 지적했다.

"이자는 A랭크 오버인 것 같은데."

그렇게 말하면서, 라미리스가 보여주는 것과는 다른 영상을 띄운 뒤에 확대까지 해서 보여줬다.

"뭐어?!"

다들 놀란 것 같았지만 라미리스가 가장 충격을 받은 것 같았다.

"자, 잠깐, 리무루? 왜 네가 내 스킬(능력)을 쓰고 있는 건데?"

"핫핫하, 네가 간섭할 수 있는 권한을 주는 바람에 가능하게 된 것 같아."

"농담하는 거지?! 나도 특정한 위치나 알고 있는 인물밖에는 비추지 못하는데……."

아무래도 라미리스는 미궁 관리자의 눈을 통해 보는 것밖에 비추지 못하는 모양이다.

정보를 정밀하게 조사하는 것은 정말 힘든 일인 것처럼 보이니 그 말도 납득이 갔다.

"진정해, 이 스킬은 내가 좀 더 잘 다루는 걸로 치자고."

그런 말로 라미리스를 달래면서, 나는 영상 쪽으로 눈길을 돌렸다.

A랭크 오버인 자는 팀 '녹란'의 리더인 엘레멘탈러다. 이 정도의 힘을 숨기고 있었다면 부릴 수 있는 정령은 분명 더 많이 있을 것이다.

만약 이자가 상위정령도 부릴 수 있다면 그 힘은 몇 배 더 강하다고 봐도 틀리지 않을 것이다.

"헤에, 그 A랭크 오버라는 건 마물과 같은 기준인가요?"

"그래. 자유조합도 일단은 그 랭크라면 같은 랭크의 마물에게 이길 수 있다는 산정기준을 적용했던 것으로 아는데."

그렇기는 해도 안전도를 무시하고 있었다. 규정상으로는 분명 같은 랭크의 마물에겐 여러 명의 모험가가 상대하도록 정해져 있던 것으로 기억한다.

"그럼 우리는 어느 정도인가요?"

"너희는, 어디 보자……."

마사유키는 약간 불확실하다.

대놓고 말해서 D랭크 이하로밖에 안 보인다.

그러나 마사유키의 유니크 스킬이 장난이 아니기 때문에, 종합해서 계산하면 A랭크를 가볍게 넘는다. 하지만 그걸 그대로 말했다간 마사유키가 착각할 것 같으니 잠시 입을 다무는 게 좋겠다고 생각했다.

지금은 적당히 얼버무리는 것이 옳은 선택일 것이다.

"진라이는 A랭크를 아슬아슬하게 넘는군. 그렇지만 템페스트 서펜트를 상대로 혼자 싸워서 이길 수 있을지는 의심스러워. 오거 시리즈를 다 모은다면 쉽게 이길 수 있겠지만 말이지."

미스릴 아머로는 '독무 브레스'를 완전히 막을 수 없으므로, 상당히 상성이 좋지 않기 때문이다.

마물과는 달리 인간에겐 각종 약점이 많다. 게임과는 다르므로 당연하겠지만, 내성의 유무는 생사와 관련되는 문제다.

비슷한 실력을 가지고 있어도 독 때문에 쉽게 죽는 경우도 있다.

"진라이는 굉장하군요."

"그래. 하지만 그것도 네 스킬로 인해 진라이의 힘이 기본적으로 상승되었기 때문이지만 말이지. 그 밖에 다른 사람은 분명 지우라는 여자애와 버니였지? 이 두 사람도 각자 A-랭크 수준이로군."

제법 밸런스도 괜찮은 것이, 상당히 강한 파티로군. 그렇기에 마사유키의 진짜 실력이 드러나지 않았다고 할 수 있겠지만.

"믿음직한 동료들이라 많은 도움을 받고 있죠."

"하하하, 마사유키 님은 그 동료들보다 더 강할 테니 역시 A랭크는 가볍게 오버하시겠죠. 뭐니 뭐니 해도 리무루 님까지 인정하신 '용사'님이니까요."

묘르마일이 존경의 눈으로 마사유키를 보면서 말한다.

제발 그만해.

마사유키가 웃어도 웃는 게 아닌 표정을 짓고 있으니까.

"하지만 문제로군. 이 '녹란'의 리더뿐만 아니라 여기 있는 이자도 A랭크이고, 이자도 A랭크야. 용병단 '벨트'라고 했던가? 상당한 실력자를 모아놓은 것 같군."

"그럴 리가?! 그렇게 대단한 인간들이 그렇게 많이……?"

"흠, 내 입장에선 어찌되든 상관없는 상대지만……."

그렇겠지, 이자들이 같은 파티를 꾸민다면 50층도 간단히 돌파해버릴 것이다.

"고즈루랑 메즈루도 A랭크지만, 혼자서 이 둘을 상대하는 건 벅차겠지. 그리고 '녹란'의 리더는 고즈루랑 메르주와 호각인 것 같아."

"그렇게 강하다고?"

"그래. 참고로 이쪽 두 사람은 진라이의 두 배는 강할 거야. 어디까지나 레벨(기량)을 무시한 상태에서 신체능력만 가지고 비교한 거지만."

리더에 준하는 두 사람조차 상위마인에 필적하고 있다. 지금은 그리운 존재가 된 그 게르뮈드보다는 약하지만, 말단 수준의 홀리 나이트(성기사)들보다도 강할 것이다.

'녹란'의 리더는 다른 자들보다 월등히 강했다. 아마 내 예상이지만, 레벨도 나름대로 높은 것으로 보인다.

"내가 모처럼 설치한 덫도, 소환한 마수를 앞세워서 피한 것 같군. 이런 일에 익숙해, 이자들은.”

“그러네, 이대로 가면 내가 준비한 층까지 오는 건 시간문제겠네.”

“좋지 않군. 아주 좋지 않은 전개야.”

응?

좀 더 기뻐할 줄 알았는데, 뭘 그렇게 고민하지?

나는 내가 설치한 덫을 다 피하는 바람에 재미가 없어졌지만, 이 두 사람은 도전자가 오기를 학수고대하고 있었을 텐데.

그리고 아까부터 라미리스가 당황하는 모습도 그렇고, 뭔가 다른 이유라도 있는 건가?

“뭘 숨기고 있는 거야?”

단도직입적으로 물어봤다.

그러자 베루도라와 라미리스는 서로 어떻게 대답할지 눈치를 살피다가, 라미리스가 압박을 버티지 못했는지 먼저 입을 열었다.

“실은 말이지 네가 방에 틀어박혀 있던 3일 동안…….”

그리고 밝혀진 내용.

그 이야기를 듣고 나도 머리를 감싸 안게 되었다.

*

라미리스가 말하기로는 크루세이더즈(성기사단)의 전투훈련이 시작되었다고 한다.

개시 장소는 51층부터.

51층부터 60층까지는 라미리스가 덫을 설치해놓고 있었다. 두

근거리는 가슴을 안고 그 결과를 지켜보고 있었다고 한다.

60층의 보스 몬스터(계층수호자)로 임명된 아다루만이 다수의 언데드(불사계마물)를 소환해놓고 있었다. 그 결과, 무한으로 언데드가 튀어나오는 회랑이랑 마물이 숨을 쉬지 않기 때문에 만들 수 있는 산소가 없는 방, 그 외에 여러모로 흉악한 덫을 준비했다고 한다.

"자신이 있었거든? 그런데 말이지, 홀리 나이트(성기사)들은 그걸 다 정화하면서 진행하더라고. 산소가 없는 방에선 당황하긴 했지만, 후속 부대가 즉시 소생시켜서 살려주지, 뭐야……."

"상성이 최악이었군. 그건 뭐 어쩔 수 없는 일이지."

풀이 죽은 라미리스를 달래주면서 뒷이야기를 물었다.

드디어 60층의 보스 방에 도달한 크루세이더즈 일행.

거기서 기다리고 있었던 것은 아다루만이었지만, 이게 또 상성이 안 좋았다. 아니, 생각해보면 납득이 되었다.

힘을 잃어버리면서 단순한 와이트(사령)이 된 아다루만에겐 소환자의 역할밖에 기대할 수 없었다. 본인이 싸우기에는 홀리 나이트라는 상대는 너무 안 좋았다.

그렇다고는 하나 아다루만은 굳이 언급하자면 홀리 나이트들의 선배에 해당한다. 후배들이 보는 앞에서 도망칠 수는 없었을 테니, 결국 패배의 쓴맛을 본 쪽은…….

"좌절하지 않았어?"

"좌절했어……."

아아, 역시.

나중에 달래줘야겠다.

"그래서 그 다음엔 어떻게 됐어?"

"아다루만을 쓰러뜨린 녀석들은 그대로 내가 덫을 설치해둔 층으로 쳐들어 왔지. 거기서 고전할 거라고 예상하고 느긋이 구경이나 하려고 했는데——."

"짜증나게 사부가 설치한 덫도 다 회피하지 뭐야! 미끄러지는 바닥이랑 환혹의 벽, 진정한 암흑회랑, 살육광선, 나도 생각해내지 못한 엄청난 덫들이 그렇게 많았는데 그 녀석들은 다 돌파해버렸어."

베루도라와 라미리스가 분한 표정으로 이를 갈면서 그렇게 보고했다.

베루도라가 공을 들여서 완성한 곳은 61층부터 70층까지다. 희생은 나왔다지만 즉사하지 않으면 부활이 가능하다. '부활의 팔찌'도 있으므로 홀리 나이트들의 위기감은 그렇게 크지 않았던 모양이다.

너무 어려울 것이라 생각했지만, A랭크 이상의 실력자들이라면 전멸만 하지 않으면 다시 일어설 수 있겠지. 이렇게 되면 난이도의 조정을 다시 고려할 필요가 있을 것 같다.

"하지만 내 엘레멘탈 콜로서스(정령의 수호거상)가 열심히 일해줬어. 네가 파괴한 걸 개량해서 아주 강한 걸 만들었거든. 그게 도전자들을 몰살시켜주긴 했는데……."

굉장하군.

홀리 나이트들을 전멸시키다니, 아주 강하다.

아니, 그것도 당연한가.

그 물량은 단지 그것만으로 위협이 된다.

검도 마법도 통하지 않으며, 기민한 동작에 엄청난 중량——일반적으로 생각해봐도 위험하다.

하지만 그렇다면 왜 라미리스가 달갑지 않은 표정을 짓고 있는 거지?

"그게 말입니다만, 듣자 하니 히나타 님께서 홀리 나이트 분들의 모습을 보고 어이없어 했다고 하더군요. 그게 분했는지 도전자 중의 한 명이었던 후릿츠 님이 '히나타 님이라도 공략은 무리가 아닐까요?'라는 질문을 그만 입에 올렸다고 합니다."

묘르마일이 쓴웃음을 지으면서 내 질문에 대답해줬다.

과연, 히나타가 참전했다면 엘레멘탈 콜로서스라도 막을 수 없었겠지. 아니 그렇다기보다——.

"그래서, 히나타는 어디까지 갔는데……?"

"으, 음."

"그게 문제란 말이야!"

듣고 놀랐다.

히나타는 단지 하루만에 95층까지 도달했다고 한다.

61층부터 시작했다고는 하나, 이건 상당한 스피드였다.

별문제 없이 엘레멘탈 콜로서스의 발을 묶은 뒤에, 그대로 디스인티그레이션(영자붕괴)을 써서 완전 붕괴시켰다고 한다.

뒤이어 80층까지 단숨에 돌파했고, 그곳의 보스 몬스터(계층수호자)를 아주 쉽게 물리쳤다고 했다.

"내 제자인 제기온은 지금 번데기 상태가 되어 있어. 움직일 수 있는 상태가 아니었지. 먼저 눈을 뜬 아피트가 상대했지만, 그 여자의 움직임에 대응하지 못한 채 쓰러지고 말았어."

"그거 정말 대단하더라. 아피트는 퀸 와스프(여왕벌)니까 모든 마물 중에서도 최정상급의 속도를 갖추고 있어. 그런 아피트가 죽을 각오로 미친 듯이 일격을 찔러 넣으려고 했는데 말이지, 히나타라는 여자는 완전히 다 파악하고 피하더라고."

응, 그렇겠지.

히나타라면 충분히 그랬을 거야.

내가 생각해도 내가 이긴 것이 신기하게 느껴질 정도로 히나타는 강했으니까.

"그 뒤로 그 여자의 막힘없는 진격이 이어졌지. 81층부터 89층까지는 쿠마라의 부하가 각각의 층을 지배하고 있었는데 말이지. 차례차례 격파되어버리더군."

"그리고 말이지, 쿠마라는 아직 어리잖아? 그래서 90층의 보스역을 베레타에게 맡겼는데 히나타한테 지고 말았어."

"그렇군……. 베레타도 강해진 것 같았는데 상대가 안 좋았군."

"응응. 히나타도 '용사'가 아닌 게 신기할 정도로 엄청나게 강했어."

그리고 히나타는 95층에서 우아하게 하루를 묵었다고 한다.

그리고 어제, 밀림이 자랑하는 96층부터 99층에 존재하는 가장 어려운 관문인 드래곤의 방을 단번에 공략해냈다고 한다.

"지멸층은 말이지 지진뿐만 아니라 중력도 장난이 아니거든? 중력이 다섯 배 가량 늘어나니까 움직이기가 어려울 텐데 말이지."

하늘에서 쏟아지는 번개도, 몸이 얼어붙어버리는 냉기도, 몸을 불태워버릴 듯이 작열하는 열기조차도 히나타에겐 통하지 않았다고 한다.

"그리고 드디어 내가 나설 차례가 되었지."

"농담이지? 네가 싸웠다고?"

"음. 오는 자를 거절할 이유가 없지. 라스트 보스(미궁의 왕)인 나는 도망치지도 숨지도 않아!"

"——그래서, 어떻게 됐는데?"

당연히 베루도라라면 도망치지도 숨지도 않겠지.

그런 것보다 결과가 중요하다.

베루도라는 나보다 강하니까 졌을 거라는 생각은 들지 않는다. 신경이 쓰이는 건 히나타가 어떻게 싸웠는가 하는 것이다.

"물론 내 승리였어. 하지만 상당히 강하더군. 나를 봉인했던 '용사'와 검의 느낌은 비슷했지만 전법은 정반대였어."

흠흠.

베루도라가 이긴 것은 당연하다고 쳐도, 그 전법을 볼 수 없었던 것은 아쉽기 그지없다.

아아, 적어도 기록이나마 남겨두면 좋았을 텐데…….

《해답. 아쉽지만 전투기록은 모두 파기된 것 같습니다.》

그렇겠지…….

제길, 그런 중요한 장면을 눈뜨고 놓치다니, 나는 정말 바보야. 바보, 바보.

"솔직히 말해서 정신없이 바라보고 말았습니다. 역시 히나타 님은 너무나도 아름다우시더군요."

묘르마일은 봤단 말인가.

부럽다.

“히나타 씨는 대단하더군요……. 저와 비교해서 누가 더 강한지에 대해 다들 논의를 하던데, 솔직히 그런 말을 들을 때마다 속이 다 쓰릴 지경이에요.”

“와하하하, 마사유키 님은 참으로 겸손하시군요.”

그러니까 묘르마일 군? 그건 겸손이 아니라 진심으로 말하는 것뿐이라니까.

“하하하, 농담은 이제 그만하세요, 묘르마일 씨.”

굳은 미소를 지으면서, 마사유키가 얼버무리려고 한다. 그러나 묘르마일에겐 마사유키의 필사적인 심정이 전해지지 않았다.

“그렇군요, 그렇지요. 농담으로 끝나지 못하게 된다는 뜻이지요? 확실히 마사유키 님과 베루도라 님이 싸운다면 그건 상상을 초월하는 규모가 되겠지요. 저도 반드시 관전하고 싶습니다.”

평소에는 눈치가 너무나 빠른 남자인데, 묘르마일은 분위기를 파악하지 못 한 채 마사유키를 갈수록 몰아붙인다.

이제 그만해.

마사유키는 다 죽어가고 있으니까!

“호오, 그런가? 마사유키, 잠깐 나와 싸워보겠나?”

그 ‘잠깐’만으로 마사유키의 목숨이 사라진다니까.

“자자, 마사유키는 확실히 강하긴 하지만 두뇌파에 가까워. 싸우면 아마 내가 조금 더 유리하겠지. 그러니까 절대적으로 강한 베루도라에겐 상대가 안 될 거야.”

“그렇군! 그럴 거라고 생각했어. 역시 리무루야. 잘 알고 있잖아. 크앗———핫핫하!!”

후우, 이러면 되겠지.
조금만 부채질을 해주면 바로 기분이 풀리니 도움이 된다.
"그래서 '용사'와 어떻게 달랐는데?"
지금은 베루도라의 이야기를 듣는 것이 먼저다.
그런 의도를 담아서 베루도라를 바라보자, "음" 하고 고개를 끄덕인 뒤에 뒷부분을 이야기하기 시작했다.
"그래서 어떻게 달랐느냐 하면, 나를 봉인했던 '용사'는 쓸데없는 공격을 일절 하지 않았지. 그에 비해 히나타라는 여자는 내게 통하는 공격을 찾아내려는 듯한 방식으로 싸우더군. 냉정하고 방심하지 않는다는 점에선 같았지만, 히나타 쪽은 소용없는 공격만 하는 느낌을 받았어."
베루도라가 말하기로는 히나타는 다양한 공격을 시도했던 것 같다. 다양한 마법에 술법용 부적, 아티팩트(마보도구)까지. 아낌없이 투입했다고 한다.
베루도라에겐 단순한 물리공격은 통하지 않는다. 그러므로 아마도 히나타는 어떤 공격이 통하는지를 여러모로 시험해봤을 것이다.
하지만 결국 히나타가 시도한 공격방법은 거의 아무것도 통하지 않았던 것 같다.
"하지만 마지막 공격은 좋았어. 내게 미미하지만 대미지를 주는 데 성공했거든. 그 공격이야말로 '용사'의 '절대절단'과 비슷하게 통하는 게 있더군."
베루도라가 칭찬한 것은 멜트 슬래시(붕마영자참)이겠지.
히나타의 비장의 수단인 문 라이트(월광의 세검)까지 사용한 필살의 일격이었을 것이다.

그러나 그 공격도 베루도라에겐 통하지 않았단 말인가.

"제대로 된 전법만 동원하면 위협이 될 것 같았어?"

"으—음, 클레이만이나 웬만한 마왕보다 강한 건 틀림없다고 하겠지. 옥타그램(팔성마왕)도 방심했다간 위험할 거라 생각해. 하지만 사부는 격이 다르니까——."

"크아하하하, 그 말이 맞아! 나와 제대로 싸워보고 싶으면 적어도 열 배는 에너지양을 늘려야 할 거야."

그런가…….

히나타도 베루도라에겐 상대가 안 된단 말인가.

아아, 그 싸움은 무슨 일이 있어도 견학하고 싶었는데.

그 기록도 영구보존해두었으면 나중에 참고가 되었을 텐데.

뭐, 이제 와서 아쉬워해봤자 소용없는 이야기다.

끝나버린 일은 바로 포기하기로 하고, 하다 만 이야기를 다시 시작하자.

"이야기는 잘 들었어. 그러니까 홀리 나이트들과 히나타를 상대하게 되면서, 현재 51층부터 그 다음 단계가 제 기능을 하지 않게 됐단 말이야? 하지만 보스는 부활하게 되어 있잖아?"

"그게 말이지, 아다루만은 고즈루보다 약하잖아? 내 연구를 도와주기도 하니, 아주 우수하다고는 생각하지만 60층의 보스치고는 믿음직스럽지 못하다고. 게다가……."

이 시점에서 라미리스는 와들와들 떨기 시작하더니——.

"내, 내 걸작인 엘레멘탈 콜로서스가 말이지…… 부서졌는데 말이지…… 부활하질 않아!!"

그렇게 말하면서 엉엉 울기 시작했다.

보스인데?

"팔찌를 차지 않았던 거야?"

"아니, 아니야. 너에게 파괴되었을 때도 그랬는데, 무슨 이유인지 골렘은 부활하질 않아……."

풀이 죽은 표정으로 라미리스는 그렇게 말했다.

골렘이라도 자연적으로 발생한 타입은 부활하지만, 라미리스가 제작한 타입은 그렇게 되지 않았다고 한다.

그 말을 듣고 나는 한 가지를 떠올렸다.

"혹시 영혼이 없기 때문일지도 몰라. 베레타는 제대로 부활했었으니, 엘레멘탈 콜로서스는 아이템으로 취급되는 것 아냐?"

"──뭐?"

"흠, 그럴 가능성이 크겠군. 네 권능이 미치지 못한다는 건 해당되는 대상이 아니기 때문 아닐까, 라미리스?"

내 생각을 듣고, 베루도라가 동의해주었다.

아마 틀림없을 것 같다.

그 말은 곧, 다시 새로 만들어도 또 망가질지 모른다는 이야기가 된다. 상당히 강하기 때문에 웬만해선 파괴되는 일은 없겠지만, 그래도 대책을 생각해볼 필요가 있다.

그 이전에.

"그건 만드는 데 시간이 좀 걸리지?"

"응. 그러니까 지금 70층의 보스는 공석이야……."

역시 그런가.

"추가하자면 80층의 제기온도 한동안은 잠든 상태일 거야. 아피트도 제법 강했지만 실전경험이 너무 적어. 보스를 맡기려면 조금 더 단련을 시킬 필요가 있을 것 같아."

베루도라의 말로는 아피트에게 전투훈련을 시키고 있다고 한다.

결론이 그렇게 난단 말이야? 나는 의문을 느꼈지만 본인이 의욕을 보이고 있으니 하고 싶은 대로 놔두기로 했다.

참고로 교관은 히나타다.

베루도라와 다시 싸우는 것을 대가로 제시하여 히나타에게 아피트의 지도를 부탁했다고 한다.

히나타는 아이들의 상대도 받아들이고 있었기 때문에, 겸사겸사 아피트를 돌봐주고 지도하는 것을 받아들일 마음이 들었던 모양이다.

그리고 쿠마라도.

81층부터 89층을 지키는 쿠마라의 부하라는 것들은 쿠마라의 꼬리가 마인으로 변한 존재라고 한다.

개개인이 자유의지를 가지고 있으며, 독자적으로 진화하며 학습한다.

그런 부하들을 풀어놓느라, 현재 쿠마라 자신의 에너지(마력요소)양은 격감된 상태라고 한다. 앨리스랑 클로에 일행 틈에 섞여서 여섯 명이 함께 히나타의 지도를 받게 되었다고 한다.

——이상이 어제 시점에서 정해진 내용이라고 한다.

"그럼 60층부터 90층까지 모든 보스가 기능 정지 상태란 말이로군?"

"바로 그거야!"
"음. 그래서 곤란한 상황이라고 말하는 거지!"
무슨 이유인지 자랑스러운 표정을 짓는 라미리스와 베루도라.
"뭐, 뭐라고요……."
"타이밍이 안 좋았네요."
현재의 미궁 상황을 듣고 놀라는 묘르마일과 마사유키.
아직 여유가 있을 것이라 생각했는데, 그 생각은 안일했던 것 같다.
"…………상황은 잘 알았어."
나는 그렇게 말한 뒤에, 고개를 절레절레 흔들면서 한숨을 내쉬었다.

*

안 좋은 상황이 겹쳐버리고 말았지만, 51층 이하의 구역에서 문제점이 빨리 드러난 것은 그래도 다행이라고 할 수 있었다.
그리고 아직 내가 설치한 덫은 건재하기도 하고.
진짜 어려운 부분은 41층 이하라기보다는 49층에 집약되어 있으니까.
"템페스트 서펜트가 쓰러지는 것은 시간문제로군. 하지만 당황할 필요는 없어!"
"오오, 역시 리무루로군. 대책이 있는 거지?"
"역시. 네가 있으면 걱정할 것 없다고 생각했어!"
내 말을 듣고 베루도라와 라미리스의 불안은 사라진 모양이다.

그런 타산적인 두 사람을 보면서 고개를 끄덕인 다음, 나는 내 생각을 말했다.

"잘 들어, 방금 전에도 말했지만 내 덫이 본격적으로 활약하는 장소는 41층 이하부터야. 거기서 모험가들은 애를 먹게 되겠지."

"오오…… 믿음직스럽군요."

"흐—응, 그렇구나."

"그래서 리무루, 어떤 덫이 있는 건데?"

후후, 그걸 묻는 건가.

그렇다면 대답해주지.

"진짜 볼거리는 49층의 슬라임들이지. 특정한 통로를 빠져나가면 격리되게 만들어놨어. 거기에 출현하는 것이 대량의 슬라임인데, 이 녀석들이 꽤나 번거롭거든."

대량의 슬라임이 튀어나와 합체한다. 그렇게 출현하는 거대 슬라임은 그 두께가 3미터를 넘는다.

통로를 차단하듯이 앞뒤를 막아버리기 때문에 포위된 도전자들은 그 자리에서 붙잡힌 꼴이 되는 셈이다.

절단, 타격, 충격 같은 물리적 공격은 통하지 않는다.

앞뒤가 밀폐된 통로 안에선 사용가능한 마법도 종류가 한정되어버린다. 폭발계통의 마법은 자폭할 가능성이 크기 때문에 아예 논외인 것이다.

공격력은 없지만 앞뒤로 협공하듯이 조금씩 조여오는 슬라임들. 자신들에게 다가오는 벽으로 둘러싸였다고 생각하면 그 위협감을 이해할 수 있을 것이다.

"크아하하하! 이겼군!!"

"응응, 우리의 승리네—!!"
"아직 멀었어, 두 사람 다. 그 외에도 더 있단 말이야."
내 덫의 개요를 듣고 신나하는 건 좋지만, 덫은 그 외에도 많이 있다.
그 모든 것을 듣고 두려움에 전율하라고.

●슬라임 풀 : 언뜻 보기엔 부드러운 통로처럼 보이지만 실은 슬라임. 중간쯤에서 갑자기 본성을 드러낼 것이다.
●슬라임 레인 : 주먹 크기의 작은 슬라임들이 쏟아져 내린다. 옷의 틈새를 통해 침입하기 때문에 강한 산성액에 의한 화상을 주의할 것.
●슬라임 돌 : 언뜻 보기엔 마물처럼 보인다. 그러나 지치는 일 없이 상대의 공격을 계속 받아내면서 천천히 체력을 빼앗아간다. 그 이상으로 무서운 것은 공격을 받을 때마다 상대의 무기에 강한 산성액을 끼얹는 셈이 된다. 무기가 망가지지 않도록 하자.

기타 등등.
그 외에도 더 있지만 이 층의 덫은 모험가를 괴롭히는 것에 중점을 두고 있다.
특히 상대의 무기를 망가지게 만들면 전투를 속행하는 것은 어려워질 것이다.
시간을 벌기에는 딱 좋다.
"훌륭하군. 실로 훌륭한 덫들이야. 그랬군. 즉, 그 덫으로 적을 쓰러뜨리지 않아도 어떻게든 대미지를 남기면 좋은 거로군?"

"바로 그거야, 베루도라."

"과연. 무기가 없어지면 강한 상대라 하더라도 내쫓을 수가 있단 말이네. 미처 생각 못했던 부분이야."

"그러게. 쓰러뜨리는 게 제일 좋지만, 그러지 못했을 경우도 생각해두는 거지. 그렇게 하면 시간 벌이는 되니까 말이야."

이번 경우엔 시간 벌이밖에 안 될 것 같다. 그게 조금 아쉽지만 벌어둔 시간 동안에 대책을 생각해내면 된다.

"그래서, 그 벌어둔 시간 동안 어떻게 할 생각이지?"

베루도라의 질문에 나도 진지하게 대답하기로 하자.

"잊어선 안 되는 것은 우리의 미궁은 평범한 미궁과는 다르다는 거야. 어드밴스드 던전(진화형 지하미궁)이라면 많은 문제를 극복하면서 더 강화시켜야 하겠지?"

"——!!"

"음, 당연하지."

"그렇다면 다음에는 대응할 수 있게 만들면 돼. 우선은 아다루만이로군. 그에 관한 문제는 내가 알아서 해결할게. 보스 방의 분위기도 바꿔보고 싶으니까 라미리스도 도와주면 좋겠어."

"물론이야!"

아다루만은 추기경의 자리까지 오른 남자이며, 직업은 분명 대사제였던 것으로 기억한다.

말하자면 후방지원형이다.

단신으로 보스를 맡겼던 것이 실수였으니, 전위에 나서 싸우는 자와 세트로 맡기면 되는 것이다.

그리고 아이디어가 떠오른 게 있기 때문에, 나중에 라미리스와 함께 아다루만을 찾아가 보기로 했다.

다음은 70층의 보스다.

"엘레멘탈 콜로서스는 신형을 다시 만들 수밖에 없겠군. 마침 이 문제를 해결해줄 적임자가 돌아온 참이야."

재료는 준비할 수 있으니 새로 만들기로 한다.

하지만 예전과 같은 것을 만들어봤자 재미있지 않다.

"적임자?"

라미리스가 의문을 표시했기 때문에 나는 고개를 끄덕이면서 대답했다.

"카이진이 돌아왔어. 그자도 정령공학을 잘 아니까 기꺼이 협조해줄 것이라 생각해. 그리고 마침 지금 내가 진행 중이던 실험도 도움이 될 것 같군. 내 연구 성과도 넘겨줄 예정이니까 신형의 성능 향상과 개량도 기대할 수 있을 거라고 생각해."

"——정말?! 신난다!!"

결과는 당장 나오지 않겠지만, 카이진이 가담한다면 호랑이에 날개를 단 격이다. 이번에는 때를 맞춰 제작하지 못한다 해도 다음 도전자에겐 위협적인 존재가 되어줄 것이다.

"80층 이후의 문제는——."

"시간이 해결해주겠지. 제기온이 눈을 뜨면 웬만한 도전자들은 상대가 안 돼. 그리고 밀림이 준비한 드래곤들도 좀 더 미궁에서 지내면 진화할 거야."

쿠마라도 아직은 성장 중이니 서두를 필요는 없다.

문제는 시간을 얼마나 벌 수 있을까 하는 거로군.

"좋아, 향후 방침은 정해졌어. 남은 건 시간을 버는 건데, 내 덫만으로는 역시 불안해. 그래서 하나 시험해보고 싶은 게 있으니, 베루도라와 라미리스는 날 도와주면 좋겠어."

"물론이고말고."

"알았어!"

기쁜 표정으로 고개를 끄덕이는 두 사람.

나도 그들에게 고개를 끄덕인 뒤에 마사유키 쪽으로 시선을 돌렸다.

"마사유키는 이대로 공략을 진행해줘. 41층 이하를 노리는 것보다 지금은 오거 시리즈를 모으는 걸 우선하는 게 더 좋을지도 모르겠군."

"그렇겠지요. 마사유키 님이 공략해주신다면 홍보효과도 클 것이고, 굳이 서두를 필요는 없다고 생각합니다."

"그럼 40층의 선행돌파는 양보하는 게 되는 걸까요?"

"그래. 반대로 우리의 작전에 말려들지 않도록 당분간은 가까이 오지 않는 게 좋겠어."

"또 뭔가를 꾸미고 있는 건가요?"

마사유키가 가늘게 뜬 눈으로 나를 바라봤다.

의외로군.

내가 늘 나쁜 꿍꿍이를 꾸미고 있는 것 같잖아.

"뭐, 아직은 비밀이야. 어쨌든 나는 내 나름대로 대책을 마련할 테니까 묘르마일과 마사유키는 평소대로 대응해주길 부탁하겠네."

"잘 알겠습니다."

"알겠습니다. 동료들에게도 그렇게 전하겠습니다."

이러면 됐다.

남은 건 내가 설치해둔 덫이 얼마나 버티는가 하는 것인데.

"그럼 이걸로——."

"아, 잠시만 기다려주십시오. 의논했으면 하는 것이 하나 있습니다……."

해산을 선언하려고 한 순간, 묘르마일이 그걸 막았다.

아직 뭔가 볼일이 남은 모양이다.

"뭔가?"

"실은 말입니다——."

묘르마일의 발언은 내 예상을 넘어서는 것이었다.

"히나타 님께서 미궁공략의 포상금을 받을 수 있는가 하는 문의를 하셨습니다만……."

"뭐?"

나도 모르게 숨김없이 되묻고 말았다.

포상금이라는 것은 10의 배수로 끝나는 층을 돌파할 때마다 지불하겠다고 광고 중인 것으로, 귀족들을 끌어들이기 위한 미끼를 말하는 것이다.

그걸 히나타가?

아니, 그야 확실히 돌파하긴 했지만…….

"공식적으로 돌파한 건 아닙니다만, 히나타 님께서 '정공법으로 도전했다면 지불했어야 하는 거였지?'라는 말씀을 하셔서……."

묘르마일이 난감한 표정으로 그렇게 말했다.

그 말은 맞긴 하지만, 히나타 양…….

굳이 말하자면 이건 서로 좋자고 하는 거 아닌가?

우리 입장에선 테스트가 되는 것이고, 그녀의 입장에선 실전훈련이 되는 셈이니까, 상금은 없는 게 당연하잖아.

"거절하게."

"하지만 그래도 되겠습니까? 만약 거절하면 진지하게 도전하시지 않을까요?"

"괜찮아. 그렇게 나오면 '미궁의 주인에게 졌다는 소문이 퍼지게 될 것'이라고 협박하면 돼."

"크아하하하! 내가 지는 일은 있을 수 없으니까 말이지!!"

음, 이럴 때는 믿음직스럽다.

그리고 만일의 경우 정말로 도전한다고 해도 그건 그것대로 홍보에 이용할 수 있을 것이고.

"아, 알겠습니다. 하지만 가능하면 리무루 님께서 직접 거절하시는 것이——."

"뭐, 싫은데?"

왜냐하면 미움을 사고 싶지는 않거든.

그리고 오히려 날 쩨쩨한 인간으로 생각하는 것도 마음의 상처를 받을 것 같고.

이런 역할은 늘 의연한 태도를 보이는 묘르마일 군에게 맡기고 싶다.

"그, 그렇지만 히나타 님을 화나게 만드는 건 역시 두렵다고 할까요……."

"부탁하겠네, 묘르마일 군!!"

무슨 말을 하려던 묘르마일의 입을 막고, 나는 그렇게 딱 잘라 말했다.

미안하군, 나도 싫은 건 싫은 거라서 말이야.

가능하면 미인과는 사이좋게 지내고 싶다.

묘르마일은 악당으로 보이는 얼굴을 가지고 있으며, 두려워하는 자도 없다. 손익감정을 우선시할 줄 아는 남자이니, 분명 단호하게 거절해줄 것이 틀림없다.

그러므로 "내 개인 돈으로 어떻게든……"이라고 중얼거리던 슬픈 목소리는 분명 내가 잘못 들은 것이라고 생각했다.

이것으로 모든 논의는 끝났다.

한숨과 함께 탄식하는 묘르마일을 놔둔 채, 나는 그 자리를 뒤로 했다.

*

베루도라와 라미리스에게 내일 만날 시간을 전달했다.

그때까지 준비를 마쳐야 하지만, 그 전에 용건을 하나 끝내두도록 하자.

방 밖에는 시온이 대기하고 있었으므로, 그녀를 대동하고 슈나를 찾아갔다.

슈나는 저녁 준비를 감독하고 있었는지, 이런저런 지시를 내리고 있었다.

주방에는 사람이 늘어나서 다양한 종족들이 분주히 돌아다니고 있었다. 그렇게 수많은 사람들을 쉽게 지휘하는 걸 보면, 슈나는 상당히 우수한 지도자인 것 같다.

내 볼일 때문에 불러내는 건 마음에 걸리지만, 이번 일은 시간과의 승부이기 때문에 눈을 질끈 감았다.
"슈나, 잠깐 괜찮을까?"
"아, 리무루 님! 뭐든 말씀만 하세요."
내가 부르자, 슈나가 기쁜 표정으로 달려와 줬다.
그와 동시에 소란스러워지는 조리실.
가끔 얼굴을 내밀면, 다들 기쁜 표정으로 갖가지 음식을 맛보라고 먹여주는 것이다.
평소에는 늘 한 마디씩 코멘트를 남겨주려고 하지만, 오늘은 급한 볼일이 있다. 모두에겐 미안하지만 맛은 나중에 보기로 하자.
"오늘은 슈나에게 볼일이 좀 있어. 나중에 시간이 나면 다시 놀러오도록 하지."
"꼭 들러주십시오!"
"기다리겠습니다."
"저희도 실력이 늘었으니, 다음에는 감탄이 나오게 만들어드리겠습니다!"
내게 '맛있다'는 말을 들으면 마치 능력치에 반영이라도 되는 것처럼, 다들 의욕이 장난이 아니다.
다음에 다시 올 날이 기대가 되었다.
"그럼 고부이치, 나머지는 저 대신 맡아주세요."
"네, 슈나 님! 맡겨주십시오!!"
현재 고부이치는 슈나 다음가는 요리사가 되어 있었다.
슈나가 없을 때는 고부이치가 총요리장을 맡고 있으니, 맡겨도 안심이다.
"그럼 나중에 또 보지."

아쉬워하는 모두에게 인사를 한 뒤에, 우리는 그 자리를 나왔다.

장소를 옮겼다.

목적지는 아다루만이 지키는 60층이다.

"아, 도시락, 고마웠어. 아주 맛있더군."

"아닙니다, 입에 맞으셨다니 정말 다행이네요."

이동하면서 도시락에 대한 감사 인사를 전하자, 슈나가 기쁜 표정으로 미소 지었다.

"리무루 님, 다음에는 반드시 제가 도시락을 만들도록 허락해 주십시오!"

시온이 나서는 걸 보고, 나는 잠시 생각해본 뒤에 대답했다.

"그렇군. 네 성장도 대단했으니까, 한 번 시험 삼아 슈나랑 같이 만들어주겠어?"

이젠 시온을 믿어도 괜찮을 거라고 생각하지만 일단은 보험을 들어둔다.

슈나가 있으면 시온이 폭주하는 일도 없겠지.

"그럼 슈나 님, 내일 당장이라도!"

"우후후, 알았어요, 시온. 우선은 간단한 것부터 만들어볼까요."

그런 식으로 온화하게 대화를 나누는 시온과 슈나.

연주를 했을 때도 호흡이 딱 맞는 모습을 보였고, 지금도 사이가 좋아보여서 정말 다행이었다.

그런 대화를 나누다 보니 어느새 60층에 도착했다.

"아다루만, 잠깐 실례하겠네."

"오오, 오셨습니까, 리무루 님!! 이번 일은 진심으로 제 잘못을 뼈저리게 느끼고 있습니다. 어떤 처벌이라도 달게 받아들일 터이니――."

내가 부르자 아다루만이 냅다 달려와서 무릎을 꿇었다.

여전히 말과 행동이 과장스러웠지만, 이미 익숙해졌기 때문에 딱히 신경 쓰지 않는다.

"아니, 그 문제는 우리의 인식이 너무 안일했어. 지금의 네 힘으로는 홀리 나이트를 상대하기 어려웠을 테니, 패배는 어쩔 수 있는 일이라고 생각한다."

"――아닙니다. 자신의 쓸모없음이 그저 한탄스러울 뿐입니다. 그런 미숙한 자들에게……. 와이트 킹(사령의 왕)이었던 무렵의 감각으로 대치하는 바람에, 마법도 써보지 못하고 지고 말았으니……."

지금의 아다루만은 힘을 잃은 와이트(사령)일 뿐이다.

상당한 수준의 마법지식과 전투 경험을 보유하고 있지만, 그래도 그 육체는 저급의 마물에 지나지 않는 것이다. 쓸 수 있는 마법도 적고, 소환할 수 있는 마물도 저급의 언데드(불사계 마물)뿐.

미궁의 마력요소를 흡수하여 마물들은 진화하겠지만, 그러려면 시간을 필요로 한다. 아다루만의 부하들이 강해지는 건 당분간은 먼 미래의 일이 될 것 같았다.

하지만 지금부터 쓸 방법은 훨씬 더 빠르게 아다루만의 강화로 이어진다.

"지금의 자신의 힘을 잘 이해하는 것이 무엇보다 중요한 일이지. 그런 너에게 묻고 싶은 게 있는데, 괜찮은가?"

"네, 무엇이든 물어보십시오."

"지금의 너는 어느 정도의 〈신성마법〉을 다룰 수 있나?"

〈신성마법〉은 신앙의 힘이다.

대기 중의 마력요소를 모을 필요도 없고, 자신의 에너지(마력요소)양에도 좌우되지 않는다.

지식과 주문 영창 시간만 있으면 자기부담을 적게 들여도 대마법을 구사할 수 있다.

단, '신과 계약이 맺어져 있을 경우에 한해서'이지만.

이 경우의 신이란 마력요소를 구성하는 특수한 입자인 '영자'를 다룰 수 있는 존재를 가리킨다.

이 세계에 개념적인 '신'이 존재하는지 아닌지, 그런 것과는 전혀 관계없다. '영자'에 직접 간섭할 수 있는 존재를 '신'으로 호칭하고 있는 것이다.

루미너스 교에서 마왕 루미너스가 '신'인 것처럼.

아다루만은 루미너스 교의 열렬한 신도였다.

그 신앙심은 마물이 되어도 흔들리지 않았다.

그렇기에 와이트 킹이면서도 '디스인티그레이션(영자붕괴)'을 쓸 수가 있었을 것이다.

하지만 지금은 루미너스가 아니라 나를 신으로 숭배하게 되었다. 그러면 신앙대상과의 계약이 성립되지 않으니 〈신성마법〉의 구사는 불가능하지 않을까 하고 생각한 것이다.

"네, 전혀 다루지 못하게 되었습니다. 낮은 단계의 마법조차도, 지금의 저는 다루지 못합니다."

역시 그런가.

〈신성마법〉도 개요를 따져보면 〈정령마법〉과 같은 구조로 이뤄져 있다. 계약에 따라서 상위존재의 힘을 빌리는 것뿐이다.

그 히나타조차도 루미너스의 힘을 빌리지 않으면 〈신성마법〉을 다루지 못한다.

즉, 인류는 '신'이라는 이름의 마왕(루미너스)에게 의존하지 않으면 마물에게 효과가 있는 수단의 하나를 잃어버리는 셈이 되는 것이다.

참으로 알면 알수록 무시무시하게 느껴지는 사실이다.

이 세상은 루미너스의 변덕에 따라 지금보다 더 혼돈에 빠질 수 있는 가능성이 있는 것이다.

"그럼 슈나에게 묻겠는데, 〈신성마법〉을 어디까지 다룰 수 있지? 그리고 그 신앙대상은 뭔가?"

"제 경우는 엄밀히 말하자면 〈신성마법〉과는 다릅니다. 유니크 스킬 '깨닫는 자(해석자)'로 모방해봤는데, 그게 의외로 잘 먹힌 것이죠."

과연, 모방이란 말인가.

그러고 보니 슈나에겐 결계의 해석을 맡기고 있었다. 그 부산물로서, 일부의 〈신성마법〉이라면 모방할 수 있게 되었다고 한다.

그뿐만 아니라——,

"제가 믿는 것은 리무루 님이며, 그 힘을 의심하지 않습니다. 그렇기에 저절로 쓸 수 있게 된 게 아닐까, 그렇게 느끼고 있습니다."

그렇게 말하면서 슈나가 수줍은 표정으로 웃었다.

"——네? 저랑 싸웠을 때 마물이면서도 〈신성마법〉을 쓸 수 있다고 호언장담하셨던 것은……?"

"허풍이었죠. 확신은 하지 않았지만, 그걸 증명해주신 건 당신이랍니다."

미소를 유지한 채 말하는 슈나.

그 말을 들은 아다루만은 뭐라고 말할 수 없는 표정을 짓고 있었다.

해골인데도 표정이 풍부한 남자이다.

〈신성마법〉을 구사함에 있어서 가장 중요한 요소인 신앙.

이건 말하자면 영혼의 연결과도 비슷하며, 슈나는 모르는 사이에 그 극의를 깨우치고 있었던 모양이다.

그렇다면 나머지는 이론적으로 그걸 습득시키는 것뿐.

감각으로는 이해하고 있으니 그렇게까지 어렵지는 않을 것이다.

"그럼 슈나와 아다루만에겐 '신앙와 은총의 비오(秘奧)'를 전수해줄까 하는데. 이건 루미너스에게서 배운지 얼마 안 된 극비 사항이니 그렇게 알고 있도록 해."

아다루만은 원래는 고위 사제였으니, 나와 계약만 맺어서 이어질 수만 있으면 다시 〈신성마법〉을 쓸 수 있게 될 것이다. 에너지양이 크게 감소된 지금의 상태라도 〈신성마법〉을 쓸 수 있게 되면 전력은 늘어날 것이 틀림없다.

"'신앙와 은총의 비오'——."

"오, 오오오…… 드디어 저에게도 진정한 신이……."

대하기가 조금 부담스러운 인간이긴 하지만, 어느 정도는 참기로 하자.

"저기, 리무루 님. 제가 듣고 있어도 되겠습니까?"

잊어버리고 있었지만, 나는 지금 오랜만에 시온에게 안겨 있었다.
말할 것도 없이 슬라임 모습으로 말이다.
이 감촉을 잃어버리는 건 섭섭하니까 이대로 있고 싶다.
어차피 시온은 설명을 들었어도 이해를 못 할 것이다. 그러니까 입을 막는 수준에서 그치기로 하자.
"함부로 말하고 다니면 안 되는 거 알지?"
"물론입니다!"
기운 찬 대답을 들으면서, 나도 만족했다.
그렇게 됐으니 개요를 간단히 설명했다.
"과연……. 그럼 저도 리무루 님을 믿으면 〈신성마법〉의 습득이 가능하다는 건가요?"
"응, 가능할 거라고 생각해. 틈이 날 때만이라도 연구해서 아다루만에게 도움을 주면 좋겠군."
"알겠습니다. 저도 어디까지 습득이 가능한지 너무나 기대가 되네요."
슈나는 이해가 빠르다.
유니크 스킬 '해석자'도 있으니, '디스인티그레이션'을 습득하는 것도 꿈은 아닐 것이다.
그리고 아다루만은 어떤가 하면,
"오, 오오오, 오오오오옷!! 솟아오른다. 힘이 솟아오르고 있어!!"
완전히 흥분해 있었다.
"홀리 캐논(영자성포, 靈子聖砲)!"
화악 하고 눈구멍 안쪽에서 붉은빛을 발하더니, 한 손을 앞으로 내밀면서 외치는 아다루만.

그 손바닥에서 고밀도의 에너지탄이 발사되었다.

신성마법 : 홀리 캐논이었다.

그건 확실한 위력을 동반한 채, 아디루만의 의지에 따라 발동되었다.

"오오, 신이여. 나의 신, 리무루 님――."

엎드리면서 내게 절하는 아다루만.

등이 근질거려 미칠 지경이니, 그만했으면 좋겠다.

"으, 음. 성공한 것 같군? 그 기세를 살려서 좀 더 고위 단계의 마법도 쓸 수 있도록 노력해주게. 무슨 일이 있으면 슈나와 논의를 하면 될 거야!"

내가 빠른 속도로 그렇게 말하자, 슈나가 알아차렸다는 표정으로 살짝 고개를 끄덕였다.

"――그렇군요, 이자를 상대하는 게 싫으니까 저에게 억지로 떠넘기실 생각이로군요?"

들리긴 했지만, 지금은 들리지 않은 척 하는 게 정답이겠지.

나는 둔감해서 아무것도 모른다. ――그렇게 넘어가기로 했다.

"리무루 님, 반드시 기대에 보답하도록 하겠습니다――!!"

의욕이 넘치는 아다루만에게, 나는 한 가지 더 중요한 걸 전달하기로 했다.

"그건 그렇고, 와이트인 네가 신성계의 마법을 쓰면 대미지를 받는 것 아닌가?"

신성마법에는 무속성으로 '영자'를 조작하는 계통과 성(聖)속성으로 마력요소를 제거하는 계통이 존재한다.

홀리 캐논은 이 성속성의 마법이므로, 마물인 와이트는 대미지를 받을 것이라 생각한다.

"하하하, 어느 정도의 고통쯤은 아무렇지도 않습니다——."

과연.

아다루만은 기합으로 참고 있었던 모양이다.

하지만 그래선 근본적인 문제 해결이 되지 않는다.

베레타의 유니크 스킬인 '반대로 뒤집는 자(아마노쟈쿠, 天邪鬼)'로 성과 마의 속성을 반전시키면 되겠지만…… 그 문제는 앞으로 연구하기에 달렸다.

그리고 왜 만났는가 하면.

"아다루만, 이러면 괜찮을까?"

그렇게 말하면서 나는 시온의 품에 안긴 채, 허공을 향해 섬광을 발사했다.

"오오!!"

"성속성을 배제하고 위력을 더욱 높여본 거야. 내 오리지널 마법으로 신성마법 : 홀리 레이(영자섬광파, 靈子閃光波)라고 하지."

신성마법 : 홀리 레이는 성속성에도 마속성에도 속하지 않는 무속성의 마법이다. 이거라면 다루는 방법만 틀리지 않는다면 마법을 쓰는 자가 대미지를 받을 일은 없을 것이다.

단, 이쪽이 더 높은 난이도——나에 대한 신앙심——가 요구되긴 하지만…….

대인용 마법이지만, 한 발의 위력은 내 '메기도(신의 분노)'보다도 강했다.

빠르게 사출되는 데다 눈이 부시기 때문에 섬광으로 보이지만, 그 실체는 작게 응축된 상태로 회전하는 '영자'이다. 관통공격이므로 '디스인티그레이션' 정도의 위력은 없지만, 그 대신 주문 영창 시간을 짧게 줄일 수 있다.

"훌륭합니다, 훌륭한 마법입니다!!"

광희난무하는 아다루만.

이 마법을 사용할 수 있게 되면 '영자'를 다루는 것에도 익숙해질 것이라 생각한다. 그렇게 되면 좀 더 큰 광선을 낼 수 있게 될 것이고, 위력도 비약적으로 상승할 것이 틀림없다.

내 요청에 응하여 라파엘 선생이 개발해준 마법의 하나이며, 지금의 아다루만에겐 최적의 마법이라고 할 수 있을 것이다.

"마법에 관한 상담이라면 얼마든지 응해드릴 테니 부담 없이 연락해주세요."

슈나도 그렇게 말하면서 받아들여주었으니, 나로서도 안심이 된다.

"그러면 앞으로도 열심히 연습하여 자신에게 대미지를 입지 않는 〈신성마법〉을 파악해두도록 하게."

실전에서 곤란한 일이 없도록 평소에도 단단히 준비해주길 바란다. 그렇게 생각한 내 나름대로의 격려였다.

기뻐하는 아다루만을 손짓으로 말린 뒤에, 다음 문제점을 해결하기로 했다.

"일단 지금의 너는 공격수단이 적어. 앞으로 조금씩 늘려가야 하겠지만 그 전에 선택할 수 있는 방법은 있지."

"그 말씀은 곧……?"

"너는 원래는 후위에서 싸워야 하지 않나?"

"굳이 말하자면 후방지원을 맡을 때가 많았다고 하겠습니다. 제가 와이트 킹(사령의 왕)이었던 때도 소환마법으로 언데드 군단을 불러내어 물량으로 밀어붙이던 경우가 많았습니다."

그야 그렇겠지.

가디언(계층수호자)이 하나만 출현한다는 규칙은 없으니, 이 문제는 빨리 전위에 설 자를 배치하면 해결될 것이다.

"그렇지? 그런 너에게 혼자서 파티를 상대하게 한 것이 잘못이었다."

"저도 나름대로 무술을 배우긴 했지만, 역시 이 해골의 몸과 원래의 몸은 많이 달라서……."

그런 문제가 아니거든.

내가 질책을 하고 있는 것으로 착각을 한 것 같은데, 무술 수준을 언급하려는 게 아니다.

"아니, 신경 쓰지 마라. 상대가 한 명이라면 또 모를까 여러 명이라면 너도 동료를 부르면 되니까. 너에게도 있을 텐데? 분명 이름이——."

"오오, 제 친구인 알베르트를 말씀하시는 겁니까?"

"그래, 그 알베르트 말이야. 지금은 스켈레톤(해골검사)이 되었다고 하던데, 원래는 팔라딘(성당기사)였다면서? 하쿠로우를 힘들게 할 정도의 검술 실력을 가지고 있다고 들었으니, 그 실력은 굳이 따질 것도 없을 테고. 제대로 된 장비를 마련해주면 지금도 그럭저럭 싸울 수 있겠지?"

"그자는 우수하니까, 리무루 님의 기대에도 부응해줄 수 있을 겁니다."

아다루만이 자랑스럽게 말하는 걸 듣고, 나는 내 자신의 생각에 자신을 가졌다.

"그럼 이 장비를 나중에 대신 좀 건네다오."

그렇게 말하면서, 나는 '위장'에서 각종 장비를 꺼내어 지면에 늘어놓았다.

알베르트는 방패를 쓰지 않는 전법으로도 싸울 수 있다고 들었다.

그렇다면 이 검과 갑옷으로――.

커스 소드(원한의 검)―― 주위의 정기를 흡수하여 공격력으로 전환하는 바스타드 소드다. 이 대상에는 소유자까지 포함되기 때문에 완전한 실패작이다.

커스 메일(원한의 갑옷)―― 마력장벽이 늘 발동하고 있어서, 마법에 대한 높은 내성과 방어력을 자랑한다. 단 이것도 착용자의 정기를 흡수해버리는 결함품이었다.

쿠로베와 가름이 공동으로 연구했으며, 극한의 성능을 추구하여 합작한 시험제작품이다.

시리즈로 만들 예정이었지만, 살아 있는 자는 다룰 수 없다는 결함이 판명되면서 창고 행이 되었다.

이걸 만들었을 때, 쿠로베는 그렇다 쳐도 가름이 쓰러지는 바람에 큰일이 날 뻔했다. 지금은 웃고 넘어갈 수 있는 이야기지만, 그런 추억의 물건이다 보니 버리려고 해도 버릴 수가 없었다.

게다가 성능만큼은 훌륭한지라, 유니크(특질) 급에 해당하는 물건이기도 했고…….

마물들도 살아 있기 때문에 다룰 수 없는 자가 없을 거라고 생각했는데, 언데드라면 문제가 없을 것이라는 아이디어가 떠올랐던 것이다.

"어떤가? 갖고 있어도 기분이 나빠지거나 하진 않지?"

"저희는 이미 죽은 몸이니까 딱히 아무런 느낌이 없습니다."

아다루만에게 확인해봤지만, 문제는 없는 것 같다.

검을 뽑은 순간, 슈나와 시온이 얼굴을 찌푸리고 있었다. 그 반응은 곧 '정기흡수'가 발동된 것으로 보인다.

그래도 태연히 서 있는 걸 보니 언데드라면 괜찮을 것 같다.

"좋아, 괜찮은 것 같군."

아다루만이 검을 집어넣으면서 '정기흡수'의 발동도 멎었다.

이것만으로도 충분히 공격으로 통용될 것 같다.

"그리고 이것도 있었지."

내 '끈끈하고 강한 거미줄'로 짠 서코트(갑옷 위에 입는 겉옷)다. 내열 및 방한 성능이 우수하며, 칼을 막아내는 효과도 크다. 이건 평범하게 우리나라의 특산품으로 유통되고 있지만, 가격이 장난 아니게 비싼 물건이었다.

"잘 받아서 전달하겠습니다. 알베르트도 분명 기뻐할 것입니다!"

이제 됐다.

알베르트가 전위에 서면 아다루만의 활약할 수 있는 폭도 넓어질 것이다.

앗차, 그런 생각을 하다 보니 뒤늦게 떠올랐다.

"아다루만, 너에게도 이걸 주겠다."

그렇게 말하면서 꺼낸 것은 칠흑의 성직자 의상이다.

어둠의 옷 같은 분위기가 느껴지는 것이 왠지 멋져 보인다. 상당히 호화롭다.

템페스트(마국연방)가 품질을 보장하는 최고봉의 물건으로, 금화로 계산해도 100개 이상의 가치가 있다.

가격으로 따져봐도 최고급 차량 수준의 가치가 있으므로 다른 나라의 왕후귀족이라 해도 쉽게 구입할 수 없는 최고급품이다.

그 성능도 우수한 것이, 놀랍게도 '자기재생'을 한다. 좀처럼 만들 수 없는, 특수 능력이 부여된 매직 아이템(마법도구)인 것이다.

"오, 오오오……."

내 손에서 한껏 공손한 자세로 받아드는 아다루만.

"그걸 입고 와이트 킹이었던 시절의 위엄과 태도로 도전자를 맞아주면 좋겠군. 그러는 게 가디언에 어울리는 분위기가 날 것 같으니까."

뭐, 어디까지나 내 취향이지만 말이지.

라미리스에게 도와달라고 의뢰한 내용은 이 층의 인테리어를 다시 만드는 것이었다. 이곳을 옥좌가 있는 방처럼 만들고, 아다루만은 마치 왕과 같은 모습으로 언데드 군단을 지배해주면 좋겠다.

"맡겨주십시오. 그런 건 제가 잘할 수 있는 것이니까요."

아다루만이 믿음직스럽게 말했다.

"그럼 나머지는 맡기도록 하지. 필요하면 그밖에도 유망한 기사를 거느리고 있어도 돼."

"잘 알겠습니다. 그럼 하나 확인을 받고 싶은 것이——."

"응, 뭐지?"

"네. 제 애완동물 하나를 이 땅에 불러내고 싶습니다만, 허락을 받을 수 있겠습니까?"

애완동물?

으—음, 딱히 문제는 없을 것 같은데.

“그 정도는 딱히 상관없겠지. 전투에 가담시킬 생각이라면 그것도 딱히 상관없지만, 공격해 온 상대의 수보다 더 많아지게 되지 않도록만 조심해줘.”

“잘 알겠습니다. 저의 신이신 리무루 님께서 주신 이 땅을, 저, 아다루만이 반드시 지켜내도록 하겠습니다!!”

또 과장된 반응을…….

이제 됐다고 생각하면서, 나는 흘려듣기로 했다.

“그럼 이곳을 오늘 밤에 옥좌 풍으로 다시 만들 테니까, 부하의 선별 및 다른 일은 전부 하고 싶은 대로 하면 돼. 만약 무슨 일이 생기면 슈나랑 라미리스와 의논하도록 하고.”

“네엣——!!”

“리무루 님의 말씀을 단단히 명심하고 열심히 매진하시오!”

무슨 이유인지 시온이 그렇게 외치면서 마지막 마무리를 지었다.

어이없다는 표정을 짓는 슈나.

시온이 만족스러워 하는 모습을 보이기에, 나는 굳이 지적하지는 않았다.

*

그리고 다음 날.

약속한 시간에 우리는 모였다.

"헤헤헤, 아다루만의 층은 확실하게 끝내놨어!"

나를 보자마자 라미리스가 자랑스럽게 보고했다.

어젯밤 안에 옥좌의 방을 완성시킨 것 같군.

"고마워. 이제 나머지는 아다루만에게 맡기면 되겠지."

"괜찮겠어?"

"으—음, 지금까지보다는 낫겠지. 뭐, 상대가 A랭크라면 좀 힘들 것 같지만, 상대가 숨겨놓은 실력을 다 드러내게 만들어주는 것 정도는 해줄 거야."

아다루만이 끈질기게 버텨준다면 상대도 진심을 다해 싸우는 모습을 보여줄 것이다. 그렇게 되면 그 다음은 라파엘이 나설 차례다. 전황을 분석하여 대책을 생각해줄 것이다.

그리고 다음 층에서 그걸 활용하면 된다.

아다루만에겐 그렇게 말했지만, 패배한다고 해도 문제는 없다.

그리고 지금부터 우리가 벌일 일의 결과에 따라선, 아다루만이나 고즈루 등이 나설 차례조차 없을지도 모른다.

대책은 2중 3중으로 세워야 한다.

그런고로 빠르게 실행을——.

"무슨 짓을 하고 있는 거야! 다 들었어. 내 드래곤들이 당했다면서!"

귀찮은 녀석이 왔다.

밀림이 화를 버럭버럭 내면서, 회의실에 고성과 함께 쳐들어온 것이다.

그 손에는 완전히 걸레짝이 되다시피 한 고부타의 모습이…….

완전히 피폐해져 있지만, 숨은 쉬고 있는 것 같다.

"헤헤헤, 저는, 해냈습니다요……. 클리어했단 말입니다요!"
그렇게 헛소리처럼 중얼대고 있지만, 의식은 확실히 유지하고 있는 것 같다.
밀림이 단단히 단련을 시켰는지 잔뜩 여윈 상태다.
도저히 강해진 것으로는 보이지 않는다.
실컷 괴롭힘만 당한 것처럼 보이는데, 괜찮은 걸까?
그런 내 걱정은 아랑곳하지 않고, 밀림은 크게 고개를 끄덕였다.
"음. 고부타는 정말 훌륭했어! 헬 모드를 클리어할 수 있을 거라곤 생각 못 했거든."
그렇게 말하면서, 만족스러운 표정으로 고부타를 칭찬하고 있었다.
밀림이 칭찬하는 걸 보니 고부타는 뭔가를 성취해낸 모양이다.
"그렇다면 나의 '베루도라류 투살법'도 전수해서——."
"안 돼! 고부타는 내 제자라고!"
완전히 불태워져버린 고부타는 아랑곳하지 않고, 베루도라와 밀림이 말다툼을 하기 시작했다.
그 싸움에는 끼어들고 싶지 않으니, 고부타의 뜻에 맡기기로 하자.
뭐, 어찌됐든 고부타가 무사히 돌아와서 다행이다.
내가 해줄 수 있는 것은 나중에 노고를 제대로 치하해주는 것이 전부일 것 같다.
편히 쉬라고 지시하자, 고부타는 바로 수면실로 이동했다.
그리고 란가도.
"나, 나의 주인이여, 지금 막 돌아왔습니다."

비틀거리면서도 내게 다가와서 힘없이 말했다.
고부타도 엉망진창이었지만, 란가도 마찬가지였다.
상당히 힘들었던 특훈이었던 것 같군.
나도 모르게 머리를 쓰다듬어주자, 기쁜 표정으로 눈을 반쯤 감는 란가.
"잘 버텼구나. 내 그림자 속에서 쉬도록 해라."
그렇게 말하자마자, 란가는 재빨리 내 그림자 속으로 들어갔다.

참고로.
나중에 다시 기운을 차린 고부타에게 물어보니, 수행내용은 주로 실전훈련이었다고 한다. 자신과 동등하거나 약간 더 강한 마물들을 상대로 계속 싸움을 반복했던 모양이다.
그리고 란가와의 의사소통이 완벽해진 뒤로는 계속 칼리온이랑 미도레이와 싸우면서 밤낮을 보냈다고 한다.
고부타는 밀림에게서 "너는 아무리 노력해도 그 이상의 에너지양의 증가를 기대할 수는 없겠네. 하지만 안심해. 란가와 같이 '동일화'를 할 수 있으니까, 그 문제는 해결할 수 있을 거야. 그렇다면 남은 건 그 늘어난 커다란 힘을 잘 구사할 수 있게 되면 돼! 에너지양의 증가는 란가에게 맡기고, 너는 계속 감각을 갈고 닦는 게 좋겠어!"라는 말을 들었다고 한다.
"그 이후로는 계속 배틀 센스(전투감각)를 갈고 닦는 특훈을 했습니다요."
고부타는 웃으면서 그렇게 말했다.
엑스트라 스킬 '현자'도 획득하면서, 사고가속도 가능하게 된 것 같다.

대단한 녀석이라는 생각이 들었다.

*

자, 밀림도 합류했으니 이야기는 빨리 진행할 수 있을 것 같다.

어젯밤, 아다루만과 헤어진 뒤에 나는 계속 준비를 하고 있었다.

그것도 때에 늦지 않게 맞출 수 있을 것 같다.

곧바로 이제 막 완성한 아이템을 꺼냈다.

베루도라, 라미리스, 그리고 밀림.

세 사람의 흥미진진한 시선이 내가 손에 든 아이템에 집중되었다.

"다들 주목! 여기 있는 건 특수한 아이템이야. 예전부터 내가 개발을 진행시키고 있던 것인데, 획기적인 발명이라고 생각해. 이건 미궁에서 지금 일어나고 있는 문제 해결에도 도움을 줄 것이고, 우리의 생황에 새로운 즐거움을 제공해주겠지."

그렇게 말하면서 세 사람에게 하나씩, 그 아이템을 나눠준다.

밀림이 오늘 오는 것은 예정 밖이었지만, 어차피 실용화되었을 때는 부르자고 생각하고 있었다. 그래서 문제없이 밀림의 몫도 준비해놓았던 것이다.

이건 예전에 에라루도 공작이 쓰고 있던 호문클루스(인조인간)로부터 아이디어를 얻은 것이다.

임시로 대용할 수 있는 육체를 준비한다면 조금 재미있는 일을 벌일 수 있겠다는 생각을 한 것이다.

"뭐야, 이건?"

"본 적이 없는 건데? 먹을 거야?"

"흠, 내 생각으로는 이건 영혼을 담는 그릇과 비슷한 구조를 띠고 있군."

세 사람은 각자의 감상을 입에 올렸다.

그건 그렇다 쳐도 라미리스.

먹을 걸 줄 리가 없잖아.

내가 준비해주는 게 전부 먹을 거라고 생각하고 있는 건가…….

뭐, 됐다.

답을 말하자면 베루도라가 정답에 가장 가깝다.

이건 영혼을 담는 그릇과 유사하게 만든 것이다.

호문클루스로 의식을 옮길 때에는 특수한 마법기술로 영혼과의 회랑이 형성된다. 그 근간이 되는 부분을 '해석감정'하여 내 나름대로 개조한 것이다. 트레이니 씨에게 준 것도 이것이며, '성마핵'의 그릇이 되는 물건이다.

정식명칭은 '의사혼(擬似魂)'이라고 한다.

"베루도라의 말이 정답에 가깝군. 이건 영혼을 담는 그릇을 모방한 거야. '영혼' 그 자체는 역시 준비할 수가 없으니, 비슷한 대용품을 만들어본 거야."

"호오. 왜 그런 것을?"

정답에 가깝다는 말을 듣고 기뻤는지, 베루도라가 의기양양하게 물었다.

괜히 거드름을 피우면서 뜸을 들일 필요도 없으니 바로 목적을 이야기해도 좋겠지만, 그 전에 조금 놀라게 만들어주고 싶군. 모처럼 힘들여 만든 것이니까, 약간은 괜찮겠지.

"서두르지 마. 제대로 설명해줄 테니까. 그보다 다음은 이거야. 이걸 들고 마음 내키는 대로 좋아하는 마물을 상상해봐."

'의사혼'과는 별도로, 나는 검은 구슬을 꺼내서 모두에게 건넸다.

주먹 크기의 그것을 보고, 베루도라가 고개를 갸웃거렸다.

"음? 그 말은 어떤 모습이든 괜찮다는 뜻인가?"

"그래. 기존의 마물이어도 괜찮고, 터무니없이 강한 마물이라도 괜찮아."

"그 말은 즉, 고블린이랑 오크? 혼 래비트(일각토끼)랑 오거 베어 같은 것도 괜찮다는 거야?"

"응? 괜찮아. 하지만 좋아하는 마물로 하라고, 나중에 와서 이건 싫다고 불평하지 말고."

"흠. 마물이라. 상상해낸 걸 만들어내서 미궁의 도전자들을 격퇴하려는 건가……?"

"그런 셈이야."

여전히 이런 때에는 감이 날카로운 녀석이라니까.

내 말을 듣고 납득했는지, 각자 검은 구슬을 들고 생각하기 시작했다.

이 검은 구슬은 '마스터 코어(마정핵, 魔精核)'이라고 한다.

이걸 완성하는 데에는 카리브디스의 마핵이 도움을 주었다.

내 '위장'에 격리해두고 있었는데, 라파엘이 완전해석을 마쳤던 것이다.

대형마물의 '핵'이자 힘의 근원이기도 한 그것.

내가 마왕이 되었을 때 그 어둠의 힘까지 전부 소비해버린 것 같았다.
그러므로 지금은 완전히 빈껍데기가 되어 있었다고 한다.
그리고 그것은 영혼을 담는 그릇을 보호하기에 딱 좋은 모체가 되었다.
그것이 바로──.
잠시 기다리자 공기 중의 마력요소가 '마스터 코어'에 모이더니, 마물이 발생했다.
각자가 상상하면서 바라던 모습을 띠고.
"어때, 재미있지? 베루도라의 말대로 마물들을 써서 도전자와 맞서 싸우게 만들 수 있어. 그게 바로 이번에 다들 모이게 한 중요한 용건이야."
사실 그것 뿐만은 아니지만, 아무도 내 말을 듣고 있지 않는 것 같다.
모두가 각각, 자신이 만들어낸 마물을 보고 감동에 빠져 있는 모양이다.

그런 세 사람을 곁눈질로 바라보면서, 나도 내 마물을 만들어 냈다.
희미하게 비치는 몸으로 공중에 둥실둥실 떠 있는 인간의 영혼.
고스트(유령)이다.
자세한 스테이터스는 생략하겠지만, 특수능력으로 〈물리무효〉를 습득하고 있다.
유령이므로 물리공격은 효과가 없다.
물리적 공격 수단을 지니지 않았으며, 마법공격만을 주로 쓰는 마물이었다.
그 다음은 베루도라.
해골이 서 있다.
스켈레톤(해골검사)이다.
마법은 쓰지 못하지만 성장하면 습득할 수 있다.
상위개체로 진화하면 〈기투법〉도 습득할 수 있을 것이다.
그 다음은 밀림.
탱글탱글하고 윤기 있는 육체. 손발은 없다.
색은 새빨갛기 때문에 더할 나위 없이 눈에 띈다.
슬라임이었다.
이봐…….
"이봐, 왜 슬라임인 건데. 일부러 날 놀리려고 그러는 거야?!"
"아니, 그게……. 좋아하는 마물을 생각하라고 말했으니 그랬잖아. 불만이야?!"
오히려 화를 내고 말았다.
뭐, 됐다. 본인은 기쁜 표정으로 "슬라임!"이라고 소리치면서 눈을 반짝거리고 있으니.
하지만 왜 새빨간 색인지는 따져 물어보고 싶군.
마지막으로 라미리스.
기사? 아니, 갑옷인가?
그건 리빙 아머(움직이는 갑옷)이었다.
일단은 풀 플레이트(전신갑옷)지만, 무슨 이유인지 초라한 몰골이다.
그러나 우리 네 명이 만들어낸 마물 중에선 가장 크기가 컸다.

라미리스는 자신의 키가 작은 것이 콤플렉스였던 모양이다. 그래서 커다란 마물을 만들어낸 것으로 보인다.

갑옷 안에 아무것도 없는 것을 보니, 실로 라미리스다웠다.

다들 자신이 만들어낸 마물을 흥미진진하게 바라보고 있다.

하지만 놀라는 것은 지금부터다.

"다들 내 얘길 잘 들어줘. 베루도라가 지적한 대로, 지금 만들어낸 마물을 써서 미궁으로 들어온 침입자들을 퇴치하려고 생각해."

"음? 침입자――?"

"그래. 이 마물들은 이 미궁을 수호하는 자들. 그렇다면 미궁을 찾아오는 자들은 침입자가 되잖아?"

"과연, 그런 뜻인가."

"뭐, 뭐?"

"흠흠. 라미리스, 우리는 미궁 측의 입장에 있으니 도전자라는 호칭을 쓰는 게 이상하다는 말이야."

"과연, 듣고 보니 그렇네!"

"음. 나도 그렇게 생각하고 있었어."

베루도라가 내 대신 설명해주자, 라미리스도 겨우 납득을 했다.

그리고 다 알고 있었다는 식으로 구는 밀림.

현재 상황을 알고 있는지 아닌지도 의심스럽지만, 지금은 일단 이야기를 진행시키기로 하자.

"그럼 이 마물들로 침입자를 격퇴하는 셈이 되는데, 가능하다고 생각해?"

"당연히 무리지. 너무 약해."

"내 갑옷은 멋은 있지만 좀 무리일 거라고 생각해."

"리무루, 너한테는 실망했어. 나는 똑똑하니까 이런 마물들에겐 기대할 수 없다는 걸 안다고."

크크크, 내 예상대로 다들 좋을 대로 말하는군.

그건 그렇다 쳐도 라미리스에 밀림, 너희는 왜 그렇게 건방진 의견을 말할 수 있는 거지? 살짝 부아가 났지만 지금은 어른답게 참기로 하자.

"이건 말이지, 만들어내는 걸로 끝나는 게 아니야. 지금부터가 본론이니, 너희도 의자에 앉아서 편한 자세를 취해줘. 그런 뒤에 '의사혼'을 자신의 마물 쪽으로 향한 뒤에 '빙의'라고 외쳐봐."

내 말에 반신반의하는 것 같았지만, 각자 내가 시킨 대로 편안한 자세를 취한다. 회의실의 의자는 느긋하게 앉을 수 있는 구조로 만들어져 있으며, 쿠션의 성능도 뛰어나다.

그리고 일제히,

"""""빙의."""""

라고 외쳤다.

나도 같이 외쳤다.

그 순간, 손에 들고 있던 '의사혼'이 빛나더니, 마물로 흡수된다. 그리고 마물 속에서 마스터 코어와 합체했다.

빙의의 열쇠가 되는 '마스터 코어'의 완성이었다.

그와 동시에.

내 의식도 암전했다. 그리고 곧바로 시야가 바뀐다.

상시 발동 중이었던 '마력감지'의 효과범위가 좁아지면서, 시야범위가 단번에 악화되는 느낌이었다.

그와 유사한 오감은 존재하므로, 전생 초기 때보다는 훨씬 나았다. 하지만 나 이외의 세 사람은 그런 경험이 없으니 상당히 힘들지 않을까.

그렇게 생각해서 주변을 한 번 둘러보니…….

좁아진 내 시야에 몸을 굽혔다 구부리는 운동을 하고 있는 스켈레톤, 엄청난 속도로 돌아다니는 슬라임 등이 보였다.

그리고 우그러진 양철판처럼 어색하게 움직이는 리빙 아머.

3인3색, 각자 자신의 마물로 '빙의'하는 데 성공한 것 같았다.

음, 스스로도 점점 익숙해지는 것이 느껴진다.

생각했던 것보다는 위화감이 없어서, 마치 자신의 몸이라는 생각이 들었다.

단, 성능이 급격히 떨어지다 보니 움직임은 영 좋지 못하다.

하지만 그것도 일단 그 움직임을 인식하면 반응을 예측하는 것은 간단하다. 생각대로 움직이게 되는 것도 오래 걸리지 않았다.

그리고 그건 세 사람 다 마찬가지였던 모양이다.

"""굉장하다, 이거!!"""

한동안 그렇게 자신의 새로운 육체 상태를 확인한 뒤에, 세 사람이 입을 모아서 외쳤다.

"그렇지? 내 연구 성과는 어때?"

"훌륭해. 정말로 훌륭하다, 리무루!"

"역시 리무루야! 너는 대단한 녀석이라고 생각했었어!!"

"역시 대단하네. 나는 처음부터 믿고 있었어!!"

손바닥 뒤집듯이 태도가 바뀌는구먼, 이 녀석들.

하지만 뭐, 기뻐해주는 걸 보니 정말 다행이다.

"음. 보아하니 성공인가 보네, 그럼 이 마물로 의식을 옮긴 지금, 뭘 해야 할지는 말하지 않아도 알겠지?"

"크크크. 어리석은 질문이로군. 마물들에게 맡기는 게 아니라 우리가 나선단 말인가. 재미있는 걸 생각해냈잖아, 리무루."

"바로 그거야. 사실은 이 모습으로 미궁을 공략해보고 싶었지만……."

"난 알고 있어. 그렇지, 이건 게임이로군!"

"뭐라고? 그게 정말이야, 베루도라?!"

"사부! 그럼 우리는 이 몸으로 적을 쓰러뜨린단 말이네? 그리고 이 육체를 성장시키는 거야……?"

역시 베루도라다.

내가 뭘 하고 싶은지를 바로 꿰뚫어 보았다.

그렇다 이건 유사 MMORPG인 것이다.MMORPG란 것은 매시브 멀티플레이어 온라인 롤플레잉 게임—— 말하자면 대규모 다중 접속 역할 수행 게임을 말한다.

대규모는 아니니까 MMO라기보다 MO가 더 맞으려나?

뭐, 그건 아무래도 상관없는 이야기다.

중요한 건 모처럼 만든 미궁을 우리도 즐겨보고 싶다는 것이 콘셉트니까.

"후후후. 역시 대단하군, 베루도라. 내 생각을 그리 쉽게 꿰뚫어 보다니. 하지만 착각을 하면 곤란하지. 게임을 할 생각으로 개발한 건 확실하지만, 그 전에 해야 할 일이 있을 텐데?"

"크아하하하, 그런 뜻인가. 이 임시 육체로 문제가 되는 도전자—— 아니, 침입자들을 몰아내겠다는 말이지?"

제대로 이해하고 있는 것 같다.

그렇다. 나는 지금 마물의 몸── 아바타(가마체, 假魔體)로 쾌속 진격을 계속하고 있는 팀 '녹란'을 방해하겠다는 생각을 한 것이다.

사실은 라미리스가 말한 것처럼 이 육체를 레벨업하여 진화시키거나, 본래의 스킬(능력)이 제한된 불편한 몸으로 쓸 수 있는 전투방법을 배우는 등, 다양하게 즐길 방법을 검토하고 있었다.

이 미궁에서 마물이랑 도전자들을 쓰러뜨리면서 즐겨보자는 것이 본심이었다.

그게 설마 이런 형태로 도움이 될 줄은 생각하지 못했다.

"뭐, 제대로 준비가 완료되면 단순히 미궁공략을 즐기려고 생각했었지만 말이지."

"그렇구나, 우리의 미궁을 스스로 시험해본단 말이지?"

"바로 그거야. 그리고 이 아바타라면 자신이 원래 가진 힘을 쓸 수 없잖아? 그러니까 말이지, 달라진 시점에서 보면 미궁의 문제점도 보이지 않을까 하는 생각이 들더라고."

"흠, 그렇겠군. 미궁의 주인이 직접 도전자를 맞으러 나갔다간 왕자(王者)로서의 품격을 의심받게 되겠지. 하지만 이렇게 약한 마물의 몸으로 옮긴다면……."

"그래! '마왕'이나 '용종'이 아닌 단순한 마물로서 당당하게 침입자를 쓰러뜨리러 갈 수 있는 거지."

"그렇구나, 재미있을 것 같아!!"

밀림도 납득해주었다.

평소에 힘에만 의존하는 행동을 하는 만큼 이렇게 불편한 몸이 된 것이 신선한 모양이다. 가슴이 두근거릴 정도의 재미를 느끼는 것처럼 보였다.

“그럼 바로 행동을 시작해볼까.”

“흠, 게임을 즐기기 전에 큰마음을 먹고 쓰레기 청소를 해볼까.”

“내 실력을 보여줄 때가 왔네. 지금부터 마흔여덟 가지의 필살기를 시험해보는 게 기대가 되는걸!”

“어떻게 된 상황인지 아직 잘 모르겠지만 왠지 재미있을 것 같아!!”

우리는 의기양양하게 일어섰다.

지금 바로 ‘녹란’을 방해해서 한동안 아래층에 도전하지 못하도록 만들 것이다.

그러기 위해 필요한 것은 뭘까——. 나는 새로운 꿍꿍이를 생각했다.

*

우선 처음으로 우리는 이 아바타에 익숙해질 필요가 있다.

다음으로 중요한 것이 장비다.

몇 번을 죽어도 부활할 수 있도록 횟수제한이 없는 ‘부활의 팔찌‘를 장비했다.

하지만 이것만으론 부족하다.

우리의 아바타는 이제 갓 태어난 하위 마물에 불과하다. 지금의 우리 같은 잔챙이 실력으로는 어떤 기습을 하더라도 팀 ‘녹란’에는 통하지 않을 것이다.

그러나 어느 정도 퀄리티가 좋은 장비만 있다면…….

"자, 지금 중요한 건 무장을 갖추는 거야. 쿠로베가 있는 곳으로 가서 무기와 방어구를 받으러 가자고!"

"오오, 과연! 이대로는 단순한 해골일 뿐이니까."

"후후, 어리석은 것들. 내 몸은 고속 기동형 특수 슬라임이야! 이대로도 충분히 먹힌다고."

"저기, 난 지금 갑옷인데……. 이 위에 또 갑옷을 장비할 수 있을까?"

"글쎄? 어떻게든 되지 않을까? 뭐, 일단 가보자고. 밀림은 장비가 필요 없다면 여기서 기다리고 있어."

"바, 바보 같은 소리 하지 마! 이대로도 통하지만 장비는 중요해!"

제멋대로 구는 녀석이다. 처음부터 솔직하게 그리 말하면 될 것을.

나도 당연히 장비는 바라고 있기 때문에 일단 '빙의'를 해제하고 나갈 준비를 한다.

"원래대로 돌아가려면 '이탈'라고 생각하면 돼. 그러면 돌아갈 수 있어."

원래대로 돌아가는 모습을 보여준 뒤에, '아바타 코어'를 품에 넣으면서 그렇게 가르쳐준다.

'아바타 코어'는 만들어낸 마물을 한 번 등록할 수 있다. 한 개당 마물 하나씩이며, 소유자의 변경은 불가능하다.

자신의 분신의 핵이 될 아이템이므로 각자 소중히 관리해주길 바란다.

그런 식으로 추가 설명을 해줬다.

"이게 있으면 어느 때라도 내 분신을 불러낼 수 있겠군."

"굉장한 아이템이네. '빙의'할 때는 본체가 어떻게 되는지를 생각해둬야겠는데."

베루도라와 라미리스가 원래 모습으로 돌아간 뒤에 의자에서 일어섰다.

"잃어버리지 않도록 팔찌에라도 끼워놓을까."

"그거 좋네. 나도 그렇게 할까봐!"

그런 말을 하면서, 기쁜 표정으로 구슬── '아바타 코어'를 쓰다듬고 있다.

나도 그런 식으로 만들까 하는데, 밀림은 지금 뭘 하는 거지?

"이봐, 밀림──."

"나는 이대로 그냥 움직일래!"

내가 말을 걸기도 전에 밀림은 슬라임 모습을 유지한 채 내 품에 뛰어들었다.

"자, 가자!"

그렇게 소리치더니, 남의 말을 아예 듣지도 않겠다는 듯이 멋대로 이야기를 끝내버리는 밀림.

어지간히 마음에 든 모양이다.

어린애 같이 굴기는…… 아니, 어린애인가.

어린애에게 어린애 같다고 말해봤자 소용이 없다.

타이르는 걸 포기하고, 바로 이동하기로 했다.

쿠로베의 공방으로 갔다.

"쿠로베, 있나?"

"오오, 리무루 님 아닙니까? 오늘은 무슨 일로 오셨습니까?"

쿠로베를 부르자 바로 나와 주었다.
베루도라와 라미리스가 같이 있는 것을 보고 놀라고 있다.
"응. 무기가 좀 필요해서 말이지."
그렇게 말하면서, 우리는 공방 안으로 성큼성큼 들어갔다.
오랜만에 와봤는데, 공방에는 사람——마물도 포함해서——이 늘어나 있었다.
그리고 여전히 덥다.
나는 온도에 영향을 받지 않아서 괜찮지만, 안에서 작업하기엔 상당히 힘들 것 같다.
"제자들이 늘어난 것 같군."
"네, 덕분에요. 아직 멀었지만, 그중에는 우수한 자도 있습니다."
우리가 대화를 나누면서 공방으로 들어가자, 내 목소리를 알아차리고 제자들이 고개를 들었다.
그리고 나를 보고는, 모두 일제히 일어나 인사를 했다.
그 기세에 깜짝 놀라고 말았지만, 쿠로베는 익숙한 것 같다.
"손을 멈추지 마라! 어서 작업을 다시 시작해."
큰 목소리로 꾸짖으면서 제자들의 작업을 재개시키고 있다.
하지만 그들의 마음이 조금은 이해가 되는 것 같기도 하다.
직장에 사장에 찾아왔으면 당연히 긴장도 하는 법이다.
말단이라면 더욱더 그렇겠지.
그다지 실감은 하지 못하지만, 나는 이 나라에서는 왕이다. 지금까지는 크게 신경 쓰지 않았지만, 평소에는 미리 연락을 해두는 게 좋을 것 같다.
가벼운 마음으로 오긴 했지만, 폐를 끼치는 것일 수도 있으니까.

내가 전에 살던 세계의 회사에서 본부장 급의 간부가 직장을 견학하러 올 때도 그 전날부터 대청소를 하면서 준비를 하곤 했었다.

본부장 급도 그 정도인데, 사장 급이 온다면 절대 실수를 허용하지 않는 분위기가 만들어질 것이다.

규모가 커지면 커질수록 가볍게 대하는 게 오히려 더 아랫사람에게 부담으로 다가올 경우도 있다는 뜻이 되려나.

하지만.

내 사정으로 인해 매번 그런 거창한 일을 시키고 싶지는 않다.

바쁘게 지내고 있는 쿠로베를 불러내는 것도 찜찜하니, 한가할 때 내가 찾아가는 게 더 낫다.

"미안하군, 갑자기 들이닥쳐서. 하지만 앞으로도 틈틈이 놀러 올 것 같으니, 그렇게 긴장은 하지 말게."

그러므로 나는 모두에게 그렇게 사과했다.

날 너무 친근하게 대하는 것도 문제가 될지 모르지만, 일일이 긴장할 필요까지는 없을 텐데.

나는 위세를 부리는 것도 아주 좋아하지만, 상대를 난감하게 만드는 취미는 없다. 지나치게 긴장하는 바람에 반응을 보이지 않으면 나도 난감해지니까.

고부타 같이 멍청하게 반응해주는 게 바람직하다.

TPO——때와 장소, 경우에 맞는 태도——만 갖춰준다면 그걸로 충분한 것이다.

내 말을 듣고 어깨의 힘을 빼는 제자들.

그 모습을 확인한 다음, 고개를 한 번 끄덕이고는 안쪽 방으로 이동했다.

——참고로.

내가 몰랐던 일이긴 했지만, 제자들이 긴장했던 이유는 내가 마왕이기 때문만은 아니었다.

내가 모르는 사이에 템페스트(마국연방)에서 인기투표가 개최되고 있었던 것이다.

그 3대 아이돌 중의 한 명에 내가 선발되었다.

나, 슈나, 시온.

놀라운 인기를 얻고 있었던 모양이다.

그 외에도 라미리스와 밀림이 추가되는 경우도 있는 것 같다.

순위는 굳이 말하지 않겠지만, 나와 밀림이 압도적인 1위라고 한다.

이거 참, 슬퍼해야 하는 건지, 아니면 성장을 기뻐해야 하는 건지.

나 몰래 다들 무슨 짓을 하는 거냐고. 나중에 전말을 전해 듣고 보니 실로 어이가 없었다.

*

"어떤 게 필요하십니까?"

쿠로베의 개인 방에서 본론에 들어갔다.

"음, 그러니까 말이지——."

원하는 걸 물어보기에, 우리는 각자 생각한 희망사항을 전달했다.

"가름에겐 방어구를 만들어달라고 부탁할 예정이니까, 또 공동으로 제작해줘도 재미있을 것 같은데."

"그렇군요. 그럼 저도 가름이 있는 곳에 가겠습니다."

이야기가 그렇게 진행되면서, 쿠로베를 데리고 가름의 공방으로 이동했다.

거기서도 한바탕 소동이 일어났지만, 그건 넘어가기로 하겠다.

"마물이 쓸 장비라고요?! 이거 참, 나리도 여전히 재미있는 생각을 하시는군요."

어이없는 표정을 짓는 가름을 앞에 두고, 우리는 각자 자신의 아바타에 '빙의'를 한 모습을 보여주었다.

"알았습니다. 바라시는 대로, 아니, 그 이상의 물건을 준비하겠습니다!"

"맡겨주시구려. 나도 창작의욕이 불타올랐으니까, 인간은 다루지 못할 엄청난 걸 만들어드리리다!"

쿠로베와 가름은 흔쾌히 무기와 방어구의 제작 의뢰를 받아들였다.

실로 기대가 된다는 생각을 하면서, 우리는 그 자리를 떠났다.

제작에는 며칠이 걸릴 것이라 했기 때문에, 그동안에는 아바타에 익숙해지는 특훈을 하고 있었다.

미궁의 상층부에서 마물과 싸우기도 했고, 초보자 티가 풀풀 나는 모험가들을 공격해보기도 했다.

최근 며칠 동안 훈련하면서, 각자의 역할분담도 어느 정도 자리를 잡았다.

이 단계까지 오는 것은 큰일이었다.

처음에는 상층부에서 초보자 파티에게도 패배했었다.

또한 우리가 미궁의 덫에 당해서 전멸당하는 웃지 못할 사태가 발생하기도 했다.

화가 나서, 미궁의 덫이 발동하는 걸 방지하는 매직 아이템을 만들었던 것도 나중에는 좋은 추억이 될 것 같다.

덫에 걸린 것은 라미리스였고, 같이 휘말린 것은 베루도라였다.

나는 공중에 떠 있었고, 밀림은 천장에 매달려 있었다. 빠지는 함정에 당할 일이 없으니까 방심하다가 주의를 주는 것을 잊어버리고 있었다.

그게 실수였던 셈이지만, 그렇다고 해도 라미리스…….

네가 덫에 걸려서 어떡하자는 거야? 모두가 그렇게 따지면서 묻는 건 당연한 반응이라고 생각한다.

그런 식으로 고생하면서, 우리는 자는 시간도 아까워할 정도로 특훈을 하느라 밤낮을 보내고 있었다.

전투에 있어 가장 중요한 것은 연계다.

평범한 인간이라면 대개 말로 전달하거나 눈짓 등으로 신호를 보내거나 한다.

그러나 우리에겐 그런 기술이 없는 것과 마찬가지였다. 왜냐하면 개개별의 능력으로 따지면 최강이라는 말이 기본적으로 장착된 것과 다름없는 베루도라와 밀림이 있었기 때문이다.

하지만 나에겐 반칙에 가까운 스킬(능력)이 있다.

모두와 '사념전달'로 연락을 취하면서 정확한 지시를 내렸다.

내가 사령탑이 되고, 베루도라, 밀림, 라미리스가 수족이 되어 움직이는 것이다.

이리하여 우리는 급속도로 힘을 키웠으며, 어느 정도의 실력을 갖추기에 이르렀다.

어느 정도 움직일 수 있게 된 뒤에는, 자신들의 연계를 다시 체크해보거나 무기와 방어구의 완성을 기다리면서 날을 보냈다.

그런 우리에게 팀 '녹란'이 40층을 돌파했다는 보고가 들려왔다.

"큰일이네. 그 녀석들이 드디어 템페스트 서펜트까지 쓰러뜨리고 말았어."

"꽤나 신중히 싸우더군. 맨 처음의 팀이 정보를 수집하고, 다음 팀이 체력을 빼앗았으며, 진짜 실력을 가진 팀이 쓰러뜨렸어."

보스는 쓰러져도 부활 시점에서 완전 회복한다. 그러나 보스가 승리한 경우에는 대미지와 피로도가 그대로 유지되게 설정해두었다. 이렇게 되면 연달아 싸움이 벌어질 경우엔 명백히 도전자 쪽이 유리해진다.

"실수했군. 보스에게도 회복수단이 있는 게……."

"하지만 그 마물들은 생존본능만으로 살고 있으니까 말이지."

회복 아이템을 사용하는 지혜 따윈 없다는 것이 베루도라의 의견이다.

그 말은 맞긴 하지만 시도해볼 가치는 있다.

"트레이니 씨에게 부탁해보는 건 어때? 미궁 관리자라면 마물의 회복도 할 수 있는 것 아냐?"

"아, 그러네. 부탁해볼게?"

이야기가 그렇게 진행되면서, 트레이니 씨와 그녀의 자매들이 보스가 연이어 싸우게 될 경우에는 회복을 해주게 되었다.

이렇게 하나씩 문제점을 개선해나갔다.

그리고——.

"녀석들은 드디어 49층 바로 앞까지 왔어. 어떡할 거야, 리무루?"

초조한 표정으로 말하는 밀림.

그 말대로 팀 '녹란'은 내일 당장이라도 결전의 땅에 발을 디딜 것 같았다.

"무기와 방어구는 없어도 우리의 연계는 어느 정도 자리를 잡았어. 이대로 녀석들에게 도전해볼까?"

"나도 찬성이야! 드디어 내 실력으로 그 녀석들을 때려눕힐 수 있겠네."

베루도라와 라미리스는 혈기가 왕성하군.

하지만 솔직히 말해서 우리 힘으로는 제대로 싸워도 승률이 낮다. 내가 설치한 최고의 덫이 있는 49층이야말로 팀 '녹란'을 괴롭힐 수 있는 유일한 장소이다.

"어쩔 수 없나. 최소한 지금 쓸 수 있는 무기와 방어구만으로라도——."

어차피 쿠로베와 가름이 만든 최고의 무기와 방어구가 있어도 정면으로 덤빌 수는 없다. 작전의 성공률은 크게 달라지겠지만 시도해보지 못할 정도는 아니라고 생각한다.

그렇게 생각하여 내가 결단을 내리려고 한 바로 그때.

똑똑.

회의실의 문을 노크하는 소리가 들렸다.

"리무루 님, 쿠로베 쪽에서 연락이 왔는데, '준비가 다 되었다'고 합니다."

쿨한 말투로 시온이 말했다.

그걸 들은 우리는 서로의 얼굴을 보면서 씨익 하고 웃었다.

우리의 아바타 전용 장비가 완성됐다.

내 무기는 데스사이즈(사신의 낫)와 헬 크로스(저승의 옷).

유령도 장비할 수 있는 것이 매직 아이템(마법무구)의 특징이다.

베루도라는 데스 바스타드(사신의 한 손 검)와 헬 메일(저승의 전신갑옷) 세트가 주어졌다.

왼손에는 게이트 실드(지옥문의 방패)를 장비하면서 완전무장을 갖추고 있었다.

밀림의 슬라임은 간단한 물건밖에 장비할 수 없다.

데스 픽(사신의 일격)을 삼켰고, 크림슨 케이프(붉은 망토)로 몸을 감쌌다.

그 순간 몸에서 진홍의 날개가 생겨났다.

신기한 변화가 일어난 것 같다.

"아이템은 장비를 해야 효과가 나오는 거지!"

그렇게 말하면서, 신이 난 표정을 짓는 밀림.

본인이 기뻐하고 있으니, 내가 딱히 할 말은 없다.

그리고 라미리스.

주문했던 것은 헤비 풀 플레이트(중후한 전신갑옷)이다.

갑옷 그 자체는 완성도가 훌륭했지만, 문제는 장비할 수 있는가 아닌가이다.

라미리스는 불안한 표정으로 리빙 아머(움직이는 갑옷)에게 '빙의'한 뒤에 그 갑옷을 받아들려고 했다.

그 순간, 놀랍게도 갑옷이 바뀌어버린 것이다.

뎅그랑 하는 소리를 내면서 지저분한 갑옷이 땅바닥을 구른다.
그리고 먼지로 변하면서 바람에 날려 사라져버렸다.

라미리스의 리빙 아머는 헤비 풀 플레이트로 변화한 것이다.
이건 진화는 아니다.
보아하니 장비하는 것이 아니라, 방어구 그 자체가 교체되는 것 같다.
"잠깐, 엄청 움직이기 편하게 됐어!!"
라미리스가 말하는 대로, 기름이 떨어진 것처럼 딱딱한 움직임을 보이던 모습이 매끄럽게 움직이도록 바뀌었다.
갑옷의 성능이 움직임에도 영향을 줄 줄이야.
미처 생각 못 한 발견이었다.
기뻐하는 라미리스에게 무기와 방패를 고르도록 시킨다.
"흐흥! 나는 방패 같은 건 필요 없어!"
그렇게 말하면서 양손용의 커다란 무기를 고르는 라미리스.
그건 데스 액스(사신의 거대한 도끼)였다.
위력만큼은 최고의 무기지만, 다루기가 어렵다.
뭐, 좋아.
평소에도 힘이 부족해서 업신여김을 받았으니, 이런 때는 작심하고 통 크게 나올 법도 하겠지.
흥미로울 정도로 각자의 성격이 드러나고 있었다.

이것으로 각자가 새로운 장비로 교체했다.
이 장비는 등급으로 따지면 유니크(특질) 급이다. 하지만 마물이라도 장비할 수 있게 조정했기 때문에, 성능이 극단적으로 치우쳐 있는 마이너한 장비라고 하겠다.
하지만 초보자의 기준에서 보면 지나치게 강하다.

주술의 일종을 활용하여 소유자 등록까지 되어 있는 상태다. 그러므로 도둑을 맞을 일도 없다.

지금의 우리에겐 최고의 장비라고 할 수 있겠다.

기분도 새로워졌다.

결전을 앞에 두고, 우리는 만족했다.

각자의 아바타를 확인한다.

내 아바타인 유령은 물리공격을 포기하고 마법과 정신공격에만 집중한 특화형.

클래스는 소서러(법술사)다. 나중에 〈정령마법〉이나 〈환각마법〉도 익혀서 위저드를 목표로 삼을 예정이다.

그리고 〈신성마법〉도 익히고 싶다.

자신이 자신을 신봉하면 어떻게 될까? 그런 의문을 연구하기 위한 실험의 일환이었다.

베루도라의 아바타인 스켈레톤(해골검사)은 만능형이라 무엇이든 해낼 수 있다.

클래스는 파이터(중전사)지만, 마법을 배워서 매직 나이트(마법전사)를 지향하는 것 같다.

밀림의 아바타인 슬라임은 고속에 특화되어 있으며 일격을 노리는 초특화형이다. 어찌 보면 낭만(浪漫)형이라고 불러야 할 것 같다.

클래스는 어새신(암살자)다. 소우에이에게 배우는 것도 괜찮을지 모르겠지만, 놀이 삼아 하는 짓을 이유로 폐를 끼치는 건 금지다.

천장에서 기습 공격을 날려서 적을 처치하는 것이 작전이라고 했다.

그 공격이 통한다면 강하겠지만, 통하지 않는 적에겐 어떻게 할 생각이지?

뭐, 도망치겠지. 이동속도도 빠르니까.

어떤 의미로 보면 슬라임의 이상적인 모습이라고도 할 수 있겠다.

라미리스의 아바타인 리빙 아머는 공격특화형이다. 방어력도 어느 정도 갖췄기 때문에 의외로 안정된 실력을 갖췄을지도 모른다.

클래스는 버서커(흉전사, 凶戰士)다.

정말로 미친 건 아니겠지만 라미리스는 방어를 전혀 고려하지 않았으며, 공격에 특화된 위험한 마물이므로 그렇게 부르기로 한 것이다.

익숙해지면 베루도라와 쌍벽을 이루는 방패역할을 해주길 바란다.

*

준비는 끝났다.

배고픔과는 관계없는 우리는 쉬지 않고 싸울 수 있는 능력만큼은 남들보다 뛰어나다.

최대한 노력해서 팀 '녹란'을 방해해줘야지.

그렇게 단단히 마음먹고 우리는 출전한 것이다.

그랬는데——.

예상외로 싱겁게, 팀 '녹란'을 쫓아내는 것에 성공해버린 것이다…….

냉정해지자. 그래, 냉정해지는 거야.

냉정하게 자신의 아바타를 '해석감정'해보니 그 힘은 A랭크 수준에 거의 도달할 정도였다.

반 이상은 장비 덕분이지만, 그래도 그 힘을 구사할 수 있으면 문제 될 건 없다.

기본적으로 큰 오산이었던 것은 본체의 레벨(기량)이 아바타에 반영되고 있었다는 점이다.

모든 스킬(능력)을 다 쓸 수 있는 건 아니지만, '사념전달'이나 '사고가속' 같은 게 있는 것만으로도 전투를 유리하게 이끌 수 있었다.

내 경우는 마법의 발동이 반칙 수준으로 빨라졌다.

마력이 모자라서 모든 마법을 다 쓰지는 못하지만, 지식만큼은 있다. 웬만한 왕궁마술사 보다는 훨씬 더 우수한 마법을 쓸 수 있는 것이다.

그런 마법을 주문 영창 없이, 거의 시간차 없이 연속으로 발동할 수 있으니까 상대의 입장에서 보면 어이가 없었을 것이다.

베루도라는 아예 뒤에 눈이라도 달려 있는 게 아닌가 하는 생각이 들 정도로 검의 움직임이 달인 급이었다.

"크아하하하! 내 '베루도라류 투살법'에는 검의 기술도 아주 많이 있지. 앗차, 이런 말을 하면 안 되나——."

그런 말을 하면서, 만화에 나올 법한 기술을 흉내 내는 베루도라. 처음에는 장난을 치는 줄 알았지만, 실제로 사용할 수 있는 기술도 분명 존재했던 것이다.

베루도라의 경우는 애초에 기본적인 능력이 터무니없는 수준이다.

그러므로 무슨 일이 일어나도 놀랄 게 없다.

진지하게 생각하는 것이 멍청하게 느껴졌다.

그리고 밀림.

속도에 특화되었다고 스스로 말했던 만큼, 말도 안 되게 빠르다.

일반적으로 생각해봤을 때는 도저히 제어할 수 없을 것 같은 속도인데도, 밀림의 반응속도로는 여유가 있었던 모양이다. 아니, 그 전에 슬라임도 제대로 마음만 먹으면 저렇게 빨리 움직일 수가 있었구나.

마찰저항을 무시하는 것처럼 지면을 미끄러지면서 다녔고, 탄력이 있다 보니 벽을 이용해 튕기면서 적에게 돌격하기도 한다. 하물며 천장에서도 같은 속도로 움직이다 보니, 평범한 인간은 눈으로 보고 인식하는 것도 어려울 것이다.

나도 슬라임이므로 지금까지 몰랐던 사실을 알고 충격을 받았다.

"와하하하하! 늦어, 늦다고. 굼벵이들, 내 일격을 받아라!!"

한껏 신이 난 밀림이 소리도 없이 상대의 등 뒤로 다가가 목에 데스 픽을 날린다. 그렇게 하면 대부분의 전투는 끝이 났다.

물리공격은 잘 통하지 않으며, 마법을 발동하려면 대상을 눈으로 확인할 필요가 있다.

그렇게 생각하면 밀림의 슬라임은 적이 될 경우엔 상당히 두려운 존재였다.

그런 베루도라와 밀림의 활약을 더 두드러지게 만들어주는 것이 '밑에서 받쳐주는' 역할을 하는 라미리스였다.

"우오오옷——!! 내 힘을 보여주마!!"

적을 발견하면 맨 먼저 달려나간다. 그리고 정면에서 덤비는 것이 라미리스의 전투 패턴이다.

일반적인 기준에서 보면 최악의 수다. 바보짓 그 자체인 것이다.

하지만 우리의 경우엔 이게 정답이었다. 몇 번인가 주의를 줬지만 개선이 되지 않았기에, 반대로 이걸 이용하기로 한 것이다. 즉, 라미리스를 미끼로 삼아 그 틈에 나머지 세 명이 공격을 하는 작전이다.

일반적으로 보면 그리 쉽게는 통하지 않는 작전이다.

하지만 라미리스는 방어를 무시하듯이 마구 날뛴다.

데스 액스(사신의 거대한 도끼)를 휘두르면서 달려드는 커다란 갑옷. 그걸 본 자들은 싫어도 상대할 수밖에 없었다.

방어를 무시하고 있으니, 라미리스에게 공격이 집중된다. 그러나 라미리스는 '통각무효'가 있으므로 개의치 않고 공격을 계속할 수 있다.

또 갑옷 그 자체도 튼튼했다.

헤비 풀 플레이트(중후한 전신갑옷)은 경량화를 생각하지 않고 '마강'을 마음껏 사용해서 만들었다. 어느 정도의 '자기수복' 기능이 있기 때문에, 약간의 상처는 문제가 되지 않는다.

평범한 인간이 장비하면 그 중량 때문에 움직일 수 없는 물건이다. 그런 강철덩어리가 달려들어 오니 적대하는 자가 보면 기겁할 것이다.

그리고 내 회복마법도 있다.

실험의 일환으로 〈신성마법〉을 사용해봤는데, 깜짝 놀랄 정도로 쉽게 발동했다.

자신이 자신을 신봉한다기보다 원래는 접촉할 수 없는 '영자'를, 기도를 대가로 조작할 수 있게 된다는 느낌이다.

이번 경우엔 고스트가 된 내 마력이, 기도의 말과 함께 본체인 내게 전해졌다. 자신의 본체의 힘을 빌려 마법을 구사하는 식의 이미지이다.

기도의 말이라는 것도 이미지를 전하는 것이 목적인 것 같다.

'영자'를 조작할 때 일일이 상대의 희망을 듣고 그대로 움직인다—— 그렇게 번거롭게 처리한다면 아무리 연산능력이 높아도 다 따라잡을 수 없다. 그러므로 개개인에게 연산처리를 맡기는 방법을 택하고 있는 셈이다.

기도하는 자——자신의 신자——가 늘어나면 그것만으로 마력이 증가한다.

바꿔 말하면 '신'으로서 격상하는 것이다.

또한 신자와 이어질 수 있기 때문에, 자신을 신봉하는 자들의 '뇌'를 사용하여 자신의 연산영역을 늘리는 비기도 가능해진다. 마력과 연산능력을 대신하도록 조금씩 맡길 수 있는 것이다.

과연, 루미너스가 신자를 늘리던 목적은 이거였단 말이군. 방대한 수의 신도가 있으면 대규모의 마법을 구사하는 것도 순식간에 가능해질 테니까.

'신앙과 은총의 비오'—— 참으로 무시무시한 기술을 배운 셈이다.

그 이야기는 일단 넘어가기로 하고.

그런고로 〈신성마법〉도 사용가능해졌다.

그런 우리였기 때문에, 파티로 뭉치면 상당한 실력을 자랑할 수 있었던 것이다.

그리고 지금, 악의로 똘똘 뭉친 것 같은 49층에서 팀 '녹란'은 전멸을 당했다.

무슨 일이든 두려워하지 않고 도전해보는 것이 좋다.

정면에서 싸웠으면 졌을 것이다.

하지만 우리는 훈련을 통해 연계를 갈고 닦았으며, 덫을 이용했다.

슬라임 돌을 시켜서 무기를 망가지게 만들었다.

슬라임 레인으로 상대의 집중력을 빼앗았으며, 피로를 축적시켰다.

그리고 그때를 노렸다가 습격해서 슬라임 풀로 빠뜨렸던 것이다.

라미리스가 큰 소리로 울부짖으면서 주의를 끌었고, 밀림이 기습으로 상대의 연계를 무너뜨렸으며, 베루도라가 팀을 분단시켜서 후방지원자를 고립시켰다.

거대 슬라임으로 힘이 없는 마법계열이랑 도적계열 모험가를 짓눌렀고, 남은 주력 멤버들을 베루도라와 라미리스가 차례차례 슬라임 풀로 빠트린 것이다.

그 목적은 강한 산성액으로 무기와 방어구를 파괴하는 것.

팀 '녹란'의 주무장을 파괴하면서, 공략속도를 늦추게 만드는 것이 작전 목표였던 것이다.

"아이 참! 지금까지 힘들여 벌어둔 것이——!!"

그 비통한 비명을 들으면서, 리더가 여성이었다는 것을 알아냈다. 그 사실도 조금 놀라웠지만 신경이 쓰이는 것은 그 뒤의 대화 내용이었다.

"그렇지 않아도 물러날 때였으니, 좋은 타이밍입니다."

"그러네. 마침 **본국**에서도 우리를 호출했으니까."

살아남아 있던 부하로 보이는 남자와 대화를 나누면서, 본국이 자신들을 호출했다고 분명히 말했다.

'벨트(녹색의 사도)'라는 용병단은 어느 나라에도 소속되지 않은 떠돌이 조직이라고 들었다.

돈을 대는 곳이 잉그라시아 왕국이라고 들었는데, 혹시 완전히 고용되어 있는 걸까?

본국에서 호출했다는 말을 들어보면 고객을 대하는 태도 이상의 충성심을 느낄 수 있었던 것이다.

주의해야 할 자들이로군.

던전(지하미궁)으로 손님을 끌어들이는 것 이상으로 정체모를 자들도 몰려들게 될 것이다.

그건 처음부터 각오했던 바이지만, 한 번 더 모두에게 조심하라고 주의를 주는 게 좋을 것 같았다.

이번에 팀 '녹란'의 건을 통해서 나는 그런 인식을 새로이 했다.

그리고――.

"이겼군."

"그래. 우리의 승리야!"

"당연하지. 우리는 최강이니까!"

이 바보들에겐 확실하게 이야기를 해주지 않으면, 당장 눈앞의 승리에 들떠서 정신을 못 차릴 테니까.

그렇게 생각하면서도, 그때만큼은 나도 또한 미션을 성공적으로 완수한 기쁨에 몸을 맡기고 있었다.

막간 마리아베르

마리아베르는 '전생자'다.

과거에 유럽의 지배자로서 군림했던 기억을 가지고 있다.

전생에선 금융을 자신의 뜻대로 조종했으며, 전쟁조차도 자신의 장기말로 취급했었다.

실탄이 교차하는 전쟁터.

죽이고 죽임을 당하면서, 피로 피를 씻는 처참한 지옥.

집이 불타고 가족을 잃으면서, 탄식하고 슬퍼하는 사람들.

그런 불행 위에 자신의 영화를 축적해갔다.

그 사실에 대해 어떤 의문도 품지 않은 채.

마리아베르는 행복하게 살았으며, 그리고 천수를 다했다——.

그리고 이번 생도 마찬가지.

소국인 실트로조의 공주로 태어났다.

서방열국을 좌지우지하는 지배자 일족의 일원으로.

마물이 만연하는 폭력과 학살의 세계에 있으므로, 지금은 국가끼리 서로 반목하고 있을 때가 아니다. 그런 환경에서 카운실 오브 웨스트(서방열국 평의회)가 탄생한 것은 필연적이었다.

그걸 수백 년 전에 총괄하여 완성한 자가 위대한 로조의 선조—— 그란베르 로조였던 것이다.

연령불명의 괴인.

평의회에서 실권을 쥐고 있는 오대로의 최고장로.

그리고 서방열국에 뿌리를 뻗은 로조 일족의 두령.

그런 위치에 있는 그란베르 로조는, 직계인 공주라고 해도 면회조차 불가능했다.

실제로 마리아베르의 형제라고 해도, 누구 하나 오대로조차도 만나본 적이 없었다. 그게 당연한 일이었다.

그러나 마리아베르는 달랐다.

마리아베르의 기억과 의지는 그란베르조차도 무시할 수 없는 것이었다.

*

문명의 발전에 있어서, 화폐의 존재는 빠질 수 없다.

쌀이나 보리 같은 곡물을 돈 대신 다루던 시대에서 화폐경제의 시대로 바뀌었다. 그에 따라 문명은 크게 비약했다.

경제의 규모가 커진 것이 그 원인이다.

그리고 또한 화폐의 가치도 변동한다.

금화나 은화 같이, 그 자체의 가치가 높은 금속으로 만들어진 통화. 이것들은 화폐 그 자체의 가치가 보장되고 있었다.

그러나 거래할 때의 영수증이나 증서가 화폐를 대신할 시대가 도래할 것이다.

지폐경제의 시작이었다.

그리고 태어난 것이 은행이라는 유통에서 뺄 수 없는 조직이다.

금화를 맡기면 수령서가 발행된다.

그걸 들고 가서 거래처의 은행에서 돈으로 바꾸는 것이다.

그리고 은행은 맡은 돈을 마음대로 유통하게 된다. 돈이 없는 자에게 수령서를 빌려주고 이자를 받는 비즈니스 모델이 고안된 것이다.

이건 연금술보다도 악질적인 마법이었다.

원래는 그곳에 돈이 존재하지 않았다.

그런데 이자가 발생하고 있다.

돌고 있는 현금과 수령서의 총액. 이걸 비교해보면 회수 불가능한 차액이 생기기 마련이며…….

이 가공의 차액을 지불하지 못하면서, 눈물을 흘려야 하는 자가 존재한다는 뜻이다.

돈을 빌려주고 이자를 받는다는 구조에는 이런 근본적인 문제가 따라 붙는 것이다.

그리고 그건 화폐가 지폐로 전환되면서 더욱 가속된다.

많은 부자들로부터 이자를 미끼로 제시하여 돈을 모은다.

그리고 그걸 투자함으로써 더욱 많은 돈을 낳고.

국가의 차원을 넘어서 전 세계적인 규모로 벌어지는 거래.

국가가 보장한다는 전제하에 지폐의 발행에 한도는 사라졌다.

여기에 국력의 차이로 인한 환율조작이 더해지면 경제규모는 몇 십 배로 불어난다. 그런 통화의 발행부수조차도 계산에 넣어서 마리아베르는 시장을 컨트롤했다.

그건 허구이며, 실체경제와는 거리가 먼 것이다.

언젠가는 반드시 터져버릴 거품.

전생에서도 마리아베르는 가능한 한 거품을 크게 부풀렸다. 그리고 회수불가능해진 부채를 약소국에 책임을 떠넘기고 버렸다.

――즉, 장부의 결산액을 맞추기 위한 전쟁이다.
이렇게 약소국은 멸망하고, 부유층은 더욱 많은 부를 얻었다.
파멸하는 자가 국가가 되었을 뿐이지, 하는 일은 기본적으로 달라지지 않은 것이다.

그런 수법을 잘 알고 있는 것이 마리아베르였다.
금융의 부산물이라고 부를 수 있는 전생의 기억과 강렬하기까지 한 지배자로서의 욕망.
그것들이 마리아베르에게 부여한 힘이야말로 바로 유니크 스킬 '그리드(탐욕자)'였다.
유니크 스킬 '그리드'는 인간의 근원적인 죄악에서 비롯되는 대죄(大罪) 계통의 스킬(능력)이다.
자신의 감정이나 바람이 구체화된 형태가 유니크 스킬이라고 한다면, 욕망의 원류 그 자체인 대죄 계통의 힘은 유니크 스킬 중에서도 특수한 것으로 여겨진다.
사실.
마리아베르는 태어나면서부터 로조 일족에서 최강의 자리에 위치하고 있었다.
인간의 욕망을 지배한다. ――그게 바로 '그리드'의 권능인 것이다.
마리아베르에겐 인간의 욕망이 보인다.
그게 커지면 커질수록 지배하기가 쉬워진다.
누구에게도 욕망은 있으므로 그걸 자극하기만 해도 마리아베르의 뜻대로 조종할 수 있다. 그런 방식으로 마리아베르는 가까운 인물부터 조금씩 자신의 지지자를 늘려갔던 것이다.

서두를 필요는 없었다.

주위를 관찰하여, 이 세계의 문명 레벨이 낮다는 걸 꿰뚫어 봤기 때문이다.

지폐경제는 성립되어 있지만, 그 경제권에선 통일된 통화가 유통되고 있었다.

언어의 벽은 없었으며, 전생과는 모든 것이 다른 세계.

그러나 어떤 의미로 보면, 이것들은 이용하기에 딱 좋은 환경이라고 할 수 있었다.

마리아베르가 놀기 위해 마련된 상자 속의 정원이 눈앞에서 널리 펼쳐지는 것처럼 느껴졌을 정도였다.

(그렇구나, 그랬던 거야. 이 세계에서도 나는 지배자로서 군림한단 말이네.)

이 세계를 지배한다. ──그건 마리아베르에겐 자연스러운 생각이었다.

성장해서 발언권을 얻기만 하면, 세계는 마리아베르의 손에 들어올 것이다.

하지만 그때까지는 마리아베르의 야망을 아는 자는 적은 게 더 낫다.

그렇게 생각한 마리아베르는 자신의 정체가 들키지 않도록 신중에 신중을 거듭하여 움직였다.

그리고 마리아베르가 세 살이 되었을 무렵.

그란베르와 만나게 된다.

*

"네가 마리아베르냐."

"네. 처음 뵙겠습니다, 할아버님."

세 살 답지 않은 인사.

그것도 또한 마리아베르의 계산이었다.

그란베르는 성에 있는 수많은 자들과는 달랐다.

마리아베르에게 있어선 부왕조차도 자신의 장기말일 뿐이었다.

오빠들, 유모, 하인, 그 외의 모든 자들.

마리아베르는 그들의 욕망을 파악하면서, 남 몰래 자신의 장기말로 지배하에 둔 것이다.

그러나 그란베르는 달랐다.

격이 달랐던 것이다.

"나를 조종하려고 하지 않은 이유는 무엇이냐?"

연기를 중단한 마리아베르에게 그란베르가 질문을 던졌다.

그 자리에는 직계 가족에 대한 애정 따윈 전무했다. 지배자와 피지배자의 관계가 존재할 뿐이었다.

그리고 마리아베르는 자신의 직감이 옳았다는 것을 깨달았다.

만약 그란베르를 속이려고 했다면 그 순간 살해당했을 것이 틀림없다고.

마리아베르의 '그리드'도 만능은 아니기에, 저항을 받는 경우도 있다. 조금씩 반복하면 그란베르를 지배하에 두는 것도 불가능하지는 않았지만, 그런 걸 허용할 상대가 아니다.

마리아베르는 그렇게 판단하고, 모든 것을 솔직하게 이야기하기로 했다.

어찌됐든 협력자의 존재는 필요불가결하다. 그렇게 생각한다면 그란베르는 더할 나위 없는 협력자가 될 수 있는 존재라는 생각이 들었던 것이다.

"저에겐 인간의 욕망이 보인답니다. 훤하게 보이죠. 그걸 자극하여 다른 사람을 제 뜻대로 부릴 수 있어요. 하지만 할아버님은 다르세요. 누구보다 큰 야망을 안고 있으며, 그걸 훌륭하게 억제하는 강한 의지가 느껴집니다. 그러니까——."

"흠. 거기까지 꿰뚫어 본단 말이냐, 계집—— 아니, 마리아베르. 네 정체는 뭐냐?"

"저 말인가요? 저는 마리아베르에요. '탐욕'의 마리아베르."

"후훗, 후하하하핫!! 재미있구나. 내 앞에서 당당하게 자신을 주장한단 말인가!!"

마리아베르는 로조 일족 대장로(그란베르 로조)의 마음에 들게 되었다.

그리고 두 사람은 속을 터놓고 이야기를 나누면서, 서로가 아는 비밀을 공유하게 되었다.

그란베르는 서방열국을 둘러싼 상황과 세계를 지배하는 마왕들에 대해서 이야기해줬다.

마리아베르는 전생의 지식과 현생에서 얻은 유니크 스킬 '그리드'의 권능을 이야기해줬다.

마리아베르에게 있어선 일생일대의 도박이었다.

지능은 그렇다 쳐도, 육체적으로는 세 살짜리 여자애일 뿐이다. 그런 자신의 힘으로 혼자서 살아남기는 어렵다고 생각했기 때문이다.

(무슨 일이 있어도, 무슨 일이 있어도 여기서 내 지위를 확실하게 다져놓아야 해. 그러기 위해선——.)

지배자인 그란베르 로조가, 마리아베르가 쓸모가 있다고 여기도록 만들어야 했다.

그렇게 하는 것이 자신이 지배자가 될 수 있는 최선의 행동이라는 것을, 마리아베르는 본능적으로 이해했던 것이다.

그리고 마리아베르는 그 도박에 이겼다.

"마리아베르여, 너는 나에게 무슨 일이 생겼을 때 내 야망을 이어가도록 해라. 내가 바라는 것은 이 세상의 평안이다. 우리 로조 일족의 지배하에서 모두가 평등한 세계를 실현해내는 것이다."

"네에, 알겠어요. 잘 알았습니다, 할아버님. 저는 할아버님께 전면적으로 협조할 것을 맹세하겠어요."

이리하여 두 사람은 다른 누구도 끼어들 수 없는 인연으로 맺어졌다.

선조인 할아버지와 후손인 손녀.

전(前) '용사'와 '탐욕'의 동맹은 이 때 성립된 것이다.

그 후로 몇 년 동안 그란베르는 마리아베르를 지도했다.

로조 일족이 지배하고 있는 것에 대한 모든 내용과 수많은 협력자들.

그리고——.

루미너스 신의 정체와 그란베르의 비밀까지도.

자신의 정체——'칠요의 노사'라는 자리를 지키기 위해 암약을 거듭해오고 있는 현재의 상황. 그리고 마왕 루미너스의 힘으로 서방열국이 지켜지고 있다는 진실을.

그란베르는 모든 것을 마리아베르에게 전수했다.

그리고 현재.

마리아베르는 열 살의 나이임에도 불구하고, 그란베르 다음 가는 위치에 있었다.

그 모든 권능을 구사하여, 리무루에게 대적하기 위해 움직이기 시작한 것이다.

제3장 평의회

Regarding Reincarnated to Slime

어떤 회담이 시작되었다.

장소는 북방의 소국인 실트로조 왕국.

마주 보고 앉아 있는 자는 소년과 노인이다.

소년은 그랜드 마스터(자유조합 총수)인 카구라자카 유우키.

노인의 이름은 요한 로스티아.

자유조합의 거액출자자인 평의회의 중진이자, 로스티아 왕국의 공작인 인물이다. 로스티아라는 성을 쓰고 있는 것을 통해서도 명백히 알 수 있듯이, 현 로스티아 왕의 형에 해당하는 인물이다.

그리고 그 정체는 평의회를 좌우하는 오대로 중의 한 명이었다.

밀담은 늘 이곳, 실트로조 왕국에서 벌어진다.

서방열국의 눈을 속이기에는 이 변경의 소국은 최적의 장소였다. 왜냐하면 이 땅에는 서방열국에서 최고의 수완을 자랑하는 첩보기관의 은신처가 있기 때문이다.

실트 대외정보국.

인류생존권의 바깥을 감시하고, 마물의 위협을 대비하기 위해 설립된 위기관리를 목적으로 하는 조직이다.

그러므로 그 에이전트(구성원)의 수준은 높았다.

그 멤버는 B랭크 이상인 자들로만 구성되어 있었다.

그 수는 적었기에, 그야말로 소수정예라고 할 수 있었다. 그런

에이전트들이 보호하는 장소이기 때문에, 타국의 공작원이 침입하는 것은 더더욱 불가능했다.

그래서 비밀 회담이 이 땅에서 이루어진 것이다.

"보고를 들어볼까?"

"음. 내가 수상하다는 것을 마왕 리무루에게 완전히 들킨 것 같아. 많은 경로를 우회하여 동쪽 상인을 부렸기 때문에 결정적인 증거는 남지 않았지만 말이지."

"그렇다면 시치미를 떼면 벗어날 수 있는 것 아닌가?"

"그 말은 부하들에게도 말했지만 시치미를 뗀다고 해서 내가 무사할 거란 보장은 없잖아? 상대는 그렇게 보여도 마왕이라고. 섣불리 분노하게 만들면, 그건 그야말로 사자의 콧수염을 건드리는 짓이 돼."

유우키는 요한의 질문에 대답했다.

자신이 리무루에게 의심받고 있다는 것을 숨김없이 보고했다.

그렇다, 이 오대로인 요한이야말로 유우키의 상사에 해당하는 인물이었다.

그렇다곤 해도 그들 사이에 존재하는 것은 비즈니스에 가까운 관계였다. 그걸 유지하는 것은 서로에게 이익이 있기 때문이었다.

평의회는 자유조합에 출자하고 있으며, 그 대가로서 다양한 일을 의뢰하고 있었다.

그건 대등하면서 상호협조적인 관계.

──라는 건 어디까지나 겉보기일 뿐이다.

자유조합은 자금을 제공받는 입장에 있다. 각국에서 일을 할 때 자금을 융통받고 있으며, 각국에서의 지원이 없으면 꾸려나갈 수 없는 것이 현재의 상황이다.

모험가 조합이었던 시절보다 영향력이 강해졌지만, 그래도 아직 역학관계에서는 평의회가 위에 있었다.

그리고 유우키가 불과 몇 년 만에 자유조합을 발전시킨 배경에는 오대로인 요한의 협력이 있었다. 유우키가 선불리 나서지 못하는 것도 그게 이유였다.

"네 힘으로도 마왕은 쓰러뜨릴 수 없단 말인가?"

"무모한 말은 하지 말라고. 내 계산으로는 A랭크가 100명이 있어도 무리일걸?"

"그 정도란 말인가. 역시 적대하지 않는 것이 현명할 것 같군. 하지만——."

거기서 요한은 일단 말을 끊고, 날카로운 눈빛으로 유우키를 노려봤다. 그리고 말을 이었다.

"대장로는 마왕 리무루가 방해되는 존재라고 말씀하셨다. 유우키여, 네가 실패한 게 원인이이란 말이다."

"헤에, 그게 무슨 뜻이지?"

"네가 마왕 클레이만과 공모했던 계획 말이다. 그게 성공했으면 그 밉살스러운 동쪽 상인들을 통하지 않았어도 제국과 교역을 할 수 있었다. 수백 년 후에 베루도라가 소멸하는 것을 기다리기만 하면, 쥬라의 대삼림은 위협이 되지 않았겠지. 그뿐만 아니라, 칼리온이랑 프레이 같은 마왕으로부터 우리를 지켜주는 벽이 되었을 것이다. 그랬는데……."

"아니, 그건 어쩔 수 없는 일이잖아? 그런 예외적인 존재가 발생한다는 것을 계획한 시점에서 어떻게 예상하라는 거야."

요한도 또한 유우키 일당의 계획을 아는 자들 중 한 명이었다.
마왕들이 공모했던 놀이에 가담하면서, 자신들에게 유리하게 돌아가도록 조종하려 했다. 그게 가능했던 이유가 바로——.
"그러네요, 그 말이 맞아요. 어쩔 수 없죠. 그런 괴물이 우리를 방해할 줄이야. 하지만 당신이라면 이길 수 있지 않았을까요?"
소리도 없이 열린 문을 통해 들어온 소녀—— 마리아베르 로조가 바로 모든 계획의 틀을 입안한 장본인이었기 때문이다.
방 안에는 세 사람이 존재하게 되었다.
마리아베르는 호화로운 의자에 새초롬하게 앉았다.
"아, 아아, 마리아베르로구나. 그란베르 옹은?"
"할아버님은 안 계셔요. 오늘은 나 혼자이죠. 그보다 답을 듣고 싶은데요."
마리아베르는 요한을 상대하지 않고, 유우키 쪽으로 시선을 돌렸다.
그 시선에 붙잡힌 것처럼 유우키는 입을 열었다.
"——무리겠는데. 마왕 리무루만으로도 벅찬 지경인데 '폭풍룡(베루도라)'까지 있거든? 그건 무리야. 인간이 어떻게 할 수 있는 차원의 상대가 아니라고."
"베루도라를 봤나요?"
"그래. 인간의 모습으로 바뀌어 있었지만 자신을 베루도라라고 밝히더군."
묻는 대로 솔직히 대답하는 유우키.
그걸 당연하게 받아들이는 마리아베르.
"그렇군요. 마왕 리무루는 베루도라를 봉인할 수 있는 열쇠예요. 그 사룡(邪龍)은 방치해두면 세계에 재앙을 가져오겠죠. 할아버님이 그렇게 말씀하셨어요."

"그 말이 맞다. 그란베르 옹도 또한 그 사룡이 위용을 떨치던 시대를 알고 계시지. '신'이 그 정도로 경계하시던 것도 납득이 된다고 늘 말씀하시더군."

"그런 베루도라를 마왕 리무루가 길들였죠. 여기에 손을 대는 건 위험해요. 하지만…… 우리 로조 일족의 번영을 위해선 무슨 수를 써서라도 템페스트(마국연방)가 대두하는 걸 짓밟을 필요가 있어요."

"참으로 일이 번거롭게 되었군. 유우키여, 네가 진짜 실력을 발휘하면 마왕 리무루를 쓰러뜨릴 수 있지 않은가?"

요한의 질문은 이게 두 번째였다.

마리아베르의 질문까지 합치면 도합 세 번째의 질문이 된다.

유우키라면 마왕 리무루에게 이길 수 있지 않은가?

그 질문에 대한 대답은 세 번을 물어도 마찬가지——이지는 않았다.

"히나타도 이기지 못했던 상대인데? 내가 싸워도 이기기는 어려울 것으로 생각해. 하지만 조건에 따라선 승률이 훨씬 더 올라가긴 하겠지만."

그건 즉, 마왕 리무루하고만 싸운다면 어떻게든 이길 수 있을 것이라는 의미로 들렸다.

마리아베르는 유우키를 응시하면서 생각에 잠겼다.

"……그래서 당신은 어떻게 움직일 거죠?"

"마왕 리무루와 대적하는 것을 피한다는 게 기본방침이지. 가령 이긴다고 해도 이득은 없으며, 대가로 치러야 할 희생이 너무 크다는 게 내 예상이야."

그런 말을 하면서 유우키는 자신들의 향후 예정, 카가리가 유적을 조사하러 나서는 것 등을 이야기했다.

이런 식으로 유우키는 마리아베르가 시키는 대로 클레이만에게서 얻은 정보까지 흘리고 있었다. 그걸 이용하여 마리아베르와 요한은 움직이고 있었던 것이다.

마리아베르는 생각한다.

마왕 리무루의 배척, 혹은 해가 없도록 만드는 것. 이건 무슨 수를 써서라도 실현시키고 싶다.

그렇게 하지 않으면 로조 일족의 비원은 이룰 수 없기 때문이다.

마왕 리무루와 협력하면 세계를 손에 넣는 것은 쉬울지도 모른다. 하지만 마리아베르는 그 선택지는 좋은 수가 아니라고 단정하고 있었다.

그 이유는 생각의 차이에 있었다.

마리아베르는 현생에서도 금본위제(금의 일정량의 가치를 기준으로 단위 화폐의 가치를 재는 화폐 제도)의 통일통화에서 각국이 주도하는 지폐경제로 이행하게 만들 생각이었다. 현재의 통화를 없애는 것이 아니라, 국가마다 독자적인 통화를 설정하도록 만들면 된다.

소재가 종이가 아니더라도 좋았고, 은화든 동화든 뭐든지 좋았다. 중요한 것은 국력의 차이로 인해 환율의 변동이 일어나는 환경을 만들기만 하면 그걸로 충분했던 것이다.

환시세는 국력의 차이로 인해 정해진다.

그걸 설정하는 것은 평의회.

그리고 오대로의 의지.

자신들이 평가를 내리는 측에 앉아 있는 것이야말로, 승리하기 위한 절대적인 조건인 것이다.

약소국에겐 무거운 세금을 매기거나 마물 퇴치라는 명목의 병역을 부담시킨다. 합법적으로 강대국의 종속국가로 만들어버리는 것이다.

조건은 갖춰져 있었다. 문제는 전혀 없었다.

카운실 오브 웨스트(서방열국 평의회)에 가입한 국가들을 경제적으로 지배한다. ──마리아베르가 입안한 계획은 그란베르를 만족시킬 정도로 순조롭게 달성되고 있었다.

최근 몇 년 동안에 그 밑바탕은 완성되어 있었던 것이다.

그랬는데.

마왕 리무루의, 템페스트(마국연방)의 등장이 모든 것을 망쳐놓았다.

지금은 아직 아니라고 해도, 마리아베르에겐 미래의 전개가 훤히 보였다.

마왕 리무루는 방위력을 제공하면서, 서방열국의 신용을 획득하게 될 것이다.

거대한 군사력을 배경으로 삼아 적절한 경제관계를 용인받을 것이다. 그게 마왕 리무루의 방침일 테니까.

소국인 블루문드 왕국을 거점으로 만들고, 서방열국으로 향하는 발판으로 삼을 것이다.

물류를 지배하고, 사람들에게 일하는 기쁨을 줄 것이며, 그리고 안전을 담보로 제공할 것이다.

멋대로 까불지 말았으면 좋겠네. ──마리아베르는 그렇게 생각했다.

드워르곤이랑 살리온, 그런 대국은 자신의 나라 안에서만 그 모든 것을 해결하고 있다. 그 정도면라면 불만스럽게 느껴져도 용인할 수는 있을 것이다.

하지만 지금.

템페스트는 의도적으로 마리아베르 일행의 구역으로 침범해 들어왔다.

카운실 오브 웨스트에 가입하고 싶다는 의사 표명은 마리아베르의 사냥터를 어지럽히겠다는 선전포고와 다를 게 없었다.

이건 절대로 받아들여선 안 된다.

마왕 리무루와는 절대 한 자리에 같이 있을 수 없다고 마리아베르는 확신했다.

지배자는 늘 한 명── 일방적인 세력이어야 한다.

규칙을 정하는 쪽에 있지 않으면 확실한 승리는 보장되지 않는다.

로조 일족이 인류를 지배하려고 하는 이상, 마왕 리무루는 반드시 방해가 된다. 처음에는 협조가 가능하다고 해도 나중에는 이해관계로 대립하게 될 것이 눈에 뻔히 보였다.

그러므로 마리아베르는 마왕 리무루를 위협적인 존재로 인식했던 것이다.

마왕 리무루를 배척한다──. 말로 하는 건 쉽지만, 실행으로 옮기는 건 어렵다.

마리아베르는 자신의 눈으로 마왕 리무루를 관찰하기 위해서 개국제에 참가해봤다. 아무 짓도 하지 않겠다는 약속으로 그란베르를 설득한 뒤에 스스로 나선 것이다.

그 결과, 자신의 생각이 옳았다는 것을 깨달았다.

템페스트는 너무나도 매력적인 도시였다.

그곳은 욕망으로 넘치고 있었고, 이윽고 새로운 시대를 쌓아갈 유행의 최첨단을 달리게 될 것이다.

앞으로 국교를 맺으면서 각국과의 교류가 깊어지면 깊어질수록, 그 나라의 가치는 높아질 것이다.

그렇게 되면 로조 일족의 존재만으로는 모든 것이 정해지지 않게 되어버린다.

(그래, 그럴 거야. 모든 것은 마왕 리무루가 노리는 대로 되겠지…….)

그렇게 생각한 것만으로도 마리아베르는 엄청난 짜증과 함께 날뛰고 싶은 충동에 사로잡혔다.

그 충동을 겨우 참아내면서 앞으로의 대책을 생각했다.

쓰러뜨린다는 선택지는 논외다.

설령 성공한다고 해도 남은 베루도라가 어떻게 움직일지가 명확하지 않기 때문이다.

정예 2만 명의 군대를 혼자서 전멸시킬 수 있는 엄청난 괴물을 함부로 풀어놓는 것은 어리석기 짝이 없는 짓이었다.

그렇다면 해가 없도록 만드는 것인데—— 취할 수 있는 수단은 위압 내지는 회유인가.

위압을 선택할 경우엔 뮤제 공작의 실패가 참고가 되었다.

마리아베르가 공을 들여 밥상을 차려놓은 뒤에, 규칙을 준수한 상태에서 마왕 리무루에게 은혜를 제공하려고 했다. 그러나 그 결과는 상대의 규칙을 준수한 반격이었다.

기회를 읽지 못한 뮤제 공작도 어리석었지만, 그 이상 칭찬해야 할 것은 마왕 리무루의 인맥이라고 하겠다.

(그래. 섣불리 벌집을 건드려서 벌이 튀어나오게 만드는 건 어리석은 일이야…….)

평의회 참가를 희망하는 마왕 리무루.

반대하는 것은 쉬운 일이다.

마리아베르는 전쟁을 예상하여 곡물을 사들이고 있었다. 그리고 이번에 있었던 파르무스 왕국의 내란으로 인해 민초가 비축하고 있던 식량까지 세상에 나돌고 있다.

(밤도둑으로 가장하여 도시 주변의 마을을 불태우는 것도 좋겠지. 그렇게 하면——.)

이대로 식료품의 가격을 끌어올려서 시장에 유통하는 빵의 양을 제한하는 것도 가능하다. 소국이라면 약간만 압박을 가해도 매일 필요한 식사조차 어려워지게 될 것이다.

먹을 것에 대한 원한은 무시무시하기 때문에, 그 분노는 전쟁을 일으킨 자에게 향할 것이다. 무지한 자들을 선동하는 것은 간단하며, 모든 책임을 마왕 리무루가 지게 만드는 것도 딱히 어렵지 않은 이야기였다.

그렇게 되면—— 소국의 대표자들은 마왕 리무루의 평의회 가입에 반대할 것이다.

마리아베르라면 아무런 문제없이 실행 가능한 방법이었다.
하지만.
(안 돼, 그건 안 되겠어. 마법으로 식량을 운반하는 것은 불가능하다——는 게 상식이지만, 그 마왕은 그렇게 할 수 있는 것 같았어. 신선도가 높은 식재료를 이용한 요리로 채워진 만찬회를 보더라도 그건 틀림없는 사실이라고 생각해. 그리고 드워프 왕 가젤이나 살리온 황제 에르메시아, 그런 거물들과 아는 사이인 이상, 받아들이는 것이 문제가 더 적을 거야…….)
소국들을 식량부족으로 압박한다고 해도, 오히려 마왕 리무루에게 식량을 지원할 수 있는 기회를 주는 결과만 낳을 가능성이 있었다.
계책을 써서 위압한다. ——그게 실패하면 뮤제 공작과 같은 꼴이 되어버린다.
한 번 통하지 않았던 계책을 다시 써봤자, 예상치 못한 방법으로 도리어 당할 가능성이 높다——는 게 마리아베르가 내린 결론이었다.
자신이라면 완벽하게 성공할 수 있다. 마리아베르는 그런 자아도취에 빠지지 않는다.
자신이 할 수 있는 것은 그저 담담히, 공을 들여 실행할 뿐이다.
그렇다면 선택할 수 있는 방법은 회유라는 결론이 나온다.
(회유한다면 우선은 만나서 공동전선을 제안해보는 거야. 조건만 서로 합의한다면—— 아니, 그건 안 돼. 겁을 먹으면 안 돼. 나는 '탐욕'의 마리아베르. 상대가 마왕이라고 해도 확실하게 지배하는 거야!!)

그것밖에 없다── 마리아베르는 그렇게 생각했다.

유니크 스킬 '그리드(탐욕자)'의 권능에는 대상을 뜻대로 조종할 수 있는 방법이 있다.

대상의 욕망을 지배하여 자신이 원하는 행동을 하게 만드는 것이다.

유우키에게도 그렇게 했듯이, 본인의 자각 없이 마리아베르의 지배하에 둘 수가 있다.

그 방법도 하나가 아니라 두 가지가 존재한다.

우선은 첫 번째.

마리아베르의 욕망으로 상대의 욕망을 덧칠하여, 같은 목적을 지닌 협력자로 만들어내는 방법이다.

이 방법의 약점은 대화가 가능한 근거리에서만 발동할 수 있다는 점이다. 그뿐만 아니라 늦게 작용하는 독처럼, 영향이 나타나기까지는 시간이 걸린다는 것이었다.

상대에게 의심을 사지 않게 하려면 부자연스럽지 않게 여러 번의 기회로 나눠서 접촉해야 했다. 대화를 나눌 핑계가 필요한 것도 물론이고, 한 번에 주입할 수 있는 '독(욕망)'의 양에도 제한이 있다.

끈기 있게 시간을 들여야만 한다.

그것보다 빠른 것이 두 번째 방법이다.

유니크 스킬 '그리드'의 권능으로 억지로 지배하는 방법이다.

시간을 들이지 않고 한꺼번에 '독'을 주입하는 방법으로, 자아조차도 망가진 꼭두각시로 만들어버릴 수 있다.

애초에 이건 너무나도 위험한 기술이었다. 대상의 욕망의 크기에 따라선 어느 정도 시간이 걸리기 때문이다.

가령 몇 초의 시간이라고 해도 마왕 리무루 같은 강자에겐 마리아베르를 죽이기에는 충분한 시간이다.

어린 마리아베르가 그란베르 앞에서 포기했던 것처럼, 이 방법을 쓰려면 면밀한 준비가 필요불가결한 것이다.

이 두 가지가 유니크 스킬 '그리드'로 다른 사람을 지배하는 방법이다.

인간의 근원적인 욕망에 유래하는 스킬인 만큼, 이것에 저항할 수 있는 자는 없다.

문제가 되는 것은 시간.

그리고 대상이 가진 욕망의 크기다.

어떤 방법이든 마리아베르가 다른 사람을 지배하기 위해서는 대상에게 일정 이상의 욕망이 있는 것이 전제조건이 된다. 다른 사람의 욕망이 크면 클수록 마리아베르의 지배는 확실해진다.

하지만 반대로 그 욕망이 작다고 하면?

마리아베르의 '그리드'는 다른 사람의 욕망을 조종한다. 그게 적으면 영향력이 적어지는 것이 당연했다.

욕망을 자극해서 지배할 수 있게 부풀리는 것도 불가능한 건 아니지만, 그것도 역시 시간이 걸리기 때문에 의심을 사게 되는 원인이 될 수 있는 것이다.

성인 히나타를 지배하지 않았던 이유가 바로 이것이었다.

만날 기회가 자주 있다면 또 모를까, 이유도 없이 면회를 하러 찾아오면 히나타의 의심을 샀을 것이다. 그런 위험을 감수할 수도 없어서, 마리아베르는 히나타를 지배하는 것을 포기했었다.

그런 점에서 유우키는 오대로인 요한을 통해서 밀담을 나누는 사이다.

지배하는 것도 아주 쉬웠다.

그건 그렇고, 지금 문제가 되는 것은 마왕 리무루다.

(가까이서 봤지만, 마왕 리무루의 욕망은 작은 것 같았어. 그렇게 거창한 행동을 벌여놓고는, 이건 반칙이잖아…….)

만찬회에 참가한 마리아베르는 리무루를 직접 눈으로 봤다. 그때 확인해보았는데, 리무루의 욕망은 지배하기에 충분할 수준을 아슬아슬하게 만족할 수 있는 정도의 양밖에 느껴지지 않았다.

적은 횟수로 지배할 수 있다는 이점도 있지만, 적은 영향밖에 미치지 못하는 게 난점이다. 그래도 지배하게 된다면 그 뒤는 어떻게든 되겠지만…….

최악의 경우에는 비장의 수단이라도――.

게다가 성공만 하면 마왕 리무루가 마리아베르가 시키는 대로 따르게 된다. 그렇게 되면 마왕 리무루가 길들인 베루도라까지도 마리아베르의 뜻대로 할 수 있게 된다는 뜻이다.

신조차도 두려워하는 사룡을, 마리아베르가 지배한다. ――그건 너무나 매혹적인 생각이었다.

(우선은 관찰하는 것이 먼저야. 그런 뒤에 대책을 생각하고 더 안전한 방법을 써서 마왕 리무루를 반드시 내 말에 따르게 만들겠어!)

마리아베르는 그렇게 결의했다.

그렇게 하기로 정했으면 남은 건 작전을 세우는 것뿐.

유우키는 마왕 리무루와의 대립을 피하겠다고 말했다.

그 방침에 따라서 마왕 카자리무, 즉, 카가리가 길을 안내할 것이라고 한다.

유적에는 위험한 시설도 있을 것 같지만, 문제가 일어나지 않도록 무난하게 안내할 생각이라고 한다.

계책의 일환으로써 그것도 이용할 수 있을 것 같다.

"편지를 쓰겠어요. 마왕 리무루를 평의회에 초대해서 반응을 살펴볼 생각이에요."

"마왕이 응할까?"

"그건 문제없어요. 그는 카운실 오브 웨스트의 가입을 열망하고 있으니까요."

"신기한 이야기로군."

"리무루 씨는 인간들과의 공존을 바라고 있었으니까. 자신들이 규칙을 지키는 모습을 보여줌으로써 부하인 마물들이 안전하다는 걸 증명하고 싶을 거야."

유우키의 설명을 듣고, 마리아베르는 납득했다.

그와 동시에 바보라고 생각했다.

규칙에 얽매인다는 것은 자유를 잃는다는 것과 같은 뜻이다.

마왕이 가진 무력을 버리고 인간과 같은 입장에 서겠다니, 마리아베르의 기준에서 보면 어리석기 짝이 없는 짓으로밖에 보이지 않았던 것이다.

"그럼 그 바람을 이뤄주는 거죠. 그리고 내 '독(욕망)'으로 물들여주겠어요."

"거참 무섭군. 카구라자카 유우키도 성인 히나타에 버금가는 강자일 텐데. 진심으로 싸우면 마왕 리무루에게 승산이 있을 정도로 말이지. 그런 강자를 부리는 것도 모자라서 이젠 마왕까지 노리는 거냐."

"유우키의 야망은 너무 커요. 본인은 나에게 조종당하고 있는 것조차 자각하지 못한 채, 자신의 뜻에 따라서 교섭을 벌이고 있다고 믿고 있죠."

유우키 본인을 앞에 두고 "그건 행복한 일이에요"라고 마리아베르는 말한다.

마리아베르에게 지배를 받고 있기 때문에, 과도한 욕망에 짓눌리지 않은 채 있을 수 있는 것이라고.

그런 마리아베르의 말을, 유우키는 아무 말도 없이 흘려듣고 있다.

그 정도로 마리아베르의 지배는 완벽한 것이었다.

"——마왕 리무루도 또한 마리아베르, 네 앞에선 갓난아이 같은 존재가 되겠지. 그런데 그 지배는 안전한 거냐?"

"무슨 뜻이죠?"

"아, 아니. 나는 그저 너의 지배가 풀리지는 않을까 하는 걱정이 되었을 뿐이다."

당황해하는 요한을, 마리아베르는 차가운 시선으로 바라봤다.

"쓸데없는 걱정이에요. 한 번 물든 욕망은 두 번 다시 원래대로 돌아가지 않으니까. 내 욕망을 넘어서지 않는 한은, 말이죠."

유니크 스킬 '그리드'가 구현될 만큼 탐욕의 화신으로 태어난 자. 그런 마리아베르의 욕망을 넘어설 수 있는 자는 이 세상에 존재하지 않을 것이다.

마리아베르는 그렇게 확신하면서, 요한의 걱정을 일소에 부쳤다.

"그, 그렇겠지. 나도 너를 믿고 있단다, 마리아베르."

오대로인 요한은 마리아베르의 기분을 상하게 만들지 않으려는 듯이 그렇게 말했다.

그란베르 다음 가는 실질적인 넘버 2가 마리아베르이다. 오대로라고 해서 결코 만만히 대할 수 없었다.

게다가 마리아베르가 화를 내면, 요한 자신도 정신을 지배당할 수 있다.

그란베르에게 피의 서약을 바쳤기 때문에 무사할 수 있지만, 마리아베르가 당주가 된다면 그것도 보장할 수 없다고 요한은 생각하고 있었다.

그렇기에 요한은 마리아베르가 화를 낼 만한 짓은 절대 하지 않는 것이다.

"여기서 들은 말은 남에게 말하지 마세요."

"당연하지, 마리아베르. 나도 아직 죽고 싶지는 않으니까."

"현명한 판단이에요. 그럼 요한, 템페스트의 마왕 리무루 앞으로 편지를 보내주세요. 내용은 지금부터 쓸 테니까, 다음 의회 전에는 도착할 수 있게 부탁하겠어요."

그렇게 말하면서 마리아베르는 요한의 대답을 기다리지도 않고 편지를 쓰기 시작했다.

고급스러운 종이에 펜으로 글씨를 적는 마리아베르를 보면서, 요한은 두려움을 느꼈다.

열 살도 되지 않은 어린 여자애이면서, 마리아베르의 태도는 남을 부리는 것을 당연한 것으로 느끼는 자의 것이었다.

지배자의 품격조차 느끼게 하는 마리아베르에게는 오대로에 속하는 요한조차도 머리를 들 수가 없었던 것이다.

“알았다, 마리아베르. 내게 맡겨두면 알아서 하마.”

요한은 그렇게 대답했다.

그런 뒤에 마리아베르의 방해가 되지 않게, 유우키를 데리고 방을 나섰다…….

유우키와 요한이 떠난 뒤에도 마리아베르는 계속 생각했다.

마리아베르에겐 시간만큼은 충분히 있으니까.

기획하고 입안하고, 그리고 실행으로 옮긴다.

마리아베르의 장기말은 많이 있다.

이번에도 마찬가지다.

(기대가 되네, 정말로 기대가 돼.)

누구도 믿지 않는 마리아베르는 오늘도 혼자서 깊은 생각에 잠겼다.

●

눈앞에서 피 같은 붉은 입자를 뿌리면서 한 명의 남자가 쓰러진다.

무슨 일이 일어난 것인지 이해가 되지 않는 건지, 그 눈은 놀라움으로 인해 크게 떠져 있었다.

“우와하하하하하! 방심했구나, 어리석은 녀석!”

밀림의 기뻐하는 목소리가 울려 퍼짐과 동시에 다섯 명만 남게 된 남자의 동료들에게도 긴장의 빛이 흘렀다.

남자들은 서로 몸을 바짝 붙이면서 경계했지만, 소용없는 짓이었다.

"스치면서 지나가는 바람이여, 소용돌이가 되어서 적을 갈기갈기 찢어버려라! 미친 듯이 불어라, 토네이도 블레이드(용권대마도, 龍巻大魔刀)!!"

몸을 붙이고 있던 것이 실수였다.

경계하는 자들을 비웃는 것처럼, 내가 날린 토네이도 블레이드가 그들의 몸을 베어버린다.

토네이도 블레이드라는 건 윈드 커터(풍절대마참, 風切大魔斬)의 광범위형 마법이다. 사용 에너지(마력요소)양은 많아지지만, 일정 범위 안의 적을 동시에 베어버리는 마법이었다.

집단으로 움직이는 상대를 공격하기에는 딱 좋은 마법이다.

한 발 앞서 덫을 조사하고 있던 자에게 밀림이 기습을 날린다. 재빨리 죽여버린 후, 내 마법이 발동하기 전에 그 자리에서 이탈한 것이다.

무슨 일이 일어난 건지 이해를 하지 못하는 뒤따라오던 자들.

경계태세를 취한 시점에서, 내 윈드 커터의 공격을 받게 되는 것이다.

밀림이 같이 맞는 실수를 할 리가 없으니, 내 마법은 한 덩어리가 된 적들만 마구 베어버린다.

"위험해, 스칼렛(붉은 유성)이야! 다들 조심해!"

"제길, 마법으로 마쟈랑 나쟈가 당했어. 진도 숨을 안 쉬어!!"

"빌어먹을, 이 자식들! 잘도!!"

상황을 파악했는지 정신없이 화를 내면서 소리치는 적들.

적이란 존재는 곧, 미궁을 공략하고 있는 도전자들을 말한다.

이번에는 숙련된 모험가들이었는지, 상당히 밸런스가 잘 잡힌 파티였다. 그러나 우리는 이 파티보다 더 뛰어난 실력과 경험을 보유하고 있었다.

첫 번째 기습으로 적의 탐색계 멤버를 처리했다.

우리의 접근을 들키지 않고 전체마법으로 선제공격을 날린다.

적의 무리를 탐지하기 이전부터, 늘 인비저블(불가시화, 不可視化) 마법을 건 채 행동하고 있었다.

적을 발견하는 건 우리가 빠르다.

공격을 시도함과 동시에 인비저블 마법을 해제했지만, 그때는 이미 적의 수는 한 명 내지는 두 명이 줄어든 상태였다.

그것도 후방지원을 맡는 어태커(마법계 멤버)나 힐러(회복계 멤버)가, 말이다.

이 시점에서 승패는 결정 난 것이나 마찬가지다.

인식할 수 있게 된 우리를 확인하고는, 분노에 불타서 공격해 오는 전위.

"크아하하하하! 어설프구나!!"

"옷———홋홋호! 이곳은 통과하지 못할걸!"

완전히 신이 난 베루도라와 라미리스가 그렇게 말하면서 그 공격을 받아낸다.

이렇게 되면 내 차례는 끝났다. 나머지는 서포트로 물러나서 베루도라 쪽이 움직이기 쉬운 상황을 만들어주면 된다.

애널라이즈(해석마법)를 써서 공격해 오는 전사들을 조사해봤다.

그 머리 위에는 반 이상 줄어든 새빨간 바가 보인다.

"그 녀석들, HP(체력)가 반 이하로 줄었어. 나머지는 너희 둘이서 마무리 지을 수 있겠지?"

방심하지 않고 적의 상태를 확인하는 나.

그렇다, 전사들의 머리 위에 보이는 붉은 바는 적의 남은 체력을 나타내는 것이다.

이 표현은 어디까지나 내가 사용했을 경우의 표시방법이다. 알아보기 쉽도록 게임 풍으로 보이게 이미지를 잡은 것이다. 다른 사람이 같은 마법을 써도 아마 다르게 보일 것이다.

그건 어찌됐든 간에, 내가 편리하게 쓸 수 있으니 그거면 충분하다.

눈에 익은 표시를 통해 나는 재빨리 상황을 확인한 뒤에 적절한 지시를 내리는 식으로 전개된다.

이 단계까지 오면 거의 필승 패턴이다.

후방지원이 없는 전위로는 베루도라와 라미리스의 적이 되지 못한다. 대미지 경감이나 회복마법이 없는 이상, 공격을 받고 체력이 바닥나면 그걸로 끝인 것이다.

신중한 파티라면 언제나 '결계'를 유지하고 있겠지만…… 이번 파티는 그렇지 않았던 것 같다.

예상했던 대로 베루도라와 라미리스가 신이 난 표정으로 나머지 적 세 명을 끝장내버리고 있었다.

낙승이다.

밀림의 기습과 내 마법으로 정찰과 후위를 먼저 처리한다.
——그것이 우리의 필승 전술이었다.

뭐, 최근에는 너무 지나치게 남획하다 보니, 효율이 조금 떨어지고 있다. 아직 대응이 완벽하진 않지만, 대책을 세우는 자들이 늘어난 것이다.

미궁에 도전하는 자들도 바보는 아니므로, 매일 노력을 거듭하고 있을 것이다.

그건 그것대로 반가운 일이지만, 우리도 다음 작전을 생각해야만 한다.

——그런 생각을 하고 있으려니, 눈앞에서 마지막 한사람이 빛의 입자로 변해 사라졌다.

전투종료.

이것도 익숙해진 광경이다.

"이겼다! 이 정도 녀석들은 우리의 적이 못 돼!!"

"웃훗후. 그렇고말고! 우리는 무적. 최강이야!"

"크아하하하하! 잔챙이들뿐이라 뭔가 좀 부족하지만 말이지."

신이 나서 내키는 대로 떠들어대는 내 동료들.

그렇다, 우리는 네 명이자 하나의 파티였다.

——응, 뭘 하고 있느냐고?

그야 물론, 미궁에서 도전자들을 상대로 전법을 연구하고 있습니다.

학습열의에 불타는 우리는 매일 여러모로 노력을 거듭하고 있었던 것이다.

………………….

…………….

…….

그 왜, 팀 '녹란'인가 하는 파티가 있었잖아?

저번에는 잘 대응해서 이겼지만, 그걸로 만족하고 있어선 안 된다.

그렇긴 하지만 그 이후로 팀 '녹란'의 모습은 보이지 않는다.

본국이란 곳의 호출을 받았다고 했으니, 이젠 돌아오지 않을 가능성도 있다.

하지만 장비를 새로이 마련하느라 시간이 걸리고 있는 것뿐일지도 모르고, 언제 다시 올지 모르므로, 그때까지 우리도 반격을 할 준비를 갖춰두고 싶다는 생각을 했다.

그런고로 우리는 팀 '녹란'을 격퇴한 뒤에도 미궁 속에서 도전자들과의 싸움으로 밤낮을 보내고 있었던 것이다.

그리고 미궁이 활기를 띠게 된 것도 이유 중의 하나였다.

팀 '녹란'과의 사투가 있은 지 며칠 후, 마사유키의 파티가 40층을 돌파했다.

마사유키는 정말로 행운을 타고 난 자인 것처럼, 꽤나 쉽게 오거 시리즈를 전부 모은 것이다. 당연히 그 기세를 살려 템페스트 서펜트(람사)를 무찌르고, 지금은 50층 공략을 목표로 하고 있다.

마사유키의 파티가 40층을 돌파하면서, 도전자들은 한층 더 활기를 띠었다.

바랐던 대로의 전개이긴 하지만, 실력이 있는 자들이 점점 더 많이 40층을 목표로 삼기 시작한 것이다.

실험적으로 보스 전의 영상을 공개한 것도 큰 반향을 일으켰다.

영사기로 공개된 마사유키 파티와 템페스트 서펜트의 싸움의 기록. 도시에서도 화제가 되면서, 몇 번이고 재방송해달라는 요청이 몰려들었다.

이건 돈이 되겠다. ——나와 묘르마일은 그렇게 생각했다.

TV도 없는 이 세계에선 미궁의 전투 장면은 최고의 오락거리가 된다. 잔혹한 장면이 비춰질 가능성도 있으므로 편집은 필수일지도 모르겠지만.

그와는 반대로 무편집 판의 수요도 있을 것 같으니, 그 점은 금액에 따라서 교섭의 여지가 있을 것이다.

방영권, 초상권, 그 외의 기타 등등.

귀찮은 수속과정을 정하는 건 묘르마일에게 전부 맡겼다.

마사유키의 웃는 얼굴을 동원해서 상품을 광고할 수도 있을 것이다. 그리고 전속계약으로 큰돈을 버는 것이다.

마사유키도 행복해지고, 나랑 묘르마일도 행복해진다.

시행착오를 겪으면서도, 앞으로의 전망에 기대를 걸고 싶다.

영상기록은 영상기록용의 매직 아이템(마법도구)으로 촬영한 것만 있는 게 아니었다.

실은 더 많이 보존되어 있었다.

라파엘은 미궁에서 대량의 정보를 읽어들이고 있다. 그것들을 '해석감정'함으로써 영상으로 재현할 수도 있었던 것이다.

이걸 이용하여 도전자들의 멋진 장면을 편집해서 방영해봤다.

이게 또 대히트했다.

전 이 영상 덕분에 여자 친구가 생겼어요! 그런 자도 있었던 모양인지라, 눈에 띄고 싶어 하는 자들이 분발하기 시작한 것이다.

그때까지는 진지하게 임하지 않았던 자들까지 의욕을 보이기 시작했다.

그렇겠지.

그 기분은 이해가 된다.

약간 타산적이라는 생각은 들지만, 의욕을 보이게 된 것은 좋은 일이다.

하지만 그런 그들 앞에는 현실이라는 벽이 존재한다.

세상을 우습게보지 마아! 그런 애정 어린 질타와 격려의 의미를 담아서, 우리는 도전자들을 방해하기 시작한 것이다.

그리고 지금 우리는 '던전 도미네이터(죽음을 가져오는 미궁의 의지)'라고 불리면서 공포의 대상이 되어 있었다.

겉으로 보기에도 극적으로 변화했다.

내가 다루는 고스트(유령)는 희푸른 불꽃같은 요기—— 피어 오라(희푸른 도깨비불)를 몸에 두르게 되었다. 분위기가 확실히 살기 때문에 나는 마음에 들어 하고 있다.

베루도라의 스켈레톤(해골검사)은 온몸의 뼈를 리뉴얼했다.

라미리스의 갑옷이 바뀌는 것을 보고, 베루도라가 자신도 저렇게 하고 싶다는 말을 꺼낸 것이다.

희망을 들어보니 "나한테는 황금 해골이 어울려"같은 소리를 지껄였다.

무시하자고 생각했지만 디아블로에게서 부탁받은 것도 있다. 이왕이면 베루도라도 임시 육체를 준비하기 위한 실험에 참가하도록 만들자고 다시 생각했다.

성능을 시험해보고 싶은 금속으로 골격을 제작한 뒤에, 그것과 교환해보자고 생각한 것이다.

평범한 금으로는 강도에 문제가 있다.

그래서 실험 중인 것이긴 하지만, 가장 강도가 강한 재료를 이용하기로 했다.

마침 색도 금색이니 적당했던 것이다.

오리하르콘(신휘금강, 神輝金剛)이라고 부르는 건데, '마강'에 '금'을 더한 뒤에 일반적인 것보다 농밀한 마력요소를 주입하여 정제한 특수합금이다. 금이라는 희소금속의 '불변'성에 착안하여 '마강'에도 그 성질을 부여할 수 있지 않을까 하는 기대를 가지고 제작한 것이다.

결과는 대성공이었으며, 강도뿐만 아니라 모든 면에서 '마강'을 뛰어넘는 터무니없는 금속인 오리하르콘이 탄생했다.

문제는 양이 적다는 것이다.

금 자체가 귀하니 때문에 양산을 할 수가 없다.

뭐, 이번 일은 베루도라의 요청이 있었다.

아낌없이 오리하르콘을 써서 인간 모양의 해골을 준비해주었다.

라미리스 때와 마찬가지로, '마스터 코어(마정핵)'만 있으면 뼈 부분은 어떤 것이든 상관없었던 모양이다. 변환은 깔끔히 성공했고, 금색의 스켈레톤이 만들어졌다.

강도는 이전의 뼈와 비교할 바가 안 될 정도로 쓸데없이 고성능이 되어버렸다.

베루도라의 스켈레톤을 관찰하여 어느 정도의 내구성이 있는지, 무슨 문제는 없는지 꼼꼼히 조사 중이다.

밀림은 유명하다.

스칼렛(붉은 유성)이라고 불리면서, 두려움의 존재가 되어 있었다.
비정상적인 속도로 이동하는 모습은, 그 잔상이 붉은 유성처럼 보이는 모양이다.
빠른 것 이외의 모든 능력을 버리고, 속도와 크리티컬(치명적 일격)에 의존한 그 전투형태는 일종의 두려움과 함께 전설이 되었다고 한다.
라미리스도 또한 꾸준히 모습을 바꾸고 있다.
공격부터 하고 보는 무투파답게 수상한 기운을 띠게 된 것이다.
보라색의 아지랑이—— 데스 오라(죽음의 기척)가 라미리스의 리빙 아머(움직이는 갑옷)를 감싸고 있다.
데스 액스(사신의 거대한 도끼)를 휘두르면서 적을 유린한다. 물러설 줄 모르는 전투 스타일로 광기의 헤비 리빙 아머(움직이는 중갑)라는 높은 지명도를 자랑하기에 이르렀다.
어쩌면 본체보다 더 강한 게 아닐…… 아니, 아무것도 아니다.
라미리스의 명예를 위해서, 그 말은 언급하지 않기로 하자.

뭐, 그런 식으로 불과 며칠 만에 우리도 유명해지게 되었다.
도전자들의 반응도 아주 좋았다.
우리를 두려워하면서, 경계하고 있다고 한다,
어설픈 보스보다 강하므로, 악질적인 면을 따져봐도 우리가 더 위에 있는 것이다.
당연한 반응이라고 할 수 있다.
전에 말한 대로 미궁에서의 전투 방법을 연구하는 것이 주된 목적이다.

결코 놀고 있는 것이 아니다. 그 점은 착각해선 안 된다.

우리는 매일 노력하고 연구하느라 밤낮을 보내고 있다. 이런 꾸준한 노력이 언젠가 도움이 될 일도 있을 것이다.

실제로 도전자가 보기 드문 엑스트라 스킬을 쓴다거나, 스스로 개발한 것으로 보이는 오리지널 마법을 사용하는 등 제법 공부가 될 만한 것이 많았다.

라파엘이 미궁에서 정보를 입수할 수 있게 된 지금, 미궁 안에서 벌어지는 행동은 전부 내 연구대상이라고 할 수 있다.

라파엘이 '해석감정'을 해주면서, 미궁은 정보의 보물 상자로 변한 것이다.

그리고 우리의 레벨(기량)이 아바타에 반영된 것처럼, 아바타로 배운 것은 본체로 환원되는 것이다.

이것은 예상치 못한 오산이었으며, 새로운 형태의 수행법으로서 현재 검토 중이다.

그런 식으로 우리는 매일 연구를 계속하고 있었다.

그리하다 보니 많은 사실이 판명된 것도 당연하다고 할 수 있겠다.

딱 한 번 제 분수를 모르고, 우리 힘으로 미궁을 공략해보자는 생각을 하고 전력으로 도전해봤다.

결과는 참패.

우리는 50층의 보스인 고즈루에게 패배했다.

정면에서 정정당당하게 싸울 경우, A랭크 오버의 상대에겐 상대가 되지 않았던 것이다.

아무리 기습이 효과적이라곤 하나, 그 이상으로 고즈루가 아직도 높은 벽으로 가로막고 서 있다는 뜻이다.

믿음직스럽다는 느낌을 받음과 동시에 이 녀석은 꼭 쓰러뜨려야겠다고 우리는 생각했다.

그래서 이렇게 성실하게 자신의 캐릭터를 단련하고 있었던 것이다.

어디까지나 이건 공부인 것이다.

자신을 단련하는 수행이자 공부.

놀이가 아니거든,

정말로 그 점은 착각하지 말아주면 좋겠어!

…………………

……………

……

그런고로 우리는 사라져가는 도전자들을 보면서 배웅했다.

"낙승이었군."

내가 중얼거리자 세 사람도 고개를 끄덕거린다.

이곳은 라비린스(지하미궁)의 38층 주변.

A-랭크인 템페스트 서펜트를 눈앞에 두고 있는 만큼, 그런대로 강한 자들이 많다. 자칫 방심하면 지금 우리 힘으로는 고전할 수준의 상대이다.

성장률을 생각한다면 절호의 사냥터인 것이다.

좋아, 이 기세로 계속 나아가자.

그렇게 생각했을 때, 집무실에 있는 긴급연락용의 '분신체'로부터 연락이 왔다.

대체 무슨 일이지? 그렇게 생각한 나에게 '급하게 손님이 찾아 왔습니다'라는 메시지가 도착했다.

아무래도 놀고 있을 때가 아닌 것 같다.

아니, 그게 아니지.

놀고 있는 게 아니라 공부를 하고 있었다.

이건 중요한 사항이므로 착각하지 않도록 주의하자고 생각하면서, 우리는 집무실로 돌아가기로 했다.

*

집무실로 돌아오니, 그곳에는 슈나와 리그루도가 기다리고 있었따.

그리고 또 한 사람.

본 적이 있는 여성. 그렇다. 예전에 마왕이었던 프레이가 의자에 앉아 있었다.

손님이란 프레이를 가리키는 것이었던 모양이다.

방에 들어온 나를 보고, 베루도라는 그냥 지나친 뒤에, 뒤이어 들어온 밀림에서 시선을 멈추는 프레이. 그리고 방긋 미소를 지었다.

왜일까? 나는 그 미소에서 불길한 기운을 느꼈다.

"어머나, 밀림. 이런 곳에 있었네? 그건 그렇고 내가 처리하라고 말했던 일 말인데, 다 끝냈어? 감시하라고 보낸 사람들이 돌돌 말린 채 뒹굴고 있던데, 무슨 일이 있었는지 설명해주겠지?"

미소를 유지한 채 프레이가 말했다.

그건 질문이라기보다 심문이었다.

솔직히 말해서 너무나도 무섭다.

나는 분명 당사자가 아닐 텐데, 왠지 도저히 침착하게 있을 수 없는 기분을 느꼈다.

그렇다, 숙제를 끝낸 뒤에 놀아야 할 친구가 사실은 숙제에 전혀 손을 대지 않았으며, 그 사실을 부모님께 들키는 바람에 꾸중을 듣고 있는 장면을 우연히 보게 된 듯한…….

그런 그리운 기분이 들었다.

그리고 당사자인 밀림은──.

"케엑!! 프, 프레이?! 아, 아니야. 여기에는 깊은 사정이 있어──!!"

프레이와 눈이 마주친 순간, 엄청나게 당황하고 있었다.

이건…….

끝났구나, 밀림.

굳이 한 번 더 말하자면 나와는, 우리와는 관계가 없는 이야기다.

그렇지?

"하, 하하하, 밀림. 할 일이 있으면 미리 말하지 그랬어? 붙잡는 것도 좀 그러니까 빨리 돌아가서 할 일을 어서 끝내는 게 좋겠는걸!"

"으, 음. 그 말이 맞다. 우리 연구에 너무 오래 어울리게 해서 미안하군. 할 일이 있다면 그렇게 말해주면 좋았을 텐데. 괜히 신경을 쓰게 만든 것 같으니, 그 점은 사과하지!"

"그, 그래, 그 말이 맞아! 밀림도 참 싱겁게시리, 미리 말해주었으면 붙잡지 않았을 텐데!"

재빨리 분위기를 파악하고, 내 발언을 뒤에서 지원해주는 베루도라와 라미리스.

역시 대단하다. 이게 우리의 연대감이다.

이로 인해 우리는 몰랐던 일이 되었으며, 또한 관계가 없다는 걸 어필할 수 있었다.

밀림이 눈물이 맺힌 눈으로 우리를 바라보지만, 미안하다, 널 도와줄 수는 없겠어.

아니, 우리를 끌어들이진 말았으면 좋겠어.

“아, 아니야. 이야기를, 이야기를 들어봐, 프레이!!”

밀림은 마지막까지 무죄를 호소했지만 프레이의 강철 같은 미소 앞에서 격침되었고, 그 저항은 허망한 것이 되었다.

이렇게 밀림은 프레이에게 붙잡혔다.

프레이의 손톱으로 목덜미를 붙잡힌 채 무력화된 밀림. 그리고 그대로 힘없이 자기 나라로 끌려가고 말았다.

후우, 무서웠다.

위태롭게 같이 휘말릴 줄 알았는데, 아무래도 무사히 넘어간 것 같다.

그렇게 내가 안도하고 있을 때.

“그런데 리무루 님, 지금까지 어디서 뭘 하고 계셨던 건가요?”

기척도 없이 뒤에 서 있던 슈나가 날카로운 질문을 내게 던졌다.

나올 리가 없는 땀이 이마에 맺히는 기분이 들었다.

아냐, 괜찮아. 괜찮아.

우리는 결코 놀고 있었던 게 아니다.

연구, 그래! 연구를 하고 있었으니까.

나는 단단히 마음을 먹고 변명을 하려고 했다.

그러나 그보다 먼저 베루도라가 입을 열었다.

"아무래도 우리는 방해가 될 것 같군. 내 방에서 마도 연구를 하기로 하지. 마도는 심오하고, 지혜를 전수해주기 때문에——."

그런 말을 중얼대면서, 애독서(만화)를 꺼내며 발길을 돌리는 베루도라.

도망칠 생각인가?!

그런 생각을 하면서 당황했을 때는 이미 늦었다.

"그, 그럼 나도 같이 연구하기로 할까……."

그런 말을 하면서, 라미리스까지 나를 배신한 것이다.

베루도라와 둘이서 도망치듯이 그 자리를 떠난 것이다.

나쁜 녀석들!

이런 때만큼은 쓸데없이 호흡이 딱 맞는다니까.

그러나 지금은 박정한 친구들을 생각하고 있을 때가 아니다.

빨리 이유를 말하지 않으면, 내게 쏟아지게 될 슈나의 분노가 너무나 두렵다.

이렇게 되면 공부를 했다고 주장하는 것은 좀 약할 것 같다.

베루도라와 라미리스가 도망치는 모습을 바라보면서, 내 뇌세포가 최적의 답변을 찾기 위해 풀가동했다.

안 돼, 좋은 생각이 떠오르지 않는다.

하지만 아직은 당황하고 있을 때가 아니다.

이렇게 되면 최후의 수단이다.

당신이 나설 차례입니다, 라파엘 씨!!

두려워할 건 아무것도 없다.
나에겐 지혜의 결정체라 할 수 있는 선생님(라파엘)이 내 편을 들어주고 있으니까.
이 자리를 무사히 넘길 수 있는 훌륭한 변명을 부탁한다. ――그렇게 부탁하면서, 나는 라파엘에게 해답을 요청했다.
그 결과.

《해답. 변명할 필요는 없습니다. 당당하게 굴고 있으면 문제는 해결될 것입니다.》

뭐? 변명할 필요가 없다고?!
당당하게 굴고 있으면 문제가 해결될 거라니, 그건 대체 무슨 뜻――.
"아, 여기 있었습니까. 리무루 님, 찾고 있었습니다!!"
그렇게 말하면서 다급하게 날 찾아온 사람은 내 친구인 묘르마일 군이었다.
과연, 그런 뜻인가.
하늘이 날 도와주셨다.
묘르마일 군이 구세주였던 것이다!
"오오, 묘르마일 군. 슬슬 올 때라고 생각하고 있었네."
당당하게 굴라는 라파엘 선생의 조언에 따라, 나는 모두 예상했다는 듯한 태도로 대응했다.

내 대답을 들은 묘르마일은 한순간 놀란 표정을 보였다. 하지만 이내 곧 뭔가를 납득했는지, 이내 고개를 끄덕이기 시작했다.

"역시 대단하시군요, 리무루 님. 평의회에서 편지가 도착했습니다만, 그걸 이미 예상하시고 계셨습니까? 엄중히 밀봉된 것으로 봐서는 가입 여부를 따지는 회의에 출석을 해달라는 요청이 아닐까 하고 생각합니다만——."

뭐, 평의회에서 보낸 편지라고?

가입 여부를 따진다는 건 템페스트를 가입국으로 인정할 것인지 아닌지, 회의로 결정하겠다는 뜻인가.

바라던 전개이다.

그건 그렇다 쳐도 역시 라파엘 선생이다.

이 타이밍에서 평의회가 움직일 것도 다 계산했단 말인가?

아니, 설마. 아무리 그래도 그건 무리——.

《해답. 팀 '녹란'은 잉그라시아 왕국에 고용되어 있었습니다. 타이밍으로 추측하건대, 템페스트의 내정조사가 주목적이었던 것은 명백합니다. 또한 개체명 : 소우에이의 보고를 보면, 각국의 첩보기관이 동시에 본국으로 보고를 했던 것으로 보입니다. 이런 정보들을 조합해서 생각해보면, 최근 며칠 안에 움직임이 있을 가능성은 농후했습니다.》

무, 무리가 아니었단 말인가.

모든 것은 라파엘 선생의 계산대로였다!

——아니, 소우에이의 보고라니, 나는 들은 적이 없는데…….

《해답. 마스터가 노는 데에 정신이 팔려서 이야기를 듣지 않고 있었던 게 아닐까 하고 추측합니다.》

놀았다고 말했어!

스스로에게 거짓말은 할 수 없다고들 하는데, 라파엘 선생에게도 거짓말은 통하지 않는 모양이다.

뭐, 그야 그렇겠지만.

팀 '녹란'을 쓰러뜨릴 때까지는 진지했지만, 그 이후로는 꽤나 즐기면서 놀았던 것은 사실이니까.

하지만 라파엘 덕분에 도움을 받은 것은 틀림이 없다.

섣불리 이상한 변명을 하지 않은 것이 다행이라고 생각하면서도, 나는 처음부터 모든 것을 다 예상했다는 투로 입을 열었다.

"그건 틀림없을 것 같군. 녀석들의 조사단이 미궁 안에도 있어서 가볍게 놀아줬거든. 그랬더니 크게 당황하면서 본국으로 돌아간 것으로 보였으니, 슬슬 움직일 때가 되었다고 생각했어."

"오오?! 그건 혹시 팀 '녹란'을 말하시는 겁니까?"

"바로 그거네, 묘르마일 군. 그들은 좀 지나치게 강한 지라 이상하다고 생각해서 조사를 했었거든."

완전 뻥이다.

모두 라파엘이 가르쳐준 대로 말한 것뿐이다.

하지만 괜찮다.

"그랬던 거였나요. 몰래 조사를……. 역시 리무루 님이십니다!"

그렇게 말하면서, 슈나는 만족스러운 미소를 지으면서 고개를 끄덕였다.

당당하게 내뱉은 덕분에 겨우 얼버무리고 넘길 수 있었다.

위기는 지나갔다.

묘르마일에게서 편지를 받아들고, 내용을 확인했다.

그러자 거기엔 라파엘의 예상대로 평의회의 초대 내용이 적혀 있었다.

라파엘의 예상이 옳다는 것이 증명되면서, 내 체면이 세워진 것이다.

하지만 이번에는 위험했다.

놀이에 너무 지나치게 열중하면 실수를 저지른다. ——이 교훈을 가슴에 품고, 노는 것도 정도껏 하겠다고 맹세했다.

무슨 일이든 '정도를 지키는 것'이 좋다.

앞으로는 조심하겠다고, 나는 마음속으로 반성했다.

●

평의회—— 카운실 오브 웨스트라는 존재는 쥬라의 대삼림 주변 국가들의 집합체이다.

각국에서 선출된 의원들이 잉그라시아 왕국에서 매달 회의를 개최하고 있었다. 말하자면 국가의 운영과는 별도로 전체적인 이익을 조정하는 것이 주목적이다.

소국이라고 해서 업신여김을 받는 일 없이, 평등한 시점에서 서로 돕는다. 인류 전체의 이익을 지키는 것을 바로 이념으로 삼고 있는 것이다.

이익이란 바로 인류의 생존권 유지다.

마물 대책을 필두로 가뭄이나 전염병, 태풍이나 지진. 그런 다양한 재해대책을 시행하는 것이 평의회의 역할인 것이다.

각국의 여분의 식량이나 특산품, 그런 물품의 수출입 조정에 관해서는 각자의 국가의 방침에 따라 협의가 난항을 겪는다. 그러므로 실질적인 지원에 관해서만 평의회에서 의논을 나누게 된다.

기근이 발생하면 식량 원조를, 마물이 대량발생하게 되면 원군의 파병을, 그런 식으로 조정을 하고 있는 것이다.

이게 또한 큰일인지라, 다양한 문제가 발생한다.

평의회의 예산은 각국에서 나오지만, 당연히 그 비율은 달라진다. 각각의 나라의 규모에 다라 금액이 오르내리지만 발언권은 같다. 그러면 불만이 생기게 되니까, 부담하는 금액에 따라 선출되는 의원의 수를 늘리도록 되어 있었다.

하지만 이걸 무제한으로 인정하면, 국가 간의 평등성을 잃어버리게 된다. 그렇기 때문에 의원을 한 명 늘릴 때마다 출자금의 비중이 대폭적으로 늘어나도록 정해져 있었다.

그래도 의원의 수가 늘어가는 것은 발언력이 강해지는 것을 의미한다. 대국은 그걸 잘 알면서도 통상의 몇 배나 되는 출자금을 지불하여 여러 명의 의원을 보내는 경우도 있었다.

앞에도 말했지만, 평의회의 활동은 직접적인 국가의 이익과 직결되진 않는다. 하지만 그래도 대국으로서의 긍지를 보이기에는 좋은 장소가 되어 있었다.

의제에 대한 발언권이 크면 간접적으로 자국에 대한 우대도 가능해진다. 위기적인 상황에 빠졌을 경우, 자국을 우선해서 지키도록 움직이게 만들 수도 있는 것이다.

징수된 자금을 운용해서 각종 조정을 행한다. 그런 조정들은 모두 가입국 의원의 다수결로 결정되는 것이다.

예를 들어서 위험도가 높은 마물이 발생했다고 하자.

그 마물에 대해선 평의회의 하부조직인 자유조합이 대응한다.

평의회가 마물 토벌 의뢰를 하고 모험가들을 파견하게 되지만, 발생하는 마물은 하나라고만 한정할 수는 없다.

만약 여러 나라에 위험한 마물이 동시에 출현했다면?

발언력이 큰 나라가 실력이 좋은 모험가를 확보하여 자신의 나라에 우선적으로 보낼 것이다.

이건 당연한 것이다.

출자금의 비중이 크다는 것은, 그것만으로 서방열국 안에서도 가치가 있는 국가라는 뜻이 된다.

도움이 되지 않는 자를 지키기 위해서 유한한 자원을 투입시키는 일은 없는 것이다.

여유가 있을 때는 돕겠지만, 그렇지 않으면 버려진다. ――그곳에 있는 것은 평등하게 약자를 저버리는 현실. 너무나도 혹독한 숫자의 이론이 적용되는 현실이다.

그러므로 분담금의 지불이 미뤄지는 것은 허용되지 않는다. 최소 출자액이 확실하게 정해져 있으며, 이걸 내지 못하면 평의회에서 탈퇴를 당하게 된다.

약소국에 있어서, 이것은 사활이 걸린 문제였다. 그건 즉, 필요할 때에 도움을 받을 수 없다는 걸 의미하기 때문이다.

그런 판단을 내리는 것도 평의회의 역할이다. 그러므로 의원을 많이 보유한 나라에 권력이 편중되는 것은 지극히 당연한 흐름이었다.

그렇다고는 하나 분담금은 결코 싸지 않다.

보유할 수 있는 의원의 수에 따라 분담금이 누적되기 때문에 최대의원을 보유한 파르무스 왕국조차도 다섯 명 정도밖에 의원을 보내지 못하고 있었다.

그런 파르무스 왕국이 멸망한 것은 평의회에게 있어서도 무시할 수 없는 대사건이었다.

새로이 생겨난 파르메나스 왕국에 대한 대응과, 그것보다도 더 골치 아픈 템페스트가 새로운 세력으로 대두되는 것에 대한 문제.

평의회에 동요가 일어난 것도 무리가 아닌 일이었다.

템페스트의 개국제 이후, 임시로 개최된 회의 자리.

그날은 분위기가 많이 거칠어져 있었다.

큰 목소리로 소리치는 의원들.

손님 자격으로 와서 그런 의회의 모습을 구경하고 있는 사카구치 히나타의 모습도 보인다. 마왕 리무루에 대해 알고 있어서 참고인으로 소환된 것이다.

히나타 입장에서는 거절할 수도 있었다. 자유조합과 다르게, 서방성교회는 평의회의 하부조직이 아니기 때문이다. 상호협조는 하지만 오히려 전혀 다른 계통의 조직인 것이다.

그런 조직의 수장인 히나타이기 때문에 소환에 따를 이유는 없었다.

그러나 의회에서 다룰 의제를 듣고, 히나타는 참가할 것을 결정했다.

그 의제라는 것은 템페스트의 평의회 가입을 받아들일 것인가 말 것인가에 대한 것이었다.

향후 서방열국의 동향을 파악하는 것 못지않게, 이 회의의 결론이 어떻게 나올 것인가는 너무나 중요한 문제가 된다. 그렇게 생각했기 때문에 히나타는 이 자리에 있었던 것이다.

그런 히나타였지만, 회의의 분열 양상은 쉽게 해결되지 않고 있었다.

(무능한 자들이 모이면 정말 이야기가 진행되질 않는단 말이지…….)

자신들이 회의를 할 때는 모든 것을 히나타가 맡아서 진행하고 있다. 그러므로 크게 다투는 일도 없으며, 의제의 결정에 필요한 시간은 오래 걸리지 않았다.

최악의 경우엔 힘으로 눌러 입을 다물게 한다. ——그런 방법도 별문제가 되지 않는다는 것이 지금까지 히나타가 유지하던 방침이었다.

예전에 참가했던 템페스트에서의 회의에서도 어이가 없을 정도의 거물만 참가했었는데도, 중대 사항이 쉽게 척척 결정되고 있었다. 그 꿈같은 광경은 히나타로서도 믿기 어려운 것이었다.

(역시 그 자리는 예외인 걸로 친다 해도, 좀 더 건설적인 대화를 나눠야 하지 않을까?)

그런 생각이 히나타의 마음속에서 살짝 솟아올랐다.

그런 전향적인 회의밖에 경험한 적이 없었던 히나타에겐, 오늘

자기 앞에서 펼쳐지는 말싸움은 촌극으로밖에 생각되지 않았던 것이다.

"그 나라는 신용할 수 있습니다! 저는 무슨 일이 있어도 동료로 받아들여야 한다고 생각합니다."

"당신은 그렇게 말하지만 상대는 마왕이란 말이오. 그 '폭풍룡'과 교섭이 가능하다고 하던데, 괜히 성질을 건드렸다간 폭풍룡을 시켜서 우릴 공격하지 않겠소?"

"걱정할 것 없소. '호랑이의 위세를 빌린 여우'같은 존재이니 마왕 자신에겐 큰 힘이 없을 거요."

"말도 안 되는 소리! 그러면 저기 계시는 히나타 님과 비긴 것을 어떻게 설명할 생각이오? 그 마왕은 본인도 상당한 실력자라고 봐야 할 것이오!!"

그런 식으로 꼴사나운 의견을 서로 우겨대기만 하고 있었다.

(바보 같아. 내가 있는데, 잘도 그런 화제를 입에 올릴 수가 있단 말이네. 그 무신경함이 오히려 더 대단하게 느껴져.)

히나타는 그렇게 생각했다.

히나타 본인이 같은 자리에 있는데, 강하다니 약하다니 하는 소리를 잘도 지껄일 수 있다고 생각하면서, 솔직하게 감탄했다.

"잘 들으십시오, 마왕 리무루는 쥬라의 대삼림이 자신의 영토라고 선언했습니다. 그러나 동시에 숲의 외곽까지 마물을 풀어서 위협할 생각은 없다고 개국제에서 말씀하셨소. 이 말의 의미는 큽니다. 여러분, 잘 생각하셔서 결론을 내십시오!"

"그렇소. 우리 조국에서는 매일 마물을 두려워하면서 사는 백성들이 많소. 마왕의 말은 그들에겐 구원이며, 사실 템페스트가 탄생한 이후로 마물에 의한 피해가 줄어들었소."
"말도 안 되는 소리!! 당신들은 혹시 마왕에게 회유된 거요?!"
마왕 리무루에 의해, 쥬라의 대삼림의 마물들은 관리되고 있다. 쥬라의 대삼림에 인접한 장대한 경계선을 따라 위치한 나라들은 그 은혜를 누리게 되었다.
템페스트에 접해 있는 나라들.
그 외에 다른 위협에 노출되어 있는 나라들.
비교적 안전한 내륙부에 존재하는 나라들.
각자 입장이 다르면 각자 생각하는 것도 다르다.
마왕 리무루의 통치를 환영하는 쪽은 템페스트에 인접한 나라들이다. 개국제에도 참가했으며, 번영을 누리는 그 모습을 직접 눈으로 보고 왔다.
템페스트가 마물의 나라이지만 자신의 국익에 직결된다면 환영하겠다――는 것이 이런 나라들의 주장이었다.
그에 비해 다른 위협에 노출되는 나라들은 자신들이 어떻게 대응할지 정하지 못하고 있었다.
이런 나라들은 자유조합과 크루세이더즈의 보호를 받으면서 마물의 피해에 대응하고 있다. 국군의 규모가 적어서, 가볍게 움직일 수 없는 것이 현실인 것이다.
어느 나라이든 비슷한 처지라, 현상유지를 생각하는 것만으로도 벅차다.
눈치가 빠른 나라는 템페스트를 이용할 수 있는 방법을 생각하고 있었다. 그러나 개국제의 참가 초대를 그냥 무시해버린 나라들도 있다. 그런 나라들은 애초에 처음부터 마물을 신용하고 있지 않았다.

의견이 대립이 격해지면서, 어느 쪽에든 가담해야 하는 것은 자신의 입장이 약한 소국들이다.

그리고 안정을 향유하고 있는 대국과 그 종속국은 어떤가 하면—— 기본적으로는 용인하는 자세였다.

그것도 어디까지나 안전한 입장에서 자신들이 얼마나 이익을 얻을 수 있는가를 따져보자는 주장을 하는 것이다.

이에 반발하는 자들이 마왕 리무루의 정책으로 회의적인 반응을 보이는 자들이라는 구도를 이루고 있었다.

무슨 일이 일어났을 경우, 마왕의 공격을 받는 것은 자신들이 될 것이다. ——그렇게 맹신하고 있기 때문에 그들의 반대는 격심했다. 실제로 템페스트에 인접한 나라들을, 마왕에게 회유당한 배신자들이라고까지 매도하며 소리치는 지경이었다.

이렇게까지 이해가 대립한다면, 회의의 의견이 분열되는 것도 당연하다고 하겠다.

신의 시점에서 보면 더할 나위 없이 어리석은 짓이다. 그러나 대부분의 의원들은 국익을 지키려고 필사적이었다.

그걸 이해할 수 있으니까 히나타도 참고 있었지만…….

"인정하면 되겠지요. 우리의 동료가 되겠다고 한다면 환영해주면 되는 거요. 가입 선물은 지참하고 와야겠지만."

"음, 그게 좋겠군. 싸워봤자 파르무스와 똑같은 꼴이 될 테니까."

"단, 자신의 입장은 착각하지 않아야겠지. 과연 우리가 정한 국제법을 지킬 의사가 있을는지——."

"그건 문제가 될 게 없는 것 같습니다. 뮤제 공작이 실각했다는 소문은 들었겠죠?"

"뭐, 모르는 자는 없을 거요."

문제가 되는 건 대국에 속한 의원들이었다.

그들은 처음부터 어느 정도의 정보를 파악하고 있었다.

그런 상태에서 혼돈에 빠진 의회를 휘저어서 혼란을 더욱 조장시키고 있었다.

그 목적은 명백하다.

사실 결론은 이미 나와 있으며, 그 결론에 이르는 과정을 부자연스럽지 않게 유도하고 있을 뿐인 것이다.

(불쌍한 건 소국의 의원들이로군. 아무것도 모른 채 선택을 강요당하고 있어. 이래서는 자신의 표를 쓸데없이 버리는 것과 마찬가지일 텐데…….)

무지는 죄이며, 바른 정보를 모른다는 것은 그만큼 큰 손실이다.

귀중한 한 표를 던져야 하는데, 약자는 속아 넘어간 채 쓸데없이 그 표를 버리게 된다.

그렇다고 해도——.

(결론부터 말하자면 템페스트의 평의회 가입은 승인되겠지. 그렇게 되면 나도 좀 편해지겠지만.)

대국의 의도와 히나타가 바라는 것이 일치한다.

약소국 사람들에겐 미안하지만, 히나타의 입장에선 말없이 가만히 있는 것이 정답이라는 생각이 들었다.

그저 약간의 참을성이 필요할 뿐이다.

"마왕 리무루의 의도는 어찌됐든 상관없소. 이용할 수 있느냐 아니냐, 그게 중요하오."

"그 말이 맞소. '동쪽'의 동향도 신경이 쓰이는 지금, 마왕의 전력을 우리 편으로 끌어들이는 것을 거부할 이유는 없소이다."

의원들 중에서도 중진인 한 명, 로스티아 왕국의 공작인 요한 로스티아가 동쪽 제국의 동향을 언급하면서 운을 띄웠다.

"'동쪽'이라고요? 설마 제국이?!"

"움직일 거란 말입니까? 그러나 지금 쥬라의 대삼림에는 베루도라가……."

요한의 말에 의원들이 술렁인다.

그리고 회의장의 시선이 요한 한 명에게 집중되었다.

겨우 본론으로 들어갔네. ――히나타는 그렇게 생각했다.

서론이 너무 길었지만, 그게 귀족이라는 존재의 방식이라고 하겠다. 상대가 어떤 정보를 어디까지 알고 있는지를 서로 탐색한다. 자신의 우위를 확신한 뒤에야 비로소 이빨을 드러내는 것이 그들의 방식인 것이다.

요한이 지금, 이 자리를 지배하는데 성공했던 것처럼.

"여러분도 알고 있겠지만, 동쪽 제국―― 나스카 나무리움 우르메리아 동방연합 통일제국의 군부에 움직임이 있소. 드나드는 상인들이 보고한 내용이지만, 최근에 군사연습이 빈번히 벌어지고 있다고 하더군요."

요한의 말을 듣고 회의장은 조용해졌다.

그 정보는 히나타도 파악하고 있었다.

드워프 왕 가젤도 제국에 인접한 대국이니, 당연히 알고 있을 것이다.

회복약이랑 무기 및 방어구의 판매상황을 통해서 제국의 동향을 파악하고 있을 것이 틀림없다. 드워프 왕국은 중립국가이므로, 가젤 왕은 수비의무에 따라 침묵을 지키고 있는 것뿐으로 보인다. 그리고 리무루도 당연히 알고 있다.

그 증거가 바로 개국제에서 개최한 기술발표회였다.

리무루는 "그건 그 녀석들이 자율적으로 연구하고 있던 내용이야──"라고 시치미를 뚝 떼고 말했지만, 그럴 리가 없다.

그건 가젤 왕에게 보여주기 위한 위협일 것이다.

위협이라는 표현은 지나치겠지만, 지금 현재 회복약을 생산하고 있는 곳은 템페스트라는 것을 리무루는 은연중에 그렇게 말하고 있었던 것이다.

(정말로 방심할 수가 없다니까. 제국의 움직임을 파악하고, 가젤 왕이 입을 다물고 있었던 것에 대해서도 단단히 못을 박았어. 어디까지 앞날을 내다보고 미리 선수를 치는 거람. 정말 대단하다고 할 수 밖에 없다니까──.)

그게 히나타의 감상이었다.

리무루는 자신이 모르는 곳에서, 히나타로부터 처절하다시피 할 정도로 오해를 사고 있었던 것이다.

그건 그렇고, 히나타는 다 알고 있었던 정보였지만, 여기 모인 대부분의 의원들은 깜짝 놀랄만한 소식이었다.

그 충격은 대단했기에, 요한의 다음 말을 모두 기다리고 있었다. 조금이라도 많은 정보를 모아서, 자국의 안전을 지킬 수 있는 대책을 생각해야 하기 때문이다.

상비군을 보유하고 있는 대국이라면 모를까, 소국에겐 평상시에도 군을 유지할 여유가 없다. 방금 전에도 말했듯이 국군의 규모는 작았다.

전시에는 주로 용병을 고용하지만, 각국이 동시에 전력비축을 시작한다면 사람이 부족해지는 것이 당연했다.

"여러분, 침착하시오. 제국이 지금 당장 움직이는 건 아니오. 냉정하게 대책을 세워야 하지 않겠소!"

요한이 또렷하게 잘 들리는 목소리로 말했다.

히나타가 생각했던 대로, 지금부터 본론이 시작될 것이다.

"대체 어떡하겠다는 거요?"

의원 하나가 소리를 높이자, 많은 사람들이 그 말을 따라 소리쳤다.

"대책이라니?! 대체 어떤 대책을 세울 수가 있단 말입니까?!"

"파르무스 왕국도 이젠 없소!! 방위선을 구축하려고 해도 우리 소국들만으로는 아무런 방법도 없단 말이오!!"

"진정하시오! 제국이 움직이지 않는 것은 쥬라의 대삼림에 그 존재가 있기 때문이오. 봉인된 상태라면 또 모를까, 지금은 다행히도 부활한 상태가 아니오!"

"아니, 잠깐?! 그 사룡을 의지한다는 건……."

"그러니까 진정하라지 않소! 그 베루도라는 지금 마왕—— 리무루 폐하가 기르시고 계신다고 하지 않았습니까. 그리고 리무루 폐하는 평의회에 참가하는 것을 희망하시고 계시지 않소? 그렇다면 답은 나온 거나 마찬가지요."

그렇게 일갈한 사람은 잉그라시아 왕국의 의원인 개번 백작이었다. 그리고 개번의 말에 맞장구를 치듯이 요한이 그 말을 이었다.

"개번 의원의 말이 맞소. 동쪽의 위협을 눈앞에 둔 상태에서,

우리가 서로 다른 의견을 내세우며 싸우고 있을 때가 아니오. 마왕 리무루가 평의회에 참가한다면 그 무력도 또한 우리에게 도움이 될 것이오."

"오, 오오……."

"확실히 그건 그렇군……."

요한의 말에 동조하는 자가 하나둘 늘어난다.

그 반응에 기분이 좋아졌는지, 요한이 계속 말을 이어갔다.

"나는 템페스트의 가입을 승인해야 한다고 생각하오."

주위의 반응을 확인하려는 듯이, 요한은 묵직한 말투로 결론을 입에 올렸다.

그것만으로 회의장의 분위기가 바뀐다.

미지의 존재인 마왕에 겁을 먹고 있던 자들도, 현실적인 위협인 동쪽 제국의 존재를 떠올리고 있었다.

템페스트는 마물의 나라이긴 하지만, 인간의 상식이 통하며 교섭이 가능한 상대이기도 하다.

그에 비해 제국은 모든 것을 집어삼키려드는 욕심 많은 적이다. 같은 인간이기 때문에 제국과의 싸움에 패했을 경우, 자신들에게 닥치게 될 미래를 예상할 수 있었던 것이다.

지배자 계급은 몰살── 이건 거의 확실하다.

제국은 거대한 군사 국가이며, 지금까지도 수많은 나라들을 집어삼키면서 성장해온 역사를 가지고 있다. 적국에 대한 처우는 철저했기 때문에, 서방열국에서도 공포의 대상이 되어 있었다.

"흠, 요한 의원의 의견에도 들어야 할 점이 있군. 나도 그 의견에 찬성하기로 하겠소."

"오오, 이해해주시는 거요, 개번 의원?! 다른 분들 중에서도 내 의견에 찬성해줄 자가 있을 것으로 생각하오. 그러니 우선은 템페스트의 가입 여부에 대해서 결정을 내리는 게 좋겠다고 생각하는데 다들 어떻소?"

"음, 우선은 서방열국이 하나로 뭉치는 것이 먼저라고 하겠죠."

"지당한 말씀이오. 우리가 서로 반목하고 있을 때가 아니오!"

요한의 제안을 듣고, 몇 명의 의원이 동의한다는 뜻을 담아 목소리를 높였다. 그로 인해 분위기가 정해졌으며, 의장이 "조용히들 하시오!"라고 크게 외쳤다.

그리고 의장의 진행에 따라 투표가 시작되었다.

공포를 부추긴 뒤에 동조하라는 압력을 가한다. 제법 그럴 듯하며 귀족다운 수완이었다.

(이것도 미리 계산해놓은대로 움직이는 걸까? 그건 그렇고 본론으로 들어간 뒤에도 너무 길어졌는걸…….)

요한과 개번이 결탁하고 있다는 건 명백했으며, 그에 동조하듯이 움직이는 배역을 맡은 자도 섞여 있다. 의결권을 지니지 않은 제삼자의 입장에 있는 히나타는 냉정한 시점으로 회의를 바라보면서 그 사실을 꿰뚫어 보고 있었다.

모든 것은 결과와 순서가 정해진 촌극이며 이제 겨우 끝이 나겠다고 생각하면서, 히나타는 내심 안도했다.

회의가 시작된 지 이미 여덟 시간이나 지났으며, 중간에 휴식을 취했다곤 하나 피로가 쌓여 있었다. 그건 육체적인 것이 아니라, 정신적인 것이었다. 그렇기에 히나타는 유달리 더 고통스럽게 느끼고 있었던 것이다.

(그건 그렇고, 시시한 질문을 참 많이 받았네. 좀 더 솔직하게 마왕 리무루가 폭주하지 않도록 감시해주면 좋겠다고 부탁하면 될 것을——.)

결국 히나타가 불려온 이유는 그것이었다.

리무루를 아는 자라면 모를까, 모르는 자가 본다면 상대는 마왕이다. 그런 자를 이 땅으로 불러들이는 것이므로, 폭주할 경우를 대비하여 방비를 철저히 할 필요가 있다는 게 본심일 것이다.

그 경우, 리무루와 비겼던——것으로 되어 있는——히나타라면 의원들도 안심할 수 있는 것이다.

에둘러 표현하느라 번거롭게 느껴지지만, 그게 귀족들의 교섭 방법이다.

제국이 움직일 것이라는 것도 실제로는 단순한 위협에 지나지 않는다. 왜냐하면 본격적으로 서쪽을 침공할 생각이라면, 그 전에 정리해야만 하는 장애물이 산더미처럼 쌓여 있으니까.

쥬라의 대삼림도 그렇고, 무장국가 드워르곤도 그렇다.

템페스트와 드워르곤이 동맹을 맺기 전이라면 또 모르지만, 현재 상태에선 제국은 섣불리 움직일 수 없다.

(적어도 리무루가 마왕이 되기 전에 움직여야 했어. 그렇게 했으면 그 베루도라도 부활하지 않은 상태였으니, 제국이 세계를 손에 넣을 가능성도 있었겠지만…….)

베루도라의 봉인이 풀리는 것을 두려워해서 제국은 움직일 수 없었다.

베루도라의 반응이 사라졌을 때도 너무 신중하게 구느라 행동으로 옮기지 않았다.

그리고 지금에 이르러선 움직일 시기를 놓친 것이다.

그래도 리무루랑 가젤 왕은 제국을 경계하고 있을 것이다. 그러나 히나타는 설령 제국이 움직였다고 해도 문제될 것이 없다고 생각하고 있었다.

그리고 요한이나 개번 같은 의원들도 자신과 같은 생각을 하고 있을 것이라고 판단했다.

소국의 의원들의 눈을 바깥의 위협 쪽으로 돌리게 만들면서, 자신들은 착실하게 지반을 다진다. 그런 귀족다운 그들의 태도를 보면서, 히나타는 진절머리를 느끼고 있었다.

개표가 시작되었고, 압도적인 찬성으로 템페스트의 평의회 가입이 승인되었다.

"이로 인해 쥬라 템페스트 연방국을 우리의 맹우로 승인하기로 하겠소. 당사국인 쥬라 템페스프 연방국으로 초대장을 보낼 것이며, 마왕 리무루의 평의회 참가 의사를 확인한 뒤에 다음 회의를 개최하기로 하겠소. 이상이오!"

의장이 엄숙하게 선언하면서, 회의는 끝이 났다.

다음은 물론이고, 앞으로는 절대 귀족들과 얽히지 말자. ──그렇게 히나타는 굳게 결심했다.

*

너무나 피곤했던 회의가 끝나면서, 히나타는 교회로 돌아가려고 했다.

그러나 그날의 수난은 끝이 난 게 아니었던 모양이다.

"히나타 씨, 잠깐 시간을 내주면 좋겠습니다."

히나타에게 말을 건 사람은 열 명 가까운 호위의 보호를 받고 있는 아직 젊은 청년이었다.

윤기 있는 금발에 상큼한 미소.

제법 잘생긴 남자이긴 하지만, 히나타의 취향은 아니다.

하물며 지금은 여덟 시간이나 되는 고행을 참고 견딘 뒤였다. 히나타의 인내력은 이미 바닥이 났으며, 빨리 돌아가고 싶은 마음으로 가득 차 있었다.

흥미가 없는 남자의 미소 따위는 히나타에겐 아무런 가치도 없는 것이다.

하지만.

그 남자의 지위가 문제였다.

평의회의 본부가 있는 잉그라시아 왕국의 제1왕자인 엘릭이었던 것이다.

무례한 태도를 취하면 국제문제로 발전할 우려도 있기 때문에, 히나타의 입장에선 무시할 수가 없었다.

"무슨 일이죠? 제게 무슨 볼일이라도 있나요?"

히나타는 최대한의 사교성을 발휘하여 엘릭 왕자에게 되물었다.

그러자 엘릭은 느끼한 미소를 지으면서 히나타에게 대답했다.

"실은 히나타 씨, 당신에게 부탁드리고 싶은 게 있습니다."

애당초 엘릭과는 '씨'를 붙여 부를 정도로 친하지도 않다. 상대의 위치가 위치이다 보니, 얼굴과 이름 정도는 알고 있다. 그 정도의 관계에 지나지 않았다.

엘릭과 대화를 나누는 것도 이게 처음인지라, 히나타는 엘릭의 친한 척 구는 태도에 불쾌감을 느끼고 있었다.

"그래서, 그 부탁이란 뭔가요?"

응접실로 장소를 옮긴 뒤에, 히나타는 물었다.

"저는 다음 회의에서 마왕 리무루를 시험해보려고 생각합니다. 이건 아직 상층부밖에 모르는 일이지만, 역시 마왕이 평의회에 가입하면 백성들의 불안도 클 테니까요. 마왕도 나름대로의 의무를 져야 하니 우리의 주장을 어디까지 들어줄 것인지, 그걸 확인해볼 필요가 있다는 이야기죠. 그래서 당신이 나서줘야겠다는 뜻입니다."

그렇게 말하면서 활짝 웃어 보이는 엘릭.

히나타의 입장에선 짜증이 날 뿐이다.

"제가 나서줘야겠다는 게 무슨 뜻이죠?"

빨리 용건을 끝내라는 듯이 엘릭에게 다음 말을 재촉하는 히나타.

"——?!"

좀 더 협조적인 반응을 기대하고 있었던 엘릭은, 히나타의 흥미 없어 보이는 모습을 보고 머쓱해졌다. 그래도 애써 여유 있는 태도를 유지하면서 설명을 시작했다.

"그, 그렇군요. 설명을 드리죠. 시험을 한다고 해도 상대는 마왕입니다. 만일의 경우 폭주하기라도 하면 곤란하단 뜻이죠. 그래서 우리의 경비를 당신에게 부탁하고 싶습니다."

제1왕자로서 늘 남의 시중을 받는 것이 당연했던 엘릭. 자신이 잘생겼다는 자각도 있다 보니 어떤 여성도 자신의 부탁을 거절하지 않을 것이라고 믿고 있었다.

그래서 엘릭은 히나타가 받아들여줄 것을 믿어 의심치 않았다. 엘릭의 호위병들도 그게 당연하다는 분위기로 돌아가는 상황을 지켜보고 있다.

히나타는 순수하게 의문을 느꼈다.

당연한 이야기지만, 히나타가 그 말을 따를 이유는 없다.

(그런 태도로 내가 고개를 끄덕일 거라 생각하고 있는 건가?)

그런 생각이 들었기 때문에, 자신도 모르게 그 의문을 입 밖으로 냈다.

“왜죠?”

“왜냐뇨? 그건 당신의 실력을 인정하고 있기 때문입니다. 역대 최강의 성기사단장, 신의 오른손이자 ‘교황 직속 사단 필두기사’인 당신의 실력을! 이 서방열국에서 당신에 버금갈 자는 없습니다. 당신이 마왕 리무루와 비겼다는 소문도 있습니다. 그런 당신이 저를 도와준다면 안전하게 마왕 리무루의 본성을 밝힐 수 있기 때문이죠!”

한참동안 주절주절 히나타를 칭송하면서, 엘릭은 자기도취에 빠진 것처럼 말했다.

무슨 소릴 하는 거지, 이 인간. ──히나타는 그렇게 생각했다.

리무루는 기본적으로 온화하긴 하지만, 두말할 필요가 없는 마왕이다. 그런 마왕을 자진해서 화를 내게 만들겠다니, 어리석기 짝이 없는 짓이라고밖에 볼 수 없는 행위다.

그리고 비겼다는 것은 의도적으로 흘린 소문이지, 히나타의 힘으로는 리무루를 이기지 못한다.

만약 리무루가 진심으로 화를 낸다면 말릴 수 있는 사람은 같은 마왕인 루미너스 정도뿐이다.

“그런 짓은 하지 않는 게 좋겠군요. 그분은 정말로 강하니까요, 다음에 또 싸운다고 해서 제가 이길 수 있다는 보장은 없습니다.”

“이거 참, 또 겸손을 부리시는 군요. 제 앞이라고 해서 단아한 여성인 척 굴지 않아도 되는 것을…….”

히나타의 얼굴에서 완전히 웃음기가 사라졌다.

엘릭의 자기도취 빠진 발언을 듣고, 진심으로 기분이 상했던 것이다.

그런 히나타의 변화를 알아채지도 못한 채, 엘릭의 호위를 서던 남자가 끼어들었다.

유독 두드러지게 건방진 태도를 띠던 그 덩치가 큰 남자는 잉그라시아 왕국 기사단의 총단장인 라이너였다.

라이너는 무신경하게도 히나타의 비위를 완전히 거스른 발언을 했다.

“하하하, 히나타 공. 엘릭 님께 반하는 것도 무리는 아니지만, 지금은 그럴 때가 아니오. 내가 있으니 걱정할 필요는 없겠지만, 그대의 힘이 더해지면 틀림없이 실수할 일은 없을 거요. 그러니까──.”

너무나도 사람을 업신여기는 그 발언을 듣고, 히나타는 마지막까지 이야기를 들을 마음이 사라졌다.

“거절하겠습니다. 서방성교회 및 신성교황국 루벨리오스는 템페스트와 상호불가침 조약을 맺었으니까요. 그리고 이건 충고입니다만…… 마왕 리무루의 분노를 사는 짓은 하지 마십시오.”

“──뭐라고?”

“내, 내게 명령하는 건가?”

거절당할 것이라고는 생각하지 못했는지, 넋이 나간 표정을 짓는 호위병들. 그리고 엘릭.

히나타에겐 그런 두 사람의 상대를 할 마음은 이미 사라진 상태다.

만약 이것이 정식 절차를 따른 의뢰였다면, 히나타도 거절하진 않았을지도 모른다. 평의회의 요청이라고 생각한다면 마물 퇴치의 전문가인 히나타를 부른다는 선택은 옳았기 때문이다.

평의회는 중요한 역할을 맡고 있는 이상, 각국의 서방성교회 지부를 통하여 정식 요청도 할 수 있었다. 그렇게 되면 히나타의 기분만으로는 거절할 수 없는 안건이 된다.

(그랬으면 귀찮아졌겠지.)

히나타는 그렇게 생각했다.

그렇다곤 해도 그런 경우엔 세세한 조건을 정했을 것이고, 명확한 적대행위는 템페스트와의 조약위반을 핑계로 내세워 히나타는 어떻게든 거절했을 것이다.

엘릭 쪽은 그런 사전조정을 생략하기 위해서 히나타에게 직접 제안을 했겠지만…… 그게 오히려 역효과가 나온 셈이 된 것이다.

"후회할겁니다, 히나타 공! 이분, 잉그라시아 왕국 기사단의 총단장인 라이너 님을 적으로 돌릴 생각이오?"

"그렇습니다! 인간을 위해서라도 마왕이 멋대로 굴게 놔둘 수는 없습니다. 평의회의 폭주를 허용할 수 없다고 생각하는 건 서방성교회도 마찬가지이지 않습니까?!"

둘러싼 자들이 떠들면서 항의하기 시작했지만, 오히려 히나타는 안심했다.

이건 일부의 인간들이 멋대로 일으킨 폭주라는 것을, 그 말을 통해 확실히 알 수 있었기 때문이다.

"공교롭지만 저는 마왕 리무루를 신뢰하고 있습니다. 그럼 이만 실례하죠."

상대가 바보인 게 다행이라고 생각하면서, 히나타는 그 자리를 떠났다.

히나타의 입장에선 최소한의 예절을 갖췄으니, 이 정도라면 외교문제로 발전할 일은 없을 것이다. 사전연락을 하지 않고 교섭을 하는 쪽이 무례하기 때문이다.

상대가 대국의 왕자인 점을 감안하다 해도 히나타의 대응은 만점은 아니지만 합격점은 되는 수준이었다.

하지만――.

(저 바보들, 리무루의 화를 부추기는 짓을 하지는 않겠지…….)

그런 불안이 히나타의 가슴에 찾아왔다.

절대로 귀족과 얽히지 않겠다고 생각한지 얼마 되지도 않았는데 이런 일이 벌어졌다.

(내가 계획에 가담한 건 아니니, 그들도 냉정해지면 좋겠는데…….)

마왕을 상대하려면 국가 규모의 전력이 필요해진다.

적은 인원으로 일을 일으키려면, 그야말로 이름이 있는 영웅들을 소집할 필요가 있었다.

그런 준비를 하기엔 시간이 부족하다.

자신들의 홈그라운드에 마왕을 불러내는 것은 절호의 기회가 되겠지만, 우발적인 상황에 편승하기만 해선 계획의 성공률은 그 한계가 뻔히 보였다.

하지만 만약.

이게 처음부터 전부 계획되어 있었던 거라면?

(아무리 그래도 그건 아니려나. 하지만 이건 다음번에도 방심해선 안 될 것 같네──.)

히나타는 우울한 심정으로 그런 생각을 했다.

●

평의회에서 보낸 초대장을 받고, 나는 잉그라시아 왕국으로 찾아왔다.

날 중요한 손님으로 대우하는 것인지, 최고급 호텔이 준비되어 있었다. 회의가 끝난 후에 오랜만에 큰마음을 먹고 왕도 견학을 해보는 것도 재미있을 것 같다.

빈틈없이 나를 호위하는 베니마루.

뭔가 계속 수군거리면서 그림자로부터 보고를 받는 소우에이.

그림자 이야기가 나와서 말인데, 내 그림자 속에서 란가가 자리를 비우고 있는 것이 조금 쓸쓸하다. 종종 고부타에게 가기 때문이다.

고부타는 밀림과의 수행으로 쌓인 피로에서 회복됐지만, 쉬고 있을 틈은 없었던 모양이다. 듣자하니 정기적으로 밀림이 테스트를 실시하겠다고 선언했다고 한다.

구체적으로 말하면 칼리온과의 실전형식으로 시합을 치른다고 하던데…….

이대로 계속하면 죽을 거라고 고부타는 란가에게 울면서 매달렸다.

란가는 어쩔 수 없다고 투덜대며 나갔지만, 꼬리를 크게 휘두르고 있는 걸 보면…… 이래저래 불평을 해도 란가도 고부타를 마음에 들어 하는 것 같다.

사이가 좋은 것은 좋은 일이다.

그런고로, 동행으로 데리고 온 사람은 베니마루와 슈나다. 사람이 많으면 귀찮은 일이 많아질 것 같으니, 적게 데리고 오는 것이 편했다.

사실은 시온도 데려올까 하는 생각을 했지만, 아직 시온을 대도시에 데려오는 것은 조금 불안하다. 평소에 하듯이 또 실수라도 했다간 큰일이 일어날 테니까, 부하의 육성을 맡기겠다는 명령을 내리면서 도시를 지켜달라고 부탁했다.

게루도는 밀림의 새로운 왕도 건설의 총지휘를 맡고 있느라 자리를 비울 수가 없다.

디아블로는 방랑의 여행을 떠난 채 아직 돌아오지 않았다.

자신이 부하로 부릴 자들을 모아오겠다고 했는데, 일이 잘 안 풀리는 걸까?

내 쪽은 약속한 육체를 순조롭게 제작 중이다. 디아블로가 돌아오기 전에 완성해두고 싶기 때문에, 그렇게 서둘러 돌아오지 않아도 괜찮다고 생각하고 있었다.

뭐, 디아블로라면 내가 부르면 바로 돌아오겠지. 딱히 지금은 볼일도 없으니, 한동안은 하고 싶은 대로 내버려 둬도 문제는 없을 것이다.

하쿠로우는 모미지에게 이끌려서 텐구가 숨어 사는 마을로 갔다.

가비루는 미도레이와 동행하여 잊힌 용의 도시를 방문하고 있다. 듣자 하니 와이번의 서식지가 거기 있다고 하며, 포획해서 기를 예정이라고 한다.

가비루는 예전부터 '히류(비룡중, 飛龍衆)'의 전력을 향상시킬 방법을 생각하고 있었다. 그 일환으로 와이번을 타고 싸우는 항공 전력을 시험적으로 창설해보기로 했다고 한다.

계속 연구에 몰두하고 있어서 잊어버리기 쉽지만, 가비루는 그렇게 보여도 우수한 전사이다. 부하들의 신뢰도 두텁기 때문에, 그 시도도 잘 진행될 것이라는 기대가 되었다.

성공하면 칭찬해주기로 하자.

그렇기 때문에 간부들은 각자 나름대로 바쁘다.

그러므로 우리는 셋이서 잉그라시아 왕국을 방문했다. 그리고 현지에서 소우에이와 합류한 것이다.

맨 처음 간 곳은 의류점이다.

현대 일본 같은 쇼윈도에 다양한 의상이 전시되어 있었다. 그걸 바라보면서 즐기는 통행인의 모습이 잉그라시아의 왕도가 얼마나 발전된 도시인지를 이야기해주고 있었다.

이 쇼윈도는 아주 비싸다. 유리 제품은 그런대로 많이 돌아다니고 있지만 한 장의 유리가 이 정도 사이즈라면 웬만한 집을 살 수 있을 정도의 가격이 된다. 그걸 전시용으로 쓰고 있으니, 이런 가게는 상당히 많은 돈을 벌고 있을 것이다.

이건 묘르마일에게서 들은 지식이지만, 오가는 사람들의 물결을 보고 있으니 그 말이 틀림없다는 생각이 들었다.

참고로 쇼윈도는 우리나라에서도 도입하고 있다. 이 잉그라시아 왕국에서 본 내용을 모두에게 이야기해줬더니 슈나를 비롯한 여성진들이 꼭 들어오고 싶다고 애원을 했던 것이다.
내 입장에선 기각할 이유도 없었으니, 미르드와 의논하여 유리 제조에 착수하도록 했다. 우리에겐 라파엘 선생이라는 위대한 협력자가 있다. 그러므로 별문제 없이 쇼윈도도 실용화되었다.
그건 그렇고, 여기를 들른 것은 슈나가 바랐기 때문이다.
쇼윈도에 전시된 최신 의류를 흥미진진하게 바라보는 슈나.
역시 이곳은 화려하다고 말할 수 있다.
각종 가게를 둘러봤지만, 우리나라에는 없는 기발한 디자인의 옷들도 많았다.
슈나와 여성진들이 만들어주는 옷은 내 기억을 통해서 재현된 것이 대부분이다. 하지만 이곳에는 장인들이 스스로 생각한 디자인의 옷들이 넘쳐난다.
그런 옷들이 서로 경쟁하듯이 전시되어 있다.
그건 슈나의 마음을 매료시키기에 충분했다.
"저도 질 수는 없죠. 좀 더 정진해야겠어요——!!"
슈나가 조용하게, 결의를 담은 말투로 그렇게 중얼거렸다.
"앞으로도 잘 부탁하지! 그런고로 다들, 어떤 것이든 좋으니까 마음에 드는 옷을 고르도록 해. 내가 사줄 테니까."
"네?! 그, 그래도 되나요?"
"저도 말입니까?"
"……저는, 이대로도 괜찮습니다."
"괜찮아, 괜찮아! 너희에겐 급료도 지불하지 않고 있으니, 이런 때만큼은 내가 폼을 잡을 수 있게 도와달라고."

평소에도 늘 느끼고 있던 감사의 마음을 담아서, 세 사람에게 옷을 선물하기로 했다.

내일 회의용으로는 슈트(예복)을 준비해오긴 했지만, 베니마루와 소우에이는 전투복을 그대로 입고 있다. 모험가들도 그렇게 하고 다니니 딱히 흠을 잡힐 만한 일은 아니지만, 거리를 걸어 다니기에는 많이 살벌한 차림이다, 슈나도 무녀복을 그대로 입고 있으니, 세련된 평상복이 있어도 좋겠다고 생각한 것이다.

그런고로 모두에게 각자 마음에 드는 옷을 고르도록 했다.

베니마루와 소우에이는 테일러드 재킷과 셔츠, 그리고 스키니 진을 골랐나.

그래, 그래. 잘 어울리네, 잘 어울려.

슈나는── 오옷!!

풍성한 느낌의 흰색 스커트팬츠와 아이스블루의 니트 조끼로 완벽하게 갖춰 입었다.

귀엽다. 이건 정말 잘 어울리는군!

"보기 좋은데. 잘 어울려, 슈나!"

"고맙습니다! 정말 기뻐요, 리무루 님."

응응.

역시 무녀복도 좋지만, 이런 캐주얼한 옷도 좋군. 평소에 자주 보던 모습이 아니니까 너무나 신선하게 느껴지기도 하고.

이참에 몇 벌 더 골라서 구입하기로 했다. 나중에는 그 옷들을 참고로 하여, 우리도 같은 것을 만들 수 있게 될 것이다.

시온에게도 줄 선물로 옅은 남색의 올인원을 골랐다. 그 녀석은 외모만큼은 쿨하니까 이것도 아름답게 소화해줄 것이라고 생각한 것이다.

"분명 기뻐할 거예요!"

"그럴까?"

그렇다면 나도 기쁘다.

"네, 틀림없이요."

슈나가 그렇게 말한다면 분명 그렇겠지.

"너희도 잘 어울리니까 그걸로 하자고."

"저희 옷은 너무 대충 고르시는 것 아닙니까?"

"——그러게 말입니다."

베니마루와 소우에이가 불만스럽게 말했지만, 내 알 바가 아니다.

그 전에, 아직도 고르고 있었냐, 너희들?

입으로는 흥미가 없다는 듯이 말했지만, 어지간히도 기합을 넣고 고르고 있었군. 미남은 어떤 옷을 입어도 대충 잘 어울리니까, 딱히 크게 고민하지 않아도 될 것을…….

내 경우는 속전속결이다. 어차피 고민해봤자 차이를 모르니까 점원에게 부탁하여 골라달라고 했다. 그게 제일 견실하고 실패할 일이 없다.

이렇게 각자가 옷을 다 골랐다.

몸에 맞게 치수를 조정하는 과정도 그 자리에서 끝낸 뒤에, 바로 그 옷으로 갈아입었다.

슈나는 내가 사준 옷 꾸러미를 소중하게 안고, 입가가 풀린 표정으로 미소를 짓고 있다. 늘 아쉬움이 많은 비서인 시온과는 차원이 다른 수준으로 빈틈없이 착실한 성격인 만큼 그 갭이 너무나 흐뭇했다.

베니마루와 소우에이도 새로운 옷으로 갈아입고 기쁜 표정을 짓고 있었다.

다들 기뻐하는 것 같아서 정말 다행이다.

평소에도 바쁘게 일하는 그들에게는 뭔가 사례를 하고 싶다는 생각을 하고 있었다.

이렇게 기뻐해줄 줄 알았으면, 좀 더 빨리 이렇게 해줄 걸 그랬다.

그런 생각을 하면서, 나는 계산을 끝냈다.

옷을 갈아입은 뒤에, 요시다 씨가 경영했던 카페로 이동했다.

지금은 제자가 이어받았으며, 그런대로 번창하고 있었다.

우리나라에서 재료를 수입하고 있기 때문에 우리는 할인가격으로 이용할 수 있었다.

거기서 우리가 기다리고 있는 사람은 먼저 잉그라시아 왕국에 와 있을 히나타였다.

오랜만에 잉그라시아 왕국에서 점심을 즐기면서, 내일 개최될 회의에 대하여 히나타로부터 자세한 이야기를 듣기로 한 것이다.

히나타를 기다리는 동안 나는 소우에이로부터 정보를 들었다.

소우에이는 서방열국의 동향을 조사하고 있었기 때문에, 이번에 나를 부른 이유에 대해서도 알고 있을지 모른다고 생각한 것이다.

"그럼 소우에이, 보고를 부탁한다."

"네, 그럼 우선은 개국제의 평판부터――."

그렇게 말하면서, 소우에이는 각지에서 들은 소문이나 잡담을 통해 중요해 보이는 정보만을 골라서 보고해주었다.

굉장히 알기 쉬운 보고라서 만족스러웠다.

개국제의 평가는 제법 좋았다.

위로는 왕후귀족부터 아래로는 농민까지, 엄청난 기세로 화제가 되고 있다고 한다.

소문 이야기가 나왔으니 말인데, 던전(지하미궁)도 그랬다.

귀족들을 노린 홍보가 효과를 발휘하면서, 미궁 공략을 위한 도전자 팀을 결성하는 자도 있다고 한다. 우리나라에 가까운 나라의 귀족들뿐만 아니라, 먼 나라에서도 흥미를 가진 자가 늘어났다고 한다.

이런 추세라면 도전자의 수는 더 늘어날 것 같다.

그런 식으로 밝은 이야기를 들은 뒤에, 때를 봐서 본론에 들어간다.

"그래서, 상인들의 신변조사와 뮤제 공작의 배후 관계는?"

"빠짐없이 조사했습니다. 상인들은 각각의 가족구성부터 거래처인 상인의 집안까지, 면밀히 조사했습니다. 그 결과, 딱히 수상한 인물과의 접촉은 확인되지 않았습니다. 단, 각국에서 상업허가를 얻을 때에 몇 명의 공무원을 거친 것 같습니다. 이 공무원의 관계를 더듬어서 조사해가다 보면 뮤제 공작으로 이어지겠지요."

……그 말은 곧, 무슨 뜻이지?

《해답. 개체명 : 뮤제가 의도하는 대로 상인들이 움직였다고 할 수 있

겠습니다.》

과연. 그럼 상인들을 이 이상 조사해도 큰 정보는 얻을 수 없겠군.

그러면 뮤제는?

정말로 서방열국을 좌우하는 어둠의 위원회라는 자들이 존재하고 있으며, 또 뭔가를 꾸미고 있을 가능성이 있다. 뮤제는 상당히 유능한 남자인 것 같으니, 계속 감시를 시키는 게 좋을 것 같군.

"뮤제 공작의 수완이 훌륭했단 뜻이로군? 그래, 그 성가신 남자는 지금 뭘 하고 있지?"

아무리 유능하다고 해도 소우에이의 감시망을 벗어날 수는 없다. 수상한 조직과 접촉하거나 무슨 꿍꿍이를 꾸민다고 한들, 반대로 이쪽이 꼬리를 붙잡을 것이다.

그렇게 생각하고 있던 내게, 소우에이가 놀랄 만한 말을 했다.

"죽었습니다."

"뭐?"

"원거리에서 날린, 어떤 공격에 의한 것으로 추측됩니다."

뮤제는 가스톤 왕국의 공작이며, 상당한 거물이었다. 그런 뮤제를 살해하다니, 정말로 정체불명의 조직이 관여한 게 아닌지 의심스럽다.

그리고 이게 정말로 '도마뱀의 꼬리 자르기'라면, 상대는 상당히 커다란 힘을 지니고 있는 것 같군.

《알림. 개체명 : 소우에이의 추적을 알아차렸을 가능성이 있습니다.》

입막음, 인가.

이건 정말로 위험한 상대로 인식하는 게 좋을 것 같군.

"너도 알아차리지 못했단 말이야?"

"그래. 눈앞에서 뮤제가 쓰러질 때까지 아무런 기척도 느껴지지 않았어."

베니마루의 질문에 소우에이가 담담하게 대답했다. 뮤제가 쓰러진 후에 소리가 들렸다고 하며, 소우에이도 막을 수가 없었다고 한다.

송구하다는 표정으로 보고하는 소우에이에게, 나도 수고했다며 달래줄 수밖에 없었다.

"믿을 수가 없군. 소우에이가 기척을 알아차리지 못했다는 것은 상대가 몇 백 미터나 떨어진 곳에서 공격했다는 것이 되는데. 마법이라면 마력을 느꼈을 테고, 뭔가를 던졌다면 오라(요기)의 잔재를 느꼈을 텐데?"

아니, 그렇게 쉽게 느낄 수는 없다고 생각한다.

내게는 라파엘이 있으니까, '마력감지'로 대부분의 일은 감지할 수 있지만…….

그건 그렇고, 그렇게 죽일 수 있다면——.

"저격, 인 것 같군."

"저격?"

"뭡니까, 그게?"

그렇군, 베니마루랑 소우에이는 모르는 건가.

슈나도 궁금하다는 표정으로 나를 보고 있었으며, 잘 생각해보니 이쪽 세계에는 총이 없었다.

하지만 '이세계인'이라면 총을 가지고 있어도 이상할 건 없지.

"총, 이라고? 유우키가 분명, 권총을 가지고 있었던 걸로 기억해."

"우왓?!"

갑자기 뒤에서 목소리가 들리는 바람에, 나는 나도 모르게 의자에서 떨어질 뻔했다.

우리에게 말을 건 사람은 히나타였다.

나를 놀래주려고 기척을 죽인 채 살금살금 다가온 것이다.

베니마루는 웃고 있었고, 소우에이도 입가를 가리면서 웃음을 참고 있었다.

꼴사납기 그지없는 모습을 보였군.

"오라버니! 그리고 소우에이까지!"

그런 두 사람에게 슈나가 대신 화를 내주었기 때문에, 나는 불평을 하고 싶은 마음을 애써 참았다.

무엇보다 라파엘이 제대로 가르쳐주기만 했으면——.

《알림. 악의는 감지할 수 없었습니다.》

……그렇겠죠.

결국, 괜한 허세를 부린 내가 잘못했단 말이네요.

어이가 없었지만, 나도 쓴웃음을 지으면서 적당히 넘어갔다.

*

히나타가 합류했으니 점심을 주문했다.
은화 한 개를 지불한 덕분에, 상당히 호화로운 내용의 요리가 나왔다.
식사 중에는 진지한 대화는 피하면서, 맛있는 요리를 즐겼다.
충분히 배도 부르면서 만족했을 때, 나는 커피를 주문했다.
역시 어른에겐 커피의 쓴맛이 어울린다.
설탕과 우유를 듬뿍 넣은 쓴맛과 단맛의 하모니가──.
"그 정도 수준이면 카페오레잖아. 적어도 블랙이면 또 모를까, 그렇게까지 달게 마시면서 뭐가 어른이란 말이야."
히나타가 날카로운 지적을 날렸다.
내 마음속의 소리가 입 밖으로 튀어나온 모양이다.
"시, 시끄러워! 괜찮아, 이런 건 분위기라고!"
"후우, 그 차림새도 그렇지만, 어른스러운 분위기는 전혀 안 느껴지거든."
으윽, 커피뿐만 아니라 옷까지.
아니, 역시 그런가?
그 점원이 내게 추천한 옷은 조금은 세련된 판초 풍의 옷이었다. 어린애가 입을 옷이 아닌가 하는 생각도 약간은 들었지만, 점원의 안목을 믿어보기로 한 것인데…….
뭐가 '점원에게 맡기는 것이 견실하고 실패할 일이 없다'는 거야.
"제길, 역시 이건 아동복이었단 말인가?!"
"아니에요, 잘 어울립니다, 리무루 님!"
"그, 그렇습니다. 보기 좋습니다."
"사실, 저는 그 옷을 마음에 들어 하신 줄 알았습니다."

잘 어울린다는 말은 내가 어린애 같다는 뜻이야?!
굳이 말하자면 충격이었다.
착용감도 좋았고, 이 옷이 마음에 들지 않았던 것도 아니다.
하지만 말이지, 그게 아니라.
댄디한 내 매력이란 것도 있잖아?
조금은 키도 컸으니, 지금은 중학생 정도로 보일 법도 할 텐데.
"귀엽게 잘 어울리니까 그만 포기해."
히나타가 딱 잘라 말하는 바람에, 나는 어깨를 축 늘어뜨렸다.
그렇겠지.
지금의 나에게 어른의 매력 같은 건 눈곱만큼도 없겠지.
아니, 어른이었던 내가 왜 이제 와서 키를 신경 쓰고 있는지 모르겠지만.
그 점은 솔직히 말해서 현실을 인정하지 않으면 안 될지도 모르겠다…….
그렇게 말하던 히나타는 축제 때처럼 세련된 옷차림을 하고 있지 않다.
성기사의 제복을 빈틈없이 입고 있어서, 남장을 한 미인이라는 느낌을 줌과 동시에 늠름하게 보였다.
——이거, 나랑 히나타가 반대로 입어야 하는 것 아냐?
그렇게 생각했지만, 입 밖으로 꺼내는 것은 자중했다.
석연치 않은 느낌을 떨쳐내지 못한 채, 방금 전 중단된 대화를 다시 시작했다.

뮤제 공작의 명복을 빌어주고, 그를 살해한 방법을 의논했다.

"권총이 있다면 역시 저격일까?"

"나는 자세한 건 모르지만 피스톨의 사정거리는 50미터도 안 되지 않았어?"

그랬던 것 같기도 하다.

원거리로 저격했다면 라이플이겠지.

"스나이퍼 라이플 같은 게 이쪽 세계에도 있을까?"

"글쎄? 나는 본 적이 없지만, 없다고 단언할 수는 없겠는데."

그렇겠지.

있다고 생각하는 게 더 좋을 것 같다.

그렇게 생각한 나는 '사념전달'로 베니마루, 소우에이, 슈나에게도 총의 개념을 전해주기로 했다.

"헤에, 이런 무기가 있단 말이군요."

"과연, 이런 게 쓰였다면 제가 감지하지 못했던 것도 납득이 됩니다."

"이런 무기라면 저도 다룰 수 있을 것 같네요, 화약의 조합도 가능할 것 같고, 본체는 도르드 씨가 만들어주실 수 있을 것 같아요."

세 명의 반응이 제각각 다르게 돌아왔다.

베니마루의 입장에서 보면 이런 무기는 위협이 되지 않는다.

그러나 소우에이의 입장에서 보면 이번에 실패했던 것처럼 호위대상을 지키지 못할 우려가 있다. 임무의 내용에 따라선 총이라는 존재가 위협이 될 수도 있다고 느끼고 있는 것 같다.

그리고 슈나는.

총을 만들겠다는 가장 위험한 발상을 하고 있었다.

그 말대로 만들 수는 있겠지만, 과연 어떻게 될까?

총기의 발전은 전쟁을 한꺼번에 변화시켰다. ――그런 말이 있긴 하지만, 이 세계의 전쟁은 애초에 양보다는 질로 승부하며, 상식적인 전략이 먹히지 않는 경우가 많단 말이지.

그런 상태에서 총기를 도입하는 것은 위험한 예감이 드니, 당분간은 말리는 게 좋을 것 같다.

"뭐, 저쪽 세계에선 힘이 없는 인간이라도 최강이 될 수 있는 흉악한 무기이긴 했지. 여기서는 어디까지 통용될지 명확하지 않지만, 마수를 상대하거나 할 때는 유효하겠군."

"탄환이 바닥나는 일은 있어도 마력이 바닥나는 일은 없겠지. 대구경이 되면 위력도 커질 것이고, 수를 갖추면 위협이 될 수도 있겠네. 하지만 그렇다고 해서 당신의 나라에서 양산을 시도하는 것은 자제했으면 좋겠는걸."

확실히 불가능하지는 않다. 아니, 가능할 것이다.

그렇게 판단했기 때문에 히나타도 미리 못을 박은 것이다.

"뭐, 일단은 상황을 좀 보자고. 마법 쪽이 더 강한 것 같지만, 일반인이 총을 쥐는 것은 위험하니까 말이지."

일본은 총기 허가를 받은 사회가 아니었으니, 더욱 그런 생각이 든다.

해외 뉴스를 봐도 총이 있어서 자신의 몸을 지킬 수 있다기보다, 총이 없었으면 사건이 일어나지 않았을 것 같은 상황이 더 많았다. 그렇게 생각하면 누구라도 다룰 수 있는 흉기를 안일하게 퍼트리는 것은 위험한 느낌이 든다.

"알겠습니다. 그러면 극비로 취급하여, 연구만 하는 걸로 하겠습니다."

슈나가 납득해주었으니, 그 정도면 됐다고 생각하자.

뭐, 위협이라면 위협이겠지만, 우리에겐 통하지 않으니까 그렇게 문제시하지 않아도 되지 않을까?

《알림. 올바른 지식이 없는 자가 볼 경우, 눈앞에서 총살된 자를 봐도 무슨 일이 일어난 것인지 이해하지 못할 것입니다. 가까이에 있는 자가 의심을 받을 가능성이 높다고 추측됩니다.》

응?

갑자기 라파엘이 충고를 해줬는데, 그게 대체 무슨 뜻이지?

가까이에 있는 자가 의심을 받는다니―― 아, 그렇구나!!

내 옆에 있는 인간이 암살을 당했을 경우, 내가 의심을 받을 수 있다는 뜻이잖아.

그 말을 들어보니, 분명 그렇긴 하다.

히나타는 내 편을 들어주고 있으니, 증언 자체가 막혀버릴 가능성이 있다. 범인이 도망치는 바람에 흉기를 확인할 수 없게 되면, 내가 그대로 죄를 뒤집어쓸 가능성이 있는 것이다.

위험했다.

이런 잡담을 미리 나누지 않았다면, 자칫하면 덫에 걸렸을지도 모른다.

그런 덫이 있는지 없는지는 모르겠지만, 라파엘이 경계하고 있다면 있다고 생각하는 것이 틀림없을 것이다.

"어찌됐든 내일 회의 중에는 각별히 주의를 해야겠군."

"마력이 담기지 않은 납탄으로는 맞춰봤자 약간 아픈 정도일 텐데요. 저희가 경계할 필요도 없다고 생각합니다만…….”

“아니, 그렇게 방심하면 안 돼, 히나타가 말했던 것처럼 대구경이라면 위력이 커질 것이고, 마력이 담긴 탄환이 있을지도 몰라. 게다가 회의 중에 누군가 맞기라도 한다면 맨 먼저 의심을 받는 건 나일 것 같고 말이지.”

“저도 그게 걱정입니다. 회의장 주위에도 ‘분신체’를 배치하여, 더 신경 써서 경계하겠습니다.”

역시 소우에이다. 내가 더 말할 것도 없이, 거기까지 생각이 미친 모양이다.

“음, 부탁하마!”

“알겠습니다.”

그런고로, 수상한 인물이 있으면 소우에이가 잘 처리해줄 것이다.

일단 안심한 뒤에 본론으로 들어간다.

“그건 그렇고 히나타. 이번 회의에 나를 부른 이유는 뭐지?”

내일 회의할 내용, 그걸 아직 듣지 못했다.

예상은 하고 있다.

라미리스와 베루도라는 어딘가에서 용이 날뛰고 있기 때문이 아닐까, 혹은 정체불명의 마왕이 출현했기 때문이 아닐까 하고, 바보 같은 예상을 하고 있었다. 당연히 그런 이유일 리는 없을 테고, 우리를 동료로 인정할 것인가 아닌가를 논의하려는 자리임에는 틀림이 없을 것이다.

지금 나를 국빈으로 대접하는 걸 보면, 좋은 대답을 들을 수 있을 것이라는 기대가 들었다.

"전에 있었던 임시회의에서 템페스트의 평의회 가입이 승인되었어. 내일 본회의에서 당신에 대한 질의응답을 거친 뒤에 정식으로 결정되겠지."

빙고!

그 멍청이들은 관계가 없다 보니, 무책임한 발언을 할 때가 많다.

흘려듣는 선에서 넘기길 잘했다.

"과연, 내가 예상했던 대로군."

알고 있었다는 듯이 고개를 끄덕이자, 히나타가 수상쩍은 눈으로 바라봤다.

《알림. 현재의 상황에서 판단하자면 그 외에는 다른 것을 생각할 수 없습니다. 개체명 : 사카구치 히나타의 입장에서 보면 "뭘 이제 와서?"라는 심경을 느끼고 있지 않을까요?》

뭐라고――?!

그, 그러면 의기양양한 표정을 지었던 내가 바보 같잖아.

그리고 틀림없다고 생각하면서도, 사실 나는 여러 가지 상상을 했었다.

'마도열차'에 대한 걸 묻는 건 아닐까, 쿠로베가 전시했단 무기를 팔면 좋겠다는 부탁을 하려는 건 아닐까, 각종 연구 성과를 공개해줄 것을 각국이 요청하려는 건 아닐까 등등, 짚이는 바가 너무 많아서 고민했던 것이다.

그런데 라파엘조차 "그 외에는 다른 것을 생각할 수 없습니다"라는 말까지 했다.

그렇다면 그렇다고 처음부터 가르쳐주면 좋았을 텐데.

어흠 하고 헛기침을 한 번 한 뒤에, 나는 커피를 마셨다.

이걸로 적당히 넘어가면 좋겠지만…….

"뭐, 어찌됐든 상관은 없지만 아직 정식으로 승인된 건 아니니까, 부디 방심은 하지 않도록 해. 질의응답에서도 마왕인 당신을 화내게 만들 만한 질문이 나올 걸로 예상하고 있어. 상대의 책략에 넘어가거나 하진 않겠지?"

적당히 넘어갔는지 아닌지는 확실하지 않지만, 히나타에겐 아무래도 상관없는 일이었던 모양이다.

히나타의 입장에선 내가 회의를 망쳐버리면 곤란한 것 같다. 그런 일이 벌어지게 되면 템페스트를 지지하는 입장에 있는 신성교황국 루벨리오스에게도 피해가 가기 때문이다.

그걸 걱정하여, 히나타는 내게 주의를 주는 것을 우선한 것이다.

의외로군.

부처님처럼 마음이 넓은 내가 그렇게 쉽게 화를 낼 리가 없다.

"걱정이 지나치군. 나는 너랑 달라서 사교성을 갖춘 어른이라고."

"뭐? 싸움을 거는 거라면 받아줄 수 있는데?"

"아, 아니, 그런 건 아닙니다……."

이것 봐, 그렇게 쉽게 발끈하는 점이 나와 히나타의 차이라니까. 그렇지만 히나타의 성질을 더 이상 자극하는 건 위험하다. 무서우니까 입을 다물고 있자.

"뭐, 그렇긴 하지. 거창하게 국빈으로 불렀으니, 우리에게 뭔가 부탁할 게 있는 게 아닐까 하는 걱정을 한 건 사실이야. 소우에이도 여러모로 조사를 해왔겠지?"

"네, 정보 자체는 확보한 상태입니다. 남은 것은 각국의 왕족이 어떤 의도를 갖고 있는가와 그 부하들의 생각을……."

"그에 관해선 나중에 다시 상세하게 보고를 해다오."

"알겠습니다."

내가 아니라 라파엘에게 말이지.

"——하지만 히나타 공에게 하나 묻고 싶은 것이……."

"뭐지?"

어라?

이야기는 이걸로 끝이라고 생각했더니, 소우에이에겐 뭔가 마음에 걸리는 게 있었던 모양이다.

소우에이는 부하들을 각지로 파견하여 여러모로 조사를 하고 있다. 서방열국을 좌우하는 어둠의 위원회라는 자들을 찾아내는 겸, 각국에서 정보 수집도 병행하고 있었다.

나도 거기에 익숙해졌기 때문에, 뭔가 알고 싶은 게 있으면 소우에이와 그 부하들에게 부탁하게 되었다.

그런 소우에이이기에 뭔가 마음에 걸리는 소문을 들은 것이겠지.

"각국의 대신 중에는 우리나라를 이용하려고 생각하는 자들이 있는 것 같습니다. 그런 자들이 입에 올리고 있던 것이——."

"혹시 당신들을 동쪽 제국에 대한 방위전력에 가담시키자는 이야기 말이야?"

"역시 대단하군요. 바로 그겁니다, 히나타 공."

소우에이가 전부 다 말하기 전에, 히나타가 정답을 언급했다. 즉, 히나타도 상황을 파악하고 있는 것이다.

"전쟁이 시작될 것이니 도와주면 좋겠다는, 그런 이야기야? 그렇다면 우리가 도와줄 의무가 있는 것은 블루문드뿐인데. 안 그래?"

베니마루도 베니마루 나름대로 현재 상황을 분석하여, 소우에이의 걱정이 지나치다고 웃어 넘겼다.

그 의견도 타당하지만, 그 이전의 문제인 것이다.

히나타는 아마 이다음의 전개를 전부 꿰뚫어 보고 있을 것이다. 그리고 걱정하는 듯이 보이지 않는다는 것은 나와 같은 결론에 도달했다는 뜻으로 보인다.

내 경우는 라파엘의 예측이었으니까 꽤나 신용도가 높다. 히나타의 예상까지 일치한다면 거의 틀림없다고 봐도 될 것이다.

그걸 확인하기 위해서라도 서로의 답을 맞춰보기로 하자.

"베니마루가 말한 대로, 조약을 맺은 곳은 블루문드 왕국뿐이야. 그 이전에 제국에 관해서는 걱정할 필요가 없다고 생각하는데."

"이유를 여쭤봐도 되겠습니까?"

상당히 걱정이 되었는지, 소우에이가 내게 물었다.

여전히 성실한 녀석이다. 나는 소우에이를 안심시키기 위해 라파엘이 이끌어낸 결론은 말해주기로 했다.

"응. 우선 중요한 것은 제국의 입장에서 생각해보는 것이겠지. 제국이 서방열국을 공격하려고 할 경우, 어떤 전략을 세울 수 있을까——."

애당초 무슨 목적으로 공격하는가가 중요하지만, 그건 넘어가기로 하고.

전쟁을 벌이게 되는 경우, 침공 루트를 선정하는 것이 중요하다.

쥬라의 대삼림을 통과하는 루트.

카나트 산맥을 넘어가는 험준한 등산로.

마지막으로 해로.

우리가 도로 정비를 하기 전에 존재했던, 종래의 무역 루트와 같다.

제국원정군의 규모에 따라 달라지겠지만, 어떤 루트를 선택하더라도 문제가 있었다.

해로는 난이도가 높다. 거리로 따져보면 파르무스 왕국으로 직통하지만, 연안부는 괜찮다고 쳐도 근해구역까지 나오면 그곳은 대해수(大海獸)의 서식지다. A랭크를 오버하는 흉악한 마물의 소굴이며, 대선단으로 항해해도 안전이 보장되지 않기 때문이다.

예전에 맛있게 먹었던 그 스피어 참치조차도 바닷속에선 지극히 위험하다. 60노트── 즉, 초속 30미터나 되는 속도로 돌격하여 선체에 큰 구멍을 뚫어버리는 괴물인 것이다.

강철의 장갑선이라고 해도 안심할 순 없다. 왜냐하면 대해수 중에선 스피어 참치도 잔챙이에 불과하기 때문이다.

대해수의 지능은 낮지만, 자신의 구역을 침범하는 자에 대한 공격본능은 상당히 과격하다고 들었다. 10미터가 넘는 거대한 덩치로 배에 몸통박치기를 날리면 어떤 군함이라도 가라앉게 될 것이다.

그런고로, 안전한 해로를 알고 있는 상인 말고는 바다를 건너겠다는 생각을 하지 않는 것이다.

그럼 등산로는 어떤가 하면── 카나트 대산맥에는 용의 소굴이라고 불리는 마경이 있다.

상인 일행 정도는 눈길을 주지 않겠지만, 대규모 단체의 접근은 용의 역린을 건드리게 된다. 상대는 인간이 아니므로 어떤 교섭도 통하지 않는다. 자신들에 대한 적대행위로 오인당하면 그 시점에서 끝나는 것이다.

긍지 높은 드래곤 로드(용왕)가 이끄는 용족이 자신들을 노린다면, 서방열국과 전쟁을 벌이기 전에 군대를 소모하게 되어버린다. 이기면 되겠지만, 거기서 지면 웃음거리가 될 뿐이다.

하물며 용을 격퇴한 뒤에는 서방열국의 저항이 아직 기다리고 있다. 아니, 거기서부터 본격적인 전쟁이 벌어지는 셈이다.

그리고 험준한 산맥에서 벌이는 군사행동은 그것만으로도 상당히 힘들다. 시기적으로도 한여름의 짧은 시간에만 지나갈 수 있다. 눈으로 막힌 극한의 산지(山地)는 마법이 있다고 해도 난공불락이다.

이 루트도 역시 일반적인 전략가라면 선택을 피할 것이다.

그렇게 되면 결국, 쥬라의 대삼림을 통과하는 루트밖에 남지 않는다.

하지만.

"쥬라의 대삼림은 마왕인 내 영토야. 그 이전에 베루도라가 있잖아?"

"그래. 베루도라 님의 부활을 대대적으로 알린 지금, 제국도 섣불리 움직이지 못하게 됐어. 봉인되어 있을 때조차도 베루도라 님을 두려워하고 있었으니, 지금은 아무 행동도 하지 못 할 거라고."

그 말이 맞다.

파르무스의 군대를 전멸시킨 것은 베루도라라는 소문을 퍼트렸다. 이 소문은 당연히 제국에까지 퍼졌을 것이며, 제국의 야망까지 억눌렀다고 봐도 좋을 것이다.

예전부터 베루도라를 두려워했던 제국.

그렇기에 그들은 지나치게 신중했다. 조금 더 행동이 빨랐다면 혹은 우리도 전멸 당했을지도 모른다.

하지만 지금은 베루도라가 있다. 그게 바로 라파엘이 걱정할 필요가 없다고 단정한 이유였던 것이다.

《알림. 단정이 아니라 예측입니다. 상황은 매일 변하고 있습니다. 새로운 정보를 얻었다면 그걸 적용하여 다시 상정할 필요가 있을 것입니다.》

라파엘도 걱정이 많군.

하지만 그 말은 정론이다.

함부로 단정하고 행동했다간 나중에 터무니없는 함정에 빠지는 일도 있다.

"제국이 기분 나쁜 존재인 것은 사실입니다. 그러나 사역마로 삼은 '섀도(영마, 影魔)'는 도움이 되지 못하는 지라, 제가 직접 본격적으로 조사를 하러 가야 하지 않을까 하는 생각을 하고 있었습니다. 그런데……."

소우에이는 지금, 서방열국의 어두운 부분을 조사하느라 한창 바쁘다. 부하인 '쿠라야미(람암중, 藍暗衆)'도 각자 임무를 부여받은 상황이다.

그가 할 수 있는 건 새도라는 하위 요마를 보내는 것 정도였다. D랭크의 마물이지만 '그림자 이동'과 '사념전달'을 쓸 줄 알기 때문에 정찰에는 최적의 마물이라고 한다. 그러나 그런 하급 마물로는 제국을 지키는 '결계'를 파괴할 수는 없었다고 한다.

그렇다고 해서, 그 이상 부하를 보내는 것은 어렵다. 안전성이 확인되지 않는 장소에 파견하려고 한다면, 보낼 수 있는 자는 소우에이가 실력을 인정한 자로 한정된다. 그런 자를 현재의 임무에서 제외하면 내가 내린 명령에 지장이 생기기 때문이다.

소우에이는 유능하지만, 만능은 아니다.

진화한 지금도 소우에이는 자신의 '분신체'를 동시에 여섯 명까지밖에 만들어내지 못한다. 그건 비장의 수단이며, 늘 위험한 일을 맡고 있다. 혹시나 전투가 벌어질 때를 대비해 분신체를 남겨둘 필요가 있으니, 그걸 제국을 조사하기 위해 보낸다면 나를 호위할 수 없게 된다는 생각에 고민하고 있었던 모양이다.

"제국의 동향은 사실은 그렇게 중요하게 보지 않아. 템페스트를 가입시키기 위한 대의명분으로써 일부의 인간들이 그런 얘길 퍼트리고 있을 뿐이지. 하지만 소우에이 공이 그렇게 신경이 쓰인다면 내 쪽에서도 조사해볼게."

오오, 히나타도 라파엘과 마찬가지로 자신의 생각을 과신하지 않는 타입이로군.

조심성이 많다는 건 알고 있었지만, 그런 모습을 직접 보니 감탄이 나온다. 나도 그녀를 본받아서 좀 더 신중하게 행동하기로 하자.

그건 그렇다 쳐도, 스스로 조사를 자청해서 맡을 줄이야.

그렇다면 말이 나온 김에 그 의견을 받아들이기로——.

《알림. 무장국가 드워르곤의 내부사정도 조사하여, 지하도시 내부에서 군사행동이 가능한지 아닌지에 대한 확인도 부탁드립니다.》

——라파엘은 빈틈이 없군. 히나타까지도 부려먹으려 들다니.

그러나 그 의견에는 나도 납득했다.

카나트 대산맥에는 드워프 왕국 안으로 통하는 길도 있었다.

그곳은 가젤의 구역이니 제국이 마음대로 할 수 있을 거라는 생각은 들지 않지만, 그래도 일단 보사해보는 것도 좋을 것이다.

"히나타, 말이 나온 김에 하나 더 부탁할까 하는데."

"뭐지?"

"드워프 왕국의 구조도 조사해주면 좋겠어."

"드워프 왕국이라면 카나트 대산맥의 지하에 있는 대동굴을 개조한 도시 말이로군. 과연…… 그럴 가능성도 있을 수 있겠네. 역시 당신은 맹한 듯이 보여도 방심할 수가 없어."

"하, 하하하. 그렇지?"

"알았어. 드워프 왕국 건도 포함해서 내 쪽에서 조사해보지."

히나타가 어떤 것에 감탄했는지 모르겠지만, 이 정도면 충분하다.

라파엘은 지나친 걱정이라고 생각하지만, 이 세상에는 절대적이란 게 없다. 방금 전에 막 신중하게 행동하자고 생각했으니, 불안의 싹이 있다면 미리 뽑아버리고 싶다.

히나타가 도와주겠다면 사양하지 않고 의지하기로 하자.

그런 뒤에 우리는 좀 더 조심스럽게 이야기를 나눴다.

오후의 카페에서, 가벼운 분위기 속에서 국가기밀 급의 중요사항에 대한 이야기를 나눴다.

애당초 '차음결계'로 대화하는 소리가 외부로 새어 나가지 않도록 차단하고 있으니, 우리의 대화를 들을 수 있는 자는 없지만.

이런 때에도 스킬(능력)은 참으로 편리하다.

그 뒤에도 한동안 히나타로부터 많은 설명을 들었다.

군사력뿐만 아니라, 우리를 이용하려는 꿍꿍이를 꾸미는 자는 많다는 것을.

어쨌든 인간은 의심이 많다.

예전에 인간이었으니, 그 점은 나도 잘 이해할 수 있다.

그렇기 때문에 더더욱 히나타의 말에도 수긍할 수 있었다.

"잘 알았겠지? 당신들을 이용하려는 자도 있는 것 같으니까, 결코 상대의 의도에 넘어가지 않도록 해."

그렇게 말하면 납득할 수밖에 없다.

단, 히나타의 충고를 들을 것인지 아닌지는 별개의 이야기다.

"그게 무슨 소리야? 우리가 이용당한다고?"

"그래, 군사적으로는 이용을 당할 거야. 그 자체는 나도 바라는 바이고, 당신들의 입장에서도 의도한 대로 돌아가는 것이겠지?"

평의회에 가입하는 조건으로, 우리에게 쥬라의 대삼림의 관리를 아예 다 떠넘길 생각이라고 한다. 제국에 대한 방파제도 되는 것이기 때문에 각국에서 요청이 있었다고 한다.

"문제는 없겠군. 마물의 수가 줄어들면 미궁 공략자가 늘어날 테니까. 확실히 우리가 바라던 바야."

"안일하게 생각하지 마. 우리는 실제로 경험하고 있는 거지만,

각국의 수뇌부는 상당히 교활하거든? 마물의 피해를 줄이기 위해 자국에 주둔시키는 것까지 노리고 있을지도 몰라."

원래는 다른 나라의 전력을 자국에 머무르게 하는 것은 반발이 있기 마련이다. 하지만 마물이라는 인류 공통의 적이 있는 이 세계에선 가능한 한 자신의 전력은 보존해두고 싶어 한다고 한다.

서방성교회의 템플 나이츠(신전기사단)가 그랬던 것처럼, 다른 나라의 전력도 이용하려고 생각하는 나라가 많다고 한다.

《제안. 그렇다면 반대로 전력을 파견하여 빚을 만들어두는 방법도 있습니다.》

나라로 인정을 받는 것뿐만 아니라, 당당하게 다른 나라에 전력을 파견할 수 있단 말인가. 그렇게 되면 무슨 일이 생겼을 때엔 군사력을 바탕으로 압박하기가 쉬워지게 되겠군.

내 조국도 그런 식이었으니까 말이야.

"호오. 그렇단 말이지. 괜찮지 않을까, 그거. 이용당해볼까?"

"뭐, 상대가 우리를 이용할 생각을 하고 있다는 게 마음에 들지는 않지만."

"실질적으론 우리나라가 영향력을 가지게 된다는 말이군요?"

내가 씨익 하고 웃자, 베니마루와 소우에이는 즉시 내 의도를 이해했다. 슈나는 미소를 유지하고 있으며, 아무런 이견도 꺼내지 않는다는 것은 찬성한다는 뜻이겠지.

반대 의견은 없다.

그렇다면 내일은 내 마음대로 해도 된다는 이야기로군.

"사악한 표정을 짓고 있거든?"

어이가 없다는 표정으로 말하는 히나타.

우리의 생각을 꿰뚫어 본 것 같다.

그러나 히나타는 그 이상은 아무 말도 하지 않았다. 즉, 묵인하겠다는 뜻이리라.

그리고 이야기는 끝났다.

히나타는 떠날 때가 되서야 뭔가가 생각난 것처럼 내게 알렸다.

"아, 그렇지. 뭔가를 꾸미고 있는 바보들도 있는 것 같으니까, 주의를 게을리하지 않도록 해."

절대 화를 내거나 거칠게 굴지 말라고, 몇 번이나 주의를 주었다.

평의회 의원들도 제각각 다른 생각을 갖고 있으니, 모두를 같은 반열에 놓고 보지 말라고 말하고 싶은 모양이다.

나 같은 평화주의자를 놓고 뭘 그렇게 걱정하고 있는 건지.

그런 건 히나타가 말하지 않아도 이해하고 있는 것이다.

걱정이 지나치다고 히나타에게 대꾸한 뒤에, 우리는 히나타와 헤어졌다.

*

하룻밤이 지나고 약속의 날이 되었다.

회의가 개최될 장소로 이동한다.

나, 베니마루, 소우에이, 그리고 슈나.

모두가 반듯하게 슈트를 입고 있다.

당연하지만 모든 무기는 '위장' 안에 있다. 그건 다른 세 명도 마찬가지였으며, 언뜻 보기엔 무기를 휴대하고 있는 것으로는 보이지 않을 것이다.

히나타에게서 사전정보를 미리 들었기 때문에, 내 마음에 불안감은 없다.

우리나라를 이용하려고 하는 자도 있다지만, 평의회에 가입하는 것에는 문제가 없을 것 같았기 때문이다.

여기서 인간의 동료로 인정을 받으면, 내가 이상으로 삼은 사회로 한발 더 다가가게 된다.

인간과 마물이 공존공영의 관계를 쌓아가는 그런 세계. 뮬란의 말을 빌리자면 인마공영권이라고 할 수 있겠다.

마물 쪽으로는 마인, 드워프, 엘프, 기타 등등의 마물들과 이미 공생관계가 구축되어 있었다. 이것만으로도 엄청난 경제권이 이룩된 것이지만, 예전에 인간이었던 내 기준에선 역시 인간과도 손을 잡고 싶다고 바라고 있다.

하지만 인간은 욕심이 많아서 말이지.

마물과 달리 손익에 민감하며, 종류가 다른 자를 배제하려는 성질이 있다. 하지만 그 욕망이 있기 때문에 생활수준의 향상으로 이어지는 것도 사실이며, 세상에 오락거리가 퍼지는 원동력이 되기도 한다.

마물과는 달리 단순하지 않다.

복잡한 존재인 것이다, 인간은.

처음부터 잘 풀릴 것이라고는 생각하지 않으니, 지나친 기대는 자제하기로 하자.

회의장에 도착하자마자, 기다리고 있었다는 듯이 몇 명의 의원들로부터 인사를 받았다.

보아하니 우리나라와 가까이 있는 나라에 속한 자들인 것 같다.

듣자하니 개국제에 참가한 자에게서 이야기를 듣고, 나와 친분을 맺고 싶다고 생각한 것 같다.

내 일행들에게까지 잘 대해주는 바람에, 나도 기분이 좋았다.

앞으로의 관계도 고려해서 붙임성 있게 대응했다. 그러자 상대도 안심했는지 미소를 보여주게 되었다.

"와하하하하. 리무루 폐하는 마왕이라고 들었습니다만, 꽤나 싹싹한 분이셨군요!"

"앞으로도 부디 사이좋게 지내고 싶습니다."

"야아, 저야말로. 앞으로도 종종 이벤트를 벌일 생각을 하고 있으니, 관심이 있으면 꼭 참가해주십시오!"

개국제 때는 아직 우리를 두려워하고 있는 느낌이 들었다.

그러나 지금은 꽤나 친근하게 말을 걸어오고 있다. 예전부터 평소에도 리그루도와 묘르마일이 노력해준 덕분일 것이다.

그렇게 반응하면서 기분이 좋아진 나.

히나타로부터 실컷 주의를 받았지만, 역시 걱정하지 않아도 괜찮은 것 같다.

그렇게 생각하고 있었는데, 그 다음에 찾아온 자들로 인해 기분은 최악으로 바뀌었다.

"엇험! 리무루 공이 곤란해 하고 계시지 않소. 볼 것도 없는 약소국의 대표 주제에 무슨 이야기를 그리 길게 하는 거요!"

"하하, 그러게 말입니다. 리무루 공이 예절을 모르는 자가 많다고 평의회를 오해할 것 같아서 두렵군요. 제 분수를 알고 빨리 사라지는 게 좋겠습니다."

그런 식으로 건방진 태도를 띤 의원들이 우리와 이야기를 나누고 있던 사람들을 쫓아낸 것이다.

예절을 모르는 게 대체 누군데! 그렇게 쏘아주고 싶었지만, 꾹 참는다.

소우에이가 '사념전달'로 가르쳐주었는데, 지금 날 찾아온 자들이 나름대로 규모가 있는 나라에 속한 자들이었기 때문이다.

겉으로는 의원들은 다들 평등하다는 규칙이 있지만, 역시 잘 지켜지지 않는 것 같다. 나중에 온 자들은 그게 당연하다는 표정을 짓고 있으며, 미안해하지도 않았다.

거기에는 분명히 신분 차이에 의한 상하관계가 존재하고 있었던 것이다.

"야아, 리무루 공, 저런 자들을 상대하고 있다간 건설적인 이야기는 불가능할 것이오."

"안녕하십니까. 그런데 건설적인 이야기란 건 뭘 말하는 것인지요?"

본심은 내키지 않았지만, 맞장구를 쳐서 상대를 띄워주기로 했다.

"이것 참. 에둘러 말하는 것으론 리무루 공에겐 제대로 전해지지 않는 것 같습니다만?"

"하하하, 그것도 당연하겠군요. 리무루 공은 귀족으로서 지켜야 할 예절과는 인연이 없었을 테니까. 앞으로는 우리가 가르쳐드리기로 합시다."

한 번 되물은 것뿐인데, 꽤나 건방진 태도로 나를 비웃었다.

이자들의 태도가 너무나도 자연스러웠기 때문에, 악의가 있는 건지 없는 건지 못 알아볼 정도였다.

약간 허물없이 대하는 것 같은 느낌도 들지만, 두려워하는 것보다는 나으……려나?

"그건 그렇고 리무루 공. 뭔가 재미있는 것들을 많이 만들고 계시다고 하더군요?"

"그렇더군요. 듣자 하니, '마도열차'라는 것을 운용하실 생각을 하신다고 하던데? 우리나라에도 그 상품을 사용해보도록 내놓으셔도 괜찮습니다만?"

"음, 바로 그거요. 우리도 마찬가지입니다. 우리가 도와드리는 것도 좋겠지요. 물론 그에 상응하는 대가는── 이 이상은 말하기가 좀 그렇군요."

아, 응.

뭐라고 할까, 하도 어이가 없어서 말이 나오지 않는다고 할까?

이 정도면 무례한 수준이 아니라고!

상대가 귀족일 것이라고 생각해서 저자세를 취한 것이 실수였다. 내 대응을 보고 상당히 큰 착각을 해버린 것 같다.

하지만 이곳은 상대의 홈그라운드다.

부드럽게 대응하지 않으면, 귀찮은 일이 일어날 수 있다.

넓은 마음으로 상대를 용서하는 것이다.

히나타에게 허세를 부린지 얼마 되지도 않았는데, 이런 곳에서 화를 낼 수가 없으니까.

"'마도열차'는 레일을 깔지 않으면 운용할 수 없습니다. 그리고 부설공사를 하는 순서는 정해져 있으니까, 그런 부탁을 해도 무리입니다."

"아아, 그런 세세한 건 신경 쓰지 않아도 됩니다. 우리나라에는 이야기를 해놓았으니까, 우선적으로 상품을 납품해준다면 그걸로 충분합니다."

아무래도 실물을 보지 못했기 때문에 잘못 이해하고 있는 것 같다.

'마도열차'가 어떤 것인지 모르는 것 같은지라, 이야기가 전혀 통하지 않는다. 더구나 우리 사정을 전혀 염두에 두지 않고 일방적으로 요구를 들이대고 있다.

그러나 지금은 참아야 한다.

"아니, 아니! 그러니까 그건 정해진 순서가——."

그렇게 말하면서 속으로 분노를 참고 거절하려고 했지만, 이자들의 요구는 멈출 줄을 모르는 것 같았다.

"그럼 다른 상품이라도 괜찮소. 무기와 방어구를 사줄 테니 준비해주시오. 물론 사례를 잊으면 곤란합니다."

특히 방금 내게 말했던 인물, 라키아 공국 대표인 수염 아저씨가 특히 그 정도가 심했다. 은연중에 뇌물을 요구하고 있는데다, 내가 마왕이라는 사실을 잊어버린 게 아닌가 하는 의심까지 들었다.

쥬라의 대삼림에 인접한 나라는 마물의 위협에 노출되어 있다. 그러나 내륙에 위치한 나라들은 평화와 안정을 향유하고 있다.

그렇기에 나라의 생활수준도 풍요로우며, 마왕을 위협적인 존재라고 느끼지 못할 지도 모르겠지만…….

그렇다고 쳐도 정도가 심하다는 말을 하지 않을 수가 없었다.

진지하게 상대하는 것이 바보 같이 느껴졌다.

"그리고 그 묘르마일이라는 자는 대체 어떤 교육을 받은 겁니까? 관리를 시켜서 거래를 하려고 시도했는데, 이리저리 대답을 피하더라고 하더군요. 다른 자에게 거래 창구를 대신 맡길 수는 없겠습니까?"

시끄러워, 라고 벌컥 소리를 지르고 싶어진다.

묘르마일도 이런 자들을 상대하고 있었다니, 내가 모르는 곳에서 많은 고생을 했을 것이 틀림없다. 본인은 가볍게 상대하는 것처럼 보였지만, 꽤나 끈질기게 구는 관리도 있었을 것이다.

나도 본받아야겠군.

"선처하도록 하죠."

그렇게 대꾸하면서 나는 미소를 지었다.

아름다운 말, 일본어.

요구사항을 올바르게 대처한다――는 의미임과 동시에 언제까지라는 기한을 설정하지 않음으로써, 실제로는 아무것도 하지 않겠다는 의미가 되기도 한다.

초(超)엘리트인 일본 관료의 특기.

그 자리를 적당히 얼버무려서, 이야기 그 자체를 없었던 것으로 만든다. 훌륭한 작전이다.

"오오, 믿음직스러운 말씀이로군요!"

"기대하고 있겠습니다."

"그럼 저희는 이만……."

"상품 건도 언제든지 협력할 테니 사양 않고 말씀하시오."

"앞으로도 잘 부탁드리겠습니다."

내 말에 완전히 속아 넘어간 채, 바보들은 웃는 얼굴로 그 자리를 떠났다.

이게 바로 어른의 대응이다.

갖고 싶으면 당신이 사러 오라는 뜻이다.

"아아, 그렇군요. 그때는 잘 부탁드리겠습니다."

그렇게 마음에도 없는 말을 하면서, 나는 그런 의원들이 떠나는 모습을 지켜봤다.

귀찮은 녀석들이었다.

딱히 이 인간들에게 상품을 유통시키지 않아도, 자유조합을 경유하여 파는 쪽이 더 확실하다. 아니, 뇌물을 요구하지 않는 만큼 그나마 다행이라고 하겠다.

다른 의원들도 나를 찾아왔지만, 나는 가볍게 인사만을 한 후에 그 자리를 뒤로했다. 길게 이야기했다간 쓸데없는 트러블을 끌어안게 될 것 같았기 때문이다.

아침부터 기분이 상했지만 이것도 경험이다.

회의가 시작되기 전에 문제를 일으켰다면, 히나타로부터 어떤 비아냥거림을 듣게 될지 모르는 것이다.

이걸로 됐다고 생각하기로 하고, 회의장 안으로 들어갔다.

*

"리무루 님, 그대로 가셔도 괜찮겠습니까? 그 빌어먹을 놈들을 용서하신다니……."

직원의 안내를 받아서 자리에 앉으니, 베니마루가 내게 물었다.

내가 참고 있으니까 베니마루도 발언을 참고 있었던 것 같다.

나도 그 말에 동조하여 불평이라고 늘어놓을까 했지만, 그 전에 소우에이와 슈나가 먼저 말했다.

"리무루 님을 너랑 같은 수준으로 생각하지 마라. 그런 소인배의 헛소리에 리무루 님이 평정심을 잃으실 리가 없다."

"그래요, 오라버님. 바다보다 넓은 마음을 가지신 리무루 님에게 있어서 그런 어중이떠중이들을 일일이 상대하시는 것도 바보 같은 짓이라고요."

으, 응.

그런 식으로 말하는 걸 들으면, 나도 폼을 잡을 수밖에 없게 된다.

"그 말이 맞다. 베니마루, 그 정도로 화를 내다니, 너도 아직은 멀었구나."

그런 말을 하고 있는 나도 속으로는 화가 나 있었다. 하지만 슈나랑 소우에이가 모처럼 그럴듯하게 오해해주고 있으니, 나도 그에 맞장구를 쳐줄 수밖에 없었다.

한껏 건방진 자세로 모두에게 설교를 하면서, 한동안 시간을 보냈다.

부채꼴 모양으로 펼쳐진 의자.

우리가 앉아 있는 곳은 원래는 의장이 앉는 자리다.

쉽게 말해서 부채를 쥐는 부분이다. 모두의 시선이 집중되는 형태를 이루고 있었다.

책상 하나와 의자 하나.

베니마루는 일어선 채로 내 뒤에 대기하고 있다.

그리고 사회를 맡은 의장은 안전한 2층 자리로 이동해 있었다.

어떤 것에 대해서 안전하다는 것인지를 묻는다면 그건 바로 나이다. 역시 내가 마왕이기 때문인지 상당히 경계를 받고 있는 것 같다.

의원 모두의 시선이 내게 집중되는지라, 마음이 진정되지 않는다.

이런 저런 과정을 거쳐서 겨우 회의가 시작되었지만 그때부터가 진짜 지옥이었다.

약삭빠르게 건방진 소리를 지껄인 체면이 있다 보니, 화를 내고 싶어도 낼 수가 없다. 속으로 계속 참으면서 의원들의 발언을 듣는 것에만 집중했지만…….

사전에 히나타로부터 들은 게 있어서, 회의의 의제에 대해선 알고 있다.

우선 회의의 흐름을 말하자면, 우리 템페스트(마국연방)가 카운실 오브 웨스트(서방열국 평의회)에 가입하기에 앞서서 다양한 조건이 제시되는 중이었다.

첫 번째, 국제법의 준수.

두 번째, 경제권의 개방.

세 번때, 군사력의 제공.

요구받은 것은 크게 나눠서 이 세 가지이다.

첫 번째 사항에 대해선 문제가 없다.

가입국이라면 당연히 그 크고 작음에 관계없이 엄수할 의무가 있기 때문이다.

그렇다곤 해도 평의회에 다른 나라의 국내법까지 관여할 권한은 없으므로, 그 점은 안심할 수 있다.

각각의 상인들은 거래처인 당사국의 법을 따르게 된다. 거기서 문제가 발생했다면 당사국의 법에 의해 처벌을 받게 되는 것이다.

그 판결에 불만이 있을 경우, 상인이 소속된 국가의 대사관에 호소하게 된다. 거기서 어떤 판단을 내리느냐에 따라서 국가 간의 문제가 될 것인지, 상인이 불만을 감수하고 받아들이게 될 것인지가 정해진다고 한다.

솔직히 말해서 전에 개국제를 열었을 때보다 나아졌다는 느낌이다.

국가 간의 문제로 발전하는 경우, 이 국제법에 따라 재판이 벌어지게 된다, 국제사법재판소로 출두하여, 제3국도 참가하는 형태로 재판이 벌어진다. ——아니, 그것도 평의회의 역할이기도 하다.

당사국의 의원을 제외한 상태에서 판결을 내리는 것뿐이니, 그렇게 어렵게 생각할 것도 없다.

물론 공평함을 유지하기 위해서라도 우리나라에서 제정한 법률을 공개해둘 필요가 있다. 이게 문제였지만, 나에겐 믿음직한 라파엘이 같이 있다.

각국의 법률을 모두 망라하여, 알기 쉽고 완벽하게 요점을 파악한 뒤에 우리나라의 법안을 작성해주었다.

이걸 제출한 상태이니 아무런 문제될 것이 없었다.

하지만 경제권의 개방에 대한 것은 약간의 문제가 있다.

특허라는 개념이 완전히 자리를 잡지 못한 이 세계에선 흉내를 잘 내는 자가 이익을 얻는 풍조가 있다.

애초에 그 이전에 문명이 지나치게 발달하면 '하늘의 군대'에 의한 공격을 받는다고 한다. 100만 명이나 되는 엔젤(천사족)이 하늘에서 내려와 공격하며, 철저하게 도시를 파괴해버린다고 한다.

그러므로 서방열국에선 전기나 가스는 쓰이지 않으며, 증기기관조차 채용되어 있지 않은 것이 현재의 상황인 것이다.

하지만 불편한가를 따지면 그렇지는 않다.

마법이 있으며, 마도구도 있다.

의복과 장신구 쪽은 일본의 것과 비교해도 손색이 없는 레벨이다.

신선한 식재료의 유통은 전혀 이뤄지지 않고 있지만, 식량의 보존 방법은 우수한 수준이다.

건축기술 쪽은 마법을 이용한 우수한 기술이 만들어져 있다고 한다. 성 같이 눈에 띄는 건물은 어쩌면 현대 일본의 기술로도 재현할 수 없을 것 같다.

그런 느낌으로 의식주 쪽은 잘 충족되고 있었다.

도시부분은 의외로 쾌적하다.

그렇기에 뭐가 문제냐 하면.

베스터와 가비루가 기술을 발표한 것이나, 쿠로베가 주최한 무기와 방어구의 전시회, 그리고 아까 라키아 공국 대표인 수염 아저씨도 알고 있었다시피 '마도열차'의 건까지 어중간하게 정보가 유출되어 있었다. 요움과 뮬란 쪽이 대대적으로 노동자들을 모으고 있기 때문에, 알려져 있어도 이상할 것은 없지만.

그게 문제가 아니라, 그런 기술을 훔치려는 자들이 문제인 것이다.

아니, 훔치려고 하는 건 그나마 낫다.

그들의 경우는 좀 더 악질적이라 할 수 있는데, 우리나라와 거래하겠다는 명목으로 레일의 부설공사를 자기 나라에 우선적으로 실시하라고 주장하고 있기 때문이다.

"우선은 우리 라키아 공국을 먼저!"

"무슨 말도 안 되는 주장을 하는 거요?! 리무루 공, 우리 자문드 공화국이야말로 템페스트의 맹우가 되기에 적합한 나라입니다!!"

"조용히 하시오! 지금은 각국의 주장을 듣고 있을 때가 아니오. 리무루 폐하도 난감해하시지 않소!!"

흰 수염을 기른 의장이 진정시키지 않았다면, 회의는 거기서 틀어졌을지도 모르겠다.

시장의 개방 자체는 문제가 없지만, 기술 제공을 요구하는 것은 예상외였다. 하물며, 우리를 마치 서비스 센터 정도로 생각한다면 앞으로 무슨 일이 있을 때마다 이용당할 것 같아서 불길한 예감이 들었다.

결국 내가 우려하고 있던 것도 틀린 것은 아니라는 뜻이다.

이 시점에서 내 기분은 우울해졌지만, 회의는 아직도 계속되었다.

마지막 조건인 군사력의 제공에 대해선 검토가 필요했다.

히나타도 충고했었기 때문에, 소우에이의 정보를 다시 조사해봤다. 군사적 협력이라는 명목으로 우리의 전력을 이용하려고 드는 자가 있었지만, 이용하고 싶은 것은 우리도 마찬가지다.

우리 템페스트에 쥬라의 대삼림의 관리를 일임한다. 우리에게 마물 대책을 맡기겠다는 안이며, 이에 대해선 아무런 문제가 없다.

처음부터 그럴 예정이었고, 그편이 우리 입장에서도 더 좋았기 때문이다.

히나타와 합의한 사항에서도 쥬라의 대삼림 방면의 방어는 우리가 담당하며, 불모의 대지 방면의 방어는 크루세이더즈(성기사단)가 맡게 되어 있었다.

이에 관한 비용을 전부 우리나라가 부담할 것이니, 평의회 입장에선 아주 기뻐할 일이라 할 수 있을 것이다. 원활하게 경제활동을 하려면 세계정세가 안정되는 것이 바람직하기 때문이다.

동쪽 제국을 경계하고 있는 나라들에게도 우리나라의 방위력은 믿음직할 것이다. 불필요한 걱정이라고 생각하지만, 만일의 경우엔 우리가 선두에 나서서 싸우게 될 것이기 때문이다.

이런 식으로 평의회가 우리를 이용하려 하는 것은 틀림없는 사실이다.

그렇기에 반대로 우리가 이용할 때가 있을 것이다.

쥬라의 대삼림의 방어를 우리가 맡는다. 이건 대전제이다, 약소국의 의도는 우리의 남은 전력을 이용하여 자국을 지키도록 시킬 생각인 것이다.

쥬라의 대삼림에서 나오는 마물이 줄어들어도, 돌발적으로 발생하는 마물은 막을 수 없다. 또한 하늘에서 날아오는 위험한 마물도 있으니, 나라의 입장에선 방위비용을 줄일 수가 없다.

순찰을 도는 병사의 급료랑 토벌의뢰에 드는 비용. 평의회를 통해서 제 시간에 맞춰 준비하지 못할 경우에는 그 비용을 세금에서 충당하지 않으면 안 된다.

하물며 마물을 발견한 뒤에 자유조합에게 의뢰하는 과정으로는, 피해를 미연에 방지하는 것은 불가능한 것이다.

서방성교회를 국교로 정해둔 나라는 크루세이더즈가 대신 순찰을 돌아주고 있었다. 그러나 그들의 수도 무한은 아니다. 광대한 범위를 전전하다 보니, 정작 중요한 때에는 자리를 비우는 경우도 많았을 것으로 생각한다.

그런 문제를 해결하기 위해서 우리가 등장하는 셈이다.

각국은 우리나라에 방위비를 지불하며, 우리는 좋을 대로 이용당하게 된다. 하지만 그와 동시에 국방을 우리나라에 의존하게 되기 때문에, 각국은 우리를 무시하지 못하게 되는 것이다.

즉, 우리의 힘을 과시하고 강대한 군사력을 배경으로 삼아서, 서방열국에 대한 영향력을 강화시키는 것이 되는 것이다.

돈도 들어오는 데다 영향력도 강해진다.

그야말로 일석이조의 작전이었다.

그리고 만약 정말로 제국이 침공해 왔을 경우.

템페스트는 불행인지 다행인지, 제국의 침공 루트 위에 위치하고 있다. 어차피 싸우게 될 거라면 등 뒤를 확실하게 정리해두는 것이 더 좋은 것은 당연하다. 우리를 두려워하지 않고 방위력으로서 받아들이겠다면, 우리도 바라마지 않던 일이다.

이런 관계를 성립시키려면 전쟁이 일어나도 절대로 이길 수 없다고 느끼게 만들 만큼, 절대적인 전력 차가 필요하게 된다. 그렇지 않을 경우, 국방을 다른 나라에 맡긴다는 것은 정말로 어리석은 짓이기 때문이다.
거역해도 이기지 못한다. 그렇다면 이용한다—— 그런 생각이 들게 만들 수 있다면, 이 방법은 성공한 것이나 다름없는 것이다.

각 의원의 요청과 간섭이 계속 끼어드는 분위기 속에서, 의장의 설명이 끝났다.
"——이상이 쥬라 템페스트 연방국의 가입조건이 되겠습니다. 리무루 폐하, 다른 의견이 있습니까?"
여기서 이견을 말하지 않으면 승낙한 것으로 간주되겠지.
의원들의 이기적인 발언은 무시해도 괜찮지만, 가입조건에 놓친 부분이 있어선 안 된다.
우리도 상대를 이용할 생각을 하고 있지만, 우리가 조약으로 묶여 있어선 의미가 없기 때문이다.
이런 건 대개는 서면으로 작성한 뒤에 미리 검토하도록 넘겨주는 것이 아닌가?
——그런 불만은 있었다.
이 회의장에서 대답할 것을 요구한다 한들, 즉시 답할 수 없는 경우에는 어떻게 하란 말이야.
아마 내 생각이지만, 이것도 나를 괴롭히려는 것의 일환일 것이다.
그런 생각을 했지만, 나에겐 라파엘이 있다.
구두 설명을 상세하게 검토하고, 내 손을 써서 자동필기를 해주었다.
정말로 만능이다.

그런고로, 각각의 조건을 검토하게 시킨 뒤에 나는 반론을 시작한다.

"모든 조항을 검토했는데, 각 조항에 의문점을 느꼈으며 그에 대한 대안을 준비했소. 그게 받아들여진다면 우리도 아무런 문제가 없을 것으로 생각하오."

그렇게 말하면서 내가 적은 문서를 건네주자, 그걸 받아든 베니마루가 일어서서 의장에게 전달했다.

압도된 표정으로 받아드는 의장.

"――이럴 수가?!"

나도 전체적으로는 제시된 조건에 찬성하고 있다. 하지만 이용당하면서도 실리를 챙길 수 있도록 일부의 기술사항을 변동시켰다.

라파엘이 친절하게도 정정안을 적어주었다.

말로 하는 것과는 달리, 나중에 봐도 이해할 수 있도록.

우리를 마물이라고 얕보고 있던 의장은 자신이 설명했던 조건이 단어 및 문구가 하나도 빠짐없이 적힌 문서를 보고, 얼굴이 창백하게 변하고 있다. 그뿐만 아니라, 대충 얼버무려 넘기는 것은 통하지 않는다는 듯이 붉은 글자로 수정까지 되어 있었으니, 의장이 놀라는 것도 무리는 아니라고 하겠다.

대단한 것은 내가 아니라 라파엘이지만, 이 자리에선 당당하게 굴기로 하자.

"무슨 문제가 있다면 협의에는 응하겠소만."

이 제안이 받아들여지지 않는다면 무리하게 가입할 필요는 없다. 모든 이에게 인정을 받는 것은 아직은 시기상조로 보고 포기한 뒤에, 우리를 인정해주는 국가하고만 상호관계를 더 깊게 유지하는 방침으로 전환하면 그만이다.

"아뇨, 무슨 문제가 있는 것은 아닙니다……. 하지만 잠시 동안 리무루 폐하의 안을 검토할 시간을 주십시오."

의장은 바보는 아니었는지, 우리가 만만하지 않다는 것을 알아차린 모양이다.

그 문서에 이의를 제기하는 것이 아니라, 문서를 자세하게 조사하기로 한 것 같다.

우리에겐 검토할 시간을 주지 않았으면서——. 그렇게 생각했지만, 반대해봤자 돌아오는 이득은 없다. 지금은 순순히 그 요구에 응하기로 했다.

*

어쩌다 이렇게 된 거지?

차올린 책상이 공중에 떠올랐다가, 천천히 떨어지기 시작한다.

멈춰버린 것 같은 시간 속에서 히나타의 시선이 너무나 차갑다.

역시 저지르고 말았네. ——굳이 말로 하지 않아도 그런 생각을 담은 시선이 아프게 느껴질 만큼 뚜렷이 전해진다.

굉음을 내면서 지면과 격돌하는 책상.

그걸 발꿈치로 밟아버리자, 원형조차 남지 않은 채 산산조각이 나고 말았다.

이미 저질러버린 일은 어쩔 수 없다.

나는 이게 의도된 행동인 것처럼 가장하면서, 몸을 뒤로 젖힌 자세로 의자에 앉아 다리를 꼬았다. 그리고 창백해진 표정으로 나를 보는 의원들을 응시하면서, 속으로 한숨을 쉬었다.

아니, 처음에는 가만히 참고 있었다.

템페스트를 대표하는 어른으로서 정평이 나 있는 나였지만, 그 마음은 바다보다도 넓다고 자부하고 있다.

그건 최근의 내가 보인 활약을 보더라도 명백하다.

인내력의 화신이라고까지 불리면서, 밀림을 상대하는 것도 이젠 능숙해졌다. 넓은 마음이 있었기 때문에 밀림이 제멋대로 구는 것도 웃으면서 용서할 수 있었던 것이다.

하지만…….

그 상대가 욕심쟁이에 귀엽지도 않고, 욕망으로 눈을 번들거리고 있는 의원 아저씨들이라면 과연 어떨까?

그 대답이 바로 눈앞에서 박살이 난 책상이었다.

세 시간이나 되는 점심시간이 지난 뒤에 회의가 재개되었다.

여기서 문제가 발생했다.

내가 제안한 문서에 대해 의원들은 요청서라는 정체불명의 문서를 작성하여 내게 건네준 것이다.

지친 표정을 하고 있는 의장을 보니, 그의 뜻과는 다른 내용인 것 같다.

하지만 그런 동정을 하고 있을 때가 아니었다.

요청서의 내용을 대충 보기만 했는데도, 도저히 받아들일 수 없는 내용만 적혀 있었던 것이다.

그 내용이 어떤가 하면.

첫 번째.

'마도열차'를 잉그라시아 왕국까지 개통시킬 것. 거기에 드는 공사와 비용은 템페스트(마국연방) 측이 부담하기로 한다.

두 번째.

고품질의 무기와 방어구를 제공할 것. 서방열국의 군비증강이 목적이며, 템페스트에게 협조를 요청하기로 한다.

세 번째.

템페스트에 출현한 미궁은 인류 전체의 보물에 해당한다. 그러므로 그 운영에 평의회를 가담시킬 것.

네 번째.

평의회에 가입함과 동시에 매년 일정 금액의 세금을 내도록 할 것. 또한 의원의 선출에 관해선 안전을 고려하여 인간만을 인정하기로 한다.

등등.

자기들 좋을 대로만 적혀 있었다.

3초 만에 빠직. 나를 화내게 만들 수 있다니 정말 대단하다.

이런 조건은 검토할 가치도 없다.

불평등 조약 수준이 아니라, 이런 걸 체결할 바에야 인간들과의 공존을 포기하는 게 차라리 나았다.

"이봐, 당신들. 나를 우습게보고 있는 건가? 멋대로들 지껄이고 있는데, 대체 무슨 권한으로 마왕인 나에게 이런 요청을 할 수 있는 거지?"

책상을 걷어차고 나니, 조금은 냉정을 되찾았다.

분노를 억지로 참으면서, 얼굴을 숙이고 있는 의원들에게 묻는다.

"리무루 님이 질문하시고 계십니다. 입을 다물고 있지 말고 대답하시지요."

슈나가 미소를 지으면서 추가타를 날렸지만, 내가 말하는 것보다 효과가 더 확실했다. 의원들은 위압감에 짓눌린 채, 식은땀을 흘리기 시작하고 있다.

"당신들은 착각을 하고 있군. 우리나라는 이미 거대한 경제권 구축을 완성하기 직전에 있소. 그래도 내가 카운실 오브 웨스트(서방열국 평의회)에 가입하길 바랐던 것은 우리가 인간에게 적대하지 않는다는 의사표시가 될 것이라는 것 말고는 다른 이유가 없소. 그러나 당신들이 그걸 바라지 않는다면 나로서도 무리하게 일을 진행시킬 생각은 없다는 걸 알아두시오——."

조용해진 회의장에 내 목소리가 조용하게 울려 퍼진다.

큰 목소리를 내지 않았는데도, 그 목소리는 의원들의 마음속에 공포감과 함께 울려 퍼지고 있는 것 같았다.

딱히 '마왕패기'를 사용했다거나, 그런 건 아니다. 아니, '마왕패기'를 인간을 상대로 썼다간 공황상태에 빠지는 것은 그나마 나은 편이고, 자칫하면 발광하거나 미쳐서 죽어버릴 수 있다. 그러므로 이런 자리에서 사용해선 안 되는 것이다.

물론 세뇌 같은 것도 하지 않았다.

그런 짓을 해버리면 인간들과의 우호관계는 전부 허사가 되어버린다. 남은 인생을 YES밖에 대답하지 못하는 재미도 없는 인형들과 보내는 취미는 내겐 없다.

즉, 이번 일은 내 분노의 감정에 따라 책상을 박살 냈고, 평범하게 내 의사를 입으로 말했을 뿐이다.

하지만 그것만으로도 효과는 절대적이었다.

"아, 아니, 리무루 공, 우리는 그런 생각으로 요청을 한 것이 아니라……."

"그, 그렇습니다! 우리도 귀국과 우호관계를 맺고 싶다 보니. 그만 요구가 지나친 의견을 제시하고 말았던 것뿐입니다."

당황하면서 필사적으로 변명을 시작하는 의원들.

그러나 들으면 들을수록 짜증이 난다.

애초에 말이지.

일국의 왕을 상대로 '공'이라고 부르는 행위가 그렇다.

상대도 나와 마찬가지로 왕이거나 국가원수이면 또 모를까, 나라를 대표하는 위치에 있는 것도 아닌 자들이 그렇게 부른다는 것은 우리나라를 업신여기고 있다는 것과 같은 뜻이다.

속국의 왕을 대하는 것과 같은 태도이며, 우리나라에 대한 경의가 없는 대응이라고 할 수 있을 것이다.

틀림없이 이 녀석들은 우리를 기껏해야 마물이라고 얕보고 있는 것이다.

나 자신을 우습게 보는 건 참을 수 있지만, 우리나라 자체를 우습게 보는 것은 용서할 수 없다.

아무리 그래도 나는 마왕이다.

그에 상응하는 대응을 기대하고 있었지만, 예상 이상으로 대접이 심했다.

호텔은 최고급이었으며, 정중하게 응해주는 의원들도 많았다. 그러므로 잠깐 방심을 했던 것은 사실이다.

하지만 그렇다 해도 이건 너무했다는 생각이 들었다.

"뭐? 그렇다면 무슨 생각을 하고 이렇게 나왔다는 말이지? 내가, 우리나라의 국민이, 너희의 노예로서 마차를 끄는 말처럼 열심히 일하라고 말하는 것과 같은 뜻으로 들리는데?"

"아, 아닙니다! 말도 안 됩니다!"

"결코 그런 의도는 없습니다!! 우리는 그런 생각으로 요청을 드린 게 아니라——."

필사적으로 반론하는 의원들.

이런 자들이 나라를 대표하는 귀족이라니, 골치가 아파온다.

이런 자들을 상대로 교섭을 했다간 내 관대한 마음에도 이내 인내의 한계가 찾아올 것이다.

이런 너구리들을 상대로 자신이 원하는 대로 조종했다면, 유우키도 상당한 여우라고 할 수 있겠다.

본받고 싶지만, 나에게는 무리일 것 같다.

《제안. 그러면 제가 자동대응으로 처리할까요?

YES / NO》

라파엘이 무슨 말을 한 것 같은데, 내 기분 탓이겠지.

라파엘은 확실히 우수하긴 하지만 단순한 스킬(능력)에 지나지 않는다. 그 정도로까지 자유롭게 끼어들 리가 없는 것이다.

평소에도 너무 많이 의존하다 보니, 내 바람이 환청이 되어 들렸던 것 같다.

그게 가능하다면, 연설도 전부 맡길 수 있다는 뜻이니, 내가 지금까지 고생할 필요가 전혀 없었다는 이야기가 되니까 말이지.

멍청한 망상을 털어낼 생각으로, 나는 고개를 가볍게 저었다.
그리고 정면에 앉은 의원들을 응시한다.
그건 그렇고 큰일이군.
냉정을 되찾은 지금, 이 사태를 어떻게 수습하면 좋을지가 고민이다. '참을성이 없으면 손해를 본다'는 말은 정말 옳은 말이다. 한 번 어긋나버린 관계를 다시 복구하는 것은 어려운 것이다.
의원들도 필사적이지만, 그건 나도 마찬가지였다.

《알림. 문제없습니다. 마스터가 의도한 대로 이 자리를 지배하고 있던 정신간섭의 영향을 확인했습니다.》

뭐?
뭐라고?!
솔직하게 말하자면, 나는 아무 생각도 하지 않고 있었다. 무슨 의도가 있었던 것도 아니고, 단지 화가 난 상태로 행동하고 있었을 뿐이다.
그런데――.

《알림. 다수의 샘플을 얻으면서, 정신간섭의 법칙을 발견했습니다. 개체명 : 가이가 그랬던 것처럼, 이 자리에 있는 대다수의 의원들도 누군가의 정신간섭의 영향 하에 있었던 것으로 보입니다. 간섭을 해제할까요? YES / NO》

아니, 그야 물론…….

나는 망설이지 않고 속으로 YES라고 답했다.

그 순간, 지금까지 침묵을 지키고 있던 의원들도 목소리를 높이기 시작했다.

"리무루 폐하가 분노하시는 것도 당연하오! 이 추태를 어떻게 보상해야――."

"잠깐, 애초에 그런 조건은 저번 회의에선 언급도 되지 않았잖소!"

"누구야, 누가 그런 짓을 멋대로 저지른 거지?!"

갑자기 분위기가 바뀐 것 같다.

역시 라파엘, 어떤 때이든 믿음직스럽다.

"후후, 저 의원들이 제정신을 차린 것 같군."

마치 계획대로 되었다는 듯이, 나는 뻔뻔하게 그리 중얼거렸다. 단순히 폼을 잡고 싶었던 것뿐이지만, 그 말에 반응한 것은 슈나였다.

"그랬던 거군요! 뭔가 이상하다고 생각했습니다만, 설마 정신지배인가요?"

어떻습니까, 라파엘 씨?

《해답. 정신간섭의 일종입니다. 마력요소에 영향을 주지 않으므로, 확인에 시간이 걸렸습니다만, 같은 계열의 파장을 지닌 자가 다수 존재하는 일은 있을 수 없습니다. 해제에도 시간이 걸릴 것으로 생각했습니다만, 마스터의 분노의 파장으로 인해 '빈틈'이 발생했습니다.》

과연, 내가 노리던 대로 전개된 것――으로 치기로 하자.

"그렇게까지 강력하진 않은 것 같군, 정신간섭으로 의원들의 시야를 좁게 만드는 정도인가?"
적당하게 말을 꾸며내는 나.
그 말에 속아 넘어가서, 슈나를 비롯한 세 사람은 나를 존경의 눈으로 바라봤다.
"과연. 그래서 리무루 님은 의원들을 위압하여 동요하게 만든 것이로군요?"
"그 말이 맞다, 베니마루. 깊이 숙고하여 예상한 행동이었지."
참을성이 모자란 내 성격을 본받으면 곤란하니까 그렇게 말해 둬야겠지.
그래야 히나타에게 변명도 할 수 있을 테고. 정말 다행이다.
그렇게 생각하면서 안심했지만, 아직 의문은 남는다.
그런 정신간섭을 대체 누가 시도한 거지?
유우키, 는 아니라고 생각한다.
이렇게 증거가 남을 만한 방식은 유우키의 취향이 아니라는 생각이 들었기 때문이다.
증거를 남긴다면 나름대로의 이유가── 아니, 깊게 생각해봤자 소용이 없나.
이번 일을 꾸민 자는 누구지?
지금은 아직 그걸 추궁할 때가 아니다.
지금 눈앞에 있는 문제를, 먼저 해결해야 한다.
제정신을 차린 의원들에게 반격을 당하면서 몰리는 일부의 의원들.
그 요청서를 작성한 자들이겠지만, 생각했던 것보다는 수가 적었다. 그보다 더 신경이 쓰이는 것은 그 일부의 자들이 짓고 있는 여유 있는 표정이었다.
아직 뭔가 다른 계책을 남겨두고 있다——. 그렇게밖에 보이지 않는다.
문득 위화감을 느꼈다.
몇 명의 시선이 회의실 안쪽 문을 바라보고 있다.
귀를 기울이자, 여러 명의 발소리가 들렸다.
위병을 부른 걸까?

《알림. 그런 움직임은 감지되지 않았기 때문에, 사전에 계획해둔 것으로 추측됩니다.》

흠흠.
보아하니 내가 거칠게 행동하도록 조장한 뒤에, 붙잡을 생각이었나 보군?
하지만 마왕을 상대로 대단한 자신감을 가지고 있군.
그렇게 조잡한 계획을 잘도 세웠다는 생각도 들긴 했지만, 기본적으로 잉그라시아 왕국과 그곳에 인접한 지역에 사는 자들의 위기의식은 상당히 낮다. 마물의 위협에서 멀리 떨어져 있기 때문인지, 평화에 물든 바보라는 말이 잘 어울렸다.
그건 의원들도 마찬가지였으며, 이 지방에는 실로 낙관적인 자들의 비중이 많은 것처럼 보였다.
어쩌면 히나타가 말했던 '뭔가를 꾸미고 있는 바보들'인지도…….
그런 생각을 하고 있었을 때, 문이 열리면서 십여 명의 병사들과 한 명의 덩치 큰 남자가 들어왔다.

*

"오오, 위세가 대단하군. 네가 마왕을 자칭한다는 그 바보인가. 하지만 말이지, 동료를 겨우 세 명만 데리고 온 주제에 그렇게 거만하게 굴어도 괜찮을까?"

그자는 나를 보자마자 큰 소리로 울부짖었다.

들어오자마자 갑자기 말이다.

그 웃음은 천박했으며, 나를 완전히 얕보고 있는 것 같았다.

예의가 없는 수준이 아니었다. 노골적으로 싸움을 걸고 있는지라, 이미 해명은 불가능했다. 이렇게 나오면 나도 아연실색한 표정으로 자신도 모르게 얼굴을 바라볼 수밖에 없었다.

아니, 잠깐.

이거야말로 적의 책략인 것이다.

뭔가 엄청나고 대단한 꿍꿍이가——.

《해답. 이 남자는 그런 자는 아닌 것으로, 추측됩니다.》

——뭐, 정말?

그럼 이 녀석은 엄청난 바보라는 소리야——?

"저기…… 나도 일단은 마왕을 칭하는 리무루라고 하는 자인데, 누군가와 잘못 착각하고 있는 건 아닌가요?"

만일을 대비해서다. 그렇다, 만일을 대비하서 확인해두는 것이다.

나중에 '제가 사람을 잘못 봤습니다'로 끝날 일이 아니니까, 이 자의 진의를 물어보기로 했다.

슈나의 미소는 사라져 있으며, 베니마루도 너무나도 분노한 나머지 몸이 굳어져버린 것 같았다. 소우에이는 당장이라도 숨겨놓은 칼을 꺼낼 것 같은 기세였는데, 이런 자리에서 칼로 부상을 입는 사태가 벌어지는 건 아주 위험하다.

나도 화는 났지만, 그와는 반대로 억지 미소를 지었다.

그 덕분인지 냉정함을 유지한 채 물어볼 수 있었던 것이다.

그러나 그 결과는 허망한 것이었다.

"그래, 네가 틀림없다. 그 바보 이름이 분명 리무루라고 했거든."

사람을 잘못 본 건 아닌가 보다.

그 말은 곧 이자를 죽여도 문제가 될 게 없다는 뜻인데…….

"——이봐, 너, 그쯤 하라고. 뭐가 목적인지는 모르겠지만, 목격자가 많이 있는 이런 공공장소에서 그런 무법행위가 허용될 것 같아?"

책상을 걷어차서 망가트린 내가 할 말은 아닐지도 모르지만, 그건 이것과는 별개이다.

지금은 법을 앞세워서 이 바보를 쫓아내기로 하자.

그렇게 안 하면 정말 죽일 것 같으니까. 내가 참는다고 해도 베니마루 선에서 폭주를 일으킬 것 같아서 무섭다.

그런데도 그 남자는 아직도 멍청한 소리를 하고 있다.

"멍청한 놈! 이건 찬스란 말이다. 너를 때려눕힌 뒤에 이걸 채우면, 너희 마물들을 꼭두각시처럼 부릴 수 있게 된다고!!"

응? 뭐라고?

나를 때려눕힌 뒤에 꼭두각시처럼 부리겠다고?

무슨 말을 하는 거야, 이 인간?

내가 바보가 된 것인지, 이 녀석이 하고 싶어 하는 말이 잘 이해가 되지 않는다…….

《해답. 이 덩치 큰 바보는 마스터에게 승리한 뒤에, 꼭두각시처럼 부리겠다고 말했습니다.》

알고 있어, 그런 건!

일일이 진지하게 설명하면, 정말로 내가 바보인 것 같잖아.

아니, 덩치 큰 남자가 손에 들고 있는 것은 밀림이 조종당하는 척 하고 있을 때에 봤던 아티팩트(마보도구)—— 오브 오브 도미네이트(지배의 보주)였다.

진품인 것 같은데, 저게 과연 내게 통할까?

《해답. 오브 오브 도미네이트로는 마스터를 지배하는 것은 불가능합니다.》

그 말을 듣고 안심했다.

어디서 손에 넣은 것인지는 모르겠지만, 저런 위험한 아이템은 완전히 박살을 내는 것이 좋을 것 같다.

그렇게 생각하여 나는 의자에서 일어났다.

그때 갑작스러운 사태에 난감해하던 의장이 제정신을 차렸는지, 크게 당황하며 소리쳤다.

"기, 기다려주십시오, 리무루 폐하!! 이건 뭔가 착오가 생긴 것입니다. 결코 평의회의 뜻이 아니며, 그 사실은 제삼자인 히나타

공이 확인해주시면 좋겠습니다——!!"

의장은 내게 경의를 표하고 있었으며, 거짓말은 하고 있지 않았다.

히나타로부터도 이런 이야기는 들은 게 없었으며, 오히려 경계하라는 충고를 받았다.

그 내용이 설마, 이렇게 직접적이고 멍청한 짓일 줄은 생각하지 못했지만, 이제 와선 흘러가는 대로 몸을 맡기는 것보다 더 좋은 방법은 없을 것 같다.

의장은 적이 아니며, 히나타도 그렇다.

그리고 의원 중에도 아군이 있다.

"이런 얘긴 들은 바가 없는데. 어떻게 된 거요?"

"누가 보낸 거지?"

"저 병사는 잉그라시아 왕가의 문장이 새겨진 갑옷을 입고 있군요. 그 말은 즉, 이건 잉그라시아 왕국이 뒤에서 손을 쓴 것이란 말이오?"

그런 목소리가 혼란에 빠져 있는 의원들 사이에서 들려왔다.

명백하게 저 덩치 큰 남자의 일행과는 관계가 없는 반응이었다.

이번 일은 평의회의 결정이 아니라, 일부의 세력이 폭주한 것으로 봐도 틀림없을 것 같다.

당황하는 사람들이 많은 가운데, 냉정한 판단을 내리는 자도 있었다.

히나타다.

의장이 이름을 언급한 시점에 자리에서 일어나, 나와 덩치 큰 남자 사이에 끼어들듯이 앞으로 걸어 나오고 있다.
"라이너 공, 이게 어떻게 된 일이죠?"
덩치가 큰 남자의 이름은 라이너라고 하는가 보군.
히나타도 알고 있다는 것은 즉, 유명한 사람인 말인가?
"허가 없이 들어오지 마라! 지금은 한창 회의 중이며, 너희 같은 병사들이 나설 때가 아니다!!"
히나타가 움직인 것을 보고 용기를 낸 것인지, 의장도 크게 소리 지르면서 병사들을 질타했다.
그 말에 반응하는 자는 라이너가 아니라 의원 중의 한 명이었다.
분명, 잉그라시아 왕국의 백작이며, 개번이라는 이름을 가지고 있었을 텐데…….
"하하하, 레스터 의장님. 괜찮습니다. 그들은 제가 부른 자들입니다. 저기 있는 무법자들을 응징하기 위해서, 말이죠."
2등석―― 의장에 가까운 자리에서 웃으며 그렇게 말하는 개번.
"개번 공, 제정신입니까?!"
의장이 얼굴을 새빨갛게 붉히면서 소리쳤다.
그야 그렇겠지.
의원 중의 한 명이 관여하고 있는 거라면, 자신들은 관계가 없다는 것을 주장할 수 없게 되니까 말이야.
히나타라는 공정한 입장의 제삼자가 있는 이상, 이 어리석은 촌극은 오히려 나에게 유리하게 돌아갈 것 같다. 얕보이거나 업신여김을 당하는 것은 화가 나지만, 잠시 참고 어떻게 돌아가는지 살펴보기로 했다.
"개번 공!! 이런 이야기는 듣지 못했습니다!!"

그렇게 소리친 사람은 요한 의원. 로스티아 왕국의 공작이었던가.

비교적 착실하고 정신간섭도 받지 않았다. 처음 소동이 벌어졌을 때도 씁쓸한 표정을 짓고 있었으니, 아무래도 내 편을 들어주는 것 같다.

템페스트(마국연방)의 가입에 찬성한 자들이라는 것은 틀림없을 것 같다.

“여러분, 진정하십시오. 여러분도 속으로는 사실 마왕 리무루를 두려워하고 있을 것입니다. 그렇지 않습니까? 여기 있는 라이너 공은 우리 잉그라시아 왕국에서 최강을 자랑하는 남자입니다. 그가 마왕 리무루를 쓰러뜨린 뒤에 지배할 것입니다. 그렇게 되면 옥타그램(팔성마왕) 중의 한 명이 우리의 장기말이 되는 겁니다. 게다가 ‘베루도라(폭풍룡)’까지도!!”

의원들로부터 비난을 받아도 개번은 여유 있는 태도를 유지하고 있었다. 그리고 그런 식으로 나에 대한 적대선언을 당당하게 내뱉은 것이다.

그리고 그런 개번에게 찬성하듯이 소리치는 여러 명의 의원들.

이렇게 되면 내가 가만히 참고 있을 이유도 사라지게 되는 것인데…… 나를 내버려 둔 채 사태는 움직인다.

“무, 무슨 말도 안 되는 소리를?!”

“이런 일이 허용될 것 같은가! 의, 의회를 농락해선 안 되오!!”

“그렇고말고! 다, 당신은 평의회의 뜻을 무시하고, 자신의 이익을 우선할 생각이오?”

더 많은 수의 의원들이 자리에서 일어나 불만을 제기하기 시작한다.

그러나 좋지 않은 예감이 들었다. 의원들 중에 안색이 어두워진 채 고개를 숙이고 있는 자들의 모습이 보였다.

개번의 여유도 그렇고, 아직 뭔가를 더 숨기고 있는 것 같다.

그런 내 예감은 맞아떨어졌다.

"진정하라, 제군들. 나의 기사인 라이너의 말은 타당하다. 마왕이 제 발로 이렇게 나와주었는데, 이 기회를 이용하지 않고 뭘 한단 말인가!!"

그런 말을 하면서, 예쁘장하게 생긴 남자가 회의장에 들어온 것이다.

새롭게 나타난 금발의 남자는 의원이 아닌데도 꽤나 건방지게 굴었다.

회의장이 술렁거리는 것 같은 느낌이 들었다.

그걸 보더라도 그자의 위치는 상당히 높다는 것 추측할 수 있었다.

그런 생각을 하고 있으려니——.

"엘릭 왕자 전하, 이게 대체 무슨 짓입니까? 저는 당신에게 바보 같은 짓은 하지 말라는 충고를 드렸을 텐데요……?"

히나타의 발언을 통해 그 정체를 알 수 있었다.

놀랍게도 이 나라의 왕자였던 모양이다.

평의회의 의원이라고 해도 이 나라의 왕자를 상대로는 무례한 짓은 할 수 없다. 난감한 반응을 보이는 것도 무리는 아니다.

이 엘릭이라는 왕자가 이번 일의 흑막이려나?

여러 명의 의원들은 이자에게 선동을 당한 것 같기도 하니까.

"히나타, 당신에겐 실망했소. 마왕에게 겁을 먹고 인류의 수호자라는 입장을 포기했으니까."

"——뭐라고요?"

히나타의 목소리가 차갑고 낮아진다.

아아, 이거 꽤나 진심으로 화가 난 것 같은데.

이렇게 되면 내가 나설 차례는 없어질 것 같군.

"시끄럽게 잔소리가 많군, 히나타 양. 으응? 성기사단장인지 뭔지 모르겠지만, 잉그라시아 왕국 기사단의 총단장인 내 상대는 되지 못해. 거기 있는 빈약한 마왕조차도 이기지 못한 채로 서로 대단하다고 추어주고나 있으니 정말 웃기는구먼. 사실은 소변을 지린 채로 도망만 친 것 아닌가?"

천박한 웃음을 그대로 유지하면서, 이번에는 히나타에게 시비를 거는 라이너.

위험한데, 이 녀석.

나까지 핏기가 가시기 시작했다.

"당신……."

"큭큭큭, 반박도 못하는 걸 보니 정곡을 제대로 찔렀나 보지? 대답해보시지, 성기사단장 나으리. 보나마나 그 직책도 야한 걸 밝히는 추기경한테 애교를 부려서 손에 넣은 장식 아닌가? 분명 잔챙이들끼리 시시하게 싸웠을 게 뻔하지. 상대를 죽일 각오도 없는 마왕이라니 정말 가소롭구먼!"

아, 이번에는 나한테까지 불똥이 튀었다.

그만했으면 좋겠는데, 그런 식으로 도발하는 건.

"하지만 말이지, 히나타. 너의 외모만큼은 나쁘지 않거든. 내 여자가 된다면 애첩으로 삼아서 귀여워해줄 수도 있는데?"

아아, 이 녀석…… 이제 죽었구나.

히나타의 표정은 변함이 없다.

여전히 차갑고 아름다운 얼굴을 하고 있다.

하지만 그 차가운 외모와는 반대로 그녀의 내면은 미친 듯이 끓어오르는 마그마처럼 변해 있을 것 같다.

그건 그렇고 히나타의 인내력은 엄청나네, 정말.

나라면 이미 벌써 이성을 잃었을 것 같다.

"이것 참, 라이너 경, 언동이 좀 상스럽지 않소이까? 하지만 나도 마왕에겐 흥미가 있소. 혼자서 독차지하는 건 좋지 않은 것 같은데, 어떻소?"

오싹 하고 말로 표현하기 힘든 오한이 등줄기를 타고 흘렀다.

설마 이 개번이라는 남자는 나, 날 노리고 있는 건가?!

기분 나쁘네, 이 아저씨. 웬만한 일로는 꿈쩍하지 않았던 나를 동요하게 만들다니, 참으로 무시무시한 남자다.

개번의 자리가 멀리 떨어져 있어서 정말 다행이다.

만약 가까이 있었다면 나도 모르게 때려버렸을지도 모른다.

"――엘릭 왕자 전하. 이 남자, 라이너 공의 언동을, 잉그라시아 왕국은 그냥 보고 넘길 생각입니까?"

히나타가 분노가 느껴지지 않는 조용한 목소리로 물었다.

엘릭은 미소를 지은 채로 대답한다.

"후후후, 히나타 씨, 당신이 협조해주었다면 좀 더 예우를 했을 텐데 말이오. 뭐, 라이너의 분노를 산 당신 자신을 원망하도록 하시오. 그렇지. 미처 말하는 걸 잊어버렸는데 라이너는 A랭크의 모험가보다도 강하지. 그리고 그 외에도——."

거기까지 말한 뒤에 엘릭은 손가락을 딱 하고 울렸다.

그걸 기다렸다는 듯이 문이 열리더니, 검은 옷을 입은 남자와 녹색의 로브를 입은 인물, 그리고 본적이 있는 문장이 자수로 새겨진 외투를 착용한 자들이 들어왔다.

검은 옷을 입은 남자도 낯이 익었다. 잘 보니 드라이어드인 델타에게 목이 잘린 적이 있는 모험가인 가이였다.

그리고 외투를 입은 무리는 틀림없이 우리가 아바타로 사투를 벌였던 팀 '녹란'의 멤버들이었다. 그렇다면 저 녹색 로브를 입은 자는 '벨트(녹색의 사도)'의 관계자이려나?

후드를 덮어쓰고 있는데다, 얼굴도 머플러로 가리고 있다. 정체불명에 수상한 느낌이 들었다. 꽤나 높은 위치에 있었던 것 같은 분위기를 풍기는지라, 어쩌면 용병단의 두목일지도 모르겠다.

그런 내 예상은 맞아떨어졌다.

"소개하지. 이쪽은 가이 공. A랭크의 모험가이며, 지금은 라이너의 부관이오. 그리고 이 남자는——."

그렇게 말하면서 엘릭은 녹색 로브를 입은 남자의 어깨에 손을 얹었다. 일일이 연극을 하는 듯한 몸짓으로 움직이는 것을 보니, 자기도취에 빠져 있다는 걸 바로 알 수 있었다.

"——그 유명한 용병단 '벨트'의 단장이지. 마왕을 토벌하기에 앞서 실례가 되지 않도록 가능한 한 솜씨가 뛰어난 사람들을 모았소. 당신들보다 강한 자는 얼마든지 있다는 말이오. 좀 강하다고 해서, 자아도취에 빠지진 말아주면 좋겠군."

자신만만한 엘릭.

나와 싸우고 싶다면 어울려줄 수밖에——.

《알림. 그렇게 되면 명성이 내려갈 확률이 100퍼센트입니다.》

그렇겠지?

이렇게 사람들의 눈이 많은 곳에서 당당하게 마왕 스스로 싸운다는 건 조금 문제가 있을 것 같다고 나도 생각하고 있었다.

그리고 미궁을 돌파해낸 자와 상대하겠다——는 조건이 있다. 의미도 없이 그 조건을 스스로 어겨버리면 앞으로는 끝도 없이 바보들을 상대해야 할 것이다.

그리고 무엇보다.

나보다 더 화를 내고 있는 인물이 있다.

인간이란 참 이상한 것이, 누군가가 먼저 화를 내면 자연스럽게 냉정해지게 되는 존재다.

"하나 여쭤보겠습니다. 엘릭 왕자 전하, 당신은 제가 아니라 서방성교회까지 적으로 돌리게 될 겁니다. 그럴 각오는 하고 계십니까?"

"안심하시오. 서방성교회, 나아가 신성교황국 루벨리오스에겐 폐를 끼치지 않을 거요. 거기서 잠자코 견학을 하고 있겠다면 당신의 안전도 보장하지."

필사적으로 분노를 참고 있는 히나타를 보고 있으니, 내가 화를 내고 있었다는 사실조차 잊어버리고 말았다.

의장을 비롯하여 필사적으로 엘릭 일행에게 항의를 하는 자도 있다. 다행히 사면초가인 상황도 아니며, 우리를 받아들이지 않는 것도 아니었다.

그저 바보 하나가 폭주했다는 것뿐이었다.

그렇다면 그렇게까지 화를 내며 흥분할 필요도 없단 말인가.

"그런 문제가 아닙니다. 저는 지금 평의회의 요청을 받아 제삼자로서 이 자리에 있습니다. 공평성을 확인하는 것이야말로 제 역할이며, 당신들의 폭주를 보고도 그냥 넘어갈 수는 없습니다. 이것이 평의회 전체의 뜻이라면 또 모르겠지만, 일개 개인의 돌발행동을 그냥 보고 넘길 것이라고 생각하진 마십시오!"

상대의 입장을 고려해서인지, 히나타는 엘릭을 설득하려고 시도하고 있다. 하지만 엘릭에게 그 말은 통하지 않는 것 같으니, 헛수고가 될 것 같다.

"히나타 공의 말대로, 이 자리에서 멋대로 행동하는 것은 삼가주십시오!!"

"이런 얘긴 듣지 못했습니다, 엘릭 전하! 개번 공도 마찬가지요. 이런 짓을 저지르고 무사히 넘어갈 수 있으리라 생각하오?!"

"모처럼 리무루 폐하가 직접 납셔주신 자리인데, 이렇게 응대하는 것은 큰 문제가 될 겁니다!"

"이런 일은 용서받지 못할 것이오. 이건 잉그라시아 왕국의 횡포로 받아들여도 되는 거요?!"

격노하거나 분개하는 등.

큰 소리로 떠들어대는 의원도 늘어났다.

이렇게 되면 나도 관객이 된 기분이 든다.

주역의 자리를 빼앗긴 모양새가 되었지만, 그건 아무래도 상관없다.

"공평성이 없다면 대체 무엇을 위한 평의회란 말인가!"

의장이 외쳤다.

잘한다, 더 크게 외쳐!라고 마음속으로 응원했다.

"시끄러운 영감들이군. 내가 마왕을 지배하는 데에 성공하면 실컷 떠들게 해주지."

라이너는 이미 승리한 기분에 젖어 있다.

이 녀석은 이미 히나타의 분노를 산 상태이니, 내가 나설 차례는 없을 것 같다.

무시하자.

"엘릭 님, 계약상 저희는 당신의 호위만 맡고 있습니다. 스스로 위험한 짓을 하시겠다면 그건 계약위반이 됩니다만?"

이런, '벨트'의 단장도 관계가 없었단 말인가. 자칫했으면 같은 편으로 착각할 뻔했군. 미리 알게 되어서 다행이다.

"그, 그렇습니다! 마왕 리무루 님은 제 안에선 가장 위험한 인물이라고요. 그런 미친 마물들이 돌아다니는 미궁을 만드는 걸 보니 절대로 정상이 아니에요!"

…….

칭찬으로 받아들여야 하나?

그 사투는 무의미한 것이 아니었다. 팀 '녹란'의 리더인 엘레멘탈러는 내게 지나칠 정도로 민감한 경계심을 품게 된 것 같다.

"흥, 별볼일 없는 것들. 겁쟁이는 방해가 될 뿐이다."

가이도 라이너와 같은 부류인가. 지나치게 자신감이 넘치다 보니 남의 말에 귀를 기울이지 않는 타입이다.

나를 증오스러운 눈길로 바라보기 시작하는데, 그렇게까지 미움을 살 만한 짓을 한 기억은 없는데 말이지.
어찌됐든 회의장 안은 일촉즉발의 상황이 되었다.
하지만 결정적인 계기가 없는 탓인지, 아무도 행동으로 옮기지는 않고 있다.
나는 절레절레 고개를 저으면서, 돌아가는 상황을 지켜보기로 했다.

*

고착된 상황을 타개하려는 듯이 엘릭이 한 손을 들어올렸다.
"조용히!! 다들 집중하고 들어라, 엘릭 님이 말씀하신다!!"
어느새 2층 자리에서 내려온 개번이 엘릭의 옆에 서서 그렇게 외쳤다.
만족스러운 표정으로 고개를 끄덕이는 엘릭.
그리고 주위를 느긋이 돌아본 뒤에 천천히 입을 열었다.
"의원 제군들! 지금 여기서 그 의사를 확실히 밝히도록 하라!! 우리에게 동의하여 마왕을 토벌하는 용사가 될 것인지. 그렇지 않으면 마왕과 손을 잡고 인류의 적대자가 될 것인지를. 나라를 대표하여 이 자리에 있는 제군이 올바른 선택을 할 것이라고, 나 엘릭 폰 잉그라시아는 믿고 있다!!"
마치 연기자처럼, 엘릭은 희열에 빠진 표정을 짓고 있다.
"이봐, 이제 와서 투표로 정하잔 말이야?"
나도 모르게 튀어나온 질문을 듣고, 엘릭은 당연하다는 듯이 고개를 끄덕였다.

이렇게까지 헛소리를 실컷 지껄여놓고, 아직도 체면을 차릴 생각을 하고 있는 건가?

애초에 투표를 한다고 해도 과반수의 찬성표를 얻을 리가——.

"후후, 당연하지 않은가? 물론 민주적으로 다수결로 결정할 것이다. 사실 군이 투표까지 벌일 것도 없이, 평의회가 내 편을 들어줄 것으로 확신하고 있지만 말이지."

그 말이 마음에 걸렸다.

자신만만하게, 결과가 이미 정해진 것처럼 말하는 태도가…….

아니, 잘 생각해보면 아무래도 이건 이상하다. 비록 왕자라고 해도 다른 나라의 대표가 모인 자리에서 이런 폭거를 저지르는 것이 허용될 리가 없을 텐데.

그런데도 이런 일을 저지른 이유가 뭐지?

《해답. 다수의 의원을 매수했을 것입니다.》

아아, 역시.

다른 나라의 의원까지 매수할 줄은 생각하지 못했다. 자칫하면 국제문제가 될 수 있으므로, 그런 위험한 계책을 실행으로 옮길 가능성을 배제하고 있었던 것이다.

멋대로 그렇게 믿어버린 내 실수이다.

"그러면 투표로 정하기로 할까. 공평하고 공정하게! 마왕을 이 자리에서 쓰러뜨리고 지배하겠다. 찬성하는 자는 일어서라!!"

왕자의 목소리가 크게 울려 퍼짐과 동시에 몇 명의 의원들이 비열한 미소를 지으면서 일어났다.

역시 사전에 내통이 되어 있었던 것 같다.
이렇게 되면 어쩔 수가 없다.
이번 일은 아쉬운 결과가 나왔다고 해도 시간은 충분히 있다. 우리가 거부당한다면 그건 그대로 결과를 받아들일 수밖에 없겠군.

《알림. 문제없습니다. 예상범위 안의 일입니다.》

뭐, 예상범위 안이라고?
라파엘이 음흉한 미소를 짓고 있는 것 같은, 그런 환상이 보였던 것 같았다.
그러고 보니 분명, 소우에이가 여러모로 조사하고 있었다고 했었지?
우리나라에 대한 평가랑 각국의 재무상황. 그에 대한 왕후귀족의 반응. 그리고 각국 의회의 의사록까지 소우에이가 다 조사해두고 있었다.
그 결과는 모두 라파엘이 정밀하게 검토하고 있었던 것이다.
내 '위장' 안에서 재빨리 서류가 작성되었다.
꺼내보니 여러 개의 장부였다.
아, 비밀장부다!
정말 예상했던 범위 안이었단 말인가, 라파엘.
어느새 라파엘은 내통 중이던 의원들의 약점을 쥐고 있었던 셈이다.
뇌물을 받은 내역 등이 상세히 기록된 장부, 이걸 공개하면 그 시점에서 관계자들을 뿌리 채 뽑아낼 수도 있다.

부정에 관한 움직일 수 없는 증거를 확보하고 있다면, 이건 이미 촌극에 지나지 않는다.
빈틈이 없는 수완이다.
역시 라파엘 씨는 무시무시한 분이라니까.

《알림. 그 증거를 공개할 것도 없이, 마스터의 승리입니다.》

응?
무슨 뜻인가 했더니, 결과가 나온 모양이다.
몇 명의 의원이 일어서면서 박수를 치기 시작하고 있다. 그 모습을 보고 엘릭이 새된 목소리로 승리를 선언한 것이다.
"결과는 나왔다. 과반수에 도달했으니, 이 의제는 가결된 것으로 하겠다!"
그렇게 당당하게 말하는 엘릭.
개번과 라이너도 음흉한 미소를 지으면서, 우리를 포박하기 위해 움직이기 시작했다.
그러나 그건 너무 빠른 판단이었다.
일어선 자들은 전체 인원수의 3분의 1도 되지 않았고, 대부분의 의원들은 여전히 자리에 앉아 있었다. 멍청한 엘릭은 자신의 계략을 의심도 하지 않은 채, 결과도 미처 보지 않고 다 이긴 것처럼 굴었을 뿐이었다.
엘릭을 추종하며 박수를 보내고 있던 의원들도 자신들의 뒤를 따르는 자가 적다는 것을 깨달은 모양이다. 당황한 표정으로 주위를 돌아봤으며, 자신들이 소수파라는 것을 깨닫고 새파랗게 질려 있었다.

결과는 명백했다.

마왕── 즉, 나를 쓰러뜨리는 것을 반대하는 자가 대다수였다.

장부의 수는 엘릭의 호령에 따라 일어선 자들의 수보다 많았다. 그야말로 과반수에 달할 정도의 수였지만, 의원 중에 마음을 바꿔먹은 자가 나온 것 같다.

《해답. 방금 전에 정신간섭을 해제한 결과, 올바른 판단을 하게 된 것으로 추측됩니다.》

그렇군.

제정신을 차리면서, 자신의 어리석음을 깨달았다는 말인가.

그건 잘 됐군.

지금 앉아 있는 의원들은 공정한 판단에 따라 내 손을 잡을 것을 선택한 것이다.

뇌물로 마음이 움직였던 자도 있었던 것 같지만──.

《해답. 정신간섭에 의한 영향은 인간의 '욕망'을 자극하는 것으로 추측됩니다. 상당히 강력한 강제력을 발생시켰던 것으로 보입니다.》

그런가, 그렇다면 약간 동정이 가는군.

마사유키의 유니크 스킬 '선택된 자(영웅패도)'도 그렇지만, 인간의 마음에 영향을 미치는 스킬(능력)은 정말 번거로운 존재다.

마사유키의 경우에는 제어가 불가능했던 것 같지만, 이 스킬을 썼던 상대는 특정 대상을 노릴 수 있는 모양이군. 누가 한 짓인지 모르겠지만, 상당히 위험한 상대인 것 같다.

어쩌면 저 금발의…….

뭐, 제정신을 차린 의원들은 제대로 된 판단을 내리고 있었다. 나에게 예의도 제대로 갖추고 있는 것 같으니, 뇌물 건은 입 다물고 있기로 하자.

그러나 의원 개인의 판단으로 국운을 좌우할 수 있다니, 평의회라는 제도에도 문제가 있는 것 같다. 국제연맹이니 국제연합이니 하는 그런 조직은 자정작용이 작동하지 않는 시점에서 썩기 시작하는 법이니까.

각국을 대표하는 의원이 부패해버리면, 그 인물이 소속된 국가까지 글렀다는 판단을 받게 되어버린다. 개인의 인격과 존엄에 국가의 명운을 맡기는 것이니, 인선은 좀 더 신중하게 처리해주면 좋겠다.

뭐, 그 문제는 내가 걱정할 일은 아니지.

문제로 삼아야 할 것은 지금 일어선 자들이다.

부정을 벌인 자들은 엄정하게 속죄를 하도록 만들어야 한다.

하지만 그 전에, 아직도 자각을 하지 못하는 바보가 정신을 차리도록 만들어줘야겠다.

"이봐, 진정하고 상황을 좀 살피라고."

나는 여유 있는 태도를 유지한 채, 엘릭에게 말했다.

"훗, 무슨 소리를――."

아직 자신의 입장을 깨닫지 못하고 있는 엘릭.

멍청함도 극에 다다르면 이렇게까지 부끄러워질 수 있구먼.

"무슨 광대도 아니고."

"뭐라고오?!"

"아, 실례. 엘릭 왕자 전하가 너무나도 우스꽝스러워서 말이죠."

차가운 눈길로 촌극을 보고 있던 히나타까지, 이때다 싶었는지 내게 가세했다. 언뜻 보면 냉정하게 보이지만, 완전히 전투 모드에 들어갔다.

나도 밀리고 있을 수는 없다고 생각했지만, 히나타의 공격은 멈추지 않았다.

"과반수의 자들이 당신의 의견에 반대하는 것 같군요. 제삼자인 제가 공평한 입장에서 이 투표가 성립되었다고 선언하겠습니다. 뭐, 당신에게 무슨 권한이 있어서 투표를 개최할 수 있었는지에 대해선 나중에 평의회에서 심문회의를 통해 알아보면 되겠지요."

"큭, 이런 말도 안 되는 이야기를 잠자코 받아들일 것 같은가!! 네놈들, 나를 배신할 생각이냐?!"

풋, 정말 유쾌하군.

자신이 생각했던 것과 다른 결과가 나오면서 엘릭이 소란을 피우고 있다. 나르시시스트 같은 자였던 만큼, 그 모습은 볼썽사납고 웃음이 나왔다.

히나타도 이 모습을 보고는 빙긋 웃었던 것 같다.

나도 빙긋 웃는다. 방금 전까지의 불쾌감이 사라지는 것이 느껴지는군.

"그, 그렇다. 엘릭 님의 말씀하신 대로다! 네놈들, 알고 있는 거냐? 이런 짓을 하면 우리나라의 원조는——."

"잠깐, 그게 무슨 뜻입니까? 개번 공, 자세하게 이야기해주실 수 있겠지요?"

지친 표정의 의장이 개번의 말을 가로막았다. 개번은 입에서 침을 튀기며 소리를 쳤지만, 그 말 속에 그냥 듣고 넘길 수 없는 단어가 있었기 때문일 것이다.

우리나라의 원조, 라는 부분이겠지.

《해답. 방금 전의 자료에 발췌되어 있습니다.》

그 말을 듣고 자료를 보니, 상세한 사항이 분명하게 기재되어 있었다.

"라바하 왕국에는 수해에 대비한 대책 공사. 카나르다 왕국에는 가뭄 피해를 극복하기 위한 식량원조. 그 외의 다른 나라들도 다양한 원조가 약속되어 있는 것 같군요. 그에 대한 대가가 이번 투표인 겁니까? 하지만 당신들의 명령에 따르지 않았다고 해서 지원을 중지하게 되면 그건 악질적인 매수행위였음을 스스로 알리는 꼴이 되겠군요."

"뭐——?!"

"어떻게 네가 그런 내부사정을 알고 있는 거냐?!"

말문이 막혀버린 엘릭과, 동요를 감추려는 듯이 절규하는 개번.

나는 여유 있게 굴었다.

상대를 얕보듯이 희미하게 미소를 지어 보인다. 이것만으로도 상대가 멋대로 내가 많은 것을 알고 있는 것으로 착각할 것이다. 나도 사실은 잘 알지 못하지만, 라파엘이 그렇게 말했으니 틀림없을 것이다.

격렬하게 동요하는 엘릭 일행.

의장은 내 말을 듣고 사정을 대충 알아차렸는지, 무시무시한 표정으로 엘릭 일행을 노려보고 있다.

회의의 분위기는 완전히 기울었으며, 우리의 우세가 확정되었다.

슬며시 앉으려고 하는 자도 있었지만, 그건 허용되지 않았다.

소우에이가 이미 '끈끈하고 강한 거미줄'로 움직임을 봉인했기 때문이다.

"그렇게 미리 충고를 했는데. 스스로 위험에 뛰어드는 바보까지 돌봐줄 수는 없지."

'벨트'의 단장이 성별이 확실하지 않은 목소리로 그렇게 내뱉었다.

엘릭을 완전히 포기한 모양이다.

승부는 끝났다.

이 시점에서 우리 목적은 달성된 것과 마찬가지였다.

하지만.

자신들의 패배를 인정하지 못하는 바보가, 이 자리에 아직 남아 있었던 것이다.

*

"웃기지 마라!! 엘릭 님, 포기하시지 않아도 됩다. 제가 마왕을 쓰러뜨리기만 하면 모든 문제는 해결됩니다."

"오, 오오, 라이너!!"

"라, 라이너 경, 그렇습니다. 우리는 아직 경이라는 최강의 수가 남아 있었지요. 실로 믿음직스럽습니다!”

포기할 줄을 모르는 인간들이로군.

이렇게까지 몰린 상태에서도, 의회의 뜻까지 무시한 채 계획을 진행할 생각인 모양이다.

너무 무모하다고 생각했지만, 바보들의 생각은 이해가 잘 안 된다.

“혹시 나를 쓰러뜨릴 생각인가?”

“멍청하긴, 당연한 것 아니냐! 그게 아니면 겁을 먹은 건가? 지금 당장 엎드려서 신발을 핥으면 고통을 느끼지 않도록 봐줄 수는 있다.”

라이너는 천박하게 웃으면서 그렇게 대꾸했다.

오브 오브 도미네이트(지배의 보주)를 슬쩍 보이는 걸 보니, 그걸로 날 지배할 생각인 것 같다.

그런 라이너에게 가이가 뒤따라와 병사들에게 뭐라고 명령했다.

그러자 병사들은 문을 지키기 위해서 움직였다. 보아하니 이 방에서 아무도 내보내지 않은 채, 억지로라도 자신들의 실책을 유야무야시킬 생각인 것 같다.

‘벨트’의 멤버들은 한발 물러난 상태지만, 그 외에도 상위모험가가 있었던 것 같다. 각자 무기를 꺼내더니 우리를 향해서 싸울 자세를 취했다.

“네, 네놈들, 이 자리에서 무기를 꺼내다니 이 무슨 어리석은 짓을——!!”

의장이 소리치지만, 2층석에도 병사들이 출입을 제한한 모양이다. 얼마 안 있어 목소리가 들리지 않게 된 걸 보니, 다른 의원들에게 포박당한 것 같다.

이렇게 되면 어쩔 수 없지. ——그런 생각을 하고 있으려니, 히나타가 나보다 먼저 움직였다.

"이런 폭거를, 입회인으로서 그냥 보고 있을 순 없군요. 그리고——."

당신은 나를 실컷 모욕했죠? 히나타는 그렇게 말하면서 라이너에게 미소를 지었다.

무기의 소지는 허용되지 않으므로 맨손이었지만, 검을 소지하고 있었다면 손잡이에 손을 대고 있을 것 같은 박력이 느껴졌다.

죽었구먼, 저 녀석.

"리무루, 이쪽은 내가 맡겠어."

"큭큭큭, 웃기는군. 잉그라시아 왕국 최강인 내가 네놈의 본색을 드러내주마! 뭐가 성인이냐. 인류의 수호자랍시고 칭송받으면서 분수도 모르고 까불었을지 모르지만, 그것도 오늘까지다. 내가 네 녀석에게 현실이 어떤 것인지를 가르쳐주겠다!"

자신의 실력을 깨닫지 못한 채, 히나타를 향해 큰 소리를 치는 라이너.

확실히 라이너는 약하지 않다.

A랭크 오버 수준이며, 마인 게르뮈드 정도라면 호각으로 싸웠을 것이다.

하지만 진짜 실력자를 모른다.

평화로운 나라에선 뛰어난 재능과 실력으로 평가되겠지만, 늘 전장에 서서 마물과 싸우고 있었던 것은 아니다. 그렇기에 라이너는 마물이 얼마나 위험한지를 모르는 것이다.

그리고 그건 가이도 마찬가지였다.

"훗, 그럼 내가 마왕의 상대를 맡도록 할까."

"좋아! 죽이지는 마라, 가이. 너에게 맡긴 성검의 위력을 확실하게 제어하라고."

"말할 것도 없지. 이 장비가 있으면 나는 두 번 다시 패배하지 않는다!!"

가이 쪽은 나와 싸울 생각이다.

뭔가 엄청난 장비를 받은 것처럼 떠들어대고 있지만, 그건 실은 아슬아슬하게 유니크(특질) 급이라 부를 수 있는 물건에 지나지 않는데.

그리고 스킬(능력)이나 장비에 의존하고 있다간 진짜 실력은 익히지 못할 것이라고 생각한다. 가이는 확실히 A랭크 오버이긴 하지만, 지금의 내 기준으로 보면 아무런 위협도 되지 못한다.

그런 녀석을 이제 와서 상대는 것도 귀찮구먼. ——그게 숨김없는 내 본심이었다.

하지만 내가 나설 차례는 없을 것 같다.

"아까부터 가만히 듣고 있으려니…… 당신들은 저희가 경애하는 리무루 님께 너무나도 무례하게 구는군요."

그렇게 말하면서, 슈나가 앞으로 나선 것이다.

반론을 허용하지 않겠다는 듯한 그 박력.

가이를 향해서 슈나가 조용히 걸어간다.

아아, 오히려 나보다 슈나가 더 격노한 상태였나.

돌아보니, 베니마루가 한 걸음 앞으로 나가려다 멈춰 있었다.

완전히 뒤처진 자세로, 나와 눈이 마주치자 겸연쩍은 표정을 짓고 있었다.

응, 그 마음은 잘 알겠어.

나도 같은 기분이었기 때문에, 베니마루와는 눈빛으로 서로 통할 수 있었다.

"후훗, 후하하하핫!! 사람을 끝까지 우습게 여기는군!! 마왕 리무루여, 그런 빈약한 여자 뒤에 숨어 있다니, 네놈은 부끄럽지도 않느냐?"

슈나를 앞에 두고 나를 조롱하듯이 웃는 가이.

그런 말을 한들, 내가 어떡하겠어?

슈나가 싸울 의사를 보인 이상, 그녀의 자리를 빼앗을 마음은 없다.

베니마루가 발끈하면서도 참고 있는 이상, 나도 가만히 있을 수밖에 없다.

"입 다무세요. 당신 따위를 상대로 리무루 님이나 오라버님이 나설 필요도 없습니다. 저로도 충분하니까요."

"흥, 그렇게까지 말한다면 후회하지 말라고. 나는 여자와 어린애가 상대라도 봐주지 않으니까."

가이는 그렇게 말하면서, 검을 스릉 하고 뽑았다.

성검이라고 말한 만큼, 보기에는 멋져 보인다.

슈나는 그걸 보고 한층 더 또렷하게 미소를 지었다.

자신의 유니크 스킬인 '깨닫는 자(해석자)'로 가이의 힘을 전부 파악했을 것이다.

그렇다면 내가 걱정할 필요도 없다.

만일의 경우에는 소우에이가 그녀를 보호하기 위해 대기하고 있으니, 나는 슈나의 응원에만 매진하기로 했다.

이렇게 우리와 평의회의 중진들이 지켜보는 가운데, 히나타 대 라이너, 슈나 대 가이의 싸움이 시작되었다.

——그렇게 거창하게 말한 것 치고는.

싸움은 순식간에 끝나버렸다.

우선 히나타와 라이너의 싸움 말인데, 이건 코끼리와 개미의 승부였다.

평의회에 참가하기 위해 정장을 착용한 히나타.

움직이기 불편해 보이는 복장임에도 불구하고, 정말 낭비가 없는 움직임으로 라이너에게 다가간다.

"——헉?"

그에 비해 라이너는 그 움직임에 전혀 대처하지 못하고 있었다.

뭐, 그야 그렇겠지.

히나타는 진짜 실력을 전혀 드러내지 않았지만, 어중간한 마왕보다는 훨씬 더 강하니까.

히나타가 라이너의 품으로 파고들더니, 그대로 손과 어깨를 붙잡아서 던져버린 것이다.

그리고 슈나 쪽도.

가이는 자신이 선언한 대로, 일절 봐주지 않고 슈나를 칼로 베었다. 그러나 슈나는 동요하지 않고 부채를 꺼내서 재빨리 휘둘렀다.

그것만으로 가이의 검이 뚝 하고 부러졌다.

"——뭐야?!"

이쪽도 넋이 나간 목소리로 소리치면서 경악하고 있지만, 그런 가이에게 슈나가 추가타를 가한다.

"쓰레기로군요. 당신은 편하게 죽이지 않겠어요, 분명 A랭크 수준이라고 들은 것 같은데, 슬슬 진심을 다해서 공격하시지 않겠어요? 설마 검이 부러진 것 정도로 포기하시진 않겠죠?"

가이에게 부채를 들이대면서, 슈나가 도발했다.

"비, 빌어먹을!! 마물 주제에 나를 깔보듯이 쳐다보다니이——!!"

가이는 격앙했지만, 아무리 봐도 슈나에게 놀아나고 있었다.

실력 차이는 명백했으며, 이러고도 이길 수 있다고 생각할 수 있는 그 머릿속이 이해가 되지 않았다.

그건 그렇고——.

"슈나는 격투기도 할 줄 알았군……."

"네. 하쿠로우에게서 유술을 배웠으니까요."

무녀는 재주가 많군.

사실 하쿠로우의 유술은 실전형식의 고무술과 같은 뜻이다. 사람을 죽이는 것을 목적으로 한 기술이 많으며, 호신용이라는 범위를 넘어선 살벌한 것이다.

그런 위험한 것을 아가씨에게 가르친다니, 오거의 무투파스러운 성격을 지금 다시 실감했다.

슈나의 추격은 계속 이어졌다.

예비용 검을 뽑아든 가이를 농락하다가 다리를 후려서 넘어뜨렸다.

가이는 갑옷의 무게가 오히려 화가 되는 바람에, 서둘러 일어나려고 해도 마음대로 움직이지 못하고 있었다.
그런 가이를 차갑게 바라보는 슈나.
그 가련한 입에서 흘러나오는 목소리는 주문의 영창.
"신에게 이 기도를 바치나니, 나는 성령의 힘을 바라고 또 원하노라. 나의 소원을 들어다오——."
그 목소리는 기도로 바뀌더니, 시간과 공간을 넘어서 내게 들려왔다.
바로 옆에 있지만, 그건 지금 관계가 없다.
"뭐? 뭐야?!"
경악하는 가이를 적층형마법진(積層型魔法陳)이 둘러싸기 시작한다.
"잠깐!! 이건, 이 마법으으으으은——!!"
아아, 가이는 알고 있는 건가.
A랭크의 벽을 넘었다는 건 허풍이 아닌 것 같군.
하지만 알고 있다고 한들 대처는 불가능하다.
그 수준까지 주문이 완성되어버렸으면 도망치는 것은 불가능한 것이다.
버티거나, 막아야 한다.
뭐, 그렇게는 못할 것으로 보이지만.
왜냐하면 그 마법은——.
"히, 히이익——?! 그만, 그마아안——!!"
"——만물이여, 사라져라! '디스인티그레이션(영자붕괴)'!!"
——신성계 최강마법이니까.
빛줄기가 가이를 집어삼켰고, 모든 것을 지워버렸다. ——그런 것처럼 보였다.

앗차, 슈나 녀석, 죽여버렸나. ——그렇게 생각했지만, 보아하니 그렇지는 않은 것 같다.

"히, 히익, 히끅, 히이이……."

빛의 소용돌이가 사라진 뒤에 그곳에는 상반신이 알몸이 된 가이의 모습이 보였다. 다리의 힘이 풀린 건지 바닥에 털썩 주저앉아 있었다.

유아퇴행이라도 한 것처럼 눈물과 콧물을 흘리는 가이.

하지만 살아 있으니 정말 다행이다.

"어머나, 제 실력이 아직 **미숙**하다 보니, 마법이 불발되어버린 모양이네요. 연습 중인 마법은 아직 써선 안 되는군요."

방긋 웃으면서 그렇게 말하는 슈나를 향해, 나도 모르게 "잘도 그런 소릴……"이라고 딴죽을 걸었다. 왜냐하면 갑옷만을 '디스인티그레이션'으로 없애는 것은 완벽하게 제어하지 않으면 불가능한 재주이기 때문이다.

——아니, 사실은 슈나에겐 아다루만과 공동으로 〈신성마법〉의 연구를 맡겼는데, 아직 그렇게 많은 시간이 지나지 않았다. 그런데도 최고난이도의 마법을 벌써 습득했다니, 마법에 관해선 정말이지 엄청나게 유능하군, 슈나는. 아마도 유니크 스킬 '해석자'의 보조가 우수하기 때문이겠지.

뭐, 그건 어찌됐든.

슈나는 가이를 아주 쉽게 쓰러뜨렸다.

남은 건 히나타인데, 그 결과는 더 볼 것도 없었다.

"라, 라이너 경! 뭘 그렇게 여유를 부리고 있는 거요?!"
"빨리 그 건방진 여자의 입을 다물게 하라. 너는 마왕도 쓰러뜨려야 한단 말이다. 그렇게 여유를 부릴 때가 아니다!!"
상황을 이해하지 못하는 개번과 엘릭이 라이너에게 울부짖듯 소리치고 있었다.
그러나 라이너는 움직이지 않았다.
아니, 움직일 수 없었다.
히나타가 노려보는 바람에 위축되어 있는 것이다.
라이너는 히나타에게 내던져진 뒤에야, 비로소 그녀와의 실력 차이를 깨달았을 것이다.
"어머나, 공격하지 않을 건가요? 그럼 내가 먼저 공격할까요?"
히나타가 앞으로 한 발을 내딛으려고 한 순간.
"히, 히익——?!"
세상에서 가장 한심한 비명을 지르면서, 라이너는 두 손으로 머리를 감싸 안고 몸을 웅크렸다.
그의 가랑이 사이에선 김이 나는 액체가 흘러나오고 있었다.
이봐, 소변을 지리는 건 너 자신이잖아.
너무나도 어이가 없다 보니, 아예 말문이 막혀버렸다.
"이게 무슨, 라이너 경?!"
"이, 이게 어떻게 된 거냐? 최강인 너라면 성인 히나타도 적수가 되지 않을 텐데?!"
현실을 전혀 보지 못하는 사람은 이래서 무섭다니까. 그런 잔혹한 명령을, 참으로 쉽게 입에 올리니까.
라이너는 어린애처럼 울기 시작하더니, 눈물과 침을 흘리면서 여전히 웅크리고 있었다.

저 정도면 이젠 틀렸군.

상대하는 것도 바보 같다.

아무래도 이걸로 이번 일은 해결이 된 것 같다.

승부가 가려진 뒤에, 나는 1층석에 서 있는 의원들을 돌아봤다.

가장 눈에 띄는 것은 가장 앞에 서서 어쩔 줄 모르고 있는 엘릭이다.

엘릭의 옆에는 '벨트' 일행이 모여 있지만, 나와 적대할 생각 따윈 없을 것이다. 자연스럽게 살짝 공간을 띄우면서, 자신들은 관계가 없다는 것을 어필하고 있다.

"어디 보자, 엘릭── 왕자 전하라고 했던가? 너는 내게 싸움을 걸었는데, 이제 어떡할 거지? 아직도 계속할 생각인가?"

"아, 아니……."

"거기 있는 당신들. 당연한 말이겠지만, 당신들의 조국도 당신들의 행동을 승인하고 있단 말이지? 공범으로 봐도 되겠지?"

"아, 아니, 그러니까 그건……."

"기, 기다려주십시오, 리무루 공, 아니, 폐하──."

"발언을, 발언을 허락해주십시오!!"

미소를 지으면서 묻는 내게 창백해진 얼굴로 고개 숙이는 일동. 그중의 몇 명이 필사적으로 변명하려고 하지만 무시했다.

소우에이의 스킬로 인해 꼼짝 못하고 서 있기 때문에, 내가 가늘게 뜬 눈으로 바라본 의원들이 할 수 있는 것은 필사적으로 자비를 바라는 것뿐이었다. 지금 굳이 상대하지 않아도, 그들은 더 이상 아무것도 할 수 없는 것이다.

그렇게 나는 자신의 우세함을 확인했다.

옆에서 보면 미소녀가 여유 만만한 태도로 덩치 큰 어른을 위압하는 모습으로 보일 것이다. 상당히 보기 드문 모습이니 꽤나 아이러니할 것 같다.

이런 잔챙이들로 마왕을 제압할 수 있을 리가 없다.

상식—— 이라기보다 현실을 모르는 멍청함이 이 녀석들의 패인인 것이다.

그건 그렇고, 이렇게 조잡한 계획을 세우다니.

설마 내게 승리하여, 진심으로 지배할 수 있다고 생각하진 않았을 텐데.

상대는 아마도 히나타가 말했던 것처럼 내 감정을 자극하여 먼저 손을 대도록 만드는 것이 목적이었겠지만…….

“어디 보자, 그럼 이걸 어떻게 처리한——.”

아니, 잠깐만?

이번 일에는 의원들의 대부분이 정신간섭을 받고 있었다.

‘욕망’을 자극당한 의원들. 그대로 놔뒀으면 과반수의 찬성을 받으면서, 엘릭의 제안이 가결되었을 것이다.

그렇게 되면 내 입장이 난처해진다.

속사정이 어떻든 간에, 회의에서 승인된 것을 뒤집는 것은 어렵기 때문이다.

이렇게 조잡한 계획으로 끝나버린 것은 라파엘이 있었기 때문이다.

그렇다면 역시 나를 향한 명확한 적의가 아직——.

《알림. 살의를 감지했습니다. 대상은 개체명 : 엘릭입니다.》

위험해!

내 '마력감지'도 그걸 느꼈다.

2킬로미터나 떨어진 장소에서 이 회의장을 향해 살의를 뿜어내고 있다.

하지만 이렇게나 거리가 떨어져 있는데 대체 뭘 하려고——?

즉시 '사고가속'을 발동하여 상황을 확인한다.

내 '마력감지'에 비친 것은 약간 와일드한 분위기의 붉은 머리를 가진 여성이다.

그 손에는 작고 검은 쇳덩어리—— 권총이 쥐어져 있었다.

뭐?

이 거리에서 권총이라고?!

저 권총의 유효사정거리가 어느 정도인지는 모르겠지만——.

《해답. 정식명칭은 월터 P99—— 콤팩트하며 경량이면서도 고성능. 유효사정거리는 60미터입니다.》

——아니, 그런 정보는 몰라도 문제가 안 된다고.

우수한 성능을 가지고 있을지도 모르지만, 유효사정거리가 60미터밖에 안된다면 의미가 없다.

지금 우리가 있는 회의장은 잉그라시아 왕국의 중앙부근에 있는, 특별경계구역에 세워져 있다. 벽에는 마법대책까지 갖춰놓았기 때문에, 어중간한 공격으로는 파괴할 수 없을 정도로 튼튼하다.

그 이전에 발사된 탄환은 물리법칙에 따라 중력과 공기저항의 영향을 받는다. 마법이나 스킬로 강화되어 있을 가능성도 있지만, 그렇다면 솔직하게 저격총을 준비해야 할 것이다.

애당초 저격총으로도 목표를 직접 보고 인식하지 못하면 의미가 없지만.

여자가 있는 장소에선 엘릭을 직접 눈으로 볼 수 없을 것이다. 나처럼 '마력감지'로 파악하고 있다 하더라도, 직선상에 벽이 있으니 저격 따윈 불가능하다.

뮤제 공작 암살 사건도 있었다 보니, 회의장의 경비는 엄중했다. 당연히 나도 경계하고 있었기 때문에, 이 회의장에서 거리가 먼 지점에서 저격하는 것이 어렵다는 것을 사전에 이미 확인해두고 있었다.

그러므로 그 행동에는 아무런 의미가 없을…… 터인데.

그렇지 않으면 탄환을 튕기게 만들거나 궤도를 바꾸――.

내가 그렇게 생각한 순간, 붉은 머리의 여자가 권총을 쐈다.

느려진 시간 속에서, 프레임 단위로 탄환이 발사된 것이 보인다. 엄청난 속도로 날아가던 탄환이 갑자기 출현한 검은 구멍에 흡수되는 광경까지도.

――어?!

놀란 것도 한 순간, 탄환이 사라졌다.

《알림. '공간이동'의 일종으로, '공간연결'입니다.》

인식한 두 지점을 잇는 스킬, 그게 '공간연결'이라고 한다. 거리가 가까우면 연결할 수 있는 범위가 좁으니까 그렇게 큰 노력을 들일 필요가 없을 것이라고 한다.

하지만 지금의 내겐 그런 설명을 듣고 있을 여유가 없었다.

붉은 머리의 여자는 '마력감지'로 공간을 파악하고 있었다. 그리고 엘릭의 바로 근처에 탄환이 출현하도록 완벽히 노려서 스킬을 발동시킨 것이다.

그 결과── 2킬로미터라는 거리와 외벽을 무시하면서, 암살은 성공 직전에 있었다.

엘릭의 머리 옆 50센티미터 위치에 작고 검은 구멍이 나타났다. 거기서 튀어나온 것은 초속 400미터를 넘는 필살의 흉탄이었다.

지근거리에서 발사된 것과 다를 게 없는 위력을 지닌 채, 아무런 장애물도 없이 엘릭을 향해 다가오는 탄환.

천천히, 그리고 확실히, 그걸 인식하는 나.

그러나 이 상황을 타개할 방법은 없다.

소리쳐서 알려도 이미 늦었으며, 내가 움직여서 탄환을 막으려 해도 이미 늦었다.

《──문제없습니다. 얼티밋 스킬(궁극능력) '벨제뷔트(폭식지왕, 暴食之王)'를 발동하시겠습니까?

YES / NO》

어, 그거면 늦지 않게 해결할 수 있는 거야? 그런 생각을 하면서, 라파엘의 제안에 따른다.

그러자, 세상에 놀랍게도.

시간과 공간을 무시하면서, 내 손안에 에너지를 잃은 탄환이 굴러다니고 있었다.

"——?! 무사, 한 건가?"

안색이 바뀐 히나타가 엘릭에게 달려와 그렇게 묻고 있었다.

'벨트'의 단장도 경악하는 표정을 지으면서, 내 쪽을 힐끗 바라봤다. 그러나 아무 말 없이 엘릭이 무사한지 확인하고 있었다.

질문을 받은 엘릭은 상황을 이해하지 못했는지, 아직도 멍한 표정을 짓고 있었다.

상황을 알아차린 자는 소수에 그쳤다.

그러나 마법경계망에는 걸리고 말았는지, 건물 안에 경보가 울려 퍼지기 시작했다.

이로 인해 회의는 일시 중단하게 되었다.

*

"소우에이, 범인을 확보해라."

"이미 '분신체'를 보냈습니다."

의원들이 진정되기를 기다리는 동안, 우리는 해야 할 일을 하고 있었다.

그런 우리 옆에서도 상황분석이 시작되고 있었다.

"설마 이런 것으로 사람을?"

"그건 탄환이군요. 우리 근처에는 없었지만 그걸 쏘기 위한 도구가 필요해요."

"그럼 범인이 노린 것은 엘릭 전하란 말인가. 목적은……."

"말할 것도 없이, 마왕 리무루를 함정에 빠트릴 생각이었겠죠."

"확실히 그렇겠군. 그 상황에서 엘릭 전하가 살해됐다면 의심의 눈길이 리무루 폐하 쪽으로 향할 것은 틀림없을 테니까. 그렇게 되면 템페스트를 평의회로 가입시키는 것도 어려워졌을지도 모르오."

"뭐, 그게 진짜 목적이었겠지요. 바라던 대로 놀아나던 바보들은 쓰고 버릴 장기말로 이용당하고 있었던 것이고요."

이야기를 나누고 있는 사람들은 경비대 대장과 '벨트'의 단장, 그리고 레스터 의장과 마지막으로 히나타다.

히나타가 모두의 질문에 대답해주는 식으로, 분석은 별 막힘없이 진행되고 있었다.

날 용의자로 보지 않아서 정말 다행이었다.

엘릭의 신병도 확보되면서 보호를 받고 있었지만, 이번에 회의를 방해하고 뒤집어엎은 죄는 나중에 벌을 받게 될 것이다.

"계, 계속 내 목숨을 노리려고 들까?"

완전히 초췌한 표정으로 중얼거리는 엘릭.

이 인간의 행동은 어리석었지만, 딱히 죽기를 바라는 것은 아니다.

"글쎄, 괜찮을 거 같은데. 너—— 실례, 엘릭 공의 목숨을 빼앗으려다 실패한 시점에서 정체 모를 그자의 의도는 저지되었으니까. 이렇게 된 이상, 한 번 더 범행을 저지를 이유는 없어진 셈이야."

이제 와서 내게 죄를 뒤집어씌우려는 것은 불가능하다. 그렇게 되면 엘릭의 이용가치도 사라졌다고 할 수 있을 것이다.

그러므로 엘릭이 암살을 두려워할 이유는 없는 것이다.

"하, 하지만 나는 대국의 왕자이니 이용가치는――."

으―음, 과연 어떨까?

이런 폭거를 일으키기 전이라면 왕위계승자로서 가치가 높았겠지. 하지만 태자로 봉해진 것도 아니고, 그 외에도 다른 계승자는 더 있다. 그리고 이제 와선…….

성공했다면 이야기가 달라지겠지만, 멍청한 짓을 저지른 왕자가 즉위할 정도로 잉그라시아 왕국도 만만하진 않다.

이런 행동을 일으킨 것에 대한 질타는 받지 않는다고 해도, 실패한 것은 용서받지 못할 것이다.

엘릭이 왕이 될 싹수는 이번 실수로 완전히 뽑혀나간 것이나 다름없었다.

"뭐, 왕이 되는 것만이 인생은 아니야. 어떤 형태로든 이번 건은 보상을 해야겠지만, 그 후에는 자신의 인생을 다시 돌아보는 게 좋지 않을까? 나도 어쩌다 보니 마왕이 되었지만 사실은 그런 존재가 되고 싶다는 생각은 하지 않았으니까. 뭐, 이왕 되어버린 건 어쩔 수 없으니, 그 지위를 실컷 이용할 생각은 하고 있지만."

"후훗, 마왕이 나를, 나를 위로해주는 것인가? 훨씬 더 두렵고 인간에게 해를 끼치는 존재라고 생각했는데……."

"딱히 위로할 마음은 없는데. 나는 기본적으로 평화주의자라고."

내가 그렇게 말하자, 엘릭은 어깨를 힘없이 늘어뜨렸다. 그리고 단념한 것처럼 얌전해졌다.

"속아 넘어간 내가 어리석었군. 개번이여, 이번 일에 대한 책임은 져야겠다."

"저, 전하?!"

"계획을 제안한 것은 너다. 교활한 말솜씨에 속아 넘어간 나도 그 죄에 대한 책임을 묻게 되겠지만, 그대도 각오를 해두는 게 좋겠군, 개번 백작."

아무래도 엘릭은 포기한 것 같아 보였고, 순순히 경비대의 병사를 따르고 있다.

뭐, 흑막이 개번이라는 것은 누가 봐도 명백했다. 개번이 라이너와 엘릭을 부추겨서 이번 소동을 일으킨 것이다.

그 개번도 이용당한 것이겠지만.

정체불명의 조직이라.

음모론 같은 말을 하고 있을 때가 아니다. 진지하게 제대로 조사해보는 것이 좋겠지만, 지금은 소우에이조차 단서를 발견하지 못하고 있다.

하지만 방금 전의 그 저격수를 붙잡을 수 있다면, 어떤 식으로든 증언을 얻을 수 있을 것이다.

거기에 기대해보기로 하면서, 또 한 사람.

"그래서 말인데, 개번 씨. 하나 물어보고 싶은 게 있습니다만?"

체포된 개번 쪽으로 나는 시선을 돌렸다.

"뭐, 뭐냐? 마왕이 내게 뭘 묻고 싶다는 말이냐?"

아직도 개번의 태도는 달갑지 못하다.

"엘릭 왕자를 부추겨서 무슨 짓을 꾸미고 있었는지 들려주면 좋겠소."

"글쎄, 무슨 말을 하는 건지. 모른다. 나는 아무것도 몰라."

"무, 무슨 소리를 하는 거냐! 네놈이 나를――?!"

"증거가 어디 있습니까? 저는 확실히 왕자 전하의 부탁을 받아서 마왕이 이 자리로 오도록 꼬드기긴 했습니다. 하지만 설마 이런 짓을 꾸미고 계셨을 줄은……."

"개번 공, 그런 변명은 통하지 않을 거요. 나도 그렇지만, 이 자리에 있는 의원들이 증인이 될 테니까."

요한이 그렇게 말하면서 개번의 변명을 가로막았다. 그 말에 고개를 끄덕이는 다수의 의원들. 선 채로 구속되어 있는 자들도 고개를 끄덕이고 있는지라, 증인의 확보는 문제가 없을 것 같다.

"큭, 하지만! 내가 모른다는 것은 사실이다. 왕자 전하가 모든 것을 계획했고, 나는 거기에 따랐을 뿐이야!!"

"말도 안 되는 소리! 경이 그 보주를 들여오면서, 이번 계획을 제안하지 않았는가!!"

"전 모르겠군요. 그러니까 증거를——."

끝까지 시치미를 떼려고 하는 개번.

교활한 인물로 보이는데다, 증거 따위는 남겨두지 않았다는 자신감이 있는 것 같았다.

그렇다면 죄인으로서 처리하는 것도 어렵단 말인가?

한동안은 악평이 흐르겠지만, 그 후에는 뻔뻔하게 부활할 것이다

이래서 귀족들은…….

방심할 수 없는 존재인데다 웬만한 공격으로는 박살을 낼 수가 없다.

직접적인 무력에 의존하면 이야기는 간단히 끝나겠지만, 그건 최종수단이다.

그런 생각을 하고 있으려니, 갑자기 문이 활짝 열렸다.

"에길 폐하, 납시오! 모두 자리에서 일어나시오오오오!!"
왕의 근신이 큰 소리로 외치자, 그 소리에 반응한 자들이 그 자리에 일어서서 대기하고 있다.
나도 덩달아서 일어설 뻔했지만, 슈나와 베니마루가 말리는 바람에 별일 없이 끝났다.
만약 무릎을 꿇기라도 했으면 큰 문제가 되었을지도 모르겠다.
우리와 히나타를 제외한 대부분의 자들이 그 자리에서 공손한 자세를 취하고 있다. 평의회의 의장까지 머리를 가볍게 숙이고 있었다.
역시 대국인 잉그라시아의 국왕이다.
잉그라시아 국왕인 에길은 소우에이에게 구속되어 움직이지 못하는 의원들을 한 번 바라봤다. 그리고 흥미가 없는 표정으로 시선을 돌리더니 나를 봤다.
제법 미중년이다.
풍성한 금발에 카이젤 수염이 잘 어울렸다.
"짐의 아들이 폐를 끼친 것 같구려."
"그러게 말이오. 하지만 오해는 풀린 것 같소만?"
내 입장에선 일을 거창하게 만들 생각은 없다. 우리가 인간사회에서 받아들여지길 바란다면 어느 정도의 무례함에는 눈을 감아주는 것이 좋은 방법이다.
"——그런가. 왕이 아니라 아버지로서 사과와 감사의 인사를 드리고 싶소."
그렇게 말하면서 에길 국왕은 내게 가볍게 머리를 숙였다.
국왕 스스로 머리를 숙였으니, 이번 건은 이것으로 마무리 지어도 좋다고 생각한다.

"용서하지. 하지만 다음은 없소."

"음. 잘 알겠소. 짐도 좋은 관계를 맺고 싶다고 생각하고 있소이다."

그렇게 대답하는 에길 국왕의 시선은 올곧았기에, 자신의 마음을 솔직하게 이야기한다는 걸 알 수 있었다.

지금은 솔직하게 믿기로 하자.

배신을 당한다면 그건 그때 생각하면 되는 것이다.

"그럼 앞으로도 잘 부탁하겠소."

"나야말로."

그리고 우리는 악수했다. 악수를 나눈 김에 내가 망가트린 책상도 없었던 일로 쳐주기로 했다.

이것으로 화해는 완료되었다.

"모두 고개를 들라."

그 목소리에 일제히 고개를 드는 일동.

이 자리에서 나눈 대화는 숨기지는 않겠지만, 공식적인 대화는 아니라는 뜻이리라.

왕이 가볍게 고개를 숙여선 안 된다고 하니, 이건 에길 국왕으로서도 교육책이었음이 틀림없다.

"아, 아바마마……."

"됐다. 네놈에겐 재교육이 기다리고 있을 것이다."

"——네. 알겠습니다."

"음."

그렇게 말하면서 고개를 끄덕인 뒤에 에길 국왕은 개번 쪽으로 시선을 돌렸다.

"개번 백작."

"넷!!"

"증거가 없다고 말한 것 같은데. 짐이 나서지 않을 것으로 보고 만만하게 생각한 것인가?"

"아, 아닙니다. 결코 그런 생각은……."

"마법심문관을 불러놓았다. 경의 처분은 그들에게 맡기기로 하지."

"네에엣?!"

개번은 순식간에 안색이 어두워지면서, 왕에게 매달렸다.

"요, 용서해주십시오! 모든 것을 이야기하겠으니, 부디 자비를 베풀어주십시오!!"

그 필사적인 모습은 동정을 유발했지만, 에길 국왕의 반응은 무정했다.

"끌고 가라."

""""넷!!""""

근신들이 눈짓으로 신호를 주자마자, 왕을 호위하는 기사들이 움직였다.

"라이너 공, 그리고 가이 공. 당신들도 출두하셔야겠습니다."

그렇게 말하면서, 기사들은 라이너를 일으켜 세웠다.

"안 돼, 이것 놔라!"

"나를 누구라고 생각하는 거냐?!"

라이너와 가이는 소란을 피우면서 저항하려고 했지만, 흑두건을 쓴 자들이 등장한 순간 얌전해졌다.

이 사람들이 마법심문관이라는 자들인 모양이다.

라이너와 가이가 저항하려고 했지만 가볍게 제압당했다. 결코 약하지 않은 두 사람을 어린애처럼 다루는 것만 봐도 평범한 자들이 아니라는 것이 확실했다.

역시 잉그라시아 왕국이다. 대국으로 불리는 나라인 만큼 위험해 보이는 존재를 기르고 있군.

《알림. 일종의 시위행위겠지요. 마스터에게 자신들의 나라에도 강자가 있다는 것을 일부러 보여주고 있습니다.》

그러니까 얕보지 마라, 는 뜻이로군.

라이너 따위가 최강이 아니라는 것을 확실히 보여줌으로써, 잉그라시아 왕국도 체면을 유지할 생각인 것이다.

왕도 참 큰일이로군. 마왕을 상대로 한 수 아래로 보이지 않도록, 필사적으로 많은 계책을 동원해야 하니.

엘릭의 계책이 성공했다면 나를 지배해서 잉그라시아의 패권을 확실하게 만들 생각이었으면서 말이다.

뭐, 그 정도로 속이 시커멓지 않으면 산전수전을 다 겪은 귀족을 상대하지 못하겠지만.

"방해를 했군. 나머지는 우리나라에게 맡기도록 하시오."

그 말을 남긴 뒤에 국왕 일행은 그 자리를 떠났다.

오브 오브 도미네이트도 잊지 않고 회수한 것 같은데, 별문제는 없다.

그걸 악용당하면 골치 아픈 일이 벌어지기 때문에 몰래 기능을 파손시켜 두었으니까.

이 이상은 나도 참견할 생각이 없으므로, 얌전히 보내주었다.

그리고 점심시간을 보낸 뒤에 다시 회의가 시작되었다.

오전과는 다르게 의원들은 기운이 없다.

지쳐버린 의원들을 굳이 위협하지 않아도 중요한 의제가 차례로 처리되면서 가결되었다.

1. 템페스트를 국가로서 승인한다.
2. 템페스트를 평의회에 정식으로 가입시킨다.
3. 템페스트에게 평의회의 군권을 위임한다.

이번에 승인된 것은 크게 나눠서 이 세 가지다.

아무런 이견 없이 안건을 처리했으며, 전부 문제없이 가결되었다.

만장일치로.

많은 일이 있었지만, 결국에는 내가 적은 문서의 내용이 전부 승인되면서 마무리 된 것이다.

늙은 너구리 같은 의원들과 속고 속이기를 하는 것은 내겐 쉬운 일이 아니다. 계책을 부리는 것은 그렇다고 쳐도, 상대의 속마음을 파헤치기 위해 대화를 나누는 것은 사람을 지치게 만든다.

그런 것은 나중에 라파엘에게 전부 맡기도록 하자.

《……알겠습니다.》

이번 경우는 결과적으로는 완력을 동원한 제압으로 문제가 해결되었다.

하지만 먼저 손을 댄 것은 내가 아니다.

히나타와 가련한 소녀인 슈나다.

나는 오히려 엘릭을 구해준 은인의 입장에 있다. 이번 일로 내 마음이 얼마나 넓은지를 증명할 수 있었으니, 내 입장에선 아주 만족스러웠다.

그리고.

마왕을 상대로 무력을 동원하는 것은 무의미한 행위다. ――그 사실을 모두가 확인하게 된 것은 의의가 있다고 할 수 있겠다.

회의도 무사히 종료되면서, 우리는 회의장을 떠났다.

이렇게 파란만장했던 회의는 겨우 끝을 맺게 된 것이다.

제4장 흑막의 정체

Regarding Reincarnated to Slime

아름다운 전(前) 용병── 그렌다 아트리는 필살의 의지를 담아서 방아쇠를 당겼다.

이 세계로 소환되었을 때부터 손에 들고 있는 애총(愛銃)은 그렌다의 기대를 배신하지 않는다. 이미 자신의 일부로 변화한 것처럼, 정비조차 필요하지 않았다.

더구나 유니크 스킬인 '저격자(노리는 자)'가 있으면 그렌다에게 적수는 존재하지 않는다.

유니크 스킬 '저격자'── 이 능력에 포함된 권능은 주로 세 가지. 절대적인 인식능력인 '마력감지'와 행동결과를 미리 읽어내는 '예측연산', 그리고 '공간조작'이다.

특히 마지막의 '공간조작'은 반칙에 가까운 스킬이며, 그렌다를 최강에 어울리게 만들어주고 있었다.

그렌다가 인식하는 공간 안이라면 점과 점을 잇듯이 공간을 연결할 수 있다. 즉, 시선이 미치는 곳은 전부 유효사정 범위가 되는 것이다.

적의 머리 위에서 탄환을 날리는 것도 가능하며, 장애물조차 무시하고 목표에 탄환을 박아 넣는 것도 자유자재다.

중력이나 공기저항 같은 걸 무시할 수 있기 때문에 저격총 같은 게 없어도 원거리 저격을 가능하게 한다.

이런 조건들이 겹치면서 그렌다는 무적이 되었다.

하지만 얼마 전의 실패를 통해서 위에는 위가 있다는 것을 알았다.

(그건 도저히 무리였지. 그런 괴물은 내가 상대하기엔 너무 벅차.)

첫눈에 보자마자, 그렌다는 그 상대가 얼마나 위험한지 깨달았다.

그 상대—— 디아블로에겐 그렌다가 가지고 있는 권총은 통하지 않는다는 것을.

디아블로에게는 물리공격이 통하지 않는다는 이야기를 하는 게 아니다.

그렌다의 권총으로 발사되는 탄환에는 통상탄과 마력탄의 두 종류가 있다. 마력의 흔적을 남기고 싶지 않은 경우에는 통상탄을 사용하고, 물리공격이 통하지 않는 마물을 상대할 때는 자신의 마력을 담은 탄환으로 바꿔서 오리지널 마법처럼 사용하고 있었다.

어떤 상대와도 싸울 수 있는 만능의 성능을 중시하고 있었기 때문에, 그렌다에겐 사각 같은 건 존재할 리가 없었다.

하지만 디아블로는 차원이 달랐다.

그렌다의 본능이 알려준 것은 도망치라는 경고.

자신이 의지하는 '예측연산'이 보여준 것은 살해당할 것이라는 미래뿐이었다.

그렌다의 반칙에 가까운 힘을 동원했음에도 불구하고 승리의 실마리조차 보이지 않는 상대는 존재한다. ——그렌다는 그날, 받아들이기 힘든 현실을 눈앞에서 직접 보고 그런 깨달음을 얻었다.

그리고 지금.

그렌다는 자신의 '마력감지'가 아슬아슬하게 효과를 발휘할 수 있는 한계 거리에서 대상의 암살 임무를 수행 중이었다.

발사된 탄환은 대상에서 50센티미터 떨어진 곳에 출현했다. 그 뒤에는 눈을 깜박거릴 동안의 시간도 걸리지 않고 대상의 머리는 분쇄될 것이다. ――그랬어야 했다.

이 50센티미터라는 거리는 실로 미묘한 것이었다.

공간을 연결할 때, 연결된 곳의 공간에 일정량 이상의 질량이 중첩되면 실패한다. 즉, 대상이 불시에 움직일 경우엔 그렌다가 연결하려 하는 공간이 파괴될 가능성이 있었다.

그렇기에 50센티미터의 거리를 띄운다.

어떤 달인이라도 근거리에 출현한 물체를 대처하는 것은 힘들다. 음속을 넘는 작은 탄환이라면 인식조차 못할 것이다.

(그런 괴물은 예외지만, 대국의 왕자 정도는 낙승이지. 뭐, 넋두리만 계속 할 수는 없으니 다음에 만나기 전까지는 대책을 준비해야겠지만.)

그렌다는 그런 식으로 여유를 부렸지만, 다음 순간 경악하게 되었다.

왕자의 머리를 분쇄했어야 할 탄환이 갑자기 소멸했기 때문이다.

"말도 안 돼!! 대체 무슨 일이 일어난 거야!!"

생각도 못한 사태, 평소에는 있을 수 없는 일이 일어나고 있었다.

이유는 모르겠지만 누군가가 무슨 짓을 한 거라면, 그건 틀림없이 마왕일 것이다.

"저 녀석인가! 그 악마 녀석의 주인을 만만하게 봤단 소리야?!"

그렇게 직감한 그렌다는 그때 순간적으로 한 발 더 쏠까 말까를 고민했다.

완벽한 기습이 통하지 않았으니 더 쏴봤자 소용이 없다. 그건 이해하고 있지만, 그래선 임무는 실패한 것이 되어버린다.

그런 추태를 그렌다의 주인인 마리아베르나 그란베르 옹이 용서할 리가 없다.

그래서 도망친다는 결단을 내리는 것이 늦어버렸다.

"흥, 그렇다. 네 놈은 리무루 님을 얕보고 있었다. 그건 용서할 수 없는 일이며, 용서할 마음도 없다."

"칫, 누구냐?"

"내 이름은 소우에이. 마왕 리무루 님의 충실한 '은밀(隱密)'이다."

그렌다는 놀랐지만 바로 각오를 굳혔다.

상대는 그렌다에게 이름을 묻지 않았다. 그건 그렌다에게 흥미가 없는 것이 아니라, 붙잡은 뒤에 심문할 생각을 하고 있는 것으로 판단했다.

그렇다면 도망치기만 한다면 정보가 누설되는 것을 막을 수 있다.

암살은 실패했다.

이렇게 된 이상, 자신까지 붙잡히는 것은 최악의 결과다.

이 이상 실수를 했다간, 도움이 되지 않는다는 이유로 폐기처분을 당할 것이다. 그런 동료를 몇 명이나 봐왔던 그렌다는 무슨 일이 있어도 도망치는 것을 첫 번째 목표로 설정했다.
그렇게 결의하면서 적과 대치하는 그렌다.
"……습격을 예상하고 있었단 말인가?"
"그렇다, 모든 것은 리무루 님의 예상하신 범위 안에 있다. 저항하겠다면 마음대로 하라. 죽일 마음은 없지만, 저항하면 할수록 고통만 늘어날 뿐이지만."
"흥! 자상하시구먼. 그럼 사양하지 않고 내가 하고 싶은 대로 움직여볼까."
그렌다는 그렇게 대꾸하면서 주저 없이 총을 쐈다.
통상탄을 한 발 쏘았을 뿐이니, 잔탄 수는 열여섯 발. 그러나 소우에이라고 이름을 밝힌 마인을 상대로 통할 것이라는 생각은 들지 않았다.
마력탄이라면 통했을 텐데…… 그렇게 생각하면서, 그렌다는 군용 나이프를 빼들었다.
부드럽고 자연스러운 움직임으로 그렌다는 소우에이를 베었다.
최소한의 움직임으로 피하는 소우에이. 그걸 본 그렌다는 씨익 하고 미소를 지었다.
나이프에는 그렌다의 마력이 담겨 있다. 물리적 효과뿐만 아니라 마법적 효과까지 주기 위해서였다. 단순한 물리공격이 통하지 않는 상대에게 통하는 기술인데, 소우에이는 그걸 위험하다고 판단한 것 같다.
그리고 또 하나, 그렌다는 소우에이의 버릇을 꿰뚫어 보고 있었다.
(이 녀석, 쓸데없는 낭비를 싫어하는 타입이로군. 그렇다면 의

외로 단순한 수법에 걸리기 쉽지. 그 여유를 완전히 벗겨주겠어.)
그렇게 생각하면서 그렌다는 추가 공격을 날렸다.
오른손으로 나이프, 왼손으로 총을 쥔 자세로.
그렌다는 주저 없이 실탄을 연사하면서, 소우에이의 반응을 지켜봤다. 그러자 예상대로 소우에이는 반응하지 않았다. 맞아도 효과가 없다는 걸 이미 파악하고 있는 것이다.
그러나 결코 방심하고 있는 것은 아니며, 그렌다의 오른손에 대한 경계는 게을리 하지 않고 있었다.
(제법인데. 내가 싸워봤던 자들 중에서도 최강의 상대일지도 모르겠어.)
어디까지나 디아블로는 제외하고 말이다.
이길 수 없는 상대는 계산에 넣지 않는다. 그게 바로 그렌다의 방침인 것이다.
소우에이의 왼쪽 검지가 까딱 하고 움직였다. 그걸 못 보고 놓칠 그렌다가 아니었기에, 위기를 감지하고 즉시 뒤로 공중제비를 돌아서 피했다.
재빨리 거리를 벌리는 그렌다.
그건 정답이었다. 그 직후 그렌다가 있던 위치를 향해 아주 가는 실이 덮쳤던 것이다.
"호오, 제법 감이 좋군."
"그거 고맙네. 당신도 제법인걸."
그렇게 농담을 하면서도 그렌다는 반격의 의미로 총을 연사했다.
그건 소우에이에겐 위협이 되지 않았다. 피할 필요도 없다는 듯이 그렌다에게 직진했다.

(역시 단순하네. 이런 상대는 다루기 쉬워서 도움이 된다니까.)

마력탄에는 화약을 쓰지 않는다.

소리도 없이 발사할 수 있는 그것을 통상탄과 섞어서 발사하면…….

공격에 익숙해지면서 방심하게 된 상대의 빈틈을 노려서 진짜 공격을 박아 넣는다. 그게 그렌다의 전술이었다.

쓸모없는 것으로 파악했던 공격이 필살의 일격으로 바뀌는 것이다. 방심할 생각이 없었더라도 재빨리 대응하는 것은 어렵다.

소우에이도 또한 그렌다가 지금까지 쓰러뜨렸던 강자와 같은 반응을 보였다. 마력탄을 오른쪽 어깨에 맞고 멋들어지게 날아가 버린 것이다.

"아하하하하, 잘생긴 얼굴이었는데 꼴좋게 됐네. 라마도 같은 방법에 속아 넘어가던데, 자신의 실력에 자신이 있는 녀석일수록 이런 단순한 방법이 효과적이란 말이지."

새된 목소리로 웃는 그렌다. 그러나 그녀의 눈은 방심하지 않은 채, 소우에이가 입은 대미지를 분석하고 있다.

사냥감을 잡고 마무리할 때에는 방심하면 안 된다. 그게 전장의 철칙이며, 그렌다는 상대의 사망을 확인하지 않은 채 방심하는 짓을 하지 않는다.

애초에 그렌다는 한 발로 소우에이를 쓰러뜨릴 수 있을 거란 생각을 하지 않았다.

"……과연, 생각했던 것보다는 성가시군."

"이제 와서 별것 아닌 척 큰 소리를 치는 거야? 하지만 안 됐네. 내 얼굴을 보고 말았으니, 당신은 죽일 수밖에 없겠어."

일어선 소우에이의 오른팔이 사라진 상태이니, 이 싸움은 그렌다의 승리로 끝날 것 같았다. 그렇기에 더욱 신중해진 자세로, 그렌다는 총으로 정면을 겨눴다.

(마력탄은 통하는군. 그렇다면 다음은 비장의 수로 확실하게 머리를 날려주겠어.)

그렌다는 유니크 스킬 '저격자'를 발동시켜서 신중하게 상대를 겨눈다.

"훗, 안심하도록 해라. 나는 널 확보하라는 명령을 받았으니까. 정보를 캐묻는 것이 목적이겠지만, 그게 아니더라도 리무루 님은 자상하시지. 순순히 따른다면 목숨은 보전할 것이다."

"이제 와서 건방진 소리 하지 마!!"

그렇게 외치면서, 그렌다는 방아쇠를 당겼다.

머리를 향해서 세 방향. 심장을 향해서 두 방향.

총 다섯 발의 마력탄을, 겨냥한 대로 맞춰서 연사한다.

사출된 탄환은 그 직후 공간을 넘어서 소우에이의 정면, 머리 위, 왼쪽 뒤통수 부근에 출현했다. 뒤이어 심장 정면과 비스듬히 뒤쪽에서 날아왔다.

다섯 발의 탄환, 그 모든 것이 소우에이에게 맞으면서 그의 몸을 분쇄시켰다.

워프 샷(도약의 마탄)의 대량 집중공격. 이게 그렌다의 비장의 수였다. 마력으로 생성된 마력탄은 통상탄과는 달리 마력요소를 흐트러뜨린다. 재생능력이 있어도 이걸 맞으면 부활할 수 없다.

칼이니 창이니, 자신의 실력에 아무리 자신이 있어도 사방팔방에서 초음속으로 날아오는 탄환이 노린다면 어떤 달인이라도 대처는 불가능할 것이다.

그렌다는 지금까지의 경험을 통해서, 자신의 힘을 숙지하고 있었다. 그게 지금까지 살아남은 비결이며, 그렇기에 소우에이의 사망을 확신했다.

실제로 소우에이의 몸은 그렌다 앞에서 검은 연기로 변하더니 무너지듯 사라졌다.

그렌다는 안도의 한숨을 쉬었다. 처음 소우에이를 본 순간부터 마음속 한쪽 구석에서 불안한 느낌이 스멀스멀 피어올랐던 것이다. 디아블로를 봤을 때처럼 명확하지는 않았지만, 위험한 상대라는 것을 본능적으로 깨닫고 있었던 것이다.

"끝났네. 당신은 강했으니 적당히 싸울 만한 여유가 없었어."

크게 안도한 나머지, 그렌다는 자연스럽게 그리 중얼거리고 있었다.

하지만 그 안도감은 아주 조금 지나치게 빨랐던 모양이다.

그런 그렌다에게 들려올 리가 없는 목소리가 등 뒤에서 들렸던 것이다.

"그런가? 그렇다면 순순히 패배를 인정하고 내게 포박을 당하면 될 텐데."

자신도 모르게 그 자리에서 점프하여 물러나는 그렌다.

놀라서 돌아보니, 그 자리에 서 있는 자는 틀림없이 소우에이였다.

"마, 말도 안 돼!! 당신은 분명, 방금 전에 죽었을 텐데……?!"

"훗, 그거야말로 말이 안 되는 이야기로군. 그 정도로 내가 죽을 것 같은가. 애초에 내가 너 같은 자에게 패배할 이유가 없지."

"그렇다면 한 번 더── 뭐야?!"

그렌다의 목소리는 도중에 멈췄다.

그것도 그럴 것이, 그렌다의 입장에선 믿을 수 없게도 소우에이의 기운이 사방에서 느껴졌기 때문이다.

그렌다는 당황하면서 '마력감지'를 발동시켰지만, 알고 싶지도 않은 사실을 눈으로 접하게 되었다.

"거, 거짓말이지?! 이게 뭐야, 전부 다 실체라고?! 웃기지 마!! 이건 대체 무슨 농담이야?!"

"쉬운 이야기다, 내게는 '분신체'라는 스킬(능력)이 있지. 단지 그것뿐이다. 본체보다는 능력이 떨어지지만, 내 '분신체'를 쓰러뜨린 것은 자랑스럽게 여겨도 좋다."

소우에이는 그렇게 말하면서, 그렌다를 칭찬했다. 그러나 거기에는 아직 네 명이나 되는 소우에이가 서 있었지만.

도망은 불가능하다.

"빌어먹을──!!"

여자답지 않은 고성을 지르면서, 그렌다는 소우에이에게 달려들었다.

그렌다의 절망적인 싸움이 시작된 순간이었다.

●

꽃이 흐드러지게 핀 정원이 보이는 발코니에서.

소녀와 소년과 노인이 둥그런 테이블을 둘러싼 채, 마주 보고 앉아 있었다.

마리아베르, 유우키, 요한이었다.

"실패했네. 실패하고 말았어."

마리아베르의 가련한 입술에서 그렇게 말하는 목소리가 흘러나왔다.

그렇게 말은 했지만, 그 표정에는 여유가 있었다. 예상했던 대로이며, 그리고 예정했던 대로 진행되기도 했기 때문이다.

"개번도 큰일으로군. 그렇게 너에게 충성했는데 말이지."

마리아베르 앞에 앉아서 와인이 담긴 잔을 손에 든 채, 요한은 그렇게 탄식하고 있었다. 진심은 아니겠지만, 아주 약간 동정하고 있는 것은 사실이었다.

왜냐하면 개번은 요한과 마찬가지로 오대로 중의 한 명이니까.

아니, 지금은 한 명이었다고 말해야 할까.

이번 실수로 인해 개번은 이미 실각된 상태이니까.

"개번은 무능했어요. 그렇게 오래 잉그라시아에 머물러 있다 보니, 왕에게 정이라도 들었나 보죠. 안 그랬으면 좀 더 빨리 왕족을 마음대로 부리게 만들 수 있을 거예요."

"……무모한 소리를 하는구나. 우리 로조도 잉그라시아의 중추까지는 힘을 쓰지 못한다. 개번이라고 해도——."

"아니, 아니에요. 중추를 장악하는 것은 쉬운 일이에요. 아기 하나만 남겨놓고, 그 외의 인간들은 몰살시키면 되죠. 그 아기의 몸에 개번의 피가 흐르면 더 완벽하겠네요."

"아니, 그건 그렇지만……."

피로 물든 역사를 잘 알고 있는 마리아베르에게 있어서 그건 딱히 대단한 수단이란 생각은 들지 않았다. 오히려 흘릴 피의 양을 생각하면 평화적인 방법이라고까지 생각하고 있었다.

하지만 요한의 입장에서 보면 대국의 경비는 만만하지 않다는 말을 해주고 싶은 심정이었다. 그런 방법은 아이디어가 떠올랐다고 해서 쉽게 실현할 수 있는 게 아니라고.

"하지만 마법심문관에는 흥미가 생기는군요."

"——잉그라시아의 왕을 따른다는 이형의 자들말인가."

"네, 잔꾀를 부리네요, 잔꾀를 부리고 있어요. 우리 로조에 대항하기 위해서 필사적으로 전력을 비축했겠죠."

"그래서, 너는 어떻게 생각하느냐?"

"강하겠죠. 개번이 자신의 몸으로 직접 체험하고 나에게 알려줬어요."

마리아베르는 자신의 권능인 '그리드(탐욕자)'로 지배한 자와 어느 정도의 정보를 공유할 수 있다. 대상이 얻어낸 정보를 마리아베르 자신도 알 수 있는 것이다.

그렇기 때문에 개번을 쓰고 버릴 장기말로 이용했다. 마법심문관이 대처해야만 하는 사건을 일으켜서 그 비밀을 파헤쳤던 것이다.

그러기 위한 사건으로 딱 적합했던 것이 이번에 마왕 리무루를 상대로 벌인 어리석은 짓이었다. 그리고 잉그라시아 왕국의 백작 작위를 지닌 개번이라면 틀림없이 마법심문관을 이끌어낼 수 있을 것이라고 예상했다.

마리아베르는 그렇게 내다보고 있었던 것이다.

그리고 자신의 의도대로 마법심문관의 비밀을 알았다.

알고 보니 딱히 대단할 것도 없었다.

마물의 힘을 주입하여 마인으로 변화시킨 인간이라는 것뿐.

구(舊) 파르무스의 마인 라젠처럼 스스로를 연구하여 높은 수준에 이른 것은 아니다.

마물의 인자의 거부반응으로 인해 자아조차 사라진 마법심문관은 마리아베르의 기준으로 보면 흥미가 생기지 않는 장난감에 지나지 않았다.

단, 마인으로 변하지 않을 때는 자아가 있는 것 같으며, 받아들인 인자로 인해 다양한 환경에서 활동하는 것도 가능하다. 실력은 두말할 것도 없이 A랭크 오버의 영역에 있다.

나름대로 유용하기는 할 것 같다. ——그게 마리아베르의 감상이었다.

"무섭군. 그걸 알기 위해서 개번의 계책이 실패할 것을 알면서도 승인한 것 아니냐?"

"아니예요. 내 목적은 당신의 신용을 높이는 거예요. 이번 일로 마왕 리무루는 당신을 신용할 수 있는 인물로 봤어요."

"그건……."

아니, 듣지 않아도 이해하고 있다.

그 목적은 처음부터 마왕 리무루의 배제이지, 마법심문관은 부록에 지나지 않는다는 것을.

마리아베르는 요한을 시켜서 리무루의 내부사정을 조사하게 만들려는 것이다.

(그리고 실패하면 나도 개번처럼 제거당하는 건가……?)

자신은 개번처럼 무능하지 않다고 생각함과 동시에 마리아베르에 대한 말로 표현 못 할 공포를 느끼는 요한.

(우, 웃기지 마라. 오대로라는 정점에 서 있는 내가 왜 이런 어

린 계집애한테…….)

요한은 그렇게 생각했지만, 그런 말은 절대로 입 밖으로 내선 안 되는 것이었다.

그러므로 요한은 앞에 나왔던 이야기를 다시 언급하기로 했다.

"마법심문관을 마왕 리무루와 싸우게 만들어보는 건 어떨까? 마왕 리무루에게 뭔가 누명을 씌워서——."

"무리군요, 무리예요. 마왕의 화를 돋울 뿐이죠. 마법심문관은 확실히 강하긴 하지만, 그뿐이에요. 마왕과 싸우는 건 완전 무리에요. 이야기 자체가 안 돼요."

"그 정도란 말인가……. 그럼 역시 마왕과 손을 잡는 게 최선이지 않을까?"

그 말을 들은 마리아베르는 말도 안 된다는 듯이 고개를 젓는다.

"안 돼요, 그건 안 되는 일이에요. 애초에 당신은 물론이고, 할아버님을 제외한 다른 오대로들은 큰 착각을 하고 있어요."

"착각?"

"그래요, 그렇죠. 인간과 마왕이 대등하다——는 착각. 내가 마왕의 제거를 할아버님께 말씀드린 이유, 그걸 이해하고 있나요?"

"그건 마왕이 새로운 경제권을 창출하게 되면 우리를 경제적으로 위협하기 때문이지 않느냐?"

"그래요. 하지만 그건 표면상의 이유예요. 진정한 이유는 말이죠, 마왕에 대한 반격 수단이 아무것도 없어지기 때문이에요."

요한에게 있어서 실로 두려움의 대상인 마리아베르.

그런 마리아베르가 얼굴이 창백하게 변하면서 그렇게 대답했다.

그 사실을 불안하게 느끼면서 요한은 다음 말을 재촉했다.

“그게 무슨 뜻이지?”

“마왕 리무루는 무시무시한 전력을 보유하고 있어요. 그런 마왕이 무력을 배경으로 교섭을 시도한다면 어떻게 되겠어요?”

“그, 그건……?!”

그 말을 듣고서야 비로소 요한도 그 위험성을 깨달았다.

이 세계에선 마물의 위협에 대항하기 위해서 국가 간의 전쟁은 거의 일어나지 않는다.

무슨 문제가 일어나도 평의회가 조정하기 때문에, 경제력이 높은 나라의 발언이 우선되었다.

예를 들어 구 파르무스 왕국이나 잉그라시아 왕국 같은 대국조차도 평의회 가입국가 전제를 적으로 돌릴 수 있을 정도의 전력은 가지고 있지 않다.

“그리고 무력만이 그 나라의 힘은 아니랍니다. 규칙에 얽매인다는 것은 자유를 잃는 것과 같은 뜻이에요. 하지만 그 규칙을 스스로 만들 수 있다면 아무런 희생도 치를 필요가 없다는 생각이 들지 않나요?”

처음에는 평의회의 규칙에 따른다 하더라도, 그 다음에는 어떻게 될지 모른다. 템페스트(마국연방)의 가치를 널리 알리기만 하면, 나중에는 서방열국 쪽이 따를 수밖에 없게 된다.

평화적으로 마왕의 지배가 완료되는 것이다.

무력으로 위협을 할 수도 있다.

경제적으로 압력을 걸 수도 있다.

국력이 강한 쪽이 제재권한을 가지는 법이다. ――그건 지극히 당연한 진리인 것이다.

"웃겨요, 웃긴다니까요. 대화라는 번지르르한 단어를 언급해봤자, 그건 전부 마왕의 관용 위에서만 성립하는 거예요. 그리고 시간이 지나면 마왕의 눈치를 살피지 않으면 안 되는 시대가 올 거예요."

"그, 그건……."

그 말이 옳다는 걸 요한도 이해할 수 있었다.

"하지만 마왕은 인간들과의 공존을——."

그렇게 말하던 요한을, 마리아베르의 차가운 시선이 관통한다.

"바보군요, 바보예요. 당신뿐만 아니라 평의회도 마찬가지. 바보들뿐이에요."

그렇게 내뱉으면서, 마리아베르는 요한도 알아들을 수 있게 설명했다.

지금은 아직 괜찮을지 몰라도 미래엔 어떻게 될 것인지를.

만약 '폭풍룡'이라는 위협적인 존재를 잊어버린 인류가 마왕 리무루의 기분을 상하게 만들었다간…….

"마왕이 얼마나 오래 살지는 모르겠지만, 인간의 수명은 짧아요. 여기서 마왕의 야망을 저지하지 않으면 로조 일족의 비원은 끊어진 것이나 마찬가지가 될 거예요."

마왕이 마음을 바꿀 가능성도 있다.

상대가 인간이라면 또 모를까, 오랜 생명을 지닌 상대에게 인간의 상식을 기대하다니, 그런 어리석은 짓은 결코 인정할 수 없다고 마리아베르는 말했다.

"그러니까 말이죠, 마왕과 손을 잡는다거나 마왕을 이용하겠다는 생각은 근본적으로 완전히 잘못된 것이에요. 그런 건 성립될

리가 없는 거라고요."

그 말을 들은 요한은 말문이 막힐 수밖에 없었다.

그런 요한에게 추가타를 날리듯이, 자신이 어릴 적부터 길러온 '블러드 섀도(혈영광란, 血影狂亂)'로부터 '마법통화'로 보고가 들어왔다.

보고 내용은 그렌다의 패배였다.

"말도 안 돼, 그렌다가 붙잡혔다고?!"

경악하는 요한.

"——정말인가요?"

아무리 마리아베르라도 이 일에는 놀라는 표정을 숨기지 않았다.

그렌다의 신중함은 칭찬할 만했다. 어떤 위기에서도 살아서 돌아오는 그녀를, 마리아베르는 신뢰하고 있었다.

그 성격이 아니라, 삶에 대한 욕망을.

"믿을 수가 없군. 그 교활한 암여우가……."

그렌다는 로조 일족이 숨기고 있는 소환술의 성공사례이며, 술식을 동원해 억지로 충성하게 만든 '이세계인'이다. 그 실력은 확실히 보증할 수 있었고, 그녀는 전술급의 병기에 준하는 대접을 받고 있었던 것이다.

그런 그렌다가 패배하고 붙잡히다니, 요한은 도저히 믿을 수가 없었다.

오대로라고 해도, 요한은 단순한 인간에 지나지 않는다. 그란베르나 마리아베르와는 달리, 인간의 상식으로밖에 생각할 수밖에 없는 것이다.

그런 요한을 무시한 채 마리아베르는 대책을 생각했다.

(쓰러뜨린다는 선택지는 논외야. 하지만 지배만 하게 되면 문

제는 없어.)

시도해볼 수밖에 없다. 마리아는 그렇게 결의했다.

"――덫을 준비하겠어요."

"덫? 뭘 할 생각이지?"

지금까지 계속 듣고만 있던 유우키가 그때 처음으로 마리아베르에게 물었다.

"그래요, 덫이에요. 당신 부하가 마왕 리무루와 유적을 조사하러 갈 예정이라고 했죠? 거기에 덫을 깔아두겠어요."

마리아베르는 유우키 쪽으로 돌아보면서, 그렇게 말했다.

그건 확인이 아니라 확정된 사항을 전달하는 것이었다.

"그래. 카가리가 갈 예정이긴 하지만, 그건 좀 아닌 것 같은데?"

"왜죠?"

"마왕 밀림도 올 거야. 그러니까 괜한 계책을 동원하는 것은 위험해."

유우키는 그렇게 충고했다.

지금은 마왕 리무루의 신용을 얻고, 장기적으로 보면서 계획을 세울 때라고.

그러나 마리아베르는 이미 결정을 내렸다.

"안 돼요, 안 되겠어요. 시간을 주면 주는 만큼 그 마왕은 번거로운 존재가 될 거예요. 내 감이 그렇게 말하고 있거든요. 유우키, 마왕 밀림을 오지 못하게 만들 수는 없을까요?"

"그거야말로 무리로군. 나는 이미 의심을 사고 있는 것 같으니, 여기서 거절했다간 완전히 내 정체를 자백하는 꼴이 될걸."

"그러네요. 그럼 마왕 밀림도 동시에 처리하죠."

"뭐?"

"말도 안 돼! 그건 무모한 수준이 아니라 아예 무대책에 가까운 짓이다, 마리아베르!!"

마리아베르의 말을, 유우키는 놀라서 되물었고, 요한은 벌떡 일어서며 부정했다.

당연하다. 마왕 한 명을 처리하는 것만 해도 신중하게 일을 진행해야 한다. 그런데 동시에 두 명의 마왕을 상대하겠다니, 스스로 성공률을 제로로 만드는 것과 같은 짓이다.

그런데도 마리아베르는 미소를 지었다.

"전력을 투입하겠어요. 전력을 말이죠."

"아니, 그러니까 무리라니까! 전력이라고 말해도 내 부하인 중용광대연합은 심부름을 보내느라 지금은 부재중이야. 그리고——."

"어느 정도의 실력인지는 모르겠지만, 없는 사람은 어쩔 수 없죠——."

유우키의 반론은 말을 다 끝내기도 전에, 마리아베르에 의해 막혀버렸다.

마리아베르는 지금 중용광대연합조차도 안중에 없었다.

아니, 그게 아니었다.

마리아베르는 더욱 큰 힘—— 마왕에게 대항할 수 있는 전력을 떠올린 것이다.

"——하지만 말이죠. 유우키, 당신은 예전에 '용의 소굴'에서 '어떤 물건'을 조달해준 적이 있잖아요. 지금이야말로 그걸 사용할 때예요."

"'어떤 물건'이라니 설마?! 그걸 쓸 생각이야? 위험하다니까!

그건 나도 제어할 수 없다고."

"문제없어요. 그건 원래 마왕 밀림의 것이었으니까요. 돌려주는 것뿐이에요. 이야기를 대강 만들자면 그렇죠, 마왕 클레이만이 비장의 수단으로 보관해둔 그것을 잔당들이 이용한 것으로 꾸미면 되려나요? 그렇게 만들면 마왕 밀림의 분노가 우리에게 향할 일은 없을 거예요."

"자칫하면 인간 쪽에도 막대한 피해가 일어날 거다……."

"그래서요?"

"아, 아니……."

요한이 마리아베르가 생각을 고쳐먹도록 충고했지만, 그 말은 가볍게 흘려듣는 것으로 끝나버렸다. 대안을 말해주는 거라면 또 모를까, 부정만 해선 마리아베르의 흥미는 아예 끌지도 못했다.

그리고 요한이 대안을 떠올릴 리는 만무했으며, 결국 마리아베르는 작전을 실행하는 것으로 결정되었다.

요한이 쓸데없이 발버둥을 치고 있는 동안에도 유우키는 마리아베르의 생각을 이해하려 하고 있었다. 그 결과, 그 작전이 생각한 것 이상으로 성공률이 높다고 판단했다.

"……그 말이 맞군. 그거라면 마왕 밀림이 직접 상대를 하겠지. 싸우려고 들어도 리무루 씨가 말릴 테니까, 마왕을 분단시킨다는 목적에는 가장 적합할 수 있겠어."

"우후후, 역시 대단하군요. 역시 대단해요. 그리고 마왕 밀림이 그것과 놀고 있는 동안에——."

"우리가 리무루 씨를 지배한다, 는 건가?"

"그래요, 바로 그거예요."

"하지만 마음에 걸리는 게 있는데."

"'폭풍룡' 말인가요?"

"——역시 머리가 좋군, 바로 그거야. 만약 리무루 씨를 지배하는 것에 실패하면서 베루도라가 폭주를 일으킨다면 어떻게 할 거지?"

혹은 예상 이상의 저항을 받았을 경우, 지배할 여유 따윈 없을 거라는 생각도 든다. 그렇게 된다면 유우키는 리무루를 죽일 수밖에 없게 되는 것이다.

유우키는 그게 걱정이 된다는 걸 암암리에 전하려고 했지만, 마리아베르에겐 그것도 다 계산한 범위 안의 일이었던 것 같다.

"그 문제에 관해선 걱정할 것 없어요. 걱정하지 않아도 돼요. 유우키, 당신은 아무것도 신경 쓰지 말고 마왕 리무루를 쓰러뜨리는 것만 생각하면 돼요."

유우키는 마리아베르를 거역할 수 없다.

결국, 그녀가 시키는 대로 따르기로 한다.

"——알았어. 네가 그렇게 말한다면 믿기로 하지."

그 대답을 듣고, 마리아베르는 고개를 끄덕였다.

마리아베르는 이 세상을 더욱 깊게 보고 있다.

자신의 선조에 해당하는 그란베르로부터 들은 마왕에 관한 지식을 바탕으로.

만약 마왕 리무루가 죽으면서, 폭풍룡 베루도라가 날뛰기 시작한다면 그때는 마왕 루미너스가 대처하기 위해 나설 것이다.

아니, 역설적으로.

그렇게 되는 것이 이대로 마왕 리무루의 지배가 계속 이어지는 것보다는 더 나은 것이다.

마왕 리무루와 마왕 루미너스가 손을 잡는다.

이게 의미하는 것은 마왕 루미너스가 서방열국의 운영을 마왕 리무루에게 맡겼다는 것이니까.

인간들을 자신의 먹이로 보는 '퀸 오브 나이트메어(밤의 여왕)'는 지금까지는 그 역할을 '칠요의 노사'에게 맡기고 있었다.

하지만.

그란베르의 실추가 보여주는 대로 '칠요'는 지금 끝이 난 것이다.

그란베르는 마왕 루미너스의 가호를 잃었다. 그 권세를 배경으로 서방열국에게 '위세'를 보여줄 수 없게 되었다.

앞으로는 성인 히나타의 권세가 더 강해질 것이다.

그리고 그런 히나타를 이용하는 마왕 리무루의 지배체제가 반석 위에 오르게 될 것이다…….

(그것만큼은 반드시 저지해야 해.)

그러기 위해서라면 전 세계가 베루도라의 위협에 노출되어도 상관없다. ──그렇게 마리아베르는 속으로 생각하고 있었다.

그 후에 마리아베르와 유우키는 단둘이서 작전의 세부사항을 검토하고 입안하기 시작했다.

이렇게 되면 요한이 낄 자리는 없다.

요한이 할 수 있는 것은 작전의 성공을 비는 것뿐이었다.

이렇게 마인들은 치밀하고 정성스럽게 악의를 담아서, 리무루를 죽이기 위한 작전을 짜내고 있었다.

●

길고 긴 회의를 끝내고 우리는 카페에 모여 있었다.

지금은 슈트 단추를 대충 풀어놓고 늘어진 모습으로 앉아 있다.

볼일을 다 봤으니 '공간이동'으로 우리 집에 돌아가는 것도 좋겠지만, 소우에이가 아직 범인을 확보하지 못했다. 불의의 사태가 일어날 가능성도 있으므로, 잠시 대기하기로 한 것이다.

그건 그렇다 쳐도 끔찍하게 피곤한 회의였다.

잉그라시아 왕국의 왕자인 엘릭의 난입도 그렇고, 그걸 뒤에서 조장한 개번이라는 아저씨. 그리고 그걸 지지한 의원들.

일이 실패로 끝나는 바람에, 그들은 아연실색하고 있었다.

개번은 고위귀족이었던 것 같은데, 마법심문관이라는 위험해 보이는 녀석들에게 끌려가 버렸으니까.

다른 의원들은 외교특권으로 보호를 받은 것 같지만, 내가 제공한 자료를 근거로 각자의 본국에서 추후에 처벌을 받을 것이라 생각한다.

실각되는 건 틀림없겠지.

사태의 중대함에 겁을 먹고 있는 것 같지만, 자업자득이다.

소동에 참가하지 않았어도 귀족적인 사고방식으로 나를 얕보던 자도 있었다. 그런 상대가 결백했다면 그냥 넘어가겠지만, 장부를 보니 저지른 죄가 아주 많았다. 그러므로 그런 자들도 이번 기회에 각국으로 장부를 넘겨줄 예정이다.

이로 인해 그 무례한 자들도 숙청되겠지. 의원이라는 지위를 이용하여 사익을 챙긴 자도 있었으므로, 앞일을 위해서라도 사라지는 것이 내게 더 좋을 것이다.

나는 커피를 마시면서 그런 생각을 했다.

"뭐, 많은 일이 있었지만 히나타랑 슈나가 먼저 화를 내준 덕분에 도움을 받았어. 나도 일단은 마왕이니까, 갑자니 내가 나서서 상대하는 건 좀 아니라고 생각했거든."

"나는 딱히 화를 내지 않았는데. 외교적 결례에 대해 약간의 지도를 해준 것뿐이야."

"저도 그렇답니다, 리무루 님. 무례한 자들을 잠깐 꾸짖어준 것뿐이에요. 정말로 화가 났다면 재도 남기지 않고 이 세상에서 지워버렸을 거예요."

히나타와 슈나, 둘이 동시에 미소 지었다.

호흡이 딱 맞는 모습이 약간 무섭다.

그 박력을 눈앞에서 보고 나는 "그, 그렇군"이라고 말하면서 고개를 끄덕일 수밖에 없었다.

"그건 그렇고, 이번에는 좋은 경험을 할 수 있었습니다."

그렇게 말하며 끼어든 사람은 베니마루였다.

"응?"

"아니, 사실 저는 너무 화가 난 나머지, 머리가 새하얗게 되는 바람에 뭘 해야 될지를 몰랐습니다. 슈나가 나서는 게 조금 늦었다면 그 방의 인간들을 전부 불태워버렸을 겁니다."

그 말을 듣고 나는 풉! 하고 커피를 뿜을 뻔했다.

조용히 지켜보고 있는 줄로 알았던 베니마루. 어른스럽게 성장했다고 감탄하고 있었는데, 사실은 분노로 제정신이 아니었던 모양이다.

괜히 감탄했다가 손해를 본 기분이었다.

하지만 정말 위험했다. 자칫 그 자리에서 대량학살이라도 일어났다간 인류의 적이 되었을 테니까.

"이봐, 이봐, 너, 그런 짓은 절대 하면 안 돼."

"하하하, 농담입니다!"

베니마루는 상큼하게 웃으면서 얼버무리려고 했지만, 나는 속아 넘어가지 않는다.

이 녀석은 진심이었다.

다음번 회의까지 의원을 선출할 필요가 있겠지만, 인선은 신중하게 생각해야겠다.

그런 식으로 대화를 나누면서 커피를 거의 다 마셨을 때쯤.

"리무루 님, 범인을 확보했습니다."

소우에이가 그렇게 보고를 했다.

괜찮을 것이라고 생각하긴 했지만, 역시 큰 문제는 없었던 것 같다.

여전히 부탁한 일을 완벽히 해내는 유능한 인간이다.

"제법 강적이었습니다. 제가 이름을 밝혔음에도 불구하고 자신의 이름은 밝히지 않았기에 정체는 여전히 불명입니다. 하지만 리무루 님을 '악마 녀석의 주인'이라고 불렀습니다."

흠. 뭐, 암약하고 있는 프로 암살자가 그렇게 쉽게 자신의 정체를 밝힐 리가 없겠지.

하지만 악마 녀석이라면…….

"디아블로 말인가?"

"그게 맞는 것 같습니다."

으—음, 역시 그런가.

디아블로에게선 그런 보고를 받지 않은—— 것 같은데, 그 녀석의 기준으로는 라젠조차도 잔챙이에 불과했으니까 말이지. 대수롭지 않은 것으로 판단했을 가능성이 높다.

이런 때에는 디아블로의 기준이 비정상적이라는 걸 재인식하게 된다.

실은 그 라젠도 마인으로 불릴 정도의 인물이었던 것 같으니까.

히나타에게서 들은 이야기에 의하면 서방열국에는 라젠보다 강한 인물이 거의 없다고 했다. 그런 상대를 잔챙이로 평가했으니, 디아블로의 감각이 비정상적인 것은 틀림없다.

그런 쪽의 상식은, 좀 더 철저하게 알려주는 것이 좋을지도 모르겠군.

그런 생각을 머릿속 한 구석에 담아두면서, 두 잔째의 커피를 주문했다.

슈나, 히나타, 베니마루는 홍차를 마시고 있었다. 추가로 케이크를 주문해놓은 상태다.

잠깐, 베니마루. 너도 주문했단 말이야?!

그렇다면 나도 하나 더.

역시 최강이라 할 수 있는 것은 쇼트케이크이다.

소우에이에게도 권했더니 "뜨거운 커피"라고 점원에게 주문했다.

볼을 붉히면서 사라지는 점원.

소우에이는 딱히 신경도 쓰지 않고, 자신 앞에 놓인 블랙커피를 그대로 마셨다.

동작 하나하나가 그림이란 말이지, 이 녀석은.

단 걸 좋아하는 베니마루에게 친근감을 느끼면서, 완벽남인 소우에이에게서 자세한 보고를 들었다.

"——그렇게 전투가 끝났습니다."

두 잔째의 커피를 다 마셨을 때쯤, 소우에이의 이야기는 끝이 났다. 듣는 김에 모두와 '사념전달'로 연결하여, 소우에이가 본 기억을 재현하게 했다.

그걸 보면 소우에이는 상대의 수법을 전부 밝혀낸 것 같았다.

상당한 미인이었지만, 소우에이는 전혀 봐주지 않았다.

이건 말하자면 그거로군.

예전에 있었던 온라인 게임에서 버그를 이용한 치트 행위. 자신의 체력을 무한으로 만들어놓은 뒤에, 상대에게 이길 수 있다는 희망을 주면서 속으로 비웃는 것.

조금만 더 하면 이길 수 있다——고 상대가 믿게 만드는 것이 음험하기 짝이 없다. 그걸 믿고, 가지고 있는 아이템까지 전부 쓰면서 필사적으로 싸우게 되니까.

그런 식으로 소우에이도 범인의 정보를 캐낸 것이 틀림없다.

하지만 이번 일은 게임이 아니다. 게다가 첩보활동이라는 것은 상대가 숨긴 것을 파악하고 읽어내는 것이 주된 일이다.

그러므로 소우에이가 잘못한 건 없으며, 오히려 잘했다고 칭찬해야 할 수준이었다.

"수고했다. 역시 대단하구나, 소우에이는."

"리무루 님께 배운 방법을 시험해봤습니다만, 의외로 효과적이었습니다. 역시 약간 고전하는 듯한 모습을 보이는 것이 중요한 포인트이더군요."

어, 어라?

그런가. 그러고 보니 그런 이야기를 했던 것 같기도 하다.

스파이 영화에 관한 이야기를 한 것은 기억이 나지만, 게임에 관한 이야기도 했었다. 관계가 없을 거라고 생각해서 완전히 잊어버리고 있었던 모양이다.

음험하다고 생각해서 미안하다고, 나는 마음속으로 소우에이에게 사과해두었다.

"하, 하하하. 도움이 된 것 같아서 다행이구나."

"아니오, 저도 아직 미숙했습니다. '분신체'가 세 명이나 당했으니까요."

"그, 그래? 뭐, 어쨌든 이것으로 적의 정체에 관한 단서를 잡은 것 같군."

"네. 심문은 제게 맡겨주십시오."

심문이라.

으—음, 어떻게 한다.

그렇게 생각하고 있으려니, 히나타가 끼어들었다.

"입 다물고 있으려고 생각했지만, 어차피 알게 될 일이니까 미리 말해둘게. 소우에이 공이 싸운 상대는 내 부하였던 여자야. 어떤 힘을 숨기고 있는지는 몰랐지만, 생각했던 것 이상으로 상대하기 번거로운 스킬(능력)이었던 것 같네. 라마가 진 것도 납득이 돼. 그렇게 가까운 거리에 총탄이 나타난다면 반응하는 건 어려웠겠지."

"그 라마라는 사람은 누군데?"

"아아, 실례. 내 부하였던 남자야. 과거에 '삼무선(三武仙)'이었지. 그렌다에게 패하는 바람에 그녀의 부하가 되었어."

히나타 자신은 별문제가 없다고 해도 대부분의 인간은 제대로 반응하지 못할 것이다. 더 말하지 않아도 상당히 번거로운 스킬인 것만은 분명하다.

히나타는 별것 아닌 것처럼 설명했지만, 그 말은 즉 '선인'급의 실력을 갖고 있다는 뜻이다. '마왕종'에 필적하는 수준이므로, 엄청나게 강한 것이 당연하다는 이야기가 된다.

게다가——.

"소우에이의 '분신체'를 날려버렸다는 그건 수류탄인 것 같은데?"

"그 폭발하는 공 말입니까?"

"그래, 그거. 마법 같지는 않으니, 저쪽 세계에 존재하던 무기인 것 같아."

《해답. 개체명 : 그렌다가 마력으로 생성한 것으로 추측됩니다. 약간 다르긴 합니다만 '리얼리티 웨폰(무기현실화, 武器現實化)' 같은 권능이며, 자신의 기억을 실체화시킨 것으로 보입니다.》

리, 리얼리티 웨폰?!

저격계의 힘만 있는 게 아니라, 그런 비장의 수까지 가지고 있었다니.

참고로 진짜 '리얼리티 웨폰'이라면 기억에 있는 무기를 완전히 재현할 수 있는 것을 말한다. 그렌다의 경우엔 정밀한 스킬이 아니라, 비슷한 효과를 발휘하는 열화 버전일 뿐이라고 한다.

그래도 충분히 위협적인 것 같은데.

"나도 같은 의견이야. 실물을 본 적은 없지만, 영화에서 본 것은 그런 느낌이었으니까. 즉 그렌다도 '이세계인'이라는 말일까?"

"그건 틀림없을 것 같군. 보아하니 자신의 기억을 재현하여 무기를 만들어내는 것 같으니까."

내가 잘난 체하면서 설명하자, 히나타가 수상쩍은 것을 보는 듯한 눈으로 날 바라봤다.

"어떻게 당신이 그런 걸 알고 있는 거지?"

윽, 날카로운 지적.

라파엘의 존재는 비밀로 하고 있으니, 이 질문은 적당히 얼버무려서 넘길 수밖에 없다.

괜히 아는 척을 하는 게 아니었다. 그런 생각을 하면서, 나는 히나타에게 변명했다.

"감이야. 나 정도 되면 그런 감이 발동을 하거든."

그 말을 듣자, 베니마루를 비롯한 내 부하들은 감탄한 표정을 지었다.

그 반응에 마음의 위로를 받으면서 히나타의 눈치를 살핀다.

"뭐, 좋아. 그것보다 나도 심문에 참가해도 괜찮을까? 그렌다가 상대라면 물어보고 싶은 게 있거든. 사레랑 그레고리도 돌아오지 않았으니, 그녀가 뭔가를 알고 있을지 모른다는 생각이 들어."

내 말을 흘려듣고 그냥 넘어가 주기로 한 것 같다

그렌다에게 묻고 싶은 게 있다면 마음대로 해도 상관없다.

우리도 딱히 숨길 생각은 없으며, 시온이 했던 것 같은 끔찍한 짓을 할 생각도 없으니까.

디아블로와 한 번 싸워본 적이 있는 것 같지만, 그렌다는 곧바로 도망을 쳤다. 엘릭 왕자의 건은 우리와 상관없는 일이었다. 그러므로 순순히 정보를 토해내기만 한다면 거칠게 대할 마음도 없는 것이다.

——아니, 이미 소우에이가 상당한 공포를 맛보여준 것 같지만 말이지.

육체적인 피해가 아니라, 마음이 꺾여버렸다는 표현이 맞으려나. 그렌다의 자존심은 엉망진창이 되었겠지.

하지만 놓아줄 것인지 아닌지는 결정하기 어려운 문제다.

예상 이상으로 강했던 것 같으니, 섣불리 풀어주는 것도 위험할 것 같다.

그렇다고 해서 잉그라시아 왕국에게 넘겨주는 것도 좀 그렇고…….

뭐, 일단 결정은 보류하기로 하지.

"알았어. 그럼 같이 갈까?"

나는 히나타에게 그렇게 대답했다.

"부탁할게."

고개를 끄덕이는 히나타.

어쨌든 우선은 그렌다와 만나보기로 하자.

그녀의 태도를 본 뒤에, 그녀를 어떻게 처리할 것인지를 판단하기로 하자.

그런 생각을 하면서, 우리는 장소를 옮기기로 했다.

——참고로, 카페의 음식 값은 내가 냈다.

어제도 내가 계산했다.

히나타의 영수증까지 내게 떠넘기는 것은 이해가 되지 않았는데, 너른 마음으로 받아들여야 하는 걸까, 아니면 한마디 지적을 해줘야 하는 걸까.

하지만 날 쩨쩨하다고 생각하는 건 싫단 말이지…….

그런 자그마한 일로 고민을 하고 있는 걸 보면, 난 역시 소시민일지도 모르겠다.

잉그라시아 왕국에서 귀국하는 동안 나는 그런 생각을 하고 있었다.

*

"으에엑, 필두——?!"

소우에이의 '분신체'와 합류한 뒤에 모두 함께 귀국했다.

붙잡아둔 그렌다가 눈을 떴고, 히나타를 보자마자 놀라면서 소리친 것이 방금 그 말이었다.

장소는 심문실 같은 곳이 아닌 평범한 응접실이다.

내 양쪽을 베니마루와 소우에이가 호위하고 있으며, 히나타도 있다.

슈나가 차를 준비해주었기 때문에, 그걸 마시면서 심문을 시작했다.

"오랜만이네, 그렌다. 건강해보여서 다행이야."

선공을 날리는 히나타. 그렌다를 차갑게 내려다보면서 그렇게 말을 걸었다.

여전히 적대자에겐 인정사정이 없는 것 같다.

동요하는 모습을 보이던 그렌다였지만, 이내 냉정을 되찾은 것 같았다.

"흥! 보아하니 나도 여기까지인가 보네. 죽이려면 빨리 죽여. 붙잡힌 스파이의 말로야 고금동서를 봐도 그렇게 다를 것이 없으니."

그런 말을 대담하게 내뱉었다.

"입 닥쳐라. 너는 그저 리무루 님의 질문에 답하기만 하면 된다."

소우에이가 그 말은 무시한 채 냉정하게 쏘아붙였다.

"리무루 님, 이자의 사지를 절단해서, 조금은 순순해지도록 길을 들일까요?"

잠깐, 그러진 마. 소우에이는 하겠다고 말하면 정말 저지른단 말이지.

"아니, 아니, 회복약이 있다고――."

"과연, 몇 번이고 고통을 맛보여줄 수가 있다는 말씀입니까. 그런 사용법도――."

"그게 아니야! 회복약이 있다고 해서 너무 잔인한 짓을 하는 건 좋지 않다고 말하려던 거야!!"

정말, 그러지 말라고.

슈나는 방긋방긋 웃으면서 긍정적인 반응을 보이지만, 히나타의 시선은 따가웠다.

아무리 나라도 여자를 상대로 그렇게까지 할 마음은 없다. 그리고 그렌다는 말할 마음이 전혀 없는 것 같이는 보이지 않았고, 교섭에 따라선 어떻게든 구슬릴 수 있을 것 같았다.

"자, 그렌다 양. 초면이려나? 내가 마왕 리무루다."

"——반갑네. 나는 그렌다야. 거기 있는 히나타 님의 부하이면서 '삼무선' 중의 한 사람이지."

그렌다도 소우에이에겐 농담이나 교섭이 통하지 않는다는 것을 이해한 것 같았다.

내 질문에 대답하는 것이 그나마 낫다고 판단했는지, 이름만큼은 순순히 이야기해주었다.

그렌다는 디아블로를 알고 있었다. 그 말은 곧, 이길 수 없다고 보고 도망친 것이 아닐까 하는 생각이 들었다.

스스로 죽이라고 소리치는 인간이라도 정말로 죽고 싶어 하는 자는 적다. 삶에 집착하고 있는 걸로 봐도 틀림없을 것 같았다.

그리고 그렌다가 히나타를 배신한 이유도 신경이 쓰였다.

이번 암살을 의뢰한 사람에 대해선 입을 열지 않더라도 그 외의 것은 말해줄지 모른다. 어디까지 순순히 이야기해줄 지는 모르겠지만, 어쨌든 물어볼 수 있는 만큼은 물어보기로 하자.

그렇게 생각하여, 우선은 부드럽게 질문을 시작했다.

"이번에 네가 노린 상대는 엘릭 왕자임이 틀림없겠지?"

"그래."

"그 이유는 내가 죽인 것처럼 보이게 만들어서 우리를 서방열국에서 배제시키는 것, 으로 봐도 될까?"

"아마 그렇겠지. 나는 이유까지는 듣지 못했어. 그렇게 하라는 명령을 받았을 뿐이야."

과연, 거짓말은 아닌 것 같다.

"다음은 내가 물어봐도 될까?"

히나타가 그렇게 말하자, 그렌다는 긴장한 표정으로 몸이 굳어졌다.

"뭐지?"

"당신 담당구역을 상업도시로 배정해서 자유롭게 움직이기 쉬운 환경을 제공해줬어. 나는 당신에게 '상인의 말에 귀를 기울여선 안 된다'고 말했는데, 사실은 그때 이미 넘어가 있었던 거지?"

"노코멘트야."

"당신은 처음부터 우리를 배신하고 있었던 거지? 그건 명령을 받았기 때문이야?"

"——노코멘트."

"당신 뒤에 숨어 있는 자는 평의회를 조종하는 자인 것 같은데, 그 정체는 누구지?"

"…………."

"이상하다고 생각했어. 평의회는 가끔 서방성교회의 동향을 파악한 것처럼 움직였으니까. 분명히 스파이가 있을 것으로 생각했고, 그런 의심이 가는 자가 바로 당신이었지. 숙청할 기회를 기다리고 있었지만, 당신의 고용주를 가르쳐준다면 모든 죄를 감면해 줄 수도 있는데?"

"그러니까 노코멘트라고 하잖아!"

"그래? 그럼 마지막으로 하나만 더. 당신은 루미너스 님을 믿었어?"

"쳇, 신 따위는 존재하지 않아. 그런 걸 믿을 바에야 돈을——."

다음 순간, 히나타가 레이피어를 휘둘렀다.

날카로운 음색이 울려 퍼졌고, 내 직도가 레이피어를 막아내었다.

"잠깐, 히나타! 목을 베면 안 돼. 심문이 아니라 죽일 생각이야?!"

"――그럴 생각은 없었는데?"

"거짓말 하지 마! 살의가 잔뜩 담겨 있었다고!!"

정말이지, 한시도 방심을 할 수가 없다.

방금 전의 히나타는 완전히 죽일 마음을 먹고 있었다.

일단 경계하고 있었기 때문에 반응할 수 있었지만, 자칫하면 귀중한 정보원을 잃어버릴 뻔했다.

"괜찮습니다, 리무루 님. 제가 소생마법을 실험해봤으니까요."

방긋 웃는 슈나.

"그래, 리무루. 나도 신의 기적 : 리저렉션(사자소생)을 다룰 줄 아니까, 아무런 문제가 없어."

어디까지가 연기인 건지, 도저히 모르겠다.

슈나에 이어서 히나타까지 그런 말을 했는데, 되살릴 수 있으니까 죽여도 된다는 건 뭔가 좀 아닌 것 같다.

――아닌 것 같지만, 합리적으로 따져보면 맞는 것 같기도 한 것이 이상했다.

"어쨌든 히나타는 잠깐만 조용히 지켜봐줘."

선수교대.

이대로 가면 위태로울 것 같으니까, 히나타는 잠시 머리를 식히게 하자.

그런고로 다시 내 차례다.

자, 라파엘 씨, 당신 차례입니다!

《——알겠습니다.》

흔쾌히 받아들인 라파엘.

나는 그 발언을 그대로 입에 올린다.

"너 같은 프로에게 순순히 정보를 밝히라고 해봤자 소용없겠지. 그러니까 너는 그저 내 말을 듣고 있기만 해도 된다."

호오, 과연.

상대를 동요시킬 만한 발언을 해서, 그 반응을 보고 정보를 빼낸단 말이로군?

"그 포커페이스를 끝까지 잘 유지해보라고."

"흥, 날 우습게보지 마시지. 그런 말은 굳이 할 필요도 없어!"

음, 그렌다도 받아들이겠단 말인가.

과연 이 승부는 누가 이길까?

나는 마치 남의 일인 양 그렇게 생각했다.

"유니크 스킬이란 것은 영혼에 뿌리를 내리는 경우가 많지. 너도 그런 사례 중의 하나이며, 강인한 힘으로 영혼과 유착된 것으로 보이는군."

"헤에, 처음 듣는 이야기네. 그래서?"

"음. 방금 전의 회의 말인데, 그때 '욕망'으로 물든 의원들이 많이 있었지."

"헤에……."

"그 '욕망'은 강제적으로 심어진 것이더군. 영혼에 영향을 끼치는 권능도 있으니, 아마도 그 영향을 받은 것으로 추측할 수 있어."

"…………."

"그렌다, 너도 또한 그 영향 하에 있다."

"뭐라고?"

"단, 네 경우는 너 자신의 유니크 스킬로 영혼이 보호를 받고 있는 덕분에 완전히 물들지는 않은 것 같군."

"큭——."

내 말을 부정할 수 없기 때문인지, 그렌다는 말없이 노려보기 시작한다.

사실은 그 말을 하고 있는 나 자신도 처음 듣는 이야기지만.

"그래서, 그 훌륭한 유니크 스킬 말인데, 그게 있고 없고를 파악할 수 있는 자도 있다는 뜻이지."

"——'감정안(勘定眼)'말인가?"

"그래. 유명한 걸 언급하자면 마왕 밀림의 '용안'이 그 예가 되겠지. 나도 자세히는 모르지만 '마왕 밀림은 무엇이든 꿰뚫어 본다'는 전승이 남아 있잖아? 이 전승이 사실로 보이는 데, 밀림은 보기만 해도 상대가 어떤 계통의 스킬(능력)을 가지고 있는지 대부분은 알아내는 것 같더군."

이 말은 정말이다.

그렇긴 해도 내면 계통의 스킬은 꿰뚫어 보지 못하는 것 같았고, 상대가 쓰지 않는다면 자세한 정보를 알아내지 못한다.

단지 상대의 스킬이 얼마나 강한지를 파악할 수 있으며, 그게 엑스트라 스킬인지 유니크 스킬인지를 식별할 수 있는 것 같았다.

그래도 한 개인이 두 가지 이상의 유니크 스킬을 보유한 경우엔, 그게 하나의 강력한 유니크인지, 두 개 이상을 보유하고 있는지, 그런 세세한 식별은 어려운 것 같지만.

그건 나도 마찬가지였다.

내 '해석감정'도 정밀도가 올라가면서, 지금은 막연하게 상대의 스킬이 보이게 되었다.

그리고 그 스킬에 대항할 수 있는 은폐공작이 가능하다는 것도 알았다.

기이 크림존이 에너지(마력요소)양을 위장하고 있는 것처럼.

기이와 만났을 때, 나는 스킬은 자신이 밝히지만 않으면 은폐할 수 있다고 생각했다.

하지만 그렇지 않았다.

방금 말했던 것처럼 잘 단련된 '해석감정'이라면 스킬의 보유여부는 꿰뚫어 볼 수 있다.

지금 생각해보면 나는 운이 좋았다. 얼티밋 스킬(궁극능력)이 네 개나 있었던 덕분에 기이의 입장에선 방심할 수 없는 상대로 보였을 테니까.

무슨 일이 있어도 비밀로 감춰야 할 스킬은 '라파엘'이므로, 앞으로는 그걸 염두에 두면서 행동하자고 생각했던 것이다.

그런고로 스킬을 은폐하는 것은 불가능하지 않을까 하는 생각도 했었지만, 사실은 그것도 불가능하진 않았다

스킬을 잘 단련하여 완전히 자신의 것으로 완성했을 경우, 해석 계통의 스킬을 속일 수 있게 되는 것 같았다.

아직 완전하진 않지만 여러모로 실험해본 결론이 위와 같은 사실이었다.

"그래서, 무슨 말이 하고 싶은 거지? 그 말대로 나한테는 유니크 스킬이 있어. 그 덕분에 완전히 '욕망'에 물들지 않았다고 해

서, 그게 어쨌다는 거야?"

내가 잠시 말을 하지 않고 있자, 그렌다가 초조한 표정으로 되물었다.

자신이 '욕망'의 영향을 받고 있다는 말을 듣고, 계속 무관심한 반응을 보일 수는 없었을 것이다.

빨리 대답을 해주고 싶었지만 라파엘의 말이 좀 많이 어렵단 말이지. 내가 완전히 이해한 상태에서 말로 하려면 시간이 좀 걸릴 것 같다.

《제안. '사고가속'을 사용하시겠습니까?

YES / NO》

그게 있었지.

처음부터 사용했으면 좋았을 거라 생각하면서, 속으로 YES를 선택한다.

지금부터는 계속 공격을 날려서 그렌다를 쉴 틈 없이 공략하기로 하자.

"네가 욕망에 물들었는지 아닌지는 나하고는 관계없다. 단 하나 확실한 것은 너의 고용주가 상당히 강력한 유니크 스킬을 보유하고 있다는 점이야. 그렇지?"

"노코멘트――라고 말하고 싶지만 그건 인정하겠어."

"고맙군. 그럼 이야기를 계속하겠는데, 얼마 전에 개국제를 열었을 때도 욕망에 물든 자가 있었지. 가이라는 남자인데, 오늘 낮에 슈나가 완전히 제압해버린 녀석이야. 다른 손님들은 영향을 받지 않았지만, 일부의 상인들은 영향을 받고 있었지. 상당히 많은 수의 대상에게 영향을 미치는 경우, 술자는 가까이에 있을 가능성이 높다. 나는 그렇게 생각했지."

"…………."

가이처럼 완전히 물들었다면 또 모를까, 거리가 멀면 스킬의 영향은 흐려지는 법이다.

마사유키의 스킬도 강력하지만, 그건 널리 퍼진 소문과 결합하여 효과가 더 강해진 것이다. 기본 바탕이 있기 때문에 본인이 의도하지 않아도 확산된 모습을 보이는 것이다.

'욕망'의 영향은 순수하게 스킬의 성능에 의존한다. 그 외에는 화술이나 다른 것을 동원하여 대상에게 미치는 영향을 강화시키는 것에 가깝다.

즉, 개국제에 참가했을 가능성이 높다는 추리는 솔직히 말해서 설득력이 강했다.

그렇다면 의심이 가는 인물 중에서 짚이는 자가 있었다. 수상하다는 생각이 들어서 소우에이에게 조사를 의뢰했던 것이다.

"마리아베르 로조, 이 이름을 들어본 적 있나?"

스트레이트로 내뱉는군, 라파엘. 소우에이의 조사보고서에서 그 이름을 바로 건져내서 언급했다.

"——!!"

끝까지 숨기려고 했지만, 그렌다가 희미한 반응을 보였다.

그렌다는 알고 있다는 뜻이리라.

"내 '해석감정'은 우수하거든. 스킬의 보유여부를 꿰뚫어 보는 것뿐만 아니라, 뭔가를 숨기려 하는 기척도 감지할 수 있지. 그래서 개국제를 벌였을 때 그런 수상한 기운을 느꼈는데, 그런 자들 중의 한 명이 마리아베르라는 이름을 가진 소녀였어."

내 이야기를 듣는 중에도 그렌다의 안색은 점점 나빠진다.

그녀의 볼을 타고 흐르는 것은 식은땀일까 진땀일까. 어느 쪽이든 그렌다는 지금 상당히 긴장하고 있는 것 같다.

"너, 넌――."

"마리아베르 로조, 라고? 로조, 로조 일족이란 말이지. 과연."

"히익?!"

뭔가를 말하려던 그렌다의 말을 가로막고, 히나타가 그렇게 말했다.

그렌다의 발언을 방해했으니 보통은 화를 내야겠지만, 히나타의 표정을 보니 그럴 필요가 없다는 생각이 들었다.

왜냐하면 히나타는 모든 수수께끼가 풀렸다는 표정을 짓고 있었으니까.

게다가 그렌다의 태도를 봐도 뭔가 꺼림칙한 게 있다는 건 명백했다.

"그란베르 로조. 로조 일족의 창시자이자 과거에 '용사'였던 위인. 그렌다, 당신도 당연히 알고 있었겠지. '칠요'의 수장인 그란(일요사, 日曜師)의 정체가 그란베르라는 것을――."

내가 생각했던 대로 히나타는 진실에 다다른 것 같았다.

그녀의 발언을 들으니 어둠 속에서 연결되어 있던 자들의 인간관계가 보이기 시작했다.

"'칠요'라면 얼마 전의 그자들 말인가. 전부 사망했다고 들었는데, 그 그란베르라는 녀석은 지금도 살아 있단 말이야?"

“니콜라우스가 완전히 숨통을 끊었다고 했지만, 몇 백 년이나 서방성교회를 좌지우지해왔던 괴인인걸. 살아남았다고 해도 이상할 건 없어.”

‘욕망’에 기인한 능력을 갖고 있는 것으로 보이는 마리아베르.

그녀의 대선조인 그란베르 로조── 아니, ‘칠요’의 수장 그란.

과연, 그란이 몇 백 년이나 살아온 괴물이라면 평의회도 좌지우지하고 있을 가능성이 높겠군.

“흑막은 그란이란 말인가?”

“틀림없을 거야. 마리아베르라는 강력한 능력자를 이용해서 뭔가를 꾸미고 있겠지.”

나와 히나타는 그렌다를 무시한 채, 서로가 가진 정보를 맞춰보기 시작했다.

대답은 나온 것이나 다름없었다.

이미 그렌다의 가치는 사라진 셈이었다.

“젠장!! 나는 아무 말도 안 했는데, 어떻게 그렇게까지 자세히 아는 거야?! 웃기지 마, 이래선 내가 전부 다 지껄인 것 같잖아──!!”

으─음, 그거 참 유감이네.

상대가 좋지 않았다, 라고 할 수밖에 없다.

라파엘은 너무나 우수해서 네가 대적할 수 있는 상대가 아니었다는 이야기가 되겠지.

“그렇게 생각해도 어쩔 수가 없군.”

“꼴좋네, 그렌다. 배신자의 말로에 잘 어울리잖아.”

“젠장, 이대로 가면, 이대로 가면 난 죽을 거야…….”

창백해진 얼굴로 그렇게 중얼거리는 그렌다를 보고 있으려니,

조금 불쌍하다는 생각이 들었다.

그야 그렇겠지. 나는 직접 죽일 마음이 없으며, 정보를 얻었으면 잉그라시아 왕국에라도 넘겨줄까 하는 생각을 하고 있었지만, 이대로 가면 틀림없이 처형을 당할 테니까.

그렌다라면 탈출할 수도 있지 않을까 하는 생각을 했지만, 이렇게까지 겁을 먹은 모습을 보면 상대는 상당히 강한 것 같군.

"그 마리아베르라는 자는 그렇게 강한가?"

신경이 쓰여서 물어봤다.

"——그런 문제가 아니야. 우리 같은 '소환자'는 함부로 거역하지 못하도록 술식에 얽매여 있다고. 그러므로 내가 배신을 했다고 판단하면 영혼이 파괴된단 말이야. 그렇게 되면 모든 게 끝이야."

아아, 그렇단 말인가…….

"그 말은 곧, 당신은 자신의 의지로 루미너스 님을 배신한 게 아니라, 그들의 지시를 거역할 수 없었다는 뜻이야?"

"그 부분은 말하자면 복잡해. 신의 자비에 기대고 싶다는 생각도 있었지만, 그란베르 님의 눈이 사방에 존재했으니까. 내가 할 수 있는 건 아무것도 없었다는 게 솔직한 내 심정이라 할 수 있겠네."

그 말을 듣자, 동정의 여지가 있겠다는 생각이 들었다.

히나타는 아직 그렌다를 차가운 시선으로 노려보고 있지만, 처음보다는 분노가 약해진 것 같았다. 아주 약간 살의가 줄어든 것처럼 보였다.

"그 말대로 신의 자비는 아무 도움이 되지 못하겠네. 영혼이 파괴된 인간은 리저렉션으로도 회복할 수 없으니까."

아아, 히나타에게도 자상한 마음은 있었던 모양이다.

여전히 표정은 차가웠지만, 그렌다가 살아날 수 있는 길을 모색하고 있는 것 같았다.

내 힘이라면 그 술식을 해제할 수 있을까?

《해답. 문제없습니다. 해제하시겠습니까?

YES / NO》

어머나, 대답 한 번 간단하네.

그렇게 말하기에 바로 해제해주었다.

*

"다 끝났어. 그 녀석은, 마리아베르는 내 감정을 읽고 있다고, 내가 배신할 마음이 없어도 그 녀석의 판단 여하에 따라 나는 파멸될 신세야."

분한 표정으로 탄식하는 그렌다.

그런 그렌다에게 나는 그 술식을 파괴했음을 알려주었다.

"뭐, 뭐라고오?"

"뭐, 걱정은 하지 말라고. 이제 볼일은 없으니까, 원하는 대로 살면 돼. 상대도 아마 네가 죽었다고 생각할 테니까."

"아, 아니, 그런 이야기를 하는 게 아니라, 날 옭아매고 있는 지배의 '주언(呪言)'을 풀었단 말이야?!"

"응, 그 말이 맞아. 말하지 않아도 알겠지만, 우리에게 적대하겠다면 용서하지 않을 거야."

"뭐, 나도 이번은 눈감아주겠어. 리무루가 놓아주겠다는 상대를 죽여버렸다간 내가 원망을 들을 테니까. 하지만 명심해. 당신은 루미너스 님을 배신했어. 서방성교회는 당신을 절대 용서하지 않을 거라는 걸."

그렌다는 확실히 강하기도 했고, 위협적인 존재이긴 하다. 하지만 마리아베르라는 녀석의 지배에서 해방된 지금이라면 분명 우리와 적대할 이유는 사라진 것으로 봐도 될 것이다.

이래도 또 적대적인 행동을 취한다면 그때 처리해버리면 된다. 어디까지나 내 느낌이지만, 그렇게까지는 폐를 끼칠 것 같지 않으니 이번에는 용서해주기로 했다.

히나타도 이번에는 그냥 넘어가 주기로 한 모양이다. 내가 아량을 베푼 지금, 자신만 속이 좁은 모습을 보여줄 수는 없다고 생각했겠지.

뭐, 그렌다는 어떤 의미로는 명령에 따랐을 뿐이다. 그것도 자신의 머리로 판단해서 움직인 게 아니라 '주언'이 가지고 있는 강제력의 영향 때문인 것 같고.

이번만큼은 너그러운 판결을 내려주기로 하자.

"그렇게 되었으니 이제 그만 가도 돼. 우리나라에 머무르고 싶다면 마음대로 해도 되지만 문제를 일으킨다면 그 시점에서——."

"자, 잠깐만 기다려줘——아니, 기다려주세요!! 날 정말로 놓아주겠단 말이야?"

"응. 죽여야 할 의미는 그다지 없을 것 같으니까."

"리무루 님이 용서하신다고 하셨으니 우리도 반대할 이유는 없다."

"뭐, 너 정도의 녀석은 그렇게 큰 위협거리는 되지 않으니까."

소우에이와 베니마루도 내 말을 이어서 그렇게 말했다.

말투는 문제가 좀 있지만, 불만이 없다는 것은 진심 같았다.

아마 진심으로 그렌다가 위험하다고 여기지 않는 것이겠지. 그건 그것대로 문제가 있는 것 같지만, 뭐 사실이긴 하다.

진짜 실력을 발휘한 소우에이에겐 물론이고, 베니마루에겐 무슨 일이 있어도 절대 이기지 못할 테니까.

그렌다 본인도 어떤 것이 손해이고 이득인지를 늘 계산하면서 살아왔으니, 이기지 못하는 상대에게 덤벼드는 바보짓은 하지 않을 테고 말이다. 그러므로 놓아준다고 해서 문제가 생기진 않을 것이다.

그렇게 낙천적인 생각을 한 나를 보면서, 그렌다가 갑자기 무릎을 꿇었다.

그리고 느닷없이 엉뚱한 말을 뱉었다.

"부, 부탁이야! 내가 아는 모든 정보를 다 이야기할 테니까 날 고용해주지 않겠어? 어떤 지저분한 일이라도 다 할 테니까 부디 날 받아줘!!"

그 말을 듣고, 나는 베니마루와 함께 서로의 얼굴을 바라보았다.

어떡하지?

좋으실 대로 하십시오.

그런 느낌으로 눈빛으로 대화를 나눴다.

고용하려고 해도 돈이 없는데.

내 용돈은 늘긴 했지만, 간부들의 급료조차 현재 검토 중인 상황이다.

상당한 수준의 블랙 기업—— 아니, 국가다.

"으—음, 마음은 기쁘지만 우리는 아직도 발전도상국이라서 말이지. 제도 정비가 늦어져서 급료를 지불하지 못하고 있어……."

이런 때는 솔직하게 털어놓는 게 최고다.

아닌 척 해봤자 소용이 없으니, 나는 솔직하게 말했다.

"——뭐?"

놀라서 굳어지는 그렌다.

그러나.

그렌다의 다음 발언을 듣고, 오히려 내가 놀라게 되었다.

"아아, 그런 건 이미 익숙해졌는데. 나도 루크 지니어스(교황 직속 근위사단)의 자격으로 신성교황국 루벨리오스에 배속된 적이 있지만, 거기서도 급료는 지급받지 않았으니까……."

놀랍게도 정점에 해당하는 '삼무선'조차도 급료를 지급받지 않았다고 한다.

모든 것은 현물지급. 돈은 각자가 현지조달.

뭐, 명성을 이용할 수 있으니 각국에선 국빈대우를 받았겠지만.

범죄를 단속해준 사례금 같은 것도 받았다고 하니, 나름대로 생활은 윤택했다고 한다.

"어? 그렇다면 히나타도 급료가 없는 거야?"

얼마 전의 축제에서 꽤나 많은 돈을 써댄 것 같은데?

"——칫, 맞아. 루벨리오스는 평등을 표방하고 있으니까. 표면상 현금지급은 없지. 모두 현물로 지급을 받아."

놀라웠지만 약간은 안심했다.

오랜 역사를 지닌 루벨리오스가 급료를 지급하지 않고도 유지되고 있는 것이다. 그렇다면 우리도 조급하게 제도를 제정할 필요는 없을 것이다.

참고로 히나타의 경우엔 크루세이더즈(성기사단)의 운영이나 근위사단 필두기사라는 직함 덕분에 국가예산을 나름대로 다룰 수 있는 위치에 있다고 한다. 게다가 마물퇴치의 보수 등도 있으니 벌이는 상당하다고 하지만.

"그런데도 날 보고 돈을 내게 했다는 말이야?"

"자잘한 것 가지고 되게 시끄럽게 구네! 절약하는 거야, 절약."

아이들에겐 호쾌하게 쓰면서, 나한테는 쩨쩨하게 군단 말이지.

그러고 보니 묘르마일은 포상금을 지불했으려나?

그런 의문이 문득 들었지만, 괜히 벌집을 쑤셔봤자 나만 귀찮아진다. 묻는 것이 두려워서 그냥 넘어가기로 했다.

"난 이래 봬도 서방열국에선 얼굴이 많이 알려졌어. 그래서 자유롭게 살아가려고 해도 일거리가 없을 거야. 이젠 어느 나라도 날 고용해주지 않을 테고, 모험가는 내 성미에 안 맞아. 더구나 이곳은 문화의 최첨단을 달리고 있으니, 의식주만 보증해준다면 난 만족이야!"

필사적인 모습의 그렌다를 보고 있으려니, 나를 속이려는 것으로는 보이지 않았다.

납득할 수 있는 이유이기도 하다.

'삼무선'이 루벨리오스에서 쫓겨났다는 말을 들으면 다들 곧바로 배신한 대가라고 여길 것이다. 그렇게 되면 그런 위험인물을 고용할 국가는 있을 리가 없겠지.

이름을 숨기고 모험가가 된다고 해도, 터지기 직전의 종기 같은 취급을 받을 것이 뻔히 보였다. 자칫하다가 정체가 발각되면 루벨리오스나 그란베르가 보낸 자들에게 쫓기겠지.

그렇게 되면 안정된 생활 같은 건 무리일 게 뻔하다.

"하긴 어디선가 지원을 받지 못하면 살아가기 힘들겠군."

"그렇지? 그러니까 부탁이야, 마왕님! 날 믿기 힘들겠지만, 충성을 맹세할게!!

믿을 수 있을 리가 없잖아.

하지만 왠지 밉지가 않다.

스파이 영화에 나오는 악녀 같은 느낌이 들어서 냉정하게 저버릴 기분이 들지 않았다.

"소우에이, 맡겨도 되겠나?"

"리무루 님이 그러길 바라신다면 저도 반대하지 않겠습니다."

"그럼 부탁하지. 배신당하면 귀찮아지니까 나름대로 적정한 대처를 해두도록 해라."

"잘 알겠습니다. 전투력만 보면 소우카 이상이니, 제 직속 부하로 삼고 특무기관을 설립할까 합니다만."

"문제아를 모은 특무기관 같은 것 말인가?"

"뭐, 말하자면 그렇다고 하겠습니다. 현지채용이나 스카우트를 도입할 생각도 하고 있으니까요."

소우에이도 여러모로 생각을 하고 있군.

디아블로도 부하를 찾으러 갔으니, 소우에이만 말리는 것도 불공평하다.

그렇다면 원하는 대로 할 수 있게 놔둬보자.

"모든 걸 맡기겠다! 예산은 묘르마일과 논의해보도록 해라."

"알겠습니다!"
눈 깜짝할 사이에 이야기는 마무리되었다.
"잠깐, 본인이 있는 앞에서 문제아라니……."
그렌다가 그렇게 중얼거렸지만, 불만이 있다면 그 전에 내 신용을 얻을 수 있게 노력해주길 바란다.
일이 그렇게 돌아가면서, 결국 그렌다의 채용이 결정되었다.

*

그렌다의 처우 문제는 소우에이에게 맡기기로 하고, 그 전에 우리는 그렌다가 알고 있는 모든 정보를 들어보기로 했다.
더 이상은 심문을 할 필요가 없으므로 저녁을 먹으면서 이야기를 들었다.
"식당에선 메뉴가 적힌 팻말을 받아서 창구에서 교환하면 돼요. 오늘의 메뉴 세 종류와 스페셜 메뉴가 있답니다. 간부가 되면 좋아하는 요리를 개별로 주문할 수 있죠."
"어, 그래? 나는 늘 알아서 다 준비되어 있었는데?"
늘 맛은 있었지만, 팻말로 메뉴를 고른 적은 없었다. 간부용 식당에선 아무 말을 하지 않아도 식사가 준비되어 있었으니까.
시온 전용 부엌이나 고부이치 전용 부엌을 빌려서 마음 내키는 대로 신작 메뉴의 개발을 했던 것은 별개의 이야기다.
"그게 가장 인기 있는 메뉴랍니다. 일반적으로는 공로 포인트를 모아서 예약하거나 빨리 줄을 서지 않으면 먹을 수 없는 스페셜 메뉴이죠."

슈나가 웃는 얼굴로 설명해주었다.
과연, 디저트도 포함된 것이 꽤나 호화롭다고 생각했는데, 그런 말을 듣고 보니 납득이 되었다.
"우리도 늘 그걸 먹고 있죠."
"맞아. 늘 확보하고 있지."
베니마루와 소우에이도 스페셜 메뉴를 고르고 있단 말인가. 그건 그렇다고 쳐도 소우에이의 '확보하고 있다'는 표현이 조금 마음에 걸리는군.
설마 부하에게 줄을 서도록 시키는 건 아니겠지?
식당에서 벌어지는 쟁탈전 같은 멍청한 짓은 시키지 않을 거라고 믿자.
요리가 놓였고 식사가 시작되었다.
"그러면 이야기를——."
이야기를 들어보려고 그렌다를 봤더니.
눈빛이 바뀐 모습으로, 식사에 집중하고 있었다.
확실히 맛도 좋고, 스페셜이라는 이름이 붙은 것도 납득이 간다. 식사 중의 대화는 즐거운 게 더 좋으니, 이야기를 듣는 것은 다 먹은 뒤에 해도 좋을 것 같다.

그리고 식후 시간.
"나는 지금까지 돈이 제일이라고 생각하고 있었어. 하지만 오늘 그 생각이 바뀌었어. 오늘부터는 포인트를 노리고 살아갈 거야!!"
그게 진심이라면 이건 웬만한 마물보다도 훨씬 더 쉽게 넘어가는 수준인데.

하지만 뭐 좋다.

본인이 그걸로 의욕을 낼 수 있다면, 나도 좋을 대로 하도록 놔둘 뿐이다.

“그래서, 네가 알고 있다는 내부 사정에 관한 정보는 뭐지? 숨김없이 다 말해봐라.”

소우에이가 재촉하자, 그렌다는 겨우 이야기를 시작했다.

그 내용은 우리도 놀랄 만한 것이었다.

우선 평의회에 관한 정보.

이 조직은 오대로라고 불리는 다섯 명의 중진들에 의해 장악되어 있다.

그 오대로의 수장이 방금 전 화제로 언급된 그란베르드다.

남은 네 명 이야기가 나와서 말인데, 놀랍게도 오늘의 주범이었던 개번 백작도 그중 한 명이라고 한다.

그리고 비교적 우리를 옹호하는 입장이었던 로스티아 왕국의 공작인 요한도 사실은 오대로 중의 한 명이라는 얘길 들었다.

“왜 오대로끼리의 의견이 서로 다른 거지?”

“그건 마리아베르의 방침이야. 일부러 조직을 대립시켜서 주류파를 남기는 거지. 말하자면 경쟁을 시키는 건데, 본인들에겐 생존을 건 진짜 싸움이야.”

과연, 조직을 활성화시키기 위한 수법이려나?

조직의 일체화는 효율적이긴 하지만, 정체와 부패의 온상이 되기 쉬우니까.

같은 핏줄이 경영하는 회사 같은 곳이 최고경영자가 어떻게 하느냐에 따라 망가지는 건 자주 듣는 이야기다.

그리고 요한이 내 신용을 얻는데 성공했다면, 우리의 내부사정을 알아내기 쉬워질 것이다.

낮에 나를 배제하려는 시도가 성공했다면 좋은 것이고, 안 그랬으면 그 다음에 요한이 내부에서 계책을 동원하는 순으로 일이 진행되었겠지.

"참으로 음험한 짓을 하는군."

"직접 상대하지 말고, 그냥 다 태워버리고 싶어지는데."

이야기를 듣고 있는 것만으로 진절머리가 난다.

적과 아군, 그걸 확실하게 파악하지 못하면 파멸이 기다리고 있다. 그게 귀족의 방식이라 하겠다.

이 정보를 몰랐다면 나는 요한을 거의 믿었을 것이다. 그렌다를 받아들인 것은 정말 잘한 것이라고 할 수 있겠다.

나머지 두 명은 잉그라시아 왕국의 북방 수호를 맡고 있는 시들 변경백과 서방의 소국이면서 군사국가인 드란 장왕국(將王國)의 드란 국왕 본인이라고 한다.

잉그라시아 왕국에는 두 명이나 되는 중진이 있으므로, 그란베르가 얼마나 이 땅을 중요시하는지 알 수 있다.

신성교황국 루벨리오스에 가깝고 쥬라의 대삼림에서는 멀기에, 세계에서 가장 안전한 장소. 그란베르는 이 땅이야말로 정치와 경제의 중추에 되기에 어울린다고 생각하고 있는 것이다.

"그건 그렇고 왜 나를 적대시하는 거지? 이렇게 아무런 해가 없는 마왕인데 말이야."

내가 별생각 없이 그렇게 중얼거리자, 모두 일제히 놀란 표정을 지었다.

"뭐? 그렇게 싸움을 걸고 다니는 짓을 했으면, 누구라도 적의를 품는 게 당연하잖아."

뭐?

"저도 싸움을 거는 걸로 생각했습니다만? 디아블로에게선 리무루 님이 전 세계의 경제를 손에 넣을 마음을 먹고 계신다는 말을 들었기 때문에, 전 평의회를 리무루 님의 지배하에 놓을 생각을 하신 걸로 믿고 있었습니다."

뭐라고?! 아니, 디아블로와 그런 대화를 나눴단 말인가.

"저도 그렇게 생각했습니다. 정보 수집은 그러기 위한 일환으로 봤습니다만."

아니, 그런 목적이 있었다는 건 부정하지 않겠지만.

"……설마 자각도 없이 그런 짓을 하고 다녔단 말이야?"

히나타까지?!

그 전에 다들 그런 눈으로 날 봤단 말이야?

"아, 아니. 그런 의도가 없었다고는 말하지 않겠지만, 그렇게 성급하게 일을 진행시킬 생각도 없었거든? 그러니까 당분간은 평화적인 교섭만으로도 충분할 것이라고……."

내 변명을 들은 순간, 히나타가 어이없다는 표정으로 한숨을 쉬었다.

"자신의 장사구역을 어지럽히려 나타난 신참을 허용할 정도로 성격 좋은 상인이 얼마나 될 거라고 생각해?"

큭, 지당한 말이다.

"뭐, 어쨌든 좋아. 어차피 나중에는 부딪치게 될 테니까, 서방열국의 경제활동을 완전히 장악할 생각으로 앞으로도 노력하자고!"

“처음부터 그럴 생각이었습니다. 뭐, 제 역할은 이 나라의 방위를 강화하는 것이지만요.”

“저는 방금 들었던 로조 일족, 그리고 오대로를 조사해보겠습니다.”

적의 정체를 알아낸 것은 오히려 잘된 일이다.

그렌다가 동료가 된 것은 ‘굴러온 호박’ 같은 셈이지만, 이로 인해 방침이 확실하게 정해졌다.

“좋아, 신중하게 행동해달라고. 유우키와 로조 일족, 잘못되더라도 둘을 동시에 상대하는 일은 없도록 주의해줘.”

“알고 있습니다.”

베니마루가 고개를 끄덕였고, 소우에이도 동의했다.

유우키 쪽은 상태를 살피는 것으로, 로조 일족과는 정보전에 경제전을 치를 것이다. 실탄이 오가는 전쟁은 아니므로, 마음은 편하다.

걱정이 좀 지나치지 않은가 하는 생각을 하면서, 이야기를 마무리 지으려고 했다.

하지만 히나타가 그걸 제지했다.

“잠깐 기다려. 유우키와 로조 일족? 왜 넌 유우키를 경계하고 있는 거지?”

뭐? 라고 생각했지만, 그러고 보니 히나타에겐 이야기를 하지 않은 것 같군.

“아니, 여러모로 생각을 해본 결과, 내가 ‘전생자’이면서 시즈 씨와 관계가 있다는 걸 알고 있으며, 그걸 동쪽 상인에게 누설한 인물이라는 조건으로 추려보면――.”

“그렇군, 유우키밖에 없다는 말이네?”

“뭐, 그런 거지. 말이 나온 김에 추가하자면 중용광대연합이란 곳의 라플라스라는 마인이 마왕 역할을 하고 있던 로이를 쓰러뜨린 게 아닐까 하고 추측하고 있어. 아니라면 미안해.”

“아냐, 고마워. 그 건에 대해선 나는 흥미가 없어. 단, 우리에게 적대하고 있다는 점은 간과할 수 없겠지만.”

라플라스와 그의 동료들을, 히나타는 적으로 인식하고 있는 것 같았다. 등줄기가 얼어붙는 것 같은 차가운 미소를 짓고 있었다.

오오, 무서워라.

역시 히나타만큼은 감정을 자극하지 않도록 주의하자.

히나타에게 내가 알아낸 걸 다 전했고, 히나타가 돌아가기 위해 자리에서 일어섰을 때——.

“저, 저기, 그 이야기 말인데…….”

그렌다가 조심스럽게 말했다.

보아하니 나에게 전해주고 싶은 이야기가 아직 남아 있는 모양이다.

“뭐지? 하고 싶은 말이 있으면 사양 말고 해줘. 뭔가 떠오른 거라도 있나?”

그렇게 묻자, 그렌다가 오늘 가장 놀랄만한 내용을 입에 올렸다.

“유우키라면 그랜드 마스터(자유조합 총수)를 말하는 거지? 그자는 오대로의 요한과 연결되어 있거든. 그것도 당연한 게, 마리아베르에게 완전히 지배를 당하고 있으니까.”

뭐? 유우키가 지배를 당하고 있다고?!

"그게 사실인가?"
"이런 상황에서 농담을 뱉을 정도로 난 간이 크지 않아."
그야 그렇겠지.
"——그런 중요한 이야기를 왜 더 빨리 이야기하지 않은 거야!!"
"아, 아니, 나는 굳이 말하자면 그란베르의 직속이었으니까……."
실제로 그렌다에게 명령을 내릴 수 있는 권리를 지닌 자는 둘이다. 그란베르와 마리아베르라고 한다. 그리고 그렌다에게 명령을 내리는 건 거의 그란베르였다고 한다.
그러므로 그렌다는 마리아베르가 무슨 생각을 하고 있는지에 대한 이야기를 들을 기회가 적었다고 말했다.
그렌다가 달리 더 아는 것은 없는지, 기억이 나는 대로 전부 다 이야기해주길 요청했다.
마리아베르의 부하나 지저분한 일을 맡아서 처리하는 '블러드 섀도(혈영광란, 血影狂亂)'라는 이름으로 불리는 로조 일족의 하수인들이 있다는 정보도 들었다.
"하지만 그렇게 되면 문제로군요. 유우키가 조종당하고 있다면 자신의 의도와는 상관없이 리무루 님의 비밀을 누설할 가능성이 있습니다."
슈나가 그렇게 넌지시 말했다.
히나타도 복잡한 표정으로 생각에 잠겨 있는 걸 보니, 이건 근본적으로 상황을 다시 봐야 할 필요가 있을 것 같다.

《………….》

보기 드물게, 라파엘도 생각에 잠겨 있었다.

정말로 보기 드문 일이지만, 라파엘도 답을 내지 못한다면 내가 고민을 해봐도 소용이 없을 것 같다.

지금 중요한 것은 체념의 정신이다.

아무리 생각해봐도 모르겠으면 나중에 생각한다. 시험을 칠 때도 어려운 문제는 나중에 생각하는 것이 현명하다. 귀중한 시간을 헛되이 써봤자 소용이 없는 것이다.

"뭐, 유우키가 의심스럽다는 것은 달라진 게 없으니, 계속 상황을 살피기로── 응, 잠깐만?"

유우키는 조심성이 많으니까 뭔가 수상한 짓을 시도할 것이라는 생각이 들진 않는다. 하지만 누군가의 지배를 받고 있다면 이야기는 달라진다.

그게 나와 적대 중인 마리아베르라면 지금까지의 전제는 성립되지 않는 것으로 여겨야 하지 않을까?

"저기, 유우키가 마리아베르의 명령을 거역할 수 없다면, 자신의 입장을 고려하지 못한 채 뭔가를 꾸밀 가능성이 있지 않을까?"

그래, 바로 그거다.

마리아베르라면 우리를 제거하고 싶다고 생각할 게 뻔하다. 그러기 위해 유우키를 시켜서 자신의 손은 더럽히지 않고 우리에게 어떤 공격을 시도할 가능성이 있다.

둘을 동시에 상대하는 건 피하겠다는 말을 하고 있을 때가 아닌 것이다.

"그렇게 되면 일이 조금 골치 아프게 돌아가지 않겠습니까?"

"정보를 모으고 있으니, 로조 일족은 섣불리 움직이지 못하겠지요. 하지만…….”

“오라버니와 소우에이의 말이 맞습니다. 나중에 자유조합의 서브 마스터(부총수)인 카가리 님과 동행으로 유적을 조사하러 가실 예정이죠? 거기서 뭔가 좋지 않은 일을 꾸미고 있을지도…….”

으음. 다들 같은 결론에 도달한 모양이다.

상황을 살피자는 것은 지나치게 낙관적이라는 생각이 들었다.

“그럴 걱정은 없다고 말하기는 어렵군. 마리아베르, 즉, 로조 일족의 입장에선 유우키의 행동에 대해선 자신들은 모르는 일이라고 딱 잡아뗄 수 있으니까. 모든 책임을 자유조합에게 떠넘기고 우리와 자유조합의 사이를 갈라놓을 수도 있는 거지.”

“——그렇게 되면 리무루 님의 계획은 파탄이 날 거야.”

“이대로 상황을 살피고만 있다간 선수를 뺏길 수도 있겠군요.”

으—음.

그렇다고 한들, 이미 충분히 경계하고 있는데 말이지.

도시의 경비체제도 엄중한 상태이고, 주민들을 선동하려고 해도 그리 쉽게는 되지 않을 것이다.

그렇다면…….

《제안. 일부러 빈틈을 만들어서 유도하는 방법도 있습니다.》

그거야!

“유적조사를 중지하는 건 어떨까요?”

그런 베니마루의 제안에, 나는 고개를 저으면서 대답했다.

“아니, 지금은 반대로 이걸 이용할 생각이다. 중지하면 밀림도 시끄럽게 굴 테니까 예정대로 실행하겠어. 그리고 무슨 일이 생겨도 괜찮도록, 만반의 대비를 갖추고 적에게 반격을 해주자고!"

밀림은 유적조사를 기대하고 있었다.

소풍을 가는 듯한 기분으로, 합법적으로 숙제를 빼먹을 수 있다고 생각하고 있는 것 같으니, 이제 와서 중지하겠다는 연락을 하면 화를 낼 것 같은 예감이 든다.

그건 그것대로 귀찮으니까, 가능하면 나도 유적조사를 중지하는 건 피하고 싶었다.

"하지만 위험하지 않을까요?"

"밀림이 있으니, 시온을 호위로 데려가겠다."

"아아, 그러면 괜찮겠군요. 이번에 자신이 빠진 것을 불만스럽게 여기고 있을 테니, 분명 기뻐할 겁니다."

베니마루도 이견이 없는 것 같으니, 호위 역할은 시온으로 결정했다.

"말이 나온 김에 고부타와 란가도 데려가지. 그 정도면 전력은 충분하겠지?"

"알겠습니다. 리무루 님께서 자리를 비우실 때 아무 일도 일어나지 않도록 도시의 경비는 제게 맡겨주십시오!"

"오라버니와 협력하여 '결계'를 강화시켜 놓겠습니다."

"저는 각국에서 수상한 움직임을 보이는 자가 나오지 않는지 감시하고 있겠습니다. 특히 그렌다가 제공한 정보에 나왔던 오대로를 주시하도록 하죠."

"부탁한다. 미궁에는 베루도라가 있으니까, 만일의 경우에는 그에게 부탁하면 될 거야."

내가 그렇게 말하자, 모두 각자가 할 말을 하면서 고개를 끄덕였다.

"그럼 나는 지금 나온 이야기를 루미너스 님께 전하겠어. 당신은 가끔씩 넋을 놓을 때가 있으니까 부디 조심하라고."

"쓸데없는 참견이거든!"

그런 대화를 나눈 뒤에, 히나타도 마법을 써서 돌아갔다. 평소에는 차갑지만, 가끔씩 히나타 나름대로 배려하는 모습을 보여준다.

혹시 나한테 호감이 있는 걸까.

《해답. 아닙니다.》

아, 역시 그런가?

아주 잠깐 꿈을 꾸고 싶었지만, 현실은 냉혹하군.

어쨌든 향후방침은 정해졌다.

남은 건 결행할 날에 맞춰 준비하는 것뿐이다.

제5장 탐욕의 덫

Regarding Reincarnated to Slime

간부들을 모아서 정보를 공유했다.

모두에게 그렌다를 소개하고 동료가 되었음을 알려주었다.

물론, 그건 동시에 감시의 눈에 노출된다는 것과 같은 뜻이며, 그렌다는 앞으로 스스로 신용을 얻도록 노력할 필요가 있겠지만.

카이진과 쿠로베에게도 소개해주면서, 그렌다의 권총을 분석하도록 시켰다. 이렇게 하면 탄환을 보충하는 것도 해결할 수 있을 것이다.

어쩌면 권총을 양산해줄지도 모르지.

실은 나도 하나 갖고 싶었거든. 유통시킬 생각은 없지만, 허가를 제한하여 중요인물에게 나눠주는 것은 괜찮다고 생각한다.

멋있기도 하니까, 한 자루 정도는 갖고 싶다.

그런 사리사욕적인 생각을 하는 동안, 시간은 지나갔다.

그리고 유적을 조사하러 떠날 날이 되었다.

준비도 완벽하다.

탐험가용 복장을 완벽하게 갖춰 입었다.

게다가 권총의 시험제작품을 손에 넣었다. 카이진이 흥미를 보이면서, 연구 중에 틈틈이 금형을 제작했다. 거기에 도르드가 각인마법을 새겼고, 마력으로 작은 폭발을 일으키는 구조로 만들어졌다.

화약을 쓰지 않으므로 약실을 배출할 필요는 없다.

이로 인해 타원형의 탄환을 장전하기만 하면 된다. 사이즈는 9밀리미터이며, 탄창에는 열여섯 발을 장전할 수 있다. 한 발 쏠 때마다 블로우 백은 하지만, 작은 폭발로 인한 충격완화와 다음 탄의 장전이 목적이었다.

장난감 같은 구조지만, 이로 인해 44 매그넘 급의 위력을 낼 수 있다. 그건 어디까지나 이 총이 '마강'으로 만들어서 충격내성이 높기 때문이다. 각인으로 발생하는 마법폭발을 한계까지 강화시킨 성과인 것이다.

참고로 탄환의 종류에 따라 위력도 달라진다. 평상시에는 딱히 이상한 점이 없는 납 구슬을 사용하지만, 마물전용 탄환은 마력을 담은 미스릴로 만든 것을 사용한다. 담겨 있는 마력에 따라 위력도 증감하기 때문에, 이것도 아무나 사용하지 못하는 무기라고 할 수 있겠다.

무기 등급은 레어(희소) 급이다. 그런데도 유니크(특질) 급의 위력까지 낼 수 있다. 너무나 재미있는 무기로 완성된 것이다.

만들어낸 카이진도 놀랐을 정도였다. 신병의 정식무장으로 채용하고 싶은 성능이지만, 그에 관해선 상술했듯이 검토를 할 필요가 있을 것 같다.

솔직하게 말하자면, 원래는 우리에게 필요 없는 물건이다. 어떤 의미로는 낭만의 무기였다.

이걸 본격적으로 채용하는 것은 마음에 걸린다. 어디까지나 상황에 맞춰서, 필요하다고 판단한 경우에만 대여해주는 형태로 운용하자는 생각을 하고 있었다.
그래, 이번 같은 경우 말이지.
이걸 장비하면, 상당히 그럴듯하게 보인다.
낭만을 추구하는 건 남자의 미학인 것이다.
"이거 멋집니다요! 이렇게 찌잉 하고 충격이 손에 전해지는 느낌도 최고입니다요!"
응응. 역시 고부타하고는 취향이 잘 맞는다.
원래는 대여 전용이지만, 고부타에겐 한 자루 선물해주기로 하자.
"자네도 느낀단 말인가, 고부타 군! 하지만 위험하니까 절대 다른 사람을 겨누면 안 돼."
"물론입니다요! 소중히 다루겠습니다요!"
기뻐하는 고부타. 그런 고부타를, 란가가 부러운 표정으로 보고 있다.
하지만 말이지, 란가. 너는 이 권총을 다루지 못해. 그러니까 멋진 머플러를 둘러줄 테니 이걸로 참으라고.
"후훗, 저에겐 이 '고리키마루 개(改)'가 있고, 리무루 님이 골라주신 옷도——."
"시온, 그런 차림으로 조사하러 가는 건 허락할 수 없다. 안전을 먼저 고려해야지!"
어지간히 기뻤는지, 시온은 기회만 있으면 내가 선물한 옷을 입으려고 한다. 하지만 그 옷은 멋내기용이므로 조사 목적으로 갈 때 입기에는 적합하지 않다.
"아쉽습니다……."

시온은 풀이 죽은 표정을 지으면서도 늘 입는 슈트로 갈아입었다. 그 차림도 좀 아닌 것 같지만, 그게 시온의 전투복이니까 큰 문제는 없으려나.

"리무루, 나는 어때?"

완전히 신이 난 표정으로 밀림이 내게 물었다.

"오, 제법 잘 어울리는데. 오늘을 위해서 새로 마련한 보람이 있네."

나와 고부타와 마찬가지로, 새로 준비한 탐험복이다.

"음! 착용감도 좋고 움직이기도 편해! 그리고 주머니가 잔뜩 달린 게 왠지 멋있어!!"

밀림은 반소매와 반바지 차림인지라 저래도 괜찮을까 하는 생각은 약간 들지만, 잘 어울리니 좋게 생각하고 넘어가기로 하자.

"당연히 그렇겠지. 슈나에게 고마워하라고!"

"응!"

"그러겠습니다요!"

그렇게 희희낙락하면서 떠드는 우리.

그리고 우리는 의기양양하게 약속장소로 향했다.

잉그라시아 왕국의 수도에 있는 자유조합 본부로.

거기서 합류한 뒤에, 그대로 괴뢰국 지스타브로 이동할 예정이었다.

본부 안으로 문을 열고 들어갈 필요도 없었던 것이, 입구에서 카가리 씨가 기다리고 있었다.

"오랜만이군. 오늘부터 한동안 신세를 지겠소!"

"만나서 반가워, 밀림이야. 잘 부탁해!"

"뵙게 되어서 반가워요. 카가리라고 합니다. 저야말로 잘 부탁드리겠습니다."

웃으면서 인사를 나눈 뒤에, 카가리 씨의 안내를 받으며 장소를 이동한다.

"밀림?"

"음, 딱히 문제는 없는 것 같네. 하지만 뭔가 좀……."

"——?"

우리 대화를 듣고 의아한 표정을 짓는 카가리 씨.

카가리 씨는 유우키의 부하이므로, 만일을 대비해 의심하고 있다. 방금 밀림과 나눈 대화는 수상한 점이 없는지를 밀림의 '용안'으로 미리 확인한 결과를 들은 것이다.

밀림에겐 뭔가 마음에 걸리는 게 있는 것 같지만, 딱히 큰 문제는 아닌 모양이다.

약간은 석연치 않으므로, 경계는 게을리하지 말자고 생각했다.

"저희 팀이 모여 있으니, 소개해드리죠."

그런 우리 모습을 어이가 없다는 듯한 눈으로 바라보면서, 카가리 씨가 대원을 소개해주기 시작했다.

본부 근처의 광장에서 사람들이 정렬한 상태로 기다리고 있었다.

카가리 씨가 직접 길러냈다는 조사단, 그중에서도 특히 우수한 몇 명은 이번 탐사에 동행하도록 미리 준비를 시켜놓고 있었다.

내가 사전에 습격당할 수 있는 가능성을 이야기해주었지만, 그래도 두려워하지 않고 따라온 자들뿐이다.

남녀혼합으로 구성된 열 명 가까운 대원들, 오가는 사람들이 호기심 어린 눈으로 보고 있는데, 그 시선을 신경 쓰는 자는 아무도 없다. 훈련이 잘 되어 있는 것 같았다.

그 복장은 한 마디로 완전장비라고 표현할 수 있었다.

우리처럼 '분위기만 낸 복장'이 아니라, 모두 중장비를 갖춰 입고 있었다.

중후한 상하의에 등에는 커다란 룩색. 지팡이와 곡괭이, 소형삽 등등. 역할에 맞춰서 도구를 준비해두고 있는 것 같았다.

"그럼 리무루 님. 짐을 옮기겠습니다만, 어디에 두셨습니까?"

우리는 짐이 없다. 새로 마련한 이 옷뿐이다.

"아니, 딱히 준비한 게 없으니 이대로 가면 되는데."

"네? 농담이 심하시네요."

아니, 그렇게 말을 한들…….

"역시 맨살을 보이는 건 좋지 않다니까. 벌레에게 물릴 수도 있고, 상처나 나기도 쉽잖아?"

작업복은 맨살을 감추는 게 좋다. 그리고 차림새가 단정치 못한 것은 역시 좋지 않지.

"으—음, 그런가? 하지만 내 피부는 늘 오라(요기)로 보호를 받고 있는걸. 그러니까 괜찮아!"

"으—음, 하지만 카가리 씨가 화를 내는걸."

"둘 다 마찬가지에요! 제가 보기엔 당신들은 너무 장비가 가볍다고요! 다들 탐사라는 걸 너무 우습게보고 있네요!!"

이해가 안 된다.

엄청나게 화가 난 표정으로 따지고 드는데, 우리가 뭘 잘못했단 말인가.

"자자, 괜찮다니까. 이래 봬도 나도 탐험 경험은 풍부하니까!"

정확히 말하자면 야숙을 할 필요가 없으니 가벼운 차림으로도 문제가 없는 것이다. 말로 설명하지 않아도 직접 실제로 지내는 모습을 보여주면 납득해줄 것이다.

"그렇게까지 말씀하신다면……. 하지만 곤란한 일이 생기면 바로 말씀해주세요."

곤란한 일은 그렇게 자주 일어나지 않겠지.

놀러가는 느낌이긴 하지만, 경계도 확실히 하고 있으니까.

고부타, 란가, 시온, 이 세 명에게도 단단히 일러놓았다.

그러므로 바로 출발한다.

"그러면 마차를 준비했으니까――."

"응? 마차 같은 건 필요 없는데?"

휘둥그레 뜬 눈으로 나를 보는 카가리 씨.

나도 마찬가지로 휘둥그레 눈을 떴다.

왜냐하면 마차로 이동하면 지스타브까지 2개월 이상은 걸릴 것이니까, 처음부터 그런 선택지는 생각하지도 않았던 것이다.

"그게 무슨 뜻인가요?"

그렇게 묻는 카가리 씨에게, 일단 도시 외곽까지 이동할 것을 재촉했다.

인기척이 없는 장소까지 이동한 뒤에 '공간지배'로 지스타브까지 '전이문'을 연결시켰다. 최근에는 익숙해졌기 때문에, 한 번 가본 적이 있는 장소라면 쉽게 만들어낼 수 있게 되었다.

"자, 다들 지나가지. 바로 사라지거나 하진 않으니까 천천히 이동해도 돼.”
그렇게 말하자, 넋이 나간 표정으로 그 과정을 지켜보고 있던 대원들이 술렁이기 시작했다.
“말도 안 돼!! 여기서 거리가 얼마나 먼데…….”
“마왕…… 대단하다. 너무 대단해…….”
“이럴 수는 없어. 이러면 우리가 준비한 게 대부분 소용없게 되잖아…….”
그런 목소리도 들렸기 때문에, 조금 불쌍하다는 생각이 든 것과 동시에 아주 약간 의기양양한 기분도 들었다.

*

우리는 그렇게 괴뢰국 지스타브에 도착했다.
우리를 맞은 것은 다크엘프들이었다. 성 입구에 정렬한 채 머리를 깊이 숙이고 있었다.
“잘 오셨습니다, 지스타브에! 오랜 여행으로 피곤하시겠지요?”
대표인 장로가 그렇게 말하면서 내 앞으로 나왔다.
장로라고 하지만 겉모습은 20대 정도다.
여성이며, 갈색 피부의 금발미인이었다.
“야아, 그 정도까지는 아닌데. 어쨌든 방 준비는 다 되어 있나?”
“물론입니다. 각자 개인 방에 묵으셔도 문제없지만, 필요하시다면 큰방도 준비되어 있습니다.”
사전에 통지해놓았기에 우리를 맞을 준비는 빈틈없이 끝내놓은 모양이다.

그럼 우선 큰방에 짐을 풀기로 할까.

"그럼 일단 큰방으로 가지. 거기서 짐을 풀고 오늘은 성 안내를 받기로 할까."

"알겠습니다. 그럼 안내하겠습니다."

그 목소리에 이끌리듯이 우리는 장로에게 안내받은 큰방으로 이동했다. 거기에 도착한 뒤에 대원들에게 짐을 풀라고 말했다.

내가 말한 대로 로봇 같은 움직임으로 륙색을 내려놓는 일동.

"아니, 이게 대체 어떻게 된 겁니까?! 아직 집합한지 한 시간도 안 되었는데, 벌써 목적지에 도착해버렸는데요!!"

"이상하잖아! 이건 분명히 이상한 거 맞지?!"

"으, 응?! 개인 방이라니, 응? 우리가 이 성에서 손님 대우를 받으면서 숙박도 할 수 있단 말인가요?!"

로봇처럼 움직인다고 생각했는데, 아무래도 인식이 현실을 쫓아가지 못했던 것뿐인 모양이다.

평소와는 많은 게 다르다 보니 약간 혼란에 빠졌던 것 같다.

"리무루 님으로부터 여러분의 편의를 봐드리라는 말씀을 들었습니다. 뭔가 불편한 점이 있으면 사양하지 않고 말해주십시오."

놀라는 대원들에게, 장로가 부드러운 미소를 지으면서 그렇게 말했다.

그제야 겨우 굳어 있던 자들도 현실을 받아들이기로 한 것 같다. 그런 그들을 나는 흐뭇하게 지켜봤다.

그리고 일행을 인솔하여 성 안을 안내받았다.

마왕 클레이만이 머무르던 성이니만큼, 그곳은 화려하다는 말로밖에 표현할 수 없었다.

다크엘프들이 성을 정중히 관리하고 있었기 때문에 어디를 봐도 광택이 반짝반짝하다.

"밀림, 유적조사가 끝나면 이곳은 네 소유가 되겠지만, 여기 사람들은 지금 이대로 계속 살고 싶다고 하더군."

"음, 알았어. 정기적으로 식량이랑 물자를 전하라는 지시를 내려놓을게."

"감사합니다, 마왕 밀림 님."

"신경 쓰지 마라. 너희도 내 백성들이니까, 자신의 역할을 제대로 해주기만 그걸로 충분하다."

오오, 밀림이 똑똑해졌다.

이것도 다 프레이 씨의 노력이 맺은 결실이겠지.

나는 밀림에게 감탄하면서, 현재 상황에 불편함은 없는지 등등을 물어봤다.

이 성은 상당히 넓어서 다크엘프 전원이 묵을 수 있을 정도였다.

성 아래 마을은 없다. 마인들의 거처가 있다고 하지만, 지금은 모두 다 게루도의 지휘하에서 일하고 있다.

그들이 언젠가 돌아올 날을 위해 그쪽도 관리하고 있는 것 같았다.

"이쪽이 유적의 입구가 되겠습니다. 3층으로 이뤄져 있으며, 최하층은 분묘라고 합니다. 저희가 들어갈 수 있는 곳은 상층부뿐이며, 중간층 밑 부분은 마왕 클레이만 님만 알고 계셨습니다."

하쿠로우의 보고에도 있었던 내용이지만, 유적의 입구는 성 안에 있었다.

"그럼 상층부의 구조는 판명되어 있는 건가요?"

"네. 상층부의 보물은 전부 회수가 끝난 상태이며, 지금은 저희의 주거지로 이용되고 있습니다."

빈방이 많아서, 1,000명 이상이 묵어도 충분히 여유가 있다고 한다.

그대로 문을 열고 안으로 들어간다. 분명 지하에 있는 것으로 알고 있는데, 부드러운 빛으로 채워진 장소였다.

"이 빛은——?"

"네. 마법으로 인한 영구적 효과입니다. 태양의 움직임과 연계되는 것 같으며, 밤에는 어두워집니다."

"뭐라고?! 고대의 마법이 여전히 효과를 발휘하고 있다는 말인가!!"

"이, 이것만으로도 대발견이로군요. 당연한 것처럼 이용되고 있지만, 이건 철저하게 조사하고 싶네요……."

"그럼 중간층 밑에도 이 마법이?"

"네. 클레이만 님을 배웅할 때 잠깐 보긴 했지만, 중간층도 밝았습니다."

질문을 던지자 장로가 대답했다. 그런 대화가 한동안 이어졌다.

대원들이 흥분하고 있다는 것을 알 수 있었다.

그에 영향을 받았는지, 우리도 들뜬 기분이 들었다.

"고부타 군, 방해하지 말아야겠지."

"넷! 왠지 긴장됩니다요."

그런 대화를 작은 목소리로 나누면서, 우리는 제1층을 견학했다.

생활감이 느껴지는 걸 보니 정말로 다크엘프들이 생활하고 있다는 것을 알 수 있었다.

“여기서 생활한다는 것은 지하에서 마물이 나오지는 않는다는 뜻이란 말입죠? 분묘라는 이야기를 들어서인지 유령 같은 게 나올 것 같았지만 말입니다요.”

고부타의 질문을 듣고, 장로는 쓴웃음을 지었다.

“아뇨, 그런 걱정은 하지 않아도 됩니다. 지하로 이어지는 문은 하나밖에 없고, 그 문을 열 수 있는 건 클레이만 님뿐이었으니까요.”

“흐—음. 열리지 않는다면 부숴버리면 그만이지.”

“맡겨주십시오. 제가 단칼에 베어버리겠습니다!”

“안 됩니다! 제대로 조사해서 망가지지 않게 보관해야 한다고요!!”

과격파의 의견을 황급하게 말리는 나.

“그, 그래. 조심해야 한다, 시온!”

“위험했군요. 그 이야기를 듣지 않았으면 먼저 저지를 뻔했습니다.”

왠지 모르게 불안해지지만, 제대로 설명해주면 괜찮겠지.

이런저런 대화를 나누면서 꽤나 넓은 유적 안을 걸어다녔다.

유적이라는 이름의 다크엘프들의 거주구를 지나자, 하나의 거대한 문이 보이기 시작했다.

그 크기는 처음 것과 같았다.

하지만 이번 문에는 마법술식이 걸려 있는 것 같았다.

“——과연. 이건 고대마법을 동원한 방위마법의 일종인 것 같군요. 섣불리 손을 대면 도시방위기구가 눈을 뜨는 구조인 것 같아요.”

"방위기구?! 아직 살아 있단 말인가요?"

"네, 부디 주의하세요. 만약 작동시켜버리면 유적의 조사는 아예 불가능할 지도 모르니까요."

카가리 씨가 굳은 표정으로 충고하자, 대원들이 긴장된 표정을 지었다.

궁금한 것은 클레이만이 어떻게 문을 열 수 있었는가 하는 거로군.

"클레이만은 유적의 관계자 같은 존재였을까?"

"그 녀석이 대두된 것은 최근이었으니, 이런 옛날 유적과 관계가 있는 것 같지는 않는데."

"아마도 이 마법술식을 풀었겠죠. 정식 수순을 밟으면 문제없이 문이 열릴 거라고 생각해요."

흠흠.

뭐, 확실히 클레이만이라도 시간을 충분히 들이면 이 술식을 해제할 수 있겠지.

그러고 보니 클레이만도 분명 유니크 스킬을 지니고 있었지?

《네. 유니크 스킬 '조종하는 자(조연자, 操演者)'라는 스킬이며, 정보를 암호화통신으로 변환하여 송수신하는 능력입니다.》

그래, 그래, 바로 그거야.

정보를 해독하는 힘인 것 같으니, 마법술식의 해석 같은 것도 쉬웠을 것이다.

그건 그렇고 그 스킬(능력)을 나도 획득했던가?

《해답. 그건 마스터가 가진 권능의 열화판에 불과했기 때문에 에너지로 분해하여 흡수했습니다. 굳이 말하자면 '지맥조작'이 '법칙조작'에 추가되어 있습니다.》

과연, 어쩐지 아무런 보고도 못 받은 것 같았는데, 그래서였군.

보잘 것 없는 스킬이라 생각하여, 라파엘은 아무 말을 하지 않은 것이다.

하지만 클레이만이 할 수 있었다면 나도 가능할 것이다.

실제로 해석하는 건 라파엘이지만 말이지.

"오래 걸리겠군요."

"갑자기 어려운 문제가 등장했군. 하지만 지금까지와 비교하면 환경은 좋은 편이야. 지그시 달라붙어서 해석에 임하기로 하자고!"

그런 대화를 서로 나누면서 의욕을 보이는 탐사단 일행.

그런 그들을 눈만 옆으로 돌려 슬쩍 보면서, 나는 문에 손을 댔다.

지맥에서 흘러들어오는 에너지가 마법술식을 통해 벽 전체에 순환되고 있다는 걸 알 수 있었다.

"그렇군. 이건 문을 파괴하면 이 계층을 비추는 빛도 사라지는 구조 같군. 침입자를 배제하기 위해 모든 에너지가 동원되고, 안전이 확보된 뒤에는 자기수복이 되는 건가. 1,000년 이상 열화되지 않은 채 가동되는 상당히 고도의 수준을 자랑하는 마법문명의 산물인 것 같군."

나 혼자라면 어쩔 줄 모르고 헤맸겠지만, 완벽한 서포트 덕분에 쉽게 이해할 수 있었다. 이렇게 되면 퍼즐을 푸는 것 같은 재미조차 느껴졌다.

산수 문제를 푸는 것 같은 기세로 차례로 마법술식을 더듬어 가자, 문의 해제방법을 밝혀낼 수 있었다.

"아, 이거야. 여기에 마력을 주입하면 암호로 인증하는 주문의 입력창이 열리는 것 같군."

그렇게 말하면서 사람들을 향해 돌아보자, 입을 크게 벌리면서 나를 보는 대원들의 모습이 보였다.

이런, 너무 많이 나갔나——. 곧바로 그 사실을 깨닫는 나.

재미있다 보니 나도 모르게 그만 해석해버렸지만, 이건 원래는 그들이 할 일이다.

"미안, 나도 모르게 그만……."

"아, 아뇨, 아무 문제없습니다."

카가리 씨가 달래주었지만, 모두에게 미안한 짓을 했다고 생각한다.

너무 나섰다고 반성하면서, 나는 란가의 폭신폭신한 털을 쓰다듬으면서 얌전히 있기로 했다.

——그렇지만 이 멤버로 그렇게 얌전히 있는 것 자체가 무리였다.

"와하하하하! 나도 풀었어!"

"저는 두 손 들었습니다요."

문 앞에서 밀림이 신이 나서 떠들어대고 있었고, 고부타가 머리를 감싸 안고 있었다.

몇 명의 대원들의 얼굴은 밝았으며, 활발한 논의를 벌이고 있었다.

그 계기는 카가리 씨의 한 마디였다.

"리무루 님, 어떻게 해석했는지 가르쳐주시지 않겠습니까?"

나는 란가의 털 고르기를 시작했지만, 카가리 씨에게서 그런 질문을 받았던 것이다.

물었으니 대답해줄 수밖에 없다.

설명을 듣고 싶어 하는 자들 앞에서, 나는 실제로 해석할 수 있는 방법을 깨달은 것이다.

"우선 완성형에 이르기 전에 어떤 술식을 추가할 수 있는지를 조사하는 거야. 그리고 술식을 단계별로 구분해나가는 거지."

"즉, 가장 새롭게 추가된 술식을 파악한단 말인가요?"

"그래. 그 완성형에서 어떤 걸 빼면 그 술식이 발동하지 않게 되는가를 조사하는 거지. 그걸 반복하여 가장 근본적인 부분, 즉 기간이 되어 있는 흐름을 붙잡는 거야. 그렇게 되면 남은 건 역으로 정답만을 계속 쌓아가는 과정이라고 할까."

"과연……."

"가짜 정보를 배제하고 바르게 기능하고 있는 술식만을 남기는 건가."

여기 있는 자들은 엘리트라고 들었는데, 역시 이해가 빠르다. 나의 조언을 약간 들은 것만으로도 점점 깊이 이해하기 시작했다.

"트랩 계통의 술식은 독립적으로 완성되어 있는 경우가 많잖아? 그건 가지나 잎으로 큰 나무에 붙어 있을 뿐이지, 줄기부분의 본류(本流)에선 벗어나 있어. 어디까지나 덫을 발동시키는 것이 주목적인 술식이 아닐 경우의 이야기지만."

"……과연. 술식의 본류라고 해서 결코 방심할 수는 없단 말이군요."

아이들을 상대로 교사를 해본 경험도 있기 때문인지, 내가 가르쳐주는 방법이 이해하기 쉬웠던 모양이다. 상당한 호평을 받은 것에 기쁨을 느끼면서, 나는 해석 과정을 실제로 보여주었다.

그러던 중에 밀림이 아주 쉽게 문을 여는데 성공했다. 그 뒤를 이어 몇 명이 성공했을 때 장로가 우리에게 말을 걸었다.

“여러분, 식사 준비가 다 되었다고 합니다. 오늘은 긴 여행으로 피곤하실 테니, 오늘은 여기까지 하시는 게 어떨까요?”

그 말을 듣고 보니 시간이 벌써 저녁때가 되었다는 걸 깨달았다.

그 말대로 본격적인 탐사는 내일부터 시작해도 되겠지. 문은 내일 열기로 하고, 오늘은 그만 접기로 하자.

“그럼 오늘은 여기까지 할까?”

“그러네요. 긴 여행이라는 말을 들으니 좀 이상하긴 하지만, 본격적인 조사는 내일부터 하기로 할까요.”

카가리 씨의 동의를 얻어서, 그 날은 이것으로 종료하게 되었다.

*

다음 날.

장비를 갖춰서 정렬한 일동들 앞에서 카가리 씨가 대표로서 문을 열었다.

푸른빛이 깜박이더니, 소리도 없이 문이 열렸다.

“성공, 했네요.”

환호성을 지르는 일동.

“아주 잘했어요.”

그렇게 노고를 치하하면서, 나는 문 안쪽으로 한 걸음 내딛었다.
이곳 중간층 부분은 위층과 빛의 밝기가 달랐다. 석벽에 걸린 촛대에 항상 꺼지지 않는 흐릿한 빛이 촛불처럼 비추고 있는 것 같았다.
이것도 잘 만들어진 마법기술이었다.
진짜 촛불이 아니라 마법을 이용한 불빛이니까.
감탄하면서 안으로 들어가니, 밀림이 내 옆에 섰다.
"갑자기 압박감이 강해진 것 같네."
"그러네. 위층과는 달리 천장이 낮고 석벽으로 둘러싸여 있으니까. 통로도 좁은 걸 보면, 이건 일종의 미로인 것 같은데."
천장까지의 높이는 2미터 정도.
덩치가 큰 사람이라면 몸을 살짝 굽혀야 할 필요가 있다.
통로의 폭도 2미터 정도.
두 사람이 나란히 서니 약간 좁게 느껴질 정도이다.
나와 밀림은 덩치가 작아서 문제가 없지만, 큰 짐을 등에 멘 채 뒤따라오는 사람들은 힘들지도 모르겠다.
"리무루 님, 선두는 어떻게 할까요?"
이곳이 미로 같은 구조로 이뤄져 있다면, 길이 갈라질 때마다 어느 쪽으로 갈지 선택하느라 고민을 해야 한다. 그리고 덫이 설치되어 있을 가능성도 있다.
"우리라면 덫이 있다면 감지할 수 있는데. 이대로 선두를 맡아도 될까?"
"부탁드려도 괜찮겠습니까?"
"맡겨둬! 어떤 게 튀어나와도 내가 있으면 안심이야!"

내가 아니라 밀림이 힘차게 고개를 끄덕였다.
아무도 이의를 제기하지 않았으므로, 이렇게 결정되었다.
우리가 선두에 섰고, 그 뒤에는 카가리 씨와 탐험대의 부관.
가장 뒤에는 시온과 고부타를 배치하여 대원들을 보호한다.
란가는 내 그림자 속에 있으며, 장로는 남아서 우릴 대접할 준비를 하고 있다.
오늘 저녁밥도 기대가 된다.

나는 '마력감지'로 통로 앞을 확인하면서 천천히 걸었다.
통로는 석벽으로 이뤄졌지만, 가끔씩 벽화가 그려져 있었다.
그게 또 정말 아름다웠다.
"대단하네. 이 벽화만으로도 예술품의 가치가 있겠어."
"그래?"
"응. 당시의 생활상을 그린 것 같으니, 이걸 조사해보면 고대문명의 일부를 접할 수 있을 거야. 그것만으로도 가치가 높은 거야."
"흐—응. 그런 말을 듣고 보니, 먼 옛날에 본 광경이 떠오르네."
그렇구나, 내 기준에서 보면 사라진 과거이지만, 밀림의 기준에서 보면 그리운 옛 추억이 되는 건가.
그렇게 생각하니 왠지 감개무량한 느낌도 드는군.
역시 현재의 상태에서 손상이 가지 않도록 정성스럽게 조사해야겠다고 마음먹었다.

걱정했던 덫의 발동은 일어나지 않았으며, 탐사는 순조롭게 진행됐다.

점심시간을 맞아서 휴식을 취하기로 했다.

"그럼 식사 준비를 시작하겠습니다."

"아, 잠깐만. 장로가 도시락을 준비해주었으니 그걸 먹도록 하지."

대원이 불을 붙이려는 것을 막고, 나는 사람 수에 맞춰서 도시락을 꺼냈다.

아무것도 없는 공간에서 나타난 것처럼 보이겠지만, 물론 이건 '위장'에 수납해둔 것이다.

보온도 완벽하므로, 긴 여행을 할 때도 중시되는 스킬(능력)이다.

"어, 어……."

"저래도 되는 거야?"

그렇게 속삭이는 소리가 들려왔지만, 그냥 흘려듣는다.

당혹스러워 하면서도 도시락을 받아드는 대원들.

"음, 이것도 정말 맛있을 것 같은데."

뚜껑을 연 밀림이 기쁘게 소리쳤다.

그리고 시작되는 점심식사 시간.

신선한 야채와 달걀, 훈제고기. 그런 재료들이 듬뿍 담긴 샌드위치가 오늘 메뉴였다.

독특한 소스가 들어간 다크엘프의 요리는 절묘했다.

마요네즈와 비슷한 그 소스는 약간 딱딱한 빵을 부드럽게 풀어준다.

아직 딱딱하게 느껴지는 사람에겐 커다란 나무 컵에 담은 따뜻한 야채수프를 추천한다. 닭 육수로 정성스럽게 우려내었는지 아주 진하고 맛있다. 야채까지 국물 맛이 아주 잘 배인 것이, 정말 만족스러운 요리였다.

"더 있으니까 마음껏 들라고!"

내가 그렇게 말하자, 컵을 든 대원들이 쇄도하면서 몰려들었다.

선두에 선 사람은 밀림이었는데, 아무래도 이 수프가 마음에 들었나보다.

"야외에서 이런 맛있는 식사를 할 수 있는 기회가 별로 없다 보니 다들 기뻐하는군요."

카가리 씨가 그렇게 말했지만, 약간 비아냥거림이 섞여 있는 것 같았다.

너무 나서지는 말자는 생각을 한 지 얼마 안 되었고, 카가리 씨가 무슨 말을 하려는 것인지도 잘 안다. 하지만 이 정도 꼼수는 너그러이 봐주면 좋겠다.

"사실은 말이지, 이 장소에서 불을 쓰고 싶지 않았거든."

"불을, 말인가요?"

"그래. 만일 경우를 생각해서라도 화재가 일어나기를 바라지 않는데다, 이곳은 지하니까. 공기가 흐르고 있으니 괜찮을 거라 생각하지만 최대한 조심하는 게 좋겠지."

"거기까지 생각하셨단 말이군요……."

"실외라면 이렇게까지 신경을 쓰지는 않겠지만 말이지."

그게 내 본심이었다.

실제로 통로는 좁고 물을 공급받을 곳도 없다. 무슨 일이 생겼을 때는 피신할 곳이 없어지게 될 우려가 있었다.

그래서 처음부터 도시락을 준비하게 시켰던 것이다.

그리고 화장실 문제도 있지.

"아, 화장실에 가고 싶은 사람도 있을 것 같은데, 지금부터 입구까지 '전이문'을 연결시켜놓을게. 점심을 먹으면서 쉬는 동안에 미리 볼일을 봐줘."

내가 그렇게 말하면서 바로 '전이문'을 연결했다.

말도 안 된다는 눈으로 나를 보는 사람도 있었지만, 이것만큼은 양보할 수가 없단 말이지.

사실은 통로 구석에서 몰래 볼일을 보곤 하겠지만, 이번에는 그런 행위는 하지 말았으면 좋겠다고 생각했다. 뭐니 뭐니 해도 이곳은 분묘로 이어지는 길이다 보니, 역시 그런 행위는 망자에겐 지나친 모독이라는 생각이 들었기 때문이다.

"지나친 배려일지도 모르고, 정작 고인은 딱히 신경 쓰지 않을지도 모르지만 말이야."

"……아뇨, 본받고 싶은 마음가짐이라고 생각합니다."

카가리 씨가 동의해주었기에 나도 기쁘게 생각했다.

자, 그럼 다들 화장실 문제를 해결하는 동안.

"하나 시험해보고 싶은 게 있는데, 괜찮을까?"

"뭔가요? 어떤 것인지 꼭 들어보고 싶군요."

"아니, 우리가 운영 중인 미궁에서 말이지, 지금 대유행 중인 것이 '정령교신'이라는 공략방법이 있거든. 샤먼(주술사)이나 엘레멘탈러(정령사역자)만 다룰 수 있는 마법인데, 가고 싶은 길을 바로 알 수 있어."

"그, 그런 편리한 방법이……?"

이런, 카가리 씨도 몰랐단 말인가. 아니, 전문지식이외에는 모르는 게 당연할지도 모르겠군.

"저, 저기! 제가 샤먼이에요! 그 '정령교신'에 대해서 자세하게 가르쳐주실 수 있을까요?!"

오, 그건 좋은 소식이로군.

내가 해도 괜찮을까 싶어서 걱정을 했었지만, 마침 잘 됐다.

지원한 사람은 여성대원이었고, 〈정령마법〉도 어느 정도는 안다고 한다. 그런 그녀에게 나는 '정령교신'을 가르쳐주었다.

"아, 알겠어요. 이해했습니다!"

그녀의 적성은 '바람'이었기에, 비교적 큰 지장 없이 정령과의 대화에 성공했다.

"우와아, 이렇게 하면 길을 헤매지 않겠네요! 이대로 가면 길이 막히니까 세 번째 십자로가 나올 때까지 되돌아간 뒤에, 거기서 동쪽방향으로 가라고 하네요. 하지만 이걸 지도에 적는 거 큰일이네……."

그렇겠지. 계속 정령의 목소리를 들을 수 있는 상태를 유지하려면 술자 본인의 피로가 커진다. 그러므로 지도에 적는 게 좋겠지만…….

나는 라파엘이 전부 다 해준다.

지도 작성 소프트로 그림을 그리는 것 같은 정밀함의 수준으로 지도를 종이에 출력할 수 있는 것이다.

어라, 잠깐?

"그러고 보니 분명, 예전에 본 지도를 머릿속에서 종이에 옮기는 마법이 있었던 것 같은데……."

그래, 분명히 있었다. 도서관에 있던 마법서에는 '수상쩍은 마법도감'이라는 애매한 것도 있었다.

《알림. 검색완료── 환각마법 : 소토그래피(상상염사, 想像念寫)입니다.》

그거야!

제대로 된 마법은 잘 기억하지 못하는데, 무슨 이유인지 이런 것만큼은 바로 기억해낸다니까.

슬라임 세포는 아주 우수하므로, 옛날보다 기억력은 더 좋아졌는데 말이지. 그래도 이런 점은 인간이었을 때와 달라지지 않은 것 같았다.

"〈환각마법〉을 쓸 수 있는 사람은 없나?"

"제, 제가 아직은 수습이지만 마야(요술사)입니다."

"그럼 이 마법을 기억해두라고. 그리고──."

정보를 공유하는 방법을 말하자면, 우리에겐 '사념전달'이라는 게 있다. 이걸 사용하면 간단하지만, 평범한 인간이 누구든지 다룰 수 있게 만들려면 역시 마법이 빠르다.

그런 때에는…….

《제안. 가장 적합한 것은 환각마법 : 상상공유(채널링)입니다.》

오오, 그게 있었나.

자신이 마야라고 스스로 밝힌 청년에게 나는 소토그래피와 채널링을 가르쳤다.

그리고 곧바로 시험해보도록 시켰다. 그 결과, 너무나 쉽게 지도 작성이 종료된 것이다.

"우와아, 이제 길을 잃고 헤맬 염려는 없겠군요!"

"그것도 그렇지만, 이 마법을 구사하면 유적의 구조도 쉽게 모사할 수 있겠는데……."

"앞으로의 조사도 획기적으로 편해지겠군요!"

다들 그렇게 대호평을 해주니, 정말 다행이었다.

"지도가 있어도 덫이나 마법이 걸려 있는 것은 판명되지 않았어요! 다들 긴장을 늦추지 말아요!!"

대원들은 들뜨기 시작했지만, 카가리 씨의 일갈을 듣고 다시 침착함을 찾은 것 같았다.

그건 그렇고 역시 대단하군.

내가 주의를 주지 않아도, 그 위험성을 확실하게 깨닫고 있는 것 같았다.

그리고 그날은 우선 아래층에 이르는 문까지 곧장 가기로 했다.

그리고 저녁이 되기 전에 목적한 장소에 도착한 것이다.

*

3일째.

오늘은 최하층의 문 앞에서 출발한다.

문의 마법해제와 중간층 부분의 탐사로 나눠서 행동하게 되었다. 어제 실제로 해제하는 모습을 보여줬기 때문에 오늘 나는 지켜보기만 할 것이다. 밀림과 고부타, 그리고 란가는 탐사 팀에 들어가 있다.

"할 일이 없군요, 리무루 님."

"그럼 일을 하는 사람들에게 차라도 끓여주도록 해."

"알겠습니다!"

시온의 말대로 확실히 할 일이 없었다.

하지만 가끔 대원들이 질문을 해오기 때문에 내 입장에선 나름대로 충실히 보내는 중이다.

시온은 바쁘게 테이블을 준비하더니, 늘어놓은 컵에 커피를 따르고 있다.

그 모습을 보고 있으니, 감개무량하군.

얼마 전까지만 해도 시온에게 먹을 것을 준비시키는 것은 절대 금지사항이었으니까.

"다 준비되었습니다! 여러분, 한 잔씩 드시면서 잠시 쉬시는 건 어떨까요?"

시온의 제안을 받아들여 휴식시간을 가진다.

따뜻한 커피는 호평을 받았고, 평화로운 한 때를 보냈다.

이렇게 보여도 습격이 받지 않을까 하는 생각에 계속 경계하고 있지만, 아직까지 그런 기미는 없다.

지나친 걱정이라면 좋겠지만.

하지만 내가 베루도라와 떨어져 행동하고 있는 지금이 마리아베르 쪽에서 보면 절호의 기회로 보일 것이 틀림없다. 내게 손을 댈 생각이라면 지금을 노려야 할 것이다.

방심하지 않고 추이를 지켜보기로 하자.

그리고 카가리 씨나 대원들에 대한 경계도 잊지 않았다.

재빨리 '해석감정'을 해봤는데, 수상한 자는 아무도 없었다. 자신의 입으로 밝혔던 것과 다른 능력은 없는 것 같고, '욕망'에 물들었다거나 조종을 당하고 있는 기색도 느껴지지 않는다.

이런데도 대원들이 세뇌되어 있는 거라고 하면 내 눈이── 그보다는 라파엘의 눈이── 단춧구멍이었다는 게 되겠지.

그러므로 그럴 가능성은 제외해도 좋을 것이다.

단, 세뇌된 것이 아니라 진심으로 따르는 경우라면 이야기는 달라진다. 그럴 가능성도 있으므로 방심은 할 수 없지만, 그들의 힘은 위협이 되지 않는다고 판단했다.

그렇기 때문에 느긋이 커피를 즐겼다.

잠시 후에 밀림이 대량의 물건을 끌어안고 돌아왔다.

"리무루, 이걸 봐! 전리품이 가득 있어!!"

정확히 말하자면 밀림은 맨손으로 란가에 올라타고 있으며, 대원들과 고부타에게 많은 물건을 들리게 했다.

"이것 봐, 이건 마력요소가 잘 배어 있어. 이만큼 있으면 충분한 수확이 되지 않을까?"

밀림의 말대로 전리품은 대부분이 무기와 방어구였다.

처음 만들어졌을 때도 나름 실력이 있는 기술자가 만든 질 좋은 무기와 방어구였겠지만, 오랜 세월을 거쳐 '마강'에 마력요소가 완전히 배이면서 성능이 비약적으로 향상되었다.

"오오, 정말이군. 미술품으로서의 가치는 낮지만 실용적인 무기가 많은걸."

"그렇지? 이것 봐, 이건 유니크 급이야!"

정말이다.

방치해도 괜찮은 물건이 결코 아니라 상당한 귀중품이었다.

"그건 그렇고, 이건 어디 있었어? 이 정도나 되는 물건을 클레이만이 이유도 없이 방치해뒀을 리는 없을 텐데……."

그게 마음에 걸려서 밀림에게 물어봤다.

"실은 말이지, 잘못 건드려서 작동시킨 덫이 있었는데, 거기서 골렘들이 줄줄이 나왔어. 그 녀석들이 가지고 있던 거야."

잠깐, 지금 그냥 듣고 넘길 수 없는 말을 한 것 같은데?

"덫을 작동시켰다고?"

"윽?! 아, 아니야! 통로에 들어간 순간 작동한 거라, 너라도 피하는 건 어려웠을걸?"

"그렇습니다요! 통로마다 마법으로 덫을 감지하면서 이동했습니다요. 절대 방심한 게 아닙니다요!"

밀림이랑 고부타의 보고를 들어보면 방심을 하고 있던 건 아니라 한다.

다른 대원들의 증언을 들어봐도 그게 거짓말이 아니라는 건 알았다. 아무래도 생체반응의 패턴이 기억되어 있어서, 인식되어 있는 패턴이 아닌 것은 제거하는 구조로 이뤄졌던 모양이다.

그렇다면 올바른 파장을 사전에 알지 못하는 한, 누구라도 해제는 불가능하다. 돌파하는 것 말고는 다른 방법이 없다는 결론이 나오는군.

"그렇다면 어쩔 수 없지. 아니, 그런 복잡한 장치도 있단 말이로군."

"응, 아주 큰 공부가 되었어. 우리 미궁에도 이런 장치를 설치하는 게 어떨까."

등록된 자 이외의 존재를 제거하는 통로라.

만약 이 층 그 자체가 분묘로 향하는 침입자 대책일 수도 있겠군.

"그렇다면 유니크 급으로 무장한 골렘이 그밖에도 잔뜩 있는 것으로 생각하는 게 좋겠군요. 설마 오랜 세월 손을 대지 않은 것만으로 **무기가 진화했다니** 정말 놀랍네요……."

카가리 씨의 말이 옳다.

밀림이랑 고부타가 같이 간 게 다행이었다. 대원들만 있었다면 골렘들에게 살해당했을 가능성이 높았을 것이다.

"어제는 아무것도 없었으니 안심했지만 이 층에는 그밖에도 덫이 더 있는 것 같군. 뭐, 서두를 일도 아니니까 내일부턴 좀 더 신중하게 행동하기로 하지."

"그러네요. 문의 해석에는 아직 시간이 더 걸릴 것 같으니, 내일은──."

카가리 씨가 내게 동의하면서 그렇게 말한 순간, 대지가 흔들렸다.

유적을 포함한 이 지방 일대를, 거대한 에너지 반응이 덮쳤다. 천장에서 돌조각이 우수수 떨어졌고, 그 사실이 압박감과 공포감을 한층 더 조장시켰다.

"?! 대체 무슨 일이──?!"

"빨리 도망치지 않으면 무너지겠어!!"

당황하는 대원들을, 카가리 씨가 일갈하여 진정시켰다.

"다들 조용히!! 흔들림은 한순간이었으니, 이건 지진이 아니에요. 이만큼 튼튼한 구조물이라면 그러 쉽게 무너지진 않아요. 침착하게 피난하세요."
그 목소리로 평상심을 되찾는 걸 보면, 대원들이 숙련도는 정말 대단했다.
"방금 그건 뭐였습니까요?"
고부타도 침착함을 되찾았는지 느긋한 말투로 내게 묻는다.
"으—음, 충격파가 지상부를 강타한 것 같군. 상당히 큰 규모였으니까 성에도 영향이 미쳤을지도 모르겠는데……."
여차하면 '전이문'이 있으니까 당황할 필요는 없다. 그렇게 생각했던 나도 고부타에게 느긋하게 답했다.
하지만 그렇다고 해도…….
카가리 씨가 말한 것처럼 이건 지진이 아니다. 국소적인 에너지 반응이 나타났으니 틀림없이 인위적인 것이었다.
지상의 상황도 마음에 걸리니 일단 밖으로 나가자고 생각했던 바로 그때.
내 직감에 반응이 왔다.

《알림. 적대반응을 감지했습니다. 현시점을 기해 유적의 방위기구가 작동한 것 같습니다. 다수의 골렘이 가동되었음을 확인했습니다. 그리고 유적 안으로 침입한 자가 있습니다.》

울리기 시작하는 경고음.
그다음에 이어진 것은 기계 음성 같은 누군가의 목소리였다.
『암리타에 침입한 자를 확인. 제거하라!! 암리타에 침입한 자를 확인. 제거하라!!』

그렇게 되풀이되는 목소리에선 위험한 예감밖에 느껴지지 않는다.

사태는 갑자기 긴박해졌다.

지상이 안전하다고는 장담할 수 없으며, 유적 내부에도 긴급사태가 일어났다.

“그런 말도 안 되는 일이?! 이 유적의── 암리타의 방위기구가 저절로 움직였단 말이야?!”

그렇게 말하며 초조해하는 카가리 씨의 표정에선 방금 전까지의 여유는 이미 사라져 있었다.

“침입자가 있는 것 같으니, 그 녀석들이 덫에 걸린 건지도 모르지. 하지만 우리는 일행이 아니라고 주장해봤자, 골렘은 이해해주지 않겠지.”

나는 그렇게 답했지만, 속으로는 카가리 씨를 의심하고 있었다.

문에 가까운 위치에 있던 카가리 씨라면 내 눈을 피해서 방위기구를 가동시킬 수도 있지 않았을까?

그리고 문제는 타이밍이다.

침입자가 들어온 것과 동시에 경보가 울리다니, 이건 노린 것으로밖에 생각할 수가 없다.

“밀림, 무슨 문제라도 있어?”

“아니, 지금은 아무것도 들려오질 않아.”

밀림이라면 ‘사념전달’과 ‘마법통화’ 같은 비밀 대화도 전부 다 들을 수 있다. 그러므로 뭘 숨긴다는 것 자체가 무의미하지만, 이번에는 반응이 없었던 것 같다.

침입자와 카가리 씨가 연결되어 있는 게 아닐까 하고 의심했지만, 아무래도 지나친 생각이었던 모양이다.
그렇다면 카가리 씨는 아무 상관이 없단 말인가?

《알림. 단정할 수는 없습니다. '영혼의 회랑'이 이어져 있으면 비밀회선을 통한 '사념전달'도 가능하게 됩니다.》

역시 아직 안심할 수는 없단 말인가.
스파이일지도 모르는 인물을 지키면서 적에게 대처하는 건 내키지 않았지만…….
이참에 용단을 내려서 그들을 지키는 걸 포기하면 마음이 편하겠지만, 그럴 수는 없다.
"상황이 안 좋군. 침입자라면 틀림없이 나를 노리는 조직일 거야."
"아아, 설마 정말로……."
"그러면 방금 그 지진도――?!"
"하지만 마왕님을 노리다니 어떤 바보가 그런 짓을?"
그 반응은 놀라움을 솔직하게 드러내는 것 같았으며, 딱히 수상한 대원은 없었다.
그렇다면 나도 각오를 단단히 하고, 여기 있는 자들을 지키면서 적을 격퇴하기로 하자.
"안심하라고. 당신들은 내가 책임지고 지키겠다고 맹세하지."
그 말을 듣고 대원들이 놀란다.
내가 포기할 줄 알았다면 그건 좀 유감이로군. 모처럼 친해지게 되었으니 나를 좀 더 믿어주면 좋겠다.

"리무루, 네가 노린 대로 됐네?"
"그래. 낚인 건지 낚은 건지 모르겠지만, 어디 확실히 가려보자고."
라파엘이 예상한 대로 적은 미끼(나)를 물었다.
어떻게 잠입을 했는가—— 까지는 물을 것도 없다.
선별된 실력자라면 성안이나 상층부에 남아 있는 다크엘프의 눈을 피해서 들어오는 것쯤은 별것도 아닐 테니까.
이참에 여기서 확실히 승부를 내기로 하자.
이 사태는 이미 예상한 것이다.
대처방법도 미리 검토해두었으므로, 당황하지 않아도 된다.
우리는 재빨리 예정했던 대로 반격체제를 갖추기 시작했다.

*

두 번째의 진동이 왔다.
"뭡니까요? 상당히 안 좋은 예감이 드는뎁쇼?"
아무리 고부타라고 해도 밖의 상황이 마음에 걸리는지, 그런 질문을 입에 올렸다.
그러나 지금의 나에겐 그 질문에 답을 해줄 여유가 없다.
왜냐하면 내겐 보였기 때문이다. 멀리 떨어진 하늘에서 다가오는 불길하기 짝이 없는 용의 모습이.
"안 좋은데. 저건, 많이 안 좋아……."
유적 안에 있는지라 제법 고생을 했지만, 마력요소를 더듬어서 외부에까지 겨우 '마력감지'를 펼칠 수 있었다. 그리고 판명된 사실은 흉악하기 짝이 없는 용이 온다는 것이었다.

외관은 베루도라와 비슷하지만, 사이즈는 한층 더 크다. 그리고 그 피부는 부패된 것처럼 짓물렀으며, 방대한 오라(요기)를 마구 뿜어내고 있었다.

딱 봐도 거대한 에너지(마력요소)양을 보유하고 있다.

그 양은 각성마왕의 수준을 월등히 초월했으며, 그 위험도는 카타스트로피(천재) 급임에 틀림없었다.

"그, 그 정도입니까요?"

"그래. 드래곤 같긴 한데, 아크 드래곤(상위용족) 정도는 아예 비교가 안 돼. 아마 드래곤 로드(용왕)보다 더 강대한 것 같은데, 혹시 저 녀석도 베루도라랑 형제인가……?"

"베, 베루도라 님이라굽쇼?"

이미 드래곤의 범위를 넘어선 수준인 걸 보면 '용종'으로 밖에 생각되지 않았다.

그런 것치곤 베루도라 같은 위엄이 없었으며 품격 같은 건 전혀 느껴지지 않지만…….

아니, 그 멍청한 드래곤에게도 위엄이나 품격 같은 건 느껴지지 않지만, 그런 의미와는 조금 다르다. 비슷하긴 하지만, 전혀 다른 어떤 것으로 보였다.

"저건――!!"

그때 밀림이 갑자기 눈을 부릅떴다.

"리무루, 급한 일이 생겼어. 저건, 저 용은――."

그렇게 말하자마자 밀림은 허공을 날카롭게 노려보는 것 같더니, 그 자리에서 '공간전이'으로 사라져버렸다.

그 당황한 모습을 보고, 나도 대강의 사정을 파악했다.

밀림이 당황한다는 건 바로 그런 뜻이겠지.

그렇다면 적은 정말 터무니없는 것을 끌어낸 셈이 된다.

"믿을 수 없지만, 저건 밀림이 봉인했다고 하던 과거의 그 친구 드래곤인 것 같군. 부활한 게 아니라, 누군가가 봉인을 풀어서 조종하고 있는 것 같아."

"뭐라굽쇼?! 그게 정말입니까요, 리무루 님?"

"그래. 말도 안 되게 강한 파동이 느껴져. 어쩌면 내 힘으로도 못 이기겠는데."

사실이다.

베루도라의 힘의 잔재였던 카리브디스(폭풍대요와)는 아예 상대도 안 될 수준이며, 무시무시한 증오와 미움의 감정을 느꼈다.

저 드래곤은 이 세상이 멸망할 때까지 멈추지 않을 것이다.

그리고 무시무시하게도 그 감정은 시커멓게 물들어 있었다. 즉, 저 드래곤은 마리아베르의 감정지배로 조종을 당하고 있는 것이다.

"——카오스 드래곤(혼돈용). 설마 이 시대에 저 폭군이……."

카가리 씨의 중얼거림을 듣고, 나도 깊이 동의했다.

지금 여기에 밀림이 있는 것이 다행이었다.

밀림이라면 문제없이 이길 것이고, 다시 카오스 드래곤을 잠들게 만들 수 있을 것이다. 그렇다면 내가 걱정할 건 없다.

나는 나대로 해야 할 일을 하기로 하자.

"고부타, 시온, 손님이 납신 것 같다."

"알겠습니다요!"

"맡겨두십시오. 저런 인형들은 제 적이 되지 못합니다!!"

이참에 대원들을 '전이문'을 통해 밖으로 보내려고 생각했지만, 그럴 여유는 없는 것 같다. 통제가 잡힌 골렘들이 문 앞에 뭉쳐 있는 우리들을 향해 쇄도한 것이다.

시온이 앞에 나서서 대태도를 휘둘렀다.

그러나 슬프게도 천장이 너무 낮아서 걸리고 말았다.

"멍청한 녀석! 자신의 주변은 미리 확인해둬야지!!"

"죄, 죄송합니다! 이건 약간의 실수입니다."

그 약간의 실수로 목숨을 잃을 수도 있다고.

시온은 골렘의 창에 몸이 뚫렸지만, 아무렇지 않은 것 같았다. 그런 말도 안 되는 터프함 때문에 방심을 하는 것이겠지만, 좀 더 빠릿빠릿하게 행동해주면 좋겠다.

"이대로는 너무 좁아서 싸우기가 어렵군. 문을 넘어가면 어떻게 되어 있을지는 모르겠지만, 최하층 쪽이 더 넓을지도 몰라."

"그러면 문의 봉인을 빨리 해제하는 게――."

"아니, 일이 이렇게 되었으니 내가 직접 하지."

미안하군, 시간이 없어.

"란가, 저 두 사람을 도와줘라."

고부타, 시온, 란가. 이 세 명이 시간을 벌어주는 동안에 빨리 작업을 마쳤다.

이미 경보는 울려 퍼지고 있으며, 덫이 발동된 뒤다. 유적보호 차원에서 난폭한 짓은 하고 싶지 않았지만, 그렇게 크게 신경을 쓰지 않아도 문은 쉽게 열렸다.

"어서, 안으로!"

내 말을 따라 대원들이 계단을 달려 내려간다. 다들 일사불란하게 재빨리 대피를 마쳤다.

카가리 씨를 따라, 그녀의 뒤를 지키면서 나도 계단으로 향했다.

그리고 모두 다 최하층에 도착했다.

최하층, 죽은 자가 잠든 장소.

그곳은 분묘에 어울리지 않게 밝은 빛이 넘치고 있었다.

그리고 대지에는 풀밭이 펼쳐져 있었다.

계단으로 내려온 장소에 펼쳐진 풍경을 보고, 내가 현재의 상황도 잊어버린 채 넋을 놓고 바라볼 정도였다.

하지만 놀라고 있을 여유는 없다.

곧바로 고부타가 위에서 굴러 떨어졌고, 그를 쫓아온 골렘들과의 전투가 다시 벌어졌다.

하지만 상황은 다시 역전됐다.

시온이 자유롭게 움직일 수 있게 되면서, 단번에 골렘을 분쇄하기 시작한 것이다.

이렇게 된 이상, 누구 하나 놓칠 생각은 없다.

때려눕힐 때는 철저하게 때려눕힌다. 상대도 아마 나와 같은 마음을 갖고 있을 것이다.

밀림을 분노하게 만든 리스크── 그걸 무시하면서까지 나를 고립시키려 하고 있으니까.

그렇게까지 할 줄은 생각하지 못했다.

솔직하게 말해서 마리아베르를 약간 얕보고 있었다.

하지만 지금부터는 다르다.

《——알겠습니다. 전력을 다한 전투형태로 이행하겠습니다.》

나는 조용히 준비를 마쳤다.

스스로 부여한 모든 제한을 풀어버리고, 나를 찾아올 적을 대비했다.

이제 남은 건 주모자들의 도착을 기다리는 것뿐이다.

*

골렘의 수는 많았다.

그러나 전투는 우리에게 유리했다.

시온이 마구 날뛰었고, 란가가 적을 혼란스럽게 만들었다.

그 틈을 타서 고부타가 하나씩, 총으로 골렘을 파괴하고 있었다. 탄환을 보충할 여유도 충분히 있는 것 같았다.

안정되게 싸우는 그들의 모습을 보고, 대원들 사이에도 안도하는 분위기가 퍼졌다.

"저기, 정말로 습격이 있었다는 것은 놀랍지만 마왕을 상대로 공격을 시도하다니, 상대는 대체 누구일까요? 그것도 카오스 드래곤을 불러내면서까지——."

신경이 쓰였는지 카가리 씨가 그렇게 물었다.

동요하는 것처럼 보였고, 그 말투는 걱정스럽게 들렸다. 이게 연기라면 정말 대단한 것이지만, 그 본심은 알 수가 없다.

"미안하군, 말려들게 해서."

"천만에요! 카오스 드래곤이 부활한 지금, 리무루 님이 같은 편이라서 오히려 안심하고 있답니다."

"그렇습니다! 어서 조합본부에 보고해서 대책을 생각해야 합니다."

"하지만 마왕 밀림이 패배한다면 우리는 아무런 방법이 없는 게 아닌가요……?"

"그보다 지금은 이 위기를 돌파하는 게 먼저예요! 누군지 모르겠지만 일부러 덫을 작동시키다니 악질도 이런 악질이 없다고요."

전향적인 의견도 나오는 걸 보면 다들 태세 전환이 빠른 것 같다.

"당신들은 내가 지키겠다고 했잖아? 뭐, 내가 이겨야 가능한 이야기겠지만."

대원들을 안심시키려는 듯이 가볍게 말해줬다.

고부타와 란가가 있고, 시온도 있다.

마왕 중에서도 최강인 밀림이라면 카오스 드래곤에게 지지는 않을 것이다.

상황은 좋지 않지만 결코 최악은 아니다.

적을 죽이고, 이 위기를 돌파할 것이다. 그렇게 되면 남은 건 후환을 제거하는 것뿐.

실로 간단한 이야기다.

카가리 씨는 그 말을 듣고 안심했는지, 더 이상은 아무 말도 하지 않았다.

싸우고 있는 고부타와 동료들 쪽으로 눈길을 돌리면서, 날 찾아올 자들을 기다렸다.

"——리무루 님에겐 적이 많군요. 역시 마왕이기 때문일까요?"

카가리 씨가 넌지시 중얼거렸다.

적을 기다리는 동안 할 일이 없었기 때문에, 별생각 없이 대꾸했다.

"그렇군, 내 입장에선 본의가 아니지만."

"왜죠?"

"파르무스 왕국은 내 역린을 건드렸어. 마왕 클레이만과 싸웠을 때는 상대가 내게 시비를 걸었으니까 어쩔 수 없었고. 성인 히나타와 싸운 것은 상대의 오해가 발단이 되었지. 모두 다 상대가 먼저 싸움을 걸어왔고, 나는 상대를 했을 뿐이야. 말하자면 정당방위라고."

"그런가요. 그러면 리무루 님이 먼저 싸움을 건 적은 없다는 건가요?"

"그렇다고 딱 잘라 말할 수는 없으려나. 이번 상대는 이해가 서로 대립되면서 충돌하게 된 거니까. 서로의 가치관이 다르니 늦건 빠르건 언젠가는 이렇게 되었을 거라고 생각해."

"무력에 의존하지 않는 해결법은 없었나요——?"

"가능하긴 했어. 하지만 내가 상대를 받아들여 흡수하는 형태로밖에 결말이 나지 않았을 테니, 상대가 그걸 내켜하지 않는다면 이렇게 나오는 것은 타당할지도 모르지."

드워르곤과 살리온, 이 두 대국을 같은 편으로 끌어들인 템페스트라면 서방열국과의 경제전쟁에 패배할 이유가 없다.

적이 어떤 반발도 없이 잠자코 있었다면, 내가 경제적으로 서방열국을 합병하게 된다는 건 사실 확실했다. 양자 컴퓨터조차 가볍게 능가하는 라파엘을 얕봐서는 곤란하다.

"——네? 그럼 상대의 정의를 인정하겠단 말인가요?"

으—음, 글쎄, 어떨까?

가치관의 차이를 인정하고 서로 양보한다. 앞으로 서로에게 아무런 간섭을 하지 않는다면 그렇게 하는 것도 좋겠지만,

상대가 정의라면 나도 정의.

나는 상대의 말을 무조건적으로 따를 생각은 없고, 상대도 내 지배하에 들어오는 것을 싫어했다. 그렇다면 서로 충돌할 수밖에 없는 것이다.

경제전쟁은 어떤 의미로는 실탄이 오가는 전쟁보다 더 무시무시하다. 항복이라는 개념이 없으며, 상대가 자신의 산하로 들어오지 않는 한 절대 끝나지 않는다.

그러므로 상대가 무력을 동원한 대치를 선택하지 않은 것은 요행이라고 할 수 있다. 그렇게 되면 이길 수 없다는 것을 알게 된 시점에서 패배를 인정하면 되기 때문이다.

상대가 취할 수 있는 방법이 그것밖에 없다는 이유로, 그걸 정의라고 불러도 되는지는 별개의 이야기이다.

"입장의 차이에 따라 정의라는 건 아주 많이 있으니까 말이지. 내가 절대적으로 정의롭다고는 하지 않겠지만, 여기서 물러나면 우리 입장이 어려워져. 그렇다면 전력을 다해 부딪치는 길을 고를 수밖에 없지……."

그야 고개를 숙이고 들어갈 길이 아예 없는 건 아니지만.

내가 고개를 숙이면 내 동료들 모두가 같은 길을 걷게 될 테니까 말이지.

"그래도 상대의 입장을 존중해서, 좀 더 의견을 나눠도 되는 관계를 모색한다면 적대하는 일도 없이 해결할 수 있지 않을까요?"

그 질문은 대답하기가 어렵군.

어떻게 대답해야 할까──. 내가 고민할 것도 없이, 소녀의 목소리가 그 질문에 답했다.

"무리예요, 그건 무리죠. 인간의 욕망은 끝이 없고, 스스로 참으면 해결될 문제가 아니니까요. 상대가 고개를 숙이면 요구사항이 더 커지는 게 인간이거든요."

그렇다.

나도 양보를 하면 상대가 이해해줄 것이라고 믿고 싶다. 하지만 그건 현실적이지 않단 말이지.

내가 단순한 일반시민이며, 꿈속의 이야기를 믿을 수 있는 위치에 있다면 그런 이상론을 말하고 다닐 수 있었겠지만.

하지만.

위정자의 입장에선 그런 바보 같은 이야기는 절대 신용할 수 없는 것이다.

그리고 그건 적의 수괴도 같은 의견인 것 같다.

"마음이 통하는군. 나도 같은 의견이야. 나는 마왕 리무루다. 너는?"

"만나서 반가워요. 내 이름은 마리아베르, 당신의 적이에요."

어느새 골렘은 전부 파괴되어 있었다.

그 자리에 있던 것은 예전에 개국제에서 본 적이 있는 소녀.

내가 예상했던 대로의 적이며, 상상 이상으로 대담한 상대였다.

좀 더 교활하면서, 자신은 모습을 드러내지 않는 타입으로 생각했었는데, 본인이 스스로 등장하다니 놀라웠다.

그리고 모습을 보인 것은 마리아베르뿐만이 아니었다.

그 옆에는 세 명의 모습이 있었다.

완전히 모습이 달라진 가이와 기사의 복장을 갖춘 남자.

그리고 카구라자카 유우키.

그 모습을 보면서 카가리 씨와 대원들이 동요했다.

"기, 길드 마스터?! 왜 당신이 여기에?"

"설마…… 마왕을 노린 사람이 당신이란 말인가?"

"농담이죠? 그렇다면 왜 우리에게 유적을 조사하라는 명령을 내린 건가요?!"

그런 질문을 각각 던졌지만, 유우키는 반응을 보이지 않았다.

그렌다에게서 얻은 정보에 나왔던 대로 완전히 지배를 당하고 있는 것 같다.

"유우키 님, 이게 대체 어떻게 된 일인가요? 당신은 우리를 배신한 겁니까?"

카가리 씨의 분노에 가득 찬 목소리.

그건 진심에서 우러나온 것으로 보이지만, 지금은 어찌됐든 상관없는 이야기다.

재빨리 이 촌극을 끝내고 밀림을 도와주러 가고 싶지만, 그 전에…….

"그래. 확실히 적이로군. 하지만 싸우기 전에 하나 확인하고 싶은 게 있는데, 괜찮을까?"

나는 금발의 소녀 쪽으로 시선을 돌리면서 그렇게 물었다.

대원들은 그런 내 태도에 의문을 가진 것 같지만, 아무 말 없이 입을 다물고 있었다. 이렇게 된 이상, 나를 믿기로 한 것 같다.

아니, 그게 아니면,

그 소녀의 불길한 분위기에 압도된 것인지도 모른다.

윤기 있는 금발에 분홍색의 입술.

그 볼은 동그랗게 부풀었으며, 마치 인형처럼 귀여웠다.

아직 열 살이 될까 말까한 나이대의 소녀, 그 이름은 마리아베르.

그러나 그 본질은 냉철하고 너무나도 이질적이다.

"뭐죠?"

"내 밑으로 들어와라. 그러면 무익한 싸움은 피할 수 있어."

"가소롭네요, 가소로워요. 그건 오히려 내가 할 대사거든요. 당신은 여기서 패배할 거예요. 그게 싫다면 내 밑으로 들어오세요."

"네 방침은 내 정책과는 어울릴 수 없어. 그런 방법으로는 불필요한 분쟁이 발생하지. 일부의 부를 지키기 위해서 죄 없는 수많은 백성들이 괴로움을 겪게 되잖아."

"그러네요. 인정하겠어요. 하지만 그게 어쨌다는 거죠? 힘없는 자가 착취를 당하는 건 너무나 자연스러운 일인 걸요. 마물도 약육강식으로 유지되잖아요?"

"그래, 하지만 나는 그런 걸 싫어하거든."

"바보군요, 정말 바보에요. 모두가 평등하다는 안일하기 짝이 없는 생각을 믿고 있는 건가요?"

"아니, 나도 그렇게까지 바보는 아니야. 하지만 누구나 한 번쯤은 기회가 주어져야 한다고 생각해. 뭘 해도 안 되는 자도 있긴 하지만, 인간의 가치라는 건 그렇게 쉽게 재단할 수 있는 게 아니잖아?"

싹이 트는 것이 늦는 자도 있으며, 숨겨진 재능을 가진 자도 있다. 일하기를 싫어하지만 예술적인 재능을 꽃피우는 자도 있는 것이다.

마리아베르의 방식으로는 빈부의 차가 한 번 생기면 그걸 뒤집는 게 불가능해지게 된다. 나는 그걸 도저히 납득할 수가 없었다.

인간은 그 태생에 따라 격차가 생긴다.

그게 당연한 것이며, 부모에게 물려받은 재산도 재능의 하나로 여길 수 있을 것이다.

하지만.

그 태생 때문에 공부의 기회를 빼앗기고, 착취당하는 것 말고는 다른 길이 없다는 건 인간의 가능성을 외면하는 행위라는 생각이 들었다.

한 마디로 말해서 아깝다고 생각하는 것이다.

인간의 재능에는 무한의 가능성이 있다.

그걸 저버린다는 건 말이 안 되는 이야기라고 할 수 있다.

하지만――.

"한심하네요, 한심해요. 설마 이런 어린애 같은 몽상가가 마왕이라니, 믿어지지 않을 정도로 멍청한 이야기로군요."

마리아베르에게 내 생각이 전달되지 않았다.

"그런가. 그럼 어쩔 수 없지. 단 하나 남은 간단한 방법으로 누가 옳은지 정하기로 하지."

"바라던 바예요. 현실을 가르쳐드리죠."

서로의 의견이 결코 어우러질 일이 없었던 우리의 논쟁은 처음부터 싸움으로 해결한다는 결론밖에 없었던 것이다.

그 사실을 슬프게 여기기는 했지만, 뭐 그럴 수밖에 없겠다고 납득하는 나 자신도 있었다.

인류 전체가 서로를 완벽히 이해할 수 있는 날은 절대 찾아오지 않을 것이다. 하지만 그게 바로 인간의 다양성을 증명하는 것이기도 하다.

진화의 과정에서 생겨나는 모순되는 존재.

그 정당성은 승리한 자만 주장할 수 있을 것이다.

나와 마리아베르, 가치관이 다른 두 개의 정의가 지금 이때를 기하여 정면에서 충돌했다.

*

"박살을 내버려요!"

마리아베르의 신호에 맞춰서 맨 먼저 움직인 것은 가이였다.

나에 대한 증오 때문인지 핏발이 선 눈을 한 채 달려온다.

마법심문관에게 연행되었는데, 혹시 탈주라도 한 걸까?

"흥! 너 따위가 리무루 님께 덤비다니——."

그렇게 외친 시온이 가이를 방해하려 했지만, 그 움직임은 유우키에 의해 차단되었다.

"네 상대는 내가 하지."

"호오, 재미있군. 저기 있는 여자에게 지배나 당하는 나약한 인간 따윈 내 적이 되지 못한다!!"

눈을 붉게 빛내면서 시온이 울부짖듯 소리쳤다.

진심으로 임한다는 증거다. 시온은 엄청난 오라(요기)를 뿜어내면서 대태도를 쥐었다. 그리고 유우키와 싸우기 시작했다.

그쪽은 맡기기로 하고, 문제는 또 한 명의 남자.

내가 보기에는 홀리 나이트(성기사)보다 강하지만, 그의 상대를 할 사람은 고부타다. 란가도 있지만 안심하고 맡기기가 좀 힘들었다.

"고부타, 사천왕의 힘을 보여줄 때가 왔습니다!!"

시온이 외쳤다.

잊어버리고 있었다.

그러고 보니 그런 설정이 있었지.

"네! 그럼 제 숨겨둔 필살기를 보여주겠습니다요!!"

그렇게 대답하는 고부타.

그리고 다음 순간, 고부타는 "변신!!"이라고 외쳤다.

변신——'마랑합일'이다.

고부타와 란가가 합체하더니, 고부타의 모습은 하나도 남아 있지 않은 인랑이 그 멋진 모습을 드러낸다.

저 정도면 괜찮으려나.

한 달 전과는 달리 고부타는 힘을 제어하는 법을 익힌 것 같다. 란가의 힘에 휘둘리지 않고 훌륭하게 싸우는 모습을 보이고 있다.

아마 상대는 '십대성인'급 이상의 난적으로 보이지만, 지금의 고부타라면 어떻게든 상대할 수 있을 것이다. 나는 그렇게 믿고 눈앞의 적에게 집중하기로 했다.

앗차, 그 전에.

나는 자신의 오라(요기)를 왼손에 모은 뒤에 가이를 향해서 대충 날렸다. 그것만으로 가이는 먼지가 되어 이 세상에서 소멸했다.

마리아베르의 '탐욕'에 물들면서 실력 이상의 힘을 얻은 것 같지만, 내가 보기엔 단순한 방해꾼일 뿐이었다.

"나와 싸우고 싶어 했던 모양이지? 잘됐군, 죽기 전에 바라던 게 이뤄져서."

죽은 자에게 해주는 말 치고는 무뚝뚝했지만, 이걸로 만족했기를 바란다.

"말도 안 돼!! 뭐예요, 대체 뭐냐고요, 그 힘은——?!"

"뭐냐고? 이게 내가 진심을 발휘한 실력이야. 다음은 네 차례다. 네가 누구를 적으로 돌렸는지 그걸 이해할 필요는 없어. 두 번 다시 전생하지 못하도록 잡아먹어줄 테니까, 가능한 한 내 양분이 되어라."

싸우기 전의 인사말 대신 그렇게 선언했다.

진심이 된 나에게 자상함을 기대하면 안 된다.

나는 마리아베르를 적으로 단정했다.

적이라면 죽일 것이다.

그건 지극히 당연한 것이다.

재빨리 끝을 내고 밀림을 도와주러 가기로 하자. 나는 자신에게 그렇게 이르면서, 마리아베르를 향해 한 발 내디뎠다.

●

마리아베르는 깨달았다. 자신이 상대하고 있는 것이 이 세상에서 최강인 옥타그램(팔성마왕) 중의 한 명이라는 것을.

"왠지 지금의 리무루 님은 조금 무섭지 않습니까요?"

"바보 같으니, 사천왕 주제에 한심한 소리를 하다니. 잘 들어요, 고부타. 저 모습이 바로 마왕 리무루 님의 진정한 모습입니다. 아아, 저렇게 늠름하신 모습을 뵐 수 있어서 시온은 정말 행복합니다!"

"그, 그렇습니까요. 저는 평소의 리무루 님 쪽이 진정한 모습인 것 같습니다만……."

"그건 그것대로 아름답다는 건 인정하죠. 후훗, 그건 그렇고 제2비서인 디아블로도 리무루 님의 지금 모습을 보지 못한 것을 나중에 분명 후회하겠죠. 후후훗, 느긋하게 실컷 자랑할 수 있을 것 같군요."

그런 대화가 들려왔지만, 마리아베르의 입장에선 자신을 업신여기는 것으로밖에 느껴지지 않았다.

하지만 지금은 그럴 때가 아니라, 눈앞에 있는 리무루에게 집중할 필요가 있었다.

(농담이 아니야, 농담이 아니라고. 평의회에서 벌어진 사건도 마왕 리무루에겐 무례하기 짝이 없는 짓으로 느꼈을 텐데. 그런데도 그렇게 화를 내는 기색을 보이지 않았어. 그래서 '온화'하다는 평가를 내린 거였는데, 그건 말도 안 되는 착각이었던 거야.)

그렇다. 진심이 된 마왕은 마리아베르가 봐도 방심할 수 없는 상대였던 것이다.

가이는 마리아베르가 최대한으로 강화시켜 놓았다. 웬만한 마인보다 강력한 존재가 되면서, 인간의 영역을 초월한 상태였던 것이다.

사실 프레이나 칼리온 같은 종래의 마왕이었다면 가이의 힘에 고전을 면치 못했을 것이다. 뭐니 뭐니 해도 가이의 남은 수명을 전부, 혼의 에너지를 전부 연소시키면서 완성한 반칙에 가까운 힘이었으니까.
그런데도.
마왕 리무루는 마치 쓰레기를 태우는 것처럼 가볍게, 가이를 갑옷과 함께 태워서 죽여버렸던 것이다.
거기에 존재하는 것은 차원이 다른 힘의 차이.
어른과 어린애 수준이 아니라, 코끼리와 개미 이상의 격차가 있었다.
마리아베르의 혼은 가이의 것보다 강대한 힘을 보유하고 있다. 전생하여, 다른 세계로 넘어와 살아남으면서, 인간의 지혜를 넘어선 영역까지 도달한 것이다.
그런데도 불구하고 마리아베르는 마왕 리무루에게 위협을 느끼고 있었다.
그렇기에 빨리 비장의 수를 쓰기로 했다.
'홀리 필드(성정화결계)'—— 마물을 상대하는 비장의 수단이라 할 수 있는 최강의 '봉쇄결계(封鎖結界)'다. 마리아베르는 용의주도하게 '블러드 섀도(혈영광란)'를 성의 주변에 잠복시켜두었던 것이다.
"큰 소리를 치기 전에 확실히 알아두는 게 좋을 거예요. 인간과 마물의 지혜의 차이를!"
리무루에게 의기양양하게 허세를 부렸다.
그와 동시에 '마법통화'로 명령을 내렸다.
"어라?! 몸이 무겁습니다요——."
"이 느낌은 겪어본 기억이 있습니다. 그때보다 강력한 것을 보면, 이게 진짜 위력이었단 말이군요."
사천왕 중의 인랑은 당혹스러운 표정을 보였고, 악귀는 대담하게 웃었다.

밉살스럽다. ──마리아베르는 그렇게 생각하면서 이를 악문다.

사천왕이라는 이름을 쓰는 만큼, 그 두 명은 비정상적일 정도로 강한 실력을 보였다.

그중 하나인 인랑── 고부타는 대회에서 우승할 정도의 강자였다. 그와 동격인 악귀도 또한 방심할 수 없는 마인이라고 하겠다.

그 외에도 평의회에 동행했던 마인들도 있다.

(정말 말도 안 되는 전력이야. 정면으로 싸웠다면 베루도라가 나서지 않았어도 우리에겐 승산이 없었을 거야. 하지만──.)

하지만 지금은 다르다.

마왕은 자신들의 힘을 과신한 나머지, 이런 자리에 무방비하게 모습을 드러냈다.

그게 치명적인 실수가 되었다고 생각하면서, 마리아베르는 살짝 비웃었다.

그러나 그 생각은 너무 안일했다.

"역시 그랬군, 당연히 이런 수를 쓸 것이라고는 예측하고 있었지. 그러니 내가 아무런 대책도 준비하지 않고 왔을 리가 없잖아?"

마왕 리무루는 그렇게 말하면서 대담하게 웃었다.

다음 순간, 이제 막 발동한 '홀리 필드'가 사라졌다.

"뭐야?! 뭘 한 거죠?"

"그러니까 말이지, 이렇게 노골적으로 습격해달라는 듯이 돌아다닐 생각이었다면 부하들을 시켜서 이 성의 주변을 경계하는 건 당연한 일이잖아? 너는 나를 덫에 가둘 생각이었겠지만, 나도 스스로를 미끼로 삼아서 너를 꾀어낸 거라고. 나를 지배하려면 '탐욕'의 능력자인 너 자신이 직접 나서야 할 거라고 생각했거든."

그게 마리아베르에 대한 내 대답이었다.

그 시점에서 마리아베르는 모든 것을 이해했다.

소식불명이 된 그렌다는 제거된 것이 아니라 배신한 것이라는 것을.

(그래, 그랬던 거군. 자신의 힘을 과신했던 것은 마왕이 아니라 나였어…….)

비장의 수가 소용이 없게 된 지금, 형세는 너무나 불리하게 돌아갔다.

가이는 이미 죽었다.

유우키는 우세하지만 악귀를 완전히 몰아붙이지는 못하고 있다.

또 한 명, 그렌다의 복수에 불타고 있던 전(前) '삼무선'인 라마는 인랑인 고부타를 상대로 고전하고 있다.

둘 다 마리아베르의 '탐욕'으로 인해 강화가 끝난 상태였다. 그런데도 이기지 못하는 현실이, 적이 얼마나 강한지를 가르쳐주고 있었다.

그렇다면 마리아베르가 상황을 바꿀 수밖에 없다. 인형 같이 아름다운 소녀는 지금 그 본성을 드러내기로 했다——.

스스로의 '영혼'을 불태우면서, 마리아베르는 한계를 넘었다.

바라는 것은 오직 승리뿐.

덫에 걸린 사실은 뒤집을 수 없지만, 이 상황은 자신이 바랐던 것이기도 하다.

이런 찬스는 두 번 다시 찾아오지 않는다. 그걸 이해했기 때문에 마리아베르는 후회하지 않는다.

"진지하게 싸우죠. 내 모든 것을 걸고 당신을 죽이겠어요!!"

"그래. 나도 최선을 다해 상대하지."

그 말을 신호로, 마리아베르는 달리기 시작했다.

타앗, 하고 지면을 박차면서 마리아베르는 리무루를 향해 발차기를 날렸다.

그 신체능력은 어린 소녀의 수준이 아니었다.

전차포의 포탄보다 격렬하고 무거운 것이, 쇠기둥조차 일그러뜨릴 위력이었다.

그러나 리무루에겐 아무런 고통도 주지 못한다. 가볍게 흘리더니, 오히려 그 기세를 이용해 던져버렸다.

마리아베르는 지면에 손을 대 그 반동을 이용하여, 그 자리에서 회전하여 물러난다. 그리고 리무루의 추격을 피한 뒤에, 반격하려는 듯이 '그리드(탐욕자)'를 발동시켰다.

"죽어!! ——'죽음을 갈망하라!!'——."

검은 파동이 리무루를 덮쳤다.

그건 '생명이 있는 자'가 본능적으로 갖고 있는 삶에 대한 갈망—— 그걸 반전시키는 마리아베르의 필살기.

자신의 의지로 유니크 스킬의 극의에 달할 수 있는 자.

그게 바로 마리아베르 로조였다.

그 유니크 스킬도 또한 인간의 근원적 감정에 유래된 대죄(大罪) 계통의 스킬이었다. 그 강화된 욕구에 저항할 수 있는 자는 존재하지 않으며, 마리아베르의 승리는 의심할 것도 없는 것이었다.

(그래, 이건 어쩔 수 없는 거야. 죽이는 것은 본의가 아니지만,

최악은 아니니까. 이런 위험한 녀석을 방치해두는 게 더 어리석은 짓이야——.)

원래는 리무루를 지배하고 싶었다. 하지만 그런 안일한 생각이 통할 상대가 아니었다.

그러므로 마리아베르가 선택해야 할 수단은 여기서 완전한 승리를 손에 쥐는 것이다.

검은 파동에 휩싸인 마왕 리무루는 아무런 저항도 하지 않은 채 멍하니 서 있는 모습을 보이고 있었다.

"참으로 허망하네. 어떤 강자라 해도 생에 대한 갈망은 버릴 수가 없으니까. 그렇기에 나는 무적이야."

사실 마리아베르는 최강이다.

각성한 클레이만이나 프레이, 칼리온이 상대라 해도 마리아베르가 승리했을 것이다.

'성인' 히나타조차도 마리아베르의 권능 앞에선 패배했을 것이 틀림없다.

그 정도로 마리아베르는 강했다.

그 유니크 스킬 '그리드'가.

하지만.

"안 됐군, '해석'은 끝났어. 이제 더 이상 네 힘은 통하지 않는다."

리무루는 얼티밋 스킬(궁극능력)을 각성한 상태였다.

그 시점에서 마리아베르가 승리할 가능성은 제로였다.

——마리아베르가 최강이라는 것은 유니크 스킬 차원의 이야기였으니까——.

●

역시 라파엘(지혜지왕)의 예상대로 마리아베르는 '홀리 필드'를 준비해두고 있었다.

그란베르가 서방성교회의 두목 격인 인물이었으니, 그 기술을 유용하고 있을 거란 추론이 맞았던 것이다.

무서울 정도로 빈틈이 없었지만, 덕분에 나는 공을 세울 수 있었다.

이로 인해 가비루와 하쿠로우, 그리고 소우카 등에게도 각자 활약할 차례가 돌아온 것이다. 아무 일도 없었던 며칠 동안 그들을 달래는 것이 큰일이었다.

다행이라는 생각과 함께 안심할 수 있었다.

그건 그렇고 이 마리아베르라는 소녀.

강하다. 확실히 강하다.

나는 마리아베르와 격투를 벌이면서, 그 실력을 체감했다.

그리고 검은 파동을 덮어썼을 때, 등줄기를 얼어붙게 만드는 듯한 감정을 맛봤다.

내가 죽을 가능성 따위는 전혀 걱정하지 않았지만, 이게 내가 아닌 다른 간부를 덮쳤을 가능성을 생각하면서 공포를 맛봤던 것이다.

내가 아니었다면 틀림없이 죽었을 것이다.

아마 내 예상이지만, 견뎌낼 수 있는 자는 디아블로 정도였을 것이다. 아니, 어쩌면 시온도 견뎌냈을지 모르지만, 베니마루를 포함하여 그 밑의 자들은 틀림없이 아웃되었을 것이다.

좀 더 정신—— '영혼'을 단련하는 게 좋을지도 모르겠다. 그런 생각이 들었던 바로 그때였다.

라파엘의 바람대로 '해석감정'을 끝낸 뒤에, 나는 마리아베르에게 최후통첩을 날렸다.

"안 됐군, '해석'은 끝났어. 이제 더 이상 네 힘은 통하지 않는다."

다른 사람을 조종하는 걸 허용해줄 마음은 없지만, 남에게 폐를 끼치지 않고 몰래 살겠다면 놓아줄 수도 있다는 생각에서 한 말이었다.

스스로도 너무 안일하다고 생각하지만, 아무래도 생긴 모습이 열 살이 될까 말까 한 소녀이다 보니까 말이지. 죽이겠다고 마음을 먹으려니 죄책감이 장난이 아니다.

그래서 항복해주면 좋겠다고 생각했다.

뭐, 나도 이젠 인간이 아니게 되었으니 냉철하게 마음을 먹는 것도 가능은 하지만 말이지.

"——웃기지 말아요. 아직, 아직 멀었어. 내 모든 것을 다 불태운다 해도 여기서 승리를 쟁취할 거야!!"

아쉽게도 내 말은 마리아베르에게 전해지지 않았다.

애초부터 가치관이 다른 상대였으니, 이렇게 될 것도 예상하고 있었다. 하지만 정말로 그렇게 된 지금, 일말의 쓸쓸함을 느꼈다.

마리아베르가 마구잡이로 시도하는 연속공격.

하지만 슬프군. 그건 아무런 위협이 되지 못했다.

서로 이해할 수 없다면 어쩔 수 없지.

"그럼 괴롭지 않게 보내주지. 내 안에서 반성하라고——."

마리아베르에게 그렇게 말하면서, '벨제뷔트(폭식지왕)'의 '혼식(魂

喰)'을 발동시키려고 했다.

바로 그때.

터터어엉!! 하는 엄청난 소리와 함께, 내 시야의 한쪽 구석에서 시온이 공격을 맞고 날아가는 모습이 보였다.

나도 모르게 그쪽으로 의식을 돌렸더니, 유우키의 발차기가 시온의 몸에 구멍을 뚫었다는 것을 알 수 있었다. 더구나 '초속재생'이 있는 시온이 상처를 입은 채 일어서지 못하고 있었다.

이건 명백히 이상사태였다.

"시온——?!"

『아하하하하하하하하하핫!!』

내가 부르는 소리를 상쇄시킬 정도로 미친 듯이 크게 웃는 소리. 그런 소리를 내고 있는 사람은 마리아베르와——.

유우키였다.

두 사람은 동조한 것처럼 동시에 웃어대기 시작했다.

"역시 대단하네, 역시 대단해. 마왕 리무루, 우습게 보고 있었네요. 얕보고 있었어요. 설마 이 정도로 괴물일 줄은 몰랐어요……."

"정말이야, 설마 마리아베르에게 이길 줄은 몰랐어. 하지만 내가 있다는 걸 잊어버리면 곤란하지."

시온을 쓰러뜨린 유우키가 내 앞에 섰다.

마리아베르에서 발산된 검은 파동은 더 강해져서 유우키 쪽으로 쏟아지고 있었다.

《해답. 개체명 : 카구라자카 유우키의 힘이 더 강해졌습니다. 개체명 : 마리아베르 로조가 유니크 스킬 '그리드(탐욕자)'를 통해 힘을 양도한

것 같습니다.》

대체 얼마나 많은 비장의 수단을 숨기고 있는 거람.

이번에는 유우키인가.

'탐욕'에 의한 지배를 받고 있는 것뿐이라면 가능한 한 죽이지 않고 제압하고 싶었는데.

"쳇, 죽어도 날 원망하지 말라고."

"그건 내가 할 말이군요!"

그 말을 끝내자마자 나와 유우키는 동시에 움직였다.

발차기와 발차기가 교차했고, 둘 다 동시에 튕기면서 날아갔다.

예전에도 비슷한 일이 있었지만, 이번에는 두 사람 다 진지했다. 그 결과가 엇비슷한 힘으로 인해 발생한 지금의 현상이었다.

생각했던 것 이상으로 유우키도 강하다.

신체능력만 놓고 말하자면, 마리아베르보다도 더 강하다. 시온이 제대로 대항도 못해보고 당했으니, 말도 안 되게 강하다는 것은 틀림이 없다.

처음부터 힘을 조절해서 싸울 생각은 없었지만, 이래선 빨리 결판을 내는 것이 어려울지도 모르겠군.

그런 생각을 하면서, 나는 유우키와 대치했다.

그리고.

그런 우리의 빈틈을 노리듯이 마리아베르가 몰래 움직이고 있는 것을 감지했다.

귀찮게 구는군. 귀찮게 굴고 있지만, 지금은 유우키를 상대하는 것만으로도 벅차다.

우리에게 등을 돌린 채, 마리아베르는 분묘의 중앙으로 도망치기 시작했다.

쫓아가고 싶었지만, 유우키가 방해하고 있었다.

뭐, 좋다.

어차피 마리아베르는 도망치지 못한다.

그 영혼의 파장을 완전히 장악한 지금, 어디로 도망치고 숨어도 찾아낼 수 있으니까.

지금은 마리아베르보다 유우키가 우선이다.

그렇게 생각하며, 나는 유우키 쪽으로 시선을 돌렸다.

*

곁눈질로 흘깃 보면서 잠깐 확인했는데, 시온은 카가리 씨와 대원들이 보살펴주고 있는 것 같았다.

의식은 있지만 서 있지 못하는 상태인 것 같았다.

분한 표정을 짓고 있지만, 아무것도 할 수 없는 상태였다.

그 시온을 저 정도로까지 몰아붙이다니, 유우키도 절대 얕볼 수 없다. 그러나 나는 아무 걱정도 하지 않았다.

라파엘이 말하길 유니크 스킬은 얼티밋 스킬(궁극능력)에겐 통하지 않는다고 한다.

이건 '영혼'이 얼마나 강하냐에 관련된 문제다.

어떤 차원이든 유니크 스킬을 초월하는 힘에 각성하는 자는 그에 걸맞은 강한 마음이 필요하다고 한다. 그 정도로 강한 마음 앞에선 유니크 스킬이 미칠 수 있는 영향은 전무하다고 한다.

얼티밋 스킬 각성자는 얼티밋 스킬 각성자만 쓰러뜨릴 수 있다. 즉, 마리아베르가 힘을 양도했어도 유우키는 날 이기지 못하는 것이다.

그런고로 승리는 확정된 것이나 마찬가지——라는 나의 자신감은 다음 순간에 맥없이 무너졌다.

"진지하게 싸울 거예요."

그 말과 동시에 날아오는 유우키의 왼발 돌려차기. 그건 방금 전까지의 공격과 전혀 다를 게 없어서, 나는 여유 있게 왼팔로 받아냈다.

다음 순간, 내 왼팔의 팔꿈치부터 아랫부분이 마치 폭발한 것처럼 분쇄되었다.

"——어?"

솔직하게 놀라면서도 백스텝으로 거리를 벌렸고, 나도 모르게 멍한 표정으로 내 팔을 바라봤다.

《놀랍습니다. '우리엘(계약지왕)'의 '만능결계'가 파괴되었습니다. 개체명 : 카구라자카 유우키는 초특이체질—— '안티 스킬(능력살봉, 能力殺封)'인 것으로 추측됩니다.》

어, 잠깐만?

그러니까 유우키한테는 내 '절대방어'가 통하지 않는다는 거야?

아니, 그 정도가 아니라.

자칫하면 거의 모든 공격이 무효화된다는 건가?

《그렇습니다. '안티 스킬'은 영적체질이며 마법과 스킬을 봉쇄합니다. 효과를 기대할 수 있는 건 성검기 등의 아츠(기술) 일부에 한정될 것으로 생각됩니다.》

그러면 멜트 슬래시(봉마영자참) 같은 건 통한단 말인가.

이번에는 서프라이즈 같은 게 아니라 정말로 진지하게 얼티밋 스킬이 파괴된 것 같다. 자세한 원리를 들어봤자 나는 이해하지 못하지만, 너무나 상대하기 번거로운 체질이라는 것은 잘 알았다.

"너, 유니크 스킬이나 특수능력 같은 건 획득하지 못했던 거 아니었어?!"

"거짓말은 하지 않았는데요. 신체능력만큼은 비정상적으로 발달된 상태라고 말했잖아요?"

웃기지 말라고 쏘아주고 싶었지만, 확실히 거짓말은 하지 않았다. 아니, 조종당하고 있는 녀석을 상대로 불평을 늘어놔봤자 어쩔 수 없는 일이다.

그건 그렇고 이제 어떡한다?

유우키의 공격은 내게 통하는데, 내 공격은 효과를 발휘하지 못한다. 이대로는 시간만 쓸데없이 흘러갈 뿐이고, 이렇게 된 이상 살려둔 채 제압한다는 말을 하고 있을 상황이 아닌 것 같다.

가능하면 동향인끼리의 정을 봐서 살려두고 싶다. 본인의 의지로 나와 적대하는 거라면 또 모를까, 조종당하고 있는 것뿐이라면 불쌍하다는 생각도 들었다.

하지만――.

유우키는 내가 힘을 조절하고 싸워서 이길 수 있는 상대가 아니다.
나는 각오를 단단히 굳히면서 칼을 뽑았다.
칠흑의 날에 내 오라(요기)를 둘렀다.
"헤에…… 엄청난 칼이네요."
그렇게 말하면서, 유우키도 허리에 차고 있던 나이프를 오른손으로 뽑았다. 그리고 또 한 자루의 작은 외날검을 왼손에 쥐었다.
이도류이면서도 몸을 낮춘 독특한 자세였다.
내가 아는 유파 중엔 없는 자세이니 아류일지도 모르겠다.
유우키가 싸울 자세를 잡은 것을 보고, 나는 이제야 새롭게 이해했다. 마법이나 스킬이 통하지 않아서 잠깐 초조해졌지만, 유우키는 딱히 '물리공격무효'까지 적용되지는 않는다. 초특이체질인 '안티 스킬'이라고 해도 검으로 베이면 상처를 입을 것이다.
그렇군, 그래서 '아츠'의 일부는 통한다는 말이로군.
내 경우는 때리는 공격에도 스킬이 영향을 주고 있었다. 그래서 대부분이 통하지 않은 것이다.
어쩌면 칼날에 오라를 두르지 않은 게 더 효과적이지 않을까?

《아닙니다. 그에 관한 정보가 부족하기 때문에 정확한 해답은 이끌어낼 수 없습니다.》

알았어. 그러면 실제로 시험해보기로 하자고.
나는 땅을 박차면서, 단번에 유우키를 베었다.
그 공격을 왼손의 검으로 받아내는 유우키. 신체능력이 높은 만큼, 내 스피드에도 여유 있게 대응하고 있었다.

하지만 나도 히나타를 상대로 칼싸움을 벌인 경험이 있다. 그건 내 기술 향상에 도움을 주었고, 자신감으로 이어졌다.

나는 당황하지 않고 두세 수 앞을 내다봤다.

유우키에게 스킬 효과는 통하지 않아도 '미래공격예측'이라면 문제가 없다. 이건 라파엘의 연산으로 유우키의 행동을 예측하는 것뿐이니까.

유우키는 왼손의 검을 주로 방어에 쓰고, 오른손의 나이프를 공격에 활용하는 식이었다.

대개는 그 반대이지 않은가 하고 생각했지만, 그건 사람마다 제각각 다르니까.

그럼 무기의 성능은 어떤가 하면.

양쪽 다 순도가 높은 '마강'제이다. 금속의 진화과정을 거치면서, 그 성능도 비약적으로 향상된 것으로 보인다.

유니크(특질) 급 중에서도 최상위, 어쩌면 레전드(전설) 급에 해당할 것 같은 칼이었다.

상대하기 번거로웠지만, 이때 생각도 못 한 발견을 했다.

《알림. '안티 스킬'은 무기에는 적용되지 않습니다.》

놀랍게도 유우키는 무기를 쥔 쪽이 더 약해지는 것이다. 나에게만 한정되는 이야기이긴 했지만, 유우키도 미처 예상 못 한 맹점이었을 것이다.

평범한 공격은 '절대방어'가 있으면 두렵지 않다.

나는 일부러 유우키의 공격을 맞기로 했다.

“하핫, 방심했군요, 리무루 씨!”

칼을 받아내다가 자세가 무너진 것처럼 보이면서 빈틈을 만들었다.

그 빈틈을 놓치지 않고 나이프를 들이대는 유우키. 그 나이프도 특수한 것이었는지 날이 신축되면서 내 거리감각을 흐트러뜨렸다.

유우키의 입장에서는 한순간의 틈을 파고든 완전한 기습이었을 것이다.

하지만 그건 전부 다 내 계획대로였다.

내 심장을 노리고 움직이던 나이프는 내 손에 잡히면서 멈춰버렸다.

직접 만져보고 확인했던 것이지만, 이 나이프에는 정신에 영향을 미치는 맹독까지 묻어 있었다. 정말로 찔렸다면 아무리 나라고 해도 대미지를 받았을 것이다.

하지만 그런 가정은 무의미하다.

“거 참 안 됐군! 맨손으로 때리는 게 더 아팠어.”

“이럴 수가, 이건 말이 안 되잖아——?!”

눈을 크게 뜨면서 불평을 토로하는 유우키.

그 말을 내가 들어줄 의무는 없다.

문답무용의 일격, 개발한지 얼마 안 되는 기술을 날렸다.

스톰 브레이크(폭풍흑마참, 暴風黑魔斬)—— 히나타의 멜트 슬래시를 참고로 한 마법과 기술의 융합기였다.

이 공격에 활용되는 마법은 ‘베루도라(폭풍지왕)’의 ‘폭풍계마법’이다.

베루도라의 마법은 1차 피해보다 2차 피해가 더 무섭다. 입은 상처에서 붕괴가 시작되면서, 온몸을 갉아먹기 때문이다.

스톰 브레이크도 마찬가지다. 상대의 생명력을 갉아먹는 필살기였다.

하지만 유우키는 그 특이체질 탓인지, 상처가 붕괴되는 모습은 보이지 않았다. 가슴을 크게 베였지만 아직 치명상이라고 부르기는 어려웠다.

"크……."

그렇게 신음하면서, 나를 노려보는 유우키.

그 내면을 꿰뚫어 보려고 해도 검은 안개로 가린 것처럼 꿰뚫어 볼 수가 없었다.

마리아베르의 '탐욕'에 완전히 물들어 있다. 이걸 제거할 수 있으면 굳이 마무리 공격을 날릴 필요도 없겠는데…….

《해답. '안티 스킬'의 저지를 받으면서, 간섭이 방해를 받았습니다.》

무리였다.

그렇다면 선택할 수 있는 방법은 단 하나뿐.

"내 승리다. 마리아베르의 지배에서 해방해주고 싶었지만 그건 나도 할 수 없는 것 같아. 조금 강하게 공격하겠지만 나쁘게 생각하진 마라."

아슬아슬하게 죽기 직전까지 고통을 줘서 기절을 시킬 것이다.

그리고 유우키가 의식을 잃은 동안에 마리아베르를 처리할 것이다.

그렇게 해서 영향력이 사라지면 다행이다.
사라지지 않았으면, 그건 그때 가서 생각하면 된다.
나는 유우키를 향해 칼을 겨눴다.
슬프게도 맨손으로 때려봤자 대미지를 주지 못하기 때문이다.
듣자 하니 '안티 스킬'로 무효화된 에너지로 다른 운동에너지까지 상쇄시켜버린다고 한다.
그런 말도 안 되는 게 어디 있냐는 생각이 들었지만 그게 유우키의 특이체질이라고 한다.
한계치를 미리 계산하여 칼에 힘을 주었다. 칼등으로 내려칠 생각이었는데, 부서지지 않는 튼튼한 날이라 다행이라는 생각이 들었다.
그래도 힘을 지나치게 주면 유우키를 양단해버릴 것이다. 힘을 조절하는 것은 너무나 어렵다.
그리고 칼등이 앞에 오도록 바꿔 잡은 뒤에, 유우키를 향해 내리치려고 했던 바로 그때.
"자, 잠깐만요!! 유우키 님을 죽이는 건 부디 재고를――!!"
카가리 씨가 그렇게 소리쳤다.
그쪽으로 돌아보니, 일어서서 유우키를 향해 달려오려 하고 있었다.
"이봐, 위험해! 유우키는 마리아베르에게 조종을 당하고 있다고!"
"아니에요, 괜찮습니다! 그렇게까지 의지가 강한 유우키 님이라면 그런 소녀에게 마음의 힘에 밀려서 질 리가 없어요!"
내 충고를 무시하면서, 카가리 씨는 유우키에게 매달렸다.
그리고 그런 카가리 씨를 뒤따르는 조사대 대원들.

"그래, 그렇고말고! 그랜드 마스터가 그렇게 나약할 리가 없어!"

"그래요! 늘 자유로우면서, 절대로 약한 모습을 보이지 않던 사람이었으니까요."

"우리 앞에서 멋진 모습을 보여주기 위해서라면 혼자서 드래곤이라도 이길 사람이라고요!"

유우키는 참으로 많은 사랑을 받고 있었던 모양이다.

그런 식으로 감싸면 마치 내가 나쁜 놈처럼 보이잖아.

아니, 나도 죽이지 않고 해결할 수 있으면 그게 더 좋다고!

하지만 말이지, 그런 안일한 소리를 하고 있을 때가 아닌데다, 그런 상황에서 가장 최선이라고 생각한 방법을 고른 거란 말이야.

이것 봐, 칼도 반대로 쥐었잖아?!

잘 좀 보라고 생각하면서, 나는 카가리 씨와 대원들을 둘러봤다.

유우키의 뒤쪽으로 달려오면서 차례로 말을 거는 일동. 겨우 그 정도로 마리아베르의 영향을 제거할 수 있었다면 아무도 고생을 안 했을 거야.

그런데.

"나도 죽일 생각은 없으니까, 지금은――."

나는 그렇게 말하면서 방해를 하지 않도록 주의를 주려고 했다.

바로 그때.

"너, 너희들……."

유우키가 그렇게 중얼거리면서 표정을 일그러트린 것이다.

《알림. 개체명 : 카구라자카 유우키의 변화를 확인. '탐욕'에 의한 정신간섭이 해제된 것으로 보입니다――.》

……뭐?!

아니, 그렇게 노골적으로, 가장 이상적인 결과가 마치 미리 짠 것처럼 나왔다고?

나는 반신반의했지만, 유우키에게서 살의가 사라진 것만큼은 틀림없었다.

농담이지?! 그렇게 생각하면서도 그 결과에 납득할 수밖에 없었다.

*

유우키가 원래대로 돌아온 이상, 남은 강적은 마리아베르와 카오스 드래곤만 남게 되었다.

"폐를 끼친 것 같아서 왠지 죄송하군요. 하지만 덕분에 살았습니다, 리무루 씨!"

"으, 응. 무사하다니 다행이네……."

죽어도 어쩔 수 없다는 생각은 절대 하지 않았다. ──그런 태도를 보이면서, 나는 인사를 받았다.

"이봐, 고부타! 빨리 끝내라니까!"

말이 나온 김에 고부타에게 화풀이를 하는 걸로 이야기를 돌리는 데 성공했다.

그리고 그 뒤에 바로 전투는 끝이 났다.

시온은 무사했다.

유우키의 '안티 스킬'효과는 계속 유지되는 것이 아니었는지,

시간이 지나면서 '초속재생'이 부활한 것이다.

분노에 불타서 유우키를 노려보고 있었지만, 잘 달래주었다.

"굴욕입니다. 저도 아직 수행이 부족했군요……."

분노한 뒤에는 침울해지는 시온.

다시 그녀를 잘 달래주면서 다음 기회가 있을 거라고 위로해주었다.

그리고 고부타는 어떤가 하면.

"이 사람에게 그렌다 씨는 살아 있다고 설명했습니다만, 남의 말을 도저히 들어주질 않았습니다요……."

엄청나게 지쳐 있었다.

란가의 힘을 사용할 수 있게 된 고부타에게 라마는 적수가 아니었다.

고부타의 전투 센스와 란가의 초(超)직감. 그게 어우러지면서, 인랑 형태의 고부타는 정말로 강하다.

란가의 의식도 남아 있었는지, 주위 경계를 담당하고 있는 것 같다.

역할을 분담해서 전투를 하고 있다는 이야기를 들으니, 나와 라파엘의 관계 같군.

강할 만도 하다는 생각이 들었다.

고부타가 고전하고 있었던 이유 말인데, 그건 자신의 상대인 라마가 그렌다의 복수에 불타고 있다는 걸 알아차리고 말았기 때문이었다. 고부타는 마음이 착하기 때문에, 그 사실을 알고 난 뒤에는 상대를 죽이지 못했던 것 같다.

그런 라마는 라파엘에게 부탁하여 정신간섭을 해제하도록 했다.

영혼의 힘을 지나치게 쓴 탓인지, 목숨에는 별 이상이 없는 것 같다. 의식도 확실히 살아 있었고, 그렌다가 무사하다는 이야기도 믿어주는 것 같았다.

이것으로 사건해결── 이라고 하고 싶었지만, 그러지 못하는 것이 슬픈 현실이었다.

자, 느긋하게 굴고 있을 시간이 없다.

아직 격렬한 진동이 발생하고 있는 걸 보면, 밀림은 카오스 드래곤을 봉인하지 못하고 있는 것 같다.

빨리 도와주러 가고 싶다.

"리무루 씨, 도망친 마리아베르는 내가 쫓을게요."

그렇게 말하지만 유우키도 부상을…… 어라, 나았네?

"부상은 괜찮은 거야?"

"아아, 네. 카가리는 치유마법을 쓸 수 있으니까요."

뭐? 뭘 당연한 것처럼 말하는 거야?

"아니, 넌 마법이 통하지 않는 게……."

"아아, 괜찮아요. 이 체질은 스스로 스위치를 끄고 켤 수 있거든요."

"…………."

어이가 없어서 말이 나오지 않았다.

유우키는 상큼한 표정으로 웃으면서 말하지만, 그건 반칙 아니야?

히나타도 마력요소를 정화하는 체질이긴 했지만, 스위치를 끄고 켜는 것은 불가능했다고. 그런데 더 상대하기 번거로울 것 같은 '안티 스킬'을 자신의 의지로 컨트롤할 수 있다니…….
들으면 들을수록 불합리한 이야기였다.
뭐, 좋다. 그건 그렇고, 유우키의 제안 말인데.
"이길 수 있겠나?"
"방심만 하지 않으면 여유 있게 이길 수 있어요. 아니, 멋대로 조종당하고 있었다니, 그런 건 내 명예를 걸고 용서할 수 없습니다."
"리무루 님, 저도 부탁드릴게요. 마리아베르가 노리는 건 아마도 이 유적의 파괴가 아닐까 생각해요. 제가 조사한 유적 '소마'에도 도시를 운영하는데 사용했던 것으로 보이는 마법의 동력시설이 있었습니다. 이 도시도 비슷한 구조인 것 같으니, 그걸 폭주시키면 이 지방 일대가 소멸될 거예요. 그걸 저지할 수 있는 건 저뿐이라고 자부하고 있습니다!"
"……마리아베르가 그걸 폭주시킬 수 있단 말이야?"
"그건 마력을 과잉으로 공급하기만 해도 불안정해지게 됩니다. 하물며 오랫동안 사용되지 않았던 유물이라면 어떤 작용을 발생시킬지……."
그런 유물이 있는지 아닌지는 불확실하지만, 그 예상이 맞는다면 위험하군.
"그 구조는 알고 있는 건가?"
"'소마'에서 완벽하게 조사했어요. 만약의 경우에도 저라면 멈출 수 있습니다!"
미인의 진지한 표정에는 박력이 있군.
그래서 그랬던 것은 아니지만, 나는 압도된 것처럼 고개를 끄덕였다.

"그럼 맡기도록 하지. 유우키, 부탁한다!"

"네, 굴욕은 배로 갚아줄 겁니다."

가볍게 구는 것 같이 보여도, 유우키는 확실히 자신만만했다.

이리하여 유우키와 카가리 씨가 마리아베르를 추적하기로 했다.

"시온, 고부타, 너희는 대원들을 유도해서 다크엘프들과 합류한 뒤에, 그대로 호위를 맡아라!"

"알겠습니다요!"

"그러면 리무루 님은?"

"나는 밀림을 도와주러 가겠다. 빨리 처리하지 않으면 카오스 드래곤의 공격에 휩쓸려버릴 수도 있으니까."

밀림이 열심히 막아주고 있지만 유탄만 맞아도 상당히 위험하다. 느긋하게 이야기할 여유가 없으므로, 어떻게 행동할지를 정했다면 즉시 실행만이 있을 뿐이다.

"그럼 저도!"

"허락할 수 없다. 네 부상은 표면적으로는 나은 것처럼 보여도, 내부에는 대미지가 남아 있을 테니까. 그보다 다른 사람들의 호위를 부탁하마!"

"큭, 알겠습니다……."

내키지 않는 표정이었지만, 시온도 마지못해 납득해주었다.

유우키와 카가리 씨는 마리아베르를 쫓기 위해 분묘의 중앙으로 재빨리 이동했다.

그리고 나는 시온과 고부타에게 뒷일을 맡기고 밀림을 도와주러 갔다.

●

마리아베르는 도망치고 있었다.

그러나 승리를 포기했기 때문만은 아니었다.

끝까지 아끼고 있었던 비장의 수인 '봉인된 카오스 드래곤'까지 풀어놓았다. 이 작전이 실패하는 것은 받아들일 수 없었다.

마리아베르에겐 최후의 수단이 남아 있었다.

분묘의 안쪽── 엘프의 오래된 도시의 심장부에는 구(舊)세계의 마법기술의 결정이 잠들어 있다. 그런 이야기를 들었기 때문에 그걸 폭주시켜서 리무루를 죽여버릴 생각이었던 것이다.

(그 괴물을 쓰러뜨리려면 이 방법밖에 없어. 내 최강의 수단인 유우키라면 어느 정도는 시간을 끌어줄 거야. 그 틈에 마도제어동력로를 폭주시키는 거야──.)

유우키가 보고한 내용에는 고대유적 '소마'의 정보도 있었다. 그리고 이 땅 '암리타'도 또한 고대에 같은 동족이 만든 도시라고 들었다.

그 구조가 같다면 마리아베르도 쉽게 조작할 수 있을 것이다.

마도제어동력로를 폭주시키면 대규모의 마력파괴가 발생한다. 리무루가 유우키와의 전투에 집중하고 있는 지금 그 현상을 일으키면, 분명 아무런 수도 쓰지 못하고 폭발에 휩쓸리게 만들 수 있을 것이다.

인식할 수 있는 범위 밖에서 공격한다면 마왕 리무루도 쓰러뜨릴 수 있다. ──마리아베르는 그렇게 생각했다.

분묘의 중앙에 도착한 마리아베르.

그러나 거기에는 보고로 들었던 것과 비슷한 시설은 보이지 않았다.

아니, 아예 아무것도 없었다.

관도 비어 있었고, 장식품이나 보물 같은 것도 장식되어 있지 않았다.

아니, 금은보화는 굴러다니고 있었지만, 정말로 가치가 있는 매직 웨폰(마법무기)의 모습이 보이지 않았던 것이다.

"이상하네, 이상해. 어, 어떻게 된 거지——?"

자신도 모르게 그런 의문을 입밖으로 내뱉는 마리아베르.

그 질문에 대답할 사람은 없다——고 생각했지만.

"아하하하하! 이 유적에는 마도제어동력로 같은 건 없거든."

"——!!"

"참고로 '소마'에도 없었답니다."

"……유우키인가요?"

"그래, 나야."

마리아베르의 말에 응답한 자는 틀림없이 유우키 본인이었다.

당당하게 그 모습을 드러내는 유우키. 그 옆에 가까이 서 있는 카가리의 모습도 보였다.

"당신, 마왕 리무루를 상대하는 건 어떡하고——?"

"끝났어. 진심으로 부딪쳐봤는데, 그 사람은 무리였어. 리무루 씨에게는 힘을 조절하며 싸울 정도로 여유가 있었는데, 나는 전혀 상대가 안 되겠더라고. 이길 수 있을 것 같으면 그대로 쓰러뜨리려고 했는데 말이지."

"보고 있는 저는 가슴이 다 철렁하더군요. 그 이전에 정말로 배신한 것인가 싶어서 조마조마했다고요."

"아하하, 미안, 미안. 너한테도 알려주지 않아야 그 반응을 보고 상대도 믿을 거라고 생각했거든. 게다가 너라면 내 의도를 꿰뚫어 볼 거라고 믿고 있었어."

"뭐, 좋아요. 결국 최선의 결과가 나왔으니까, 그게 유우키 님이 노리던 대로 된 거라면 굳이 더 불평할 것도 없죠."

그런 대화를 즐겁게 나누는 유우키와 카가리.

그 모습을 보고 마리아베르는 그제야 깨달았다. 자신이 유우키에게 속고 있었다는 것을.

"거짓말, 거짓말이야. 하지만…… 유우키, 당신은 내 힘을 무력화시켰다는 말인가요?!"

있을 수 없는 일이라고 생각하면서도 마리아베르는 현실을 받아들일 수밖에 없었다. 그렇다면 언제 어떻게 유우키가 '그리드'의 '탐욕'을 극복했는가 하는 것이다.

"——어떻게 '탐욕'을……?"

"궁금한가 보지?"

"됐으니까 빨리 대답해!!"

"후훗, 좋아. 그럼 가르쳐주지."

유우키는 불쌍하다는 눈빛으로 마리아베르를 보면서, 그 답을 직접 보여주었다.

깨끗하고 맑은 것처럼 보이던 유우키의 감정이 검은 안개로 덮였다. ——그렇게 마리아베르의 눈에 비쳤다.

"설마…… 거짓말이야. 이건 거짓말이야……."

"아하하하하! 믿을 수 없나? 하지만 이게 현실이야. 답은 처음부터였지. 너에게 지배당한 척 하고 있었던 거라고. 어때, 명연기였지?"

재미있다는 듯이 유우키는 웃는다.

그와는 대조적으로 마리아베르의 안색은 어두웠다.

"말도 안 돼. 나는 '탐욕'의…… 감정에 유래한 최강의 힘을——."

작은 목소리로 그렇게 중얼거리며, 마리아베르는 필사적으로 상황을 이해하려고 애썼다.

"확실히 네 욕망은 컸어. 하지만 아쉽게도 내 '탐욕'이 훨씬 더 컸지. 이 세계는 나의 놀이터야. 내 야망은 이 세계의 왕이 되는 거라고. 너의 '그리드' 따위는 '안티 스킬(능력살봉)'이 없어도 내게는 통하지 않아."

미소를 지은 채로 유우키는 그렇게 단언했다.

마리아베르에게 있어서 그것은 사형선고와도 같은 말이었다.

"얕보지 마! 나는 마리아베르. '탐욕'의 마리아베르. 너 따위는 내 적이 되지 못해!!"

마리아베르는 그렇게 외치면서, 영혼의 힘을 한껏 쥐어짜 유우키에게 발사했다.

그리드 플레어(탐욕의 파동)—— 칼날 같은 강한 의지의 힘이 물리적인 파괴력으로 변환되면서 유우키를 덮쳤다.

그러나 통하지 않았다.

"소용없다니까. 너는 날 이기지 못해."

유우키는 마리아베르의 공격을 정면으로 받아냈다. 그리고 그 검은 파동이 산산이 흩어지는 것을 보면서 비웃었다.

그리고 다음 순간——.

"커헉?!"

유우키의 손날이 마리아베르의 심장을 꿰뚫었다.

그뿐만이 아니다. 마리아베르의 힘이 흘러나와 유우키에게 흡수되기 시작했다.

"크, 커헉…… 설마, 내…… 내 힘, 을……."

"정답이야."

"말도 안…… 그, 그런 게, 가, 가능……할 리가……."

마리아베르의 눈동자에서 빛이 사라졌고, 유우키의 팔을 붙잡은 손에서도 힘이 빠졌다.

"만약 네가 10년만 더 일찍 이 세계에 태어났다면 세계를 지배했을지도 모르겠군. 너는 운이 없었어. 그 어린 몸으로는 스킬(능력)을 완전히 다루지 못 했겠지?"

"…………."

마리아베르는 대답하지 않았다.

얼굴에 분하다는 감정이 담긴 표정을 지으면서, 유우키를 노려볼 뿐이었다.

그리고——.

마리아베르의 영혼은 그 마지막 빛을 점멸시키다가 사라졌다.

힘없는 자가 패배자가 된다는, 이 세계의 진리가 이끄는 대로.

"네 입으로 직접 말했었지? 내 야망이 너무 크다고 말이야. 잘 자, 마리아베르. 네 욕망은 내가 확실히 이어받을 테니까——."

유우키의 말은 이미 마리아베르에게 전해지지 않았다.

이렇게 격동의 시대를 살았던 마리아베르는 그 생애를 마친 것이다.

●

나는 뒷일을 시온 쪽에게 맡기고 재빨리 밀림을 도우러 갔다.

그리고 지금 눈 아래에 있는 카오스 드래곤을 내려다보고 있었다.

크다. 말도 안 되게 크다.

몸길이가 100미터는 되지 않을까?

카리브디스(폭풍대요와)는 상대도 되지 않을 것 같은 그 거대한 몸은 그 모습을 직접 본 자에게 절망을 안겨줄 것이다.

주위의 마력요소를 마구 먹어치우면서 점점 더 커지고 있는 것 같다.

가볍게 내뱉은 브레스 한 발로 바위산이 산산조각 나는 것이 보였다.

그야말로 폭위(暴威).

이런 괴물을 상대했다간 우리도 두 손을 들 것이다.

하지만 밀림은 달랐다.

밀림은 초대형 급의 에너지(마력요소)양으로, 카오스 드래곤의 진격을 막아내고 있었다.

"오래 기다렸지, 밀림!"

"리무루야? 기다리고 있었어! 실은 좀 힘들어. 저건 내 친구야. 봉인하려고 했지만 도저히 방법이 없어. 이대로는 피해가 커질 것 같은데…… 나는 친구를 죽일 수가 없어!"

울먹이면서 그렇게 외치는 밀림.

카리브디스와 달리, 카오스 드래곤은 밀림의 소중한 친구였다.

그래서 힘을 빼고 싸우는 것도 이유이겠지만…… 그 이전에 너무 크다 보니, 밀림의 힘으로도 봉인하기가 어려웠던 모양이다.

이기는 것뿐이라면 간단할 것이다. 하지만 밀림은 친구를 죽일 수가 없었던 것이다.

그 기분이 잘 이해가 되기에, 나는 그런 밀림에게 호감을 느꼈다.

그렇기 때문에 안심할 수 있게 일부러 웃어보였다.

"이제 괜찮아. 내게 방법이 있어!"

"믿음직하네. 그럼 나는 뭘 하면 돼?"

반짝반짝 빛나는 눈으로 나를 보는 밀림. 날 믿는다는 건 잘 알겠지만, 부담감도 장난이 아니다.

동요해선 안 된다.

나는 자신만만한 태도를 유지하면서, 밀림에게 작전을 설명했다.

"잘 들어, 아무리 덩치가 커도 반드시 '핵'은 있어. 너의 정밀한 공격이라면 그것만 남겨놓을 수 있겠지?"

카리브디스의 빙의체가 되었던 포비온을 구했던 것처럼, 밀림이라면 카오스 드래곤의 '영혼'을 남기고 공격할 수 있을 것이다.

카오스 드래곤의 영혼을 보호하는 아스트랄 바디(성유체, 星幽體)나 스피리추얼 바디(정신체)는 이미 오염되어 망가져 있었다. 아니, 그 반대다. 망가져 있기 때문에 이렇게까지 증오에 의한 오염이 진행된 것이다.

게다가 지금은 마리아베르의 '탐욕'에 완전히 물들어 있으니, 이걸 치유하는 건 불가능하다.

하지만 영혼만이라면.

밀림의 친구였던 마음(심핵, 心核)만은 아직도 그 빛을 잃지 않으려 노력하는 것처럼 보였다.

"하, 하지만…… 저 정도로 크면 어중간한 힘으로는 뚫을 수 없어. 자칫하면 전부 다 날아갈 수도……."

"힘을 조절하는 법은 이미 배웠잖아? 네 친구도 노력하고 있어. 너도 기합을 넣은 모습을 보여주라고!"

이것저것 따질 때가 아니다.

지금은 기세가 중요하다.

실패하면 어떡하지――. 그런 생각을 하다간 성공할 수 있는 것도 실패해버린다.

"나도 도와줄게. 너는 내 지시에 따라서 최선을 다해 마력을 방출하면 돼!"

방법이 있다고 폼을 잡으면서 말했지만, 별것도 아니다.

밀림을 믿고 힘으로 밀어붙이는 것이다.

하지만 이게 처음 시도하는 것은 아니다.

한 번 본 적이 있고, 그때는 성공했다. 이번에는 그 규모가 차원이 다르긴 하지만, 해야 할 일은 같은 것이다.

"알았어. 널 믿을게, 리무루!"

"좋아. 내게 맡겨!"

자신만만하게 보이려는 이 연기.

이건 정말로 마음에 큰 대미지를 주는군.

실패할 경우를 생각하니 너무나 두렵다. 하지만 다른 방법이 없는데다, 지금 떠올린 방법을 실행할 수 있는 건 나뿐이다.

부탁한다, 라파엘!

《알겠습니다. 예스, 마이 로드(맡겨주십시오, 주인님)!!》

늘 남에게 떠넘기기만 하는 나였지만, 그런 나이기에 이 순간만큼은 스스로를 속이는 연기를 하자.

실패 따윈 두렵지 않다. 전부 다 잘 풀릴 것이라고, 자기 자신에게 다짐하듯이 들려주면서.

"괜찮아, 전에도 쉽게 성공했잖아. 이번에도 마찬가지야! 시작해, 밀림!!"

"음! 네 말이 맞아. 그럼 시작할게, 친구. 별들의 광채를 그 눈에 새겨라——드라고 버스터(용성확산폭, 龍星擴散爆)——!!"

눈을 감아도 뇌리에 새겨질 것 같은, 눈부시기까지 한 섬광이 번뜩였다.

밀림이 발사한 방대한 힘의 소용돌이, 그게 카오스 드래곤 쪽으로 날아갔다.

불길한 힘의 장벽과 밀림의 섬광이 서로 충돌했다.

맞부딪히면서 밀고 밀리는 힘과 힘.

나는 그 흐름을 파악하면서, 카오스 드래곤의 힘의 원천을 찾았다. 라파엘의 연산에 의지하여, 밀림의 힘의 흐름을 조작하면서.

묵직하다. 너무나 묵직해서, 점점 내 마력요소(에너지)양까지 줄어드는 것이 느껴졌다.

그리고 이 정도나 되는 에너지가 맞부딪히고 있는데, 정작 카오스 드래곤은 아무렇지 않았다.

정말로 터무니가 없군. 자칫 좌절할 뻔했지만, 여기서 포기했다간 모든 게 실패로 끝난다.

지금까지의 경험은 바로 이때를 위한 것이었다. 그렇게 믿고 나는 최선을 다했다.

나는 초조해지는 마음을 애써 진정시키면서, 천천히 카오스 드래곤의 영혼에 둘러붙어 있는 사악한 기운을 털어냈다.

시간으로 따지면 1초도 안 된다.

그런데도 마치 영원한 시간으로 느껴질 만큼 엄청난 중압감을 느꼈다.

보였다!

살짝살짝 보이면서 반짝이고 있던 카오스 드래곤의 더럽혀지지 않은 심핵이.

하지만 아직 안심할 순 없다.

'탐욕'의 검은 안개, 증오의 사악한 기운, 그걸 빠져나간다고 해도 망가진 정신의 오염된 부분이 기다리고 있었다.

신중하게, 그리고 정확하게.

나는 작업을 진행했다.

그때 검은 안개가 사라졌다. 유우키가 마리아베르를 쓰러뜨린 것이다!

"좋아, 이 정도면 성공할 수 있어!"

여기서 단번에 승부를 짓기 위해서, 나는 '벨제뷔트'을 발동시켰다.

"밀림, 단번에 승부를 걸겠어. 출력을 올릴 수 있을까?"

"맡겨둬! 우오오오오오오, 드라고 노바(용성폭염패, 龍星暴炎覇)!!"

내 말을 따라서, 밀림도 지금 온 힘을 다 발휘했다.

아니, 새삼스레 느낀 것이지만, 역시 밀림은 대단하다.

어떻게 이 단계에서 출력을 더 올릴 수 있는 건지.
저런 큰 기술을 쉽게 연발하는 걸 보면, 격이 다르다는 것을 실감할 수 있었다.
이런, 안 되지.
감탄하고 있을 때가 아니다.
"자, 카오스 드래곤 군. 지금 편하게 만들어줄게."
나는 그렇게 중얼거리면서, 마지막 마무리 단계로 이행한다.
중요한 것은 타이밍이다.
밀림의 마법이 겉으로 드러난 카오스 드래곤의 스피리추얼 바디를 분쇄했고, 아스트랄 바디까지 파괴했다.
나는 그걸 놓치지 않고, 밀림의 힘이 다음 단계인 심핵을 파괴하기 전에 '혼식'을 발동시켰다.
시간과 공간을 무시하면서 '벨제뷔트'를 발동시켰다.
내 인식범위 안이라면 밀림의 마법보다 빨리 끝낼 수 있다.
그리고 나는 작전대로 카오스 드래곤의 부서진 심핵을 수중에 넣은 것이다.

방대한 에너지(마력요소)를 다루고 있던 '핵'이 없어진 지금, 카오스 드래곤은 이미 붕괴를 시작하고 있었다.
하지만 그건 그것대로 문제가 있었다.
"리, 리무루, 상황이 안 좋아! 이대로 가면 폭발할 거야!!"
밀림은 이미 내 신호에 따라서 마법 발동을 중지한 상태였다.
그러나 공중에는 아직 공간을 일그러트릴 정도의 거대한 에너지의 역장이 발생하고 있었다.

힘과 힘이 충돌하면서 잔뜩 압축된 에너지.

다음에 일어날 현상은 반발이다.

대폭발이 일어나는 것은 시간문제이며, 아무리 밀림이라도 이걸 날려버리는 것은 불가능할 것이다.

초조한 표정으로 나를 보고 있었다.

하지만 나는 당황하지 않았다.

라파엘의 계산에 따르면 내 힘이라면 아직 해결할 수 있는 방법이 있다고 했다.

"괜찮아. 저건 내가 어떻게든 처리할게!"

"할 수 있어?!"

놀란 표정을 짓는 밀림.

존경으로 가득 찬 그 시선은 기분이 좋지만, 이러다가 실패하면 체면을 다 구기겠——다는 말을 할 때는 아니로군.

정말로 괜찮겠죠, 라파엘 선생?

그렇게 속으로 물은 것은 애교로 치자.

《네. 문제없습니다.》

평소와 다르지 않은 담담한 그 말투.

너무 노골적으로 될 대로 되라는 듯이 말하지만, 그 말을 들으니 너무나 안심이 되는군.

나는 미소를 지으면서, 카오스 드래곤이었던 것을 바라봤다.

그건 이미 잔해였다. 그러므로 아무런 배려를 할 필요가 없다.

"모조리 먹어치워라, 벨제뷔트!!"

저런 거대한 에너지 덩어리를 정말로 먹어치울 수 있을까?

그런 우려도 전부 포함하여 벨제뷔트는 맹위를 휘둘렀다. 내 상상을 훨씬 초월하여, 아무 일도 없었던 것처럼 모든 것을 집어 삼킨 것이다.

"끝난……거야?"

"아니, 아직 멀었어. 네 친구 문제를 해결해야지."

"뭐?! 정말로 해결할 수 있는 거야?"

"그래. 이런 때를 대비해서 이걸 준비해왔어!"

사실은 거짓말이지만!

내가 꺼낸 것은 '의사혼'이었다.

"……?"

이해력이 쫓아가지 못하는 밀림을 내버려 둔 채, 나는 자신의 내면으로 의식을 집중시켰다.

이론상으로는 가능하다. 그렇다고 라파엘이 보증해주었다.

그렇다면 나는 믿을 뿐이다.

당당하게, 반드시 성공할 것이라고 믿으면서 작업을 시작했다.

부서진 심핵의 파편을 전부 거둬서 '의사혼'으로 흡수시켰다. 내 '혼식'을 통해 몽땅 다 모았으니까, 작업은 생각했던 것보다 간단했다.

문제는 이다음이다.

'의사혼'에 심핵이 깃들여질까 아닐까…….

반응이 없다.

초조해지는 나.

표면상으로는 평온하게, 속으로는 필사적으로 타개책을 생각했다.

이럴 때는 어떻게 하지?

그때 머릿속에서 번뜩였던 것은 드라마에서 자주 나오던 장면.

"미, 밀림. 이 카오스 드래곤에겐 이름 같은 게 없어?"

"이름, 이라고? 그런 건——."

없단 말인가?

이거 위험한데. 잠깐 진정한 뒤에 뭔가 다른 수단을…….

"가이아야! 언젠가 그렇게 불러주자고 생각했어. 이 녀석의 '이름'은 가이아야!!"

있었잖아.

나는 안도하면서 슬쩍 '가이아'라고 불러봤다.

좋은 이름이잖아.

네 이름은 가이아라고 한단다.

네 친구가 울기 전에 빨리 눈을 뜨는 게 좋지 않겠어?

그러자 의사혼에 희미한 빛이 생겼다.

성공이다. 영혼에 마음이 깃든 것이다.

그 뒤에 가이아가 깃든 '의사혼'을 '마스터 코어(마정핵)'로 감쌌다. 이렇게 하여 '아바타 코어(마혼핵)'가 완성되면서, 내 작업도 종료되었다.

이렇게 되면 남은 건 시간이 해결해줄 것이다.

이후에 가이아의 심핵에 생긴 상처가 나으면, 분명 원하는 모습으로 부활할 것이다.

가이아의 경우는 빙의용 육체가 아니라 그게 본체가 된다. 새로운 마물이 되어서 밀림 앞에 탄생할 것이다.

"성공했어, 밀림. 이게 새로운 가이아야. 아직 태어나진 않았으니 알 같은 존재라고 할까."

나는 그렇게 말하면서, 밀림에게 '아바타 코어'를 내밀었다.

"응, 응! 역시 너한테 맡기면 모든 게 잘 풀리네. 믿고 있었어, 리무루. 고마워, 정말 고마워!"

기뻐해주는 것 같아서 다행이었다.

나도 실패하질 않아서 다행이라고 생각해.

하지만 무엇보다도 밀림의 미소를 볼 수가 있어서 기쁘게 생각한다.

"돌아갈까. 다들 걱정하고 있을 테니까."

"응! 내 활약을 모두에게 이야기해줄 거야!"

그래, 그래.

하지만 뭐, 밀림이 있어줘서 큰 도움이 되었어.

그런 건 나 혼자로는 도저히 상대하지 못했을 테니까.

멀리 성이 보였다.

걱정스러운 표정으로 우리를 보고 있는 내 동료들의 모습도 보였다. 다들 무사한 것 같아서 정말 다행이었다.

이것으로 사건은 해결됐다.

돌아가서 느긋이 쉬고 싶다.

목욕을 한 뒤에 맥주로 건배를 하고 싶군.

나는 마음속에서 우러나오는 기쁨을 곱씹으면서, 밀림과 함께 동료들 곁으로 귀환했다.

최후에 웃는 자

Regarding Reincarnated to Slime

유우키는 마리아베르의 힘을 얻었다.

"처음부터 미리 논의를 해주셨으면 좋았을 텐데요."

"하하하, 그러니까 말했잖아? 그 덕분에 마리아베르도 속일 수 있었고."

"하지만 제 표면상의 부하들인 조사대원들을 적당히 속여 넘기는 건 정말 힘들었거든요?"

유우키와 리무루가 싸우는 중에, 카가리는 유우키의 힘의 비밀이 새어 나가지 않도록 대원들의 주위를 끌고 있었다. 괜히 잔재주를 부렸다간 리무루에게 들킬 우려가 있었으니, 그건 그것대로 골치 아픈 일이었다.

유우키 입장에선 들켜도 상관없다고 생각하고 있었기에 딱히 문제로 생각하진 않았다.

상대의 힘을 무력화시키는 능력은, 정체를 알아냈다고 해서 쉽게 대책을 세울 수 있는 것이 아니다. 유우키에겐 비장의 수단 중 하나이긴 했지만, 결코 최후의 수단은 아니었다.

"뭐, 널 믿고 있었으니까. 결과적으로도 일이 잘 풀렸으니, 불평은 이제 그만 했으면 좋겠는데."

"마리아베르에게서 힘을 빼앗은 것 같은데, 그것도 예정했던 대로 된 건가요?"

“그래, 일단은 말이지. 대죄(大罪) 계통은 유니크 스킬 중에서도 최강이라고 하니까 노리고는 있었어. ‘욕망’의 크기야말로 ‘그리드(탐욕자)’의 근원이라고 들었으니까, 그렇다면 내가 주인으로 적합하지 않을까 하는 생각을 했거든.”

“정말로 무모한 분이군요. 보통은 다른 사람의 스킬(능력)을 빼앗지는 못하거든요?”

“그렇겠지. 하지만 이번은 ‘그리드’ 그 자체가 나를 선택한 거야. 뭐, 그래도 그 마왕 리무루에겐 이기지 못했지만 말이지.”

“——그러네요. 그 마왕도 역시 엄청나게 부조리한 존재라고 해야겠네요.”

“동감이야. 하지만 이걸로 모든 것의 원흉은 마리아베르였다고 덮어씌울 수가 있게 됐지. 나는 깨끗하게 무죄방면이 되는 거고. 당분간은 얌전히 있어야겠지만, 즐거움이 늘어났으니 잘된 걸로 치자고.”

“이렇게 된 이상은 급하게 서둘러도 소용이 없겠군요. 그리고 그 마왕은 정말 짜증이 날 정도로 조심성이 많더라고요. 이번 작전에는 불만도 있지만 납득도 하고 있어요.”

카가리가 불만스럽게 여긴 것은 분묘를 파괴한 것이었다.

유우키는 리무루에게 마리아베르가 동력로를 작동시켜 자살했다고 설명했다.

증거은폐를 꾸몄던 것이다.

폭발은 최하층에서 멈추는 정도의 규모로 끝났다. 예상보다 피해는 경미하다고 설명했다.

사실은 처음부터 준비해두고 있던 마력폭탄을 사용했지만, 리무루에게 설명하기로는 '동력로에 저장된 에너지가 적었기 때문'인 것으로 꾸며냈다.

의심받을 일이 없게 진짜 동력로의 잔해까지 사방에 뿌렸다. 이렇게 함으로써 무슨 질문을 받든 거짓으로 꾸며낸 것을 끝까지 관철할 예정이다.

하지만 카가리에겐 불만스러운 마음이 있었다.

"어차피 처음부터 그곳은 폐기할 생각이었을 텐데? 그렇다면 그렇게 신경 쓰지 않아도 되잖아."

카가리에겐 살면서 정이 든 도시였다. 모든 것이 정리되면 예전처럼 활기 있는 도시로 만들자고 생각하고 있었다.

그랬는데 제일 중요한 분묘가 없어졌으니 불평이 나올 만도 했던 것이다.

"——그렇지도 않아요. 그래도 일단은 우리의 제2의 고향이었으니까요."

카가리가 어깨를 으쓱하면서 그리 말하자, 유우키도 쓴웃음을 지으면서 응했다.

"그렇겠지. 하지만 덕분에 수확은 있었어. 나에 대한 의심이 풀린 것이 가장 큰 수확이지만, 그것 말고도 있지. 마리아베르가 준비해둔 '블러드 섀도(혈영광란)' 말인데, 그 녀석들이 〈신성마법〉을 구사한 것이 결정타였지."

"그러네요, 저도 알아차렸어요. 평의회와 서방성교회 사이에는 연결고리가 있었어요. 그 이유는 바로 오대로의 수장의 정체와 관련된 비밀이죠."

"맞아. 신문에도 실리면서 화제가 되었지만, 파르무스의 난을 통해서 영웅의 평가는 실추됐지. 그것과 연동된 것처럼 평의회에서 서방성교회의 영향력도 약해졌어. 그 사례가 보여주는 사실은 한 가지! 내가 보기에 마리아베르의 대조부인 그란베르 로조의 정체는 바로 '칠요'의 노사야."

"과연……. 역시 유우키 님, 놀라운 분석력이네요."

카가리의 분석도 날카롭다. 유우키의 분석과 자신의 분석이 어느 정도 일치했기 때문에 그게 진실일 것이라는 확신에 이르렀다.

그리고 유우키는 사악해 보이는 미소를 지으면서 카가리를 봤다.

"뭐, 이 정도는 기본이지. 그보다 더 중요한 가능성을 깨달았는데, 뭔지 알겠어?"

그렇게 말하면서 카가리의 반응을 살피듯이 그녀를 본다.

카가리에겐 더 이상의 정보는 떠오르지 않았다. 그래서 완전히 포기했다는 듯이 양손을 들어 올려 항복하는 모습을 보여줬다.

"마리아베르의 행동을 통해서 그녀의 사고를 트레이스 해봤는데, 이번에는 상당히 강공책을 동원했잖아? 마왕 리무루를 죽여버리면 베루도라가 날뛰기 시작할 가능성이 있었어. 카오스 드래곤을 부리면서 마왕 밀림의 역린을 건드릴 뻔했다고. 너도 마왕 밀림에게 정체를 들키지 않을까 조마조마했지? 그렇게 위험한 마왕이랑 '용종'을 상대로, 좀 지나치게 무모한 짓을 벌이지 않았나 하는 생각이 들었어."

"듣고 보니 그러네요……."

"그런 위험을 깨닫지 못할 마리아베르가 아니니, 그렇게 됐을 경우의 대처법은 분명 미리 생각해두었을 거야. 그럼 그건 과연 뭘까?"

유우키는 카가리를 똑바로 보면서 그렇게 물었다. 자신의 머릿속에 대답이 있는 게 아니라, 그렇게 물어보면서 자신도 생각을 정리하고 있었던 것이다.

"그렇군요……. 저라면 자신만큼은 안전하다고 확신하고 있었으니까 그럴 수 있었다고 할까요?"

"그럴 수도 있겠지. 하지만 그것만은 아니라고 생각해."

"더 생각하자면 최소한도의 피해를 각오했다거나? 마왕 리무루가 대두되는 것을 두려워했던 것 같으니, 어느 정도의 피해가 발생하더라도 길게 봤을 때 그게 더 이득이라고 생각했다면 전체적인 맥락은 통하는 것 같은데요……."

그 말을 듣고 유우키는 "흠"하고 고개를 끄덕였다.

"난 말이지, 어느 정도의 피해가 나올지 모르는 상황에선 그런 수단은 절대 선택하지 않아. 하지만 반대로 어느 정도의 피해가 나올지 예측할 수 있다면, 주저 없이 이익과 손해를 저울에 올려놓고 비교해보겠지."

"——그 말은 곧……?"

"마리아베르에겐 베루도라와 밀림이 날뛰어도 해결할 수 있다고, 그렇게 확신할 수 있는 근거가 있었을 거라고 생각해."

"…………."

"그게 뭘까?"

"그란베르——."

"아니야."

그렇게 단언한 유우키는 그때 이미 정답에 도달해 있었다.

씨익 웃으면서, 카가리를 본다.

“라플라스가 성지에서 싸웠던 상대가 누구였지?”

“그건 마왕 발렌타인—— 아!!”

그런 카가리의 반응을 보면서, 유우키는 만족스럽게 웃었다.

“그래. 마왕 발렌타인은 죽었지. 그러나 옥타그램에는 아직 마왕 발렌타인이 포함되어 있어. 진짜 마왕은 가짜보다 더 강력하겠지.”

“그 가짜 발렌타인조차도 전성기의 저와 호각이었어요. 그렇다면…….”

“진짜는 훨씬 더 강하다는 말이지! 그리고 지금 확신했어. 루미너스 교의 총본산, 그곳을 마왕이 근거지로 삼고 있다는 것은——.”

“마왕 발렌타인의 정체는 루미너스 신이라고요? 설마 그런…….”

“내 생각엔 바로 그 설마가, 틀리지 않은 것 같은데?”

유우키의 확신에 찬 목소리를 듣고, 카가리도 진실에 다다랐다.

“그렇구나, 그렇군요……. 그란베르라면 그 진실을 알고 있어도 이상할 게 없군요.”

“그렇고말고. 그리고 마리아베르도 알고 있었던 거야. 알고 있었기 때문에 서방열국은 루미너스 신이 지켜주고 있다고 판단한 거지.”

그렇게 설명을 듣고 보니, 모든 것이 들어맞았다.

카가리도 납득할 수밖에 없었고, 다른 의견으로 반박할 여지가 없었다.

“그렇다면 전략을 다시 세울 필요가 있겠군요.”

"그렇지. 하지만 어차피 한동안 활동거점을 '동쪽'으로 옮길 수밖에 없으니까."

"후후훗, 정말 무서운 분이라니까. 얌전히 있겠다고 말한 것치고는 활발히 움직일 생각인 거죠?"

"그야 그렇지. 왜냐하면 나는 이 세계의 왕이 될 남자거든? 너희에게도 약속했잖아? 내가 이 세계를 손에 넣겠다고 말이야!"

"그랬죠. 후후, 후후후후후. 기대가 되네요. 그래요, 기대가 돼요. 클레이만도 분명 기뻐하겠죠."

"그래. 그러니까 확실하게 날 도와달라고."

"네, 물론이고말고요. 당신도 절대 우리를 배신하면 안 돼요, 유우키 님?"

"당연하잖아? 반드시 세계를 손에 넣을 거야. 그리고 다 같이 재미있고 즐겁게 살아보자고!!"

유우키와 카가리는 서로를 마주 보면서 웃었다. 또 웃었다.

계속 웃었다.

마치 게임을 즐기기라도 하는 것처럼, 마인들은 세계를 노리고 있었다.

세계정복── 어린애들이나 생각할 법한 그런 야망을 진심으로 실현하기 위해서…….

●

카오스 드래곤을 없애고 밀림의 친구를 구했다.

그리고 귀환해보니 유적의 최하층이 묻히고 말았다.

무사했던 것으로 보이는 유우키의 설명에 의하면, 궁지에 몰릴 대로 몰려버린 마리아베르가 자폭했다고 한다.

나까지 같이 길동무로 삼을 생각이었던 것 같은데, 그렇게까지 하면서 나를 처리하고 싶었단 말인가.

그렇게 생각하자, 뭔가 찜찜한 기분이 들었다.

뭐, 서로 적대하던 사이였고, 이렇게 된 것도 어쩔 수 없는 일이지만…….

침울한 기분에 빠져 있을 수만은 없었다.

카가리 씨와 의논하여, 유적은 우리가 깨끗이 복원하기로 했다.

시간은 걸리겠지만, 최하층도 파내어 발굴할 예정이다.

그리고 나중에는 발굴한 가구들을 성에 전시하여, 이 성을 박물관으로 개장할 예정이었다.

'마도열차'를 여기까지 연결하여 관광지로 운영할 계획을 갖고 있었다.

뭐, 몇 년이 걸릴지는 모르고, 그 전에 할 일도 많지만 말이지.

최소한 동쪽 제국과 협의하여 평화조약을 체결이라도 하지 않는 한, 이 땅은 최전선이 될 것이다. 밀림의 영토라고 해서 결코 안심할 수 없는 것이다.

그런고로, 당분간은 복구 작업만 실시할 예정이었다.

평의회와도 순조로운 교섭이 이어지고 있다.

그러나 여러 명의 의원이 새로이 보내지는 바람에, 평의회로서의 힘은 많이 줄어들었다.

서방성교회는 세력을 늘렸으며, 마리아베르의 지배에서 해방

된 유우키도 그 존재감을 더욱 강화하고 있다.

그런 상황에 처하면서, 평의회는 새로운 구심점을 원했다.

우리—— 아니, 바로 나였다.

우리 템페스트(마국연방)가 평의회의 최대파벌이 된 것이다.

유우키가 이끄는 자유조합이 우리를 뒤에서 밀어줬다. 자유조합에 대한 자금 원조를 조건으로, 템페스트에게 협력할 것을 공언한 것이다.

그리고 그 건에 대해 히나타까지 동조했다. 서방열국의 안정이라는 대의명분을 들먹이면서.

이로 인해, 나는 서방열국에 대한 커다란 영향력을 손에 넣은 것이다.

그건 그렇고 유우키에 대한 의심이 풀려서 정말 다행이었다.

덕분에 이렇게 안심하고 협력관계를 구축할 수 있었던 것이다.

《아닙니다. 의혹이 확정되었습니다. 개체명 : 카구라자카 유우키는 틀림없이 자신의 의지에 따라 행동하고 있습니다.》

뭐?

아니, 그렇다면 왜 지금까지 입을 다물고 있었던 거야?!

《해답. 그 행동원리가 간단하여 이해 가능했기 때문입니다.》

그런 이유로?

아니, 그런가. 그랬구나…….

라파엘은 나를 위해서 입을 다물었단 말이지?

《…………》

내가, 내 안일함이 원인이다.

그때 나는 마리아베르를 죽이는 것을 망설였다.

나중의 일을 생각하면 망설이지 말았어야 했는데.

피해를 입고 있었다면 그 망설임을 지울 수 있었다. 그러나 아직 큰 민폐를 입지도 않았는데, 죽이는 것은 너무 가혹하지는 않을까 하는 생각을 했던 것이다.

가이에 대해서도 죽인 뒤에 너무 지나친 짓을 했다는 기분이 들었다. 그런 일도 있다 보니 마리아베르에 대해선 마음이 약해졌던 것이다.

나는 마리아베르를 죽이지 못할 것이다. ——그렇게 판단했기 때문에 **너**는 내게 아무 말을 하지 않았던 거지?

《……네. 그럴 필요가 있다, 고 판단했습니다.》

멋대로 그런 짓을——. 차마 그렇게는 말할 수 없다.

사실 라파엘의 예상대로 유우키는 마리아베르를 죽이는데 성공했다.

그리고 지금 모든 증거를 은폐하는데 성공했다고 생각하면서, 유우키는 한껏 마음을 놓고 있는 셈이다.

그런 상대라면 라파엘은 다루기 쉬울 것이다.

내가 불평을 할 수 있을 리가 없다.
하지만 내심 분한 것도 사실이다. 내가 믿음직스럽지 못하게 구는 바람에 라파엘에게 걱정을 끼치고 말았으니…….

《아닙니다. 그렇지는 않습니다. 마스터에게 심려를 끼치고 싶지 않았습니다.》

고마워.
내가 죄책감을 느끼지 않고 넘어갈 수 있도록, 그렇게 했단 말인가.
그렇구나. 기쁘긴 하지만 그래선 안 된다.
현실을 제대로 받아들이고, 내가 내 의지로 결정해야 한다.
그러지 못하면 라파엘의 주인으로서 실격이 될 것이다.
언제까지 보살핌만 받고 있다간 나 자신이 성장할 수 없다.
앞으로는 아무것도 숨기지 말고 보고해다오.
모든 것을 제대로 받아들이고 대처할 테니까.

《알겠습니다. 그 뜻에 따르겠습니다.》

유우키가 뭘 꾸미든, 내가 그 야망을 박살 낼 것이다.
나는 혼자가 아니다. 동료도 있고, 믿음직한 파트너도 있다.
어때, 그렇지?
라파엘이 있으면 나는 길을 헤매지 않고 똑바로 전진할 수 있다.
나는 진심으로 그렇게 생각했다.

그랬더니 아주 잠깐.

라파엘이 기쁜 표정으로 '웃었던' 것 같은 느낌이 들었다.

후기

여러분, 오랜만입니다. 후세입니다.
실은 이번에는 후기를 쓰지 않을 예정이었습니다.
한 번 다이어트에 성공했음에도 불구하고, 페이지 수가 역대 최대로 늘어나버린 것이 원인입니다.
담당 편집자인 I 씨의, 이제는 포기한 것 같은 목소리를 잊을 수가 없습니다.

하지만!

막상 뚜껑을 열고 보니, 몇 페이지 정도 여유가 생겼다고 합니다. 후기를 여섯 페이지 정도 적어주면 좋겠다는 부탁을 받았습니다.
이전에도 그런 내용을 적은 적이 있습니다만, 저는 서점에서 소설을 집었을 때 맨 먼저 개요를 보고 그런 뒤에 후기를 확인합니다. 그 작품이 재미있을지 아닐지는 후기로 판단하는 경우가 있다는 말이죠.
또한 시리즈물이라고 해도 후기부터 읽습니다.
새로운 정보는 없는지, 다음 권은 언제 발매될 것인지에 대한 정보들을, 본문을 즐기기 전에 확인하는 버릇이 있기 때문입니다.
그러므로 '후기는 아주 중요하다'고 생각하고 있습니다만, 정작 자신이 쓰게 되면 별개의 이야기가 되어버린단 말이죠…….

아니, 실제로.

작가의 사생활을 적어도 흥미가 없는 분이 많을 테고, 작품에 관한 이야기를 적으면 스포일러가 됩니다.

후기를 많이 적을 바에야, 본문의 내용을 더 늘려주길 바라는 분도 많을 것입니다.

이러이러한 이야기를 듣고 싶다는 요청사항이 있다면 CG노벨즈 편집부로 연락을 주십시오!

어쩌면 그 요청이 반영될지도 모릅니다.

그러면 이번에는 작품에 대해서 아주 조금만 이야기를 해볼까 합니다.

*

이번 권에 등장한 권총에 대해서 뒷이야기를 하나 적겠습니다.

이번에 처음으로 숫자를 아라비아 숫자로 표기했습니다. '월터 P99'라는 실제 있는 권총의 명칭입니다. 원래는 한자 숫자로만 표기하지만 실제 총을 기술하는 경우는 예외로 취급해도 된다고 합니다.(※숫자의 한자 표기에 관한 언급은 일본판에 한정된 이야기임을 알려드립니다.)

작품 속에서 그렌다가 사용했던 무기 말입니다만, 그건 독일의 총기 메이커인 월터사(社)가 개발한 자동소총이죠.

당연히 실제로 존재합니다.

당초에는 베레타사의 총기인 M92나 PX4를 채택할까 했지만, 그렇게 하면 베레타라는 캐릭터와 헛갈리기 쉬울 것 같았습니다. 그래서 어떤 것으로 대신할까 고민하다가 고른 것이 P99였습니다.

월터라고 하면 P38이 유명합니다.

그 국민적인 인기를 얻은 대괴도(※루팡 3세)가 애용하던 총으로 아주 유명하죠.

그래서 그걸로 채택할까도 생각했지만 그러지는 않기로 했습니다.

그렌다는 여성이므로 콤팩트한 게 더 낫겠다고 생각했거든요.

그런 이유로 고른 것이 이번에 등장하는 '월터 P99'입니다.

딱 한 번 이름이 나올 뿐입니다만, 그걸 위해서 많은 조사를 했습니다. 에어건까지 사서 손에 쥐어볼 정도였으며, 그러다가 어릴 적에 갖고 싶어 했던 것을 떠올렸습니다.

이것도 일종의 키덜트인 어른의 충동구매—— 아, 그런 이야기는 아무래도 상관없겠군요.

이런 과정을 거쳐 나오게 된 권총이지만, 앞으로도 틈틈이 등장할 예정입니다.

기계구조식과 마력구조식으로 구별이 되는데, 이름은 같아도 완전히 다른 물건입니다.

이번에 리무루가 탐험할 때 가지고 간 타입은 내부구조는 완전히 오리지널이며, 겉모습만 비슷하게 만들어졌습니다.

화약도 재현했지만, 대량으로 준비하는 것이 귀찮았던 모양입니다.

좀 더 간단하게 만들 수 있잖아? 라는 이유로 마개조가 이뤄진 결과입니다.

또한 제국에도 총이 있는 것으로 미리 언급해두었습니다만, 그것도 전혀 다른 물건으로 등장할 예정입니다. 리무루 쪽과 비슷한 사고 프로세스를 거치면서, 또 다른 형태의 마력구조식으로 발전된 것——이라는 설정입니다.

위와 같이 가볍게 설명했습니다만, 문제는 여기서부터 시작됩니다.

악마들은 슈퍼 카 시리즈로 이름을 붙인 동족이 등장할 예정입니다만, 베레타에겐 총기 메이커로 이름을 붙인 마인형 시리즈를 등장시킬 예정이었습니다.

그런데도 인터넷 연재분 전체를 통틀어 봤을 때 베레타에겐 형제가 없습니다.

자, 그럼 이제 어떻게 할까요?

이번에 월터라는 이름이 나오면서, 리무루가 그 사실을 떠올려 주면 좋겠습니다만…….

시그, 콜트, 글록, 마우저, 월터, 마테바, 레밍턴.

그리고 헤클러와 코흐라는 이름의 쌍둥이.

그 외에도 설정만 생각해두고 쓰이진 않았던 수많은 후보들.

그런 베레타의 동료들이 있는데, 나중에 템페스트(마국연방)에서 활약하게 될 것 같습니다.

캐릭터 디자인을 생각하는 것만으로도 힘들어 죽겠는데, 함부로 등장시키진 말아주세요——라는 비명이 들려올 것 같으므로, 반드시 필요해질 때까지는 등장시키지 않도록 해야겠지요. 하지만 언젠가는 외전 등에서 활약할 자리를 마련해주고 싶습니다.

이상으로 총과 관계된 뒷이야기를 마치겠습니다.

*

이번 권을 마무리하면서, 늘 평소에도 느끼고 있는 감사의 마음을 담은 인사를 드리려고 합니다.

늘 상담에 응해주시는 담당 편집자 I 씨.
또 페이지 수가 늘어나는 바람에 폐를 끼치게 되었습니다만, 이것도 독자 여러분을 위한 것이라고 말씀해주셔서 작가로서는 안도하고 있습니다.
I 씨와 전화를 통해 나누는 대화는 기분전환이 되기 때문에, 앞으로도 많은 도움을 받도록 하겠습니다!

매번 멋진 일러스트를 그려주시는 밋츠바 씨.
마리아베르의 디자인에 관련해 많은 폐를 끼쳤습니다. 그 덕분에 느낌이 좋은 캐릭터가 완성되었다고 생각합니다.
이 후기를 쓰고 있는 시점에선 10권의 표지 그림과 삽화를 열심히 그리고 계시는 중이겠지요.
원작가로서도 많은 기대를 하고 있습니다!

교정 및 교열을 담당하신 분, 디자이너 분, 그 외의 많은 분들의 도움을 받아서 이 작품은 세상에 나올 수 있었습니다.
정말로 감사합니다!

그리고 독자 여러분.

본 작품인 《전생했더니 슬라임이었던 건에 대하여》도 드디어 10권의 반열에 오르게 되었습니다.

이것도 전부 여러분이 응원해주신 덕분입니다.

그 응원에 보답하기 위해서 앞으로도 완결을 목표로 열심히 노력하겠습니다!

그러면 앞으로도 《전생했더니 슬라임이었던 건에 대하여》를 잘 부탁드리겠습니다!!

라테 아트

만화 : 카와카미 타이키

히나타가 일본에 있었을 때는
아직 입체 라테 아트가 보편적이지
않았던 모양입니다.

베루도라 라테 아트

축 10권!
스핀오프 코믹
'마물의 나라를 즐기는
도
잘 부탁드립니다

전생했더니 슬라임이었던 건에 대하여 10

2017년 9월 1일 1판 1쇄 발행
2024년 3월 150일 1판 13쇄 발행

저　　자 후세
일러스트 밋츠바
옮 긴 이 도영명
발 행 인 유재옥
본 부 장 조병권
담당편집 정영길
편 집 1 팀 박광운 최서영
편 집 2 팀 정영길 조찬희 박치우 정지원
편 집 3 팀 오준영 이해빈 이소의
미　　술 김보라 박민솔
라이츠담당 김정미 맹미영 이윤서
디 지 털 박상섭 김지연 윤희진
발 행 처 ㈜소미미디어
인쇄제작처 코리아피앤피
등　　록 제2015-000008호
주　　소 서울 마포구 토정로 222, 403호(신수동, 한국출판콘텐츠센터)
판　　매 ㈜소미미디어
마 케 팅 최정연 최원석 박수진
물　　류 허석용
전　　화 편집부 (070)4164-3962, 3963 기획실 (02)567-3388
판매 및 마케팅 (070)4165-6888, Fax (02)322-7665

ISBN 979-11-6190-033-9 04830
ISBN 979-11-5710-126-9 (세트)